Das Buch

Goslar im Jahr 1056: Die junge Hemma, Tochter des Vogts der Goslarer Kaiserpfalz, muss nach dem Tod des Vaters durch die Hand eines abgewiesenen Verehrers und der Enteignung der Familie aus Not den Sohn des örtlichen Münzmeisters heiraten. Bei der Geburt ihres ersten Kindes stirbt sie.

16 Jahre später ist ihre Tochter Henrika zu einer schönen, jungen Frau herangewachsen. Zusammen mit ihrem Vater lebt Henrika ein abgeschiedenes Leben in Goslar, das zunächst unberührt bleibt von den Aufständen der unterdrückten sächsischen Bevölkerung gegen Heinrich IV. Doch das friedliche Leben des Münzmeisters und seiner Tochter wird jäh gestört, als ein Gesandter des Königs, Randolf von Bardolfsburg, eine Nachricht überbringt, die alles verändert: Nach dem Willen des salischen Königs soll Henrika einen Mann heiraten, dessen Vater die Schuld am Unglück ihrer Familie trägt! Und die junge Frau muss sich auf einmal der Vergangenheit stellen – denn der Mörder ihres Großvaters hat seinen Hass auf ihre Familie nicht vergessen.

Die Autorin

Marion Henneberg wurde 1966 in Goslar geboren. Nach einem betriebswirtschaftlichen Studium in Stuttgart ist sie seit mehreren Jahren u. a. in der Erwachsenenbildung tätig. Sie lebt heute mit ihrer Familie in Marbach am Neckar. Dies ist ihr zweiter Roman.

Von Marion Henneberg sind in unserem Hause bereits erschienen:

Die Entscheidung der Magd
Das Amulett der Wölfin

Marion Henneberg

Die Tochter des Münzmeisters

Historischer Roman

Ullstein

Besuchen Sie uns im Internet:
www.ullstein-taschenbuch.de

Originalausgabe im Ullstein Taschenbuch
1. Auflage Oktober 2009
2. Auflage 2011
© Ullstein Buchverlage GmbH, Berlin 2009
Umschlaggestaltung: HildenDesign, München
Titelabbildung: © Portrait of a Woman / Raphael /
Palazzo Ducale, Urbino, Italy /
The Bridgeman Art Library
Satz: Pinkuin Satz und Datentechnik, Berlin
Gesetzt aus der Sabon
Papier: Pamo Super von Arctic Paper Mochenwangen GmbH
Druck und Bindearbeiten: CPI – Ebner & Spiegel, Ulm
Printed in Germany
ISBN 978-3-548-26960-3

*Für meine Mutter,
die in mir die Liebe zum Lesen geweckt hat*

PROLOG

*Auf dem Gut des Vogts der Goslarer Pfalz
Anfang Oktober im Jahre des Herrn 1056*

»He, mach das Tor auf!«
Esiko sprang auf und stieg hastig auf einen Eimer. Der Blick zum Tor blieb dem jungen Bergmann versperrt, da er vom Keller aus nur einen kleinen Ausschnitt des Hofes sehen konnte. Wieder hörte er einen harschen Befehl, vermochte die Stimme aber nicht zuzuordnen.

»Öffne das Tor, oder euer Vogt hat nur noch einen Sohn!«

Esiko zuckte zusammen und presste den Kopf gegen die Gitterstäbe, doch so sehr er sich auch bemühte, er konnte einfach nichts erkennen. Wütend schlug er mit der flachen Hand gegen die Mauer neben der vergitterten Fensteröffnung. Der Schweiß lief ihm vor lauter Anstrengung über das Gesicht, und einzelne Strähnen seiner blonden, halblangen Haare klebten auf Wangen und Hals. Gleich darauf hörte er, wie das schwere Tor geöffnet wurde und schnelle Schritte über den Hof eilten. Für einen kurzen Augenblick sah er ein paar Beine, die in derben grauen Wollhosen steckten, und nahm an, dass es sich um einen von Gottwalds bewaffneten Männern handelte, wobei er auf Christian tippte. Er hatte den Gedanken kaum zu Ende gebracht, da preschten auch schon mehrere Pferde in den Hof. Das Donnern der Hufe vermischte sich mit dem Toben des Windes, und fast wäre Esiko dadurch entgangen, dass sie das Tor wieder schlossen.

Mindestens fünf Pferde konnte er ausmachen, und die Reiter, die fast gleichzeitig zu Boden sprangen, trugen allesamt schwere Lederstiefel.

Ein Paar davon hätte Esiko unter hundert anderen erkannt.

Nur mit Mühe konnte er seine Wut zügeln, als er die gedrungene und massige Gestalt von Azzo mit einem Blick erfasste. Der finstere Geselle war der Scherge Burchards von Hanenstein, dem abgewiesenen Verehrer *seiner* geliebten Hemma. Auch wenn er die Personen bloß von den Knien abwärts sah, so stachen ihm die schweren schwarzen Stiefel mit der silbernen Schnalle sofort ins Auge. Damit hatte Azzo ihn vor ein paar Monaten derbe getreten, und der Rohling schien sich auch in den Sommermonaten nicht davon zu trennen.

»Einer ans Tor, zwei dorthin, und ihr kommt mit mir!«

Scharf erklang der Befehl, und Esiko erkannte nun auch die Stimme Burchards wieder. Inbrünstig betete er darum, dass Hemma sich noch verstecken konnte, aber im selben Moment erblickte er starr vor Schreck ihre knöchelhohen, einfachen braunen Schlupfschuhe, die sie im Haus so gern trug. So auch am vergangenen Abend, als Hemma ihn aufgesucht hatte. Ihre Füße standen dicht vor denen eines Mannes, und Esiko vermutete, dass die braunen Stiefel zu Burchard gehörten. Anhand der Haltung konnte er erkennen, dass Hemma mit dem Rücken zu ihm stand.

»Bring ihn ins Haus und binde ihn irgendwo fest. Der Knebel bleibt am besten drin, sonst schreit er uns noch alles zusammen. Das kleine Kerlchen hat eine kräftige Stimme. Aber das liegt wohl in der Familie, nicht wahr, mein Täubchen?«

Die erstickte Antwort ließ Esiko vor Wut fast wahnsinnig werden. Er sprang von dem Eimer, der ihm als Tritt diente, und lief zur Tür. Doch so sehr er auch daran rüttelte, sie blieb verschlossen.

Gottwald trieb seinen Hengst gnadenlos an, genau so wie die Sorge um seine Familie ihn antrieb. Die anderen fünf Begleiter hatten Mühe mitzukommen, denn sein Fuchshengst Rufulus war um einiges ausdauernder und kräftiger als die anderen Pferde. Besonders die Stute seines Knappen Randolf fiel deutlich zurück, und einer seiner Männer blieb auf den Befehl von Hemmas Vater hin an der Seite des Knappen. In der Dämmerung fanden die Männer ihren Weg nur noch mit Mühe, und der Vogt der Goslarer Pfalz hoffte, dass sie die Burg vor Einbruch der Dunkelheit erreichten. Mit seiner behandschuhten Hand fuhr er sich kurz über die müden Augen. In den letzten Nächten hatte er kaum geschlafen. Erst die Wache am Bett des todkranken Kaisers und dann, nach dessen Tod, die Trauerwache.

Heinrich hatte noch ein paar Worte mit seinem Vogt wechseln können, doch Gottwalds Frage nach dem Brief mit dem verleumderischen Inhalt blieb unbeantwortet, da der Kaiser immer wieder in einen unruhigen Fieberschlaf gefallen war. Heinrich hatte vor seinem Ableben noch schnell alles geregelt, sofern das möglich war. Etwa erwies es sich als äußerst beruhigend, dass Papst Viktor ebenfalls anwesend war. Der Kaiser legte vor seinem Tod ein umfangreiches Sündenbekenntnis ab und bekräftigte im Beisein des Heiligen Vaters nochmals den Wunsch, seinem sechsjährigen Sohn das Königtum zu sichern.

Papst Viktor bestimmte er kurzerhand zum Berater für den unmündigen jungen König und dessen Mutter, Kaiserin Agnes.

Zuletzt traf Heinrich noch einige Bestimmungen über seine Beisetzung. Sein Leichnam sollte in einer feierlichen Prozession im Dom zu Speyer bestattet werden. Sein Herz dagegen sollte in Goslar zur letzten Ruhe gebettet werden, wo Gottwald es hinbringen sollte. Nachdem alle Regelungen getroffen waren, verschied der Kaiser am fünften Oktober.

Gottwald hatte schwer mit sich gerungen, als ihn bei Hofe die Nachricht seiner Frau erreichte. Trotz ihrer drängenden Worte wurde er nicht ganz schlau daraus, aber da er Edgitha gut kannte und wusste, dass sie ihn niemals mit Nichtigkeiten behelligen würde, hatte er Kaiserin Agnes gebeten, frühzeitig aufbrechen zu dürfen.

»Seht, Herr, fast der gesamte Hof liegt im Dunkeln«, rief einer seiner Begleiter ihm zu, als sie zum ersten Mal freie Sicht auf sein Haus hatten. »Dabei habe ich Christian eingeschärft, ständig mehrere Fackeln brennen zu lassen.«

Sie befanden sich ein gutes Stück oberhalb des Guts, und Gottwald zügelte sein Pferd, während er den anderen ein Zeichen gab.

»Da stimmt etwas nicht«, murmelte er leise und mehr zu sich selbst.

Hemma glaubte, sich in einem Alptraum zu befinden. Nachdem Azzo mit ihrem bewusstlosen kleinen Bruder auf dem Arm aus der Hütte herausgetreten war, in der die Gerätschaften für den Garten der Stiftskirche lagerten, hatten sie das Gelände verlassen. Es war unerwartet leicht gewesen, Hemma hatte dem Mann an der Pforte gegenüber wie befohlen behauptet, dass der kleine Brun krank sei und nach Hause gebracht werden müsse. Sein Messer unter Bruns Umhang verborgen, konnte sich Azzo der Unterstützung Hemmas sicher sein. Nach der ersten Wegbiegung warteten weitere fünf Männer hinter einer Baumgruppe, und die junge Frau fragte sich, ob sie sich zuvor auch schon dort befunden hatten, als sie an der Stelle vorbeigehetzt war.

Mit einer angedeuteten Verbeugung war Burchard vor sie getreten. »Es freut mich sehr, Euch wiederzusehen, edles Fräulein. Auch wenn Euer Anblick beim letzten Mal deutlich angenehmer war.« Dabei war sein spöttischer Blick über ihre tropfnasse Erscheinung geglitten.

»Das kann ich nur zurückgeben, Herr Burchard«, hatte sie erwidert und wütend sein lautes Lachen vernommen, in das die anderen Männer eingestimmt hatten. Wenn sie die Möglichkeit gehabt hätte, hätte sie ihm auf der Stelle die kalten, dunklen Augen ausgekratzt.

Dann hatte er sie gepackt, auf sein Pferd gehoben und sich selbst hinter ihr in den Sattel geschwungen. Dicht an seinen kräftigen Körper gepresst, konnte sie sich kaum rühren, und auf ihre drängenden Fragen hatte sie keine Antworten erhalten. Die Sorge um ihren jüngeren Bruder steigerte sich ins Unermessliche, denn noch immer hielt die Bewusstlosigkeit Brun umfangen, während er gegen Azzo lehnte. Niemandem war die Bedrohung aufgefallen, der die beiden Geschwister ausgesetzt waren, und Hemma rechnete auch nicht so schnell damit, dass ihr älterer Bruder Goswin zurückkehrte. Bestimmt würde er so lange auf dem Gelände der Pfalz und in Goslar nach Brun suchen, bis die Dunkelheit ihn vollends daran hinderte.

Hemma war sich sicher, dass Goswin ein schlechtes Gewissen plagte, schließlich hatte er die prekäre Angelegenheit zwischen seiner Schwester und Esiko nicht diskret gelöst, nachdem Brun ihm davon vertraulich berichtet hatte, sondern Esiko im Keller festgesetzt. Der kleine Brun hatte ungeschickterweise mitbekommen, dass der junge Bergmann für seine Liebe zu Hemma mit dem Leben bezahlen sollte, sobald ihr Vater zurückkehrte, und war seither verschwunden. Das Verhalten des Achtjährigen war nur die logische Reaktion auf die Panik, die er empfunden haben musste, angesichts der schlimmen Lage, in die seine geliebte Schwester und Esiko aufgrund seiner Aussage gekommen waren.

Als die Männer den direkten Weg zu ihrem Zuhause einschlugen, war Hemma überrascht, denn sie hatte eigentlich damit gerechnet, dass Burchard vorhatte, sie und ihren kleinen Bruder mit sich auf seine Burg zu nehmen, um doch noch eine Heirat zu erzwingen.

Das kalte Grauen hatte sie gepackt, als Christian und Othmar kaltblütig ermordet wurden. Die Soldaten ihres Vaters hatten sich den Eindringlingen nicht in den Weg gestellt, als sie sahen, dass sich die beiden Kinder des Vogts in deren Gewalt befanden. Das hatte Azzo jedoch nicht davon abgehalten, jeden Einzelnen von ihnen mit einem gewaltigen Schwertstreich niederzustrecken. Hemma würde Othmars erstaunten Gesichtsausdruck niemals vergessen, bevor er zu Boden ging. Nun hatte Azzo ihren Bruder, der zum Glück endlich aus seiner Bewusstlosigkeit erwacht war, ins Haus getragen, und Hemma hoffte inständig, dass ihre Mutter einen Beruhigungstrank zu sich genommen hatte und nichts von dem ganzen Unglück mitbekam. Obwohl eine innere Stimme ihr zuflüsterte, dass der Wunsch völlig absurd war.

»Was ist? Ihr seid wohl überrascht, dass wir uns direkt in die Höhle des Löwen begeben haben?«, raunte

Burchard ihr zu, während er sie zu sich heranzog. »Ihr könnt unbesorgt sein, denn ich bin bestens im Bilde. Euer von mir hochgeschätzter Vater befindet sich bei unserem verstorbenen Kaiser. Ja, da staunt Ihr, was?«, fügte er erheitert hinzu, als er ihren überraschten Gesichtsausdruck bemerkte. »Auch ich habe meine Späher. Doch jetzt wollen wir es uns gemütlich machen, schließlich sollten Gäste nicht im Regen stehen.«

Burchard stieß Hemma grob vor sich her ins Haus hinein. Die junge Frau wunderte sich über die Stille und betete erneut, dass ihre Mutter verschont bleiben möge.

»Wir schleichen uns von hinten an, Johann, und klettern beim Waschhaus über die Mauer. Einer von euch reitet vorne ans Tor und begehrt Einlass, die anderen kommen mit mir.«

Gottwalds langjähriger Weggefährte erteilte Emmerich, einem ungeduldig wirkenden Mann Anfang zwanzig, den Auftrag. Er wirkte nicht begeistert, als er zum Zeichen des Verstehens kurz nickte.

»Gib Acht! Wenn dir irgendetwas seltsam vorkommt, dann verschwinde und reite bloß nicht hinein«, warnte Gottwald ihn eindringlich. »Wir warten auf ein Zeichen von dir, bevor wir über die Mauer klettern. Sollte alles in Ordnung sein, so entzünde eine Fackel im Hof. Viel Glück!«

Emmerich nickte erneut, wobei er dieses Mal einen weitaus erfreuteren Eindruck machte. Anscheinend wurde ihm jetzt erst die Wichtigkeit seines Auftrags klar. Kaum war er außer Sichtweite, gab Gottwald den anderen ein Zeichen, ihm langsam zu folgen. Etwa einhundert Meter von seinem Gut entfernt blieben sie stehen und banden die Pferde an einer Baumgruppe an. Mittlerweile konnten sie nur noch die Umrisse der Mauer und Gebäude erkennen, denn der Wind fegte dichte, dunkle Wolken über den abendlichen Himmel, die fast ständig den Mond verdeckten und dadurch die einzige Lichtquelle raubten, die sie im Moment hatten. Seit einiger Zeit schlug ihnen auch noch der Regen ins Gesicht. Die Männer, die bis auf die Haut durchnässt waren, schlichen leise und in gebückter Haltung zur Mauer, wobei sie angestrengt darauf achteten, ob sie irgendetwas hören oder sehen konnten.

Sie waren ungefähr zwanzig Meter von der Mauer entfernt, die den Hof umgab, als sie ein lautes Pochen in der Stille vernahmen.

»Wer da?«, ertönte prompt die Frage.

Gottwald hatte die Stimme noch nie zuvor gehört. Alarmiert beschleunigte er seinen Schritt, und gleich darauf befanden sich alle unterhalb der Stelle, die den einzigen Schwachpunkt der Mauer darstellte. Die Außenmauer des Waschhauses war in die schützende Steinmauer integriert. Damals hatte Gottwald den Fehler zu spät erkannt und ihn stets beheben wollen. Jetzt war er froh, dass er es versäumt hatte, denn so konnten sie ohne große Schwierigkeiten durch die verriegelte Fensteröffnung ins Haus gelangen.

»Ich bin Emmerich, ein Bote des Vogts, und begehre Einlass«, folgte nach einer kurzen Pause die Antwort.

Gottwald hoffte, die kleine Verzögerung ließe darauf schließen, dass Emmerich gewarnt war, weil er die Stimme ebenfalls nicht erkannt hatte. Andererseits war der junge Mann noch nicht lange bei ihm und dadurch vielleicht zu arglos.

Ungeduldig beobachtete er, wie Johann und zwei weitere Männer aufeinanderkletterten und der oberste von ihnen mit seinem Messer den Riegel bearbeitete. Die kurzen Schläge kamen Gottwald unheimlich laut vor, und er hoffte, dass niemand sie drinnen hörte. Mittlerweile war er nämlich davon überzeugt, dass jemand von seinem Grund und Boden Besitz ergriffen hatte. Weiter wagte er gar nicht zu denken.

Das Tor öffnete sich knarrend. Schon hundertmal hatte Gottwald dieses Geräusch gehört und jedes Mal beschlossen, es nicht ölen zu lassen, denn seltsamerweise gab es ihm ein Gefühl von Sicherheit.

Damit war es nun vorbei.

Ihre Peiniger hatten Hemma und ihren Bruder in den großen Raum im Erdgeschoss getrieben, in dem die Familie immer gemeinsam ihre Mahlzeiten einnahm. Hier hatten sie auch Burchard damals empfangen. Vor einer halben Ewigkeit, wie es der jungen Frau nun schien.

»Erhebt Euch, oder wollt Ihr etwa auf dem Boden liegen bleiben?«, schnauzte Burchard sie an.

Hemma, die nach einem Stoß ins Zimmer gestolpert und hingefallen war, rappelte sich auf, während ihr einige nasse Strähnen ihres langen kastanienbraunen Haares ins Gesicht fielen. Mit zwei Schritten war ihr Peiniger bei ihr und riss ihr das wollene, triefend nasse Tuch vom Kopf.

»Ihr habt viel zu viel an, meine Liebe«, murmelte er und presste blitzartig seine schmalen Lippen auf ihren Mund.

Der Kuss erfolgte brutal und ohne jedes Gefühl, eher wie eine Bestrafung. Als er genauso abrupt von ihr abließ, taumelte Hemma. Schlagartig wurde ihr klar, warum er sie in ihr Elternhaus gebracht hatte. Er wollte sie demütigen, so wie er sich von ihrem Vater gedemütigt gefühlt hatte. Allerdings vermutete sie, dass ihre Demütigung bitterer ausfallen würde.

»Beweg dich nach oben und suche nach der Dame

des Hauses. Ich will sie hier unten haben, damit sie dem Schauspiel beiwohnen kann.«

Ein unterdrückter Schrei entwich Hemmas Kehle. Sie rannte los und drängte sich an dem überraschten Burchard vorbei, genau bis zur Tür. Dort hielt dessen brutaler Scherge sie auf und stieß sie zurück ins Zimmer. Mit dem für ihn typischen lauernden Blick betrachtete Azzo anschließend hämisch grinsend die erneut am Boden liegende Hemma.

»Bitte, ich flehe Euch an! Ihr könnt mich haben, aber verschont meine Mutter und die anderen hier! Sie bedeuten Euch doch gar nichts!«

Schluchzend rutschte sie vor ihrem Peiniger auf den Knien, während sie nach seiner behandschuhten Hand griff.

»Da täuscht Ihr Euch aber gewaltig, denn auch Ihr bedeutet mir nichts!«, sagte er und schüttelte ihre Hände ab wie ein lästiges Insekt.

Zwei seiner Männer erschienen in der geöffneten Tür. Einer von ihnen hatte an jeder Hand einen Stallburschen am Kragen gepackt, während der andere eine der Küchenmägde vor sich ins Zimmer schob. Das Mädchen, Reinhild war ihr Name, weinte lautlos, und Hemma fragte sich, wo die beiden anderen waren und welches Schicksal ihnen bevorstand.

»Wir haben alles durchsucht und keine weiteren Leute gefunden. Was sollen wir mit den beiden machen?«, fragte der ältere, ein grobschlächtiger Mann mit pockennarbigem Gesicht. An der linken Hand fehlten ihm zwei Finger.

»Sperr sie in den Stall, und anschließend siehst du noch im Keller nach«, befahl Burchard, ohne Hemmas schreckensbleiche Miene zu beachten.

Voller Sorge dachte sie an den im Keller eingesperrten

Esiko, der Burchard und vor allem Azzo nicht unbekannt war. Würde auch er durch einen Schwertstreich sterben? Ihre Gedanken jäh unterbrechend, griff Burchard brutal nach ihrem nassen Zopf und zog sie zu sich heran. Unbewusst wanderte Hemmas Blick zu seinem Mund, um den sich ein harter Zug eingegraben hatte, den selbst der gestutzte dunkle Bart nicht verdeckte.

»Dein Brüderchen hat uns ein großes Problem erspart. Ich konnte kaum mein Glück fassen, als der kleine Kerl dem lieben Azzo in die Arme lief, um sich in der Hütte zu verstecken. So mussten wir nur noch warten, bis alle auf der Suche nach ihm waren. Zu guter Letzt hat uns der nette Junge auch noch zugeflüstert, dass nur du von seinem Versteck wissen kannst. Tja, der Rest ist dir bekannt.«

Hemma warf einen Blick auf Brun und versuchte, ihm ein aufmunterndes Lächeln zuzuwerfen, was allerdings kläglich scheiterte. Ihr jüngerer Bruder saß verschnürt und mit einem Knebel im Mund auf dem Boden in einer Ecke des Raumes. Das Leid in seinen sonst so schelmisch dreinblickenden blauen Augen und das verweinte Gesicht zerrissen Hemma fast das Herz.

In dem Moment war vom Treppenhaus her ein lauter Schlag zu hören, dem ein ebenso lautes Poltern folgte. Burchard zerrte Hemma am Handgelenk mit hinaus, während er die andere Hand auf den Schwertgriff legte.

Die junge Frau stieß einen Schrei aus, als sie oberhalb der Kellertreppe Esiko stehen sah, mit einer dicken Eisenstange in der Hand. Hinter ihm, an die Wand gepresst, stand ihre Amme Waltraut mit blasser, entschlossener Miene.

»Sieh an, der Bote des Vogts«, spottete Burchard. »Ich vermute, am Ende der Treppe befindet sich nun einer meiner Männer.«

Esiko nickte mit eisigem Blick, während sein drahtiger und muskulöser Körper die Anspannung widerspiegelte. »Ganz genau, und wenn es Euch nicht genauso ergehen soll, würde ich Euch raten, das Fräulein sofort loszulassen und von hier zu verschwinden.« Dabei ließ er die Hand Burchards, die noch immer locker auf dem Schwertgriff ruhte, nicht aus den Augen.

Im selben Moment zog Burchhard seine Waffe, stieß Hemma zurück in den Raum und holte aus.

»Große Worte für einen einfachen Mann«, brüllte er Esiko zu, der dem wuchtigen Schlag auswich und Waltraut gleichzeitig zurief, dass sie verschwinden solle. Burchard stieß von unten zu, und Esiko hechtete zur Seite. Im Fallen schlug er seinem Gegner die Eisenstange gegen das linke Knie und sprang, während dieser vor Schmerz aufheulte, auf die Beine, um gleich noch einmal zuzuschlagen. Mit Verblüffung sah er, wie Burchard in sich zusammensackte und den Blick auf Hemma freigab, die hinter ihm stand. Zitternd ließ sie den Stuhl ihres Vaters fallen und lief zu Esiko, der sie für einen kurzen Moment fest in die Arme nahm.

»Wir müssen sofort hier weg, Azzo ist bestimmt nicht weit«, drängte er, während er sie sanft von sich schob.

»Er soll meine Mutter holen, und Brun ist auch noch dort«, antwortete Hemma.

Sie spähte nach oben und schwankte für einen Moment, als sie am oberen Ende der Treppe Burchards Schergen stehen sah. Mit wutverzerrtem Blick trug er ihre Mutter, die an Händen und Füßen gefesselt war und in deren Mund sich ein Knebel befand. Esikos schlimmste Befürchtungen bestätigten sich, als er dem entsetzten Blick Hemmas folgte und mit Bestürzung beobachtete, wie Azzo die Herrin des Hauses unsanft zu Fall brachte. Sofort ließ er Hemma los, um nach der Eisenstange zu greifen. Kurz entschlossen überlegte er es sich aber anders, hastete zu Burchard und nahm dessen Schwert, das neben dem bewusstlosen Körper lag.

»Hol deinen Bruder und lauf weg! Los, mach schon!«, schrie der Bergmann, während er vorauseilte und gleich darauf die Fesseln durchschnitt.

»Du musst mit deiner Schwester Hilfe holen, hörst du!«, raunte er ihm eindringlich zu und nahm ihm den Knebel aus dem Mund.

Hemma, die zwischenzeitlich neben Esiko hockte, schüttelte den Kopf. »Ich lasse dich nicht alleine! Was ist mit meiner Mutter? Ich kann nicht gehen, verstehst du?«

»Tu einmal, was ich sage. Denk an deinen Bruder!«, flehte Esiko und erhob sich nach einem besorgten Blick zur Tür.

»Zu spät, du Hundsfott.«

Breitbeinig stand Azzo im einzigen Ausgang zum Flur und versperrte den Fluchtweg. In der Hand hielt er sein Schwert und grinste die kleine Gruppe bösartig an. Erst jetzt sah Hemma, dass sich auf seiner linken Gesichtshälfte blutige Kratzspuren entlangzogen.

»Komm her und hol dir deine zweite Tracht Prügel ab. Nur wirst du dieses Mal nicht mit deinem elenden Leben davonkommen!«, schleuderte er Esiko in ätzendem Tonfall entgegen.

Hemma warf ihrem Liebsten einen verzweifelten Blick zu, der ihr hastig etwas ins Ohr flüsterte und mit zwei Schritten bei einer der beiden Fensteröffnungen war. Schnell griff die junge Frau nach der Hand ihres Bruders und zog ihn mit sich. Esiko machte sich derweil an der Holzluke zu schaffen, die den kalten Wind abhalten sollte.

Azzo brauchte einen Augenblick, bis er begriff, was

sie vorhatten. Dann stürmte er mit einem furchteinflößenden Schrei ins Zimmer.

»Jetzt!«, brüllte Esiko, und Hemma, die nur darauf gewartet hatte, rannte mit Brun im Schlepptau um den Tisch herum, auf die Tür zu. Sie hätte aus dem Fenster springen können, da sie sich im Erdgeschoss befanden, allerdings waren die Holzluken von außen verriegelt. Das konnte Azzo jedoch nicht ahnen, und so hatte Esikos kleines Ablenkungsmanöver den gewünschten Erfolg.

Hemma zwang sich weiterzulaufen, ohne sich nach den Kampfgeräuschen umzudrehen. Im Flur angekommen, konnte sie niemanden entdecken, und für den Bruchteil einer Sekunde überlegte sie, nach oben zu ihrer Mutter zu laufen. Doch sie wusste, dass sie dafür kostbare Zeit benötigte, die sie nicht hatte.

Burchard lag noch immer bewusstlos quer im Gang und versperrte den Weg. Brun stieg mit einem großen Schritt über den Körper hinweg und zog seine Schwester hinter sich her. Just in dem Augenblick, als Hemma ihren Fuß nachziehen wollte, packte eine Hand sie am Fußgelenk, und sie fiel mit einem Aufschrei der Länge nach hin. Geistesgegenwärtig hatte sie im letzten Moment die Hand ihres Bruders losgelassen. Voller Panik sah Hemma über die Schulter, während sie versuchte, sich aus dem Griff zu befreien, und blickte direkt in die noch immer leicht benommen wirkenden Augen Burchards.

»Lauf!« Ihr Schrei gellte durch den Flur.

Brun, der wieder an den Händen seiner Schwester zog, hörte nicht auf sie, sondern schüttelte weinend den Kopf.

»Lass los und hol Hilfe, Brun!«, flehte die junge Frau, und nach einem unsicheren Blick ihres Bruders fielen ihre Arme auf den Boden. Im dem Moment, als der Junge aus dem Haus verschwand, wurde ihr zarter, schmaler Körper am Fußgelenk zurückgezogen. Ihre Hände glitten über den Holzboden, wobei sich ihr ein Splitter schmerzhaft ins Fleisch schob. Der Druck um ihr Fußgelenk verschwand, doch bevor sie reagieren konnte, riss ihr jemand den Kopf an den Haaren hoch, und sie schrie vor Schmerzen auf.

»Du Miststück! Los, steh auf!«, raunzte Burchard sie an, und Hemma hatte keine andere Wahl, als seinem Befehl Folge zu leisten. Auch als sie ihm gegenüberstand, ließ er ihre Haare nicht los, sondern bog ihr den Kopf nach hinten und flüsterte dicht an ihrem Ohr: »Dafür wirst du büßen!«

Dann ließ er sie abrupt los und schlug ihr mit der flachen Hand hart ins Gesicht. Hemma flog zur Seite und knallte gegen die Wand. Wie in einem fürchterlichen Traum nahm sie wahr, dass in dem großen Raum nebenan ein schrecklicher Kampf tobte. Sie wurde hochgerissen und ins Zimmer geschoben. Hemmas Benommenheit wich augenblicklich blankem Entsetzen, als sie Esiko sah. Sein linker Arm hing schlaff herunter, Blut sickerte aus einer tiefen Wunde an der Schulter. Mit der rechten Hand hielt er Burchards Schwert, wobei er sein Gewicht auf das linke Bein verlagerte, da auch das rechte verletzt schien. Deutlich war ihm die Erschöpfung anzusehen, und Hemma wurde bewusst, dass er nicht mehr lange durchhalten würde. Er war kein Schwertkämpfer, auch wenn er ihr erzählt hatte, dass er vor zwei Jahren bei einem Schmied gearbeitet hatte und mit den Waffen ein wenig üben konnte.

Azzo hingegen war kampferprobt. Breitbeinig stand er mit dem Rücken zu Hemma und Burchard, so als wollte er die letzten Atemzüge seines Gegners auskosten. Zu Hemmas großer Genugtuung war auch er verletzt. An seinem linken Oberschenkel entdeckte sie einen blutigen Fleck, der ihn jedoch augenscheinlich kaum behinderte.

»Du scheinst großen Anteil an dem Schicksal dieses Burschen zu nehmen. Dann sieh gut hin, damit du sein Ende nicht verpasst«, zischte Burchard ihr zu, während er mit der Hand genüsslich über ihren Körper strich. Er hielt sie dicht vor sich umklammert, und die junge Frau schloss die Augen.

»Sieh genau hin, habe ich gesagt«, fuhr er sie an und zog sie erneut brutal an den Haaren.

Übelkeit stieg in ihr auf, als er mit den Lippen über ihren Hals fuhr, und nur der Schmerz an ihrer Kopfhaut ließ sie weiter bei dem ungleichen Kampf zusehen. Tränen liefen ihr über die Wangen, als sie sah, dass Esiko sich nur noch mit Mühe verteidigen konnte.

Angespannt wartete der hochgewachsene Vogt auf den kleinen Lichtschein einer Fackel hinter der Mauer, doch nichts geschah. Just in dem Augenblick, als ein Pferd wieherte und etwas Schweres zu Boden fiel, sprang der Riegel des Fensterverschlags zur Seite, und der erste seiner Männer verschwand im Dunkeln des Hauses. Gleich darauf fiel neben Gottwald ein dickes Seil zu Boden, das er packte und an dem er sich hochzog, wobei es ihn unheimlich viel Kraft kostete, da er alles mit einem Arm bewältigen musste. Jedes Mal, wenn er losließ, um nachzufassen, musste er das Seil zwischen den Knien kräftig zusammendrücken, um nicht wieder herunterzurutschen. Endlich hatte er den Mauervorsprung erreicht und zog sich mit einer letzten Kraftanstrengung ins Zimmer, doch er verlor keine Zeit und war sofort wieder auf den Beinen, denn die Sorge trieb ihn weiter an. Das Schwert in der Hand, ging er vorsichtig die Treppe hinunter, immer darauf gefasst, plötzlich angegriffen werden zu können. Hinter ihm hörte er seine Männer, die ihm fast lautlos folgten, und ohne sich umzudrehen, wusste er, dass auch sie ihre Schwerter gezogen hatten.

Vom Hof drangen keine Geräusche zu ihnen, außer dem gelegentlichen Wiehern eines Pferdes aus dem nahen Stall. Bevor sie die Tür zum Hof öffneten, wandte sich Gottwald kurz zu seinen Männern um.

»Ihr kommt mit mir ins Haus«, sagte er leise zu Johann und wies dabei auf einen weiteren Mann. »Ihr übernehmt die Stallungen und den Rest des Hofes«, befahl er den beiden anderen. Einer von ihnen war sein Knappe Randolf, dessen ängstlicher Gesichtsausdruck sich in der Dunkelheit verlor.

Der Vogt öffnete vorsichtig die Tür und spähte hinaus. Kein Licht erhellte den Hof, nur aus dem Haus drang ein schwacher Schein, und Gottwald erkannte schnell, dass die Haustür einen Spaltbreit offen stand. Bis aufs Äußerste angespannt verließ er vorsichtig das Haus und schlich behutsam weiter. Dabei presste er sich dicht an die Mauer. So sehr er sich auch anstrengte, er konnte niemanden entdecken. Selbst in der kleinen Kammer neben dem Tor, wo Christian sitzen sollte, war es stockfinster, und dicht daneben befand sich ein dunkler Haufen, der wie ein Stapel Decken aussah. Gottwald schauderte, als er erkannte, dass es sich um Emmerich handelte, und der Blick seiner oft so warmen braunen Augen verfinsterte sich.

Während Esiko im letzten Augenblick einem Hieb auswich, hörte die gepeinigte Hemma dicht neben sich Burchards leise Stimme: »Wenn du auf Hilfe hoffst, so muss ich dich enttäuschen. Deinen Bruder wird spätestens einer meiner Männer am Tor aufhalten. Ich hoffe nur, dass Brun dabei nicht verletzt wird. Wäre doch schade, so jung sterben zu müssen.«

Er ließ ihre Haare los, griff blitzschnell in Hemmas Ausschnitt und riss mit einem kräftigen Ruck das Oberteil ihrer Kotte entzwei. Sofort legte sich seine freie Hand auf ihre Brüste, die nur noch von dem dünnen Unterkleid bedeckt waren. Hemma, die sich in der eisernen Umklammerung kaum bewegen konnte, trat blindlings kräftig mit dem Fuß nach hinten, und der unterdrückte Aufschrei ihres Peinigers zeigte ihr, dass sie getroffen hatte.

Ohne Vorwarnung stieß Burchard sie von sich und schlug mit der geballten Faust zu. Hemma blieb die Luft weg, und sie sackte zusammen. In gebückter Haltung hockte sie auf den Knien und presste beide Hände auf ihren Magen. Das Geräusch eines fallenden Schwertes, verbunden mit einem schmerzhaften Aufschrei, ließ sie den Kopf heben.

Hoffnungslos sah sie zu Esiko hinüber, der ohne Waffe dastand. In die Ecke gedrängt, schien er ihren Blick zu spüren, denn er wandte sich von Azzo ab und sah ihr direkt in die Augen. Für einen kurzen Moment lagen so viel Ruhe und Zärtlichkeit darin, dass es die junge Frau fast zerriss. Dann brach sein Blick, und Hemma, die immer noch nach Luft rang, stöhnte auf, als sie seinen durchbohrten Leib sah. Dass Azzo sein Schwert mit einem triumphierenden Schrei aus Esikos Körper zog, bekam Hemma gar nicht mehr mit, denn eine gnädige Ohnmacht hatte von ihr Besitz ergriffen.

Ein kalter Schwall Wasser brachte sie wieder zurück in die schreckliche Wirklichkeit. Prustend kam sie hoch und hustete erbärmlich. Ihre Wange brannte, und in ihrem Magen pochte ein dumpfer Schmerz, doch das alles war nichts im Vergleich zu der furchtbaren Erinnerung an Esikos Tod, die sich mit aller Macht an die Oberfläche drängte.

Hemma hätte sich am liebsten wieder hingelegt und die Augen gar nicht erst geöffnet. Fast hätte sie ihrem Wunsch auch nachgegeben, wenn nicht ein langes Stöhnen ihre Aufmerksamkeit erregt hätte. Unterhalb von ihr lag ihre Mutter zusammengeschnürt wie ein Bündel auf dem Boden. In ihrem schönen, sinnlichen Mund steckte ein schmutziger Lappen, und die sonst so gepflegten kastanienbraunen Haare hingen ihr wirr ins Gesicht. Als Hemma das Entsetzen in den dunkel schimmernden blauen Augen ihrer Mutter sah, wurde ihr plötzlich klar, wo sie sich befand. Ihre Benommenheit verschwand, und sie richtete sich schnell auf dem großen Tisch auf, nur um gleich darauf wieder heruntergedrückt zu werden. Voller Panik bemerkte sie über sich das Gesicht Azzos, der ihr die Arme nach hinten bog und sie auf den Tisch presste. Dabei grinste er anzüglich und ließ den Blick über ihren Körper nach unten wandern. Automatisch folgte Hemma ihm und stellte schreckensbleich fest, dass Burchard an der gegenüberliegenden Seite des Tisches direkt vor ihr stand.

Panisch wand sie sich wild hin und her, so weit der eiserne Griff Azzos es zuließ, und trat um sich, doch Burchard war nach dem letzten schmerzhaften Tritt gewarnt und wich geschickt aus. Behände packte er ihre Beine und drängte seinen Körper dazwischen. Hemma, die sich kaum noch bewegen konnte, musste hilflos zusehen, wie er ihr den Rock hochschob und seinen Gürtel losband. Seltsamerweise fiel ihr erst jetzt auf, dass ein Rinnsal geronnenes Blut seitlich an seinem Gesicht klebte, das augenscheinlich seinen Ursprung in der Kopfwunde hatte, die er von ihrem Hieb mit dem Stuhl bekommen hatte.

Als sie ihre Mutter erneut stöhnen hörte, schloss sie die Augen, und im nächsten Moment drang Burchard brutal in sie ein. Doch anstatt weiter in ihren geschundenen Körper zu stoßen, legte er sich auf sie und raunte ihr zu: »Damit du dich immer an mich erinnern wirst, liebste Hemma, möchte ich dir gerne ein Geschenk dalassen. Ach, und bevor ich es vergesse, dein kleiner Bruder ist bei seinem Fluchtversuch schwer verletzt worden. Wahrscheinlich ist er bereits krepiert.«

Während die Last seines Oberkörpers verschwand und Burchard seine brutalen Stöße fortsetzte, zwang Hemma ihre Gedanken weit fort von diesem schrecklichen Ort.

Das Scheppern eines Eimers durchfuhr den Vogt wie ein Blitz, und gleich darauf wurde die Tür zum Haus aufgerissen. Der Umriss eines Mannes erschien, der nach einem schnellen Blick über den Hof die beiden Männer an der Stallwand entdeckte.

»Alarm!«, hallte es über den Hof, der Mann rannte augenblicklich los, und im selben Moment löste sich aus der Schwärze des Tores eine weitere Person.

Gottwald, der wusste, dass sie schnell handeln mussten, umfasste sein Schwert und schrie: »Auf, Männer! Macht sie nieder!«

Zu dritt rannten sie direkt auf den Mann zu, der sein Augenmerk auf die beiden Soldaten an der Stallwand gerichtet hatte. Gottwald nutzte den Überraschungsmoment und erschlug ihn ohne zu zögern mit einem wuchtigen Schlag.

Ohne auf die Kampfgeräusche hinter ihm zu achten, raste er ins Haus, dicht gefolgt von den anderen. Im letzten Moment konnte er einem Schlag ausweichen, den jemand aus der kleinen Kammer heraus ausführte, und gleich darauf übernahm Johann den Kampf. Gottwalds zweiter Gefolgsmann war dicht hinter seinem Herrn, als dieser nun äußerst vorsichtig in Richtung des Lichtscheins ging.

Das Schwert zum Angriff erhoben, trat Gottwald ins Zimmer und erlebte den schlimmsten Moment seines Lebens. Langsam ließ er die Waffe sinken, ohne jedoch den Blick von Azzo zu nehmen, der neben seiner gefesselten Frau kniete und ihr einen Dolch an den Hals setzte. Edgithas hohe Wangenknochen traten in dem blassen, schmalen Gesicht noch deutlicher zum Vorschein.

»Ihr seid zu früh, mein lieber Vogt«, schallte ihm eine wohlbekannte Stimme vom anderen Ende des Raumes entgegen. Voller Unbehagen drehte Gottwald den Kopf langsam in die Richtung, und eine heftige Übelkeit erfasste ihn, als er seine Tochter sah, die zusammengerollt auf dem großen Esstisch lag. Der Rock war über ihre Beine hochgeschoben, und das Oberteil ihrer Kotte hing in Fetzen vom Körper. Dicht neben dem Tisch stand Burchard von Hanenstein und zog gerade mit einem süffisanten Lächeln seinen Gürtel durch die Schnalle.

»Ich habe wirklich noch nicht mit Euch gerechnet, obwohl ich sagen muss, dass mir der Empfang für Euch über alle Maßen gelungen ist«, sagte Burchard selbstgefällig und strich sich über seine Kotte.

Eine unbändige Wut stieg in Gottwald auf, und er umklammerte den Griff seines Schwertes so fest, dass die Fingerknöchel weiß hervortraten. Wie durch einen Nebel nahm er wahr, dass die Kampfgeräusche vom Flur verebbt waren und auch Johann sich hinter ihn gestellt hatte.

Eine Hand legte sich schwer auf seine Schulter, und er hörte Johann flüstern: »Nicht, Herr, es hat keinen Sinn!«

Vom Hof her drang Manfreds Stimme zu ihnen herüber, die sich schnell näherte. »Herr Gottwald, wir haben sie überwältigt! Alle waren im Stall eingesperrt, und Randolf hilft ihnen dabei, die Fesseln zu lösen.«

Der Mann, der mit Gottwalds Knappen zusammen den Stall übernommen hatte, kam keuchend ins Haus gepoltert. »Nur Eure Familie war nicht darunter, Herr ...«

Nach einem warnenden Blick Johanns waren die letzten Worte kaum mehr als ein Flüstern. Manfred blieb mit einem furchtsamen Blick auf die starre Gestalt des Vogtes stehen und verstummte.

»Ihr habt nicht die geringste Chance, hier lebend herauszukommen, Gottwald. Gebt meine Frau und meine Tochter frei, und ich verspreche Euch, nicht an Ort und Stelle über Euch zu richten, sondern es dem Kaiser zu überlassen.«

»Wie überaus großzügig von Euch«, höhnte Burchard, »wo doch unser geschätzter Kaiser bereits von uns gegangen ist.«

Gottwalds überraschter Blick entging ihm nicht, und er grinste bösartig. »Da staunt Ihr, was? Ich bin immer bestens unterrichtet, und Eurer Tochter hätte an meiner Seite eine große Zukunft bevorgestanden. So aber ... nun ja, ich fürchte, dass Pfalzgraf Friedrich Abstand von seinem Eheversprechen nehmen wird. Wer will schon ein gebrauchtes Eheweib?«

Johanns Griff auf Gottwalds Schulter verstärkte sich, und nur mit größter Kraftanstrengung gelang es dem Vogt, sich zurückzuhalten. Ihm war klar, dass sich bei der kleinsten Bewegung Azzos Dolch in Edgithas Hals bohren würde. Zumindest den Knebel hatte Azzo aus ihrem Mund entfernt. Gottwald traute seinen Ohren kaum, als seine Gemahlin ihn just in dem Moment traurig anlächelte und mit heiserer, aber fester Stimme sagte: »Tu es, Gottwald!«

Ihre Worte hallten durch den Raum, und Burchard griff wutentbrannt nach Hemmas Hand, um sie grob vom Tisch herunterzuziehen.

»Halt's Maul, Weibsstück!«, brüllte er Edgitha an.

Mit dem einen Arm umklammerte er Hemma, während er mit der freien Hand nach seinem Messer griff und es ihr ebenfalls an den Hals setzte.

Entsetzt betrachtete Gottwald die geschundene Gestalt seiner Tochter. Ihre linke Gesichtshälfte war rot geschwollen, die offenen Haare fielen ihr in nassen Strähnen über die Schulter und verdeckten ihre halb entblößte Brust. Schaudernd sah er auf den Boden, und erst da bemerkte er die zusammengekrümmte Gestalt Esikos. Eine große Blutlache verteilte sich unter dem Bergmann auf dem Holzboden.

»Und jetzt sagt den beiden hinter Euch, dass sie ihre Waffen weit von sich werfen sollen«, befahl Burchard.

Er näherte sich langsam mit Hemma, die er brutal vor sich herschob. Dabei zog er das Bein nach, das Esiko mit der Eisenstange getroffen hatte. Just in dem Augenblick stürmten zwei weitere Männer ins Haus, die Schwerter kampfbereit in der Hand. Kurz vor Gottwald, Johann und Manfred blieben sie stehen und richteten bedrohlich ihre Waffen auf sie.

»Herr Burchard, seid Ihr da drin?«

Der Angesprochene verzog das Gesicht. »Wo wart Ihr denn die ganze Zeit?«

Gottwald sah, wie einer von den beiden rot anlief.

»Ich war in dem kleinen Wachzimmer neben dem Tor eingesperrt, und Hugo hat erst jetzt etwas von dem Überfall mitbekommen. Er hat sich wohl den Magen verdorben und war außerhalb des Hofes, bei den Bäumen. Verzeiht, Herr, es wird nicht wieder vorkommen«, sagte er kleinlaut.

Auch Azzo hatte sich mittlerweile erhoben und zerrte Edgitha weiter mit sich, nachdem er ihre Fußfesseln durchschnitten hatte. Burchard stand nun direkt vor Gottwald und warf einen verächtlichen Blick in Richtung seiner beiden zerknirscht wirkenden Männer.

»Dafür haben wir die Stalltür verriegelt. Da kommt keiner raus«, versuchte es Hugo.

Burchard achtete nicht weiter auf ihn, sondern wandte sich an Gottwald. »Wir werden die beiden freilassen, sobald wir in Sicherheit sind. Was eine mögliche Anklage von Euch betrifft, so wird mein Vetter Otto von Northeim jederzeit bestätigen, dass ich mich bei ihm aufgehalten habe. Ohne den Schutz Heinrichs werdet Ihr dem nichts entgegenzusetzen haben.«

Gottwald und Johann traten einen Schritt zur Seite, um Platz zu machen. Hinter ihnen hörten sie schleppende Schritte, die vom Keller heraufkamen.

»Ach, gibt es dich auch noch! Nach und nach tauchen alle wieder auf. Mach dich nützlich und sperr den edlen Herrn Vogt in den Keller. Vorher nimmst du ihm aber noch sein hübsches Schwert ab. Um die beiden anderen kümmert ihr euch.« Er fuhr sich mit der flachen Hand über die Kehle, was ein hämisches Grinsen bei seinen Männern hervorlockte.

Der zuerst Angesprochene rieb sich den Kopf und zog ein Messer aus dem Gürtel. Seine Haare waren blutverschmiert und klebten an der Kopfhaut, denn es handelte sich um den Mann, den Esiko mit seiner Eisenstange außer Gefecht gesetzt hatte. Johann und sein Gefährte spannten die Muskeln und ballten die Fäuste.

Dann ging alles sehr schnell. Aus den Augenwinkeln heraus bemerkte Gottwald, wie Hemma mit dem Fuß nach einem Messer tastete, das sich in ihrer Reichweite befand. Burchard hielt mit der rechten Hand noch immer ihren linken Arm fest und richtete seine ganze Aufmerksamkeit auf den Mann an der Treppe. Der Vogt war sich nicht sicher, ob sie es schaffte, aber er hatte nicht mit seiner Frau gerechnet. Die stets kühle und gefasste Edgitha schien ebenfalls gemerkt zu haben, was ihre Tochter im Schilde führte, und tat das Einzige, was sie in ihrer Lage tun konnte. Urplötzlich drehte sie den Kopf zur Seite und biss Azzo in den Arm.

Durch den Aufschrei wurde Burchard vollends abgelenkt, und Hemma nutzte den Augenblick. Sie bückte sich und versuchte dabei, sich ruckartig und mit aller Kraft aus Burchards Griff zu befreien. Er fasste zwar sofort nach, aber der kurze Moment hatte gereicht. Hemma packte das Messer und rammte es ihm mit aller Wucht in den Oberschenkel, woraufhin Burchard stöhnend zusammensackte. Gottwald, der noch immer sein Schwert in der Hand hielt, fackelte nicht lange. Er holte aus, stieß nach hinten und zog es sofort wieder mit einem Ruck zurück. Der Getroffene ließ mit weit aufgerissenen Augen das Messer fallen und polterte zum zweiten Mal die Treppe hinunter. Johann und Manfred hatten auch sehr schnell reagiert und gingen mit erhobenen Schwertern auf Burchards Männer los. Mit wutverzerrtem Blick strebte Gottwald Azzo entgegen, der ebenfalls seine Waffe zog.

Ohne hinzusehen schrie er seiner Tochter zu: »Kümmere dich um deine Mutter und verschwindet!«

Edgitha lag nach einem brutalen Faustschlag Azzos mit blutendem Kinn auf dem Boden. Hemma kroch zu ihr, ohne dabei Burchard aus den Augen zu lassen, der noch immer eine Hand auf seine Wunde presste. Dadurch konnte sie rechtzeitig reagieren, als dieser blitzschnell sein Schwert zog und mit einem grauenerregenden Schrei ausholte. Hemma sprang zur Seite, und die scharfe Waffe verfehlte sie um Haaresbreite. Sofort rappelte sie sich wieder auf und eilte zu ihrer Mutter, um ihr aufzuhelfen. Ein gehetzter Blick auf ihren Vater zerstörte ihre Hoffnung auf Hilfe, denn der Vogt kämpfte noch immer verbissen mit Azzo, der sich als ebenbürtiger Gegner erwies.

Geistesgegenwärtig versetzte Hemma ihrer Mutter einen Schubs, und Burchard stieß sein Schwert direkt zwischen die beiden Frauen. Hemma war klar, dass sie ein drittes Mal nicht mehr so viel Glück haben würden. Für einen flüchtigen Moment überlegte sie, ob sie ihren Peiniger mit dem Messer angreifen sollte, verwarf den unsinnigen Gedanken aber gleich wieder, da sie gegen ihn nicht die geringste Chance hätte. Verzweifelt verfolgte sie, wie ihr Gegner mit langsamen Schritten und höhnischem Grinsen auf sie zuhinkte. Draußen im Flur kämpften Johann und Manfred noch immer mit den beiden Schergen Burchards, so dass sie auf deren Hilfe auch nicht hoffen konnte. Hemma krabbelte auf allen vieren zu ihrer Mutter, die anscheinend das Bewusstsein verloren hatte, und drehte sich dabei zu ihrem Verfolger um.

Drohend stand er über ihr, hob sein Schwert mit beiden Händen weit über den Kopf und sagte: »Auf Wiedersehen, meine Schöne!«

Hemma legte ihren Körper schützend über den ihrer Mutter, schloss die Augen und wartete auf den Schlag. Ein überraschter Schrei, dem ein dumpfer Aufprall folgte, ließ sie zusammenzucken. Sie fuhr herum und sah als Erstes Azzos Körper dicht neben der Wand liegen, während ihr Vater mit Burchard auf dem Boden rang. Beide hatten anscheinend ihre Schwerter verloren. Hemma sprang auf und suchte mit gehetztem Blick nach der Waffe ihres Vaters. Ein erstickter Schrei aus dem Flur ließ sie in der Bewegung innehalten, und mit Entsetzen stellte sie fest, dass Manfred am Boden lag. Sein Kopf ruhte seltsam abgeklappt auf der Seite und gab eine klaffende Wunde am Hals frei. Sein Gegner kam langsam in den Raum, wobei er den Blick auf die beiden Männer richtete, die verbissen miteinander kämpften, und Hemma völlig unbeachtet ließ. Sie nutzte die Möglichkeit, packte Azzos Schwert und rannte los. Als sie mit aller Kraft zuschlug, stieß sie einen hasserfüllten Schrei aus. Der Mann war viel zu verblüfft, um rechtzeitig zu handeln. Mit starrem Blick und dem Schwert in seinem Bauch fiel er wie ein gefällter Baum der Länge nach hin.

Gottwald, der bei dem Zweikampf wegen seines fehlenden Armes eindeutig im Nachteil war, hatte es mit einem gezielten Tritt ins Gemächt des Gegners geschafft, sich zu befreien. Er rollte zur Seite, und Hemma, die noch immer wie hypnotisiert auf den Mann vor ihr starrte, kam wieder zu sich. Sie zwang sich, nicht auf dessen weit geöffnete Augen zu achten, und zog mit aller Kraft das Schwert aus dem Körper.

»Vater!«, schrie sie und warf Gottwald die blutige Waffe zu, der sie geschickt auffing.

Gerade noch rechtzeitig konnte er Burchards Schlag parieren. Hemmas Alptraum nahm kein Ende, denn just in dem Augenblick sah sie, wie Azzo sich langsam regte, den Gottwald anscheinend durch einen Faustschlag nur kurzzeitig außer Gefecht gesetzt hatte. Die junge Frau griff nach dem Messer, das neben ihrer Mutter lag, und stürzte sich mit einem Schrei auf Azzo. Die Klingenspitze blieb kurz vor seiner Brust in der Luft stehen, denn er hatte ihr Handgelenk gepackt, und mit einem Ruck flog das Messer aus ihrer Hand. Er richtete sich auf und drückte sie zu Boden. Eine tiefe Wunde zog sich quer über seine linke Gesichtshälfte, und voller Grauen blickte Hemma in die blutige und wutverzerrte Fratze.

Dann schlug er zu.

Hemma hatte das Gefühl, als würde ihr Unterkiefer in tausend Stücke zerbersten, und wie durch eine Nebelwand hörte sie den seltsamen Akzent seiner Worte: »Den Rest überlasse ich meinem Herrn.«

Schritte entfernten sich, und Schwerter klirrten. Hemma wurde übel, aber sie zwang sich hochzukommen. Ihr Blick war trübe, als sie sah, wie Azzo langsam auf ihren Vater und Burchard zuging. Im Gehen bückte er sich und griff nach seinem Schwert, das auf dem Boden lag. Hemma wollte schreien, doch kein einziger Ton kam über ihre Lippen. Im dem Augenblick, als Burchard von Gottwalds Klinge getroffen wurde, stieß Azzo sein Schwert in den Rücken von Hemmas Vater. Erst jetzt wandelte sich der lautlose Ton in einen gellenden Schrei, und Hemma hatte das Gefühl, den Schmerz nicht mehr ertragen zu können. Der Körper ihres Vaters sackte in sich zusammen, nachdem Azzo seine Waffe herausgezogen hatte, und nur undeutlich sah Hemma, wie eine Gestalt mit lautem Geschrei und gezogenem Schwert in den Raum stürmte. Azzo konnte sich gerade noch zur Seite drehen, aber es reichte nicht ganz, und er zuckte zusammen, als er getroffen wurde. Fast ohne jede Regung nahm sie wahr, dass der Scherge gleich darauf seinen deutlich kleineren Gegner mit einem Schlag niederstreckte. Ohne einen Laut sackte Randolf zusammen, fast im selben Augenblick, in dem auch Johann stöhnend zusammenbrach.

Als Hemma die lauten Pferdehufe und Rufe vom Hof hörte, dauerte es einen Moment, bis sie wusste, was es zu bedeuten hatte. Trotzdem war sie nicht in der Lage, sofort den Kopf zu heben.

»Vater, Mutter, wo seid ihr?«

Die Worte ihres älteren Bruders drangen in ihr Bewusstsein, fast gleichzeitig mit dem Geruch nach Rauch. Erschreckt drehte sich Hemma um und riss die Augen auf. Azzo und Burchard waren wie vom Erdboden verschwunden, dafür brannten der Tisch und die Holzverriegelung der Fensteröffnung. Blitzartig kam Hemma auf die Beine. Sie lief zu ihrem Vater, der dicht neben dem Tisch auf dem Boden lag, und griff nach seinem Arm.

»Hemma!«

Ohne in ihrer Anstrengung nachzulassen, sah die junge Frau über die Schulter, direkt in das entsetzte Gesicht Goswins.

»Hilf mir!«, schluchzte sie. »Ich schaffe es nicht alleine!«

Mit zwei Sätzen war Goswin an ihrer Seite. Er schob sein Schwert zurück in die Scheide, bückte sich und hob den Körper seines Vaters hoch.

»Verschwinde!«, schrie er sie an, bevor er mit seiner Last zur Tür ging.

In dem Augenblick stürmten drei weitere Männer in den brennenden Raum. Sie brauchten nicht lange, um die Situation zu erfassen. Einer von ihnen hob vorsichtig Edgitha hoch, während der andere das Gleiche mit Hemma tun wollte.

»Nein, mir fehlt nichts«, sagte sie energisch, ihre Schmerzen im Gesicht ignorierend, »ihm musst du helfen.« Dabei zeigte sie auf Randolf, der sich noch immer nicht regte.

Nachdem der Mann den verletzten Knappen hochgehoben und den Raum verlassen hatte, schwankte Hemma hinter ihm her. Sie stolperte in den Hof hinaus, wo ein furchtbares Durcheinander herrschte. Die Ställe brannten ebenfalls, und Hemma sah, wie sich einige

Männer um die verängstigten Tiere bemühten. Immer mehr Menschen strömten durch das geöffnete Tor, um mit anzupacken. Viele trugen Eimer mit Wasser, andere kümmerten sich um die Verletzten. Voller Verzweiflung sah die junge Frau sich nach ihren Eltern um, bis sie schließlich Goswin entdeckte, der direkt auf sie zulief.

»Vater und Mutter sind außerhalb des Tores.«

Für einen kurzen Moment legte er beide Hände auf ihre Schultern und sah ihr tief in die Augen. Sein Gesicht und die schwarze Kleidung waren rußverschmiert. Im nächsten Augenblick war die innige Verbundenheit gebrochen, und er eilte weiter, um den anderen beim Löschen zu helfen.

Als Hemma hinauslief, achtete niemand auf ihr verschmutztes und zerrissenes Kleid, noch nicht einmal sie selbst, genauso wenig wie sie den Blutgeschmack bemerkte, der sich seit Azzos Faustschlag in ihrem Mund verteilt hatte. Der Regen hatte aufgehört, so als wollte er sie zusätzlich strafen, indem er das Feuer nicht löschte. Dafür hatte der starke Wind nachgelassen.

Hemma brauchte nicht zu suchen. Kaum hatte sie den elterlichen Hof verlassen, da entdeckte sie neben der Mauer die kleine Gruppe. Langsam ging sie weiter darauf zu, und die Menschen öffneten den Ring, um sie durchzulassen. Erst jetzt sah sie ihren Vater. Auf eine Wolldecke gebettet lag er auf dem Rücken, und unter ihm hatte sich bereits ein großer, dunkler Fleck ausgebreitet. Ihre Mutter hatte das Gesicht auf seine Brust gelegt und weinte lautlos, während ihr Oberkörper bebte. Eine eisige Hand griff nach Hemmas Herz und umschloss es. Waltraut, die hinter Edgitha hockte und ihr einen Arm auf den Rücken gelegt hatte, sah Hemma mitfühlend an. Gottwald hatte die Augen geschlossen, und seine Tochter ging langsam an seiner anderen Seite in die

Knie. In dem Moment öffnete er die Augen, seine Lider flatterten, und doch sah er Hemma mit festem Blick an. Mit den Lippen formte er ein paar lautlose Worte, die sie jedoch nicht verstehen konnte. Dann lächelte er, und Hemma schluchzte auf. Sie griff nach seiner Hand und küsste sie, während ihr die Tränen ungehindert über die Wangen liefen.

»Verzeih mir, Vater, bitte verzeih mir!«, murmelte sie unentwegt.

Plötzlich fing jemand der Umstehenden leise zu beten an, und Hemma bemerkte mit tränenverschleiertem Blick, dass jedes Leben aus den Augen ihres Vaters verschwunden war.

Hemmungslos weinend brach sie neben ihm auf dem nassen, schlammigen Boden zusammen.

1. KAPITEL

*Nahe der Hartesburg im Monat August
im Jahre des Herrn 1072*

Schweiß rann den beiden Reitern über den Rücken, als sie in der einsetzenden Abenddämmerung aus dem Wald herauskamen, und der ältere wischte sich mit einem tiefen Seufzer die hellbraunen, kinnlangen Haare aus dem schmalen Gesicht. Gedankenverloren kratzte er sich über den sorgfältig gestutzten Vollbart und ließ den Blick durch die Landschaft gleiten. Vor ihnen breiteten sich mehrere Felder aus, auf denen im letzten Licht des Tages noch einige Bauern mit der Sense damit beschäftigt waren, die Halme zu schneiden. Mit schwingenden, gleichmäßigen Bewegungen von rechts nach links führten sie das Blatt dicht über den Boden, so dass die blaugrauen, fast zwei Meter hohen Roggenhalme der Länge nach umfielen. In ihren grauen und braunen Leibröcken aus grobem Leinen, die locker bis zu den Knien fielen, unterschieden sie sich farblich nicht von den Frauen, die die abgeschnittenen Halme bündelten. Allerdings hatten die Bäuerinnen ihr knöchellanges Obergewand an den Seiten in den Gürtel gesteckt, da ihnen die dadurch gewonnene Beinfreiheit das Arbeiten erleichterte.

Als Randolf von Bardolfsburg mit seinem Begleiter an den Menschen auf dem Feld vorbeiritt, verbeugten sie sich und hielten den Blick auf den Boden gerichtet, bis die beiden Reiter vorbei waren. Ein paar Mutige sahen ihnen verstohlen nach, und einer von ihnen spie vor sich auf den Boden.

Randolf sah absichtlich nicht über die Schulter, denn er spürte die hasserfüllten Blicke. Auch sein junger Begleiter war sich offensichtlich der Spannung bewusst, denn trotz seiner nach außen hin lockeren Haltung ruhte Folkmars Hand auf seinem Schwertgriff. Die Reiter hatten bereits vor Stunden ihr Wams aufgeschnürt, denn die Hitze war fast unerträglich. Zum Glück lag das Ziel ihrer Reise nun schon deutlich erkennbar vor ihnen.

»Seltsamerweise kommt mir die Hartesburg bei jedem Besuch bedrohlicher vor«, unterbrach der Jüngere das Schweigen, nachdem sie die Felder hinter sich gelassen hatten. »Wahrscheinlich würde ich auch so missmutig dreinschauen, wenn ich unterhalb von dem mächtigen Bollwerk arbeiten müsste.«

»Es ist nicht Missmut, Folkmar, der sich in den Gesichtern der Leute widerspiegelt, sondern blanker Hass«, entgegnete Randolf düster, während er den Blick auf die Burg richtete, die in einiger Entfernung auf dem Berg thronte. »Hass gemischt mit Furcht, und in ein paar Monaten wird noch der Ausdruck des Hungers hinzukommen.«

Eine Weile herrschte Schweigen zwischen ihnen, denn keiner verspürte Lust auf eine allgemeine Unterhaltung. Als am gestrigen Nachmittag der Bote König Heinrichs auf Randolfs Gut erschienen war, hatten sie kaum Zeit mit dem Aufbruch verloren. In aller Eile hatten sie etwas Proviant eingepackt und waren am späten Nachmittag losgeritten, denn der unmissverständliche Befehl des Königs lautete, dass Randolf unverzüglich bei ihm erscheinen möge.

»Mein Vater berichtet ebenfalls von dem immer stärker werdenden Unmut, nicht nur in Teilen der Bevölkerung, sondern vor allem unter den sächsischen Fürsten. Sein Herr versucht seit Wochen deswegen an den König heranzutreten, leider bisher ohne Erfolg.«

Randolf verscheuchte seine finsteren Gedanken und versuchte sich auf die Worte seines Freundes zu konzentrieren. Deren Inhalt war besorgniserregend genug, denn Folkmars Vater stand in den Diensten von Imad, der ein Bistum von nicht unerheblicher Größe vertrat. Der Paderborner Bischof gehörte eigentlich zum Kreis der Vertrauten des noch jungen Königs, wie schon vorher von dessen Vater, doch in der Sachsenfrage vermochte auch er Heinrich nicht zu erreichen.

»Nun denn, wenigstens hat der König endlich Otto von Northeim freigelassen. Ich habe von Anfang an gewisse Zweifel an den Anschuldigungen dieses Egeno von Konradsburg gehegt. Seine Behauptung, Graf Otto schmiede an einem Komplott gegen den König, war mehr als unglaubwürdig. Die Entscheidung des Königs war lange überfällig, nicht nur, um die Gemüter ein wenig zu beruhigen.«

Folkmar zog eine Grimasse und entgegnete nachdenklich: »Vergessen wir dabei aber nicht, dass sich sein enger Freund Magnus Billung noch immer in Haft befindet. Der König wäre gut beraten, wenn er auch ihn endlich freilassen würde. Und was Graf Otto betrifft, der hat durch den seinerzeit verhängten Bann des Königs nicht nur viele seiner Güter und Würden verloren, sondern auch einiges an Macht eingebüßt.«

Randolf setzte zu einer Antwort an, als plötzlich ein lauter Schrei die stickige Luft durchbrach. Nach einem kurzen Blickwechsel setzten die beiden mit ihren Pferden los. Schon nach der nächsten Wegbiegung lag die kleine

Siedlung vor ihnen, und die Ursache für ihren scharfen Ritt befand sich vor zwei bewaffneten Männern im Dreck, von einer Schwertspitze bedroht. Verwirrt richteten die Soldaten den Blick auf die heranpreschenden Reiter.

»Sind die Bauern in dieser Gegend so gefährlich, dass ihr zu zweit kaum mit ihnen fertig werdet?«, spottete Folkmar und musterte den am Boden Kauernden.

Der Mann mit dem Schwert wollte wütend seine Waffe auf Folkmar richten, als er auch schon die Spitze von Randolfs Schwert am Hals spürte.

»Das würde ich dir nicht raten, Mann!«, warnte der Ritter leise, während seine braunen Augen auf dem Fremden ruhten. »Bevor du zustößt, tränkt dein Blut die ausgetrocknete Erde.«

»Wir sind Soldaten des Königs, und Ihr habt kein Recht dazu!«, presste der Soldat hervor und hielt sein Schwert weiterhin auf Folkmar gerichtet, der das ganze Schauspiel eher belustigt verfolgte. Er schien sein Leben nicht in Gefahr zu sehen, trotz der scharfen Waffe.

Der andere Soldat hatte bisher keinen Ton von sich gegeben, sondern nur wie erstarrt das Geschehen beobachtet. Jetzt kam Leben in ihn, und er flüsterte seinem Kameraden warnend zu: »Steck das Schwert weg! Weißt du denn nicht, wer das ist? Das ist Randolf von Bardolfsburg, ein enger Vertrauter des Königs!«

Schlagartig wurde der Mann leichenblass und ließ sein Schwert auf den Boden sinken. »Verzeiht, Ihr Herren, aber ich hatte doch keine Ahnung«, klagte er mit flehendem Blick.

»Hör mit diesem Gejammer auf und erkläre uns lieber, was es mit diesem Bauern auf sich hat. Wieso richtet ihr den Mann so zu?«, erwiderte Randolf und gab dem am Boden Liegenden ein Zeichen aufzustehen.

Während dieser sich langsam erhob und dabei schmerzhaft das Gesicht verzog, folgte der Soldat hastig dem Befehl Randolfs.

»Er weigert sich, die erforderliche Menge an Eiern abzugeben, und will auch seine Hühner nicht herausrücken. Man muss diesem Pack zeigen, wer hier das Sagen hat«, erklärte er eilfertig.

»Auch hier gilt ja wohl immer noch das Gesetz des Königs, oder?«

Die beiden zuckten unter den schneidenden Worten des Ritters zusammen und wollten zu einer Rechtfertigung ansetzen, doch sein Blick ließ sie verstummen.

»Was hast du dazu zu sagen?«

Der Bauer hielt Randolfs Blick stand, zumindest mit dem rechten Auge, denn sein linkes war fast zugeschwollen, auch war die Lippe aufgeplatzt. Trotz seines geschundenen Äußeren strahlte er einen gewissen Stolz aus, der aber nicht respektlos erschien. Er war Anfang zwanzig und damit ein wenig jünger als Randolf mit seinen siebenundzwanzig Jahren. Der Ritter musste die seltene Erfahrung machen, zu jemandem aufzusehen, denn der blonde Hüne überragte ihn fast um einen ganzen Kopf.

»Blick nach unten und antworte gefälligst, Bursche!«, fuhr einer der Soldaten den jungen Mann an.

»Noch ein Wort ohne meine Erlaubnis, und du wirst den Rest der Woche im gastlichen Kerker der Hartesburg verbringen«, wies Randolf ihn scharf zurecht.

Dem Mann klappte der offene Mund zu, und er schwieg, lediglich der hasserfüllte Blick verriet seine Gefühle.

»Also, wie klingt deine Geschichte?«

Nach kurzem Räuspern antwortete der junge Bauer: »Es ist richtig, dass ich nicht die erforderliche Menge an

Eiern abgegeben habe. Meine Frau ist krank, und wir haben sonst nicht mehr viel. Wenn sie uns jetzt noch die Hühner wegnehmen, können sie auch in Zukunft keine Eier mehr bekommen, Herr.«

Folkmar ergriff das Wort, während er vom Pferd abstieg und sich neben seinen Freund stellte. »Klingt irgendwie vernünftig – ohne Hühner keine Eier. Ich denke, ihr zwei solltet euch tummeln, bevor wir es uns anders überlegen!«

Der Soldat reagierte überhaupt nicht auf Folkmar, sondern sprach direkt Randolf an. »Aber Herr, die Abgaben sind von allen gleich zu entrichten. Das ist Gesetz, da kann sich doch keiner davonstehlen.«

Randolfs ernster Blick ruhte so lange auf den beiden Burgmannen, bis sie schließlich unruhig zu Boden sahen. »Ich denke nicht, dass dieser Mann sich davonstehlen wird. Er hat hier sein Zuhause und muss für seine Familie sorgen. Wenn ihr ihm alles nehmt, kann er bald überhaupt keine Abgaben mehr leisten. Und nun verschwindet, aber schnell!«

Obwohl er seine wohlüberlegten Worte ruhig hervorbrachte, verfehlten sie ihre Wirkung nicht. Beide Soldaten warteten keine zweite Aufforderung ab, sondern schwangen sich auf ihre Pferde und ritten davon.

»Wie ist dein Name?«

Sollte der Bauer Angst verspüren, so zeigte er es nicht, denn in seiner Stimme lag kein Zittern. »Man nennt mich Guntram, Herr, und habt Dank für Eure Hilfe«, erwiderte er mit einer leichten Verbeugung.

Randolf saß bereits wieder auf dem Pferderücken, nun beugte er sich nochmals zu dem Bauer hinab und reichte ihm eine Münze.

»Kauf dir davon ein paar Hühner, falls sie dir deine anderen doch noch wegnehmen.«

Dann folgte er Folkmar, der bereits langsam vorweggeritten war, und ließ den verdutzten Hünen stehen. Der Ritter stand seit seinem zwölften Lebensjahr in den Diensten des Königs und war nicht nur durch gemeinsame Erlebnisse, sondern vor allem durch den geleisteten Treueid an seinen Lehnsherrn gebunden. König Heinrich, der ein paar Jahre jünger war als Randolf, bemerkte des Öfteren im scherzhaften Ton, dass ihn nicht nur dessen ruhige und besonnene Art, sondern vor allem auch sein Talent im Umgang mit dem Schwert schon oft aus brenzligen Situationen gerettet hatte. Nur ein einziges Mal hatte Randolf dem König gegenüber seinen lange verstorbenen Lehrmeister Gottwald von Gosenfels erwähnt, dem er seiner Meinung nach so manches zu verdanken hatte.

Die beiden Männer durchquerten die Siedlung am Fuße des Burgberges, in der sich eine Kirche, Wohngebäude und Pferdeställe befanden und von wo aus die Besatzung der Hartesburg versorgt wurde. Langsam begannen sie, von nördlicher Seite her, mit dem Aufstieg zu der großen Festung. Da es nur einen Weg hinauf gab, galt die wehrhafte Anlage als uneinnehmbar. Der Pfad, gerade breit genug für ein Fuhrwerk, war zu beiden Seiten anfangs noch dicht bewaldet und fiel zur linken, der Tal zugewandten Seite steil bergab. Nachdem sie eine Weile schweigend nebeneinander hergeritten waren, passierten sie die Vorburg, die sich ein wenig unterhalb der Burganlage befand. Der Vorposten zur großen Burg bestand aus mehreren Holzbefestigungen und diente auch dem Schutz der Bewohner im Tal.

Zum ersten Mal hielt eine Wache sie auf. Laute Stimmen und das markerschütternde Quieken von Schweinen in Todesangst drangen von den Gebäuden herüber, die rechts von ihnen lagen. Doch der Blick wurde von einer steinernen Mauer und mehreren Bäumen versperrt. Nachdem Randolf dem Mann seinen Namen genannt hatte, konnten sie passieren.

»Wie lange kennst du eigentlich unseren König? Das wollte ich dich schon immer fragen«, begann Folkmar in die stetig nachlassenden Geräusche hinein.

»Erzbischof Adalbert hat dafür gesorgt, dass ich vor sechzehn Jahren zu ihm kam«, antwortete Randolf, ohne sich um den bitteren Unterton zu kümmern.

Folkmar bemerkte davon jedoch nichts, denn seine nächste Frage kam mit Begeisterung. »Dann warst du ja in Kaiserswerth dabei! Erzähl doch mal, wie hast du das alles erlebt? Das muss mächtig aufregend gewesen sein!«

Randolf seufzte, denn er empfand die Unbedarftheit seines jungen Begleiters gelegentlich als äußerst anstrengend, zumal sie in heftigem Gegensatz zu seinem eigenen Wesen stand. Mit einem Mal fiel ihm ein, dass er damals bei dem Ereignis in Kaiserswerth genauso alt gewesen war wie Folkmar jetzt. Jegliche kindliche Naivität hatte er allerdings bereits Jahre zuvor verloren.

»Aufregend war es im Nachhinein vielleicht, aber zu dem Zeitpunkt von Heinrichs Entführung beherrschte uns die nackte Angst. Nachdem sie den König auf das prächtige Schiff des Erzbischofs Anno von Köln gebracht hatten, von dem aus sie den Staatsstreich in die Wege leiteten, versuchte er noch, sich mit einem Sprung in den Rhein zu retten. Zwei Tage später geleitete man mich zu ihm«, antwortete Randolf schließlich zögernd. Die damaligen Ereignisse hatten bei Heinrich tiefe Spuren hinterlassen, dessen Entscheidungen seitdem von ausgeprägtem Misstrauen gegenüber dem Adel und dem Klerus geprägt waren.

»Unser König war zu der Zeit bereits unglaublich mutig! Man stelle sich nur vor, einfach in den Rhein zu springen!«, entgegnete Folkmar erregt, nachdem er ehrfürchtig der Erzählung seines älteren Freundes gelauscht hatte. Falls er jedoch davon ausgegangen war, dass dieser in das Lob einstimmte, so wurde er eines Besseren belehrt.

»Mutig? Das war höchstens unglaublich töricht, denn er konnte nicht schwimmen! Man muss ihm natürlich zugutehalten, dass er in seiner Angst wohl keinen anderen Ausweg gesehen hat, schließlich war Heinrich damals erst zwölf. Einzig Ekbert von Braunschweig ist es zu verdanken, dass wir unserem König gleich gegenübertreten werden.«

Folkmar blieb davon unbeeindruckt. »Das war ja wohl die Pflicht des Grafen! Immerhin ging es um das Leben des Königs, und an dessen Entführung war er beteiligt, oder? Nun ja, soweit ich weiß, ist Markgraf Ekbert seit einigen Jahren tot. Übrigens, vom Tod des Erzbischofs Adalbert habe ich erst vor kurzem erfahren, du hattest ja eine enge Bindung zu ihm.«

Randolfs Gesichtszüge verhärteten sich, und nur mühsam beherrscht erwiderte er knapp: »Eng ist wahrlich zu viel gesagt!«

Erzbischof Adalbert, der dafür verantwortlich gewesen war, dass Randolf nach dem Tod seines Lehrmeisters Gottwald von Gosenfels als eine Art Gefährte zu dem oft einsamen König gebracht wurde, hatte sich in den Jahren davor um die Ausbildung des Jungen gekümmert. Aufgrund einer zufälligen Entdeckung, die Randolf einen herben Schlag versetzt hatte, brach der enttäuschte Ritter ab diesem Moment jeglichen Kontakt zu dem hohen kirchlichen Würdenträger ab. Außer seiner Frau Betlindis und seinem Sohn Herwin besaß Randolf keine weiteren Familienangehörigen, denn seit seinem sechsten Lebensjahr war er Vollwaise.

Vor ihnen lag die wuchtige Hartesburg in ihrer gesamten Größe. Geschützt von einer hohen Steinmauer, die bis an den Steilrand des Bergkegels heranreichte, führte nur ein einziger Eingang in die mächtige Burganlage hinein. Alles war so konzipiert, dass jeder, der die ersten beiden Tore passierte, den Waffenarm dicht an der Mauer entlang führen musste, während die Burgbesatzung im Falle eines Angriffs die Schwerter ungehindert führen konnte. Während der dreijährigen Bauzeit hatte Randolf, zumeist als Begleiter des jungen Königs, den Fortschritt der Bauarbeiten mitverfolgt. Der Baumeister war ihm aus seiner kurzen Zeit in Goslar noch bekannt, denn dort hatte er das Amt des Vicedominus und Dompropsts inne und war zudem maßgeblich am Bau der Goslarer Stiftskirche beteiligt gewesen. Seit Fertigstellung der letzten Baumaßnahme hielt sich Benno im Bistum Osnabrück auf, dem er als Bischof vorsaß.

Nachdem die beiden Männer passieren konnten, übergaben sie einem herbeigeeilten Stallknecht die Pferde und gingen über den Innenhof auf den großen Palas Heinrichs zu, der sich im östlichen Teil der Anlage befand. Die hölzerne Stiftskirche, in der zahlreiche Reliquien lagerten, ließen sie zu ihrer Rechten liegen. Auf dem Burghof herrschte auch zu dieser vorgerückten Stunde noch reges Treiben, zumal zeitweise bis zu dreihundert Mann Besatzung auf der Burg untergebracht waren. Unter vielen anderen war dies einer der Gründe, warum der Unmut der sächsischen Fürsten beständig stieg und die Bevölkerung unter vorgehaltener Hand nur noch bitter über ihren König sprach, denn bei der Besatzung handelte es sich um landesfremde Männer, zum größten Teil schwäbische Ministerialen. Nicht nur äußerlich unterschieden sie sich von der sächsischen Bevölkerung, denn die meisten waren von kleinerer Statur und dunkelhaarig, auch an ihrem Dialekt hörte man, dass sie fremd waren.

In den letzten zehn Jahren waren viele solcher Burgen im gesamten Harz entstanden, fast durchweg mit landesfremden Besatzungen. Per königlicher Erlaubnis durften sich die Männer nach Gutdünken bei der Landbevölkerung Nahrungsmittel besorgen und die Bauern zu Frondiensten heranziehen.

Vor dem Eingang des Wohngebäudes warteten zwei bewaffnete Männer, von denen einer die beiden Besucher hineinführte.

Der Palas bestand aus drei großen Räumen, deren prunkvolle Ausstattung in nichts den königlichen Pfalzen nachstand. Wie Randolf erwartet hatte, führte man sie in den Empfangsraum des Königs, in dem ein Abbild seines Throns aus der Kaiserpfalz Goslar stand, mit dem einzigen Unterschied, dass das Vorbild aus Bronzeguss gefertigt und auf feinstem Sandstein befestigt war und nicht aus Buchenholz, das aus den heimischen Harzwäldern stammte. Auf diesem saß nun Heinrich IV., bereits im zarten Alter von vier Jahren zum König gekrönt, und blickte seinen Besuchern lächelnd entgegen.

Heinrich III. war bei seinem Tod ein kranker, von der Gicht geplagter Mann gewesen und hinterließ seiner Frau und seinem Sohn ein Reich, das in großen Schwierigkeiten steckte. Der verstorbene Kaiser war Vater von sieben Kindern und hatte sein Leben lang versucht, nach christlichen Regeln und Werten zu leben, was ihm nicht immer gelungen war. Wahrscheinlich hatte ihm sogar die Nachricht, die ihn im Bodfeld einige Tage vor seinem Tod erreichte, den Rest gegeben. Die vernichtende Niederlage, die das sächsische Heer gegen die Wenden bei Prizlawa an der Havel erlitten hatte, erschütterte ihn über alle Maßen, und noch am selben Tag befiel ihn ein starkes Fieber.

Seinem Sohn hatte er die leicht tief liegenden, dunklen Augen vererbt, deren stechender Blick den freundlichen Gesichtsausdruck schmälerte. Die ebenfalls dunklen, lockigen Haare trug er kinnlang und dazu einen sorgfältig gestutzten Vollbart. Randolf konnte sich nur noch undeutlich an den Vater des Königs erinnern. Die Ähnlichkeit von Vater und Sohn war unschwer zu erkennen, was nicht zuletzt der leicht düstere Ausdruck verstärkte.

Für Folkmar war es der erste Besuch auf der Hartesburg und zugleich sein erstes Zusammentreffen mit dem jungen Herrscher, wenn man von den letzten beiden Hoftagen absah. In der Miene des Mannes zeigte sich eine Ehrfurcht, die Randolf aufgrund der vielen Jahre, die er eng mit Heinrich verbracht hatte, abhandengekommen war. Ohne Frage verehrte er den König ebenfalls, schließlich hatte er dem Monarchen vor Jahren bereits den Treueschwur geleistet, aber der Ritter sah mehr den Menschen in ihm, der als solcher mit guten, aber eben auch mit schlechten Eigenschaften behaftet war.

Natürlich würde er dem König niemals Fehlverhalten vorwerfen oder auch nur versuchen, ihm dergleichen vor Augen zu halten. Doch Randolf hatte aus verschiedenen Gründen einen besonderen Stand bei seinem Herrn und konnte durchaus auf diplomatische Art und Weise bestimmte Dinge ansprechen. Dieses Privileg wollte er nun ebenfalls nutzen und seine Sorge um die sich beständig verschlechternde politische Lage zum Ausdruck bringen, zu der nicht nur die späte Rehabilitation des Northeimer Grafen und die fortwährende Inhaftierung des jungen Herzogs von Sachsen geführt hatten. Das Hauptproblem lag darin, dass der König mit seinem Handeln in keiner Weise Rücksicht auf die sächsischen Fürsten nahm, und

Randolf fragte sich zum wiederholten Mal, wie lange diese sich das autoritäre Verhalten des jungen Monarchen wohl noch gefallen ließen. Im Gegensatz zu dem verstorbenen Kaiser, der immer darauf geachtet hatte, es sich nicht mit der adeligen Oberschicht zu verscherzen, setzte Heinrich seine Vorhaben ohne große Absprachen durch und verzichtete sogar auf die üblichen kirchlichen und adeligen Beraterkreise.

Erst in diesem Augenblick, als der König sich erhob und auf seine Besucher zuging, ebenfalls ein Zeichen seiner Verbundenheit mit Randolf, bemerkte dieser einen Mann in seinem Alter. Er stand in einer Dreiergruppe von vertrauten Gesichtern und kam ihm irgendwie bekannt vor. Folkmar und Randolf verbeugten sich vor dem König, und der Ritter begrüßte seinen Herrn als Erster.

»Euer Majestät, Ihr habt nach mir schicken lassen.«

Beide waren ungefähr gleich groß und von athletischer Figur.

Heinrich legte beide Hände auf die Schultern des Mannes, der ihm seit Kindertagen Begleiter und Freund war. »Randolf, schön, dass Ihr so schnell kommen konntet. Ich hoffe, Eurer Frau geht es bereits ein wenig besser, so dass sie Eure erneute Abwesenheit gut verkraften wird.«

»Natürlich, Majestät, es wird gut für Betlindis gesorgt. Doch der erneute Verlust eines Kindes schmerzt sie ohne Zweifel sehr«, entgegnete Randolf, ohne sich sein schlechtes Gewissen darüber, dass er sie alleine lassen musste, anmerken zu lassen. »Darf ich Euch meinen Begleiter Folkmar vorstellen? Sein Name wird Euch vielleicht nichts sagen, dafür aber gewiss der Name seines Vaters, Widerhold von Itter. Er hat sich auf meinem Gut aufgehalten, als ich Eure Nachricht erhielt, und bat darum, mich begleiten zu dürfen.«

Heinrich nahm die Hände von den Schultern seines Vertrauten und wandte sich Folkmar zu, der noch immer in seiner Verbeugung verharrte. »Kommt hoch und seht mich an. Wenn ich mich nicht täusche, so steht Euer Vater in den Diensten des Bischofs Imad, eines guten Freundes von mir.«

Folkmar wich dem durchdringenden Blick des Königs aus und nickte schnell. »Ja, Euer Majestät, das ist richtig.«

Für kurze Zeit ließ Heinrich den Blick forschend auf dem jungen Mann ruhen, dessen Beklommenheit ihm deutlich anzumerken war. Als der Herrscher ihm schließlich zweimal auf die Schulter klopfte und freundlich sagte: »Was schaut Ihr so furchtsam drein? Als treuer Gefolgsmann habt Ihr von Eurem König nichts zu befürchten«, brachte er nur ein verwirrtes Lächeln zustande.

Randolf hatte das Schauspiel mit unbewegter Miene verfolgt. Nicht zum ersten Mal konnte er mit ansehen, wie Heinrich allein durch seinen Blick Unbehagen bei seinem Gegenüber auslöste. Nach der Aufforderung des Königs folgte er ihm zu der Gruppe Männer, die sich bisher im Hintergrund gehalten hatten. Auch Folkmar kam mit langsamen Schritten hinterher.

Ein kaum merkliches Aufflackern in den Augen des unbekannten Ritters zeigte Randolf, dass dieser, im Gegensatz zu ihm, genau wusste, wer er war. Dieser Vorteil gefiel ihm überhaupt nicht, doch bevor er auch nur eine Frage an den Mann richten konnte, ergriff der König das Wort.

»Mein lieber Randolf, sicher erinnert Ihr Euch noch gut an den Hoftag in Magdeburg im letzten Mai, von dem Euch vor allem die Begnadigung Ottos von Northeim, zu der Ihr mich seit langer Zeit gedrängt hattet, noch im Gedächtnis sein wird.«

Heinrich wartete das kurze Nicken Randolfs ab und sprach dann weiter. Mit einer ausladenden Geste wies er auf den Mann, der dem Gedächtnis des Ritters so zusetzte.

»Auch dieser wackere Gefolgsmann hier hat seinen Teil zur Freilassung Ottos beigetragen. Ihr kennt ihn, doch ich sehe es Eurem Gesicht an, dass Ihr im Augenblick ein wenig ratlos seid, was seine Herkunft angeht. Beim hier Anwesenden handelt es sich um Ottos Neffen. Dämmert es Euch jetzt?«

Jäh blitzte die Erinnerung an seine letzte Begegnung mit dem Neffen Ottos auf, und unbewusst griff Randolf zu seinem Schwert. Ihre Waffen hatten die beiden Männer auch bei ihrem letzten Zusammentreffen vor neun Jahren in den Händen gehalten. Allerdings glänzte damals nicht das polierte Eisen, sondern Blut darauf. Die Wucht der Erinnerung war so gewaltig, dass Randolf es nur dem warnenden Druck von Folkmars Hand auf seiner Schulter zu verdanken hatte, dass er seine Waffe vor dem König im letzten Moment nicht zog. Auch Heinrich hatte schnell reagiert, denn keinen Wimpernschlag später legte er eine Hand auf den Schwertarm Randolfs. Seine Worte waren so leise, dass keiner der Umstehenden sie hören konnte.

»Ich bitte Euch, mein Freund, der Ihr seit ich denken kann immer besonnen gehandelt habt, und dem unüberlegtes Verhalten fremd ist. Lasst Euch zu nichts hinreißen, sondern wartet meine Erklärung ab.«

»Majestät, verzeiht mir, dass ich Eure Gastfreundschaft in Euren Räumen fast missbraucht hätte, doch Dietbert von Hanenstein kann keine andere Antwort als das Schwert von mir erwarten! Ich werde mich hier selbstverständlich zurückhalten, aber erwartet bitte keine Gnade von mir, wenn ich ihn außerhalb Eurer Burg antreffe.« Mühsam brachte Randolf die Worte über die Lippen, während seine rechte Hand weiterhin auf dem Griff des Schwertes ruhte.

Heinrich, der noch immer den Arm des Ritters festhielt, raunte ihm zu: »Ich erwarte von Euch, dass Ihr zuerst meine Worte anhört, mehr nicht!«

Dann drehte er sich halb zu der Gruppe Männer um, von denen einige interessiert wirkten, andere dagegen verblüfft. Einzig der Stein des Anstoßes machte einen verunsicherten Eindruck.

»Meine Herren, geht bitte schon voraus in die kleine Halle, wo wir heute Abend zusammen speisen wollen. Mein Freund und ich werden Euch bald folgen.«

Dietbert leistete der Anweisung des Königs als Erster Folge, die anderen, unter ihnen auch Folkmar, dessen Gesicht immer noch äußerst blass aussah, verließen nach kurzem Zögern ebenfalls den Raum. Kaum waren die beiden Männer alleine, nahm Heinrich die Hand von Randolfs Arm.

»Wie könnt Ihr Euch nur zu einer solch unüberlegten Geste hinreißen lassen? Ich weiß zwar, dass Ihr den Überfall und den damit verbundenen Tod Gottwalds von Gosenfels nur schwer verwunden habt, aber der Täter war der Vater dieses Mannes! Seit wann übernimmt der Sohn die Schuld des Vaters? Verdient er denn keine neue Chance?«

Randolf atmete tief durch, bevor er zu einer Antwort ansetzte. »Leider muss ich Euch widersprechen, denn es gibt da etwas, was Ihr nicht wisst, Majestät. Sicher, ich stimme mit Euch überein, dass niemand für die Taten seiner Eltern verantwortlich gemacht werden sollte. Wer, wenn nicht ich, könnte diese Aussage besser vertreten? Aber Dietbert von Hanenstein hat ebenfalls das Blut der Familie Gottwald von Gosenfels an den Händen.«

»Meines Wissens war Dietbert zum Zeitpunkt des Überfalls gerade mal zwölf oder dreizehn Jahre alt, oder täusche ich mich da?«

Der Gefolgsmann des Königs schüttelte den Kopf. Noch immer fühlte Randolf sich wie betäubt. »Nein, Euer Majestät, Ihr geht richtig in der Annahme. Die Tat, die ich ihm vorwerfe, liegt nicht ganz so lange zurück. Ihr erinnert Euch sicherlich an die Bluttat zu Pfingsten in der Stiftskirche Sankt Simon und Judas?«, entgegnete der Ritter, nun wieder einigermaßen gefasst.

Diesmal kämpfte der König offenkundig mit seinen Erinnerungen, die sich seit dem Erlebnis von Kaiserswerth und den Jahren danach in seinem Kopf festgesetzt hatten und auf jede sich bietende Gelegenheit warteten, um ihm wieder die Unsicherheit seiner Lage vor Augen zu führen.

»Ich sehe, der Tag ist ebenso präsent bei Euch wie bei mir! Nun, dort hat der elende Burchard von Hanenstein, wie Ihr natürlich wisst, sein Ende gefunden. Allerdings wäre sein Sohn fast für den Tod Goswins von Gosenfels verantwortlich gewesen, wenn ich nicht dazwischengegangen wäre. Leider konnte Dietbert damals mit Hilfe eines Schergen seines Vaters entkommen.«

Heinrich, der seine Gefühle wieder unter Kontrolle hatte, sah Randolf zweifelnd an. »War es nicht aber so, dass der Sohn des ehemaligen Vogts der Pfalz überlebt hat? Außerdem kann man meines Erachtens Dietbert sein Verhalten schon deswegen nicht vorwerfen, da Goswin vor seinen Augen dessen Vater ermordet hat.«

»Majestät, die Ermordung des Vogts lag zu dem Zeitpunkt knapp sieben Jahre zurück. Eine lange Zeit, um seine Rachegedanken zu pflegen. Kann man es ihm verübeln, dass er den Mörder seines Vaters ebenfalls tot sehen wollte?«

Mit Randolfs Ruhe war es vorbei, und er versuchte angestrengt, seinen Zorn zu zügeln. Wie immer, wenn er an das schreckliche Ereignis dachte, das auch seinem Leben eine andere Wendung gegeben hatte.

»Sicherlich, das will ich nicht bestreiten. Aber bedenkt, wie es damals in unserem schönen Gotteshaus zugegangen ist. Mordeslust und Blutgier herrschten an jenem Tag in einem Haus, in dem es eigentlich nur friedliche Gedanken geben sollte. Wie dem auch sei. Begrabt endlich Euren Hass und schließt Frieden mit Dietbert von Hanenstein! Übrigens trägt er großen Anteil daran, dass Otto von Northeim endlich zugegeben hat, dass Burchard zu dem Zeitpunkt des Überfalls nicht bei ihm war. Angeblich beruhte seine damalige Aussage auf Details, die nicht der Wahrheit entsprachen, wovon er zu der Zeit keine Kenntnis besaß.«

Es war Randolf anzusehen, dass er seinem König die Aussage nicht abnahm. »Was ist mit diesem Azzo, dem Mörder Gottwalds von Gosenfels? Wenn dieser Dietbert es so ehrlich meint, dann kann er den Mann einem Gericht überstellen, das ihn für seine Taten richten wird.«

Heinrich schüttelte den Kopf. »Das hätte er wahrlich gerne getan, denn angeblich musste er selbst in jungen Jahren unter diesem Mann leiden. Aber Azzo ist gleich nach dem Ereignis in Goslar verschwunden, nachdem er den Sohn seines Herrn gerettet hat. Wie gesagt, schließt Frieden mit der Vergangenheit und macht einen Neuanfang!«

Randolfs Gesicht glich einer Maske, als er sich verbeugte und trocken antwortete: »Wie Ihr wünscht, Majestät.«

Für einen kurzen Augenblick zögerte Heinrich, als überlegte er, ob er noch etwas hinzufügen sollte. Schließlich fuhr er fort, wobei sich seine Unentschlossenheit mit jedem Wort legte: »Noch etwas, Randolf. Da ich mich nachdrücklich für eine Beendigung dieser Feindschaft entschieden habe, bin ich einer Bitte Dietberts nachgekommen. Er hat um die Hand der Tochter des Münzmeisters von Goslar gebeten, und ich habe ihm meine Einwilligung nicht verwehrt. Damit ist die Zustimmung des Münzmeisters eine reine Formalität.«

Wie vom Donner gerührt starrte Randolf den König an. Es fiel ihm augenscheinlich schwer, die richtigen Worte zu finden. »Das geht unter keinen Umständen, Majestät, Henrika könnte die Schwester von Dietbert sein. Sein Vater hat damals die Tochter des Vogts geschändet. Die Angelegenheit wurde auf Wunsch der Familie nicht weiter verfolgt, alleine aus Rücksicht auf das Kind, aber ich weiß genau, dass es so geschehen ist!«

»Wart Ihr Augenzeuge dieser abscheulichen Tat?«, fragte Heinrich stirnrunzelnd und fuhr nach Randolfs unwilliger Verneinung fort: »Nun, dann könnte es ebenso eine üble Verleumdung sein. Wer könnte es der Familie verdenken, nach dieser schrecklichen Tat? Sie hatten alles verloren und keine andere Möglichkeit, ihre Ehre wiederherzustellen, als den Namen Burchards noch weiter zu beschmutzen. Es bleibt dabei. Solange ich keine eindeutige Bestätigung Eurer Aussage habe, wird diese Ehe das Ende des Hasses zwischen den beiden Familien und zugleich den Neuanfang besiegeln. Was ist das eigentlich für eine junge Frau, diese Henrika? Dietbert kam regelrecht ins Schwärmen, als er von ihr sprach. Beschreibt sie mir! Ist sie solch eine Augenweide, wie er behauptet?«

»Leider kann ich Euch nichts über ihr Aussehen berichten, da meine letzte Begegnung mit ihr schon einige Jahre zurückliegt. Sie folgte damals zu Pfingsten ihrem Onkel Goswin in die Stiftskirche und musste Schreckliches mit ansehen. Seitdem verlässt sie Goslar, sobald dort Hoftage anstehen«, sagte Randolf ausweichend und dachte bei sich, dass Henrika mittlerweile eine Schönheit sein musste, wenn sie auch nur ein wenig ihrer Mutter nachkam. Das behielt er aber sorgsam für sich, denn er kannte die Schwäche des Königs für schöne Frauen.

»Das kann ich dem armen Ding nicht verdenken. Ein Wunder, dass sie damals lebend aus dem Gebäude gekommen ist. Doch nun genug davon! Ihr werdet morgen nach Goslar aufbrechen, um meine Botschaft an den Vater des Mädchens zu überbringen. Wir werden wie geplant in einer Woche folgen, die Königin befindet sich ja bereits in der Pfalz. Und nun kommt, lasst uns gut speisen und trinken! Ich erwarte zwar keine Freundschaft zwischen Euch und Hanenstein, aber zumindest höfliches Benehmen.«

Randolf presste die Lippen zusammen und nickte mit eisiger Miene. Während er darüber nachdachte, wie er den Plan des Königs doch noch vereiteln könnte, folgte er ihm hinaus zu den anderen.

Erst viel später, als er alleine abends in seiner Kammer lag, wurde ihm die übermäßige Anteilnahme des Königs an der ganzen Geschichte bewusst. Sicher, Heinrich legte oft ein mehr als ungebührliches Interesse an hübschen, jungen Frauen an den Tag, aber in diesem Fall verhielt sich die Sache anders. Schließlich hatte der König die junge Henrika noch nicht zu Gesicht bekommen. Randolf nahm sich vor, bei passender Gelegenheit mehr darüber herauszufinden, doch erst musste er die leidige Angelegenheit mit dem Antrag dieses elenden Dietbert von Hanenstein aus der Welt schaffen!

2. KAPITEL

Dietbert von Hanenstein saß auf der dicken Mauer in seiner Fensteröffnung und starrte hinaus in die Dunkelheit. Das Zusammentreffen mit diesem Randolf von Bardolfsburg war nicht geplant gewesen. Im Gegenteil! Bisher hatte er es immer sorgsam vermieden, die Gespenster der Vergangenheit zu rufen. Bis zu der verhängnisvollen Begegnung mit dieser jungen Frau! Er konnte ihr Bild einfach nicht mehr verscheuchen. Nicht, dass er es nicht versucht hätte, aber es wollte beim besten Willen nicht aus seinem Kopf verschwinden.

Er hatte sie auf dem Markt in Goslar gesehen, wo sie in Begleitung einer älteren Bediensteten unterwegs gewesen war. Als unerwartet ein Regenschauer die Menschen überraschte, nutzte Dietbert die Gelegenheit, der jungen Frau Schutz zu geben, indem er seinen Umhang über einen der Stände geworfen hatte und sie darunter bat. Dort hatte sie ihm auf sein Drängen hin ihren Namen verraten und ihn gerade noch rechtzeitig vor der Dummheit bewahrt, ihr den seinen zu nennen. Schließlich konnte er nicht sicher sein, ob ihr der volle Name nicht bekannt war. So erfuhr sie nur von ihm, dass er Dietbert hieß und sich auf dem Weg nach Magdeburg befand.

Leider war der Regenguss nur kurz, doch zu seiner Freude hatte er sie noch ein Stück begleiten dürfen. Von einer Minute auf die andere war er rettungslos verliebt!

Nach langem Grübeln blieb ihm nur ein Ausweg – und die Hoffnung, dass sie ihm seinen Vater verzeihen möge. Ein Vater, der den Namen nicht verdient und sogar den Tod seiner eigenen Frau zu verantworten hatte. Dietbert selbst konnte ihm bis heute nicht verzeihen, und jedes Mal, wenn er an den Todestag seiner Mutter dachte, stieg erneut unbändige Wut in ihm auf. Nicht wegen seiner Mutter, obwohl er vielleicht auch dazu Grund gehabt hätte, aber *ihr* hatte er schon längst verziehen. Die Wut galt vor allem seiner eigenen Person, denn vor lauter Angst und Feigheit hatte er es in all den Jahren nicht fertiggebracht, seinen Vater zum Teufel zu schicken. Dass Burchard von Hanenstein seit geraumer Zeit in der Hölle schmorte, dessen war sich Dietbert sicher, das hatte er Goswin von Gosenfels zu verdanken.

Langsam glitten seine Gedanken wieder zu dem Tag auf der Burg Hanenstein zurück, an dem er als dreizehnjähriger, ängstlicher Junge im Nachbarzimmer gelauscht und mit weit aufgerissenen Augen die Vorgänge durch einen Spalt in der morschen Wand beobachtet hatte.

Die Luft in dem kleinen Zimmer war heiß und stickig, denn die dicken, trockenen Äste im Kamin brannten, aber der Abzug funktionierte nicht mehr richtig. In dem Bett, dem einzigen Möbelstück im Raum, lag eine Frau. Sie war erst neunundzwanzig Jahre alt, aber ihre langen braunen Haare waren bereits von vielen grauen Strähnen durchzogen. Einzelne davon hatten sich aus dem straff geflochtenen Zopf gelöst und klebten nun auf ihrem schweißnassen Gesicht. Die Augen hielt die Kranke meistens geschlossen, doch wenn sie sie ab und zu öffnete, glänzten sie fiebrig.

An ihrem Bett standen zwei Männer, einer an jeder Seite. Ein dritter verharrte an einer schmalen Fenster-

öffnung, durch die die kühle Nachtluft hereinkam. Der Mann hatte sich gegen die dicke Mauer gelehnt und starrte aus dem schmalen Schlitz. Viel konnte man nicht draußen erkennen, denn die meisten seiner Pächter hatten sich bereits schlafen gelegt. Nur gelegentlich flackerte ein kleines Licht auf, wenn einer der Wachhabenden über den Hof zu seinem Posten auf einem der beiden Türme ging.

Burchard von Hanenstein mied den Blick auf die Sterbende, nicht weil es ihn zu sehr schmerzte, sondern weil es ihn anwiderte, damit seine Zeit zu verschwenden. Selbst mit ihrem Tod ließ sie sich noch Zeit, ebenso wie mit der Geburt ihres einzigen Sohnes.

Drei Jahre hatte er warten müssen, bis er seinen Nachfolger in den Armen halten konnte. In den Jahren davor musste er zwei Totgeburten verscharren lassen. Doch es sollte alles noch viel schlimmer kommen. Von den acht Schwangerschaften, die sie in den Jahren nach der Geburt seines Sohnes hatte, waren drei Fehlgeburten, zwei Kinder kamen tot zur Welt und die anderen drei, bei denen es sich durchweg um Mädchen gehandelt hatte, starben innerhalb der ersten drei Lebensjahre. Er hatte nicht um sie getrauert. Sie waren schwach gewesen, und sein Ärger darüber, dass er noch immer nur Vater eines einzigen Sohnes war, steigerte sich von Jahr zu Jahr.

Er war ganz sicher in der Lage, Söhne zu zeugen. Schließlich gab es unter den Kindern, die auf seinem Land lebten, mindestens fünf männliche Bastarde. Nur seiner Frau war es anscheinend nicht möglich, ihm weitere Söhne zu gebären. Selbstverständlich lag die Schuld bei ihr, und er war sich sicher, dass sie ihn absichtlich damit quälen wollte.

Adelheid hatte ihn nie geliebt, weder am Anfang ihrer Ehe, als sie mit dreizehn Jahren seine Gemahlin wur-

de, noch im Laufe der Zeit. Im Gegenteil, die einzigen Gefühle, die sie für ihn hegte, waren Angst und Hass. Grenzenloser Hass, dessen war er sich sicher. Doch nun würde er bald frei sein. Vor fünf Tagen war sie auf der Treppe, die von ihrer Kemenate ins Erdgeschoss führte, gestolpert und hatte sich beim Sturz böse verletzt. Ein Bein war gebrochen, mehrere Rippen ebenfalls. Das alles würde heilen mit der Zeit, aber von den morschen Stufen hatte sich ein großer Holzsplitter in ihr linkes Bein geschoben. Die Wunde fing an zu eitern, nicht zuletzt deswegen, weil ihr Gemahl nicht sofort ärztliche Hilfe hatte kommen lassen. Jetzt war es zu spät. Er war nicht traurig darum.

Ein langes Stöhnen ließ ihn den Blick zum Bett wenden.

Der Arzt, er war überall als Pfuscher bekannt, hatte die Kranke zur Ader gelassen. Das Blut lief in zwei kleinen Rinnsalen am Handgelenk seitlich herunter und tropfte in eine schmutzige, kleine Schale, in der sich noch Reste getrockneten Bluts befanden. Wieder stöhnte Adelheid von Hanenstein auf. Hatte sie in den Stunden zuvor fast ausschließlich ruhig dagelegen, so wand sie nun den Kopf hin und her. Dabei entfuhr ihren trockenen Lippen immer wieder ein leises Stöhnen. Der Priester, ein junger Mann, der völlig von den Gnaden seines Brotgebers abhängig war, gab Burchard von Hanenstein ein Zeichen, näher zu treten. Die Letzte Ölung hatte die Frau seines Herrn bereits vor zwei Stunden erhalten. Sünden konnte sie keine mehr gestehen, da sie seit dem frühen Morgen das Bewusstsein verloren hatte.

Zwischenzeitlich war Burchard an das Fußende des Bettes getreten und heftete seinen kalten Blick auf das Gesicht seiner Frau. Der Priester murmelte unentwegt leise Gebete, und man merkte ihm seine Unerfahrenheit deutlich an, denn es handelte sich um seine erste Sterbende.

Plötzlich riss seine Herrin die Augen auf und starrte in das Antlitz ihres Gatten. Der fiebrige Glanz war verschwunden, stattdessen stand ihr der blanke Hass ins Gesicht geschrieben. Mittlerweile hatte der Arzt, ein schmuddelig aussehender Mann Ende dreißig, einen halbwegs sauberen Lappen um die frische Wunde am Handgelenk der Sterbenden gebunden, um die Blutung zu stoppen. Nach einem kurzen Blick Burchards verließ er mit einer tiefen Verbeugung den Raum. So konnte nur noch der junge Priester den Ausdruck auf dem Gesicht seiner Herrin sehen.

Burchard von Hanenstein erwiderte den hasserfüllten Blick gelassen, und seine schmalen Lippen verzogen sich zu einem kaum merklichen Lächeln. Adelheid von Hanenstein bewegte die Lippen, doch die Worte waren kaum mehr als ein Flüstern.

»Was sagst du, meine Liebe? Ich kann dich nicht verstehen«, fragte ihr Gemahl höhnisch.

Der Priester wollte sich zu der Kranken hinabbeugen, doch sie schüttelte den Kopf. Wieder öffnete sie den Mund, und dieses Mal hörten die beiden am Bett stehenden Männer die Worte zwar leise, doch klar und deutlich.

»Verflucht seiest du, Burchard von Hanenstein. Du und alle deine Nachkommen!«

Ein letztes Mal flackerten ihre Augen, dann verließ das Leben ihren Körper. Der Priester, der erschrocken die Luft eingezogen hatte, vermied es, seinen Herrn anzusehen, um seine offensichtliche Furcht zu verbergen.

Burchard ließ sich nichts von seiner Wut anmerken. Mit scharfen Worten fuhr er den Priester an: »Wollt Ihr nicht die Augen meiner Frau schließen?«

Hastig legte der verängstigte junge Mann eine Hand auf die starr nach oben gerichteten Augen der Toten und schloss sie für immer.

»Lasst alles für das Begräbnis vorbereiten. Morgen soll die Beerdigung stattfinden.«

Unsicher wandte sich der Geistliche an Burchard, ohne ihm dabei direkt in die Augen zu blicken. »Aber mein Herr, die Familie Eurer verblichenen Gattin wird es nicht rechtzeitig schaffen, an der Trauerfeier teilzunehmen.«

Burchard heftete seinen kalten Blick auf den Priester, der einen Schritt zurückwich und nun mit dem Rücken an der Wand stand. »Das soll nicht Eure Sorge sein. Je weniger Mäuler ich zu diesem Anlass stopfen muss, desto besser.«

Damit drehte er sich um und ging in Richtung der Tür. Bevor er sie jedoch öffnete, sah er nochmals über die Schulter. Da der Priester ihm nachgeschaut hatte, konnte er den Blick nicht mehr abwenden.

»Ihr wisst, mein lieber Freund, ich schätze Euren Beistand sehr. Doch sollte jemals auch nur eines der Worte, die in diesem Raum gefallen sind, nach außen dringen, so werdet Ihr sicherlich bald Eurem eigenen Begräbnis beiwohnen dürfen.«

Nach einem letzten warnenden Blick öffnete er die Tür ruckartig und schlug sie mit einem lauten Knall hinter sich zu. Mit schnellen Schritten verließ er das Obergeschoss seines Hauses in Richtung Ausgang, um die Kammer aufzusuchen, in der sich die Wachhabenden aufhielten.

Fast erleichtert kehrte Dietbert in die Gegenwart zurück, und wie immer, wenn diese Bilder vor seinem Auge auftauchten und ihn mitrissen, mischte sich in seine Wut auch eine unbestimmte Traurigkeit. Er hatte seine Mutter geliebt, immerhin war sie die einzige Person in seiner direkten Umgebung mit halbwegs menschlichen Gefühlen. Dass sie ihn nicht geliebt hatte, konnte er sogar verstehen – wie auch? Jedes Mal, wenn sie ihn angesehen hatte, musste sie an ihren verhassten Mann denken. Aber seitdem lechzte der Junge in dem mittlerweile erwachsenen Mann nach Liebe.

Deshalb hatte er den direkten Weg zum König gesucht, der ihn nach einigen wichtigen Äußerungen über so manchen unzufriedenen sächsischen Fürsten auch gerne wieder in seine Gunst aufgenommen hatte. Dietbert atmete die Nachtluft tief ein, lauschte dem Zirpen der Grillen und versuchte sich zu entspannen. Als eine Katze direkt unter seinem Fenster ihr klagendes Geschrei anstimmte, zuckte er zusammen. Der schwarze Himmel über ihm war von unzähligen glitzernden Sternen erhellt, denn die Nacht war klar, und selbst hinter den dicken Burgmauern hielt sich noch immer die schwülwarme Luft des Tages, so dass an Schlaf kaum zu denken war.

Beim Gedanken an den Hass, den er in den Augen Randolfs gesehen hatte, schauderte er. Der gleiche Ausdruck wie vor neun Jahren bei den schrecklichen Kämpfen im Goslarer Gotteshaus. Dabei war Dietbert Goswin in höchstem Maße dankbar dafür, dass er ihn von seinem Vater erlöst hatte, und hätte sich am liebsten gleich in sein neues freies Leben davongeschlichen. Doch Azzo hatte die Ermordung Burchards ebenfalls mit angesehen, und so musste Dietbert wohl oder übel den Schlag gegen Goswin ausführen. Ohne Zweifel hätte der ergebene Diener seines Vaters sonst nicht eine Sekunde gezögert und ihn selbst niedergestreckt, sozusagen als gerechte Strafe für die Feigheit des schwächlichen und verhassten

Sohnes, der nicht in der Lage war, den Tod des Vaters zu rächen.

Azzo hatte ihn schon immer verachtet, genau wie sein eigener Vater. Doch nach dessen Tod hatte ein neues Leben für Dietbert begonnen, denn endlich musste er sich nicht mehr verstecken. Die jahrelange Furcht vor seinem Vater und dessen Handlanger hatte ein Ende! Solange er denken konnte, war sein Leben von Angst geprägt. Immer hatte er alles erduldet, Schläge hingenommen, Beleidigungen geschluckt. Einzig der Gedanke, dass er den Tod seines Vaters erleben wollte, hielt ihn aufrecht.

Nachdem Azzo ihn aus dem Gotteshaus gebracht hatte, verschwand der Scherge spurlos, und Dietbert musste bei Otto von Northeim zu Kreuze kriechen. Das gestaltete sich jedoch einfacher als gedacht, denn er brauchte nur alles auf seinen verhassten Vater zu schieben, auf den auch sein Onkel nicht gut zu sprechen war. Nach und nach erschlich er sich das Vertrauen des Grafen, der schon damals die Führungsposition unter den sächsischen Fürsten einnahm. Niemand dort vereinte so viel Macht wie er, der seinerzeit gleichzeitig die Herzogenwürde von Baiern innehatte. Endlich war Dietbert das Glück hold!

Leider hielt es nicht ewig an, denn bald darauf fiel sein Onkel einem Komplott zum Opfer und wurde schließlich vom König geächtet. Das alles nach vielen Monaten der Flucht und unzähligen Kämpfen, bei denen Dietbert zusammen unter anderem mit Magnus Billung, dem Sohn des erst kürzlich verstorbenen Herzogs von Sachsen, an der Seite des Northeimer Grafen das Schwert führte. Zu seinem Glück war Dietbert so unbedeutend, dass der König keinerlei Kenntnis von ihm besaß, und so konnte er, nachdem sein Onkel sich ergeben hatte und mit vielen anderen gefangen gesetzt war, in Freiheit bleiben. Seine Berichte über den sächsischen Widerstand halfen ihm zu überleben und seinem Onkel und seinen Mitstreitern, den Weg in die Freiheit zu finden.

Am Ende begnadigte der König alle bis auf Magnus Billung, der noch immer in den Verliesen der Hartesburg vor sich hin schmachtete, denn er weigerte sich weiterhin hartnäckig, sein väterliches Erbe an König Heinrich abzutreten. Der Mann war Dietbert egal. Fast war es Ironie des Schicksals, dass Magnus ausgerechnet in der Festung ausharren musste, zu deren Bau einer der größten Feinde der Familie von Magnus geraten hatte: Erzbischof Adalbert von Hamburg und Bremen. Auch Dietberts Onkel musste schmerzliche Abstriche für seine Freiheit hinnehmen, denn der Herzogtitel wurde ihm aberkannt und jemand anderem verliehen.

Das Glück hatte sich Burchards Sohn wieder zugewandt – bis heute! Dietbert wusste um den Einfluss, den Randolf bei Heinrich besaß, aber heute hatte der Ritter keinen Erfolg gehabt, denn der König war bei seinem Entschluss geblieben und hatte seinen langjährigen Vertrauten sogar mit einer Botschaft nach Goslar zum Münzmeister geschickt. Damit waren zwar nicht alle seine Probleme gelöst, von denen eines noch immer das fehlende Zuhause war, doch sein Herzenswunsch war zum Greifen nah! Die Burg seines Vaters hatte Heinrich vor zwei Jahren zerstört, da sie zum Besitz des Grafen von Northeim gehört hatte. Trotz allem hatte sich Dietberts größtes Problem erst jetzt in der Person Randolfs offenbart. Der junge Mann spürte instinktiv, dass der Ritter seine feindseligen Gefühle gegen ihn niemals verlieren würde.

Seufzend erhob er sich von seinem Platz und begab sich mit dem Gedanken an seine baldige Vermählung zur Ruhe.

»Wie lange warst du schon nicht mehr bei der Familie deines damaligen Lehrmeisters?«, fragte Folkmar, kurz nach ihrem Aufbruch von der Hartesburg.

Randolf richtete den Blick weiter stur geradeaus, in die Richtung, in der bald Goslar vor ihnen liegen würde, der Ort, an dem er einige glückliche Monate verbracht hatte. Aber auch der Ort, an dem er so viel Schreckliches erlebt hatte. Der König hatte die Hartesburg unter anderem bauen lassen, um die Lieblingspfalz seines verstorbenen Vaters besser schützen zu können.

Gerne hätte Randolf weiterhin seinen düsteren Gedanken nachgehangen, auch wenn er wusste, dass seinem jungen Freund die Stimmung zu schaffen machte. Letztendlich gab dieser Gedanke den Ausschlag dafür, dass er überhaupt antwortete. »Ist schon eine Weile her, zu Himmelfahrt«, erwiderte er knapp und verfiel sofort wieder in brütendes Schweigen.

Endlich schwieg Folkmar, denn er merkte seinem älteren Freund die mühsame Beherrschung an und versuchte die schöne Landschaft zu genießen.

Als kurz danach hinter der Siedlung am Fuße des Burgbergs jemand aus dem Gebüsch sprang, fuhren die beiden Reiter zusammen und zügelten ihre Pferde. Fast zeitgleich legten sie die Hände auf die Griffe ihrer Schwerter.

»Du solltest vorsichtiger sein, Mädchen, wem du so plötzlich vors Pferd läufst!«, ermahnte Randolf die junge Frau und nahm erleichtert die Hand vom Schwertgriff. »Wer bist du überhaupt?«

Die Angesprochene knickste hastig und trat einen Schritt zurück. Die Pferde schienen ihr Angst zu machen. »Vergebt mir, ihr Herren. Irmingard heiße ich. Bitte, könnte ich Euch kurz sprechen? Es ist von großer Wichtigkeit und dauert auch bestimmt nicht lange.«

Randolfs nachdenklicher Blick ruhte für einen Augenblick auf der Frau, bevor er mit einem knappen Nicken seine Zustimmung signalisierte. Sie war noch jung, höchstens sechzehn, und nicht sehr groß, dafür aber von üppiger Figur.

»Ihr habt gestern in Eurer Großmut einen der Bauern vor den Schlägen der Soldaten gerettet, edler Herr. Doch dem Mann droht ein wesentlich schlimmeres Schicksal, wenn er hier bleibt. Könnt Ihr ihn nicht von hier wegschaffen lassen, sonst ist sein Leben verwirkt«, bat sie ohne erkennbare Furcht.

Randolf war verblüfft über ihren Wagemut, dass sie sich ohne Scheu einem Ritter des Königs in den Weg stellte. Er hatte den Vorfall mit dem Bauern durch die Pläne des Königs völlig verdrängt.

»Belästige uns nicht mit deinen Unverschämtheiten und mach uns den Weg frei!«, fuhr Folkmar sie nicht allzu unfreundlich an.

Randolf hob seine Hand. »Wieso sollte ich einen Bauern von seinem Zuhause wegschaffen? Er gehört dem König, und selbst wenn ich es wollte, könnte ich es nicht. Er soll seine Arbeit erledigen, dann werden sie ihn schon in Ruhe lassen.«

Der trotzige Ausdruck, der nach Folkmars Zurechtweisung auf ihr Gesicht getreten war, verschwand, und die Verzweiflung wurde erneut deutlich sichtbar. »Guntram wurde schreckliches Unrecht angetan, und er wird sich damit nicht abfinden. Mehr darf und kann ich Euch nicht sagen, außer dass es mit dem Vogt zusammenhängt. Ihr seid doch ein Mann der Ehre, der Unrecht ganz bestimmt nicht duldet«, antwortete sie zögernd, während sie sich mit ängstlichem Blick umsah.

»Ich kann dir nicht helfen, Mädchen. Wie schon gesagt, der Bauer soll seine Arbeit machen, dann wird schon alles gutgehen. Und jetzt gib den Weg frei!«

Widerwillig trat die junge Frau zur Seite und ließ die beiden Reiter passieren. Als Randolf ihrem wütenden Blick begegnete, glomm in ihm ein Funke schlechtes Gewissen auf. Zu gut war ihm die Willkür des Vogts bekannt, als dass die Bitte ihn unberührt lassen konnte, allerdings waren ihm die Hände gebunden. Doch der kleine Funke setzte sich in ihm fest und sollte ihn auch später nicht mehr loslassen.

Nach einem kurzen Ritt hatten sie ihr Ziel erreicht. Randolf vermied es, den Blick auf den Klusfelsen zu richten, wie auch auf die schwarze Ruine, an der sie vorbei mussten. Das, was nach dem Brand von der Wohnstätte der Familie Gottwald von Gosenfels übriggeblieben war, ragte weiterhin als mahnende Anklage in den Himmel. Anscheinend hegte niemand die Absicht, dort erneut ein Wohnhaus zu errichten, zumal es königliches Lehen war. Allein die Mauer, die die verkohlten und eingefallenen Reste umschloss, wies viele Stellen auf, an denen Steine fehlten, die nun höchstwahrscheinlich in anderen Häusern verbaut waren. Zudem war der Ort näher an die Ruine herangerückt, die damit jetzt praktisch kurz vor seinen Toren lag.

Gleich darauf passierten die beiden Reiter die Befestigungsanlagen, denn der Ort war in den letzten sechzehn Jahren weiterhin gewaltig gewachsen. Gottwalds Vision einer Schutzanlage hatte sich durch die Bedrohung der sächsischen Fürsten vor zwei Jahren erfüllt. Zwar gab es keinen Mauerring, wie es dem damaligen Vogt vorgeschwebt hatte, dafür umfasste eine mächtige Wallanlage mit Planken sämtliche Häuser. Nachdem sie den Pfalzbezirk betreten hatten, saßen sie ab und übergaben die Pferde einem herbeieilenden Jungen, der die Tiere zum nahen Stall brachte.

Es herrschte reges Treiben, was sicher auch damit zu tun hatte, dass der angekündigte Besuch des Königs unmittelbar bevorstand.

»Sieh dich ruhig ein wenig um. Ein Stück weiter die Straße runter befindet sich der Marktplatz. Dort gibt es auch eine gute Schänke mit kühlem Bier. Ich werde später nachkommen«, wies Randolf seinen Begleiter an, als sie nach wenigen Minuten das Haus des Münzmeisters erreicht hatten.

Folkmar stutzte, da er davon ausgegangen war, seinen Freund begleiten zu dürfen, aber dann nickte er zustimmend, denn die Aussicht auf ein kühles Getränk lockte ihn bei der Hitze.

Randolf sah ihm noch einen Augenblick nach und klopfte dann an die wuchtige Holztür. Es dauerte nicht lange, bis er schlurfende Schritte hörte, die sich langsam dem Eingang näherten, und gleich darauf stand er einer betagten Frau gegenüber, deren Augen bei seinem Anblick aufleuchteten.

»Herr Randolf, welch eine Überraschung! Wir haben noch nicht so früh mit Euch gerechnet. Seid Ihr mit dem König angekommen?«

Der Ritter beugte sich hinunter, um sie zu umarmen. »Das hättest du sicherlich gehört, Waltraut, denn der König wird ganz bestimmt nicht leise hier erscheinen.«

Die grauhaarige Frau trat einen Schritt zur Seite, um den Besucher hereinzulassen. »Ach, Herr Randolf, ich höre doch fast überhaupt nichts mehr. Hätte Albrun mich nicht in die Seite geknufft, würdet Ihr hier noch immer stehen.«

Zum ersten Mal seit dem gestrigen Abend erhellte ein Lachen Randolfs Gesicht, und er legte beide Hände auf die Schultern Waltrauts. Vor vielen Jahren war sie als

Amme für die kleine Hemma ins Haus gekommen und gehörte seitdem zur Familie. Sie hatte die vierzig lange überschritten und ihren Mann vor über fünfzehn Jahren begraben müssen. Trotz aller Schicksalsschläge stand sie unerschütterlich weiterhin zur Familie Gosenfels, wozu sie selbstverständlich auch den Münzmeister Clemens, den Mann der verstorbenen Hemma, zählte.

»Geht es dir gut?«, fragte Randolf besorgt, denn die einst kräftige Frau mit ihrem runden, freundlichen Gesicht erschien ihm bei jedem seiner Besuche magerer.

Verlegen nickte Waltraut unter dem prüfenden Blick und druckste ein wenig herum. Randolf, der ihre Unbehaglichkeit spürte, nahm seine Hände herunter. Schließlich antwortete sie ausweichend: »Mir geht es schon gut, doch mit ansehen zu müssen, wie die edle Frau Edgitha immer schwächer wird, das macht mir schon arg zu schaffen, Herr. Auch der Münzmeister sorgt sich sehr um die Mutter seiner verstorbenen Frau. Aber jetzt folgt mir bitte, denn Ihr wollt sicherlich den Herrn Clemens sprechen.«

Während Randolf ihr in den hinteren Bereich des Hauses nachging, versuchte er seine Gedanken zu ordnen, denn er hatte gehofft, Henrikas Großmutter Edgitha könne ihm bei der Lösung seines Problems helfen. Nun musste er abwarten, wie schlecht es Gottwalds Witwe ging. Nachdem auf Waltrauts Klopfen die Aufforderung zum Eintreten ertönte, öffnete sie die Tür zur Münzwerkstatt und ließ Randolf hinein.

Der Raum hatte sich in den letzten Jahren stark verändert, denn Clemens hatte wegen des erhöhten Arbeitsaufkommens einen Raum an die Rückseite des Wohnhauses angebaut, der zu Waltrauts Leidwesen ihren geliebten Kräutergarten verkleinert hatte. Die alte Werkstatt erinnerte mit ihrer Einrichtung noch immer an den früheren Münzmeister. Friedebrecht, Clemens' Vater, war ein fähiger Kaufmann und ehrenwerter Handwerker gewesen, der fast immer ein verschmitztes Lächeln auf den Lippen getragen hatte.

Von hier führte ein Durchgang zu dem angebauten Teil, in dem vor allem die Arbeitsgänge des Schmelzens und anschließenden Probierens erfolgten. Dafür gab es einen Muffelofen, in dem der Meister das von den Schmelzhütten des Bergedorfs erstellte Brandsilber durch mehrfaches Feinbrennen auf den geforderten Silberfeingehalt brachte. Clemens nannte diesen Anbau seine »Probierstube«.

Randolf entdeckte Henrikas Vater in der alten Münzwerkstatt, wo er an einem großen Tisch saß.

Als der Münzmeister den Besucher erblickte, legte er den Schaber aus der Hand und erhob sich freudig. »Herr Randolf! Wie schön, dass Ihr Zeit für einen Besuch bei uns habt, obwohl wir natürlich fest damit gerechnet haben. Wie geht es Euch? Kommt der König auch schon in dieser Woche?«

Der Ritter erwiderte die freundschaftliche Umarmung des nur sechs Jahre älteren Mannes und antwortete: »Nein, König Heinrich schickt mich mit einer Nachricht für Euch voraus. Er selbst wird wie geplant bis zur nächsten Woche auf der Hartesburg bleiben.«

Sorgenvoll legte Clemens die Stirn in Falten und schüttelte den Kopf. »Ich bin mir nicht sicher, ob ich die von ihm in Auftrag gegebene Münze bis dahin zur Anschauung fertig habe. Zwei meiner Arbeiter sind krank geworden, und ich kann so schnell keinen guten Ersatz auftreiben.«

Unter den vier Männern, die dem Besucher beim Eintreten nur einen hastigen Blick zugeworfen hatten, herrschte emsige Geschäftigkeit. Schweißperlen traten

Randolf auf die Stirn, denn zu der Wärme des Tages kam nun auch noch die glühende Hitze des Muffelofens.

»Sorgt Euch nicht, denn so, wie ich Euch kenne, werdet Ihr das Unmögliche möglich machen. Selbst wenn Ihr es nicht bis zur Ankunft Heinrichs schafft, so bleibt er sicherlich länger als eine Woche hier. Außerdem hat meine Botschaft nichts mit Eurem Auftrag zu tun. Können wir ungestört irgendwo miteinander reden, oder habe ich Euch gerade bei einer wichtigen Arbeit unterbrochen? Falls ja, können wir das Gespräch auch später führen.«

Die tiefen Falten, die sich in die Stirn des Münzmeisters geprägt hatten, glätteten sich nur kurzfristig. »Ich war bei Eurem Eintreffen mit der Gravur eines neuen Prägestempels beschäftigt, doch das kann warten, denn ich sehe Euch Eure Ungeduld an. Folgt mir bitte nach oben, dort sind wir ungestört.«

Bevor sie die Werkstatt verließen, gab Clemens einem der Arbeiter, der mit Hilfe einer Stückelschere Schrötlinge aus einem Rohling vorschnitt, noch mit ruhiger Stimme eine Anweisung.

Kurze Zeit später befanden sie sich in dem Raum, in dem sechzehn Jahre zuvor Henrika geboren worden war. Obwohl Randolf es nicht wissen konnte, spürte er instinktiv, dass Clemens in dem ehemaligen Gemach seiner Frau nichts verändert hatte. Mit einem wehmütigen Blick bot der Münzmeister ihm einen Platz an und fuhr sich, während er sich setzte, mit einer zerstreuten Handbewegung durch die braunen, leicht gewellten Haare, die immer ein wenig unordentlich wirkten. Randolf dankte dem Münzmeister dafür, dass er ihm seine Zeit opferte, und setzte sich auf einen der beiden Stühle nahe der Fensteröffnung.

»Darf ich Euch etwas zu trinken bringen lassen? Ihr müsst bei der Hitze durstig sein.«

Randolf schüttelte den Kopf. Obwohl er die vor ihm liegende Aufgabe am liebsten hinausgezögert hätte, sagte ihm die Vernunft, dass es ihm auch nicht helfen würde. »Nein danke, ich habe meinen Durst bereits an einem Bach gelöscht, dessen Wasser wunderbar kühl war. Bevor ich Euch die Botschaft überbringe, wollte ich mich nach Henrika erkundigen. Ist sie wohlauf?«, fragte er ohne weitere Umschweife.

Der Münzmeister, der nichts Seltsames an der Frage fand, erwiderte: »Davon gehe ich aus, denn ich habe sie seit fünf Tagen nicht gesehen. Sie weilt bei ihrem Oheim und seiner Familie. Henrika ist völlig verzaubert von ihrer neuen Base und hat mich dazu überredet, ihre Verwandten eine Woche früher als geplant besuchen zu dürfen.« Dabei umspielte ein belustigtes Lächeln seine Lippen.

Der Ritter seufzte hörbar auf. Erst jetzt änderte sich der Gesichtsausdruck von Clemens, und mit unverhohlener Neugierde fragte er: »Wieso erkundigt Ihr Euch nach meiner Tochter?«

Randolf mochte den Münzmeister und wollte ihn gern besser auf die Nachricht vorbereiten. »Nun, der König hat von ihrem Liebreiz gehört und möchte sie bei seinem Besuch gerne kennenlernen«, erwiderte er ausweichend.

Clemens riss alarmiert die Augen auf. »Wieso? Ich verstehe das nicht. Wer sollte ihm etwas über Henrika erzählt haben? Zugegeben, sie ist ganz entzückend, wenn auch nicht unbedingt im landläufigen Verständnis, aber es gibt mit Sicherheit viele hübsche junge Damen, die zudem von edler Herkunft sind.«

Bei den letzten Worten versteifte Randolf sich. »Auch Eure Tochter ist von edler Herkunft, schließlich war ihr Großvater der Vogt der Pfalz und wurde vom Vater unseres Königs überaus geschätzt.«

Beschwichtigend hob Clemens die Hände. »Selbstverständlich, mein lieber Herr Randolf! Ich bin gewiss der letzte Mensch auf Erden, der das nicht wüsste. Aber ich muss sicher nicht erwähnen, dass die üblen Verleumdungen noch nicht aus der Welt geschafft sind. Wenn Ihr nur endlich diesen Zeugen ausfindig machen könntet, von dem Ihr mir erzählt habt.«

»Ihr ahnt nicht, wie sehr ich das in den letzten Jahren herbeigesehnt habe. Ich habe alles Erdenkliche versucht, sogar die Kaiserin habe ich darüber befragt, aber sie wusste von nichts. Wenn Herr Gottwald damals vor unserem Aufbruch in Palitha nicht mit mir über die Gerüchte gesprochen und dabei erwähnt hätte, dass der Kaiser höchstpersönlich jemanden mit der Klärung beauftragt hat, würde ich selbst kaum noch daran glauben«, seufzte Randolf. Dabei rief er sich in Erinnerung, wie schockiert Gottwald damals über die Beschuldigung gewesen war, dass er angeblich Silber aus den kaiserlichen Gruben veruntreut hatte, für deren Verwaltung er zuständig war.

Er schloss für einen Moment die Augen und versuchte den richtigen Anfang zu finden, bis er merkte, dass es diesen nicht gab. »Weiß Henrika eigentlich von dem Überfall damals? Habt Ihr oder die edle Frau Edgitha mit Eurer Tochter über Burchard von Hanenstein gesprochen?«, stieß er abrupt hervor.

»Nein, selbstverständlich nicht! Henrika hat nie etwas von uns darüber erfahren, auch nicht von ihren beiden Oheimen. Natürlich kann ich nicht ausschließen, dass jemand aus dem Ort ...« Verwirrt schwieg er einen Augenblick. »Aber das kann ich mir auch nicht vorstellen, sonst hätte sie bestimmt mit mir oder ihrer Großmutter, zu der sie ein sehr enges Verhältnis hat, darüber gesprochen. Auch Waltraut hat nichts dergleichen vernommen. Selbst damals nach dem schrecklichen Erlebnis in der Stiftskirche kam nicht eine einzige Frage von ihr. Sie hat mehrere Wochen danach nicht geredet, aber das wisst Ihr ja. Erst als es Goswin besserging, kam ihre Sprache zurück. Ein weiterer harter Schlag für sie war, dass Mathilda uns ebenfalls kurz darauf verlassen hat, denn Henrika hing sehr an ihrer Amme, die im Grunde eine Ersatzmutter für sie war. Aber nach und nach kam ihre Lebensfreude zurück, wenn ich auch zugeben muss, dass eine gewisse Schwermut sie seitdem zu meinem Leidwesen nicht mehr verlassen hat. Doch sprecht, wieso fragt Ihr mich das?«

»Weil der König entschieden hat, dass Henrika die Frau Dietberts von Hanenstein werden soll.« Fast tonlos kamen die Worte über Randolfs Lippen.

Clemens wurde blass und starrte den Boten des Königs fassungslos an, dann erhob er sich und ging ans Fenster. Eine ganze Weile stand er einfach nur da und starrte mit leerem Blick hinaus, bis er sich mit einem Mal umdrehte und mit fester Stimme sagte: »Das ist völlig ausgeschlossen!«

Ruckartig erhob sich Randolf ebenfalls von seinem Stuhl und ging im Raum auf und ab. »Ich werde dafür sorgen, dass die Ehe nicht zustande kommt. Damals, als mein Lehrmeister starb, habe ich mir geschworen, seinen Tod zu rächen. Leider habe ich in all den Jahren, seit ich ein Schwert zu führen verstehe, Azzo nicht ausfindig machen können. Laut Dietbert ist der Scherge Burchards seit der Bluttat zu Pfingsten verschwunden. Was nicht heißt, dass er nicht mehr unter den Lebenden weilt. Solange dieser Mann lebt, ist meine Suche nicht beendet! Doch nun zu der geplanten unsäglichen Verbindung. Wenn es uns gelingt, den König von der damaligen Schändung zu überzeugen, würde er sicher von einer Eheschließung Abstand nehmen.«

Clemens ließ sich wieder auf einen der beiden Stühle fallen und sah ratlos zu Randolf auf. »Hemma kann ihm von ihrem Leid nichts mehr erzählen, wer sollte sonst …?« Er stockte, und seine Augen weiteten sich, als er den bohrenden Blick Randolfs bemerkte. »Nein, Ihr könnt unmöglich die edle Frau Edgitha meinen. Das ist völlig ausgeschlossen!«

Doch der Ritter zeigte sich unbeeindruckt von den entschlossenen Worten und redete dem Münzmeister weiter zu, während er sich zu ihm hinabbeugte. »Eine andere Möglichkeit haben wir nicht. Sie ist die einzige überlebende Zeugin der Tat. Brun war der Blick durch Azzo versperrt, außerdem würde Heinrich ihm aufgrund seines damaligen Alters ohnehin nicht glauben. Mir ist durchaus klar, was ich damit von Frau Edgitha verlange, zumal ich weiß, dass sie seitdem nie mehr darüber gesprochen hat. Trotzdem bin ich mir sicher, dass sie ihrer Enkeltochter zuliebe diesen Schritt tun würde. Redet mit ihr! Sie ist Euch sehr zugetan und wird bestimmt das Richtige tun.«

Clemens wich dem drängenden Blick Randolfs aus, stellte den Ellbogen auf den kleinen Tisch und stützte die Stirn mit der Hand ab, so dass seine Augen verborgen blieben. Ohne aufzusehen murmelte er schließlich leise: »Also gut, ich werde mit ihr reden. Aber jetzt lasst mich bitte allein, denn ich muss nachdenken. Selbstverständlich seid Ihr heute Abend unser Gast, und ich erwarte Euch gegen sechs, dann werdet Ihr auch Eure Antwort erhalten.«

Randolf fühlte mit Henrikas Vater, der ihm unsäglich leidtat, was aber nichts daran änderte, dass er ihm eine weitere schlechte Nachricht überbringen musste. »Vielen Dank für die freundliche Einladung, die ich zu meinem größten Bedauern ablehnen muss, denn der König hat angeordnet, dass Eure Tochter bei seinem Eintreffen Anfang der nächsten Woche hier sein muss. Ich komme leider nicht umhin, sofort aufzubrechen, um Henrika rechtzeitig von Goswin herzubringen. Doch sorgt Euch nicht, es wird alles gut werden.«

Im selben Augenblick wusste Randolf, wie hohl seine Worte klangen, denn durch den Plan des Königs hatte die Vergangenheit Clemens und Edgitha wieder eingeholt. Beide, davon war der Ritter überzeugt, hatten jeder für sich versucht, die schmerzlichen Erinnerungen zu verdrängen. Inwieweit ihre Bemühungen von Erfolg gekrönt waren, vermochte niemand zu sagen.

Als Henrikas Vater müde den Kopf hob, erschrak Randolf, denn der Münzmeister wirkte plötzlich um Jahre gealtert.

»Ich habe immer geahnt, dass unsere glückliche Zeit irgendwann enden wird, denn sie war ein Trugbild, und so etwas hat nie auf ewig Bestand! Ist es nicht Ironie des Schicksals, dass ich entgegen aller herrschenden Regeln niemals versucht habe, meine Tochter zu verheiraten? Es geschah zum Teil natürlich aus Eigennutz, denn der Gedanke, sie ebenfalls zu verlieren, war mir unerträglich. Doch der eigentliche Grund war, dass meine Frau immer darunter gelitten hat, jemanden heiraten zu müssen, den sie nicht liebt. Und ich rede in diesem Fall nicht von mir, sondern von dem Bruder des Erzbischofs Adalbert«, fügte er mit einem hilflosen Lächeln hinzu. »Versprecht mir, dass Ihr auf Henrika aufpassen werdet, denn Ihr habt mehr Möglichkeiten als ich zu verhindern, dass meine Tochter das gleiche Schicksal ereilen wird wie meine geliebte Hemma.«

Da Clemens keine Anstalten machte, sich zu erheben, verbeugte Randolf sich tief und erwiderte mit fester Stimme: »Das verspreche ich Euch gerne!«

Dann verließ er den Raum mit schnellen Schritten, und da er zu sehr mit seinen Gedanken beschäftigt war, bemerkte er nichts davon, dass ihn jemand beim Überqueren des Pfalzgeländes beobachtete.

Die Frau am Fenster sah dem gutaussehenden und hochgewachsenen Mann so lange hinterher, bis er aus ihrem Blickfeld verschwunden war. Wie schon früher bei Randolfs Besuchen, hatte Edgitha mit Verblüffung und Schmerz die Ähnlichkeiten in der Haltung und der Art sich auszudrücken zwischen ihrem verstorbenen Mann und seinem ehemaligen Knappen bemerkt. Bereits zu Lebzeiten Gottwalds war ihr aufgefallen, wie sehr der junge Randolf die Eigenarten seines Lehrmeisters verinnerlicht hatte. Nun, da aus dem Jungen ein Mann geworden war, fiel Edgitha diese Tatsache noch deutlicher auf, denn sie hatte ihren Mann auch nach all den Jahren noch immer klar vor Augen. Selbst wenn Randolf dem verstorbenen Vogt, abgesehen von der schmalen Gesichtsform, nicht unbedingt im Aussehen glich, so wurde sie bei seinem Anblick dennoch schmerzhaft an Gottwald erinnert. Fast so wie bei ihrem ältesten Sohn Goswin, der schon immer ein Abbild seines Vaters gewesen war.

Ihre Finger hatten sich in die Decke gekrallt, die sie abends vor die Öffnung hängen ließ. Ihr Gebiss schmerzte, da sie die Kiefer aufeinanderpresste. Von den Tränen, die über ihre Wangen liefen, bemerkte Edgitha nichts. Noch immer hallten die Wortfetzen in ihrem Kopf nach, die durch die Fensteröffnungen zu ihr gedrungen waren, denn die beiden Räume lagen nebeneinander.

Direkt gegenüber befand sich das Gemach ihrer Enkeltochter, die von Gottwald die weizenblonden Haare und von ihr selbst die vollen Lippen geerbt hatte. Edgitha vergötterte die junge Frau, vielleicht auch deshalb, weil sie an der Enkelin wiedergutmachen wollte, was sie ihrer Tochter in den letzten Monaten ihres jungen Lebens angetan hatte. Denn auch darunter litt Edgitha noch immer. Jedes Mal, wenn sie Henrika gegenüberstand, ward sie an ihre eigene Herzlosigkeit erinnert.

Henrika besaß genau wie ihre verstorbene Mutter hohe Wangenknochen und in Kindertagen auch deren stürmische Art, mit der es allerdings seit Pfingsten vor neun Jahren schlagartig vorbei war. Seit diesem Ereignis, das Henrika aus reiner Neugier miterlebt hatte, war sie extrem in sich gekehrt und still. So wie Edgitha sich immer ihre eigene Tochter gewünscht hatte, doch nun empfand sie es als Strafe und wünschte sich sehnlichst das frühere Temperament und die übersprühende Lebensfreude des Mädchens zurück.

Edgitha beschwor das Bild Henrikas herauf, und ihr wurde mit einem Mal ganz warm ums Herz. Alle liebgewonnen Personen vereinigten sich in der jungen Frau. Einzig die tiefgrünen Augen wollten nicht so recht in die Familie passen.

Als es klopfte, zuckte Edgitha zusammen. Dann straffte sie sich und forderte den Besucher auf einzutreten.

3. KAPITEL

Ein lautes und forderndes Juchzen ließ Henrika aus ihren Träumen aufschrecken. Schnell wandte sie sich wieder ihrer kleinen Base zu, deren Kräfte augenscheinlich nachließen. Erneut stemmte sich das Baby mit beiden Händen hoch, doch die kleinen Ärmchen konnten das Gewicht nicht länger tragen und sackten zusammen, begleitet von einem empörten, noch lauteren Schrei. Lachend beugte sich Henrika zu dem lauthals schreienden Bündel herunter und nahm es auf den Arm.

»Du musst dich nicht so schrecklich ärgern, Adelheidis. Ein wenig mehr Geduld könnte auch dir nicht schaden, weißt du.«

Als sich die junge Frau mit dem Baby auf dem Arm von der ausgebreiteten Decke erhob, hatte es schon aufgehört zu schreien. Henrika wiegte es langsam hin und her, während sie den Blick über die Landschaft gleiten ließ. Nicht weit von ihr plätscherte ein kleiner Bach, der die Menschen, die in dem großen Fachwerkhaus hinter ihr wohnten, mit genügend Wasser versorgte. Henrika liebte alles hier und war froh, dass ihr Vater ihr erlaubt hatte, früher zu reisen. Tief atmete sie die warme Luft des späten Nachmittags ein und legte den Kopf in den Nacken, während sie die Augen schloss, um nicht von den hellen Sonnenstrahlen geblendet zu werden. Hier bei ihrem Onkel und seiner Frau fühlte sie sich seltsam frei und trotzdem geborgen, hier gab es keine schlimmen Erinnerungen an das Erlebnis ihrer Kindheit, das sie in ihrer Entwicklung geprägt hatte. Nicht bewusst, dazu war sie noch zu jung gewesen, es war einfach so geschehen.

Mit ihrem Oheim verband sie ein enges Band, und aus lauter Zerstreuung redete er sie gelegentlich mit dem Namen ihrer Mutter an. Es störte sie nicht im Geringsten, denn sie wusste aus seinen Erzählungen, wie sehr er an Hemma gehangen hatte.

Als die junge Frau sich nähernde Pferde hörte, öffnete sie schnell die Augen und kniff sie sofort wieder leicht zusammen, um besser sehen zu können. In einiger Entfernung konnte sie zwei Reiter ausmachen, die sich dem Hof ihres Oheims näherten. Hastig bückte Henrika sich und griff nach der Decke, während sie mit einem Arm ihre kleine Base festhielt. Dann lief sie zum Hof.

Sie hatte ihn fast erreicht, als ihr Onkel ihr entgegenkam und winkte.

»Henrika, komm ins Haus, Mathilda braucht dich für die Zubereitung des Abendessens«, rief er, dann runzelte er die Stirn, als er ihr gerötetes Gesicht bemerkte. Im selben Moment erblickte er den Grund für ihre Eile, denn die beiden Reiter kamen hinter einer Baumgruppe hervor und waren nur noch knapp einhundert Meter vom Hof entfernt.

»Geh ins Haus«, wies er seine Nichte an und wischte sich die verschwitzten Hände an seinem fleckigen Hemd ab. Durch die körperlich harte Arbeit war sein sehniger Körper muskulös, und die sonnengebräunte Haut unterstrich den gesunden Zustand noch. Als er hinter sich die Tür seines Wohnhauses zufallen hörte, entspannte sich seine Haltung bereits wieder, denn er hatte einen der beiden Reiter erkannt.

»Randolf, welch eine Freude, dich hier zu sehen! Was

verschafft mir die Ehre?«, begrüßte er seinen langjährigen Freund. Sie hatten sich in letzter Zeit zwar nur selten gesehen, doch mit den Jahren immer besser verstanden. Goswin wusste, dass Randolf in ihm den verlorenen und verehrten Lehrmeister suchte. Der damals eher schmale und schwächliche Knappe war zu einem stattlichen Mann herangereift, gegen den Goswin ohne Zweifel im Zweikampf nicht die geringste Chance gehabt hätte.

Randolf, der inzwischen abgestiegen war, erwiderte die Umarmung, denn er störte sich nicht im Geringsten an dem Stallgeruch, der seinem Freund anhaftete. »Brauche ich immer einen Grund, um bei dir vorbeizuschauen? Vielleicht möchte ich ja nur wieder von dem köstlichen Hühnereintopf kosten, den deine Frau so gut wie keine andere kochen kann«, entgegnete er schmunzelnd.

»Da gebe ich dir gerne recht, nur hat sie heute leider schon etwas anderes im Topf. Ihr esst doch beide mit uns, oder?«, fragte Goswin.

Randolf bejahte und stellte seinen Begleiter vor, der sich gleichzeitig herzlich für die Einladung bedankte. Folkmar fand den Gastgeber auf Anhieb sehr sympathisch, konnte sich jedoch nicht erklären, warum der Sohn des ehemaligen Vogts der Pfalz von Goslar das einfache Leben eines Bauern führte. Immerhin war der Mann früher mal als Priester tätig gewesen, wie er von Randolf erfahren hatte. Mehr war dieser jedoch nicht bereit zu erzählen.

Noch bevor sie den einzigen Raum des Hauses betraten, hörten sie fröhliches Gelächter, und kaum hatten sie die Tür geöffnet, schlug ihnen auch schon ein wunderbarer Geruch entgegen. Beide Fensteröffnungen waren bei dem schönen Wetter nicht zugedeckt, und wegen der offenen Feuerstelle, die sich in der hinteren Ecke des

Raumes befand, umfing sie sogleich eine starke Hitze. Eine Frau stand an dem großen eisernen Topf, der über dem Feuer hing, und rührte mit einem hölzernen Löffel darin. Als Mathilda sah, wer zusammen mit ihrem Mann ins Haus trat, zeigte sich ein erfreutes Lächeln auf ihrem immer noch hübschen Gesicht, dessen Herzlichkeit auch nicht durch das Fehlen eines Zahnes geschmälert wurde. Ihre ehemals schönen roten Haare waren von grauen Strähnen durchzogen.

»Herr Randolf, wie schön, Euch mal wieder bei uns begrüßen zu können!«, rief sie und streckte ihm beide Hände entgegen, die der Ritter ergriff und anschließend eine leichte Verbeugung vollführte.

Henrika, die alles von ihrem Platz am Tisch aus genau beobachtet hatte, während sie den zweijährigen Esiko fütterte, stellte überrascht fest, dass die sonst so resolute Mathilda rot wurde und verlegen lächelte. In dem Augenblick sah Randolf zu ihr herüber, und nun war es an ihr, sich verlegen abzuwenden. Sie kannte ihn selbstverständlich, hatte den früheren Knappen ihres Großvaters aber schon mehrere Jahre nicht gesehen.

»Seht nur, wer uns einen Besuch abstattet! Henrika, komm doch bitte mal her«, bat Mathilda die Nichte ihres Mannes und überspielte damit gleichzeitig ihre eigene Befangenheit. An die Ehrerbietung, die Randolf ihr jedes Mal zollte, konnte sie sich einfach nicht gewöhnen.

Zögernd folgte das Mädchen der Aufforderung und setzte seinen kleinen Neffen auf die derbe Holzbank, die an der langen Seite des Tisches stand.

Sie knickste vor dem Ritter und warf Folkmar ebenfalls einen kurzen, schüchternen Blick zu. Beide Besucher antworteten mit einer Verbeugung, und Randolf, der seine Bewunderung nicht verhehlte, sagte: »Ich hätte Euch nicht mehr erkannt, Fräulein Henrika, und es ist schön, Euch nach so langer Zeit wiederzusehen. Ich muss ehrlich zugeben, dass ich es bei Eurem entzückenden Anblick noch mehr bedauere, Euch bei meinen Aufenthalten in Goslar niemals angetroffen zu haben.«

Henrika, die in der Vergangenheit nicht sehr viele Kontakte zu Männern gehabt hatte, da sie mit ihrer Familie sehr zurückgezogen lebte, wusste vor lauter Verlegenheit nicht, wohin sie blicken sollte. Scheu bedankte sie sich für das Kompliment und erwiderte, da sie sich zu einer Antwort genötigt sah: »Zu viel der Schmeichelei, werter Herr Randolf. Wenn Ihr Goslar nicht immer nur während der Hoftage besucht hättet, dann wären wir uns auch öfter begegnet. Ich nehme an, dass Euch der Grund für meine Abwesenheit während dieser Festlichkeit bekannt ist.«

Bevor der Ritter antworten konnte, griff Goswin ein. »Zumal der Hof unseres lieben Freundes keine drei Stunden Fußmarsch von unserem Haus entfernt liegt!«

Henrika starrte Randolf an, der den Blick noch immer nicht von ihr abwenden konnte.

»Das wusste ich nicht«, murmelte sie und wandte sich mit einer leise vorgebrachten Entschuldigung wieder ihrem Vetter zu, der sich in der Zwischenzeit mit dem restlichen Gerstenbrei vollgekleckert hatte.

Jetzt erst schien Randolf bewusst zu werden, dass er seit ein paar Minuten unentwegt die Nichte seines Freundes anstarrte, und er räusperte sich umständlich. In dem Augenblick wurde die Tür aufgerissen, und ein Mädchen in Henrikas Alter kam hineingestürmt. Als sie die beiden fremden Männer bemerkte, blieb sie abrupt stehen und knickste mit einem charmanten Lächeln.

»Fräulein Gunhild, ich hatte Euch schon vermisst!«, begrüßte Randolf die erhitzt wirkende junge Frau mit den dunklen Haaren.

Er war offensichtlich froh darüber, von seinem unangemessenen Benehmen Henrika gegenüber ablenken zu können und stellte ihr Folkmar vor. Diesem erging es nun wie seinem Freund wenige Minuten vorher, denn er brachte lediglich eine stotternde Begrüßung zustande. Gunhild schien die Bewunderung des jungen Mannes im Gegensatz zu Henrika zu genießen, denn sie schenkte ihm ein strahlendes Lächeln.

Mathilda rettete schließlich die Situation, indem sie nach dem Arm ihrer Tochter griff und sie zu sich heranzog.

»Herr Folkmar, das ist meine älteste Tochter Gunhild. Sie war mit einem der Knechte im Ort und hat ein Huhn verkauft«, erklärte sie dem jungen Begleiter Randolfs. Dann wandte sie sich an das dunkelhaarige, hübsche Mädchen und wies es mit scharfen Worten an, die Münzen sofort Goswin auszuhändigen.

Das strahlende Lächeln verschwand, und mit mürrischer Miene überreichte Gunhild dem Vater zwei Münzen. Anschließend ging sie zum Tisch, nahm die zwischenzeitlich geleerte Schüssel ihres kleinen Bruders an sich und trug sie in eine große Holzwanne, die auf dem Boden unter einem der Fenster stand. Als sie sich leicht seitlich beugte, wurde ein seltsam geformter Leberfleck an ihrem Hals sichtbar, etwa in der Größe der Fingerkuppe eines kleinen Fingers, der wie ein Schmetterling aussah.

Vom Stall, der nur durch eine Holzwand vom Wohnraum getrennt war, ertönte das Meckern der Ziegen, und damit löste sich die angespannte Stille. Bei der gemeinsamen Mahlzeit herrschte dann eine gelöste Atmosphäre, wenn auch nicht bei allen Anwesenden am Tisch. Vor allem die Kinder Goswins und Mathildas, zu denen außer der kleinen Adelheidis und Esiko noch die fünfjährige Hiltrud gehörte, sorgten für viel Gelächter beim und nach dem Essen.

Als mit Einbruch der Dunkelheit die Kleinen schließlich auf ihren Strohlagern lagen und Mathilda mit Hilfe der beiden älteren Mädchen den Abwasch erledigt hatte, entschuldigten sich auch die weiblichen Mitglieder der Familie und begaben sich zur Ruhe. Goswin hatte den hinteren Teil des großen Wohnraumes mit einer halbhohen Holzwand abgetrennt, hinter der das elterliche Bett stand. Henrika teilte sich das Lager mit Gunhild, und den beiden Besuchern hatte der Hausherr einen Platz bei der Tür zugewiesen, den sie jedoch dankend ablehnten. In Anbetracht der warmen Nacht zogen sie es vor, draußen zu schlafen.

Folkmar, der sich kaum an den Gesprächen beteiligt und immer wieder verstohlene Blicke in Richtung Gunhild geworfen hatte, zog sich ebenfalls gleich danach zurück, so dass Randolf Goswin noch um ein Gespräch unter vier Augen bat. Da der einzige ungestörte Platz bei den Tieren war, gingen sie in den Stall. Der warme Geruch des Strohs vermischte sich mit dem der Tiere, denn zu den drei Ziegen gesellten sich eine Kuh für die tägliche Milch, ein Ochse für die Arbeit auf dem Feld und zwei Pferde, wobei eines davon Henrika gehörte. Das andere Ross war das einzige Zugeständnis Goswins an sein früheres Leben.

Goswin ging es gut, denn er lebte als freier Mann auf seinem eigenen Grund und Boden. Er hatte sich vor einigen Jahren die Pfründe als Wohnsitz ausgewählt, die sein Vater dereinst von seinem vor vielen Jahren bei Palitha ermordeten Lehrmeister, dem Bruder des Erzbischofs, erhalten hatte. Das Haus hatten er und Mathilda mit ihren eigenen Händen erbaut, und den Acker bewirtschaftete er anfangs ebenfalls selbst. Die Familie hatte Glück gehabt, denn mit jedem neuen Familienmitglied wuchs auch der Wohlstand. Die Ernten der letzten Jahre waren durchgängig gut gewesen, und durch ihre Sparsamkeit, verbunden mit ihrem genügsamen Lebensstil, hatten sie sich eine kleine finanzielle Rücklage erarbeitet. Außerdem gab es in der näheren Umgebung keine größere Burganlage, so dass sie nicht unter der drückenden Last der hohen Abgaben zu leiden hatten wie viele andere Bauern.

Mit am stärksten trug jedoch zum Wohlstand bei, dass Goswin, ebenso wie sein Bruder, seit dem Tod ihres Vaters vom Erzbischof Adalbert jährlich ein Salär erhielt, das bis zum heutigen Tag weitergezahlt wurde. Sie hatten nie nach dem Grund gefragt, weil er einfach offensichtlich war. Für beide Brüder lag es auf der Hand, dass der Kirchenmann damit sein schlechtes Gewissen beruhigen wollte. Schließlich hatte er nach der Ermordung ihres Vaters das Eheversprechen seines Bruders Friedrich an Hemma zurückgezogen und die Familie damit im Stich gelassen.

Eine kleine Öllampe, die Goswin mitgenommen hatte, erhellte den Platz der beiden Männer spärlich. Sie hatten nur in Maßen dem Met zugesprochen, so dass keiner von ihnen mit starker Müdigkeit kämpfen musste. Randolf wollte unbedingt am nächsten Vormittag aufbrechen, weshalb er Goswin den wahren Grund seines Besuches nun mitteilen musste. Auch wenn es ihm widerstrebte, denn ihm war klar, dass der Wunsch des Königs bei Goswin nicht auf Gegenliebe stoßen würde. Sein eigener Widerwille gegen die geplante Vermählung war deutlich gewachsen, seit er Henrika wiedergesehen hatte.

Goswins Reaktion fiel aus wie erwartet. Ruhig und ernsthaft stellte er fest, dass eine Vermählung zwischen dem Sohn Burchards und Henrika nicht in Frage kam.

»Ich habe bereits mit Clemens gesprochen und ihn gebeten, mit deiner Mutter zu reden. Vielleicht wäre es gut, wenn du ebenfalls mit ihr reden würdest, auf dich hört sie doch immer«, drängte Randolf seinen Freund leise, schließlich lagen die anderen Bewohner hinter der dünnen Holzwand und schliefen.

Goswin seufzte. »Die Zeiten, da meine Mutter auf meinen Rat gehört hat, sind seit meiner Eheschließung mit Mathilda und dem Umzug hierher vorbei. Wenn sie es auch niemals offen zeigt, dass sie mir meinen Austritt aus dem Stift nachträgt, schließlich hat sie seit Hemma gelernt, so spüre ich es doch mit jedem Blick von ihr.«

»Wieso sollte sie etwas gegen Mathilda haben? Deine Frau ist einer der liebenswürdigsten Menschen, die ich kenne«, erwiderte Randolf verwirrt.

Längere Zeit bekam er keine Antwort, weshalb er schon zweifelte, ob Goswin die Frage überhaupt gehört hatte, bis er schließlich die zögernd vorgebrachten Worte vernahm.

»Es geht nicht so sehr um Mathilda, immerhin hat sie sogar in den ersten Jahren zum großen Teil die Mutterstelle bei Henrika übernommen, sondern um Gunhild und …« Goswin brach ab.

Dieses Mal wartete Randolf geduldig, denn er ahnte den Grund und wie schwer es für Goswin sein musste, darüber zu sprechen.

»Das Mädchen ist so kalt und selbstsüchtig, dass es mir unglaublich schwerfällt, es überhaupt zu lieben. Selbst Mathilda kann sie nicht uneingeschränkt lieben und hasst sich dafür. Komischerweise haben wir beide Mathildas Sohn, den sie von diesem Bastard Burchard von Hanenstein hatte, mehr geliebt als Gunhild. Das macht uns oft schwer zu schaffen, das kannst du mir glauben.«

Randolf antwortete nicht gleich, denn er rang nach Worten. Er erinnerte sich noch genau an die Nachricht vom Tod des Jungen. Der kleine Kerl war im Alter von neun Jahren an einem Fieber gestorben, und Randolf bekam heute noch ein schlechtes Gewissen, wenn er an sein mangelndes Mitleid damals dachte.

»Nein, wenn jemand Edgitha überzeugen kann, dann ist es der gute Clemens. Ich bin ziemlich sicher, dass meine Mutter alles tun wird, um Henrika vor dieser Ehe zu bewahren. Vorausgesetzt, der König hört sie überhaupt an«, endete Goswin zögernd.

»Dafür werde ich schon sorgen«, erwiderte Randolf bestimmt. »Trotz allem muss ich deine Nichte morgen mitnehmen, denn Heinrich will sie nächste Woche in Goslar sehen.«

Im flackernden Licht der kleinen, rußigen Lampe bemerkte Randolf den zweifelnden Ausdruck im Gesicht seines Freundes. »Mach dir keine Sorgen, ich werde sie heil nach Goslar bringen.«

Goswin nickte erst unsicher, blickte dann aber forschend in das Gesicht seines Freundes, der den Blick offen erwiderte. »Wie geht es eigentlich deiner Frau?«

Innerlich verfluchte Randolf seine offensichtliche Bewunderung für Henrika bei der Begrüßung, denn er vermutete darin den Grund für den unvermittelten Themenwechsel, und berichtete von dem kürzlich erlittenen Verlust. »Sie ist immer noch sehr schwach und muss sich schonen. Vielleicht werde ich auf dem Rückweg nach Goslar einen kleinen Halt zu Hause einlegen.«

Goswin nickte mitfühlend, denn auch Mathilda hatte bereits eine Totgeburt hinter sich, und er wusste, welche Schmerzen ein solcher Verlust verursachte.

Eine Weile tauschten die beiden noch Neuigkeiten aus, vor allem über die angespannte Lage zwischen dem König und den sächsischen Fürsten, dann trennten sie sich. Während Goswin ins Haus ging, legte Randolf sich auf seine Decke nieder und starrte zum Mond hinauf, der voll und hell über ihm am sternenklaren Himmel stand. Seine Gedanken wanderten neun Jahre zurück, zum Pfingstfest in der Stiftskirche St. Simon und Judas zu Goslar.

Der blutige Kampf, der an diesem Feiertag in dem Gotteshaus ausgebrochen war, hatte eigentlich schon an Weihnachten im Jahr zuvor begonnen, also im Jahr des Herrn 1062. Wie so oft lag die Ursache dafür in einer Lappalie, und zwar in der Sitzordnung der Bischöfe. Bei diesen »Sesselstreitigkeiten« ging es darum, wer näher beim König sitzen durfte, denn wer nahe am Herrscher platziert war, dessen Macht war groß. Noch nie zuvor hatte ein Rangstreit ein derartiges Blutbad zur Folge gehabt wie in diesem Fall, bei dem es um eine Auseinandersetzung zwischen dem Fuldaer Abt Widerad und Bischof Hezilo von Hildesheim ging.

Bei ihrem ersten hitzigen Wortgefecht konnte noch geschlichtet werden, und zwar von niemand anderem als dem damaligen Herzog von Baiern, Otto von Northeim, dem der König Jahre später den Titel und Teile seiner Güter aberkennen sollte.

Pfingsten im Jahr darauf verhielt sich die ganze Sache deutlich schwieriger, denn obwohl Abt Widerad in der Rangfolge unter dem Bischof stand, beanspruchte er erneut einen Platz nahe beim König und neben dem Erzbischof von Mainz, zu dem das Kloster Fulda langjährige und gute Beziehungen pflegte. Der Bischof sah die Sache deutlich anders, und es kam, wie es kommen musste. Am siebenten Tag des Monats Juni, der als Hoftag proklamiert war, entbrannte der Streit erneut. Diesmal hatte der Hildesheimer Bischof Hezilo vorgesorgt, die

Niederlage an Weihnachten war nun mal unvergessen, daher rechnete er zu Recht mit weiterem Hader.

Hinter dem Altar verbargen sich kampfbereite Männer unter der Führung des Grafen Ekbert von Braunschweig, einem Vetter des Königs, der an dessen Entführung ebenfalls beteiligt gewesen war und Heinrich aus dem Rhein gerettet hatte.

Als nun der Streit vollends entbrannte und nicht nur mit Worten, sondern mit Fäusten ausgetragen wurde, stürzten sich die Männer Ekberts in den Tumult und schlugen mit Knüppeln auf die Fuldaer ein. Dank des Überraschungsangriffs gelang es den Hildesheimern, ihre Gegner aus der Stiftskirche zu verjagen.

Randolf schloss die Augen, um die schrecklichen Bilder der Ereignisse aus seinem Kopf zu vertreiben, doch wie immer gelang es ihm nicht.

Die Fuldaer scharten sich zu einer kampfbereiten Meute zusammen und stürmten erneut die Kirche, unter ihnen zwei alte Bekannte Randolfs und Goswins, die sich ebenfalls in dem Gotteshaus befanden. Doch Randolf hatte seine gesamte Aufmerksamkeit auf den jungen König gerichtet, für dessen Sicherheit auch er verantwortlich war, und der junge Priester Goswin, der noch immer wie vom Donner gerührt das Handgemenge verfolgte, befand sich bei seinem Probst.

Die beiden bewaffneten Gruppen prallten mit Schwertern aufeinander, und eine hitzige Schlacht entbrannte. Randolf hörte die Anfeuerungsrufe des Bischofs von seinem erhöhten Podest aus, während er alle, die auch nur in die Nähe des zwölfjährigen Königs kamen, sofort abwehrte. Dabei verlor er Goswin zeitweilig aus den Augen. Heinrich, der ohne jeden Erfolg die kämpfende

Meute beschwor, sofort mit dem Gemetzel aufzuhören, gab irgendwann dem Drängen seiner Gefolgsleute nach und ließ sich von fünf seiner Männer hinausbringen. Zum Glück blieb der König dabei unverletzt, und als sie es endlich geschafft hatten, den Monarchen aus dem mit Blut entweihten Gotteshaus hinauszubringen, überließ es der siebzehnjährige Randolf seinen Kameraden, Heinrich in seine Pfalz zu geleiten. Er selbst stürzte sich erneut in den Kampf, um nach dem unbewaffneten Goswin zu suchen.

Er entdeckte seinen Freund erst wieder, als das Schwert Dietberts von Hanenstein auf den jungen Priester niedersauste, der nur einen Wimpernschlag zuvor Burchard von Hanenstein erschlagen hatte.

Mit einem wutverzerrten Schrei stürzte sich Randolf auf den Sohn des verhassten Feindes, und es wäre ihm mit Sicherheit auch gelungen, diesen niederzustrecken, wäre nicht wieder einmal Azzo dazwischengegangen. Kurz bevor dessen Schwert auf ihn niedersauste, blickte Randolf in das boshaft grinsende Gesicht seines Feindes, über dessen linke Gesichtshälfte sich wie ein Versprechen die Narbe zog, die ihm Gottwald einst zugefügt hatte. Gleich danach musste sich Randolf zum zweiten Mal in seinem noch jungen Leben dem Schergen Burchards geschlagen geben und ging verletzt zu Boden.

Da erst bemerkte er das kleine Mädchen, das sich hinter einer Säule versteckte. Randolf war zum Glück nur leicht verletzt, und so rang er kurz mit dem Wunsch, Azzo und Dietbert zu verfolgen. Einen Moment später hatte er sich zu Henrika durchgekämpft, das völlig verängstigte Mädchen hochgehoben und, dicht an die Wand gepresst, nach draußen gebracht. Irgendwie schaffte er es, sie bis nach Hause zu geleiten, wo er dann zusammenbrach.

Dankbar dachte Randolf daran, dass nicht nur er, sondern auch Goswin Glück gehabt hatte, allerdings musste sein Freund noch viele Tage um sein Leben kämpfen. Nachdem er dem nahen Tod im letzten Moment von der Schippe gesprungen war, legte er sein Priesteramt nieder. Er heiratete Mathilda, die er sechs Jahre zuvor aus ihrem Martyrium bei Burchard befreit und als Amme von Henrika in das Haus des Münzmeisters gebracht hatte, und ging mit ihr zusammen fort, um sich ein gemeinsames Leben aufzubauen. Als ihr erster Sohn geboren wurde, tauften sie ihn in Erinnerung an einen guten Freund auf den Namen Esiko.

Goswin hatte seinen Schwur eingelöst, allein Randolf plagte sich damit herum, dass es ihm wieder einmal nicht gelungen war, den Mörder seines damaligen Lehrmeisters zur Rechenschaft zu ziehen, weshalb der Hass und die Verzweiflung bis heute stärker in ihm brannten denn je.

Weit nach Mitternacht fiel er endlich in einen unruhigen Schlaf.

Nach einem gemeinsam eingenommenen Frühstück, kaum nachdem die Sonne sich am Himmel gezeigt hatte, führte Goswin seine Nichte nach draußen. Randolf, der ihnen kurze Zeit später folgte, sah die beiden in ein Gespräch vertieft am Bach entlanggehen. Am Abend hatten beide Männer vereinbart, dass Goswin es übernehmen sollte, Henrika die verzwickte Lage zu erklären, und der Ritter beneidete seinen Freund nicht um die Aufgabe. Seiner Meinung nach hätte das Mädchen die Familiengeschichte längst erfahren müssen, niemand konnte dem auf Dauer entfliehen, das wusste er nur zu gut aus eigener Erfahrung. Plötzlich lief Henrika weg und ließ ihren Onkel mit traurigem Gesicht und hängenden Schultern stehen. Randolf widerstand dem ersten Impuls, ihr zu folgen, denn es war ihm bewusst, dass er ihr jetzt nicht helfen konnte. Das musste sie alleine durchstehen.

Erst an ihrer Lieblingsstelle blieb die junge Frau stehen. Sie lehnte sich an einen der knorrigen Zweige »ihrer« Hängeweide und schloss die Augen.

Ermordet! Wie betäubt schüttelte sie den Kopf. Früher hätte sie viel dafür gegeben, wenn sie mehr über die Geschichte ihrer Familie erfahren hätte. Doch irgendwann hatte sie den Eindruck gewonnen, dass es nicht viel Schönes in der Vergangenheit gegeben hatte, sonst würden nicht alle so beharrlich schweigen.

Andererseits hatte ihr Vater immer derart liebevoll von ihrer verstorbenen Mutter gesprochen, dass sie niemals Zweifel an der tiefen Aufrichtigkeit seiner Worte gehegt hatte. Verzweifelt schlug sie mit der Hand gegen den harten Ast. Der kurze Schmerz tat ihr seltsamerweise gut und brachte ihr mit einem Mal eine Erkenntnis, die im Grunde nahelag. Nach allem, was sie von ihrem Oheim erfahren hatte, war ihre Mutter niemand gewesen, der sich ohne Widerspruch gefügt hatte. Henrika erinnerte sich, dass Goswin bei früherer Gelegenheit einmal einen unbedachten Satz hatte fallen lassen, dessen Bedeutung sie erst jetzt erfasste. Nämlich, dass sie in ihrem Wesen mehr der Tochter entsprach, die ihre Großmutter sich immer gewünscht hatte.

Entschlossen straffte die junge Frau die Schultern und wischte sich mit einer resoluten Handbewegung die Tränen weg. Sollte es der Wunsch des Königs sein, dass sie diese alte Familienfehde mit einer Heirat beendete, dann würde sie sich nicht durch unbedachtes Verhalten der Verantwortung entziehen.

Von Folkmar war keine Spur zu sehen, erst als Randolf ein kokettes Lachen hörte, entdeckte er ihn am hinteren Teil des Hauses, wo er Gunhild dabei half, mehrere leinene Tücher zum Trocknen aufzuhängen. Selbst auf die Entfernung hin machte der junge Mann den Eindruck, als wäre er dem Mädchen völlig verfallen.

Wie Henrika sechzehn Jahre alt, wirkte sie um einiges offener als ihre Base und setzte ihr hübsches Gesicht und ihre üppigen Rundungen bereits bewusst ein. Randolf hatte schon vor einem Jahr Bekanntschaft mit ihrem verführerischen Lächeln und dem aufreizenden Benehmen gemacht. Da er jedoch bereits verheiratet war, hatte er sie mit einer eisigen Bemerkung abgewiesen. Jedes Mal, wenn er ihr begegnete, hatte er das Gefühl, als würde sie nur auf eine Gelegenheit warten, ihm die Abfuhr heimzuzahlen, er begegnete ihr dennoch höflich. Randolf wusste, dass Goswin mit seinen Worten über das junge Mädchen recht hatte, denn auch der Ritter fühlte sich unwohl, wenn er in ihre kalten Augen blickte. Natürlich konnte Gunhild nichts dafür, aber es gelang Randolf nicht, gegen diese instinktive Abneigung anzukämpfen.

»Ich packe nur rasch meine Sachen zusammen, dann können wir aufbrechen, Herr Randolf.«

Der Ritter schrak zusammen, als Henrika ihn plötzlich ansprach. Sie machte einen gefassten Eindruck, wenngleich alle Farbe aus ihrem sowieso schon hellhäutigen Gesicht gewichen war. Neben ihr stand Goswin, der fast noch mitgenommener wirkte als seine Nichte. Randolf brachte nur ein Nicken zustande, woraufhin Henrika ins Haus ging.

»Wie hat sie reagiert?«, fragte er gleich darauf ihren Onkel.

Der presste die Lippen aufeinander und antwortete erst nach kurzem Zögern. »Ich kann schlecht einschätzen, was in ihr vorgeht.« Hilflos zuckte er mit den Schultern. »Selbst wenn diese Ehe nicht zustande kommt, wovon ich mal ausgehe, für Henrika hat sich heute einiges geändert. Versprich mir, auf sie achtzugeben.«

So gab Randolf zum zweiten Mal innerhalb von mehreren Stunden sein Wort, auf Henrika aufzupassen, und kämpfte gegen die unbestimmte Ahnung an, dass Goswin seiner Nichte die wichtigsten Dinge vorenthalten hatte.

Eine gute Stunde später saßen sie zu dritt auf den Pferden. Der kleine Esiko schien sehr unter dem unerwarteten Aufbruch seiner Cousine zu leiden, denn er rang tapfer die Tränen nieder, ebenso wie Henrika selbst. Auch Goswin und Mathilda wirkten bedrückt, und Randolf vermutete, dass sein Freund bereits mit seiner Frau gesprochen hatte. Allein Gunhild schien es allem Anschein nach egal zu sein, dass ihre Halbbase so unvermittelt fort musste, denn ihre Aufmerksamkeit galt allein Folkmar, den sie völlig in ihren Bann gezogen hatte.

Als alle anderen sich bereits wieder zerstreut hatten, stand nur noch Goswin still auf dem staubigen Hof und blickte in die Richtung, in die seine Nichte verschwunden war. Der Kampf, der seit seinem äußerst einseitigen Gespräch mit ihr in ihm tobte, ließ an Kraft nicht nach, und am liebsten wäre er hinter Henrika hergeritten, um ihr auch den Rest zu erzählen. All das Schlimme und auch das Schöne, das Hemma erlebt hatte und das letztendlich nötig gewesen wäre, um Henrikas seit langem verschlossenen Kern im Innern zu erreichen und aufzubrechen. Er wusste, dass sie vom Temperament her seiner verstorbenen Schwester glich, nur hielt sie es seit Jahren fest im Inneren verschlossen. Aber es stand ihm nicht zu, seiner Nichte all das zu erzählen, schließlich hatte sie einen Vater! Erst eine ganze Weile später ging Goswin betrübt wieder an die Arbeit.

Der Ritt verlief schweigsam, denn nachdem Randolf anfangs versucht hatte, mit Henrika ein belangloses Gespräch zu führen, gab er es nach mehreren einsilbigen Antworten auf. Selbst auf seine Ankündigung hin, einen kurzen Halt auf seinem Gut Liestmunde einzulegen, zuckte sie nur mit den Schultern. Also schwiegen die drei Reiter und hingen ihren Gedanken nach. Erst Henrikas Schrei ließ Randolf auffahren, doch da lag Folkmar bereits auf dem staubigen Boden, während sein Pferd sich rasch wieder hochrappelte.

Randolf und Henrika, die ein paar Meter hinter Folkmar geritten waren, bemerkten gleichzeitig das Seil, das genau in dem Augenblick, als Folkmar die Stelle passiert hatte, straff gespannt war und jetzt wieder flach im Dreck lag. Im selben Augenblick, als Randolf sein Schwert zog, stürmten vier Männer aus den Büschen hervor, die beidseitig den Weg säumten. Zwei trugen Messer bei sich, wovon einer sich auf Folkmar stürzte, der gerade noch rechtzeitig die Hände hochgerissen hatte und das Handgelenk des Angreifers umfassen konnte. Der andere holte im Laufen aus und wollte seine scharfe, kurze Klinge in Randolfs Bein schlagen. Dieser versetzte dem Mann jedoch einen heftigen Fußtritt, so dass er nach hinten fiel und auf dem Rücken im Staub landete.

Mit einem Sprung landete Randolf auf dem am Boden Liegenden, der bei dem Sturz sein Messer verloren hatte, und stieß ihm seines mitten ins Herz. Gehetzt sah er sich um, als er Henrika erneut schreien hörte. Entsetzt stellte er fest, dass einer der beiden anderen Angreifer sich zu ihr aufs Pferd geschwungen hatte und mit ihr davonsetzte. Folkmar rang noch immer mit seinem Gegner auf dem Boden, wobei er die Oberhand zu gewinnen schien. Auf einmal rannte der dritte im Bunde des räuberischen Gesindels in leicht gebückter Haltung auf Randolf zu, der hastig versuchte aufzustehen. Zu seinem Glück hatte sein Gegner kein Messer in der Hand, aber auch ein Holzknüppel kann seinen Zweck erfüllen, und da Randolf nicht mehr rechtzeitig ausweichen konnte, landete die keulenartige Waffe mit einem wuchtigen Schlag auf seinem linken Arm. Er schrie auf und wurde von den Füßen gerissen. Der nächste Schlag folgte sofort und traf direkt auf die Stelle, wo sich Sekunden zuvor noch Randolfs Kopf befunden hatte.

Glücklicherweise war es ihm gelungen, rechtzeitig zur Seite zu rollen. Indem er die Schmerzen am Oberarm ignorierte, drückte der erfahrene Kämpfer sich vom Boden hoch und zog dabei mit der rechten Hand sein Schwert, das im nächsten Moment auf seinen Gegner niedersauste und ihn an der Hüfte verletzte. Dessen Schrei vermischte sich mit einem weiteren, und Randolf wagte einen schnellen Blick nach hinten. Zu seiner großen Erleichterung hatte Folkmar seinen Gegner zur Strecke gebracht und eilte ihm zu Hilfe.

»Reite Fräulein Henrika nach!«, schrie der junge Mann dem Ritter zu und zog im Laufen ebenfalls sein Schwert.

Randolf zögerte nicht, sprang auf sein Pferd, das noch immer an Ort und Stelle stand, nahm die Verfolgung auf und überließ seinen verletzten Gegner Folkmar. Randolfs Hengst war ein schnelles Tier, nach dem er seinerzeit lange gesucht hatte, denn er wollte unbedingt ein ähnliches Ross besitzen wie sein damaliger Lehrmeister. Deshalb nannte er es auch Rufulus, denn der Hengst war ebenfalls ein Fuchs.

Nach wenigen Minuten gabelte sich zu seinem Entsetzen der Weg, und Randolf musste absteigen, um auf dem trockenen Boden die Spur des fliehenden Pferdes ausfindig zu machen. Kurze Zeit darauf befand er sich mitten in einem dichten Waldstück und hoffte inständig, dass sich der Entführer nicht vom Weg entfernt und mit seinem Opfer ins Gebüsch geschlagen hatte. Nur durch Zufall entdeckte er das kleine grüne Stück Stoff an einem der Zweige, das ohne Zweifel von Henrikas Kotte stammte. Schnell griff er danach und duckte sich, während er dem verwachsenen Pfad folgte.

Er hörte die wütende Stimme, noch bevor er den Mann sehen konnte.

»Wo hast du den Schmuck und das Geld versteckt? Los, heraus mit der Sprache, Weibsbild, oder muss ich dir erst die Kleider vom Leib reißen, um selbst nachzusehen?«

Randolf schlich langsam weiter. Noch konnte er nichts erkennen, doch als er Henrikas schluchzende Antwort hörte, hatte er Mühe, nicht einfach loszustürmen.

»Ich habe nur das, was sich in dem Beutel befunden hat. Geld trage ich keines bei mir. Das ist die Wahrheit!«

Im nächsten Moment hatten Randolfs Augen sie erfasst, denn die letzten beiden Baumreihen gaben den Blick auf einen Weiher frei, vor dem Henrika stand. Der Kerl, der sie hierher verschleppt hatte, ging langsam auf sie zu, und der Ritter konnte deutlich die Angst in ihrem Gesicht sehen. Er schlich leise weiter und hoffte, dass der Missetäter ihn nicht so schnell bemerkte, da er sich ihm von hinten näherte.

»Glaubst wohl, ich weiß nicht, wo ihr edlen Fräuleins eure Münzen versteckt? Da seid ihr auch nicht anders als die einfachen Weiber. Hast sie in dein Hemd genäht, stimmt's?«

Für den Bruchteil einer Sekunde spiegelte sich in Henrikas Miene die Freude wider, die sie bei Randolfs Anblick empfand, danach zeigte sich wieder die Angst auf ihrem Gesicht. Der Übeltäter hatte die Veränderung in ihrer Mimik bemerkt und fuhr herum, um gleich darauf direkt auf die Spitze von Randolfs Schwert zu blicken, die kurz vor seinem pockennarbigen Gesicht endete. Von einem Moment zum nächsten verlor sich seine großspurige und überhebliche Art, er fiel auf die Knie und reckte Randolf beide Hände entgegen.

»Erbarmen, Herr, allein der fürchterliche Hunger hat aus mir einen Strauchdieb gemacht.«

Randolfs Gesicht glich einer Maske, als er die Schwertspitze leicht gegen die Brust des Mannes drückte. »Dein Gejammer ist erbärmlich! Erhebe dich und stell dich darauf ein, für deine Taten zur Rechenschaft gezogen zu werden.«

Der Mann machte keinerlei Anstalten, Randolfs Befehl nachzukommen, sondern setzte sein Wehklagen weiter fort. Angeekelt packte Randolf ihn mit der linken Hand am Kragen und zog ihn hoch. Diesen Moment der Unachtsamkeit nutzte der Dieb, indem er blitzschnell einen kleinen Dolch aus dem Gürtel zog und zustach. Einzig Henrikas Warnruf und seiner schnellen Reaktion hatte Randolf es zu verdanken, dass die Klinge ihn nur streifte. Wütend holte er mit der Rechten aus und stieß dem Mann das Schwert in den Bauch. Mit einem Röcheln brach dieser zusammen, wobei er sich mit den Fingern an Randolfs Kotte festkrallte, so dass der Stoff mit einem hässlichen Geräusch entzweiriss.

Angewidert zog der Ritter die Stofffetzen mit einem Ruck aus den Händen des Toten, der mit einem dumpfen Knall seitlich zu Boden fiel. Nicht weit entfernt von der Stelle, an welcher der Mann bei seiner Suche nach Geld achtlos Henrikas Kleiderbeutel in den Dreck geworfen hatte.

Jetzt erst wandte Randolfs sich seinem Schützling zu. Blass, eine Hand vor den Mund gepresst, stand sie noch immer am selben Fleck. Als sie anfing leicht zu schwanken, war der Ritter mit drei Schritten bei ihr, gerade noch rechtzeitig, um sie aufzufangen, denn im nächsten Moment sackten Henrika die Beine weg.

4. KAPITEL

Am nächsten Morgen saß Henrika auf einer Holzbank unter einer großen Weide und genoss die wunderbare Ruhe. Ihr Blick war auf das schöne, burgähnliche Steinhaus mit den zwei Ecktürmen gerichtet, das ihr von Anfang an ein Gefühl der Sicherheit vermittelt hatte. Eine dicke Decke machte den harten Platz zu einer gemütlichen Verweilstätte, so dass sie fast der Versuchung erlegen war, sich auf die grob gezimmerten Bretter zu legen. Als ob das alles nicht schon an Herrlichkeit genug wäre, stimmte auch noch ein hübsches Rotkehlchen seinen Morgengesang an. Es war recht früh, und Henrika hatte die schlimmen Ereignisse des vergangenen Tages noch immer nicht ganz verkraftet. Die letzte Nacht hatte sie auf dem Gut Liestmunde verbracht, dem Zuhause Randolfs.

Nachdem sie an dem kleinen Weiher aus ihrer Ohnmacht erwacht war, ritten sie gemeinsam auf dem Rücken seines Pferdes zurück zu der Stelle des Überfalls, um nach Folkmar Ausschau zu halten. Henrika erschrak fürchterlich, als sie die drei Toten in ihrem Blut liegen sah, denn zum Zeitpunkt ihrer Entführung waren die Männer noch in Kämpfe verwickelt gewesen. Auch Folkmar hatte sich seines letzten Gegners entledigen können, der durch die von Randolf zugefügte Verletzung bereits geschwächt gewesen war. Der junge Mann hatte sich wacker geschlagen, doch auch er war nicht unverletzt geblieben. Über einer notdürftig abgebundenen Wunde am linken Oberschenkel hatte sich ein großer Blutfleck auf dem Hosenbein ausgebreitet. Das gezwungene Lächeln konnte nicht darüber hinwegtäuschen, dass Folkmar unter großen Schmerzen litt, da der letzte Gegner ihm überdies einen Schlag mit der Keule verpasst hatte.

Als sich langsam Schritte näherten, fuhr Henrika angespannt herum, aber im nächsten Moment atmete sie erleichtert auf, als sie Randolf erblickte.

»Darf ich mich zu Euch gesellen, edles Fräulein?«, fragte er mit einem unsicheren Lächeln.

Der linke Arm des Hausherrn, wo ihn der Holzknüppel getroffen hatte, lag in einer Schlinge aus dunklem Tuch. Henrika, die sich gleich nach ihrer Ankunft auf dem Gut in das ihr zugewiesene Zimmer zurückgezogen hatte, fiel mit einem Mal siedendheiß ein, dass sie sich noch gar nicht für ihre Rettung bedankt hatte.

»Selbstverständlich! Wer bin ich, dass ich Euch den Platz auf Eurer eigenen Bank verwehre? Außerdem muss ich Euch noch für mein furchtbares Betragen um Verzeihung bitten. Ihr habt zusammen mit Herrn Folkmar Euer Leben für mich riskiert, und dafür schulde ich Euch Dank. Wie geht es Eurem Arm und der anderen Verletzung?«, fragte Henrika, während sie sich erhob und die Decke weiter ausbreitete.

Randolf winkte ab und setzte sich vorsichtig auf den freien Platz. Henrika ließ sich ebenfalls wieder nieder, wobei sie sorgsam darauf achtete, dass genügend Abstand zwischen ihnen blieb.

»Nicht der Rede wert. Meinen linken Arm kann ich im Moment zwar kaum gebrauchen, aber in ein paar Tagen sieht das schon wieder anders aus. Und die Wunde, die mir der Kerl mit dem Dolch zugefügt hat, ist zum Glück auch nicht tief. Wir werden trotzdem einen Tag länger hierbleiben und erst morgen losreiten. Folkmar geht es allerdings noch nicht so gut, denn bei dem Keulenschlag hat er sich eine Rippe gebrochen. Außerdem hat er recht viel Blut verloren und wird sich noch mehrere Tage schonen müssen. Ich hoffe, es macht Euch nichts aus, wenn wir unseren Ritt ohne ihn fortsetzen werden. Selbstverständlich wird stattdessen einer der Stallburschen mitkommen, seid also unbesorgt.«

Henrika versicherte ihm eilig, dass er ohne Frage die richtige Entscheidung getroffen hatte und sie, falls seine Schmerzen zu stark sein sollten, auch gerne einen weiteren Tag hier verweilen könnten.

Randolf lehnte ab. »Ich hätte zwar nichts gegen eine längere Ruhepause einzuwenden, möchte aber Euren Vater nicht zusätzlich beunruhigen. Wenn wir morgen rechtzeitig aufbrechen, sollten wir es bis zum späten Nachmittag bis nach Goslar schaffen. Nach meiner Beobachtung seid Ihr eine gute Reiterin. Traut Ihr Euch den langen Ritt an einem Tag zu?«

»Gewiss«, erwiderte sie ruhig. »Zumindest eine Eigenschaft meiner Mutter habe ich wohl geerbt. Wenn ich auch sonst leider nicht viel von ihr weiß. Ihr kanntet sie auch, ebenso wie meinen Großvater, oder? Erzählt mir von den beiden.«

Erst, als sie nach einem Moment des Schweigens leise hinzufügte: »Bitte, es ist sehr wichtig für mich!«, kam Randolf seufzend ihrem Wunsch nach. So erfuhr sie nach den kurzen Erklärungen ihres Onkels vom Vortag aus einer weiteren Sichtweise alles über die damaligen Ereignisse und Personen. Deutlich hörte sie aus Randolfs Erzählung seine Bewunderung für ihren Großvater heraus, und für einen Moment schien es ihr, als wäre sie ein Teil der Geschehnisse, so lebhaft und anschaulich gestaltete sich die Reise in die Vergangenheit. Erst als Randolf auf den Tag des Überfalls zu sprechen kam, versteifte sie sich unwillkürlich, und der schöne gedankliche Ausflug war vorüber.

»Sehe ich meiner Mutter ähnlich?«, fragte sie, nachdem Randolf geendet hatte.

Zögernd heftete er den Blick auf ihr schmales Gesicht, als versuchte er damit, sich gleichzeitig an den Anblick ihrer Mutter zu erinnern. Henrika hielt seinem intensiven Blick stand, schließlich ahnte sie nicht, welche Kämpfe sich hinter seiner ruhigen Fassade abspielten, zudem verlangte es sie dringend nach der ersehnten Zuversicht, um das jahrelange Gefühl des Verlorenseins bekämpfen zu können. Endlich erhielt sie die ersehnte Antwort.

»Wenn Ihr äußerliche Ähnlichkeiten meint, so fällt mir vor allem Eure schmale Gesichtsform auf, die der Eurer Mutter mit den hohen Wangenknochen gleicht. Die Haarfarbe habt Ihr allerdings, genau wie Goswin, von Eurem Großvater, wobei ich zugeben muss, dass Euer Haar um einiges herrlicher ist als seines. Soll ich fortfahren?«, fragte er vorsichtig, als er ihre Verlegenheit bemerkte.

Henrika errötete noch stärker, doch sie sah nicht zur Seite, denn eine Antwort benötigte sie noch zum Abschluss. »Mein Großvater hatte die gleichen braunen Augen wie Onkel Goswin«, sagte sie zögernd und fügte überrascht hinzu: »Sogar Eure ähneln den Augen meines Onkels, allerdings ...« Sie brach mitten im Satz verlegen ab, denn fast hätte sie ihm gesagt, dass sie ein wunderschönes, warmes Leuchten in sich trugen. Auf die Nachfrage des Ritters murmelte sie nur, es sei nicht so wichtig. »Was ich eigentlich meine, ist Folgendes«, fuhr sie dann fort. »Weder mein Onkel Brun, der die Augenfarbe meiner Großmutter Edgitha geerbt hat, noch mein Vater besitzen grüne Augen. Habe ich sie von meiner Mutter?«

In dem Augenblick kam Randolf ein abwegiger Gedanke, und er wich ihrem drängenden Blick aus.

»Es wäre sicher besser, wenn Ihr diese Frage Eurem Vater stellen würdet.«

Henrika zuckte ungeduldig mit den Achseln. »Mein Vater hat meine Mutter vergöttert und beschreibt sie mir stets als Engel. Jeder genauen Nachfrage weicht er aus, deshalb ist es zwecklos. Er sagt mir jedes Mal aufs Neue, wie sehr ich ihn an sie erinnere, aber ich bin mir sicher, dass er es rein gefühlsmäßig sieht. Sie lebt in mir für ihn weiter, und meine Großmutter schweigt sie tot. Nur ein einziges Mal hat sie meinem Drängen nachgegeben, mich dann aber angefahren, dass sie große Schuld auf sich geladen hat und es nicht erträgt, über ihre Tochter zu sprechen. Onkel Goswin weicht mir ebenso aus wie sein Bruder, den ich sowieso nur alle paar Jahre sehe. Also, wie steht es mit Euch?«

Randolf erhob sich langsam und ließ den Blick in die Ferne schweifen. »Ich denke, die genaue Beschreibung Eurer Mutter steht nur dem verehrten Münzmeister zu. Wenn Ihr mich jetzt bitte entschuldigen würdet, ich muss nach meiner Frau sehen.«

Nach einer kurzen Verbeugung verschwand Randolf in Richtung seines Hauses und ließ die völlig verwirrte Henrika zurück.

Erst beim Abendessen sollten sie sich wiedersehen, denn der Ritter hatte sich nach Auskunft seiner Frau, mit der Henrika einen kleinen Spaziergang unternommen hatte, um die Angelegenheiten einiger Pächter zu kümmern. Sein Land umfasste siebenhundert Hufen und war ein Geschenk des verstorbenen Erzbischofs Adalbert an das frisch vermählte Brautpaar vor vier Jahren.

Henrika fand die Herrin des Gutes auf den ersten Blick sympathisch und war der Meinung, dass niemand anders empfinden konnte, denn Betlindis war ein gutherziger Mensch, dem schlechte Gedanken fremd waren. Randolfs Frau dagegen hatte großes Mitleid mit Henrika und kümmerte sich rührend um das Wohlbefinden ihres Gastes. Um die Mittagszeit zog sie sich gemeinsam mit ihrem vierjährigen Sohn, einem entzückenden, aufgeweckten Jungen, für eine Weile zurück, um sich auszuruhen, da sie nach der letzten Fehlgeburt noch immer sehr geschwächt war. Henrika nutzte die Gelegenheit, um nach Folkmar zu sehen. Der junge Mann war in einem kleinen Raum im Obergeschoss gleich neben ihrem Zimmer untergebracht.

Seine Freude über ihre Besorgnis war offensichtlich, und er wehrte ihren Dank entrüstet ab. Sie unterhielten sich eine Weile über belanglose Dinge, doch bei der nächstbesten Gelegenheit erkundigte er sich nach Gunhild, und Henrika musste ein Schmunzeln unterdrücken. Das Abendessen nahm Folkmar nicht mit den anderen zusammen in der kleinen Empfangshalle ein, da ihm das Aufstehen noch immer Schmerzen bereitete, und so verabschiedete Henrika sich von ihm bereits am frühen Nachmittag. Den Rest des Tages erkundete sie das Gut und ertappte sich dabei, dass sie Betlindis um ihr Leben beneidete.

Beim Abendmahl waren sie zu viert, denn auch der kleine Herwin speiste mit ihnen, und als Randolf seine Gemahlin zur Begrüßung einen Kuss auf die Wange hauchte, versetzte es Henrika einen Stich. Entsetzt darüber und völlig durcheinander, versuchte sie, alle weiteren Gedanken an Randolf zu verdrängen, was ihr mehr schlecht als recht gelang.

Deshalb war sie sehr froh, als sie sich endlich zurückziehen konnte, obwohl ihre Gastgeber sie drängten, ihnen nach dem Essen noch ein wenig Gesellschaft zu leisten. Müdigkeit vorschützend floh sie fast in ihre Unterkunft und legte sich auf ihr Bett. Kurze Zeit später hörte sie die leisen Schritte von Betlindis, deren Kemenate sich auf demselben Stockwerk befand. Es war nicht mehr ganz so heiß wie die Tage zuvor, doch Henrikas Gedanken schlugen Purzelbaum und hinderten sie am Einschlafen, wobei nicht nur die Frage nach ihrer Augenfarbe sie beschäftigte.

Als sie einige Zeit später erneut jemanden die Treppe heraufkommen hörte, erhob sie sich leise von ihrer Bettstatt und schlich zur Tür. Die Fähigkeit, lautlos über den Boden zu huschen, hatte sie ebenfalls von Hemma geerbt, doch das konnte ihr niemand erzählen. Vorsichtig öffnete Henrika die schwere Tür gerade so weit, dass sie in den spärlich beleuchteten Flur hinausspähen konnte. Fast gleichzeitig sah sie Randolf, der bis zur Kemenate seiner Frau ging. Dort blieb er stehen, umschloss den Türgriff und hielt in der Bewegung inne. Die Fackel, die den langen Flur erhellte, hing direkt neben Betlindis' Gemach, und so konnte Henrika deutlich erkennen, wie er die Hand zur Faust ballte und nach kurzem Zögern eine Tür weiter ging. Gleich darauf war er dahinter verschwunden.

Henrikas Herz klopfte laut, als sie den Riegel leise wieder zuschob. Zu ihren guten Eigenschaften hatte sie bisher immer den Gleichmut gezählt, doch der schien sich augenblicklich in Luft aufgelöst zu haben.

Am nächsten Tag kamen sie gut voran. Die große Hitze schien sich endgültig verabschiedet zu haben, und es zeigten sich einige Wolken am Himmel, die aber noch keinen Regen in sich trugen. Bis zum Mittag hatten sie die Hälfte der Wegstrecke hinter sich gebracht und teilten den Proviant, den sie als Wegzehrung mitgenommen hatten. Der Stalljunge, der sie begleitete, war noch keine zehn Jahre alt und ein schüchternes Bürschchen, von dem Henrika nur mit Mühe den Namen erfahren hatte. Aber wenn er auf der älteren Stute saß, schien er mit dem Tier zu verschmelzen, und ein Leuchten erschien auf seinem kleinen Gesicht. Beim Essen hielt er, genau wie beim Reiten, ein paar Meter Abstand, obwohl Randolf ihn nicht dazu aufgefordert hatte und Henrika auch nicht den Eindruck gewann, als hätte der Junge Angst vor seinem Herrn.

»Warum habt Ihr eigentlich keinen Knappen, Herr Randolf?«, fragte Henrika, während sie dem Ritter das kühle Getränk reichte. Als ihre Finger sich kurz berührten, zog sie die Hand schnell zurück, aber das seltsame Kribbeln in ihrem Bauch ließ erst nach, als ihr Begleiter zu sprechen begann.

Randolf setzte seinen Wasserschlauch an, dessen Leder ziemlich abgegriffen aussah, und trank ein paar große Züge. Sie hatten die Trinkbehälter erst vor kurzem mit dem frischen Wasser eines klaren Baches gefüllt. Anschließend wischte er sich mit dem Handrücken über den Mund und verschloss den Schlauch.

»Folkmar war bisher bei mir, doch vor ein paar Wochen musste er zu seinem Vater reisen, dessen Lehnsherr der Bischof von Paderborn ist. Wir werden die Ausbildung nach seiner Genesung wieder aufnehmen.«

»Seid Ihr mit ihm verwandt?«, fragte Henrika, um das Gespräch in Gang zu halten.

»Nein, aber Gut Liestmunde gehörte früher einmal einer Tante des Bischofs, und über den haben wir uns kennengelernt.«

Obwohl Henrika spürte, dass Randolf das Thema nicht sonderlich behagte, konnte sie ihre Neugier nicht zügeln. »Eure Frau hat mir erzählt, dass Erzbischof

Adalbert Euch das Gut als Geschenk zur Hochzeit vermacht hat. Seid Ihr ein Verwandter von ihm?«

Randolfs Gesichtszüge verhärteten sich, und er antworte knapp:

»Ich habe keine weiteren Verwandten außer meinen Sohn.«

Henrika erschrak ob der ungewohnt harschen Antwort und sagte entschuldigend: »Verzeiht mir bitte meine Neugier. Es geht mich schließlich nichts an.«

Randolf atmete tief durch und schüttelte müde den Kopf. »Nein, ich habe mich zu entschuldigen, meine Antwort ließ an Höflichkeit zu wünschen übrig. Wenn es sich in der Zukunft einmal ergeben sollte, dann werde ich Euch erklären, warum es mich sehr viel Kraft kostet, über den Erzbischof zu sprechen, so dass Ihr mich hoffentlich besser verstehen werdet. Doch auch ich wollte Euch etwas fragen, und ich hoffe nun meinerseits, dass Ihr mir meine Neugier nachseht. Was, glaubt Ihr, ist der Grund für das gewollte Bündnis zwischen Euch und Dietbert von Hanenstein? Hat Euer Onkel etwas erwähnt?«

»Nun, nicht direkt, aber ich denke, das liegt auf der Hand. Will der König nicht damit erreichen, dass die jahrelangen Streitigkeiten zwischen unseren Familien enden? Letztendlich kann der Sohn nichts für die Handlungen des Vaters, oder?«

Ungläubig sah Randolf sie an. »Dann hat Euch Euer Onkel also gar nicht alles erzählt? Auch nicht, dass er fast durch Dietberts Hand gestorben wäre? Vielleicht habt Ihr Burchards Sohn sogar gesehen, damals in der Stiftskirche St. Simon und Judas. Habt Ihr ihn denn nicht bei Eurer ersten Begegnung wiedererkannt?«

Henrika war bei seinen Worten erbleicht, erwiderte jedoch nichts darauf, und zu ihrer großen Erleichterung ließ Randolf es dabei bewenden. Während der nächsten Stunden blieb sie in ihren Antworten einsilbig und brütete düster vor sich hin. Auf einmal verstand sie, warum ihr der Mann auf dem Markt so bekannt vorgekommen war, und schalt sich, dass sie nicht selbst darauf gekommen war. Andererseits lag das schreckliche Ereignis viele Jahre zurück, und sie selbst war damals noch ein Kind gewesen, das die Erlebnisse danach verdrängt hatte.

Seit dem Gespräch mit ihrem Onkel drückte alles wieder mit Macht an die Oberfläche, und Henrika musste sich wohl oder übel der Vergangenheit stellen. Nun hatte sich ein völlig neuer Aspekt ergeben, und ihr ursprünglicher Gedanke, sich dem Wunsch des Königs zu beugen, entbehrte nun jeglicher Grundlage. Wut glomm in ihr auf. Ein Gefühl, das sie jahrelang unterdrückt hatte, um immerzu allen Anforderungen und Wünschen gerecht zu werden. So muss meine Mutter gefühlt haben, dachte sie mit einem Mal und spürte jäh eine Verbundenheit, die ihr gänzlich neu war, aber sehr gefiel.

»Leider kann ich Euch keine andere Auskunft geben, Dietbert von Hanenstein. Nachdem die einzige Zeugin des unglückseligen Überfalls Eures Vaters auf die Familie des damaligen Vogts mir all seine Taten im Detail geschildert hat, bleibt mir nichts anderes übrig, als meine Zusage zu Eurer Verbindung mit der Tochter des Münzmeisters zurückzunehmen.« Mitleidig musterte Heinrich den fassungslosen Dietbert, doch dann schlug er ihm leicht auf die Schulter und meinte: »Kopf hoch, es gibt noch andere hübsche Frauen in meinem Reich, Ihr müsst nur die Augen aufhalten.«

Danach wandte er sich den Papieren zu, die auf seinem schweren, dunklen Schreibtisch lagen, und ließ seinen Lehnsmann stehen, der noch immer mit dem eben Gehörten zu kämpfen hatte.

Schließlich verbeugte Dietbert sich steif und schickte sich an, den kleinen Saal zu verlassen, in dem Heinrich üblicherweise seine Besucher empfing. In der großen Feuerstelle, über der ein Abzug nach draußen angebracht war, lagerten trockene Holzscheite, die zu dieser Jahreszeit noch nicht benötigt wurden.

In dem Augenblick öffnete sich die Tür, und ein Diener kündigte einen weiteren Besucher an, dessen Name wie durch dichten Nebel bis zu Dietbert drang und ihn aus seiner Benommenheit riss.

»Euer Majestät, Randolf von Bardolfsburg bittet darum, zu Euch vorgelassen zu werden.«

Heinrichs erfreute Aufforderung war kaum ausgesprochen, da stürmte sein Vertrauter auch schon in staubiger Reisekleidung in den Saal. Dietbert begegnete dem Mann, dem er die niederschmetternde Nachricht des Königs letztendlich zu verdanken hatte, mit einem hasserfüllten Blick und war gleich darauf verschwunden. Schließlich hatte Heinrich damals dem Ritter und damit seinem erklärten Feind den Auftrag erteilt, Henrikas Familie über die geplante Vermählung zu unterrichten. Die offensichtliche Überraschung Randolfs bereitete ihm dieses Mal keine Freude.

Ohne auf seine weitere Umgebung zu achten, stürmte Dietbert ins Freie. Er hatte das Gefühl zu ersticken, und in der angenehmen Wärme des Abends änderte sich an diesem Zustand kaum etwas. Er hätte schreien können, und einzig die Menschen um ihn herum hinderten ihn daran. Sein Vater ließ ihn einfach nicht los! Wie sehr hatte er sich bemüht, alle Gedanken an ihn im hintersten Winkel seines Kopfes wegzusperren – ohne Erfolg. Immer wieder holten ihn die Taten Burchards ein und machten seine Versuche, ein anständiges und einigermaßen gutes Leben zu führen, von neuem zunichte. Mittlerweile war er geneigt zu glauben, dass es womöglich doch an dem Fluch seiner Mutter lag. Dietbert holte aus, schlug mit der Faust auf die dicke Steinmauer, die den Platz vor der Pfalz begrenzte, und zuckte zusammen. Vielleicht lag es an dem Schmerz in seiner Hand, aber langsam bekam er seine aufgewühlten Gefühle wieder unter Kontrolle und stieg die Stufen hinunter.

Es ging auf September zu, und die Tage wurden kürzer. Die untergehende Sonne warf ihre langen Strahlen auf die dunklen Wälder des Harzes, die sich hinter Goslar erhoben. Während Dietbert mit weitausholenden Schritten den Platz vor der Pfalz überquerte, wurde ihm bewusst, dass er unter allen Umständen noch einmal versuchen musste, mit Henrika persönlich zu sprechen. Und zwar bevor er sich um den vom König erhaltenen Auftrag bei seinem Onkel, dem Grafen von Northeim, kümmern würde. Kurz erwog er den Gedanken, direkt in das Haus des Münzmeisters zu marschieren. Vielleicht könnte er eine Entschuldigung für das Verhalten seines Vaters damals als Vorwand angeben, dann verwarf er die Idee aber schnell wieder, denn höchstwahrscheinlich würde er gar nicht vorgelassen werden.

Möglicherweise würde es ihm jedoch gelingen, Henrika erneut irgendwo abzupassen. Der Gedanke setzte sich schnell in ihm fest und sorgte dafür, dass er sich um einiges leichter fühlte. Hinzu kam, dass er in einem der Ritterhäuser einquartiert war, die sich auf beiden Seiten des Platzes unterhalb der Pfalz befanden. Von dort hatte er einen hervorragenden Blick auf Henrikas Zuhause, so dass er ihr ohne Probleme folgen könnte, falls sie es verließe.

Mit einem Lächeln auf den Lippen drückte er gegen

die Tür seiner Unterkunft und zog einen klapprigen Stuhl vors Fenster. Er hatte sich nicht getäuscht. Kein Hindernis versperrte ihm den Blick auf das Münzmeisterhaus. Dietbert streckte seine langen Beine aus und verschränkte die Arme vor der Brust. Mit den Füßen reichte er fast bis an die gegenüberliegende Wand, so klein war seine Kammer. Doch das störte ihn nicht, genauso wenig wie das leicht modrig riechende Stroh, auf dem er nächtigen musste. Er hatte in seinem verfluchten Leben schon an übleren Orten geruht. Mit dem Gedanken an die hübsche Tochter des Münzmeisters schlief er einige Zeit später auf seinem unbequemen Posten ein.

Henrika schnappte sich ihren Umhang, lief leichtfüßig die Treppe hinunter und öffnete einen kleinen Spaltbreit die Tür, die zur Werkstatt führte. »Ich reite schnell hinüber zum Bergedorf und sehe nach Albrun. Der Stallbursche von Herrn Randolf wird mich begleiten«, rief sie ihrem Vater zu. Kaum hatte sie den Satz ausgesprochen, zog Henrika auch schon die Tür hinter sich zu, ohne die Antwort abzuwarten.

Sie eilte hinaus und über den belebten Platz bis zu den Pferdeställen, in denen Clothar genächtigt hatte. Randolf hatte ihr auf dem Weg nach Goslar angeboten, dass sie die Hilfe des Jungen ruhig in Anspruch nehmen dürfe, solange er hier festsaß, denn Clothar musste mit seiner Rückkehr zum Gut auf seinen Herrn warten.

Als Henrika hinter sich die Rufe ihres Vaters hörte, ignorierte sie ihn einfach und beschleunigte ihren Schritt. Gleich nach ihrer Ankunft am gestrigen Abend hatte sie das Gespräch mit ihm gesucht, wobei sie es gerade noch geschafft hatte, abzuwarten, bis Randolf sich verabschiedet hatte. Der Ritter musste zum König, der zu seiner Überraschung bereits in Goslar weilte.

Die Unterredung mit ihrem Vater war kurz und heftig verlaufen, da Henrika Erklärungen für vieles forderte, was Clemens ihr nicht geben wollte oder konnte. Als sie schließlich auf ihre Augenfarbe zu sprechen kam, hatte er kurzerhand die Unterhaltung für beendet erklärt und sie der Werkstatt verwiesen. Wutschnaubend hatte sie daraufhin ihre Großmutter aufgesucht, und nachdem auch diese ihre schlechte Laune zu spüren bekommen hatte, hatte Henrika sich auf ihr Zimmer zurückgezogen, denn sie wollte keinesfalls das abendliche Mahl gemeinsam mit den beiden einnehmen.

Hätte sie es versucht, wäre sie wohl überrascht gewesen, denn der Tisch, an dem sie tagtäglich zusammen aßen, blieb an diesem Abend leer. Edgitha hatte sich mit Kopfschmerzen frühzeitig zu Bett begeben, da ihr der ungewohnte Ausbruch ihrer Enkeltochter sehr zugesetzt hatte.

Clemens dagegen hatte fast die halbe Nacht in seiner Werkstatt verbracht. Diese war sein liebster Raum in dem Haus, denn hier hatte er zum ersten Mal Hemma gesehen und sich sofort rettungslos in sie verliebt. Damals hatte er sich allerdings keinerlei Illusionen hingegeben, denn sie war schließlich die Tochter des Vogts und in ihrer Zartheit noch dazu atemberaubend schön. Er dagegen war weder gutaussehend noch hässlich zu nennen, sondern einfach nur unscheinbar, und diese Eigenschaft reichte wahrlich nicht aus, um Hemma zu imponieren. Doch damit hatte er sich damals abgefunden und war glücklich darüber gewesen, wenn er sie ab und zu bewundern durfte.

Wie an jenem Nachmittag, als sie mit ihrem Vater nach einem Ausritt zum Klusfelsen bei ihnen in der Münzwerkstatt vorbeischaute. Tief in Gedanken versunken glitten Clemens' Fingerspitzen über die freie Griffseite der Stückelschere, deren anderer Griff wie üblich im Holzblock steckte.

Clemens sprang sofort auf, als er den Besuch bemerkte, und verbeugte sich tief. Hemma, die hinter ihrem Vater ging, trat ein wenig zur Seite und bemerkte verlegen, dass Clemens' Gesicht eine tiefrote Färbung angenommen hatte.

Jetzt sah auch sein Vater von einer Zeichnung auf, in die er vertieft war. Er legte seine Feder zur Seite, erhob sich und ging mit einer leichten Verbeugung auf Gottwald zu. »Edler Vogt, verehrtes Fräulein Hemma, welch eine Ehre, Sie hier in unserem bescheidenen Haus begrüßen zu können«, sagte er.

Gottwald grinste verschmitzt. Er mochte den Mann, obwohl er ständig das Gefühl hatte, dass er sich über jeden lustig machte, was wohl seinem listigen Gesichtsausdruck zuzuschreiben war. Und bescheiden war sein Haus nun wahrlich nicht! Im Gegenteil, Friedebrecht genoss höchstes Ansehen hier im Ort, zumal der Kaiser ihn bei seinem letzten Besuch in der Stadt höchstpersönlich aufgesucht hatte, um ihm den Auftrag für eine neue Münze zu erteilen.

Das war auch der Grund für Gottwalds Besuch. »Schönen guten Tag, Münzmeister. Wie steht's mit den Entwürfen?«

Der Kaufmann machte eine einladende Handbewegung in Richtung des Tisches, an dem er gearbeitet hatte. »Wenn ich Euch bitten dürfte, edler Vogt?«

Hemma stand derweil unschlüssig herum und bereute es bereits aus tiefstem Herzen, dass sie ihren Vater begleitet hatte. Clemens hielt noch immer den Kopf gesenkt und spielte mit einem kleinen Hammer, den er zwischen seinen großen Händen hin und her wechselte. Hemma machte es ganz nervös, ihm dabei zuzusehen, daher entschloss sie sich, den wunderschönen Anblick aus dem Fenster zu genießen. Sie lehnte sich auf die Brüstung und betrachtete die prachtvolle Pfalz, während sich ihr Vater mit dem Münzmeister unterhielt. Die junge Frau hing ihren Gedanken nach, und erst eine ungeduldige Aufforderung Friedebrechts ließ sie herumfahren.

»Steh nicht so herum, Clemens, sondern bring mir die Mustermünze, und zwar rasch!«

Vor Schreck ließ der Sohn den Hammer fallen, der ihm prompt auf den Fuß fiel, und Hemma musste sich ein Kichern verkneifen. Sein Vater verdrehte die Augen und fuhr den Jungen gleich wieder an: »So viel Ungeschicktheit gehört verboten! Wie lange soll der edle Vogt noch warten?«

Gottwalds Miene zeigte keinerlei Regung, trotzdem hätte Hemma schwören können, dass er sich amüsierte. Der arme Clemens hob das Werkzeug auf und eilte zu dem großen Buchenschrank. Mit einer kleinen Schatulle in der Hand ging er zu seinem Vater und überreichte sie ihm. Dieser stellte sie vorsichtig vor sich auf den Tisch und entnahm ihr eine kleine Silbermünze, die er Gottwald darbot. Sie war nicht richtig rund, die Ränder waren leicht eingekerbt, und auch das Bildnis des Kaisers erschien dem Vogt nicht ganz gleichmäßig. Er teilte dem Münzmeister seinen ersten Eindruck mit, wobei ihm völlig entging, dass dessen Sohn betreten zu Boden blickte.

Hemma, die ebenfalls herangetreten war, bemerkte es jedoch sofort und mischte sich ohne zu überlegen ein. »Vater, dieser Silberpfennig ist mindestens genauso schön wie die Otto-Adelheid-Pfennige, wenn nicht sogar um einiges gelungener!«

Stirnrunzelnd sah Gottwald auf seine Tochter, dann

räusperte er sich umständlich und setzte zu einer Erwiderung an.

Münzmeister Friedebrecht kam ihm zuvor und ging auf Gottwalds Bemerkungen ein. »Ihr habt selbstverständlich recht, edler Vogt. Mein Sohn hat die Münze gefertigt, ihm fehlt noch die rechte Übung.«

Gottwald stöhnte innerlich auf, denn er hatte den jungen Mann keineswegs demütigen wollen, doch seine Kritik war nun nicht mehr rückgängig zu machen. »Clemens, wenn ich das gewusst hätte! Dafür ist sie dir aber prächtig gelungen! Bestimmt wirst du deinem Vater mal ein würdiger Nachfolger sein.«

Die Miene des jungen Mannes hellte sich auf, und anstatt betreten auf den Boden zu blicken, machte sich Verlegenheit auf seinem Gesicht breit. »Ich danke Euch, edler Herr Vogt. Bestimmt wird mir die nächste Münze schon besser gelingen.«

Auch sein Vater konnte den Stolz wegen des unerwarteten Lobes nicht verbergen. »Er stellt sich gar nicht so ungeschickt an. Selbstverständlich habe ich ihn die Münze mit meinem eigenen Silber herstellen lassen. Das Anschauungsobjekt für den Kaiser werde ich natürlich selbst herstellen. Ihr werdet bestimmt zufrieden sein.«

Gottwald nickte erleichtert, und auch Hemma war froh. Kurze Zeit später verabschiedeten die beiden sich. Gottwald ritt die paar Meter zum Pfalzgebäude hoch und Hemma das kurze Stück nach Hause.

Der heisere Schrei einer Eule holte Clemens aus der Versunkenheit zurück, und in der stockfinsteren Werkstatt genoss er für einen Moment das Gefühl, die Gegenwart seiner verstorbenen Frau zu spüren. Dann drängte sich wieder seine Tochter dazwischen, und ihre Vorwürfe zerstörten die träumerische Atmosphäre. Der Münzmeister seufzte tief, erhob sich langsam von seinem Platz und streckte die müden Glieder. Das Schlimme daran war, dass er die anklagenden Fragen Henrikas teilweise berechtigt fand, er sich im Augenblick jedoch nicht in der Lage sah, ihnen angemessen zu begegnen. Dass er der Konfrontation mit seiner Tochter nicht ewig aus dem Weg gehen konnte, war ihm allerdings auch klar.

Henrika hatte die Krankheit Albruns als Ausrede benutzt, um ihrem Elternhaus zu entfliehen. Die Ereignisse der letzten Tage hatten die junge Frau unglaublich durcheinandergebracht und um eine neue Erfahrung bereichert. Bisher hatte sie immer gedacht, dass nichts sie aus dem Gleichgewicht bringen könnte, und vor allem, dass man die Vergangenheit ruhen lassen sollte. Was nicht sehr verwunderlich war, immerhin lebten es ihr in ihrem Elternhaus jahrelang alle so vor. Regen Austausch mit den Einwohnern des Ortes hatte Henrika auch nicht gehabt, da sie den Kontakt zu anderen eher mied und lieber unter Familienmitgliedern weilte.

Alles war mit einem Schlag anders, und Henrika hatte sich fest vorgenommen, auf all ihre Fragen Antworten zu finden, denn noch immer wusste sie nur Bruchstücke von den Jahren bis zu dem Überfall. Und auch davon hatte sie noch lange nicht alles erfahren, das spürte sie instinktiv. Niemand hatte ihr bisher erklären können, wieso sich ihre Mutter und deren jüngerer Bruder zu dem Zeitpunkt außerhalb des sicheren Hofes aufgehalten hatten und so für die Eindringlinge leichte Beute waren. Um die Fakten zu einem Komplettbild zu verbinden, fehlten ihr noch zu viele Teile.

Clothar, der mit einem anderen Jungen geplaudert hatte, beeilte sich auf Henrikas Wunsch, die beiden Pferde zu satteln und sie zu Albrun zu begleiten.

Die junge Frau, die seit sechs Jahren im Haus des Münzmeisters mithalf und vor allem Waltraut zur Hand ging, besaß hier eine Schlafgelegenheit in einer kleinen Kammer im Keller des großen Hauses. Da die Siebzehnjährige vor ein paar Monaten geheiratet hatte, ging sie seitdem abends immer in die kleine Hütte zu ihrem Mann zurück ins Bergedorf, der wie ihr Vater ebenfalls Bergmann war. Henrika hatte erfahren, dass die junge Frau seit ein paar Tagen an einem leichten Fieber litt. An sich verleitete das nicht zur Sorge, doch da sie ein Kind erwartete, hatte Clemens angeordnet, dass sie bis zu ihrer Gesundung im Haus ihrer Eltern bleiben solle.

Henrika mochte Humbert und seine Gemahlin Gertrud schon immer gut leiden und war als Kind des Öfteren bei ihnen gewesen, da Albrun nur knapp zwei Jahre älter war und die beiden Mädchen fast wie Schwestern füreinander empfanden. Woher die Verbindung der beiden sehr unterschiedlichen Familien stammte, hatte Henrika nie hinterfragt, sondern es stets als gegeben hingenommen. Ihr Vater hatte aufgrund seiner Arbeit manchmal mit Humbert zu tun, wenn er mit ihm über die Qualität des Brandsilbers fachsimpelte.

Nun wollte sie den wahren Grund herausbekommen, denn sie spürte, dass der ruhige Bergmann mehr über ihre Familie wusste als sie selbst. Allerdings war sie mittlerweile zu der Überzeugung gelangt, dass höchstwahrscheinlich jeder im Ort mehr darüber wusste, und dieses Gefühl verletzte sie sehr.

Obwohl der Ort in den letzten Jahren gewaltig angewachsen war, lag das Bergedorf am Fuße des Rammelsbergs noch immer außerhalb der schützenden Palisaden und Gräben. Der Weg dorthin war viel zu kurz, und Henrika wäre gerne noch ein wenig länger durch die Landschaft geritten, aber dann setzte sich ihre besonnene

Art durch, denn sie wusste, dass ihr Vater dagegen gewesen wäre. Lange Ausritte waren ihr nur selten vergönnt, denn der Münzmeister hielt nicht viel davon. Lediglich wenn sie mal wieder die Familie ihres Onkels Goswin besuchte, konnte sie ihrer geheimen Leidenschaft nachgehen.

Schon von weitem sah Henrika die Abraumhalden, dafür war der gesamte Baumbestand in dem Bereich verschwunden. Das Holz diente aber nicht nur für den Bau der Hütten der Bergarbeiterfamilien, bei denen es sich vorwiegend um einfache Behausungen aus Lehmfachwerk handelte, sondern vor allem dazu, das kostbare Silber zu gewinnen.

Bevor die beiden Reiter ihr Ziel erreichten, passierten sie die Johanneskirche, in der die Gottesdienste für die Bergarbeiterfamilien stattfanden. Langsam ritten sie stetig weiter bergan, und als sie bei der Hütte des Bergmanns ankamen, gab Henrika dem Jungen die Zügel ihres Pferdes mit der Anweisung, auf sie zu warten. In der Siedlung herrschte reges Treiben, und Humberts Zuhause war eines derjenigen, die am stabilsten waren. Die Hütte, in der er zu Gottwalds Zeiten mit seiner Familie gewohnt hatte, gab es schon lange nicht mehr. Das Geschrei und Juchzen spielender Kinder begleitete Henrika beim Eintreten, denn die Tür stand weit offen.

»Fräulein Henrika! Wie schön, dass Ihr mich besuchen kommt.« Albrun, die auf einem roh zusammengezimmerten Bett lag, stützte sich auf der mit Stroh gefüllten Unterlage ab und machte Anstalten aufzustehen.

Mit wenigen Schritten war Henrika bei ihr und drückte sie wieder sanft herunter. »Bleib liegen, du Närrin! Wer hat gesagt, dass du aufstehen sollst, wenn ich komme? Sag, wie geht es dir?«

Albruns Wangen waren gerötet, und ihre Augen hatten einen leicht unnatürlichen Glanz. »Ganz gut, ich bin auch nicht mehr so schlapp wie an den letzten beiden Tagen. Mutter ist gerade zum Markt gegangen, weil sie neue Kräuter braucht für meinen Tee. Ihr glaubt ja gar nicht, wie scheußlich der schmeckt.«

Henrika lachte und strich mit einem Tuch über die feuchte Stirn ihrer Freundin. »Du weißt doch, was deine Mutter immer sagt: ›Nur was schlecht schmeckt, das hilft auch.‹«

Albrun zog eine Grimasse und schien nicht wirklich überzeugt zu sein. In dem Augenblick fiel ein Schatten auf die beiden jungen Frauen, und Henrika wandte sich zum Eingang, in dem der Vater der Kranken stand und die Besucherin mit einer leichten Verbeugung begrüßte. Wie bei den Bergleuten üblich, trug er Hemd und Hose aus braunem, grobem Tuch, und seine Füße steckten in derben Bundschuhen. Er war nicht sehr groß, aber kräftig, und seine Haare und Augen waren wie beim Rest der Familie von dunkler Farbe.

»Fräulein Henrika, wie nett, dass Ihr Euch extra hierher bemüht. Gehört der Junge draußen zu Euch?«

Henrika erhob sich und begrüßte Humbert mit einem Lächeln. Sie hatte bei ihm schon immer das Gefühl gehabt, dass er sie ins Herz geschlossen hatte. »Ja, er hat mich begleitet, obwohl ich mir durchaus zutraue, den Weg alleine zu bewältigen.«

Humbert lächelte nachsichtig und murmelte leise etwas in seinen mittlerweile ergrauten Bart.

»Was hast du gesagt?«, fragte Henrika schärfer als beabsichtigt, denn sie glaubte, etwas verstanden zu haben, was so ähnlich klang wie »Ganz das Fräulein Hemma«.

»Gar nichts, Fräulein Henrika, ich denke nur, dass Euer Vater recht hat, wenn er sich um Euch sorgt«, entgegnete der Bergmann sanft.

Henrika versuchte dem Gespräch eine andere Richtung zu geben. »Der Junge heißt Clothar und ist übrigens der einzige Mensch, den ich kenne, der wie ich grüne Augen hat, wenn er auch sonst nicht viel erzählt«, erklärte sie lächelnd.

Dabei beobachtete sie Humbert verstohlen aus den Augenwinkeln, weshalb ihr auch sofort auffiel, dass der alte Bergmann plötzlich leichenblass wurde und leicht schwankte. Mit einer Hand stützte er sich am Türrahmen ab und murmelte mit zitternder Stimme eine Entschuldigung, dass er wieder zurück zur Grube müsse.

Gleich darauf war er verschwunden.

Henrika fuhr sich mit der Hand über die Stirn, als wollte sie den Schleier wegwischen, der sich darüber gelegt hatte. Ohne Zweifel stimmte ihre Vermutung, dass Humbert mehr über ihre Vergangenheit wusste. Schnell verabschiedete sie sich von der überraschten Albrun und eilte deren Vater nach.

»Humbert, warte bitte!«

Genau wie sie zuvor ihren Vater ignoriert hatte, beachtete Humbert ihre Rufe nicht, so dass sie den verdutzten Clothar stehen ließ und weiterlief. Kurz vor der Grube hatte sie den Bergmann endlich eingeholt. Ohne sich um die Männer zu kümmern, die ihre Arbeit in der ungefähr acht Meter tiefen glockenförmigen Grube unterbrachen und sie neugierig beobachteten, hielt sie Humbert am Ärmel seines Bergmannkittels fest und zog heftig an dem dünnen Stoff.

»Wieso hat dich die Erwähnung meiner Augenfarbe so aus der Fassung gebracht?«, brachte sie keuchend hervor.

»Ihr irrt Euch, wertes Fräulein! Mir ging es nur gerade nicht gut. Ein leichter Schwächeanfall, nichts weiter.«

Henrika spürte, dass er nicht die Wahrheit sagte, doch

ebenso wusste sie instinktiv, dass er nichts sagen würde, was er nicht wollte. Vielleicht konnte er ihr ja andere Dinge erzählen, und so fragte sie ihn, während sie sich um Ruhe bemühte, wie er eigentlich hierher gelangt sei.

Humbert zögerte einen Moment, während er zu den Männern hinübersah, die sich wieder eilig mit ihren Hacken und Schaufeln an die Arbeit machten. Er war ein ruhiger Mensch, der nicht viel Worte machte, doch wie aus heiterem Himmel fing er auf einmal an zu erzählen.

»Als es meine Frau und mich vor vielen Jahren hierher verschlagen hat, da hat Euer Großvater mir sofort eine Anstellung gegeben. Damals gehörte die Grube ihm, und den Männern, die für ihn arbeiteten, ging es gut, denn er war ein ausgesprochen gerechter Herr und vertraute mir, obwohl die Ausbeute anfangs nicht gut war.«

Humbert schien weder das Geräusch der Drehraspel, mit deren Hilfe die großen, festen Gangstücke aus der Grube geholt wurden, noch die Schläge des Hammers, der die geförderten Stücke zerschlug, zu hören, so sehr war er in der Erinnerung versunken. Plötzlich schmunzelte er, und in fast heiterem Tonfall fuhr er fort: »Dann gelang mir ein Glücksgriff mit einem jungen, umherziehenden Mann, der Arbeit suchte, und ich gab ihm eine Chance. Dem Herrgott sei gedankt dafür, denn Esiko besaß ein unglaubliches Gespür für Silber, und kurz nachdem er bei uns angefangen hatte, stießen wir auf eine ergiebige Ader. Er war ein hübscher Kerl, der den jungen Mädchen hier in der Siedlung mit seinen blonden Locken und seiner besonderen Art die Köpfe verdrehte. Aber er hatte keinen Blick für sie.«

Humbert unterbrach sich und sah Henrika abwartend an. Sie befürchtete fast, dass er aufhören wollte, doch da erzählte er leise weiter.

»Trotz seiner oft großspurigen Art war Esiko ausgesprochen schüchtern, wenn Euer Großvater in Begleitung von Fräulein Hemma vorbeikam. Meistens verschwand er dann mit der Begründung, Holz holen zu müssen. Am Anfang ärgerte sich der Vogt noch über ihn, weil er ständig abwesend war, doch Esiko arbeitete hart und schaffte es schließlich sogar, dass der Herr Gottwald ihn zu sich auf den Hof holte, damit er sich um die Pferde kümmerte.«

»War er ebenfalls bei dem Überfall dabei?«, fragte Henrika zögernd.

Humbert nickte kurz. »Er wurde dabei getötet.«

Es kostete die junge Frau große Überwindung, ihre letzte Frage zu stellen, denn eigentlich wusste sie die Antwort bereits. »Waren seine Augen so grün wie meine?«

Dieses Mal erhielt sie keine Antwort, und als Humbert sich bei ihr entschuldigte, um an seine Arbeit zu gehen, nickte sie nur und trat langsam den Rückweg an.

Als der Bergmann kurz darauf an seinem glühenden Arbeitsplatz in der Schmiede nach dem Blasebalg griff, fragte er sich voller Unbehagen, ob er möglicherweise zu weit gegangen war.

5. KAPITEL

Als Henrika wenig später wieder zusammen mit Clothar im Stall angekommen war, schickte sie den Jungen fort, denn sie wollte sich selbst um ihr Pferd kümmern. In der Vergangenheit hatte sie es oft geschafft, durch das gleichmäßige Striegeln des Fells Ruhe in ihre Gedanken zu bringen. Bei ihrer Leiba handelte es sich um ein ruhiges und gutmütiges Tier, das Goswin ihr zum fünften Geburtstag geschenkt hatte. Die zwölf Jahre alte Stute hatte ein wunderschönes rotbraunes Fell, und Henrika mochte es umso mehr, da Goswins verstorbener Hengst der Vater Leibas war und so die Erinnerung an den geliebten Rufulus wach blieb. Wie aus heiterem Himmel fiel ihr ein, dass Randolfs Hengst den gleichen Namen trug, und sie nahm sich vor, ihn darauf anzusprechen.

Mit leichtem Druck führte sie die Bürste in langen Bewegungen vom Kopf beginnend in Richtung Schweif, und Leiba gab durch ein leises Schnauben zu erkennen, dass ihr das Striegeln gefiel. Außer in dem hinteren Teil des großen Stalles, wo einer der Knechte Stroh zusammenfegte, war niemand anwesend, umso mehr erschrak Henrika, als sie aus der Dunkelheit des Bretterverschlags dicht neben ihr plötzlich jemand ansprach.

»Bitte, Fräulein Henrika, habt Ihr einen Augenblick für mich?«

Die Stimme kam ihr bekannt vor, doch da sie die Person nicht genau erkennen konnte, wusste sie nicht, wem sie gehörte, bis derjenige schließlich vor sie trat. Henrika sog scharf die Luft ein und machte unbewusst einen Schritt nach hinten, als sie Dietbert von Hanenstein gegenüberstand, der bittend die Hände hob.

»Lauft nicht weg, ich flehe Euch an! Gebt mir die Möglichkeit, mit Euch zu sprechen, mehr verlange ich nicht.«

Ein weiterer Pferdeknecht kam mit zwei gefüllten Holzeimern in den Stall, und Henrika atmete hörbar aus, dann antwortete sie mit einem knappen Nicken.

Dietbert machte einen weiteren Schritt auf sie zu. »Ich weiß, dass Ihr von den schrecklichen Dingen erfahren habt, die mein Vater getan hat. Ich kann nichts davon ungeschehen machen, doch bitte bedenkt, dass ich selbst mehr als genug unter ihm gelitten habe. Natürlich kann ich nicht erwarten, dass Ihr mir trotz allem die Möglichkeit gebt, Euch näher kennenzulernen, aber ich würde ungeachtet dessen gerne wissen, ob Ihr einer Verbindung mit mir auch dann abgeneigt wärt, wenn das alles nicht geschehen wäre.«

Henrika krallte sich mit einer Hand am Schweif ihrer Stute fest und hielt dem Blick Dietberts stand, der kaum größer war als sie, aber von drahtiger Gestalt. Er war von keinem unangenehmen Äußeren, die aschblonden Haare trug er kurz geschnitten, und die braunen Augen erregten durch den flehenden Ausdruck ihr Mitleid. Einzig der harte Zug um die schmalen Lippen schwächte diese Wirkung ab.

»Es tut mir leid, Herr Dietbert, aber ich kann Euch darauf nicht antworten. Nicht zuletzt weil Ihr damals in der Kirche fast meinen Onkel Goswin erschlagen habt, erwarte ich von Euch, dass Ihr mich nicht weiter mit Eurem Drängen belästigt.«

Dietbert zuckte zusammen, als er ihre Worte hörte, doch so schnell gab er nicht auf. »Ich weiß, und Ihr könnt mir glauben, ich danke Gott dafür, dass er mich nicht zum Mörder gemacht hat. Bedenkt bitte auch, in welch einer Situation ich mich befand, schließlich ist mein Vater kurz davor durch die Hand Eures Onkels gestorben.«

»Euer Vater, von dem Ihr vorhin behauptet habt, dass Ihr selbst genug unter ihm gelitten habt. Aber genug davon, bitte respektiert meine Gefühle«, gab Henrika scharf zurück, warf die Bürste in die Ecke und drehte sich zum Ausgang hin.

Dietbert war schneller. Er griff nach ihrem Handgelenk und zog sie dicht an den Bretterverschlag heran.

»Lasst mich sofort los, oder ich schreie!«, fuhr Henrika ihn wütend an.

Anstatt den Griff zu lockern, beschwor er sie leise: »Es ist nicht allein die Sache mit Eurem Onkel, habe ich recht? Eure Großmutter hat beim König noch einen anderen Grund vorgebracht, für den ich gewiss keine Schuld trage. Ich verabscheue die Schändung genauso wie alle anderen, das müsst Ihr mir glauben!«

Henrika hörte abrupt auf, sich zu wehren, und starrte ihn fassungslos an, brachte aber kein Wort heraus, sondern schüttelte nur wie betäubt den Kopf.

Dietbert verstand ihre Reaktion völlig falsch und zog sie noch näher heran. »Ich hätte es in Euren Augen gesehen, wenn wir den gleichen Vater hätten! Doch da ist nichts als Freundlichkeit und Güte. Bitte, weist mich nicht ab, das überstehe ich nicht«, flehte er dicht bei ihrem Ohr.

Henrika hatte das Gefühl, als würde ihr gleich der Kopf platzen. Unbändige Wut stieg in ihr auf, während sie mit dem Fuß weit ausholte und Dietbert einen kräftigen Tritt gegen das Schienbein versetzte. Mit einem unterdrückten Schrei ließ er ihr Handgelenk los, und die junge Frau rannte ohne zu zögern aus dem Stall.

»Ich bitte Euch, nein, ich flehe Euch an, sprecht mit Henrika! Ich bringe es nicht fertig. Allein der Gedanke, ihr all diese Dinge über meine geliebte Hemma mitzuteilen, bringt mich fast um den Verstand.«

Edgitha hatte ihrem Schwiegersohn den Rücken zugewandt und blickte aus dem Fenster auf den durchweichten Platz vor dem Pfalzgebäude. Es regnete bereits seit zwei Tagen, der September hatte bisher mit Sonnenstrahlen gegeizt. Vereinzelte Tropfen benetzten ihre schmalen Hände, mit denen sie sich auf den Mauervorsprung stützte, doch sie spürte es kaum. Clemens versuchte mittlerweile seit drei Tagen, sie dazu zu überreden, ihrer Enkeltochter endlich die ganze Geschichte ihrer Familie zu erzählen – bisher ohne Erfolg.

Ihre ganze Kraft hatte Edgitha für das Bittgespräch beim König benötigt. Es war unglaublich schwer gewesen, die Stunden des Überfalls wieder aufleben zu lassen, doch um diese Ehe zu verhindern, hätte sie weitaus mehr auf sich genommen. Der König hatte äußerst verständnisvoll reagiert und ihrer Bitte sofort entsprochen. Ob sie es allerdings ein zweites Mal schaffen würde, war mehr als fraglich, zumal bei dem Gespräch mit Henrika eine weitere unangenehme Wahrheit ans Licht käme. Eine Wahrheit, die den Hauptgrund für die Bitte ihres Schwiegersohnes darstellte.

Wieder hörte sie seine drängenden Worte, und ihr war klar, dass sie so nicht weitermachen konnte. Sie schuldete es ihrer geliebten Enkeltochter, die seit einer knappen Woche kein Wort mehr mit ihnen beiden gesprochen hatte und fast nur auf ihrem Zimmer blieb.

Vor allem schuldete sie es ihrer verstorbenen Tochter, deren Charakterzüge mit einem Mal immer stärker bei Henrika hervortraten und die sie bis zu ihrem Tod nicht um Vergebung für diese furchtbaren Anschuldigungen gebeten hatte, die sie ihr nach dem Überfall an den Kopf geworfen hatte.

Ihrer Hemma, der sie bis zum Schluss nicht klargemacht hatte, wie sehr sie sie geliebt hatte. Nicht zuletzt schuldete sie es ihrem Schwiegersohn, der ihr die ablehnende Haltung seiner Ehefrau gegenüber schon lange verziehen hatte. Dabei wusste sie noch nicht einmal warum.

Schließlich seufzte Edgitha tief und wandte sich dem Münzmeister zu, dessen dunkle Augenringe ihr einen Stich versetzten, obwohl sie selbst kaum einen frischeren Anblick bot. »Also gut, ich werde mit Henrika sprechen. Aber davor muss ich wissen, was mit dem Sohn dieses Ungeheuers ist. Befindet er sich noch immer hier?«

Clemens atmete tief durch, Erleichterung zeigte sich auf seinem müden Gesicht. Unbewusst strich Edgitha ihm sachte über die Wangen, wobei seine grauen Bartstoppeln sie an der Hand kitzelten. Normalerweise legte der Münzmeister wert auf eine regelmäßige Rasur, und Edgitha hatte ihn nur in der Zeit nach Hemmas Tod ungepflegt gesehen. Selbst die schulterlangen, gewellten Haare, bei denen seit einer Weile ein heller Grauton die Oberhand gewonnen hatte, sahen noch unordentlicher aus, als es ohnehin der Fall war.

»Nein, Randolf hat mir gestern bei seinem Abschiedsbesuch mitgeteilt, dass Dietbert von Hanenstein bereits vor vier Tagen abgereist ist, also genau einen Tag nach Henrikas unerklärlichem, verstörtem Verhalten. Höchstwahrscheinlich haben wir es Dietbert zu verdanken, was Randolf mir ebenfalls bestätigt hat, denn er hat ihn an dem Tag zufällig getroffen. Randolf sagte mir, dass der Mann einen verzweifelten Eindruck auf ihn gemacht hat.«

Edgitha nickte zufrieden. »Er kann von mir aus gar nicht verzweifelt genug sein, hoffentlich geht er daran zugrunde!«

Clemens antwortete nicht darauf, er hatte es schon vor vielen Jahren aufgegeben, den abgrundtiefen Hass seiner Schwiegermutter zu mildern. Seiner Ansicht nach war Dietbert mit seinem Vater schon genug gestraft.

»Ich tue es für Hemma«, flüsterte Edgitha fast tonlos und schloss die Augen.

Während Clemens ihre kalten Hände zwischen seine rauen Handwerkerhände legte, blickte er in das Gesicht der Mutter seiner geliebten Frau. Der Schmerz über den ertragenen Verlust hatte Spuren in ihrem einst so schönen Gesicht hinterlassen, und tiefe Linien der Verbitterung umschlossen ihren Mund. Aus der stolzen, immer leicht unnahbar wirkenden Gemahlin Gottwalds war über Nacht eine verhärmte, um Jahre gealterte Frau geworden, deren tiefblaue Augen noch von der Zeit erzählten, als Edgitha glücklich gewesen war. Auch früher schon zart von Gestalt, bot Edgitha nun fast einen asketischen Anblick, was die streng zurückgebundenen Haare, deren einstige kastanienbraune Fülle einem dunklen Grauton gewichen war, noch verstärkten.

Unvermittelt öffnete sie die Augen und heftete ihren tiefblauen Blick auf ihn. »Du hast sie so unglaublich geliebt! Wie konntest du bloß von Anfang an so nett zu mir sein, obwohl du wusstest, wie sehr Hemma unter meinem verletzenden Verhalten gelitten hat?«

»Ich habe Euch schon oft gesagt, dass Hemma Euch immer geliebt hat und Ihr deshalb endlich Eure Schuldgefühle begraben müsst. Ich habe es in ihren Augen gesehen, als Ihr ihren Wunsch erfüllt habt und Euch für meinen Verbleib an Hemmas Seite bei Henrikas Geburt eingesetzt habt – und das gegen den Willen der Hebamme. Als Ihr dann ebenfalls bis zum Schluss bei ihr gewacht und sie unterstützt habt, da wusste sie, dass Ihr sie trotz allem immer noch liebt. Deshalb hätte Eure Tochter auch nicht gewollt, dass Ihr Euch so quält! Und an Henrika habt Ihr sowieso alles tausendfach wiedergutgemacht.«

Edgitha zog ihre Hände zurück, straffte sich und wischte mit einer energischen Handbewegung eine kleine Träne weg.

»Außerdem kann ich Euch ein Stück weit verstehen, denn es gibt nichts Schlimmeres, als den Menschen zu verlieren, mit dem man sein Leben verbringen wollte. Hemma hatte mir einst erzählt, wie sehr Ihr Euren Mann geliebt habt«, fügte Clemens nach einem Moment der Stille hinzu.

Es war seiner Schwiegermutter anzusehen, wie sehr er mit seinen Worten ihre Gefühle durcheinanderbrachte. Vielleicht war ihr nie klar gewesen, wie offensichtlich die Liebe zu ihrem Mann für Hemma gewesen war.

»Deshalb werde ich es jetzt auch zu Ende bringen!«, sagte sie.

Graf Otto von Northeim sah seinem Neffen zweiten Grades missbilligend entgegen, und lediglich dessen müde und niedergeschlagene Erscheinung hielt ihn davon ab, Dietbert sofort wieder seiner Burg zu verweisen. Eigentlich hatte er sich geschworen, den Sohn seines verstorbenen Vetters nie mehr zu empfangen, nachdem Dietbert zum wiederholten Male seine Erwartungen nicht erfüllt hatte. Andererseits gab es im Herzen des über fünfzigjährigen Grafen schon immer einen kleinen Platz, den sein Neffe für sich in Anspruch genommen hatte. Vielleicht lag es daran, dass Otto den Vater des zum Mann gereiften Jungen noch nie gemocht und für dessen Sohn stets starkes Mitleid empfunden hatte. Er straffte sich und versuchte die Schmerzen in seinen Gelenken zu ignorieren, letztendlich mit geringem Erfolg, denn das Alter machte ihm mehr und mehr zu schaffen.

»Nun, Dietbert, was bringst du mir für Nachrichten?«

Sein Neffe machte eine tiefe Verbeugung und nahm dankend Platz. Er hatte sich lange überlegt, wie er seinem Onkel die schlechte Botschaft des Königs überbringen sollte. Mit Sicherheit war Otto bereits darüber unterrichtet, dass sein enger Freund und Vertrauter Magnus Billung, der Sohn des in diesem Jahr verstorbenen Herzogs von Sachsen Graf Ordulf, weiterhin in Haft bleiben sollte. Allerdings ahnte er noch nichts von den barschen Worten des Königs auf das Angebot, das Dietbert im Namen seines Onkels überbracht hatte.

»Schlechte, werter Onkel, leider! Der König bleibt hart in seiner Haltung und lehnt Euer Angebot, anstelle des Billungers in Haft zu gehen, rundherum ab.«

Otto von Northeim legte die Stirn in Falten, wodurch sein ohnehin schon durchfurchtes Gesicht noch düsterer wirkte. »Was war seine Antwort auf meinen Vorschlag, ihm einen großen Teil meiner Besitztümer zu übergeben? Konnte er in seinem Machthunger wirklich widerstehen?«

Dietbert schluckte den dicken Kloß hinunter und suchte verzweifelt nach den richtigen Worten.

»Jetzt drucks nicht herum, sondern sage es klar und deutlich, Dietbert! Was waren seine genauen Worte?«

Sein Neffe, der einsah, dass er keine andere Wahl hatte, erwiderte zögernd: »Der König hat gesagt, dass Ihr ihm nichts anbieten könnt, was seit Eurer Unterwerfung nicht sowieso schon rechtmäßig unter königlichen Besitz gefallen ist. Er meinte weiterhin, dass Ihr Euch von Eurer Schuld noch nicht hinreichend gereinigt habt und Euch daher keine Freigabe des Vermögens oder Eurer eigenen Person zusteht.«

Der Schlag mit der geballten Faust auf den schweren Eichentisch erfolgte so unvermittelt, dass Dietbert zusammenzuckte und schwieg.

»Es ist empörend, was dieser Salier sich mir gegenüber herausnimmt«, stieß Otto tief verbittert hervor. »Er bleibt also auch dabei, dass Magnus nur dann die Freiheit wiedererlangt, wenn er seinem Erbe entsagt und auf den Herzogtitel mitsamt allen Besitztümern verzichtet?«

Als Antwort erhielt er nur ein unsicheres Nicken, woraufhin er zum zweiten Mal auf den Tisch schlug und sich ruckartig von seinem Platz erhob. Mit großen Schritten durchmaß er die kleine Empfangshalle seines Grafensitzes, um gleich darauf kehrtzumachen. Schließlich baute er sich vor seinem Neffen auf, der sich offenkundig äußerst unwohl fühlte.

»So kann es nicht weitergehen! Der rechtmäßige Erbe des Herzogtums Sachsen wird weiterhin gefangen gehalten, obwohl das jeglicher Grundlage entbehrt. Alles nur, weil er in meiner damaligen Notlage zu mir gestanden hat, um mir gegen die zu Unrecht erhobenen Beschuldigungen beizustehen. Es ist absolut lächerlich, dass ich an der Verschwörung gegen den König beteiligt gewesen sein soll! Es muss dringend etwas gegen die Drangsalierungen Heinrichs uns und der gesamten sächsischen Bevölkerung gegenüber geschehen, sonst werden wir bald alle zu einem Volk von Sklaven!«, donnerte er los.

Dietbert nickte eingeschüchtert, traute sich aber immer noch nicht, etwas zu erwidern, wie sein Onkel misstrauisch feststellte.

Er beugte sich zu seinem Neffen hinab und stützte sich dabei mit den Händen auf die Lehnen des Stuhls, auf dem Dietbert unter seinem drohenden Blick zusammenschrumpfte. »Verschweigst du mir etwas? Hast du dem König etwa von unserer letzten geheimen Zusammenkunft mit den anderen Fürsten erzählt?«

Dietbert brachte nur ein Krächzen zustande, als er zu einer Antwort ansetzte. Schließlich flüsterte er stockend: »Niemals, Onkel, bei meiner Ehre!«

Otto erhob sich schnaubend und brummte angewidert: »Mit der Ehre deines Vaters war es nicht viel her! Ich hoffe doch sehr, dass du nicht in seine Fußstapfen treten willst. Ich warne dich, wenn du ein falsches Spiel mit mir treibst, werde ich es herausbekommen, und dann gnade dir der Allmächtige!«, warnte er leise. Von einem Moment auf den anderen änderte sich der Gesichtsausdruck des Grafen, er reichte seinem Neffen die Hand und lächelte nachsichtig. »Doch jetzt sei willkommen und genieße meine Gastfreundschaft, solange du magst. Oder wirst du am Hof des Königs zurückerwartet?«

Erleichtert erwiderte Dietbert die freundliche und unerwartete Geste, ebenso wie die kraftvolle Umarmung. Als sein Onkel ihn anschließend um Armeslänge von sich schob und sein Lächeln noch breiter wurde, kamen dessen schlechte Zähne zum Vorschein. Dietbert unterdrückte den Anflug von Abscheu und begegnete dem herzlichen Blick offen.

»Leider ja, König Heinrich hat mir angeboten, dass ich am Hof bleiben kann. Ich dachte, das wäre vielleicht eine gute Gelegenheit, ihn auf längere Sicht umzustimmen. Natürlich nur, wenn es Euch recht ist.«

Ein leichter Schatten zog über das Gesicht seines Onkels, der aber genauso schnell verging, wie er gekommen war. Während er seinem Neffen zustimmte, überlegte er zum wiederholten Mal, ob er seinem eigenen Verwandten wirklich trauen konnte.

Henrika reagierte nicht sofort auf das zaghafte Klopfen an ihrer verschlossenen Zimmertür. Erst als ihre Großmutter nicht aufgab und ihre Bitten immer drängender klangen, ließ sie die alte Dame eintreten, ging allerdings sofort wieder zu ihrem Platz zurück und setzte sich auf den harten Stuhl, der neben ihrem Bett stand.

»Warum hast du die Decke davorgehängt? Es ist nicht kalt draußen, auch wenn der Regen eine unangenehme Feuchtigkeit ins Haus trägt«, sagte Edgitha, während sie leise die Tür hinter sich zudrückte.

Stoisch blickte Henrika weiter geradeaus auf einen unsichtbaren Punkt an der gegenüberliegenden Wand, wo ihr mit hübschen Schnitzereien verzierter Schrank stand. »Die Decke hängt dort, weil ich es so will. Wenn Euch das Dämmerlicht stört, so steht es Euch frei, zu gehen.«

Edgitha war niemand, der sich von einem einmal gefassten Entschluss so leicht abbringen ließ. Sie setzte sich auf die Schlafstätte ihrer Enkeltochter, so dass immer noch ein wenig Abstand zwischen beiden Frauen blieb, und bemerkte missbilligend, dass Henrika ihre langen Haare nachlässig zu einem Zopf gebunden hatte. Daraus hatten sich bereits mehrere Strähnen gelöst, die ihr nun in leichten Locken über die schmalen Schultern fielen. Das Mädchen trug seine Lieblingskotte aus hellgrünem Stoff, die ihm trotz des einfachen Schnittes sehr schmeichelte.

Henrika, die das Stirnrunzeln ihrer Großmutter falsch deutete, sagte mit einem trotzigen Unterton: »Ich finde, die Farbe passt besonders gut zu meinen Augen, denkt

Ihr nicht auch? Ich bin mir nur noch nicht ganz sicher, an wen sie Euch erinnert. Könnte es sich dabei um Burchhard von Hanenstein handeln?«

Die junge Frau, die nach dem Gespräch mit Humbert eigentlich die Möglichkeit in Betracht gezogen hatte, dass Esiko ihr Vater sein könnte, war sich nach der Äußerung Dietberts nicht mehr sicher. Auch wenn dessen Augenfarbe nicht grün, sondern eher graublau war, konnten die Augen seines Vaters den ihren gleichen. Auch wenn der Sohn es nicht zu glauben schien. Während der letzten Woche hatten sich Verzweiflung und Wut über ihre Unwissenheit abgewechselt. Jetzt begegnete sie dem Blick ihrer Großmutter angriffslustig, obwohl diese, solange sie denken konnte, immer gut zu ihr gewesen war. Plötzlich fiel ihr auf, dass die ältere Frau sich mit den Händen so verkrampft am Bettrand festhielt, dass die Fingerknöchel weiß hervortraten.

Noch während Henrikas Blick auf den Händen ihrer Großmutter ruhte, erhielt sie von ihr die erste Ohrfeige ihres Lebens und vernahm starr vor Schreck die Antwort, die ihr den Atem stocken ließ.

»Die Augen dieses Ungeheuers waren dunkel und kalt, und ich werde sie gewiss niemals vergessen! Was dagegen den Stoff betrifft, stimme ich dir aus ganzem Herzen zu, auch wenn mir die Augenfarbe bei deinem Vater damals nicht weiter aufgefallen ist«, sagte Edgitha ruhig und bestimmt.

Mit pochendem Herzen erhielt Henrika in der folgenden Stunde endlich all die Antworten, nach denen sie sich so sehr gesehnt hatte, auch wenn sie äußerst schmerzhaft waren. Als ihre Großmutter schließlich geendet hatte, konnte Henrika ihr ansehen, wie viel Kraft es sie gekostet hatte, denn sie schien mit einem Mal in sich zusammenzusinken.

»Dann gibt es mich also nur, weil meine Mutter es nicht geschafft hat, ihre Lust zu beherrschen, und sich einfach einem dahergelaufenen Pferdeknecht hingegeben hat?«, stieß die junge Frau in ätzendem Tonfall hervor.

Entsetzt riss Edgitha die Augen auf und schüttelte heftig den Kopf. »Nein, nein! So habe ich damals auch erst gedacht, aber deine Mutter war schon immer eine sehr starke und eigensinnige Person. Sie sollte die Ehe mit einem Mann eingehen, der ihr nichts bedeutete.« Sie hob abwehrend eine Hand, als sie merkte, dass sich Henrika zu einer Erwiderung anschickte. »Warte bitte und lass mich ausreden! Natürlich ist das nichts Ungewöhnliches, und Hemma hat sich durchaus gefügt, wenn auch murrend und unglücklich. Es war nicht ihre Schuld, dass ihre Gefühle ihr einen Streich spielten. Vielleicht wenn sie ein wenig besonnener gewesen wäre, wer weiß? Wenn du mir nicht glauben willst, dann frag deinen Oheim, der schon immer dein großes Vorbild war. Goswin und Hemma standen sich sehr nahe, er kann dir sicherlich mehr über die Gefühle und Zerrissenheit deiner Mutter erzählen. Leider kann ich dir nicht viel über deinen Vater sagen, da müsstest du dich an Humbert oder vielleicht Herrn Randolf wenden. Beide kannten ihn gut, aber ich weiß, dass ihn alle sehr geschätzt haben – auch dein Großvater, dem Hemma letztendlich ihr hitziges Gemüt verdankte. Mach bitte nicht den gleichen Fehler wie ich, liebes Kind, ich flehe dich an!«

Henrika blieb ihr eine Antwort schuldig, denn mit Humbert hatte sie bereits gesprochen. Davon brauchte ihre Großmutter aber nichts zu wissen, denn die junge Frau wollte nicht, dass der Bergmann Ärger bekam, weil sie durch ihn überhaupt erst auf Esiko gestoßen war. Es war ihr lieber, wenn ihr Vater und Edgitha davon ausgingen, dass Henrika durch Dietbert hinter das wohl gehütete Geheimnis gekommen war.

Schließlich räusperte Edgitha sich umständlich, als müsste sie Zeit gewinnen, und bat Henrika, das Fenster zu öffnen. »Wenn ich es mir richtig überlege, solltest du dich wirklich an Herrn Randolf wenden. Dein Großvater hat damals nach der versuchten Entführung Hemmas beiläufig erwähnt, dass Randolf dabei war, als sie Esiko zusammen mit deiner Mutter gefunden haben.«

Verwirrt blickte Henrika ihre Großmutter an, deren Gesicht von einer Schwermut gezeichnet war, die sie so an ihr noch nicht bemerkt hatte. »Entführung? Ich verstehe nicht ganz.«

»Entschuldige bitte, davon weißt du ja gar nichts. Nachdem Gottwald den Antrag Burchards von Hanenstein abgewiesen hatte, hegte er die Befürchtung, dass Hemma Opfer einer Entführung werden könnte. Damit hätte dieser Widerling zum Schluss doch noch eine Ehe erzwingen können. Deshalb hatte dein Großvater damals auch kein gutes Gefühl, als er Esiko mit der ablehnenden Nachricht zur Burg Hanenstein schickte.«

Henrika riss ihre Augen auf und fragte verwundert: »Esiko hat die Botschaft überbracht?«

Edgitha nickte betrübt. »Der entsetzte Schrei deiner Mutter klingt mir noch immer in den Ohren, als Esiko endlich zurückkehrte. Ich selbst habe ihn gar nicht gesehen«, bekannte sie leicht verschämt, »doch er muss schrecklich zugerichtet gewesen sein. Gottwald war furchtbar aufgebracht. Nicht nur wegen der Misshandlungen, sondern auch wegen dem unangemessenen Verhalten deiner Mutter. Da hat er übrigens zum ersten Mal Verdacht gehegt und später auch mit mir darüber gesprochen. Aber wir wollten es beide wohl nicht wahrhaben.«

Edgitha machte eine kleine Pause, während ihr Blick sonderbar leer einen unsichtbaren Punkt an der Wand fixierte, und Henrika wagte nicht, sie zum Weiterreden aufzufordern, aus Angst, die fast magische Atmosphäre zu zerstören. Der laute Ruf eines der Wachposten, die den Zugang zum Pfalzgelände strengstens bewachten, drang zu ihnen hoch und brachte die beiden Frauen zurück in die Gegenwart. Erst jetzt merkte Henrika, dass sie zwischen ihren zusammengepressten Händen eine der beiden schmalen, blassen Hände ihrer Großmutter hielt. Erschrocken lockerte sie den Griff und sah Edgitha entschuldigend an, doch die schien kaum etwas von dem Schmerz gespürt zu haben.

Dann sprach sie weiter. »Gottwald hat Hemma aus diesem Grund verboten, alleine auszureiten. Sie war schon immer ein kleiner Sturkopf, deshalb hätten wir es besser wissen müssen«, bekannte sie, während die Andeutung eines schwachen Lächelns über ihr Gesicht huschte, das aber gleich wieder verschwand. »Es war ein schlimmes Ereignis für uns alle damals, ja, im Nachhinein könnte man es fast als Omen für das werten, was noch kommen sollte. Der Pferdeknecht, unser treuer Udolf, starb ein paar Tage später. Hemma hat sich das wohl nie verziehen. Sie war danach wie verwandelt, ihre Stille und Zurückgezogenheit waren fast schon beängstigend. Aber so war sie eben, immer extrem in allem, was sie tat!«

Henrikas Gesicht glich einer Maske, als sie mit eisiger Stimme erwiderte: »Wieso hat der Münzmeister mir nie von Esiko erzählt?«

Wieder schreckte Edgitha zurück, doch dann wies sie ihre Enkeltochter scharf zurecht: »Überleg nur mal, wie du dich soeben ausgedrückt hast. Er hat gefürchtet, deine Liebe zu verlieren. Die Liebe seiner Tochter, denn genau das bist du! Clemens hat dich großgezogen, dir wichtige Werte vermittelt und dir seine uneingeschränkte Liebe geschenkt. Ich will nie wieder hören, dass du so von deinem Vater sprichst!«

Mühsam beherrscht und leicht verschämt erhob sich Henrika mit gesenktem Kopf, dankte ihrer Großmutter ruhig und verließ ihr Zimmer. Sie brauchte erst mal ein wenig Zeit für sich, bevor sie sich zu ihrem Vater begab. Und wo konnte sie besser nachdenken als im Stall bei den Pferden?

Nachdem Henrika gegangen war, blieb Edgitha noch ein wenig still auf ihrem Platz sitzen. Es hatte sie ungeheuer Kraft gekostet, die Vergangenheit nach so vielen Jahren des Unterdrückens wieder aufleben zu lassen. Bei der Erinnerung an ihren Mann brach der Schmerz über den erlittenen Verlust mit voller Wucht erneut über sie herein, so als wäre es erst vor kurzem geschehen. Die Tränen liefen ihr ungehindert über ihre Wangen, während sie dasaß und zum zweiten Mal den Erinnerungen nachgab.

Die Abenddämmerung war bereits fast vollständig von der Finsternis der Nacht verschluckt und der Himmel wolkenverhangen, daher schaffte es das Licht des Mondes nur gelegentlich bis hinunter auf die Erde. Gottwalds Frau saß auf ihrem Schemel und hielt ihren kleinen Silberspiegel in der rechten Hand. Ihr Gemahl hatte ihn aus dem ersten Silber herstellen lassen, das sie in seiner Grube gefunden hatten. Der Griff war mit einer schönen Blumenranke verziert und das Glas innerhalb der runden Metallfläche eingelassen.

Edgitha mochte den Spiegel sehr, auch wenn er nichts als Eitelkeit verkörperte und sie sich damit einer der

Todsünden schuldig machte. Dabei ging es ihr überhaupt nicht darum, ihr eigenes Antlitz zu bewundern, vielmehr mochte sie den Spiegel so sehr, weil ihr Gemahl ihn ihr an ihrem Namenstag geschenkt hatte. Nach einer erfüllten Liebesnacht war sie aufgewacht und hatte zwar nicht mehr Gottwald, dafür aber sein elegantes Geschenk vorgefunden.

Seufzend ließ Edgitha die Hand sinken und legte den Spiegel vorsichtig auf den zierlichen Tisch. In ein paar Monaten würde sie zweiunddreißig Jahre alt werden, und auch wenn sie sich auf ihr Aussehen nichts einbildete, so wusste sie doch, dass sie immer noch eine schöne Frau war. Sie hörte, wie sich im Erdgeschoss leise eine Tür schloss, und erhob sich, um näher ans Feuer zu gehen. Die Luft hatte sich seit ein paar Tagen ein wenig abgekühlt, und Edgitha fröstelte leicht. Langsam ließ sie sich auf den Fellen vor dem flackernden Feuer nieder, während sie auf die Schritte achtete, die vorsichtig die Treppe hinaufkamen. Edgitha legte sich so hin, dass sie die Zimmertür im Auge hatte. Den Kopf stützte sie mit der linken Hand ab, während sie mit der rechten ihr cremefarbenes Nachthemd glattstrich. Den Saum mit der Spitzenborte zog sie bewusst ein wenig höher, bis er nur gerade noch über die Knie reichte. Als die Schritte vor ihrer Tür haltmachten, wagte sie kaum zu atmen.

Zu ihrem großen Bedauern lag Gottwalds letzter Besuch bereits ein paar Wochen zurück, und sie sehnte sich sehr nach seinen Umarmungen. Nicht dass sie Sorge hatte, er wäre ihrer überdrüssig, schließlich wusste sie, dass er sie noch immer begehrte, vielleicht sogar mehr als zu Beginn ihrer Ehe. Aber ihr Gemahl trug schwer an seinen Pflichten und der großen Verantwortung seiner Stellung. Besonders wenn es galt, Streitigkeiten zwischen den Einwohnern des Ortes zu schlichten, war ihm die Müdigkeit hinterher anzusehen.

Dieses Mal wurde ihr banges Warten jedoch belohnt. Leise öffnete sich die Tür, und im flackernden Schein des Feuers konnte sie das vertraute Gesicht ihres geliebten Mannes erkennen.

»Komm zu mir!«, flüsterte sie und streckte ihm die rechte Hand entgegen.

Einen Augenblick später erwiderte Gottwald ihren sehnsüchtigen Kuss leidenschaftlich, und bald lagen sie eng umschlungen vor dem Feuer. Als Gottwald das leichte Zittern seiner Frau bemerkte, deckte er seinen Umhang über sie. »Du bist bestimmt die einzige Frau auf unserer schönen Welt, die vor einem Feuer friert«, scherzte er leise.

»Das ist mir gleich, solange du derjenige bist, der mich wärmt«, gab Edgitha zurück und kuschelte sich noch enger an ihren Mann.

»Was hältst du von dem Mann, der um die Hand unserer Tochter angehalten hat, Edgit?«, fragte Gottwald nach ein paar Minuten des vertrauten Schweigens. In Augenblicken der Zweisamkeit nannte er sie manchmal so. Seine Gemahlin verdankte ihren ungewöhnlichen Namen der angelsächsischen Gemahlin Kaiser Ottos I., die viele als heilige Wohltäterin verehrten. »Bist du einverstanden, dass ich mich gegen ihn entschieden habe?«

Edgitha zögerte kurz, dann antwortete sie mit großer Überzeugung: »Natürlich ist deine Entscheidung richtig, Liebster. Dieser Burchard ist ein unangenehmer Zeitgenosse, dem ich unsere Tochter nur ungern anvertrauen würde. Außerdem bin ich sicher, dass die Familie Friedrichs von Goseck besser für Hemma geeignet ist. Du kennst doch den Bruder des Erzbischofs Adalbert. Erzähl, was für ein Mensch ist Pfalzgraf Friedrich?«

Gottwald ließ sich mit der Antwort Zeit. Es war nicht ungewöhnlich, dass er mit seiner Frau Probleme besprach. »Ich bin mir nicht sicher, ob er besser geeignet ist. Friedrich war immer sehr jähzornig veranlagt, aber vielleicht hat sich diese Eigenschaft mit dem Alter ein wenig gelegt. Vom Aussehen her ist er auf jeden Fall ansprechender als Adalbert, dennoch liegt mir diese ungeplante Wendung schwer im Magen.«

Edgitha stützte sich auf den Ellbogen und strich ihrem Mann sanft über die Wange, so als wollte sie seine sorgenvolle Miene damit wegwischen. »Du hattest keine andere Wahl! Quäle dich nicht damit, du weißt, dass Hemma es durchaus schlechter hätte treffen können. Erzbischof Adalberts Familie ist mächtig. Wir dürfen sie uns nicht zum Feind machen. Auch wenn Kaiserin Agnes nicht gut auf den Erzbischof zu sprechen ist, so hält unser geschätzter Kaiser doch große Stücke auf ihn.«

Gottwald seufzte und strich seiner Frau über die langen kastanienbraunen Haare. »Ich weiß, trotzdem ist mir nicht ganz wohl bei dem Gedanken, mich dermaßen an die Familie des Erzbischofs zu binden. Ich habe ihm nie getraut, und das ungute Gefühl hält bis heute an. Er ist ein Meister im Ränkeschmieden, und ich schlage ihm seinen Wunsch nur deshalb nicht ab, weil ich mich nicht in der Position dazu befinde.«

»Hemma wird sich fügen. Sie ist zwar äußerst ungestüm, weiß aber, was von ihr verlangt wird, und vielleicht findet sie ihren zukünftigen Gatten ja sogar ganz nett! Wir werden im September beim Hoftag feststellen, ob er ihr Herz erobern kann. Wann wirst du es ihr mitteilen?«

Gedankenverloren strich Gottwald über Edgithas blassen Arm und presste dabei die Lippen aufeinander. »Ende der Woche, so lange wird sie sich noch gedulden müssen, obwohl es nicht sehr feinfühlig von mir ist, ihr gleich anschließend ihren Gatten zu präsentieren. Aber sie ist stark und wird damit klarkommen.«

Dann richtete er sich halb auf und drückte seine Gemahlin mit der Hand sanft auf den Boden. Liebevoll ließ er den Blick über sie gleiten, während er über ihren zarten Körper strich. Edgitha erschauerte, schloss die Augen, genoss die Berührung und zog ihren Mann zu sich herunter.

6. KAPITEL

Henrika schob den Besuch bei ihrem Vater länger hinaus, als sie eigentlich vorgehabt hatte. Allerdings hatten die Stunden des Nachdenkens auch etwas Gutes gehabt, denn der Ärger über sein jahrelanges Schweigen, der kurz nach dem Gespräch mit ihrer Großmutter tief in ihrem Innern gegrummelt hatte, war verflogen.

Erst unmittelbar vor dem Abendmahl öffnete sie zögernd die Tür zur Werkstatt. Der Münzmeister saß an seiner Werkbank und arbeitete an einem Rohling. Die anderen Männer waren bereits nach Hause gegangen, so dass die beiden völlig ungestört waren. Wortlos nahm sie seine Hand, und als sie die offensichtliche Freude und Erleichterung sah, die sich auf seinem Gesicht widerspiegelten, wusste sie, dass sie das einzig Richtige getan hatte.

»Wie konntest du mich nur all die Jahre ansehen und gleichzeitig den Gedanken ertragen, dass ich von einem anderen Mann bin?«, fragte Henrika schließlich leise.

Clemens legte einen Arm um sie und zog sie zu sich heran. Sie saßen auf einer Holzbank, die schon immer einer ihrer Lieblingsplätze gewesen war.

»Ich konnte dich nicht nur ansehen, sondern dich sogar lieben, jeden Tag ein wenig mehr! Denn du bist alles, was mir von deiner Mutter geblieben ist«, entgegnete er mit einem leichten Zittern in der Stimme. »Übrigens hat sie mir das von Esiko niemals gesagt, weil sie mir nicht unnötig weh tun wollte, denn zuletzt hat sie mich doch noch geliebt.«

Zweifel zeigten sich auf Hemmas Gesicht, als sie ihn fragte, woher er von Esiko wisse.

»Ich war dabei, damals, nach dem Überfall. Brun hatte fliehen können und wurde dabei schwer verletzt. Zusammen mit Goswin und einigen anderen Männern sind wir so schnell es ging zum Hof deines Großvaters geritten. Leider konnten wir nur noch die Toten und Verletzten bergen. Das Haus brannte lichterloh, und deine Mutter lief wie eine Wahnsinnige schreiend darauf zu, denn Esiko befand sich noch drinnen. Goswin musste sie zurückhalten, und noch in seinen Armen hat sie Esikos Namen gewimmert.«

Clemens schwieg einen Augenblick, doch dann seufzte er tief und lächelte seine Tochter an.

»Das hört sich vielleicht seltsam für dich an, aber obwohl ich es wusste, war es mir gleich, Hauptsache Hemma war bei mir, und ich konnte ihrer verletzten Seele Liebe und Geborgenheit geben. Deine Mutter war eine wundervolle Frau, und ich bin sicher, dass es sich bei Esiko ebenfalls um einen guten Menschen gehandelt hat, da Hemma ihm ihre Liebe geschenkt hatte. Ich hoffe, du wirst es eines Tages verstehen, und wünsche dir, dass auch du jemanden finden wirst, mit dem du das Glück der Liebe entdecken und teilen kannst.«

Henrika blieb ihm eine Antwort schuldig. Auch wenn Clemens immer ihr Vater bleiben würde, gab es im Augenblick trotzdem zu viel, womit sie fertig werden musste. Dazu zählte nicht nur die Erkenntnis, dass ihr Vater gar nicht ihr leiblicher Vater war. Vielleicht würde es leichter sein, wenn einige Zeit vergangen war, doch das musste sich erst zeigen.

Die andere Sache, die ihr zusetzte und die ihr Vater

ohne es zu wissen angesprochen hatte, verschob sie auf später, denn Clemens nahm sie unvermittelt an die Hand und führte sie hinauf in sein privates Reich. Nachdem er die Tür hinter sich zugedrückt hatte, bat er sie, Platz zu nehmen, und Henrika setzte sich auf den Stuhl, auf dem vor einiger Zeit Randolf gesessen hatte. Damit hatte die ganze Angelegenheit ihren Anfang genommen.

Wie aus heiterem Himmel lachte Clemens laut auf. Als er den verstörten Blick seiner Tochter sah, setzte er zu einer Erklärung an. »Entschuldige bitte, aber ich musste gerade daran denken, wie deine Mutter meinen Heiratsantrag angenommen hat. Der Überfall lag zwar erst kurze Zeit zurück, aber die Schändung hing natürlich wie ein Damoklesschwert über ihr. Dass sie sich vorher bereits Esiko hingegeben hatte, wusste ich zu dem Zeitpunkt nicht, aber es hätte nichts an meiner Entscheidung geändert. Erst hat sie um Bedenkzeit gebeten, aber eines Tages kam sie plötzlich zu uns ins Haus gerauscht und hat mir kurzerhand mitgeteilt, dass sie meinen Antrag annimmt.« Seine Heiterkeit verschwand, und mit ernster Miene fügte er hinzu: »Lange nach unserer Heirat hat sie mir dann erzählt, dass ihre Mutter ihr zugesetzt und sie zu einer Heirat mit mir gedrängt hatte. Sozusagen um das Schlimmste, nämlich ein uneheliches Kind, zu verhindern.«

Henrika wollte sich erheben, um ihren Vater in den Arm zu nehmen, doch er hob abwehrend die Hände.

»Lass gut sein, Tochter. Das war nicht als Klage gemeint. Deine Großmutter hat ja mit dir darüber gesprochen. Sie stand noch unter dem Schock der erlittenen Fehlgeburt und des Verlustes ihres Mannes. Was keine Rechtfertigung sein soll, verstehe mich bitte nicht falsch, aber sie hat in ihrem Leben genug gebüßt, und ich kann mir keine bessere Großmutter für dich vorstellen.«

»Aber meine Mutter, ich meine ...«, hilflos brach Henrika ab, denn ihr fehlten die richtigen Worte.

»Deine Mutter hat mich anfangs, wie schon gesagt, nicht geliebt, sondern nur Freundschaft und Dankbarkeit für mich verspürt. Aber in der viel zu kurzen Zeit unserer Ehe hat sie die Ruhe bei mir gefunden, die sie dringend benötigte, und war sogar glücklich, dessen bin ich mir sicher.«

Er dachte an den Moment zurück, als er bei der Geburt an Hemmas Lager gestanden hatte.

»Ich wusste, dass Gott mich irgendwann für mein selbstsüchtiges Verhalten zur Rechenschaft ziehen wird«, hatte Hemma zu ihm gesagt. »Aber Clemens, Liebster, du musst wissen, dass du mich in der kurzen Zeit unserer Ehe sehr glücklich gemacht hast. Du bist ein guter Mensch.«

Er war damals froh, dass seine Gemahlin nicht sehen konnte, wie er gegen die aufsteigenden Tränen ankämpfen musste, und auch jetzt schluckte er schwer, um vor Henrika nicht die Beherrschung zu verlieren.

Die Geburt war sehr lange und dramatisch verlaufen, und Hemma hatte tapfer um das Leben ihrer Tochter und um das ihre gekämpft. Gemeinsam mit Edgitha hatte er ihr beigestanden, und in ihrer schwersten Stunde hatte seine Gemahlin ihm mit letzter Kraft zum ersten Mal gesagt, dass sie ihn liebte. Im Morgengrauen starb Hemma dann, ohne das Bewusstsein wiedererlangt zu haben. Clemens scheuchte alle aus dem Zimmer und schloss sich bis zum darauf folgenden Tag zusammen mit seiner geliebten Frau ein. Erst am nächsten Morgen öffnete er die Tür und ließ Edgitha herein.

Der Münzmeister schüttelte die Erinnerung ab, ging

ein paar Schritte auf seine Tochter zu und setzte sich vorsichtig auf das grosse Bett. Zärtlich strich er mit einer Hand über die aufgeschlagene Decke, dann sah er Henrika mit verklärtem Blick an und meinte leise: »Hier wurdest du geboren, und hier starb deine Mutter.«

In der Nacht lag Henrika noch lange wach in ihrem Bett. Die Umstände ihrer Geburt und der Tod ihrer Mutter hatten sie unglaublich aufgewühlt. Vor allem die unbeirrbare Liebe ihres Vaters imponierte ihr mehr als alles andere. Und noch etwas war geschehen: Durch die Einblicke in das Leben ihrer Mutter hatte sie mit einem Mal eine andere Beziehung zu ihr bekommen. Obwohl sie Hemma niemals kennengelernt hatte, fühlte sie sich ihr plötzlich vertraut und nah – und dennoch konnte der Weg ihrer Mutter nicht der ihre sein.

Diese Einsicht war wichtig für Henrika, denn noch etwas ganz anderes plagte sie, wobei ihr momentan völlig die Vorstellung davon fehlte, wie sie diese unbekannten und verwirrenden Emotionen in den Griff bekommen sollte. Frustriert schlug sie die Decke zurück, stand auf und ging zum Fenster. Die Erkenntnis hatte sie mit einer solchen Wucht getroffen, dass sie dagegen zumindest im Augenblick nicht ankam, und die verräterischen Bilder Randolfs drängten immer wieder hartnäckig an die Oberfläche. Gelegentlich wachte sie sogar nachts auf, weil sie meinte, seine Stimme gehört zu haben.

Womöglich besass sie mehr von ihrer Mutter, als ihr lieb war! In dem klaren Bewusstsein, tiefere Gefühle für den verheirateten Ritter zu empfinden, und zugleich in dem Wissen, dass es hoffnungslos war, legte sie sich wieder hin und fiel einige Zeit später in einen traumlosen Schlaf.

Fröstelnd warf sich Randolf seinen wollenen Umhang über die Schultern, als er in den Gang hinaustrat, und nicht zum ersten Mal war er froh darüber, dass das Kleidungsstück mit einem dicken Schaffell versehen war. Sie waren vor einer knappen Woche in Babenberch angekommen und hatten sich hier so gut es ging eingerichtet. Der Hofstaat Heinrichs war dieses Jahr zu Weihnachten nicht ganz so groß geraten wie zu manch anderen Festtagen, doch mit einer Stärke von etwas mehr als eintausend Mann ächzte der Ort unter der drückenden Last. Die zusätzliche Verpflegung gestaltete sich in den harten Wintermonaten nun mal um einiges schwieriger. Gerade jetzt, in dieser vor allem für die einfache Bevölkerung beschwerlichen Zeit, dachte er des Öfteren an Guntram, in dessen Haltung mehr Stolz lag als in der mancher Fürsten. Der Bauer hatte Randolf mit seiner ungebrochenen Standhaftigkeit, verbunden mit seinem fast stoischen Gleichmut, gewaltig imponiert. Anscheinend nicht nur mir, dachte er, als ihm die junge Irmingard einfiel, wobei sich sofort wieder das altbekannte mulmige Gefühl bemerkbar machte.

Doch jetzt warteten andere Dinge auf ihn, und energisch verschob er seine Gedanken auf später.

Bischof Hermann hatte den König eingeladen, und Heinrich folgte nur zu gerne dem Ruf des Mannes, der in Rom nicht ganz unumstritten war. Ihm lastete der Zweifel der Simonie an, weswegen er sich zwei Jahre zuvor zusammen mit dem Erzbischof von Mainz auch schon beim Papst hatte verantworten müssen. Allerdings hatte der angeklagte Bischof Hermann sich vor dem Heiligen Vater erfolgreich rechtfertigen können und sogar das Pallium von ihm erhalten. Dennoch war es nicht abzustreiten, dass es seitdem innerhalb der Geistlichkeit seiner Diözese kräftig gegen den Bischof rumorte, da die

Gegner der Käuflichkeit von kirchlichen Ämtern und Ähnlichem auch dort zu finden waren.

Heinrich blieb deswegen unbeirrt und zeigte offen seine Verbundenheit zum Bischof von Babenberch, denn auch er hatte bereits einen größeren Konflikt mit Papst Alexander hinter sich, Anlass waren die Scheidungspläne des Monarchen.

Vor drei Jahren hatte der König versucht, sich nach dreijähriger Ehe von seiner Frau Bertha scheiden zu lassen, und damit nicht nur den Heiligen Vater in Rom gegen sich aufgebracht. Erst nachdem Papst Alexander dem König auf dem Reichstag zu Frankfurt im Oktober 1069 durch einen Legaten seine Androhung überbracht hatte, dass sich seine Aussichten auf die Kaiserkrone durch die Scheidungspläne in Luft auflösten, nahm König Heinrich missgelaunt Abstand davon.

Mittlerweile, wie Randolf zufrieden festgestellt hatte, waren auch die vorgegebenen Gründe für das Scheidungsverlangen hinfällig geworden, denn das Königspaar hatte vor zwei Jahren das erste Kind bekommen, so dass die Aussage Heinrichs, der Vollzug der Ehe habe nicht stattgefunden, nicht mehr haltbar war. Randolf hatte dem Ganzen sowieso zwiespältig gegenübergestanden. Obwohl in dem Treueeid gegenüber dem König gefangen, vermochte er seine Grundsätze, die er mit dem Ehegelübde verband, nicht zu verleugnen. Ironischerweise machten ihm seine eigenen Prinzipien nun selbst zu schaffen.

Der König wartete in der großen Halle der alten Burg darauf, dass sein Freund aus Kindertagen seiner Aufforderung Folge leistete. Als Randolf in den Raum eilte, fand er neben dem Herrscher auch Bischof Hermann vor sowie fünf weitere Personen aus hohen Ämtern und Adel. Zu seiner Verblüffung erwartete noch ein anderer

Mann seine Ankunft, mit dessen Anwesenheit er nicht im Traum gerechnet hatte.

»Brun!«, begrüßte er den jüngsten Sohn seines verstorbenen Lehrmeisters erfreut, nachdem er dem König die Ehre erwiesen hatte. »Was bringt dich bei diesem unwirtlichen Wetter hier zu uns nach Babenberch, noch dazu an Weihnachten?«

Beide umarmten sich herzlich, und Randolf stellte fest, dass sein um drei Jahre jüngerer Freund noch immer einen ziemlich verfrorenen Eindruck machte, denn der kalte Ostwind, der seit Tagen schon ein unerfreuliches Schneegestöber veranstaltete, ließ sich nur mit Mühe aus dem kalten, alten Gemäuer aussperren. Dicke Decken hingen vor den Fensterschlitzen, doch das Heulen des Windes war allgegenwärtig, und auch die lodernden Flammen, die in der offenen Feuerstelle für ein wenig Wärme sorgten, änderten nicht viel daran, sondern hatten eher schlechte Luft zur Folge. Der Rauch des Feuers zog quer durch die große Halle, da eine Abzugsmöglichkeit fehlte und er nur über eine nicht abgedeckte Fensteröffnung am Ende des Saals entweichen konnte.

»Euer Freund kommt als Gesandter seines Herrn, des Herzogs von Schwaben. Eigentlich wollte ich ihm nur eine kurze Pause gönnen, damit er sich gleich morgen wieder mit meiner Antwort auf den Weg machen kann«, ergriff der König das Wort. »Doch da ich von der Verbundenheit zwischen Euch weiß, will ich nachsichtig sein, obgleich die Angelegenheit sehr dringlich ist. Brun von Gosenfels«, wandte er sich nun an Brun, »Ihr dürft Euch einen Tag länger hier aufhalten. Erwartet meine Botschaft morgen Abend, dann könnt Ihr in zwei Tagen aufbrechen. Euch wird eine Lagerstätte zugewiesen, es sei denn, der gute Randolf macht Euch Platz in seiner Kammer.«

Die beiden Männer verbeugten sich unter den neugierigen Blicken der Umstehenden, die allesamt in dicke Umhänge gehüllt waren, und verließen die zugige Halle. Kaum hatte sich die schwere doppelte Eingangstür hinter ihnen geschlossen, da brach es auch schon aus Brun heraus.

»Mensch, ist das schön, dass wir endlich mal wieder zusammentreffen«, sagte er freudig. »Ist deine Familie nicht hier? Normalerweise begleitet sie dich doch zu den Feierlichkeiten an Weihnachten.« Dabei hauchte er in seine rot gefrorenen Hände und rieb sie aneinander.

Randolf unterdrückte ein Schmunzeln und schlug seinem Freund im Gehen auf die Schulter, wobei das kaum vorhandene Hinken Bruns wie üblich seine Aufmerksamkeit auf sich zog. Eine Erinnerung an den Überfall, denn er hatte sich die Verletzung zugezogen, als er vom Hof geflohen war, um Hilfe zu holen.

»Nein, Betlindis ist mit unserem Sohn zu Hause geblieben. Ich wollte sie nicht diesem Wetter aussetzen, denn der Weg von meinem Gut ist ziemlich weit.«

Betrübt entgegnete Brun daraufhin: »Schade, ich hatte gehofft, meine Nichte endlich einmal wiederzusehen.«

Als er Randolfs Blick bemerkte, fügte er erklärend hinzu, Goswin habe ihm in einem seiner seltenen Briefe mitgeteilt, dass Henrika seit September auf dem Gut Randolfs weilte, um der kränkelnden Betlindis zur Seite zu stehen. Damit hatte die junge Frau dem Wunsch des Königs Folge geleistet, nachdem dieser völlig unerwartet im Hause des Münzmeisters aufgetaucht war. Randolf selbst war bei diesem Besuch nicht dabei gewesen, da er für Heinrich unterwegs war, und hatte erst zwei Tage später davon erfahren.

»Tut mir leid, dich enttäuschen zu müssen.« Randolfs Antwort war ungewohnt knapp.

Brun schien es jedoch nicht zu merken, denn sein Blick ging an seinem Freund vorbei. »Wirklich sehr schade«, wiederholte er, »denn ich wollte ihr einiges über unsere Familie erzählen, nun, da sie endlich über gewisse Ereignisse aus der Vergangenheit im Bilde ist.« Plötzlich schien ihm bewusst zu werden, dass Randolf ihn abwartend ansah, und er zuckte mit den Achseln. »Na, dann werde ich mir wohl oder übel etwas anderes überlegen müssen, um meine Erinnerungen loszuwerden.«

Randolf drang nicht weiter in ihn, sondern lenkte mit der nächsten Frage das Thema auf den Grund für Bruns Anwesenheit. »Jetzt erzähl mir aber von der Botschaft. Ist dir der Inhalt bekannt? Geht es um die kürzlich erhobenen Anschuldigungen, dass der Herzog gegen unseren König einen Anschlag plant?«

Der betrübte Gesichtsausdruck Bruns verdüsterte sich augenblicklich noch mehr, was Randolf Sorge bereitete. Eigentlich war der jüngste Spross des Hauses Gosenfels noch immer sehr stürmisch und neigte zu impulsiven Taten, wenngleich man ihm schon lange kein unüberlegtes Verhalten mehr vorwerfen konnte.

»Es widerstrebt mir, hier auf dem zugigen Gang mit dir darüber zu sprechen. Doch wo bringst du mich hin? Bist du nicht im oberen Stockwerk untergebracht?«, fragte Brun verwirrt, als Randolf ihn die Treppe hinunterführte.

»Natürlich, aber bei mir ist es noch kälter als in der Halle, und da dachte ich, wir sollten uns einen wärmeren Ort suchen, an dem du dich von deiner Reise erholen kannst.«

Mittlerweile hatten sie ihr Ziel erreicht, das Brun bereits am Geruch erkannt hatte, und Randolf öffnete die Tür zur Küche. Die Gespräche der Bediensteten verstummten sofort, als die beiden Ritter den großen Raum betraten. Angenehme Wärme umfing sie, die sich mit dem Geruch nach einem herzhaften Eintopf vermischte, und Randolf zog seinen Freund in eine Ecke, wo eine klapprige Bank stand. Das junge Mädchen, das gerade einen Berg runzliger Rüben schnitt, sprang hastig auf und machte den ungewohnten Besuchern Platz.

»Hast du also deine Angewohnheit, dich in der Küche herumzutreiben wie bei uns damals beim guten Berthold, noch immer nicht aufgegeben«, scherzte Brun, während sich seine vollen Lippen zu einem Grinsen verzogen.

Randolf zuckte mit den Schultern, während die Anwesenden ihre Gespräche langsam wieder aufnahmen und das Klappern der Schüsseln sich daruntermischte.

»Ich würde sagen, es liegt eher daran, dass ich keinen anderen Ort finde, an dem eine angenehme Wärme herrscht. Außerdem müssen wir hier niemanden fürchten, der unser Gespräch belauschen will. Wir können uns aber auch gerne in meine eisige Unterkunft begeben. Von dort hat man einen herrlichen Blick auf den Dom, sofern man den groben Sack von dem schmalen Schlitz im Mauerwerk entfernt. Du musst dich allerdings gut vorsehen, damit dir die Finger nicht daran festfrieren.«

Brun hob abwehrend die Hände und lachte laut auf. »Dein trockener Humor ist eines der Dinge, die ich des Öfteren vermisse! Doch jetzt zu Wichtigerem ...«, er brach plötzlich ab, weil ihn ein Hustenanfall schüttelte.

Randolf entledigte sich seines Umhangs. Als Brun sich wieder beruhigt hatte, war das Gesicht von der Anstrengung gerötet, was seinem guten Aussehen jedoch keinen Abbruch tat. Brun sah seiner Mutter sehr ähnlich und war, anders als sein älterer Bruder, fast einen Kopf kleiner als Randolf. Die vollen kastanienbraunen Haare trug er kurz geschnitten, und die dichten, dunklen Bartstoppeln zeugten von der Reise, die er hinter sich hatte. Normalerweise legte Brun nämlich großen Wert auf ein glattrasiertes Gesicht, das die Regelmäßigkeit seines Antlitzes noch hervorhob. Die dunkelblauen Augen nahmen einen ernsten Ausdruck an, als er schließlich fortfuhr.

»Die Anschuldigungen, die gegen meinen Herrn erhoben werden, sind unhaltbar, doch nachdem mein Herzog miterlebt hat, was seinerzeit mit dem Grafen von Northeim geschehen ist, nimmt er diese Gerüchte nicht auf die leichte Schulter. Aus diesem Grund bin ich hier, denn er bittet den König um ein offenes Gespräch und appelliert an die langjährige gute Beziehung zwischen beiden Häusern. Schließlich handelt es sich bei Herzog Rudolf nicht um irgendjemanden, sondern um den Schwager des Königs. Er kennt dich übrigens und schätzt dich sehr, deshalb hat er mich auch als Gesandten ausgewählt, um mit dir zu sprechen. Der König hört auf dich, rede du mit ihm! Oder bist du etwa mit seiner Politik einverstanden?« Bruns leise Worte waren mit jedem Satz drängender geworden.

Randolf rieb sich mit beiden Händen die Wangen, während er die Augen schloss, denn er suchte nach der richtigen Antwort. »Einverstanden? Er ist mein König, und es steht mir keinerlei offene Kritik an seinen Handlungen zu. Muss ich das wirklich erwähnen? Außerdem bist du auf dem Holzweg, wenn du denkst, dass Heinrich auf meinen Rat hört. Aber wenn du Wert auf meine persönliche Meinung legst: Ich mache mir um deinen Herzog keine großen Sorgen, denn er ist äußerst mächtig und gewieft, so dass er bestimmt bald von den Vorwürfen losgesprochen wird. Bei Otto von Northeim lag die Sache ein wenig anders. Dem König erschien der Machtbereich des sächsischen Grafen irgendwann zu beängstigend, da dieser seine eigenen Interessen im Südharz verfolgt und er dabei war, seine Güter dort auszuweiten.«

»Nun, es ging dem König nicht alleine um die sächsischen Güter Ottos, sonst hätte er ihm wohl kaum den Herzogtitel von Baiern aberkannt und ihn in Reichsacht gesetzt. Und das alles nur wegen dieser Vorwürfe eines dahergelaufenen Edlen, dessen Ruf alles andere als untadelig zu nennen ist«, begehrte Brun erregt auf.

Beschwichtigend hob Randolf die Hand und ermahnte seinen Freund, leiser zu sein. »Ich verstehe deine Wut, denn auch ich halte nichts von diesem Egeno von Konradsburg. Graf Otto konnte meines Erachtens damals gar nicht anders handeln, als das vom König geforderte Gottesurteil schlichtweg abzulehnen. Obwohl ich sicher bin, dass der Northeimer den Zweikampf gewonnen hätte, denn die größte Eigenschaft des edlen Egeno besteht in seiner Hinterhältigkeit, die ihm in einem offenen Kampf vor den Augen des Königs nicht viel genutzt hätte. Doch zum Glück ist Graf Otto wieder frei, wenn ich auch gestehen muss, dass seine Haft in meinen Augen nicht gerechtfertigt war. Trotz allem muss ich das durch dich vorgebrachte Anliegen deines Herrn zurückweisen, denn der König hört nur noch auf andere Berater, deren Ratschläge zu der verschärften Situation unter den sächsischen Fürsten geführt haben.«

Brun warf die beiden Seiten seines Umhangs mit Schwung nach hinten, und die Enttäuschung über Randolfs ablehnende Antwort stand ihm deutlich ins Gesicht geschrieben. »Berater? Ich weiß nicht, was der König sich davon verspricht, wenn er hohe Ämter zunehmend mit Unfreien besetzt. Die steigende Machtfülle der niederen Dienstmannen ohne jedweden Ahnenstamm beunruhigt zunehmend den Hochadel.«

Randolf zog irritiert die Augenbrauen hoch und sagte mit offener Missbilligung in der Stimme: »Du vergisst anscheinend, dass auch dein Vater ursprünglich zum Kreis der unfreien Ministerialen gehört hat, ebenso wie der meine. Das sind für mich zwei gute Gründe, nicht abfällig über die Herkunft dieser Männer zu sprechen.« Er atmete tief durch, um die leichte Erregung nicht weiter aufkommen zu lassen. »Doch ich gebe dir bis zu einem gewissen Punkt recht, da viele von ihnen nur auf ihren eigenen Vorteil bedacht sind. Darin unterscheiden sie sich wohl kaum vom Amtsadel«, fügte er bitter hinzu.

Brun nickte zögernd, gab jedoch noch nicht auf. »Selbstverständlich sind nicht alle gleich, auch ich kenne viele gute Krieger, die an meiner Seite in so manchen Kampf gezogen sind. Auch Männer wie meinen werten Schwager, der durch seine Stellung als Münzmeister von Goslar ebenfalls zu den Ministerialen zählt, will ich nicht mit meinen Anschuldigungen treffen. Aber die Reichsministerialen des Königs fallen meiner Ansicht nach fast alle darunter.«

»Wie gesagt, hierin stimme ich mit dir überein. Einzig Bischof Benno, den du aus deiner Goslarer Kindheit noch als Vicedominus kennst, ist eine der wenigen Ausnahmen. Viel mehr Sorge bereiten mir die vielen Ausfälle der Harzer Burgenbesatzungen, aber ich stoße mit meinen Bitten und Berichten auf taube Ohren beim König: Er fühlt sich nun mal von den Sachsen bedroht und hat aus diesem Grund das Bollwerk aus mächtigen Burgen errichtet.«

Brun gab ein verächtliches Grunzen von sich und entgegnete heftig: »Das Misstrauen der Sachsen gegen die fränkischen Salier hat sich als begründet herausgestellt. Die Rechte der sächsischen Fürsten sind alt und gründen noch aus der Zeit der Liudolfinger, sie werden sich die

Beschneidung ihrer Eigenständigkeit nicht länger gefallen lassen!«

»Ich bitte dich, Brun, zügele deine Wut!«, zischte Randolf seinen erregten Freund an. »Es handelt sich keinesfalls um alte Rechte, sondern lediglich um Gewohnheiten, die in der Zeit der Unmündigkeit des Königs wieder auflebten. Ich bin nicht der Ansicht, dass Heinrich seine Rechte überschreitet, den Weg dagegen, den er wählt, um seine Macht im Reich, insbesondere in Sachsen, wiederherzustellen, verurteile ich. Wieso regst du dich überhaupt so auf? Dein Herzog ist doch davon überhaupt nicht betroffen!«

»Das ist richtig«, antwortete Brun, bemüht, seine Gefühle wieder unter Kontrolle zu bringen. »Er sorgt sich eher um die zunehmende Lasterhaftigkeit, die unter Heinrich immer weiter um sich greift. Der König toleriert nicht nur das Verhalten seiner Männer, nein, er gibt auch nicht gerade ein gutes Vorbild ab! Zudem führt er das Verhalten seines Vaters weiter und besetzt nach Gutdünken die Bischofsstühle, obwohl dieses Recht einzig dem Papst zusteht.«

Jetzt konnte Randolf nur noch mit Mühe an sich halten. »Ich weiß um die Vorwürfe wegen seiner angeblichen Verfehlungen und kann dir dazu nur sagen, dass davon knapp die Hälfte nicht zutrifft! Zwar ist der König oft unberechenbar, aber er hat auch keine leichte Bürde zu tragen und bemüht sich nach seinen Möglichkeiten. Und was die Besetzung der Bischofsstühle angeht, so sehe ich das ganz und gar nicht wie du. Aber lass uns jetzt von etwas anderem sprechen, sonst streiten wir uns am Ende noch! Wie ergeht es dir sonst so beim Herzog von Schwaben? Hat er es immer noch nicht geschafft, dein Herz für ein holdes weibliches Wesen zu begeistern?«

Es war Brun anzusehen, dass er verstimmt war, dennoch ging er auf das unverfängliche Gesprächsthema ein, und nach wenigen Minuten war eine angeregte Unterhaltung zwischen den beiden im Gang, die Randolf allerdings nicht über Bruns Verschnupftheit hinwegtäuschen konnte.

7. KAPITEL

Henrika warf der jungen Magd, nachdem diese die beiden Becher mit frischem Wasser gefüllt hatte, ein dankbares Lächeln zu und wandte sich an Betlindis, während das Mädchen geräuschlos wieder verschwand. Randolfs Frau saß auf einer Bank, deren harte Sitzfläche durch mehrere Decken und Kissen bequemer gestaltet war, und kraulte ihrem fast fünfjährigen Sohn die Haare. Herwin genoss die Liebkosung mit offensichtlicher Zufriedenheit, denn er hatte die Augen geschlossen, und ein seliges Lächeln umspielte seine schmalen Lippen. Der Mund des Jungen war das einzige Merkmal, was an seinen Vater erinnerte, ansonsten war er das Ebenbild von Betlindis. Die Zartheit hatte er ebenfalls von ihr geerbt, doch zur großen Erleichterung seiner Mutter war er nicht von schwacher Gesundheit, sondern ein zähes und äußerst aufgewecktes Bürschchen. Auch Henrika hatte ihn sofort ins Herz geschlossen, und sie genoss die Zeit, die sie mit ihm seit ihrer Ankunft hier vor über einem halben Jahr verbrachte.

»Du schläfst noch auf meinem Schoß ein, junger Mann, dann kannst du genauso gut gleich in dein Bett gehen«, tadelte Betlindis den Jungen in ihrem milden, fast immer sanften Ton, wobei ihr anzusehen war, dass sie die Nähe ebenso genoss wie Herwin, der bei ihren Worten nur das Gesicht verzog.

»Es ist lange nicht mehr so kalt, und ich hatte mir eigentlich überlegt, dass wir morgen Vormittag einen kleinen Ausritt unternehmen könnten«, sagte Henrika und sah belustigt auf den Jungen, der ruckartig den Kopf gehoben hatte und sie mit strahlenden Augen ansah.

»Nur solltest du dazu ausgeschlafen sein, mein kleiner Freund, damit du nicht vor Übermüdung vom Pferd fällst. Natürlich nur, wenn deine Mutter damit einverstanden ist«, fügte Henrika schnell hinzu, als sie die sorgenvolle Miene von Betlindis sah, die ihr in den Monaten ihres Aufenthalts hier zur Freundin geworden war.

Betrübt nickte diese, und als ihr Sohn sie spontan umarmte, erhellte sich auch wieder ihr Antlitz. »Möchtest du deinen Onkel und seine Familie besuchen?«, fragte sie Henrika.

Unschlüssig zuckte die junge Frau mit den Schultern und machte ein verschlossenes Gesicht. »Ich bin mir nicht sicher, ob der Ritt nach einer so langen Pause nicht zu anstrengend für Herwin ist«, antwortete sie zögernd und wich Betlindis' kritischem Blick aus.

Die rief das Kindermädchen, ein Bauernmädchen aus der nahen Siedlung von vierzehn Jahren, wünschte Herwin eine gute Nacht und wartete, bis die beiden den gemütlichen Raum, in dem die Familie auch ihr Essen zu sich nahm, verlassen hatten.

»Es ist nicht die Länge des Wegs, die du scheust, sondern das Ziel! Hör auf, dich schuldig zu fühlen, es besteht wahrhaftig kein Grund dazu. Ich bin sicher, dein Onkel und seine Gemahlin sehen das genauso. Demnach wäre ich diejenige, die Schuldgefühle haben muss, anstelle meines Mannes.«

Die Erwähnung Randolfs ließ Henrika leicht zusammenzucken. Ihren eigentlichen Plan, die Gedanken an ihn dadurch zu verdrängen, dass sie einem erneuten Wiedersehen aus dem Weg ging, hatte der Wunsch des

Königs zunichtegemacht. Hier auf Gut Liestmunde bedurfte es noch nicht einmal der Anwesenheit des Ritters, denn so gut wie alles erinnerte an den Herrn des Hauses. Als Krönung ihrer inneren Qualen erwähnte Betlindis bei jeder Gelegenheit seinen Namen, und die Tatsache, dass diese durch und durch liebenswerte Person Henrika eine gute Freundin geworden war, machte die Sache nicht einfacher.

Sich der Schwierigkeit ihrer Lage bewusst, kämpfte Henrika nicht mehr gegen ihre Gefühle für Randolf an. Allerdings würde sie, allein wegen Betlindis, niemals wie ihre Mutter alles für die Erfüllung ihrer Liebe opfern. Das hatte sie sich in einer der vielen schlaflosen Nächte hier auf dem Gut geschworen.

»Wahrscheinlich hast du recht, aber ihr beide seid mit Sicherheit genauso wenig schuld daran wie ich selbst. Zu dumm, dass Folkmar damals deinen Mann begleitet hat.«

Randolfs Knappe war, nachdem er seine Verletzungen auf Gut Liestmunde auskuriert hatte, noch einige Male zu Besuch bei Henrikas Onkel gewesen. Wie sich im Nachhinein herausgestellt hatte, nicht, wie fadenscheinig vorgeschoben, um sich die Zeit von Randolfs Abwesenheit mit ein paar Übungskämpfen mit Goswin zu vertreiben, sondern um ein paar Blicke auf Mathildas Tochter zu erhaschen. Leider blieb es nicht bei flüchtigen Blicken, denn sobald sich Gunhild Folkmars Verliebtheit sicher war, hatte sie es äußerst raffiniert verstanden, ihm vollends den Kopf zu verdrehen.

Lautlos und ohne dass es jemand aus ihrer Familie bemerkte, war sie eines Nachts verschwunden und ließ sich mit Folkmar, der beim Hof auf sie gewartet hatte, von einem bestochenen Priester trauen. Als Goswin am nächsten Morgen die wenigen Zeilen des Knappen vorfand, war bereits alles zu spät. Er tobte und machte sich sofort auf die Suche nach den beiden, doch außer dem kleinlauten Priester fand er niemanden mehr vor. Das junge Ehepaar befand sich zu dem Zeitpunkt bereits auf dem beschwerlichen winterlichen Weg nach Paderborn, um Folkmars Vater zu beichten und seinen Segen zu erbitten, schließlich handelte es sich bei Gunhild um die Tochter eines Bauern.

Das alles lag inzwischen über vier Monate zurück, und Henrika wusste weder, ob Randolf die Botschaft seiner Frau über diesen Vorfall erreicht hatte, noch wie der Edle von Itter, Folkmars Vater, die Neuigkeit der Eheschließung aufgenommen hatte. Henrika, die noch nie ein besonders herzliches Verhältnis zu ihrer Base gehabt hatte, schämte sich entsetzlich für deren Verhalten und fühlte mit ihrem Onkel, den die Nachricht tief getroffen hatte. Die junge Frau wusste zwar, dass es sich bei Gunhild nicht um seine leibliche Tochter handelte, trotzdem litt sie mit ihm.

Betlindis griff nach Henrikas Hand, drückte sie fest und suchte ihren Blick. »Alles wird gut, glaub mir! Reite morgen ruhig mit Herwin zu deinem Onkel, ich wünschte nur, ich könnte euch begleiten«, seufzte sie bekümmert, woraufhin Henrika den Druck ihrer kalten, schmalen Hand schnell erwiderte.

Wie immer, wenn sie ihre Freundin direkt ansah, wunderte Henrika sich darüber, dass graue Augen einen derart warmen Ton haben konnten. Vielleicht, rätselte sie, liegt es an dem grünen Kranz, der sich um die Iris herum schmiegt und der ganz wunderbar zu der hellen Haut und den aschblonden Haaren passt. Ein paar vereinzelte Sommersprossen zierten die kleine Nase und verteilten sich über die Wangen, wodurch sich der verletzliche Ausdruck von Betlindis noch verstärkte.

»Ich glaube nicht, dass das eine gute Idee ist, wo du doch erst heute diesen Schwindelanfall hattest. Nachher fällst du mir noch vom Pferd! Gar nicht auszudenken!«, widersprach Henrika energisch.

Betlindis' ohnehin schon bekümmerter Ausdruck verdüsterte sich noch mehr, und sie entgegnete kaum hörbar: »Ach, wenn Randolf nur schon zurück wäre! Ich vermisse ihn so sehr!«

Abrupt erhob sich Henrika, womit sie sich einen fragenden Blick ihrer Freundin einhandelte. Sie murmelte etwas von Kopfschmerzen, eilte nach draußen und ließ die verwirrte Betlindis zurück. Was hätte sie ihr auch als Erklärung anbieten können? Dass sie den Ritter ebenfalls vermisste? So sehr, dass es fast körperlich schmerzte? Nein!

Henrika war einfach losgelaufen und fand sich plötzlich im Stall bei den Pferden wieder. Der vertraute Geruch und die Nähe der Tiere taten ihr gut, und allmählich kam sie zur Ruhe. Sie würde lernen müssen, ihre Gefühle ganz tief in ihrem Innern zu vergraben. Dann würden sie sicher bald verblassen und nicht mehr so weh tun. Das hatte sie immer gut gekonnt, es wäre doch gelacht, wenn es ihr nicht auch jetzt gelänge!

Am nächsten Morgen, kurz nach dem gemeinsamen Frühstück, bekamen sie unerwartet Besuch, so dass aus dem geplanten Ausritt zunächst nichts wurde. Henrika, die ihre Schale Gerstenbrei bereits gegessen hatte, sprang auf, als sie die Reiter hörte. Das laute Stampfen der Hufe ließ keinen Zweifel daran, dass es sich um eine größere Gruppe handelte, und sie lief beunruhigt zum Fenster, hob die dicke Strohmatte ein wenig an und lugte vorsichtig durch den Spalt. Betlindis war ihr zwischenzeitlich gefolgt, und Henrika trat einen Schritt zur Seite. Sie war bleich geworden, denn mindestens zehn Reiter näherten sich dem Gut, und aus der Entfernung konnte Henrika nicht erkennen, um wen es sich handelte. Immerhin weilten auf Randolfs Gut mehrere bewaffnete Männer, die unter seinem Sold standen und denen während seiner Abwesenheit der Schutz der Bewohner oblag. In den letzten Jahren war es immer wieder zu Übergriffen und Plünderungen im Umland des Bistums Bremen gekommen, was sich aus der langjährigen Fehde zwischen dem verstorbenen sächsischen Herzog Ordulf, seinem Sohn Magnus und dem Bruder des Herzogs, Graf Hermann, mit dem ebenfalls verstorbenen Erzbischof Adalbert begründete, den sie für den Tod von Ordulfs Onkel in Palitha verantwortlich machten. Allerdings war bei den kriegerischen Auseinandersetzungen Randolfs Gut bisher verschont geblieben. Nach dem Tod des verhassten Erzbischofs Adalbert hatten die Übergriffe sogar ganz aufgehört.

Sollten diese zehn Reiter keine friedlichen Absichten verfolgen, so konnten die Bewacher des Hofes zusammen mit den Knechten letztendlich nicht viel gegen kampferprobte Männer ausrichten.

»Ich rufe Lambert zu, dass sie auf keinen Fall das Tor öffnen sollen, bevor wir nicht wissen, in welcher Absicht die Männer kommen«, raunte Henrika ihrer Freundin zu, die noch immer hinausspähte, und staunte nicht schlecht, als diese sich mit strahlenden Augen umdrehte.

»Das tut nicht not, denn sie kommen in friedlicher Absicht, sei unbesorgt!«

Betlindis hatte den Satz kaum ausgesprochen, als sie auch schon mit ihrem Sohn im Schlepptau nach draußen lief und über den schmalen Weg aus Brettern, welche die Knechte für ihre Herrin zum Schutz vor dem schlammigen Untergrund ausgelegt hatten, auf das geschlossene Tor zueilte. Von oben hörte die verblüffte Henrika, wie die Herrin des Hauses dem Mann am Tor den Befehl zurief, er möge sofort öffnen. Dann schnappte die junge Frau sich ihr warmes Schultertuch und auch das ihrer Freundin, die, ohne auf die morgendliche Kühle zu achten, einfach in ihrer hellen Kotte hinausgelaufen war.

Die Reiter kamen gerade durch das Tor, als Henrika ihr das Tuch um die Schultern legte und ärgerlich feststellte, dass Herwin ebenfalls kaum gegen die kühle Luft geschützt war. Ohne zu überlegen gab sie ihm ihr eigenes Tuch, denn sie spürte die Kälte kaum, und als sie sah, dass sämtliche Reiter in schlichter Reisekleidung unterwegs waren, atmete sie erleichtert aus. Die beiden Anführer der Gruppe waren nicht mehr jung, Henrika schätzte sie auf ungefähr fünfzig Jahre. Nun stiegen sie von ihren Pferden ab und näherten sich ihnen mit einem freundlichen Lächeln, das der Gutsherrin galt.

Völlig unerwartet fiel Betlindis einem der beiden um den Hals, während der kleine Herwin sich an das linke Bein des Mannes hängte, der nach seiner herzlichen Umarmung die junge Frau losließ und sich zu dem Jungen hinabbeugte. Einen Moment wirbelte er ihn hoch in die Luft, was der Kleine mit einem fröhlichen Juchzen quittierte. Henrika konnte ihre Verblüffung kaum verbergen und starrte den Fremden an, der sie allerdings nicht beachtete. Nur der zweite Mann fixierte sie mit einem sonderbaren Blick. Schließlich landete Herwin wieder wohlbehalten auf dem Boden.

Betlindis drehte sich mit einem Lächeln zu Henrika um. »Entschuldige bitte, dass ich dich so lange im Ungewissen gelassen habe, aber meine Freude war zu groß, als dass ich mich erst noch in großen Erklärungen ergehen wollte. Darf ich vorstellen, mein Vater, Graf Hermann, der Vogt von Verden«, sagte sie mit einer Fröhlichkeit, die in den letzten Wochen selten genug zum Vorschein gekommen war. »Meine gute Freundin Henrika, die Tochter des Goslarer Münzmeisters. Sie leistet mir auf Wunsch des Königs seit September letzten Jahres Gesellschaft.«

Erst jetzt wurde Henrika sich bewusst, dass ihr Mund noch immer offen stand, und verlegen knickste sie mit errötendem Gesicht, während sie den Blick senkte.

Betlindis' Vater erwiderte die Begrüßung mit einer galanten Verbeugung und ein paar freundlichen Worten, deren Wärme Henrika guttaten, zumal sie seit der Erwähnung ihres Namens den bohrenden Blick des zweiten Mannes auf sich spürte.

Betlindis schien von dem Unbehagen ihrer Freundin nichts zu merken und sagte in unbeschwertem Tonfall: »Henrika, darf ich dir einen langjährigen Vertrauten unserer Familie vorstellen: Graf Otto von Northeim.«

Zwei Tage nach seinem Gespräch mit Randolf verließ Brun die Babenburg mit einer Botschaft für den Herzog von Schwaben, in der König Heinrich ihn aufforderte, sich binnen drei Wochen zu den erhobenen Anschuldigungen zu äußern. Das bedeutete, dass bald schon die nächste Abreise bevorstand, denn die Anhörung sollte in Worms stattfinden.

Randolf machte sich über eine Äußerung Bruns Gedanken, die er beim Abschied von sich gegeben hatte. Da der Ritter ihm jede Hilfe verweigert hatte, prophezeite Brun ihm, der Herzog werde künftig Unterstützung von anderer, äußerst mächtiger Seite erfahren. Mehr sagte er dazu nicht, und selbst auf die drängenden Nachfragen Randolfs hüllte sich Brun in einen Mantel des Schweigens. Ihre Verabschiedung fiel wie immer herzlich aus, dennoch war unterschwellig eine leichte Missstimmung zu spüren, die Randolf Sorgen bereitete.

Der Gedanke daran beschäftigte ihn, als er Heinrich gegenüber saß und darauf wartete, dass dieser seine Nachricht an den König von Dänemark zu Ende brachte, die Randolf zu seiner großen Erleichterung jedoch nicht überbringen musste. Mit energischen Bewegungen kratzte die Feder über das Pergament und hinterließ die gewohnt schwungvoll geschriebenen Wörter.

Endlich unterzeichnete Heinrich das Schriftstück, faltete es zusammen und setzte sein Siegel darauf. Ein Diener, der auf ein knappes Handzeichen des Königs herbeieilte, nahm es unter einer tiefen Verbeugung entgegen und brachte es zu dem bereits wartenden Boten.

»Nun, Randolf, hat Euch das unerwartete Zusammentreffen mit Brun von Gosenfels gefallen?«, fragte Heinrich unvermittelt, während er sich gegen die hohe Rückenlehne des Stuhls zurückfallen ließ und beide Arme ausstreckte. Sie waren zum ersten Mal seit Randolfs Ankunft in Babenberch alleine, und den Ritter suchte, seit er die Halle betreten hatte, ein ungutes Gefühl heim.

»Ja, Majestät, ich fand es sehr erfreulich, ihn nach so langer Zeit endlich einmal wiederzusehen.«

»Und, habt Ihr Neuigkeiten erfahren, die für mich wichtig sein könnten? Ich meine natürlich in Bezug auf Herzog Rudolf.« Die Frage klang eher beiläufig, doch Randolf hatte in den vielen Jahren, in denen er nun schon zum engsten Kreis des Königs gehörte, viel über dessen Haltung und Mimik gelernt und war auf der Hut.

»Wir haben die meiste Zeit in alten Geschichten geschwelgt, Majestät. Er hat mir lediglich berichtet, dass der Herzog äußerst besorgt und zutiefst betroffen über die Anschuldigung ist, dass er einen Anschlag gegen Euch plane. Nichts liege ihm ferner, hat mir Brun von Gosenfels versichert, und er hoffe, dass Ihr seinen Beteuerungen Glauben schenken werdet.«

Heinrich winkte ab. »Wir werden sehen, was er in Worms zu seiner Verteidigung vorbringen wird. Sonst hat er nichts erzählt? Oder hält Eure Ehre Euch wieder mal davon ab, mir alles zu berichten, weil Ihr es ihm womöglich geschworen habt?«

»Es betrübt mich, zu hören, was Ihr über mich denkt, Majestät. Mein Eid gilt Euch, ich dachte, das wüsstet Ihr.«

Dabei erwiderte er ohne mit der Wimper zu zucken den forschenden Blick seines Herrn. Randolf hatte keinerlei Schuldgefühle, denn das meiste, was er mit Brun besprochen hatte, hatte er selbst bereits mehrfach an den König herangetragen, der jedoch seine Bedenken jedes Mal in den Wind geschlagen hatte. Trotzdem wollte er noch einen Versuch in eigener Sache unternehmen und berichtete in leicht abgeänderter Form von dem Vorfall mit dem Bauern bei seiner Ankunft an der Hartesburg, der einige Zeit zurücklag. Randolf war der Name des Mannes sofort wieder präsent, denn er hatte seitdem oft an Guntram gedacht.

Heinrich hörte mit unbewegtem Gesicht zu, stand dann völlig unerwartet ruckartig auf, so dass der Stuhl bedenklich wackelte, als er ihn nach hinten schob. Mit großen Schritten durchmaß er die Halle, während Randolf ruhig dasaß. Schließlich blieb Heinrich dicht vor dem Ritter stehen, der notgedrungen zu ihm aufblicken musste.

»Ihr gehört zu den wenigen Menschen, die so etwas überhaupt zu mir sagen dürfen, doch ich warne Euch, geht nicht zu weit! Ich übe nur mein natürliches Recht aus, das mir als König zusteht, und diese halsstarrigen Sachsen müssen notfalls in ihre Schranken gewiesen werden! Wenn es nicht anders geht, dann eben auch mit Gewalt«, wies er seinen Getreuen mit scharfer Stimme zurecht. »Auch die Botschaft, die ich soeben an den Dänenkönig verfasst habe, geht in diese Richtung. Bei unserer Unterredung im letzten Jahr in Bardowiek hat er mir seine volle Unterstützung zugesichert, falls ich gegen dieses aufsässige und eigensinnige Volk mit Waffengewalt vorgehen muss«, fuhr er ein wenig milder fort.

»Welches Stück Land erhält er denn für seine Hilfestellung? Er tut das doch sicher nicht aus purer Nettigkeit?«, fragte Randolf in ätzendem Tonfall und ignorierte den tadelnden Blick des Königs.

»Aber, aber, mein lieber Randolf, Sachsen ist groß, und Markgraf Udo wird es bestimmt kaum merken, wenn er etwas von seiner Nordmark abgeben muss. Vielleicht begreifen die geschätzten sächsischen Fürsten ja noch rechtzeitig, dass sie sich nicht in der Position befinden, um gegen mich zu rebellieren. Allen voran Graf Otto, der sich tatsächlich selbst im Austausch gegen den jungen Billunger angeboten hat. Pah! Was erdreistet dieser Mann sich eigentlich! Nun denn, er hat die passende Antwort bekommen und verhält sich seitdem ruhig, was vermuten lässt, dass er es endlich begriffen hat.«

Oder die »passende Antwort« des Königs war der berühmte Tropfen auf den heißen Stein, und sie fangen im Geheimen an, sich zu rüsten, dachte Randolf, behielt diese beängstigenden Gedanken jedoch für sich und sagte stattdessen verächtlich: »Dorthin habt Ihr also Dietbert von Hanenstein geschickt! Glaubt Ihr wirklich, dass er für Euch seinen Onkel ausspionieren wird? Dem Mann kann man nicht trauen, da würde ich eher dem Wort des Grafen Ottos Glauben schenken. Und was Magnus Billung angeht, der wird niemals seine vererbten Rechte an Euch abtreten. Er ist der rechtmäßige Herzog von Sachsen, jetzt, da sein Vater tot ist, und wird lieber sterben, als davon Abstand zu nehmen.«

Heinrich, der wieder Platz genommen hatte, lächelte sinnend. »Vielleicht, vielleicht auch nicht. Was Eure Einschätzung hinsichtlich Magnus angeht, liegt Ihr sicher richtig. Er ist, soweit ich weiß, nur drei Jahre älter als ich und mindestens so willensstark. Mit dem feinen Unterschied, dass diese Eigenschaft seinen Untergang bedeuten wird. Bei Dietbert von Hanenstein wird man sehen. Da bin ich mir selbst noch nicht ganz sicher.«

Beide schwiegen eine Weile, dann ergriff der König erneut das Wort.

»Allerdings befremdet es mich sehr, dass Ihr so vehement gegen die Einkerkerung von Magnus plädiert, schließlich hat er gemeinsam mit seinem Vater und Bruder die Ländereien Eures Gönners, des Erzbischofs Adalbert, Gott habe ihn selig, so barbarisch verwüstet. Warum ergreift Ihr seine Partei? Nur weil er der Vetter Eurer Frau ist?«

»Es war nun mal genau jener Erzbischof, der den Onkel von Magnus' Vater des versuchten Attentats an Eurem werten Vater beschuldigt hat und der daraufhin im geforderten Zweikampf den Tod fand. Der abgrundtiefe Hass hat also durchaus seine Berechtigung«, entgegnete Randolf verbittert, wie immer, wenn die Sprache auf den in diesem Jahr verstorbenen Adalbert kam.

»Getötet durch die Hand Eures Vaters«, erinnerte Heinrich ihn mit einem freundlichen Lächeln auf den Lippen.

Die Gesichtszüge des Ritters verhärteten sich, und nicht zum ersten Mal verfluchte er den Tag, an dem er dem König von seiner Vergangenheit erzählt hatte, denn dieser verstand es hervorragend, ihn immer wieder daran zu erinnern.

»Grämt Euch nicht, mein Freund! Lasst uns einfach von erfreulicheren Dingen sprechen. Sagt mir, warum weilt Eure Familie eigentlich nicht unter uns? Gerade zu Weihnachten hätte ich damit gerechnet, und die Königin hätte sich sehr über die Gesellschaft Eurer verehrten Gemahlin gefreut.«

Randolf zuckte mit den Schultern, denn er ahnte, dass der König nur einen Vorwand suchte, um auf sein eigentliches Anliegen zu sprechen zu kommen, und erhielt auch prompt die Bestätigung für sein Gefühl.

»Ihr habt zwar einen Sohn, aber bedenkt, wie schnell man seine Kinder wieder verlieren kann«, redete der König weiter, und seine Miene verdüsterte sich für einen kurzen Augenblick.

Randolf ging davon aus, dass Heinrich an seinen ersten und bisher einzigen Sohn dachte, den er im letzten Jahr, das gleichzeitig das Geburtsjahr des Kleinen gewesen war, zu Grabe tragen musste.

Der zweiundzwanzigjährige Herrscher räusperte sich und sagte mit belegter Stimme: »Ein Kind ist nicht genug, und auch wenn Eure Frau Schwierigkeiten hat, ihre Kinder zu halten, so dürft Ihr darauf keine Rücksicht nehmen und Eure Pflichten als Ehemann nicht vernachlässigen. Aus diesem Grund könnt Ihr nach unserem Aufenthalt in Worms weiter nach Hause reiten. Wir treffen uns anschließend wieder in Goslar – mit Eurer Familie und selbstverständlich auch mit diesem liebreizenden Fräulein«, schloss er, und ein listiger Ausdruck trat in seine Augen. »Was haltet Ihr eigentlich von der jungen Frau? Sie ist eine rechte Augenweide, findet Ihr nicht? Wie denkt Ihr darüber, mein alter Freund? Soll ich nach einem passenden Ehemann für sie suchen? Der Vater dieser, wie heißt sie denn noch, scheint es ja damit nicht eilig zu haben.«

»Henrika. Ich maße mir nicht an, Eurer Ansicht zu widersprechen, Majestät«, entgegnete Randolf knapp, während er mühsam versuchte, seine Gefühle unter Kontrolle zu halten, und sich dabei der scharfen Beobachtung des Königs bewusst war.

Heinrich lachte erheitert auf, ohne dass Randolf einstimmte. »Eine ganz neue Einstellung von Euch und vor allem eine ganz neue Beobachtung, die ich an Euch machen darf«, erwiderte Heinrich, dem das kurze Aufflackern in den Augen seines Getreuen nicht entgangen war. »Ist sie etwa der Grund, warum Ihr Eurem eigenen Zuhause fernbleibt? Glaubt Ihr denn, ich habe nicht gemerkt, wie sehr Euch das Wohlergehen dieses Mädchens am Herzen liegt? Nein, spart Euch jegliche Ausreden, dafür kenne ich Euch schon zu lange. Ihr könnt Eure Gefühle vielleicht vor anderen verbergen, mir dagegen entgeht keineswegs Euer Gesichtsausdruck, wenn die Rede von dem jungen Fräulein ist. Aber ich bin sicher, Ihr werdet der Versuchung widerstehen und nicht im Feuer der Hölle schmoren.«

Randolf war bei den Worten Heinrichs bleich geworden und presste die Kiefer aufeinander. Er würde sich lieber die Zunge abbeißen, als irgendetwas einzugestehen. Die Zeiten, da er sich seinem Herrn geöffnet hatte, waren schon lange vorbei, denn Randolf hatte für seine Offenheit bitter bezahlen müssen. Und so herrschte eine Weile Schweigen zwischen den beiden Männern, während Heinrich seinen Ritter mit lauerndem Blick beobachtete. Nach einer Weile entließ er ihn mit einer nachlässigen Handbewegung, und Randolf, der sich dazu zwingen musste, nicht hinauszueilen, erhob sich betont langsam, um mit hocherhobenem Haupt den Saal zu verlassen.

Heinrich saß noch längere Zeit tief in Gedanken versunken an seinem Platz. Er hatte seinen Freund aus

Kindertagen absichtlich herausgefordert, um eine Bestätigung seines Verdachts zu bekommen. Das war ihm nun eindeutig gelungen, denn er hatte nicht erwartet, von Randolf ein Eingeständnis zu erhalten. Dessen minimale Gesten reichten dem König völlig aus. Nun musste er handeln, damit das Problem mit der Familie des ermordeten Vogts wieder in der Versenkung verschwand, in der es all die Jahre ohne sein eigenes Wissen geschlummert hatte. Andererseits konnte es nicht schaden, wenn der Familie ein wenig Wiedergutmachung zugestanden wurde, denn damit konnte er sein eigenes Gewissen ebenfalls beruhigen. Und wie ließe sich das besser lösen als mit Hilfe dieser entzückenden Henrika, dachte er grimmig, während in ihm ein Plan heranreifte.

Sechs Wochen später saß Randolf erneut einem Menschen gegenüber, der mit Forderungen an ihn herangetreten war. Kaiserin Agnes war noch immer eine beeindruckende Frau von Mitte vierzig, der das Alter jedoch nicht unbedingt anzusehen war. Schon immer von schmaler Gestalt, wirkte sie nun fast ätherisch, zumal die Wangenknochen in ihrem blassen Gesicht stark hervortraten. Der erste Eindruck wurde allerdings durch den kleinen, fast runden Mund gemildert, dessen volle Lippen an den Rändern von feinen Falten durchzogen waren. Aus ihren eng beieinanderstehenden braunen Augen musterte die Kaiserin mit klarem Blick den Gast, der sich in ihrer Gegenwart keineswegs unwohl fühlte.

Randolf kannte Agnes ebenso lange wie den König, wenngleich er sie seit der Schwertleite Heinrichs nicht mehr gesehen hatte, denn kaum hatte die Königinmutter die Herrschaft an ihren mündigen Sohn abgegeben, hatte sie sich nach Rom in den Schoß der Kirche zurückgezogen. Als Randolfs Blick an dem durchsichtigen weißen Schleier hängen blieb, der ihre fast grauen Haare bedeckte, glomm für einen kurzen Moment die Erinnerung an ihre Schleiernahme im November des Jahres 1061 im Dom zu Speyer auf. Randolf wusste, dass Agnes sich bereits zu dem Zeitpunkt gerne ganz von ihren weltlichen Aufgaben zurückgezogen hätte, einzig ihr ausgeprägtes Pflichtgefühl sowie die Sorge um das Reich und ihren Sohn, der sich zu dem Zeitpunkt noch immer in der Obhut des Erzbischofs von Köln aufhielt, hatten sie dazu bewogen, diesen Schritt weiter hinauszuschieben.

»Ihr habt gestern bei meiner Ankunft einen äußerst überraschten Eindruck gemacht, werter Randolf, sind die Gerüchte etwa nicht bis zu Euch vorgedrungen?«, fragte sie in ihrer unaufdringlichen und dennoch bestimmten Art.

»Nein, Euer Majestät, ich war unterwegs und bin erst gestern kurz vor Euch hier angekommen. Aber ich freue mich außerordentlich über die Gunst, Euch wieder einmal sprechen zu dürfen. Wenn ich mir erlauben darf, Ihr seht noch ganz genauso aus wie bei unserem letzten Treffen vor sieben Jahren.«

Agnes lachte kurz auf. »Was für eine Schmeichelei, Herr Randolf! Wenn jemand anderes diese Worte gesagt hätte, wäre ich geneigt, sie nicht zu glauben, Eure Ehrlichkeit dagegen habe ich schon immer geschätzt.« Dann wurde sie wieder ernst, und das kurze Strahlen war aus ihren Augen verschwunden. »Das letzte Mal haben wir uns am Tag der Mündigkeit meines Sohnes gesehen, und die Erinnerung daran schmerzt mich noch immer, denn schon damals habe ich gewusst, dass der König keine leichte Zeit haben wird.«

Ihre sonst so klaren Augen bekamen einen abwesenden

Ausdruck, und Randolf ahnte, dass sie an den furchtbaren Moment dachte, an dem der unlängst für mündig erklärte fünfzehnjährige König sein soeben empfangenes Schwert wie aus heiterem Himmel einen Wimpernschlag später gegen seinen Entführer von Kaiserswerth und langjährigen Vormund erhoben hatte. Einzig dem schnellen und mutigen Eingreifen der Kaiserin war es zu verdanken, dass der Erzbischof Anno von Köln mit dem Schrecken davongekommen war.

Agnes schloss für einen Moment die Augen, danach kam ihr klarer und freundlicher Blick wieder zum Vorschein. »Ich habe die Geschicke des Reiches mit Hilfe fähiger Berater nach bestem Wissen und Gewissen bis zur Mündigkeit meines Sohnes gelenkt, auch wenn mein engster Vertrauter Papst Viktor leider schon ein Jahr nach dem Tod meines Mannes verstorben ist. Ohne selbstgerecht zu klingen, kann ich wohl behaupten, dass es bis Kaiserswerth, als man mir die Verantwortung für das Reich und meinen Sohn gegen meinen Willen aus der Hand nahm, ruhige und gute Jahre waren. Und jetzt?«

Sie hob die Arme und streckte die schmalen Hände hoch in die Luft, wobei sie den Kopf leicht in den Nacken legte. Schließlich fielen ihre Arme schlaff herunter, und sie musterte Randolf bedauernd.

»Und jetzt«, wiederholte sie, »herrschen Streit und Unzufriedenheit in allen Lagern. Damals habe ich Graf Otto von Northeim das Herzogtum Baiern übertragen, und er hat die südöstliche Grenze unseres Reiches erfolgreich gegen die Ungarn verteidigt. Sein Verhalten gegenüber dem salischen Königshaus war immer von Loyalität geprägt, und dann muss ich vor zwei Jahren von den erhobenen Anschuldigungen gegen den sächsischen Fürsten erfahren. Die kriegerischen Auseinandersetzungen zwischen dem König und ihm haben mit der Unterwerfung des Northeimers im letzten Jahr zum Glück ein Ende gefunden. Doch welche Konsequenzen und welch große Verluste haben sie mit sich gebracht? In meinen Augen war es ein Fehler, Graf Otto lediglich aufgrund der Aussage eines Adeligen niederen Standes und von äußerst zweifelhaftem Ruf die Herzogwürde zu entziehen und ihn mit dem königlichen Bann zu belegen.«

Die Kaiserin erhob sich mit einem Ruck und ging zum Feuer, dessen Rauch durch den darüberliegenden Abzug entweichen konnte. Randolf folgte ihr nach einigem Zögern und stellte sich neben Agnes, die ihre Hände nach der warmen Luft der züngelnden Flammen ausstreckte. Als sie eine Hand vorsichtig auf seinen Arm legte, spürte er die Berührung kaum, so sachte war sie.

»Euer besonnenes Verhalten hat Heinrich schon als Kind gutgetan, und bei den schrecklichen Ereignissen damals zu Pfingsten habt Ihr ihm höchstwahrscheinlich das Leben gerettet. Bei jeder kriegerischen Auseinandersetzung wart Ihr an seiner Seite, und nun verschließt er sich auch Eurem Rat?«

Randolf zuckte hilflos mit den Schultern und entgegnete leise: »Er hat schon immer nur das gemacht, was er für richtig erachtete.«

Agnes' Hand rutschte von seinem Arm herunter, und sie ließ ein langes Seufzen hören. »Er ist der König und in naher Zukunft höchstwahrscheinlich auch der Kaiser, so wie sein Vater, Gott habe ihn selig. Doch obwohl er mein Sohn ist, ist er mir fremd geblieben, und ich werde ganz sicher nicht tatenlos zusehen, wenn den Herzog von Schwaben das gleiche Schicksal ereilt wie damals Graf Otto.«

In Randolfs Blick lag keine Überraschung, denn er hatte seit Beginn ihres Gespräches mit der Intervention der Kaiserin gerechnet. Schließlich hatte sie Rudolf von Rheinfelden mit dem Herzogtum Schwaben ein Jahr nach dem Tod des Kaisers belehnt. Allerdings, dachte der Ritter bitter, war der Grund dafür wohl eher die Tatsache, dass Rudolf von Rheinfelden zu dem Zeitpunkt die zwölfjährige Tochter der Kaiserin entführt hatte, und böse Zungen behaupteten, er habe damit das Lehen erpresst. Zwei Jahre später wurde er zum Schwiegersohn der Kaiserin, doch seine Gemahlin verstarb knapp vierzehnjährig kurz nach der Hochzeit. Da er sich als treuer Anhänger der Krone und starker Fürst seines Herzogtums bewiesen hatte, behielt er sein Lehen auch nach dem Tod von Agnes' Tochter. Auf geradezu zynische Weise sorgte das Schicksal dafür, dass Rudolf Jahre später durch eine zweite Vermählung weiterhin der Schwager des Königs blieb, denn er heiratete die Schwester der Königin.

»Ich hatte gestern Abend eine Unterredung mit dem König, und er wird morgen die Befreiung von allen absurden Vorwürfen gegenüber seinem Schwager Rudolf verkünden. Wir werden beide in zwei Tagen wieder abreisen, denn mein Platz ist schon lange nicht mehr hier. Gebt mir bitte vorher das Versprechen, dass Ihr weiterhin meinem Sohn treu zur Seite stehen werdet, egal was geschieht, denn er braucht Euer klares und gerechtes Urteil. Außerdem weiß ich, dass er Euch wie einen älteren Bruder liebt, schließlich habt Ihr so manches mit ihm gemeinsam durchgestanden.«

Randolf atmete tief durch und gab ihr dann mit einem schlichten »Ja« sein Versprechen. Eine andere Möglichkeit hatte er nicht.

Bittend sah Agnes ihn daraufhin an, wobei sie ihre Erleichterung nicht verbergen konnte. Anschließend erkundigte sie sich nach dem Wohlbefinden seiner Familie und freute sich darüber, als sie hörte, wie wohl sich alle auf Gut Liestmunde fühlten.

»Das ist schön, Randolf. Damals war es zwar sehr schwer für mich, als ich das Lehen auf Wunsch meines Mannes für neun Pfund Gold an Erzbischof Adalbert abgeben musste, doch dass Ihr jetzt dort mit Eurer Familie lebt, hat mich wieder ein wenig versöhnt – auch mit dem verstorbenen Erzbischof, da es sein Hochzeitsgeschenk an Euch war. Ich hoffe, auch Ihr habt Euren Frieden in der Angelegenheit gefunden.«

Da der Kaiserin die wahren Hintergründe für das Geschenk nicht bekannt waren, nickte Randolf nur kurz und zwang sich, ihr Lächeln zu erwidern. Ohne von seinen düsteren Gedanken zu ahnen, entließ sie ihn nicht viel später aus der Unterhaltung.

8. KAPITEL

Henrika ignorierte das beständige Klopfen und die drängenden Worte ihrer Freundin seit fast zehn Minuten. Zum wiederholten Mal verfluchte sie innerlich ihre Neugier, die letztendlich zu den Gesprächen mit ihrem Vater und ihrer Großmutter geführt hatte, denn ohne diese würde sie sich nun nicht in dieser Lage befinden. Dann wüsste sie nichts von ihrer furchtbaren Familiengeschichte und wäre völlig unbedarft Graf Otto von Northeim gegenübergetreten, anstatt mit entgeistertem Gesichtsausdruck und jedes gute Benehmen vergessend kopflos auf ihr Zimmer zu stürmen.

»Henrika, bitte, lass mich herein! Was ist denn nur los mit dir?«, flehte Betlindis erneut.

»Nein, lass mich alleine. Ich kann es dir nicht erklären, aber ich bleibe hier, bis dein Besuch wieder verschwunden ist«, entgegnete sie mit bestimmter, wenn auch zittriger Stimme.

Schritte waren zu hören, dann war es still vor ihrer Zimmertür, und Henrika atmete auf. Allerdings war ihre Erleichterung nur von kurzer Dauer, denn gleich darauf erklang in scharfen Worten eine erneute Aufforderung.

»Wenn Ihr auch nur etwas von dem Blut Eures Großvaters in Euch tragt, dann öffnet sofort die Tür und stellt Euch dem, was ich Euch zu sagen habe!«

Möglicherweise lag es an der Erwähnung ihres Großvaters, dass die junge Frau sich plötzlich straffte, mit einer energischen Bewegung die Tränen wegwischte und zur Tür ging. Bevor Henrika den Riegel zur Seite schob, atmete sie noch einmal tief durch, danach machte sie einen Schritt zur Seite und wartete angespannt darauf, dass Graf Otto eintrat.

»Danke, dass Ihr mich anhören wollt, edles Fräulein«, sagte der ältere, hochgewachsene Mann, nachdem er die Tür hinter sich geschlossen hatte. »Wollen wir uns setzen?«

Henrika rührte sich nicht. Mit unbewegter Miene starrte sie den Grafen an, der nicht nur den Schänder ihrer Mutter gedeckt hatte, sondern auch ein Verwandter Dietberts von Hanenstein war. »Habt Ihr meinen Großvater gekannt?«

Unschlüssig sah er von der jungen Frau zu den beiden Stühlen hinüber, dann nickte er leicht und antwortete zögernd: »Leider nur oberflächlich. Ich habe ihn einmal bei der letzten großen Curie in Goslar unter dem Vater unseres Königs kennengelernt. Doch nach allem, was ich über ihn gehört habe, war er ein ehrlicher und mutiger Mann von ausgesprochenem Pflichtgefühl, der unserem verstorbenen Kaiser treu ergeben war.«

»Seltsam, wie Ihr Eure vorgebliche Anerkennung äußert! Dann möchte ich mir lieber nicht ausmalen, wie Ihr mit Euren wirklichen Feinden verfahrt!«, stieß Henrika bitter hervor.

»Überlegt Euch Eure Worte gut, Fräulein Henrika«, warnte Graf Otto sie, wobei ihm anzusehen war, dass er seine Wut nur mühsam unterdrückte.

Henrika wusste, dass sie sich deutlich im Ton vergriffen hatte, was ihr vor einigen Monaten noch nicht passiert wäre. Aber die alte Henrika gab es nicht mehr, und so erwiderte sie trotzig seinen Blick. Schließlich hatte sie ihn nicht um ein Gespräch gebeten.

Zu ihrer Überraschung hob Graf Otto abwehrend die Hände und entgegnete leise: »Ich verstehe Eure Wut, aber manchmal verhalten sich die Dinge anders, als sie scheinen. Können wir uns nicht doch setzen? Ich bin nicht mehr der Jüngste, und meine Knochen schmerzen von dem Ritt, der hinter uns liegt.«

Unwirsch nickte Henrika und folgte dem Grafen zu der gemütlichen Sitzecke neben ihrem Fenster. Mit einem erleichterten Stöhnen ließ sich Otto von Northeim nieder, streckte die langen Beine aus und begegnete dem abweisenden Blick des Mädchens mit gleichbleibender Freundlichkeit. »Ihr habt Burchard von Hanenstein damals …«, setzte Henrika an.

»Ich streite gar nicht ab, dass ich meinen verstorbenen Vetter seinerzeit gedeckt habe«, unterbrach sie der Graf, »aber ich gebe Euch mein Wort, dass ich seinen Lügen aufgesessen bin. Ich bin davon ausgegangen, dass sein engster Vertrauter Azzo, dieser üble Zeitgenosse, bei dem Überfall der Anführer war und nicht mein Vetter. Dabei habe ich mich auf die Aussage eines jungen Verwandten verlassen, was allzu gutgläubig war, wie ich im Nachhinein feststellen musste. Doch da war es bereits zu spät. Allerdings habe ich meinen Vetter sofort von meinen Besitztümern verwiesen und ihm mit dem Tode gedroht, sollte er sich noch einmal innerhalb der Grenzen meines Landes zeigen. Mittlerweile hat er durch die Hand Eures Onkels ein gerechtes Ende genommen.«

Henrikas versteinerte Miene ließ nicht erkennen, ob seine Worte Wirkung zeigten, und so fuhr er fort: »Ich habe das äußerst bedauernswerte Ende Eures Großvaters gewiss nicht gewollt, aber es stand nach meinem Wort viel für mich auf dem Spiel. Die Zeiten nach dem Tod des Kaisers waren anfangs mehr als unruhig, und es galt für jeden, seine Stellung und Position zu festigen.«

Henrika verbiss sich die Bemerkung, dass ihm dieses Vorhaben nicht gelungen war, denn trotz ihres Ärgers wollte sie ihn nicht erneut beleidigen.

Der Gesichtsausdruck des Grafen verdüsterte sich, da ihm anscheinend der gleiche Gedanke durch den Kopf ging. »Das Leben ist ein ewiger Kampf. Ich habe viel gewonnen und genauso viel auch wieder verloren, aber solange noch ein Funke Leben in diesem kaputten Körper steckt, so lange werde ich für das kämpfen, was mir zusteht. Genauso hat es Euer Großvater gehalten.«

»Was ist mit dem unsäglichen Gerücht, dass mein Großvater Einnahmen aus der ihm anvertrauten Silbermine unterschlagen haben soll? Wart Ihr daran ebenfalls beteiligt?«, fragte Henrika zögernd, denn trotz allem empfand sie seltsamerweise keinen Hass auf den Grafen. Otto sah zwar keineswegs gut und durchweg sympathisch aus, strahlte jedoch eine gewisse Würde aus.

Otto von Northeim schüttelte bedauernd den Kopf. »Davon weiß ich nichts, außer dass mein Vetter sicherlich die Vorwürfe gestreut hat. Aber ich habe keinerlei Beweise, und auch sein Sohn konnte in der Hinsicht nicht weiterhelfen. Denn ich habe damals durchaus versucht, wenigstens das Andenken an den Goslarer Vogt wiederherzustellen.«

»Dietbert von Hanenstein«, höhnte Henrika mit ungewohnt schriller Stimme. »Gehörte sein Antrag ebenfalls zu Eurer Vorstellung von Wiedergutmachung?«

Verblüfft starrte der Graf die junge Frau an. »Antrag?«, wiederholte er offensichtlich verwirrt. »Er hat mir gegenüber nichts erwähnt, als ich ihn das letzte Mal gesprochen habe, so dass ich wohl davon ausgehen darf, dass Ihr ihn nicht erhört habt.«

Er schien keine Antwort zu erwarten, denn sein Blick

schweifte ab, und eine Zeitlang herrschte Schweigen zwischen ihnen.

Dann räusperte der Graf sich umständlich und fuhr fort: »Dietbert ist zwar nicht mit dem gleichen abgrundtief bösen Charakter geschlagen wie sein Vater, aber ich muss sagen, dass ich froh über die Ablehnung bin. In Anbetracht dessen, was vorgefallen ist, fände ich es moralisch nicht vertretbar.«

Graf Otto erhob sich und verbeugte sich steif. Er schien Schmerzen zu haben, da er dabei fast unmerklich das zerfurchte Gesicht verzog. Plötzlich empfand Henrika Reue wegen ihres schroffen und teilweise sogar beleidigenden Tons. Ihre Entschuldigung quittierte ihr Gegenüber mit einem freundlichen Lächeln.

»Wir werden am Nachmittag abreisen, und ich würde mich freuen, wenn Ihr Euch dazu entschließen könntet, uns bis dahin doch noch Gesellschaft zu leisten.« Damit drehte er sich um und ging hinaus, ohne ihre Antwort abzuwarten.

Um die Mittagszeit saßen Betlindis, Herwin und Henrika zusammen mit den beiden Besuchern in dem gemütlich eingerichteten Raum an dem Tisch direkt neben dem Eingangsbereich und nahmen eine dünne Suppe zu sich. Betlindis' Vater hatte ein üppiges Mahl abgelehnt, da sie einen längeren Ritt vor sich hatten und er der Ansicht war, das Reiten mit vollem Bauch sei unnötig anstrengend. Betlindis hatte kein Wort über Henrikas seltsames Verhalten verloren, als ihre Freundin zu ihnen heruntergekommen war, und Henrika war ihr dafür sehr dankbar. Die Unterhaltung verlief ungezwungen, da sie nur über unverfängliche Themen redeten. Erst als Betlindis' Vater sich nach Randolf erkundigte, fiel Henrika auf, dass er den Tonfall leicht änderte.

»Hat dein Gatte die Ausbildung seines Knappen wiederaufgenommen, nachdem Folkmars Vater ihn nicht mehr benötigt? Wo steckt Randolf eigentlich? Es gefällt mir ganz und gar nicht, wenn er dich neuerdings so lange alleine lässt.«

Betlindis' frohe Stimmung veränderte sich schlagartig, und in ungewohnt angriffslustigem Tonfall erwiderte sie: »Ihr wisst genau um die Verpflichtungen meines Gatten beim König, Vater! Sein letzter Brief hat mich vor drei Wochen aus Worms erreicht, aber ob er sich immer noch dort aufhält, vermag ich nicht zu sagen. Folkmar hat sich mit seinem Verhalten leider in eine äußerst unsichere Lage gebracht, denn er hat, ohne die Erlaubnis seines Vaters einzuholen, eine junge Frau geehelicht, die nicht seinem Stand entspricht. Ihre Familie trifft keine Schuld, und die Leute leiden schwer an dem, was ihre Tochter ihnen aufgeladen hat. Kurioserweise handelt es sich bei dem Vater von Folkmars Frau um den Onkel von Henrika.«

Überrascht und eine Spur belustigt, musterte Graf Otto die junge Frau, enthielt sich zu ihrer Erleichterung aber einer Bemerkung. Dafür war sie völlig entgeistert, als sie die Erwiderung Graf Hermanns vernahm.

»Nun, wahrscheinlich trifft den armen Folkmar nicht die ganze Schuld, möglicherweise hat nur die Eigenart deines Mannes auf ihn abgefärbt«, bemerkte er zwischen zwei Löffeln Suppe.

Henrika sah schnell zu ihrer Freundin hinüber, die mit bleichem und angespanntem Gesicht vor ihrer halbvollen Schale saß und merklich um Fassung rang.

»Wirklich, Vater, das könnt Ihr beim besten Willen nicht miteinander vergleichen! Ich möchte nie wieder so eine Unterstellung hören«, presste Betlindis hervor, dann legte sie den Holzlöffel zur Seite und die Hände in den Schoß.

In der spannungsgeladenen Atmosphäre fühlten sich

auf einmal alle am Tisch offenkundig unwohl. Nur Herwin, der dank seiner Jugend vor solch spitzfindigen Bemerkungen geschützt war, löffelte geräuschvoll weiter.

»Verzeih mir, mein Kind, und sieh es mir wegen meines fortgeschrittenen Alters nach, dass ich manchmal solch ein Geschwätz von mir gebe. Es wird nicht wieder vorkommen.«

Betlindis entspannte sich zögernd, und auch Henrika zwang sich weiterzuessen. Sie würde später vielleicht einmal auf die Bemerkung zurückkommen.

Am frühen Nachmittag war die Reitergruppe wieder vollständig zum Aufbruch am Tor versammelt. Als einziger der zehn Männer saß Graf Hermann noch nicht auf dem Pferderücken.

»Gib gut auf dich acht, meine Tochter, und natürlich auch auf meinen Enkelsohn, damit er groß und kräftig wird. Bestell auch Randolf einen Gruß von mir und denke an das, was ich dir gesagt habe. Verlasse unter keinen Umständen in den nächsten Wochen das Gut, ich bitte dich inständig darum!«

Betlindis nickte ernst, und die beiden umarmten sich innig. Dann verbeugte der Vater ihrer Freundin sich mit einem freundlichen Lächeln vor Henrika und saß als Letzter der Gruppe auf. Henrika fühlte sich beobachtet und sah zu dem Grafen von Northeim auf, der ihren Blick festhielt, sein Pferd näher an sie heranlenkte und sich leicht zu ihr herabbeugte.

»Kümmert Euch um die Familie Eures Onkels«, bat er sie zu ihrem großen Erstaunen eindringlich.

Bevor sie etwas erwidern konnte, verließ die Gruppe im Schritt den Hof. Kurz danach trabten sie in flottem Tempo an, dass der Matsch nur so durch die Luft spritzte.

Den Rest des Tages vermied Henrika es, auf die Fragen

zu sprechen zu kommen, die sie noch immer bewegten, denn Betlindis war nach dem Abschied von ihrem Vater schwermütig und zog sich in ihre Kemenate zurück. So oblag es Henrika, den enttäuschten Herwin ein wenig zu erheitern, der wegen der Anweisung seines Großvaters bis auf weiteres auf den langersehnten Ausritt verzichten musste. Henrika konnte dem Jungen auf seine bohrenden Fragen keine zufriedenstellenden Antworten geben, schließlich kannte sie den Grund selbst nicht und musste noch länger auf Aufklärung warten, als sie gehofft hatte. Betlindis klagte die nächsten beiden Tage nämlich über starke Kopfschmerzen und verließ ihr Bett überhaupt nicht mehr.

Erst einige Zeit später sorgte ein unerwarteter Besucher letztendlich dafür, dass Betlindis wieder auflebte und von einem Moment auf den anderen vor Fröhlichkeit sprühte. Henrika dagegen stürzte er in tiefe seelische Qualen.

Einen Tag, nachdem sowohl die Königinmutter als auch Herzog Rudolf mit ihrem Gefolge, zu dem auch Brun gehörte, wieder abgereist waren, machte Randolf sich ebenfalls auf den Weg.

Auf den König wartete noch viel Arbeit, doch die wichtigsten zwei Aufgaben lagen hinter ihm. Nachdem er seinen Schwager notgedrungen von aller Schuld freigesprochen hatte, zwang er Abt Robert von der Abtei Reichenau unter päpstlichem Druck dazu, seinen Hirtenstab zurückzugeben. Wie so oft in letzter Zeit ging es auch hier um die Anschuldigungen der Simonie, die der Heilige Vater vehement bekämpfte und damit immer öfter den Plänen Heinrichs in die Quere kam, der die wichtigen Kirchenstühle gerne mit Menschen besetzte, die ihm ergeben und nützlich waren.

Randolf beugte den Kopf und zog die Kapuze tiefer ins Gesicht, um sich gegen das starke Schneetreiben zu schützen, das seit den frühen Morgenstunden tobte. Die Landschaft, durch die er ritt, war ohne klare Konturen, denn die Sträucher lagen unter einer dicken Schneedecke verborgen. Die Umgebung schien in einem eisigen Schlaf gefangen zu sein, und die dunklen Äste der kahlen Bäume ragten wie klagende Arme in die Luft. Randolf hoffte, dass er sein nächstes Ziel, ein kleines Kloster, das ihm für die Nacht Schutz bieten sollte, vor Einbruch der Dunkelheit erreichte. Dennoch würden mehrere Tage vergehen, bis sein eigentliches Ziel vor ihm lag. Und obwohl er sich dagegen wehrte, konnte er die Freude über das baldige Wiedersehen nicht völlig unterdrücken.

Mit klammen Fingern, die in dicken Lederhandschuhen steckten, lenkte er seinen Hengst weiter den schmalen Pfad entlang, der an vielen Stellen durch den heftigen Wind bereits mit Schnee verweht war. Obwohl er unter dem warmen Umhang ein dick gefüttertes Wams trug, fror Randolf erbärmlich, und er sehnte das Ende des Winters herbei. Nachdem ein starker Windstoß ihm die Kapuze vom Kopf geweht hatte, zog er sie ärgerlich wieder tief ins Gesicht und trieb sein Pferd mit einem leichten Druck der Stiefelabsätze weiter an.

Zum Zeitpunkt von Randolfs Aufbruch stand zufällig die Königin am Fenster ihrer Kemenate und streckte vorsichtig das Gesicht in den eisigen Wind. Der Ritter schien in der schneeweißen Landschaft mit seinem Pferd zu verschmelzen, und als sie die schwere Decke wieder vor die Öffnung fallen ließ und ihre Kammerzofe sich sofort darum kümmerte, dass alles gut verschlossen war, waren Ross und Reiter nur ein kleiner Punkt am Horizont.

Bertha von Turin war eine hübsche Frau von Anfang zwanzig und bereits seit sechs Jahren die Ehefrau Heinrichs, mit dem sie schon als Vierjährige das Verlobungsbündnis eingegangen war. Hinter ihr lagen alles andere als leichte Ehejahre, doch sie hegte die große Hoffnung, dass es mit der Zeit besser werden würde. Zärtlich betrachtete sie ihre zweijährige Tochter Adelheid, die selbstvergessen in der Nähe des wärmenden Feuers auf einer Lage dicker Decken mit einer Holzpuppe spielte. Nur gelegentlich, wenn die trockenen Äste durch die Hitze der Flammen knackten, fuhr das Kind mitten im Spiel zusammen. Ihre Zweitgeborene schlummerte selig in ihrer Wiege, allerdings rechnete Bertha jeden Augenblick damit, dass das knapp neun Wochen alte Mädchen unruhig würde, denn die letzte Stillmahlzeit war schon eine Weile her.

Die Königin liebte ihre beiden Kinder, war doch ihr erstgeborener Sohn im letzten Jahr verstorben, was sie viele Tränen gekostet hatte. Ende des letzten Jahres, bei der Geburt von Agnes, die sie nach der Mutter ihres Mannes benannt hatten, war sie anfangs ein klein wenig enttäuscht gewesen, denn sie hatte für einen Sohn gebetet. Aber die traurigen Gedanken waren schnell verflogen, zumal Heinrichs Freude über sein Kind offensichtlich echt war.

Überhaupt war mit der Geburt jedes einzelnen Kindes ihre Ehe schöner geworden, auch wenn sie sich darüber im Klaren war, dass Heinrich weiterhin seine Kebsweiber nebenher hatte. Doch alles lief inzwischen diskreter ab, und Bertha stellte immer mehr fest, dass seine Zuneigung zu ihr wuchs. In der letzten Nacht hatte er sie zum ersten Mal seit der letzten Geburt wieder aufgesucht und sogar anschließend mit ihr über Dinge gesprochen, von denen sie bisher nur geahnt hatte, dass sie ihren Gemahl beschäftigten.

Das alles änderte allerdings nichts daran, dass sein Scheidungswunsch, mit dem er vor drei Jahren an den Papst herangetreten war, noch immer wie ein Stachel in ihrem Fleisch festsaß und sie vor allem nachts mit Alpträumen quälte.

Ein leichtes Wimmern ließ sie aus ihren Gedanken auffahren, sie verließ ihren Platz am verhängten Fenster und ging zu ihrem jüngsten Kind. Voller Liebe umfing ihr Blick ihre Tochter, die zwar die Augen noch geschlossen hielt, deren Körperbewegungen jedoch darauf schließen ließen, dass sich das anfängliche Nörgeln schnell steigern würde. Unter dem dicken Schaffell konnte Bertha die Regungen der kleinen Gliedmaßen deutlich sehen. Eine kleine Hand, die zu einer festen Faust geballt war, schob sich nach oben ans Mündchen, und gleich darauf erklang der erste deutliche Laut des Unmuts.

Bertha winkte ab, als ihre Zofe herbeieilte, um das Kind herauszunehmen, beugte sich hinab und hob das schreiende Bündel hoch. Sie hatte eine Amme für ihre Kinder stets abgelehnt, und zu ihrer Erleichterung hatte auch ihr Gemahl nicht darauf bestanden. Bertha ließ sich langsam auf ihr Bett sinken, während die Zofe ihr ein dickes Daunenkissen in den Rücken schob, damit sie es bequemer hatte. Anschließend öffnete sie die Schnüre ihres Kleides und legte die kleine Agnes an, die sofort gierig zu saugen anfing. Bertha genoss das Gefühl, für das Leben ihrer Kinder wichtig, ja geradezu unabkömmlich zu sein, schloss die Augen und lehnte den Kopf an.

Randolf rollte seine Decke zusammen und band sie mit einem Riemen an der alten, speckigen Ledertasche fest, die er sich danach über die Schulter hängte. Er war reisefertig und musste nun nur noch eine Sache hinter sich bringen: den Abschied von seinem Retter.

Auf dem Weg von Worms zu seinem Gut war völlig unerwartet eine Rotte Wildschweine aus dem dichten winterlichen Wald gebrochen und hatte seinen Weg gekreuzt. Dank des tiefen Schnees waren Pferd und Reiter nur langsam unterwegs gewesen, sonst wäre sicherlich Schlimmeres geschehen. So aber scheute Randolfs Hengst und warf seinen Besitzer, der in der weißen Einöde vor sich hin gedöst hatte, in hohem Bogen ab. Bei dem schmerzhaften Aufprall, der zum Glück durch den weichen Neuschnee ein wenig abgemildert wurde, zog sich Randolf mehrere Prellungen und einen Rippenbruch zu. Außerdem war er für kurze Zeit bewusstlos, und als er wieder zu sich kam, blickte er direkt in ein von tiefen Falten durchzogenes Gesicht, das sich über ihn beugte.

Der Köhler brachte den verletzten Ritter in seine einsame kleine Waldhütte und sorgte dafür, dass er die nötige Ruhe erhielt. Nach ein paar Tagen hatte Randolf sich wieder erholt und fühlte sich kräftig genug, um die Reise fortzusetzen. Bei seinem Retter handelte es sich um einen äußerst wortkargen Mann, dessen Alter schwer zu schätzen war, doch Randolf ging davon aus, dass das harte und entbehrungsreiche Leben ihn um Jahre älter scheinen ließ. Brandwunden auf Händen und Armen zeugten von der gefährlichen Arbeit mit dem Feuer, die ihm kaum genug für das Nötigste einbrachte.

Wilhelm, wie Randolf am dritten Tag erfuhr, lebte bereits seit über fünf Jahren alleine im Wald. Das Grab seiner Frau befand sich nicht weit von der Hütte, denn der Priester der nächsten kleinen Siedlung hatte es abgelehnt, sie ihn geweihter Erde zu begraben, da sie ihrem trostlosen Leben nach dem Tod des dritten Kindes ein Ende bereitet hatte. Ihrem Mann fehlte zu diesem Schritt der Mut, und so lebte er weiter wie bisher und hoffte jeden Abend darauf, am nächsten Morgen nicht mehr aufzuwachen.

Trotz seines schweren Schicksals war er keinesfalls verbittert, so dass Randolf den kleinen, stets gebeugten Mann täglich mehr bewunderte, und als der Zeitpunkt seiner Abreise näher rückte, bot er ihm ein paar Münzen als Entschädigung und Dank an, die Wilhelm jedoch entrüstet ablehnte. Seiner Auffassung nach war es Gottes Wille, dass er den fremden Ritter vor einem möglichen Tod durch Erfrieren retten durfte.

»Hab nochmals Dank für deine selbstlose Hilfe, Wilhelm!«, sagte Randolf, als er sich von seinem Pferd herabbeugte und dem Köhler die behandschuhte Hand reichte.

»Gute Reise, Herr Randolf. Ihr wisst ja, immer dem Pfad folgen, dann kommt Ihr direkt auf den Weg, der Euch zur Hartesburg führt«, antwortete der Köhler in seinem nasalen Tonfall. Er erwiderte den festen Händedruck, wobei ein kaum erkennbares Schmunzeln seine von runzeliger Haut umgebenen Lippen umspielte. Dann drehte er sich um und bog in entgegengesetzter Richtung in den Wald hinein, während das Knirschen des Schnees unter seinen dick umwickelten Bundschuhen immer leiser wurde.

Es hatte zu Randolfs großer Freude vor drei Tagen endlich zu schneien aufgehört, und fast wie auf Befehl hin hatte sich seitdem jeden Tag für mehrere Stunden die Sonne gezeigt. Der Schnee auf dem Pfad war davon allerdings noch unbeeindruckt, da die tief hängenden Zweige und Äste der Bäume des Waldes den meisten Sonnenstrahlen den Weg versperrten.

Ein paar Minuten später führte der schmale Weg Randolf an einem der beiden Kohlenmeiler vorbei, von denen Wilhelm ihm in seiner knappen Art erzählt hatte und die fast gänzlich vom Schnee befreit waren. Aus dem kegelförmigen Gebilde quoll aus wenigen kleineren Löchern Rauch hervor, und durch die Erklärungen des Köhlers wusste Randolf, dass das Feuer in dem Kegel ständiger Obhut bedurfte, damit der Meiler weder erlöschen noch zu schnell abbrennen konnte. Sobald die vollständige Garung erfolgt war, löschte Wilhelm den Meiler ab und verkaufte die entstandene Holzkohle an die Erzgruben in der Nähe, die ständig Nachschub für ihre Schmieden benötigten.

Am Mittag hatte Randolf endlich den Weg erreicht, von dem ihm Wilhelm gesagt hatte, dass er direkt zur Hartesburg führte. Dieser Zwischenhalt war nicht mit dem König abgesprochen, aber er lag dem Ritter sehr am Herzen, denn er wollte unbedingt in Erfahrung bringen, wie es dem Bauern Guntram ergangen war, dem er vor einigen Monaten geholfen hatte. Das Flehen Irmingards und ihr abschließend wütender Blick, in dem auch ein Funke Hoffnungslosigkeit lag, hatten ihn seither nicht losgelassen. Außerdem gab es noch einen anderen Grund, von dem Heinrich aber möglichst nichts erfahren sollte.

Kurz vor Einbruch der Dunkelheit hatte er den Burgberg erreicht, und notgedrungen verschob er den Besuch in der kleinen Siedlung am Fuße des Berges auf den nächsten Morgen. Trotz des besseren Wetters war er durchgefroren und fragte sich nicht zum ersten Mal, ob es wirklich so eine gute Idee gewesen war, sein warmes, mit Ziegenfell gefüttertes Wams in der Hütte des Köhlers zurückzulassen. Dann wieder schalt er sich einen eigensüchtigen Kerl, denn er dachte an die elende Hütte, in der Wilhelm leben musste, und sah dessen verschlissenen Kittel vor sich. Er würde sich hier ein neues Wams zulegen, außerdem wartete in Kürze eine warme, sättigende Mahlzeit auf ihn, so dass er sich kaum beklagen durfte.

Die schmatzenden Laute, die durch die Huftritte seines Pferdes entstanden, bezeugten ebenfalls das Ende des Winters, denn die Sonnenstrahlen hatten den Schnee auf dem Weg bereits schmelzen lassen und die obere Schicht des Bodens in einen schlammigen Untergrund verwandelt. Da die Erde darunter noch gefroren war, lief Randolfs Pferd immer wieder Gefahr, den Halt zu verlieren, deshalb war der Ritter mehr als erleichtert, als er das Tier endlich im Burghof einem herbeieilenden Jungen übergeben konnte.

Müde bahnte sich Randolf seinen Weg zu dem zweiflügeligen Wohnturm, der sich in östlicher Richtung direkt neben der Außenmauer von Heinrichs Palas befand. Hier war nicht nur ein großer Teil der Führungsriege der Burgbesatzung untergebracht, sondern auch Gäste bekamen in diesem Haus ihre Unterkunft zugewiesen. Normalerweise warteten mehrere Strohmatten nebeneinander in einem kalten Raum auf die Gäste, und Randolf hatte es allein seiner besonderen Stellung zu verdanken, dass er eine eigene kleine Kammer zugewiesen bekam. Eine ältere Magd brachte ihm eine Decke aus grober Wolle für die Nacht und huschte gleich darauf wieder aus dem Raum.

Sein Magen knurrte unterdessen so laut, dass Randolf beschloss, sein Nachtlager später zu richten. Daher wusch er sich nur schnell Gesicht und Hände mit dem Wasser aus einer tönernen Schüssel, die auf einem kleinen Schemel stand. Danach griff er in seine Tasche, in der sich neben dem Brief Heinrichs, der ihn als königlichen Boten auswies, auch noch ein paar Münzen und je ein Geschenk für seinen Sohn und seine Gemahlin befanden, und verließ ebenfalls seine Unterkunft.

Da er im Obergeschoss untergebracht war, musste er über eine breite, stabile Holztreppe hinunter ins Erdgeschoss gehen, wo man sich zum Essen traf. Als er in die große Halle trat, saßen bereits mindestens fünfzig Männer an den langen, groben Holztischen und aßen lärmend. Zu Randolfs großem Erstaunen war der Burgvogt mitten unter seinen Leuten, anstatt alleine in seinem Gemach zu speisen.

Randolf kannte den schwäbischen Ministerialen Erchanger von Hadersgraben bereits seit zwei Jahren und konnte ihn von Anfang an nicht leiden. Viel zu sehr nutzte der aus niederem Landadel Stammende seine Stellung aus, indem er zuließ, dass die Bevölkerung geknechtet wurde, und nicht selten erteilte er sogar die Anweisung dazu. Nur so konnte er seinen aufwendigen Lebensstil, den er auch während der Abwesenheit Heinrichs pflegte, aufrechterhalten. Randolf hatte den Mann bereits einige Male bei ausschweifenden Gelagen beobachtet, während die einfachen Menschen draußen vor den Burgmauern ebenso hungerten wie die Bediensteten dahinter. Leider unterstand von Hadersgraben direkt dem König, und der teilte Randolfs Bedenken bisher nicht.

Wenigstens an diesem Abend handelte es sich um ein gewöhnliches Essen, wenngleich üppige Mengen auf den Tischen standen und ein Spielmann auf seiner Drehleier im Hintergrund seinen musikalischen Beitrag leistete.

Randolf ging auf direktem Weg zum Vogt, der sein Herannahen zu spät bemerkte. In einer Hand hielt er einen fast abgenagten Knochen, der den Ritter an einen Hühnerschenkel erinnerte, in der anderen eine dicke Scheibe Brot. Das Fett lief ihm über die Finger und ließ den fleischigen, behaarten Handrücken im Licht der Kerze vor ihm glänzen.

Mit offenem Mund starrte der Burgverwalter Randolf an, als der Ritter sich neben ihn stellte, denn genau in dem Augenblick wollte der beleibte Mann erneut in das Fleisch beißen. Mit Ekel musterte Randolf das weiche, runde Gesicht des Vogts, dessen Mund ebenfalls vor Fett glänzte, und bemerkte verwundert, dass sein eigener, eben noch großer Hunger fast verschwunden war.

Belustigt stellte der Ritter zum ersten Mal fest, dass alles in dem Gesicht des Mannes rund war, selbst die Augen und seine knubbelige Nase schienen sich der Form angepasst zu haben.

»Lasst Euch nicht beim Essen stören, werter Vogt. Ich befinde mich nur auf der Durchreise und brauche ein Quartier für die Nacht. Morgen seid Ihr mich auch ganz bestimmt wieder los«, begrüßte Randolf den Verwalter spöttisch.

Der klappte den Mund wieder zu, ohne abgebissen zu haben. Achtlos legte er den Knochen auf den Tisch und wischte sich die Finger an seinem weiten Gewand ab, das eigentlich lose an dem Körper seines Besitzers herabhängen sollte, jedoch über dem gewaltigen Bauch gefährlich spannte. Dann erhob er sich schwerfällig, indem er sich mit beiden Händen an der Tischkante abstützte.

»Edler Herr Randolf, welch eine Freude, Euch hier begrüßen zu dürfen! Ich werde den Trottel am Tor gleich ordentlich bestrafen, weil er mich nicht rechtzeitig über Euer Eintreffen unterrichtet hat. Leider ist rein gar nichts für Euch vorbereitet, trotzdem wäre es mir eine große Ehre, wenn Ihr Euch dazu herablassen könntet, mir bei meinem bescheidenen Mahl Gesellschaft zu leisten.«

Randolf bekämpfte die aufsteigende Wut, die bei Erchangers schamloser Lüge in ihm hochkam, und dankte der blumigen Einladung mit knappen Worten. Schließlich war die gegenseitige Abneigung der beiden Männer allgemein bekannt.

Auf einen Wink des Vogts eilten zwei Mägde herbei, und Randolf bemerkte erst jetzt, dass mindestens fünfzehn Dienstboten an beiden Enden des Saales bereitstanden, um die Bedürfnisse ihrer Herren zu befriedigen. Nachdem sein Becher gefüllt war, griff er nach dem Kanten dunklen Brotes und tunkte ihn in die Schüssel mit dem Eintopf, in dem sich augenscheinlich auch Fleischstücke befanden.

Das Gespräch um ihn herum, das bei seiner Begrüßung verstummt war, kam langsam wieder in Gang, und auch der Mann zu seiner Linken stippte sein Brot in den Topf, um sich das vollgesogene Stück anschließend genüsslich zwischen die verfaulten Zähne zu schieben. Das kleine Stück Fleisch, das er dabei verloren hatte, landete ebenfalls dort. Randolf versucht nicht auf die vor Dreck strotzenden Finger seines Nachbarn zu achten und stillte seinen Hunger mit der wohlschmeckenden, dampfenden Mahlzeit.

Den Fragen des rechts von ihm sitzenden Verwalters wich er geschickt aus, denn obwohl sie beiläufig klangen, hörte Randolf deutlich das Interesse des Mannes heraus.

»Der König weilt noch eine Zeitlang in Worms, wobei ich Euch wirklich nicht sagen kann, wann er wieder an einen Aufenthalt auf der Hartesburg denkt«, entzog er sich kauend der Antwort auf die Frage, wann der junge Herrscher eintreffen werde.

Irgendwann gab der Vogt auf und widmete sich ganz der vor ihm stehenden Schale. Aufgrund seiner Stellung musste er sich das Essen nicht mit den anderen Männern teilen, und Randolf ertappte sich dabei, dass es tatsächlich etwas gab, worum er ihn beneidete.

Nachdem der Ritter sich den letzten Happen des frischen Brotes in den Mund geschoben hatte, überkam ihn eine schläfrige Trägheit, die nicht zuletzt durch die zwei Becher köstlichen Bieres hervorgerufen ward, und er beschloss spontan, sein Gespräch mit dem Vogt auf den nächsten Morgen zu verschieben. Die Erleichterung des Mannes, als sein Gast sich verabschiedete, war offensichtlich, was den müden Randolf aber nicht sonderlich störte, und keine halbe Stunde später schlummerte Randolf auf seiner Strohmatte. Das fleckige Leinentuch, das jemand über die Schlafstätte gelegt hatte, lag zusammengeknüllt in der Ecke der kleinen Kammer.

Am nächsten Morgen erwachte der Ritter ausgeruht und bester Laune. Er wollte so schnell wie möglich die Reise fortsetzen, doch dazu musste er erst einmal mit dem Burgvogt sprechen. Nachdem er sich mit dem Wasser, das vom gestrigen Abend übrig war, erfrischt hatte und seine Sachen zusammenpacken wollte, klopfte es kaum hörbar.

Stirnrunzelnd griff er nach seinem Messer und öffnete vorsichtig die Tür.

»Du?«

Überrascht trat er zur Seite, und das junge Mädchen, dessen Bitte ihm seit seinem letzten Aufenthalt auf der Hartesburg nicht mehr aus dem Kopf gehen wollte, huschte ins Zimmer.

»Ich habe im Flur vor Eurer Tür gewartet, und als ich Geräusche hörte, nahm ich an, dass Ihr wach seid. Vergebt mir, Herr, dass ich es nochmals wage, Euch anzusprechen, aber ich bin völlig verzweifelt und weiß mir keinen anderen Rat.«

Während sie leise und hastig weitersprach, ruhte Randolfs Blick auf ihr. Selbst im Halbdunkel des Raumes konnte er erkennen, dass ihr hübsches Gesicht mit Dreck verschmiert war und ihre üppigen Formen unter einem sackartigen, mehrfach geflickten Kleid verborgen blieben.

Nur mühsam konnte der Ritter seine aufsteigende Wut im Zaum halten, als er von der jungen Frau erfuhr, wo Guntram sich zurzeit befand und warum er dort war. Randolf hatte immer geglaubt, dass er den Vogt hasste, aber nun musste er sich eingestehen, dass der junge Bauer deutlich mehr Grund dazu hatte. Zusammen mit Irmingard, die als Magd auf der Burg arbeitete, verließ er den Raum. Vor der Tür trennten sich die beiden. Er hatte das Mädchen nicht danach gefragt, warum es sich so um Guntram sorgte, denn der offensichtliche Schmerz und die Sorge in ihrem Blick sagten mehr, als Worte es hätten tun können.

Während die Magd in entgegengesetzter Richtung davonhuschte, durchmaß Randolf mit langen Schritten den Flur, ging die Treppe hinunter ins Erdgeschoss und nahm die Stufen auf der gegenüberliegenden Seite mit sechs großen Sprüngen. Es war noch sehr früh am Morgen, trotzdem herrschte bereits ein reges Treiben in dem Gebäude, was Randolf kaum verwunderte, bei der Anzahl an Menschen, die hier untergebracht waren. Das Klappern von Schüsseln mischte sich unter gebellte Befehle, denn die Torwache wurde um diese Zeit abgelöst. Auch aus den Zimmern, an denen er auf seinem Weg zum Vogt vorbeikam, ertönten die üblichen Geräusche des erwachenden Tages. Zwei Männer begegneten ihm im Gang, und als er an seinem Ziel angelangt war und gerade an die Tür klopfen wollte, hielten ihn barsche Worte zurück.

»He, du da, was fällt dir ein, einfach um diese Stunde den Herrn Vogt zu belästigen.«

Da der Gang nur spärlich durch vereinzelte Fackeln beleuchtet war, blieb Randolfs Gesicht im Dunkeln. Mit einem tiefen Seufzer ließ er die Hand fallen und trat einen Schritt zurück in die Mitte, damit das Licht eines brennenden Holzscheits auf ihn fiel.

Der Mann atmete hörbar aus und fuhr sich mit der Hand über seinen verfilzt aussehenden langen Bart. »Verzeiht, Herr, ich wusste nicht, dass Ihr es seid. Bitte entschuldigt mein ungebührliches Verhalten«, bat er zerknirscht, was Randolf mit einem knappen Nicken quittierte.

Gleich darauf klopfte er zweimal heftig gegen die Tür des Vogts und öffnete sie, ohne auf eine Aufforderung zu warten. Er hatte es eilig und nicht vor, sich durch die Schlafgewohnheiten des Burgvogts aufhalten zu lassen. Kaum hatte er einen Fuß in den stockfinsteren Raum gesetzt, da umfing ihn ein schaler, abgestandener Geruch, und nur das unwirsche Grunzen, vermischt mit einem erschreckten Laut weiblichen Ursprungs, ließ auf die Anwesenheit von mindestens zwei Menschen schließen.

Kurz entschlossen ging Randolf in den Gang zurück, griff sich die Fackel, die an der gegenüberliegenden Wand in einer gusseisernen Halterung hing, und war mit drei Schritten wieder im Gemach Erchangers von Hadersgraben. Nur undeutlich konnte er auf der Bettstatt zwei Gestalten ausmachen, von denen er eine unschwer als den Verwalter erkannte, denn das runde Gesicht lugte mit verschrecktem Ausdruck unter einer Decke hervor. Zielstrebig ging Randolf zur Außenwand und nahm die Holzabsperrung von der Fensteröffnung. Sofort strömte Tageslicht herein und breitete sich zusammen mit der eisigen Luft in dem großen Raum aus. Der Ritter warf die Fackel in das verglühte schwarze Holz der Feuerstelle, die sich rechts von ihm befand, und atmete zufrieden die frische Morgenluft ein. Dann erst drehte er sich zu dem wuchtigen Bett um und konnte nun auch die zweite Person sehen.

Seine gute Laune verschwand, als er feststellte, dass es sich bei der weiblichen Bettgenossin des Vogts fast noch um ein Kind handelte, denn er schätzte das Mädchen nicht älter als zwölf Jahre. Es war eine Sache, sich die untergebenen Frauen gefügig zu machen, doch dieses Kind war erst im Begriff, eine Frau zu werden. Ärgerlich durchmaß er den kurzen Weg bis zum warmen Lager des Vogts und seiner Gespielin, baute sich davor auf und gab sich einen kurzen Moment der Vorstellung hin, wie er sein Schwert in den wabbeligen Leib des Verwalters stieß.

»Was fällt Euch ein, hier einfach so hereinzuplatzen, Herr Randolf? Auch wenn Ihr ein enger Vertrauter des Königs seid, so gibt Euch das nicht das Recht, meine ebenfalls hohe Stellung zu missachten!«

Unter Randolfs kaltem Blick schrumpfte der Mann wieder zusammen und zog die Decke bis zum Kinn hoch. Der Ritter bemerkte aus den Augenwinkeln, dass das Mädchen ein Stück von dem Vogt abrückte, dabei bemüht, seinen Körper weiterhin zu bedecken.

»Ich habe jedes Recht dazu, und Ihr seid nichts weiter als ein jämmerlicher Emporkömmling, der um unseren König herumscharwenzelt. Ich habe ein letztes Anliegen an Euch, danach seid Ihr mich los. Doch dazu müsst Ihr Euch schon erheben, es sei denn, Ihr wollt die erforderliche Anweisung im Bett schreiben«, erwiderte Randolf mit eisiger Stimme und konnte ohne große Mühe erkennen, dass er nicht deutlicher werden musste.

In den weit aufgerissenen Augen des beleibten Mannes war die nackte Angst zu sehen. »Dann verlasst wenigstens kurz mein Gemach, damit ich meinen Körper bedecken kann«, jammerte der Vogt.

Randolf verzog keine Miene, als er einen Schritt zur Seite trat und den Vogt mit einer einladenden Handbewegung zum Verlassen seines Bettes aufforderte. »Ich bitte Euch, werter Herr«, sagte er spöttisch, »Ihr müsst Euren gestählten Körper doch nicht verstecken. Aber ich werde mich selbstverständlich abwenden, sofern das Mädchen sich anziehen möchte. Ihr benötigt es bestimmt nicht mehr, außerdem warten sicher seine täglichen Aufgaben.«

Dabei nickte er ihr zu und wandte sich ab, während Erchanger sich schwerfällig und mit missmutigem Gesicht erhob. Randolf hörte hinter sich das Geräusch leichtfüßiger Schritte und gleich darauf das Klappen der Tür. Er empfand tiefes Mitleid für das Mädchen, das sich noch verstärkte, als er zusah, wie der Verwalter seine unförmige, nackte Gestalt in ein sackähnliches Gewand quälte und sich mit seinem watschelnden Gang zu dem Tisch begab, der in der Mitte des Raumes stand. Dort nahm er sein mit warmem Fell ausgeschlagenes Wams vom Stuhl, zog es sich über und ließ sich mit einem leisen Ächzen darauf fallen.

»Nun, was soll ich schreiben?«, fragte er betont gleichgültig.

Als Randolf ihm die Anweisung diktierte, die aus einem einzigen Satz bestand, verschwand die Gleichgültigkeit mit einem Schlag aus Erchanger Hardensteins Miene.

9. KAPITEL

Henrika ließ den ins Spiel versunkenen Herwin vor den Stallungen zurück, um endlich das Gespräch mit Betlindis zu suchen. Um den Jungen machte sie sich keine Gedanken, denn der war noch mindestens eine Stunde lang mit seinem neuen Holzschwert beschäftigt. Die Schnitzarbeit gehörte zu den Dingen, die Henrika besonders stolz machte, da sie anfangs nicht sicher gewesen war, ob sie ihrem Schützling überhaupt eine solche Arbeit beibringen konnte.

Ihr Oheim hatte sie bei einem ihrer ersten längeren Besuche im Schnitzen unterrichtet, so wie er es von seinem Vater erlernt hatte. Auf die Frage seiner kleinen Nichte, warum ein Mädchen so etwas können müsse, hatte er lächelnd geantwortet, dass auch ihre Mutter diese Dinge gekonnt habe. Das hatte ihr als Grund genügt, fiel es doch in eine Zeit, als sie kaum etwas über ihre Mutter wusste. Mit Feuereifer verbrachten die beiden von da an ihre Zeit entweder bei den Pferden oder beim Schnitzen von groben Holzklötzen.

»Ach, hier bist du! Geht es dir endlich wieder besser?«, begrüßte Henrika ihre Freundin, die sie auf der Rückseite des burgähnliches Hauses entdeckte.

Eine Stickerei in den Händen, genoss Betlindis die warmen Sonnenstrahlen der letzten Märztage auf einem breiten Stuhl, den freundliche Hände mit einer dicken Decke als Auflage gemütlich hergerichtet hatten.

Den Worten mangelte es nach wie vor an Fröhlichkeit, als Betlindis sanft erwiderte: »Da meine Kopfschmerzen fast verschwunden sind, wollte ich einfach mal deinen Lieblingsplatz ausprobieren, und ich muss gestehen, dass die Aussicht von hier wirklich einmalig ist. Eigentlich mag ich die Höhe nicht, aber einer der Knechte hat mir den Stuhl dicht an die Wand gestellt, so dass selbst ich mich nicht mehr ängstigen muss.«

Henrika ließ den Blick über das steil abfallende Ufer gleiten, unter dem sich die Mündung der Lieste befand, der Namensgeberin des Gutes. »Es ist wunderschön hier, und du kannst dich glücklich schätzen, ein so friedliches Zuhause zu haben. Dürfte ich dich kurz bei der Arbeit stören?«, fragte Henrika zögernd.

»Sicher, worum geht es?«, ermunterte Betlindis sie mit einem heftigen Nicken, denn sie spürte die Unsicherheit der jungen Frau.

Henrika kam ohne Umschweife auf den Kern ihres seit mehreren Tagen andauernden Problems zu sprechen. »Was hat dein Vater für einen Grund, uns von Ausritten abzuraten? Die Gegend hier ist in letzter Zeit sicher, und wir würden zudem den Pferdeknecht mitnehmen. Herwin ist todunglücklich, und ich kann es ihm leider nicht richtig klarmachen, da ich es selbst nicht verstehe.«

»Ach, du lieber Himmel!«, rief Betlindis entsetzt aus. »Das habe ich ja völlig vergessen! Ich wollte es dir gleich nach seiner Abreise sagen und jemanden zum Haus deines Onkels schicken, aber die Trauer hat mich plötzlich so übermannt, dass ich es völlig vergessen habe.«

Henrika schüttelte verwirrt den Kopf. »Onkel Goswin? Was hat der denn damit zu tun?«

Mit einem Mal erstarrte sie und erinnerte sich an ein Gespräch, das sie kurz vor ihrer Abreise aus Goslar mit ihrem Vater geführt hatte. Trotz ihrer ruhigen Art hatte

Henrika sich schon immer für die politische Situation im Land interessiert, und ihr Vater diskutierte mit Freuden darüber, wohin die aktuellen Ereignisse führen könnten. Da er über Randolf viele Neuigkeiten erfahren hatte, konnte er seiner Tochter einiges davon weitergeben.

»Es geht um die steigende Unzufriedenheit der sächsischen Fürsten, habe ich recht? Was planen sie? Wollen sie etwa das Land mit Krieg verheeren?«, flüsterte sie tonlos.

Betlindis sah ihre Freundin verwirrt an. »Ich weiß leider nicht genau, was du meinst. Für Politik habe ich mich noch nie interessiert«, antwortete sie entschuldigend. Mit einem Mal wurde sie bleich. »Aber wenn es stimmt, wäre das ganz schrecklich, denn das würde bedeuten, dass Randolf gegen meinen Vater kämpfen müsste!«

Leicht entnervt verdrehte Henrika die Augen, denn von Randolf zu hören, war jetzt wirklich das Letzte, was sie wollte. »Was meinte er denn dann?«

»Jemand hatte ihm von einer größeren Gruppe Gesindels berichtet, vor denen er uns schützen wollte«, entgegnete Betlindis, leicht gekränkt durch die ungewohnt unwirsche Art Henrikas. »Du kannst also im Augenblick auf keinen Fall mit Herwin ausreiten. Das wäre viel zu gefährlich!«

Henrika erhob sich und atmete tief durch. »Du hast vollkommen recht damit, dass dein Sohn nicht den Hof verlassen darf. Mich dagegen kannst du nicht davon abhalten, meine Familie zu warnen.« Damit drehte sie sich um und ging auf direktem Weg zum Stall.

Der Gedanke, selbst Opfer werden zu können, kam ihr überhaupt nicht in den Sinn, so groß war ihre Sorge um ihren Oheim und seine Familie. Auf die Rufe ihrer Freundin reagierte sie nicht, denn sie konnte sich schon denken, dass sie ihr nur von ihrem höchst leichtsinnigen Vorhaben abraten wollte.

Erst am Stall holte Betlindis sie ein. »Wie kannst du nur so unvorsichtig mit deinem Leben umgehen?«, stieß sie keuchend hervor. »Ich werde den Stalljungen hinschicken, er kennt sich gut aus in der Gegend und wird versteckte Pfade nehmen.«

Mit einem Mal war Henrikas Ungeduld mit Randolfs Frau wie weggeblasen, so gerührt war sie über die Sorge der Freundin. »Das ist eine gute Idee! Sei mir bitte nicht böse, aber wenn er die Wege so gut kennt, dann kann mir bei ihm auch nichts geschehen.«

Ungläubig sah Betlindis sie an und öffnete den Mund, um ihr zu widersprechen, als ein Warnruf von einem der Torposten ertönte.

»Reiter!«

Die beiden Frauen wurden blass, als sie sahen, wie zwei von Randolfs Männern in Windeseile das Tor schlossen.

»Wie viele?«, rief Henrika, während sie bereits zum Tor lief und die Stufen am Palisadenzaun erklomm.

»Nur zwei«, entgegnete der Mann und musterte die junge Frau neben ihm ratlos.

Völlig unvermittelt hatte Henrika angefangen laut zu lachen, und ohne sich um die Blicke der anderen zu kümmern, sprang sie die Stufen hinunter. »Es sind meine beiden Onkel!«, rief sie der bestürzten Betlindis zu. »Öffnet das Tor, schnell!«

Kurze Zeit später wirbelte ihr jüngerer Oheim sie bereits durch die Luft und setzte sie erst auf ihren lauten Protest hin wieder ab.

»Meine Lieblingsnichte wird immer hübscher! Was meinst du, Bruder, können wir stolz auf sie sein?«

Goswin wandte sich lächelnd Henrika zu, nachdem er,

wie es sich gehörte, erst die Herrin des Hauses begrüßt hatte. »Ich wäre auch dann stolz auf sie, wenn sie hässlich wie die Nacht wäre«, antwortete er und umarmte seine glückliche Nichte.

»Bin ich froh, dass Ihr gekommen seid!«, mischte Betlindis sich schüchtern ein. »Um ein Haar wäre Henrika zu Eurem Hof geritten.«

Verständnislos sahen die beiden Männer ihre Nichte an, die notgedrungen eine Erklärung abgeben musste.

Als er von der Warnung durch Betlindis' Vater hörte, verfinsterte sich Goswins Gesicht. »Hast du den Verstand verloren? Wie kannst du auch nur im Entferntesten daran denken, zu uns zu reiten, wenn du von dieser Gefahr weißt? Du musst nicht deiner Mutter nacheifern, nur weil du einiges von ihr erfahren hast«, raunzte er sie wütend an.

Henrika wollte gerade zu einer Rechtfertigung ansetzen, als ein lautes, äußerst ansteckendes Lachen hinter Goswins Rücken erklang.

»Was willst du eigentlich? Ich finde es schön, zu sehen, dass das Temperament unserer Schwester doch noch nicht ganz verloren ist, wie ich bisher immer geglaubt habe.«

Verblüfft starrte Henrika auf den gutaussehenden Ritter, dessen charmantes Wesen rein gar nichts mit ihrem anderen Onkel, geschweige denn mit ihrer Großmutter gemein hatte.

Doch so schnell wie der Heiterkeitsausbruch erfolgt war, so schnell schlug er auch wieder in eine Ernsthaftigkeit um, die Henrika schon bekannter vorkam.

»Trotzdem muss ich Goswin recht geben, denn du hättest gehandelt, ohne vorher zu überlegen.«

Henrika war so froh, die beiden zu sehen, dass sie ihre Widerrede herunterschluckte. Auf einmal kam ihr ein anderer schrecklicher Gedanke. »Mathilda und die Kinder sind jetzt ganz allein zu Hause«, sagte sie entsetzt.

Goswin nahm ihr schnell die Furcht, als er ihr erklärte, dass seine Familie unterdessen bei Freunden im Nachbardorf weilte.

Henrika hakte sich bei ihren beiden Verwandten ein, und zusammen mit Betlindis betraten sie das Haus. Randolfs Frau wies eine der Mägde an, Erfrischungen zu bringen, und entschuldigte sich dann wegen ihrer Kopfschmerzen, die sie erneut heimgesucht hatten.

»Was ist mit ihr?«, fragte Brun beiläufig und nahm dankend den Becher mit kühlem Bier entgegen.

»Sie vermisst Herrn Randolf«, antwortete Henrika schlicht und trank ebenfalls einen Schluck. Sie hatte nicht vor, sich die Freude über den unerwarteten Besuch verderben zu lassen.

»Dann richte ihr doch bitte aus, dass ich ihren Mann vor einigen Wochen in Worms gesehen habe und er dort noch froh und munter war.«

Henrika nickte und lenkte dann das Gespräch von Randolf weg. Aber bevor sie auf den Grund des überraschenden Besuchs zu sprechen kam, lag ihr noch eine Frage auf dem Herzen. »Gibt es Neuigkeiten von Gunhild und Folkmar?«, fragte sie ihren Onkel vorsichtig.

»Nein«, antwortete Goswin knapp. Dann seufzte er und strich seiner Nichte sachte über die Wange. »Mach dir um Gunhild keine Sorgen! Sie kommt überall durch, denn sie kümmert sich nicht um andere, sondern ist immer nur auf ihren Vorteil bedacht. Sorgen sollten wir uns vielmehr um Folkmar. Aber jetzt genug davon! Willst du denn nicht den Grund unseres Besuches erfahren? Und bist du gar nicht überrascht, dass Brun bei mir ist?«

Henrika lachte erleichtert auf, jetzt, da sie wusste, dass ihr Onkel keine Vorwürfe mehr gegen sie erhob.

»Doch, natürlich! Sagt mir, ist es die Sehnsucht nach eurer geliebten Nichte?«, fragte sie mit einem schelmischen Grinsen.

Die beiden Brüder sahen sich an, und schließlich ergriff der ältere das Wort. »Nein, ich meine, natürlich auch deswegen, aber vor allem, weil wir es nach einem Brief deiner Großmutter und deines Vaters für wichtig und richtig erachten, dich über ein paar Dinge aus dem Leben deiner Mutter aufzuklären.«

»Großmutter?«, fragte Henrika verblüfft. »Und von meinem Vater auch? Ich verstehe nicht ganz? Du hast doch bereits mit mir gesprochen, was gibt es dann sonst noch Wichtiges?«, fuhr sie mit unvermitteltem Unbehagen fort.

»Siehst du, genau das meine ich. Ich habe nur einen Bruchteil erzählt, der deiner Mutter niemals gerecht werden kann. Dein Vater ist ebenso wie deine Großmutter der Meinung, dass du ein falsches Bild von Hemma bekommen hast.«

»Deshalb und weil wir beide endlich einiges loswerden müssen, sind wir hier bei dir. Ich hatte eigentlich gehofft, mir den weiten Weg sparen zu können und dich mit Randolf und seiner Familie in Babenberch anzutreffen, nachdem ich erfahren hatte, dass der König dich zur Gesellschafterin von Frau Betlindis gemacht hat. Da dem aber nicht so war, blieb mir nichts anderes übrig, als mich auf den Weg hierher zu machen. Zum Glück hat Herzog Rudolf mich für eine Woche freigestellt, denn ich war davor ziemlich viel für ihn als Bote unterwegs«, erläuterte Brun. »Hemma hat uns beiden unglaublich viel bedeutet, jeder hat sie auf seine Art geliebt, und unser Vater ...«

Er stockte einen Augenblick und fuhr dann mit energischer Stimme fort.

»Unser Vater hat sie am meisten von allen geliebt. Vielleicht weil sie ihm so ähnlich war, ich weiß es nicht, und es ist auch egal, denn er war ein fantastischer Mann, auch wenn Goswins Erinnerungen natürlich umfangreicher sind.«

»Großmutter hat die versuchte Entführung erwähnt«, brachte Henrika zögernd hervor. »Leider konnte sie mir aber nichts darüber erzählen. Wie sieht das bei euch aus? Wisst ihr Näheres?«, erkundigte sie sich nun schon mutiger bei ihren beiden Oheimen.

»Wenn ich mich recht erinnere, war Randolf damals teilweise mit dabei. Du wirst dich an ihn wenden müssen, denn auch wir wissen nur Bruchstücke, abgesehen davon, dass Esiko Hemmas Entführung verhindert hat. Vergiss bei alledem bitte nicht, dass Esiko deiner Mutter nicht nur das Leben gerettet, sondern später auch sein Leben für sie geopfert hat. Er war zwar ein einfacher, dafür aber ein guter Mann, dessen Tod uns alle schwer getroffen hat. Es war für beide nicht einfach, auch wenn ich das zu der Zeit anders gesehen habe«, sagte Goswin nachdenklich. »Vielleicht ist es sogar besser, wenn ich ein wenig weiter aushole, dann lernst du deine Eltern noch besser kennen. Ich für meinen Teil war zu blind, um die deutlichen Anzeichen zu erkennen.«

»Ich dachte, es ging uns darum, Henrika zu zeigen, dass an den Ereignissen von damals nicht ihre Mutter die Schuld trug«, unterbrach ihn Brun.

»Ja, natürlich, dazu komme ich anschließend.«

Dann erzählte er von dem Tag, als in Goslar am Geburtsfest der heiligen Maria der größte Hoftag stattgefunden hatte, den die Bewohner des Ortes jemals gesehen hatten.

»Alles begann damit, dass unsere Mutter Hemma und Brun nicht im Wagen begleiten konnte, da sie ein Kind erwartete und das Bett hüten musste. Also bin ich als Betreuer eingesprungen, denn natürlich wollten alle den festlichen Einzug miterleben. Schließlich war sogar der Heilige Vater anwesend, was gerade für mich zu der Zeit etwas ganz Besonderes war, immerhin befand ich mich damals kurz vor der Priesterweihe. Der Wagen stand im Hof, und ich ging in den Stall, um nach Esiko zu sehen, der uns fahren sollte.«

Schon mit dem nächsten Satz schaffte es Goswin, dass seine Nichte wie gebannt an seinen Lippen hing.

Mit mürrischer Miene striegelte Esiko eines der beiden Pferde, die den Wagen ziehen sollten, in dem die Kinder des Vogts dem festlichen Einzug beiwohnen würden. Das Gespräch unter der Dienerschaft drehte sich seit Tagen um das gleiche Thema, obwohl es heute früh eine kurze Unterbrechung erfahren hatte, da die Herrin des Hauses ein Kind erwartete und liegen musste. Ansonsten interessierten sich alle nur für die Festlichkeiten und das großartige Gepränge, das der Kaiser dafür aufbot. Alle waren gespannt auf die herausgeputzten Erscheinungen in ihren farbenprächtigen Gewändern und dem funkelnden Geschmeide. Bereits gestern hatten fast alle den Einzug des Heiligen Vaters bewundert. Einzig Esiko, so schien es ihm zumindest, war froh, wenn alles vorbei wäre.

Vor allem, weil das zwangsläufig auch die Abreise des Pfalzgrafen Friedrich von Goseck bedeutete. Mittlerweile wussten nämlich alle, die am Hof des Vogts arbeiteten, von den Hochzeitsplänen für dessen Tochter.

»Jetzt stell dich nicht so an! Ich will da auch nicht hin und kann nicht anders«, fuhr er das nervöse Tier unwirsch an, das einfach nicht still stehen wollte.

»Mit guten Worten kommt man oft weiter im Leben,

Esiko«, erklang eine wohlbekannte Stimme hinter ihm, worauf er sich langsam umdrehte und dem liebenswürdigen Blick Goswins auf gleicher Augenhöhe begegnete, bevor er sich verbeugte.

Der Sohn des Vogts trug sein schlichtes schwarzes Gewand, das ihn in seiner Ernsthaftigkeit allerdings sehr gut kleidete.

»Natürlich, ehrwürdiger Bruder, es ist wahrscheinlich nur die Aufregung. Das spüren die Tiere«, entgegnete Esiko freundlich, denn er mochte den ruhigen, jungen und besonnenen Mann.

Einen Augenblick später starrte er mit weit aufgerissenen Augen zum Eingang des großen Hauses, in dem Hemma mit der umgeänderten Kotte ihrer Mutter stand. Das dunkle, knielange gelbe Gewand mit dem passenden, bis zum Boden reichenden Unterkleid in einem helleren Ton stand ihr ausgezeichnet. Erst in dem Moment wurde Esiko bewusst, dass Goswin ihn irritiert betrachtete, und er riss sich von dem schönen Anblick los, um die Decken für den Wagen zu holen.

Auf dem Weg zum Stall blickte er besorgt zum Himmel hinauf. Wolken waren aufgezogen, und Esiko fragte sich, ob der Regen den Festzug abwarten würde. Bei dem Gedanken, wie all die schönen Gäste triefend vor Nässe aussehen würden, lachte er verbittert auf, wusste aber gleichzeitig, dass kein Regen der Welt Hemmas Aussehen schmälern könnte. Er sah sich nicht wieder um, bis er Bruns schnellen Laufschritt hörte, und atmete tief durch.

Dummerweise mochte er alle Kinder des Vogts. Leichter würde ihm die ganze Situation fallen, wenn wenigstens einer von ihnen mit einem gemeinen Charakter gesegnet wäre, dann hätte er auch einen guten Grund, alles hinzuwerfen. Niemand konnte ihn aufhalten, er war schließlich kein Unfreier, was unschwer an seinen schulterlangen Haaren zu erkennen war. Den grauen Bergmannskittel hatte er schon seit längerem gegen eine braune, knielange Kotte ausgetauscht, wie sie fast alle hier trugen. Seine blonden, leicht gewellten Haare hatte die Sonne des ausklingenden Sommers ausgeblichen, und sie hoben sich deutlich von seiner gebräunten Haut ab.

»*Worauf wartest du noch? Wir können los!*«

Esiko fuhr aus seinen Gedanken auf und sah zu Goswin hinüber. »*Euer Herr Vater hat mir aufgetragen, auf seinen Knappen zu warten. Er soll ebenfalls mit uns kommen*«*, antwortete er ruhig.*

Wie auf Bestellung erschien gleich darauf Randolf im geöffneten Hoftor. Esiko hatte sich anfangs mit dem Jungen den Raum über dem Pferdestall geteilt und sich immer besser mit ihm verstanden. Obwohl der Altersunterschied neun Jahre betrug, erschien Randolf um einiges älter, was wohl an seinem stillen und ruhigen Wesen lag. Als Udolf gestorben war, hatte Esiko dessen Kammer am Ende des Stalls bekommen.

»*Entschuldigung vielmals, aber es sind so viele Menschen unterwegs, dass kaum ein Durchkommen ist*«*, japste der Knappe und sprang auf den Platz neben Esiko.*

»*Wie viele sind es, Randolf? Hat der Festzug schon begonnen?*«*, fragte Brun aufgeregt.*

»*Setz dich endlich hin und sei still!*«*, fuhr Hemma ihren kleinen Bruder scharf an.*

Maulend gehorchte Brun. »*Nur weil du Mutter vertreten sollst, heißt das nicht, dass du mich herumkommandieren kannst.*«

Esiko hatte einen kurzen Blick über die Schulter geworfen, da eine solche Zurechtweisung aus Hemmas

Mund ungewöhnlich war, und so blieb ihm der vorwurfsvolle Blick Goswins nicht verborgen.

Sie kamen nach einem kurzen Stück nur sehr langsam vorwärts, denn die Menschen drängten sich am Rand des Weges, den der Festzug zur Pfalz nehmen sollte. In der Nähe der Stiftskirche kamen sie dann ganz zum Stehen. Über ihnen war ein leichtes Grummeln am Himmel zu hören, und diesmal warf nicht nur Esiko einen besorgten Blick nach oben. Die dichten Wolken waren schweren, dunklen Wolkentürmen gewichen, und ein leichter Wind kam auf. Goswin sah zweifelnd in die Richtung, aus welcher der Festzug kommen sollte. Gleich darauf hörten sie die Musik der Flöten, die mit den Tönen der Fideln harmonierte.

»Ich glaube, es wäre besser, wenn Esiko dich wieder nach Hause bringt. Der Himmel gefällt mir gar nicht, und wenn es zu regnen anfängt, bist du hier völlig schutzlos«, gab Goswin seiner Schwester zu bedenken.

»Ach was, so ein paar Tropfen! Außerdem kämen wir sowieso nicht durch, sieh dir nur mal die vielen Menschen an«, entgegnete Hemma, »davon abgesehen muss dir der Himmel doch immer gefallen«, neckte sie ihren Bruder, worauf sie sich einen verärgerten Blick einhandelte.

Esiko hatte dem Wortspiel schweigend zugehört. Er konnte sich denken, warum sie hier bleiben wollte, schließlich konnte sie sich so wieder gut ihrem künftigen Ehemann präsentieren. Dazu passte auch, dass sie ihm seit ihrem gemeinsamen Erlebnis am Klusfelsen aus dem Weg ging. Es musste ihr im Nachhinein sehr peinlich sein, dass sie sich ihm hingegeben hatte.

Ihm, einem einfachen Mann!

Dass vielmehr er selbst ihr seit dem Vorfall auswich, schob er zur Seite. Stattdessen fasste er den Entschluss, diesen Ort nach Ende der Feierlichkeiten zu verlassen und das Weite zu suchen. Auch andere Väter hatten hübsche Töchter, die zudem für ihn erreichbar waren. Trotzdem hoffte er, Hemma möge mit ihrem zukünftigen Gatten mehr Glück haben als mit Burchard von Hanenstein.

Die herannahende Musik wurde immer lauter, doch auch der Wind nahm zu, und Esiko sah fasziniert auf die wehenden Haare Hemmas. Just in dem Augenblick, als die Spitzengruppe des Zuges auf ihren prachtvollen Pferden und mit den festlich geschmückten Wagen an ihnen vorbeigezogen war, fielen die ersten dicken Tropfen, dann brach das Unwetter über ihnen los. Der Wind fegte den Regen in starken Böen über den Boden, und die Menschen suchten Zuflucht in der nahen Stiftskirche. Allen voran Papst Viktor mit mehreren Bischöfen und Fürsten, die ganz vorne im Zug ritten und es daher nicht weit hatten.

Esiko musste sich um die verängstigten Pferde kümmern und konnte gerade noch sehen, wie Goswin an jeder Hand eines seiner jüngeren Geschwister packte und sie aus dem Wagen zog. Randolf war ein paar Schritte vor ihnen. Sie waren noch ein ganzes Stück vom Gotteshaus entfernt und mussten sich zudem durch die Massen an Zuschauern kämpfen, die panisch versuchten, dem starken Regen zu entkommen.

Blitze erhellten die ansonsten in dunkles Grau getauchte Umgebung, und gewaltige Donnerschläge versetzten viele in Angst und Schrecken. Um Esiko herum herrschte ein fürchterliches Durcheinander. Frauen kreischten und rissen ihre weinenden Kinder mit sich. Manche Männer stießen alle, die ihnen im Weg standen, rücksichtslos zur Seite. Unter großen Mühen schaffte es der ehemalige Bergmann, die Zügel um einen der Bäume zu binden, so dass die Tiere ganz dicht am Stamm standen. Dabei hoffte er inständig, dass keiner der gewaltigen Blitze in den Baum einschlagen würde. Dann sah er sich suchend um, doch er hatte die drei Geschwister aus den Augen verloren, wobei der starke Regen seine Sicht noch erschwerte.

Gerade als er sich unter dem Wagen verkriechen wollte, erhellte ein besonders großer Blitz das ganze Durcheinander, und Esiko sah den gelben Schleier Hemmas kurz in der Menge aufleuchten. Im nächsten Moment war er jedoch verschwunden. Kurz entschlossen stürzte sich der junge Mann ins Gewühl und kämpfte sich bis zu der Stelle durch, an der er Hemma zuletzt gesehen hatte. Verzweifelt spähte er durch die Umherlaufenden, deren Geschrei unter dem Getöse des Unwetters unterging. Da sah er nur wenige Meter vor sich etwas auf dem Boden liegen, doch gleich darauf war sein Blick wieder versperrt und er versuchte noch schneller vorwärtszukommen. Endlich hatte er sein Ziel erreicht, und seine Befürchtung bestätigte sich, als er Hemma in gekrümmter Haltung auf dem durchweichten Boden erkannte.

Esiko beugte sich über die am Boden liegende junge Frau und schob beide Arme unter ihren Körper, um die Ohnmächtige hochzuheben. Dabei musste er höllisch aufpassen, um nicht selbst umgerissen zu werden. Mit gehetztem Blick sah er sich um, und fast im selben Moment fiel ihm die kleine Hütte ein, in der die Gartengeräte des Gotteshauses untergebracht waren. Esiko hatte dort am vergangenen Abend ein kleines Stelldichein mit einer dunkelhaarigen Tänzerin gehabt und wusste daher, dass die Tür nicht verriegelt war. Nun arbeitete er sich mit aller Kraft voran, stets darauf bedacht, Hemmas Körper zu schützen. Die Hütte war ganz in der Nähe des Wagens, daher standen sie wenige Minuten später im Trockenen, und Esiko schlug erleichtert die Tür hinter sich zu. Einen Augenblick lang lehnte er sich schwer atmend dagegen, dann legte er Hemma vorsichtig auf den Boden.

Durch die Ritzen zwischen den Holzbrettern drang schwaches Licht in den kleinen Raum, und Esiko hoffte inbrünstig, dass die Tochter des Vogts nicht allzu schwer verletzt war, denn sie war noch immer von ihrer Ohnmacht umfangen. Im fahlen Dämmerlicht konnte er sehen, dass ihr ehemals schönes gelbes Kleid schmutzig und zerrissen war. Auch ihre Arme und Füße waren schlammverschmiert, und sicher war ihr Körper von blauen Flecken übersät.

»Hemma, komm zu dir! Du musst aufwachen!«

Esikos drängende Worte gingen fast unter in dem Lärm des Sturms, der noch immer draußen tobte. Die Hütte ächzte unter dem Angriff des Windes. Zum Glück war das Dach dicht, nur in der hinteren Ecke tropfte es stetig.

Der junge Mann zögerte, dann versetzte er ihr einen leichten Klaps auf die Wange. »Hemma, Liebes, mach die Augen auf!«

Die Tochter des Vogts gab ein langes Stöhnen von sich und schlug zögerlich die Augen auf. Erleichtert stieß Esiko einen tiefen Seufzer aus und strich ihr zart über die Wange, so als wollte er den Klaps wiedergutmachen.

Hemma schluchzte auf, schlang die Arme um seinen Hals und zog ihn zu sich herunter. Zögernd schob er die Arme unter ihren Rücken und redete leise und beruhigend auf sie ein. Wie von selbst streifte er mit dem Mund über ihre nassen Haare und dann weiter zu ihrer Wange, auf der sich der Regen mit ihren Tränen vermischt hatte, bis ihre Lippen in einem sehnsüchtigen Kuss zusammenfanden.

Äußerst widerstrebend löste sich Esiko nach einer Weile von Hemma und half ihr hoch, so dass sie sitzen konnte. Das Ganze gestaltete sich allerdings ein wenig schwierig, da sie ihn immer noch umklammerte, bis er ihre Umarmung sanft löste.

»Was ist passiert? Warum hast du dich von deinen Brüdern getrennt?«, fragte er in das Prasseln des Regens hinein.

Hemma hatte sich gegen einen dicken Holzblock gelehnt und griff nach seiner Hand. »Goswin wollte Brun dichter an sich heranziehen, dabei wurde ich von der Menge weggerissen. Ich bin über den Saum meiner Kotte gestolpert und hingefallen. Alle sind über mich hinweggetrampelt, so dass ich es nicht mehr geschafft habe, aufzustehen.«

Hemma wollte ihn wieder zu sich heranziehen, doch Esiko wich nicht von seinem Platz. Im Halbdunkel ihres Verstecks konnte sie sehen, wie er den Kopf schüttelte.

»Es hat doch keinen Sinn. Wir machen es uns nur unnötig schwer, wenn wir unseren Gefühlen in diesen unverhofften Minuten nachgeben. Tut dir irgendetwas weh?«

Mit enttäuschter Miene ließ Hemma den Arm sinken und murmelte: »Nein.«

Es zerriss ihm fast das Herz, als er sie so niedergeschlagen vor sich sitzen sah. Vor allem, weil er nun die Gewissheit hatte, dass sie genauso für ihn empfand wie er schon seit langem für sie. Aber er wusste, dass der Schmerz noch größer sein würde, wenn sie der Versuchung nachgeben würden.

»Versteh doch, irgendwo da draußen ist dein zukünftiger Ehemann! Du bist die Tochter des Vogts, und ich bin ein Niemand! Auf mich würde der Strang warten,

du dagegen hättest deine und die Ehre deiner Familie beschmutzt.«

Angriffslustig blickte Hemma zu ihm auf. »Ich hätte nicht gedacht, dass du so ein Angsthase bist!«

Esiko spürte die Wut in sich aufsteigen, doch gerade als er sie packen und ihr das Gegenteil beweisen wollte, merkte er, dass der Regen nachgelassen hatte und das Gewitter sich zu entfernen schien. Offenbar hatten sie in ihrer aufgewühlten Stimmung nicht bemerkt, dass sich die Lage gebessert hatte.

Aufgeregte Stimmen waren zu hören, die sich langsam näherten, und gleich darauf riss jemand die Tür der kleinen Hütte auf. Esiko kniff wegen der ungewohnten Helligkeit die Augen zusammen, und als ausgerechnet der Mann in der Türöffnung erschien, dessen Gesicht er am liebsten vergessen hätte, konnte er nicht rechtzeitig reagieren. Eine Hand schnellte vor, packte ihn am Kragen und zog ihn heraus. Der Faustschlag erfolgte so schnell, dass Esiko es nicht einmal mehr schaffte, den Arm zum Schutz vors Gesicht zu heben. Im nächsten Moment lag er im Dreck und hörte Hemmas Schrei.

Es dauerte eine ganze Weile, bis Henrika merkte, dass Goswin mit seiner fesselnden Erzählung geendet hatte, und es fiel ihr schwer, sich aus dem Bann seiner Worte zu lösen.

»Was ist damals geschehen? Wer hat Esiko geschlagen?«, bedrängte sie ihren Onkel.

»Der zukünftige Gemahl deiner Mutter«, antwortete Brun ruhig. Als er Henrikas erschrockenes Gesicht bemerkte, beeilte er sich, seine Aussage richtigzustellen. »Nicht dein Vater! Zu der Zeit war Hemma dem Pfalzgrafen Friedrich versprochen, einem Bruder des Erzbischofs Adalbert. Da fällt mir ein, der gute Mann ist vor ein paar Monaten verstorben. Bekommst du denn weiterhin die Zahlungen?«, fragte er an Goswin gewandt, der kaum merklich nickte.

Brun grinste mit einem Mal breit und legte die Hand auf die ineinander verkrampften Finger seiner Nichte. »Deine Mutter war schrecklich wütend auf ihren Zukünftigen, das kannst du mir glauben. Sie hat mir später erzählt, dass sie Friedrich bei dem festlichen Essen am Abend wie Luft behandelt hat. Ich sehe sie noch vor mir, als wenn es gestern gewesen wäre. In ihrer neuen blauen Kotte, die unglaublich gut zu ihren Augen passte, wirkte sie am Arm unseres Vaters so zerbrechlich.« Brun stockte, und seine Miene war auf einmal sehr ernst, als er begann, Henrika von dem Teil zu erzählen, der ihm schon so lange auf der Seele lastete.

»Öffne augenblicklich die Tür!«, befahl Randolf und hielt dem schwerbewaffneten Wachposten die Anweisung des Burgvogts unter die Nase.

Der Mann besah sich sorgfältig das Schreiben, von dem ihm nur das Siegel etwas sagte, da er nicht lesen konnte, und zog die Nase hoch. Mit dem Handrücken wischte er sich den letzten Rest des Schleims weg, der sich in seinem dichten Oberlippenbart verfangen hatte, und schmierte den gelblichen Rotz gedankenverloren in sein braunes Hemd aus grober Wolle, das fast alle Männer hier trugen. Dann zog er einen großen Schlüssel aus der Tasche.

»Scheint ja in Ordnung zu sein, obwohl es schon ein wenig ungewöhnlich ist. Der Gefangene darf eigentlich keinen Besuch bekommen«, murmelte er, während er mit einem leichten Knirschen den Schlüssel im Schloss drehte und die Tür öffnete.

Randolf zwängte sich an dem übel riechenden Wärter

vorbei, der zwar einen guten Kopf kleiner war als er, dafür jedoch mindestens doppelt so breit und von äußerst kräftiger Statur.

»Ich muss aber die Tür offen lassen und Euch im Auge behalten, so lautet mein Befehl.«

Ohne dem Mann eine Antwort darauf zu geben, betrat Randolf die kleine Zelle, die sich gleich am Anfang des Kellergangs neben der Wachstube befand. Der Gang führte eine Treppe hinunter, und Randolf schob den Gedanken an die anderen, tiefer liegenden Verliese zur Seite. In die Zelle fiel immerhin noch etwas Tageslicht durch einen schmalen Schlitz im Mauerwerk. Es war kalt und roch leicht abgestanden, trotzdem hatte Randolf schon schlimmere Gefangenenunterkünfte zu Gesicht bekommen, denn es gab immerhin einen kleinen Tisch mit einem dreibeinigen Schemel davor. Allerdings handelte es sich hier auch nicht um einen gewöhnlichen Arretierten, sondern um einen politischen Häftling mit dem Anspruch auf den sächsischen Herzogtitel.

In einer Ecke befand sich die Schlafstätte, die aus einer dicken Lage frisch aussehendem Stroh und zwei warmen Wolldecken bestand. Das Licht einer kleinen Öllampe verbreitete einen zaghaften Schein, durch den die Umgebung ein wenig freundlicher wirkte. Vor dem Tisch stand in stolzer Haltung, die in dieser Umgebung mehr als seltsam wirkte, Magnus Billung, der rechtmäßige Herzog von Sachsen.

»Randolf von Bardolfsburg!«, stieß der Gefangene überrascht aus. »Mit Euch habe ich nun wirklich nicht gerechnet. Was darf ich Euch anbieten? Vielleicht einen Schluck von dem köstlichen Wasser, das ich gestern erhalten habe? Leider hat mein Personal gerade frei, so dass ich Euch bitten muss, Euch selbst zu bedienen«, sagte er spöttisch und wies mit einer einladenden Handbewegung auf den Krug, der sich auf dem wackeligen Tisch befand.

»Euer Hoheit, es freut mich, Euch immer noch bei guter Gesundheit zu sehen«, entgegnete Randolf mit einer tiefen Verbeugung und bemerkte mit Genugtuung, dass seine Begrüßung bei Magnus Verwirrung hervorrief.

Der Gefangene hatte sich bemerkenswert schnell wieder im Griff. »Es tut mir sehr leid, wenn ich Euch enttäusche. Ich bin nun mal von äußerst zäher Natur, wie Euch bekannt sein sollte.«

Randolf wusste, worauf Billung anspielte, aber er ging nicht darauf ein. Der Hinweis bezog sich auf eine Auseinandersetzung zwischen ihm und dem jungen Herzog, die kurz nach seiner Hochzeit mit Betlindis stattgefunden hatte. Magnus hatte ihn wutentbrannt mit dem Schwert angegriffen, woraufhin Randolf sich verteidigen musste. Wäre Betlindis nicht aufgetaucht, hätte der Kampf mit Sicherheit für einen von beiden mit dem Tode geendet. Randolf hatte angenommen, dass der Hass seines Widersachers auf ihn mit der unschönen Familiengeschichte zusammenhing, doch seine Gemahlin hatte ihm zögernd gestanden, dass ihr Vetter von jeher ein wenig in sie verliebt war. Beide Männer hatten aus dem Kampf Narben zurückbehalten.

»Im Gegenteil, ich bin mehr als erleichtert zu sehen, dass auch eine fast zweijährige Haftzeit Euren Willen nicht gebrochen hat. Nur wenige Menschen besitzen nach so langer Zeit noch ihren Stolz«, gestand er stattdessen.

»Danke für die schmeichelnden Worte, allerdings bin ich mir ziemlich sicher, dass auch Ihr zu diesen Menschen zählt. Doch bevor Ihr zu dem eigentlichen Grund Eures Besuchs kommt, sagt mir bitte, wie geht es meiner Base? Ist sie wohlauf? Und ihr Sohn? Ist er schon tüchtig gewachsen oder noch immer so ein zartes Bürschchen wie vor über zwei Jahren?«

Heftiger als gewollt konterte der Ritter: »*Unserem* Sohn geht es gut, danke der Nachfrage, auch wenn er vom Körperbau her seiner Mutter nachschlägt, die bei unserem letzten Treffen ebenfalls wohlauf war.«

Mit einem Mal fiel der arrogante Ausdruck von Magnus ab, und das Gesicht des fast Dreißigjährigen wirkte müde und ausgezehrt, was die wächserne Blässe noch verstärkte. Randolf fragte sich, wie oft der Vetter seiner Frau während seiner Haft wohl ans Tageslicht gekommen war. Auch wenn es ihm anscheinend an kaum etwas mangelte – selbst die braunen Haare und der etwas dunklere Vollbart waren sorgfältig gestutzt –, so war der Freiheitsentzug mit Sicherheit nicht spurlos an ihm vorbeigegangen. Obwohl er nur drei Jahre älter war als Randolf, wirkte der Altersunterschied größer.

»Verzeiht mir, ich kann mich noch immer nicht an den Gedanken gewöhnen, dass Betlindis Euch heiraten wollte. Noch dazu nach all dem Unglück, das Euer Vater und Erzbischof Adalbert über unsere Familie gebracht haben. Doch so sei es nun – schließlich habe ich Euch auch als einen Mann kennengelernt, der zu seinem Wort steht und der mit dem Schwert umzugehen weiß. Meine Narbe schmerzt manchmal heute noch«, sagte er mit einem schiefen Grinsen, das eine Zahnlücke offenbarte.

»Auch ich werde täglich an Euch erinnert, wenn ich in meine Hose schlüpfe«, gab Randolf zurück und ging auf den freundlicheren Ton ein. »Zudem sollte Euch bekannt sein, dass der Erzbischof auch mein Leben zerstört hat, indem er meinen Vater geopfert hat.«

Ein lautes Schnäuzen erinnerte die beiden Männer daran, dass der stämmige Wächter noch immer an der Türöffnung lehnte und ihrer Unterhaltung lauschte.

Randolf räusperte sich, er musste jetzt wohl oder übel das Geplänkel beenden und auf den Grund seines Besuches zu sprechen kommen, zumal er sich nicht sicher war, ob der Burgvogt es sich nicht doch noch anders überlegte und seine Einwilligung zurückzog.

»Die Unruhen im Volk nehmen täglich zu. Jetzt, da der Winter sich dem Ende zuneigt, ist dies immer deutlicher zu spüren. Gerüchte von geheimen Treffen gehen um, und wenn die sächsischen Fürsten dem Spuk nicht bald ein Ende bereiten, anstatt den Unmut weiter anzuheizen, wird es sicher zu schlimmen Übergriffen kommen«, erzählte der Ritter ohne Umschweife.

Magnus hob die Augenbrauen und legte die Stirn in tiefe Falten. »Warum berichtet Ihr mir davon? Ich bin ja wohl eindeutig der falsche Ansprechpartner. Sucht den König auf, zu dem habt Ihr doch ein besonderes Vertrauensverhältnis, oder hört er etwa nicht mehr auf Euch? Vielleicht seid Ihr ihm mittlerweile zu sächsisch geworden? Ansonsten würde ich Euch Graf Otto empfehlen. Im Gegensatz zu mir ist er wieder auf freiem Fuß«, stieß Billung bitter hervor. »Allerdings hat er mit seiner Herzogswürde und einigen seiner Besitztümer einen hohen Preis bezahlt, worauf ich mich niemals einlassen werde!«, zischte der Gefangene leise.

Auch Randolf dämpfte die Stimme, als er drängend erwiderte: »Mit dem Grafen von Northeim ist in dieser Angelegenheit nicht mehr zu reden, ebenso wenig wie mit Eurem Onkel Graf Hermann oder den anderen Männern des Hochadels. Dass der König zunehmend auf landesfremde Ministerialen hört, die teilweise niederen Schichten angehören und keinerlei nennenswerte Ahnen vorzuweisen haben, dürfte auch Euch bekannt sein. All das schürt zusätzlich das Feuer. Und was mich betrifft: Ich war zwar schon immer Sachse – trotzdem hat Euch stets an mir gestört, dass auch ich keiner adäquaten Familie entstamme.«

Magnus winkte ab und ließ sich müde auf den Hocker fallen, der bedenklich wackelte. »Ich kann von hier aus leider nichts tun. Oder glaubt Ihr etwa, ich lasse dem Grafen von Northeim ausrichten, es sei keinesfalls tragisch, dass ich mich bereits seit fast zwei Jahren in Haft befinde? So gemütlich finde ich es nicht hier, dass könnt Ihr mir glauben. Ich werde eher sterben, als das ich mein Herzogtum und meinen Besitz an den König abtrete«, erwiderte er resigniert. »Letztlich kann ich Euch nur eines vorschlagen: Sucht Graf Otto persönlich auf und sprecht mit ihm. Ich weiß, dass er viel von Euch hält, denn er hat mehr als einmal verlauten lassen, wie schade er es findet, dass Ihr in der sächsischen Frage auf der falschen Seite steht«, fügte der Herzog achselzuckend hinzu. »Obwohl ich nicht annehme, dass die kriegerischen Auseinandersetzungen auf lange Sicht abzuwenden sind, sofern der König seine Politik fortsetzt. Wir sind ein stolzes Volk und werden der Beschneidung unserer Rechte gewiss nicht tatenlos zusehen!«

Betrübt nickte Randolf, denn er hatte im Grunde keine andere Antwort erwartet. Dann verabschiedete er sich mit einer Verbeugung und verließ den kalten Raum, um sich der zweiten, höchstwahrscheinlich schwierigeren Aufgabe zu stellen.

10. KAPITEL

Auf dem Rückweg herrschte zwischen Goswin und seinem Bruder anfangs noch Schweigen, denn auch ihnen hatte der Ausflug in die Vergangenheit zugesetzt und ihre verstorbene Schwester für ein paar schöne Augenblicke wieder lebendig werden lassen.

In die bedrückende Stille hinein fragte Brun schließlich vorsichtig: »Wollen wir uns noch ein wenig umsehen, ob in der Gegend bereits Überfälle stattgefunden haben? Oder glaubst du, dass es sich in dem Fall bereits herumgesprochen hätte?«

Mit abwesendem Blick sah Goswin seinen Bruder an, bis ihm dämmerte, dass dieser auf eine Antwort wartete, und er nickte zustimmend. Seine Erleichterung über die ungeplante Abwechslung war offensichtlich.

»Gute Idee! Auch wenn das Bistum Bremen nur eine halbe Stunde zu Pferd entfernt liegt, ist die Gegend hier nur spärlich besiedelt. Da kann es schon mal eine Weile dauern, bevor man von seinen nächsten Nachbarn etwas erfährt. Mathilda ist bestimmt nicht böse, wenn sie sich noch ein wenig unterhalten kann. Sie kommt ja leider selten weg von unserem Hof und versteht sich mit der Müllersfrau recht gut. Ein wenig Abwechslung vom täglichen Einerlei bei einem kühlen Bier tut ihr bestimmt gut.«

Nachdem die beiden Männer die Richtung leicht geändert hatten, lenkte Brun das Gespräch auf die Ereignisse in Babenberch und Worms.

»Ich finde, du solltest diese Dinge nicht auf die leichte Schulter nehmen und vielleicht in Erwägung ziehen, mit deiner Familie auf Randolfs Gut umzuziehen, falls es tatsächlich zu Unruhen kommen sollte. Er genießt den Schutz des Königs, und dank der Herkunft seiner Frau würden euch auch die Sachsen in Ruhe lassen. Oder geh zu Clemens und unserer Mutter, die beiden würden euch gewiss mit offenen Armen empfangen. Glaub mir, ich weiß, wovon ich spreche, es sieht nicht gut aus.«

Wie Brun erwartet hatte, verfinsterte sich Goswins Miene, und die harmonische Atmosphäre löste sich auf.

»Du weißt also, wovon du sprichst? Wieso eigentlich, wenn du auf der Seite Rheinfeldens stehst? Soweit ich weiß, ist das schwäbische Herzogtum weit weg von uns und den Problemen der Sachsen«, forderte Goswin seinen Bruder mit angriffslustigem Blick heraus.

Solange er denken konnte, bewunderte Brun seinen älteren Bruder. Doch inzwischen, da er selbst älter an Jahren und Erfahrungen war, ließ er sich nicht mehr so leicht beirren. Ein Streit mit Goswin war nun wirklich das Letzte, was er wollte. Trotzdem kränkten ihn die in seinen Augen ungerechten Vorwürfe, und ein ausgeglichenes Gemüt hatte noch nie zu seinen Vorzügen gezählt.

»Das heißt nicht, dass mich eure Sorgen kaltlassen. Auch mein Herzog ist davon mehr betroffen, als du ahnst. Wie auch, wo du das Leben eines Bauern vorziehen musstest, anstatt Vaters Namen in Ehre weiterzuführen!«, schleuderte der Jüngere Goswin entgegen.

»Ich bin sicher, dass unser Vater mein Leben als ehrbar bezeichnet hätte. Davon abgesehen habe ich meinen Schwur ihm gegenüber erfüllt. Aber wenn du mich und meine Familie weiter beleidigen möchtest, sollten wir dieses Gespräch jetzt besser beenden. Es steht dir außerdem frei, früher als geplant aufzubrechen«, antwortete Goswin mühsam beherrscht und sichtlich getroffen.

Brun schloss kurz die Augen, während er die Lederriemen der Zügel krampfhaft mit beiden Händen festhielt, und bat seinen Bruder schließlich mit schlichten Worten um Verzeihung, was dieser mit einem Nicken quittierte.

»Ich finde es nur so schade! Ein Mann mit deinem messerscharfen Verstand und klaren Urteilsvermögen, ohne jegliche Präferenzen – eine Verschwendung ist das, Goswin!«, versuchte der Jüngere seinen Vorwurf zu rechtfertigen.

»Ich fasse das als Kompliment auf, auch wenn ich deine Ausführungen ein wenig seltsam finde. Aber sie passen zu dir. Allerdings liegst du falsch, denn auch ich bin nicht frei in meiner Meinung. Anders als Randolf kann ich allerdings eindeutig Position beziehen, ohne in einen Gewissenskonflikt zu geraten. Siehst du, mein Leben ist gar nicht so übel, zumal ich das Glück habe, frei zu sein, und genau deshalb werde ich auch meinen Hof nicht verlassen.«

»Niemand ist wirklich frei«, murmelte Brun und musterte seinen älteren Bruder nachdenklich. »Ich habe ehrlich gesagt nie verstanden, warum du deine vielversprechende Kirchenlaufbahn beendet hast, vor allem weil du sie damals gegen die Widerstände unseres Vaters überhaupt erst durchgesetzt hast. Ich weiß noch, wie stolz du bei dem Begräbnis dieses Grafen warst, dessen Name ich gerade nicht mehr weiß. An der Seite des vom Ehrgeiz zerfressenen Erzbischofs bist du mir damals erschienen wie von Gott persönlich berufen.«

Überrascht erwiderte Goswin den Blick. »Mir war nie bewusst, dass du dieses Ereignis noch so gut in Erinnerung hast. Schließlich warst du damals erst acht Jahre alt und nicht weiter an solchen Dingen interessiert. Zu der Zeit war ich noch voller Bewunderung für den Erzbischof, und er hätte mich auch all die Jahre nach Vaters Tod weiterhin protegiert, wenn ich es zugelassen hätte. Seltsam, wäre ich nicht so verblendet gewesen, hätte mir schon bei seinem Auftritt bei der Messe sein berechnender Charakter auffallen müssen. Vater hatte ihn von Anfang an durchschaut.«

»Vater war an dem Tag ungemein stolz auf dich. Ich habe gesehen, wie sein Blick voller Bewunderung auf dir ruhte.«

Diese Worte berührten Goswin mehr, als er zeigen wollte, und zusammen mit seinem Bruder durchlebte er dieses Ereignis noch einmal.

Bei der Trauerzeremonie in der Stiftskirche blieben die Bänke für die kaiserliche Familie rechts vom Altar dieses Mal leer, dafür waren ein paar zusätzliche Bänke direkt vor dem Altar aufgebaut. Dort sollten Gottwald mit seiner Familie sowie einige andere hohe Würdenträger Platz nehmen, während das einfache Volk stehen musste. Erzbischof Adalbert machte von seinem Privileg Gebrauch und wollte die Totenmesse für seinen Bruder höchstpersönlich lesen, wobei Goswin ihm als Messdiener direkt zur Seite stehen sollte.

Die Aufregung über die unerwartete Ehre stand dem sechzehnjährigen Sohn Gottwalds deutlich ins Gesicht geschrieben. Zur großen Verwunderung des Vogts war der Erzbischof noch nicht anwesend, dabei war die Stiftskirche bereits gut gefüllt. Es hatte sich herumgesprochen, dass eine prunkvolle Bestattung bevorstand, so etwas wollte sich kaum einer entgehen lassen.

Graf Dedo lag, in vornehme Kleider gehüllt, die Stichwunde am Hals gut verdeckt, aufgebahrt hinter dem Altar. Die rituelle Waschung hatten sie bereits in Pali-

tha durchgeführt. Gottwald trug sein bestes knielanges Gewand aus dunkelblauer Seide über einem knöchellangen, grau schimmernden Unterkleid, das an beiden Seiten geschlitzt war. Dass ihm ein Arm fehlte, fiel bei diesem Kleidungsstück kaum auf. Ein mit kleinen Silberbeschlägen verzierter dunkler Ledergürtel vollendete seine elegante Erscheinung.

»Brun, sitz still!«, wies seine Gemahlin ihren jüngsten Sohn zurecht.

Edgitha sah in ihrer schlichten, sehr edlen seidenen Kotte unglaublich gut aus. Gottwald ließ den Blick über ihren durchsichtigen dunkelgrünen Schleier gleiten, dessen lange Falten ihre schönen kastanienbraunen Haare verbargen. Das Gewand mit den weit geschnittenen Ärmeln war aus dem gleichen grünen Ton, und ihre Taille betonte ein perlenbesetzter Gürtel. Von dem cremefarbenen Hemd, das sie darunter trug, war nur der spitzenbesetzte Saum zu sehen.

Die Familie hatte gerade Platz genommen, als ein Raunen durch die Menschenmenge hinter ihnen ging und Gottwald sich wie alle anderen umdrehte. Im selben Augenblick setzte der chorale Gesang ein, und der Erzbischof betrat die Stiftskirche durch den Haupteingang, gefolgt von mindestens zehn Priestern und Diakonen sowie mehreren Messdienern. Doch nicht etwa der Einzug rief das Erstaunen bei den Leuten hervor, sondern die Erscheinung Adalberts.

Anstatt der üblichen prunkvollen seidenen Albe unter einer reich bestickten Dalmatik und der Mozetta trug er ein schlichtes Büßergewand aus grobem grauem Leinen, unter dem bei jedem Schritt seine nackten Füße hervorlugten. Angesichts der Hitze des Tages beneidete Gottwald ihn fast um das luftige Hemd. Allerdings verschönerte eine perlenbestickte Stola das ärmliche Gewand.

Einzig die Mitra, unter der sich vereinzelte Schweißtropfen ihren Weg über das hochrote Gesicht Adalberts bahnten, und der Bischofsstab zeugten von seinem hohen Kirchenamt. Ein Stück hinter ihm schritt zwischen den anderen Messdienern Goswin mit einem Weihrauchfässchen in der Hand, das er mit ernster Miene hin und her schwenkte.

Als einem von wenigen der hier Versammelten war Gottwald die Tatsache bekannt, dass der ehrwürdige Kaiser Heinrich bei der Beerdigung seiner Mutter ebenfalls barfuß und im Büßergewand bekleidet erschienen war. Auf das königliche Purpur hatte er seinerzeit verzichtet. Der Vogt wusste auch, dass der fromme Kaiser aus ehrlicher Überzeugung gehandelt hatte. Ihm kam der spontane Gedanke, dass es sich beim Erzbischof sicher anders verhielt, denn er kannte Adalbert zu gut. Bei diesem Mann steckte hinter jeder seiner Handlungen eine reifliche Überlegung. Adalbert war nun mal von verschwenderischer Natur, und es passte überhaupt nicht zu ihm, dass er seine Macht und Stellung nicht zur Schau stellte.

Gottwald ließ die gesamte Totenmesse an sich vorüberziehen, während er weiter grübelte. Die Gemeinde hatte sowieso nicht viel mitzusprechen, da der gesamte Gottesdienst in lateinischer Sprache erfolgte. Auf die Rufe des Erzbischofs beteten die Ministranten die Antworten, in diesem Fall vorwiegend Goswin, und der Junge machte seine Sache gut. Mit klarer Stimme intonierte er die lateinischen Wörter und verhaspelte sich dabei kein einziges Mal, weshalb Gottwald sehr stolz auf seinen Erstgeborenen war. Gelegentlich hielt Goswin auch abwechselnd die Mitra und den Krummstab des Kirchenfürsten.

Schließlich war die Messe beendet, der schlichte Holz-

sarg, in den Graf Dedo gebettet war, ward verschlossen und von vier Diakonen hinausgetragen.

Gottwald ließ dem Vicedominus den Vortritt, neben ihm schritt seine Gemahlin, und dahinter folgten Hemma und Brun. Langsam, unter der Begleitung der gregorianischen Choralgesänge, verließen die Anwesenden das Gotteshaus und folgten dem Sarg zu seinem letzten Bestimmungsort, dem Friedhof hinter der Stiftskirche St. Simon und Judas.

Nachdenklich stierte Goswin vor sich hin. »Es stimmt schon, was du vorhin gesagt hast. An dem Tag war ich mehr als glücklich. Aber nach dem Überfall und den schrecklichen Gerüchten über Vaters angebliche Veruntreuung habe ich mit Gott nur noch gehadert. Nachdem ich meinen Schwur mit dem Tod Burchards eingelöst hatte, konnte und wollte ich dieses Leben nicht mehr führen. Meine Liebe zu Mathilda war stärker.«

Brun, dem die melancholische Stimmung seines Bruders nicht recht zu gefallen schien, klopfte ihm aufmunternd auf die Schulter, während sich wieder sein gewohntes Grinsen zeigte. »Was soll's, ich werde einfach noch ein paar Tage länger bei euch bleiben, bis ich Gewissheit habe, was es mit diesem angeblichen räuberischen Gesindel auf sich hat. Die restliche Zeit werde ich damit verbringen, mich mit meinen Nichten und meinem Neffen zu beschäftigen. Nicht zu vergessen unsere liebreizende Henrika, die uns hoffentlich noch mal besuchen wird, wenn die Gefahr eines Überfalls nicht mehr besteht.«

»Und da wird mir immer Sturheit vorgeworfen«, entgegnete Goswin mit gespielter Fassungslosigkeit und einem schiefen Blick in Richtung seines Begleiters.

Bruns Aufmerksamkeit war plötzlich durch eine dünne Rauchsäule am Horizont abgelenkt, und er beschleunigte alarmiert das Tempo. Die Anspannung der beiden Männer stieg, je näher sie dem Unglücksort kamen, denn mittlerweile konnten sie erkennen, dass es sich um einen abgebrannten Hof handelte. Das Feuer hatte schlimm gewütet und nur noch schwarze verkohlte Reste hinterlassen, doch zu sehen war niemand. Als die Brüder sichergehen konnten, dass sich niemand mehr hier befand, stiegen sie ab und banden ihre Pferde an dem Zaun fest, der das abgebrannte Holzhaus umschlossen hatte und als Einziges nicht den Flammen zum Opfer gefallen war. Fast unwirklich mutete es an, wie die Umzäunung nur noch die schwarz verbrannten Holzreste schützte.

Die beiden Brüder hielten weiterhin die Hände auf den Griffen ihrer Schwerter, doch sie fanden lediglich zwei Tote. Brun warf seinem Bruder einen fragenden Blick zu.

»Meines Wissens haben nur Vater und Sohn auf diesem Hof gelebt. Die Frau des Bauern ist im letzten Jahr gestorben«, brachte Goswin mühsam hervor und schüttelte fassungslos den Kopf. »Der Junge war kaum älter als vierzehn. Warum diese brutale Gewalt und Zerstörung? Hier gab es bestimmt nicht viel zu holen! Es waren arme Menschen.« Er schien den Anblick der beiden hingemetzelten Menschen nicht länger ertragen zu können und wandte sich ab.

Der Kopf des älteren Mannes war nach links weggekippt und gab eine klaffende Wunde am Hals frei, die Brun nicht näher untersuchen wollte. Der Sohn war durch einen einzigen mächtigen Schlag niedergestreckt worden, der den Brustkorb des Jungen fast zur Hälfte durchtrennt hatte.

Erschüttert wandte nun auch Brun sich ab und folgte seinem Bruder, der die Spuren rund um den zerstörten Hof begutachtete. Beide hatten schon viel Schlimmes in ihrem Leben erblicken müssen, ein derart sinnloses Morden traf sie dennoch bis ins Mark. Bei Brun brachte es zudem die Sorge um seinen Bruder und dessen Familie wieder mit Macht zum Vorschein.

»Ich schätze, es waren mindestens zehn bis fünfzehn Reiter. Wieso hier? Ich kapiere das nicht! Für eine Gruppe dieser Größe reichen die Lebensmittelvorräte auf diesem Hof wohl kaum länger als einen Tag. Vieh gab es hier kaum, und die Armut der Leute war schon von weitem zu erkennen.«

»Gerade das sollte dir eine Warnung sein. Wenn sich so viele Männer auch ohne große Überlegungen ihre Ziele aussuchen, wird sie der Palisadenzaun um deinen Hof auch nicht abschrecken.«

Mit seltsamem Blick sah Goswin seinen Bruder an und schüttelte dann langsam den Kopf. »Das alles passt nicht zusammen, egal, wie man es dreht und wendet. Woher wusste Graf Hermann von den Gesetzlosen? Und dann der Northeimer, dessen Mahnung mehr als seltsam ist!«, begehrte Goswin erregt auf und ging zurück zu den Pferden.

Brun, der ihm langsam folgte, erwiderte: »Randolfs Gut ist durch die hohe Steinmauer fast wie eine kleine Festung geschützt, zudem stehen zehn bewaffnete Männer in seinem Sold. Darüber verfügst du nicht. Überlege es dir noch einmal, Bruder, ich bitte dich inständig!« Er sah seinem Bruder in dem Licht der einsetzenden Dämmerung fest in die Augen.

Goswin, der den Blick erwiderte, ahnte sicher nichts von dem Kampf, der im Inneren seines Gegenübers tobte.

Brun atmete tief durch, und plötzlich war alles ganz einfach. Ruhig, fast schon gelassen brachte er den einen Satz hervor, der ihn schon so lange quälte. »Ich will nicht noch einmal die Schuld am Tod eines oder mehrerer Familienmitglieder tragen müssen. Verstehst du das denn nicht?«

Er bemerkte die Verwirrung in Goswins Gesicht, die nach und nach Erleichterung wich, was er nicht verstehen konnte. Im selben Augenblick spürte er, wie sich die Hand seines Bruders schwer auf seine Schulter legte, und hörte die Worte, nach denen er sich seit dem Tod seines Vaters gesehnt hatte.

»Du hast mich mehrfach inständig gebeten und kannst ebenso wenig für meine Sturheit, auf dem Hof zu bleiben, wie für das Unglück, das unsere Familie zu erleiden hatte. Das Gleiche gilt für unsere arme Schwester und letztendlich auch für mich! Ich habe immer angenommen, dass dir meine Sicht der Dinge längst klar ist. Du warst damals ein Kind, und wenn sich jemand schuldig fühlen sollte, dann ja wohl ich! Schließlich war ich derjenige, der blind und taub war, sonst hätte ich Hemmas Glück nicht zerstört. Quäle dich nicht weiter, ich bitte dich, sondern erfreue dich an dem, was uns geblieben ist!«

Überwältigt von seinen Gefühlen umarmte Brun seinen Bruder stumm und wischte sich verschämt über die Augen. »Geht es dir auch so, wenn du unserer Nichte in die Augen siehst? Ich habe jedes Mal das Gefühl, als würde Esiko vor mir stehen.«

Goswin nickte und drückte aufmunternd Bruns Hand. »Ich sehe nicht nur ihn in Henrika, auch Hemma blickt mich ganz oft an – so sehr, dass es schmerzt. Sogar unseren Vater habe ich des Öfteren in unserer Nichte entdeckt. Sie hat so eine Art, alles in sich zu vereinen, und ist ein Mensch, den man einfach lieben muss. Ihr sollte unsere Sorge gelten.«

Auf dem Rückweg erzählte er seinem Bruder nochmals ausführlich von Dietberts Antrag und dem mutigen Eintreten ihrer Mutter.

Als die beiden Männer endlich mit Mathilda und den Kindern Goswins Hof erreichten, war es bereits weit nach Mitternacht.

Vor der Tür, die der Wächter wieder sorgfältig verschlossen hatte, atmete Randolf tief aus und beobachtete, wie sich in der kalten Luft des Kellergangs eine kleine Wolke bildete. Er straffte sich und befahl dem Wärter mit schneidender Stimme: »Jetzt will ich den Kerker sehen, in dem sich die Gefangenen aus der Siedlung unten am Fuße des Berges befinden.«

Misstrauisch beäugte der Mann ihn, so dass der Ritter schon mit einer Weigerung rechnete und nach dem Schriftstück des Burgvogts greifen wollte, da zuckte der Wärter die Schultern und ging die Stufen hinab. Erleichtert folgte Randolf, denn von Irmingard hatte er erfahren, dass er den Bauern hier finden würde. Die schweren Schritte des Wärters hallten laut von den Wänden des Ganges wider, bis er vor einer dicken Holztür stehen blieb. Auch hier war ein schwerer eiserner Riegel angebracht, der mit einem ebensolchen Vorhängeschloss versehen war. Nachdem der Mann die Tür mit einem lauten Knarren geöffnet hatte, trat Randolf entschlossen ein. Sofort umfing ihn ein Geruch, der ihn an verwesendes Fleisch erinnerte. Er hielt den Atem an und versuchte sich in dem fast stockfinsteren Raum zurechtzufinden, den allein das Licht der Fackel auf dem Gang spärlich erhellte.

Nachdem sich seine Augen an den dämmrigen Schein gewöhnt hatten, erkannte er auf dem Boden drei Menschen, die jedoch keinerlei Reaktion zeigten. In den ohnehin schon schlimmen Gestank mischte sich der Geruch nach Fäkalien und Schimmel, der überall an dem feuchten Mauerwerk zu finden war. Die drei Männer lagen ohne irgendeinen Schutz vor der Kälte auf verdrecktem Stroh und regten sich noch immer nicht.

Wut stieg in Randolf auf. Er befahl dem Wächter, ihm augenblicklich die Fackel zu bringen. Vorsichtig beugte er sich damit zu dem ersten Gefangenen hinab, der dem Eingang am nächsten lag, und legte ihm zwei Finger auf den Hals. Nur ganz schwach konnte er das Leben in dem Mann spüren, dessen Körper von unzähligen eitrigen Wunden übersät war. Die verfilzten Haare und der lange Bart erzählten von der Dauer seines Aufenthalts in dem Verlies. Selbst wenn sich sofort jemand um ihn kümmerte, wäre er mit Sicherheit nicht mehr zu retten.

Mit flachem Atem wandte sich Randolf dem nächsten Mann zu, der mit dem Gesicht zur Seite auf dem Bauch lag und dessen zerzauste Haare ihm ins Gesicht hingen. Mit der rechten Hand, die wie die linke in einem Lederhandschuh steckte, griff Randolf nach der Schulter des Mannes und zog ihn mit einem Ruck auf den Rücken. Der Leib war nur noch mit den Fetzen eines Kittels bedeckt, die kaum die vielen verkrusteten und entzündeten Striemen verbargen. Der Ritter zuckte zusammen, als er in das Gesicht des von ihm gesuchten Bauern blickte – so weit es überhaupt noch als Antlitz zu bezeichnen war. Ein Auge war gar nicht mehr zu sehen, so schlimm war die gesamte rechte Seite zugeschwollen. Als dem Mann völlig unerwartet ein Stöhnen über die aufgesprungenen Lippen kam, atmete Randolf erleichtert auf. Guntram lag offenbar noch nicht so lange hier wie der andere Mann.

Schnell ging der Ritter noch zu dem letzten der drei Gefangenen und schrak im selben Augenblick zurück, als das Licht der Fackel auf ihn fiel. Mit weit aufgerissenen Augen starrte der Tote ihn an, und voller Ekel sah Randolf den beiden Ratten nach, die ihre Nahrungsquelle unfreiwillig und mit lautem Quieken verließen. Jetzt wusste er, woher der starke Verwesungsgeruch stammte, denn die Viecher hatten am Bauch und am linken Bein des Mannes bereits ganze Arbeit geleistet, zudem hatte die ausgetretene Flüssigkeit das Stroh unter dem Toten völlig durchnässt.

»Der Mann hier ist bereits seit mehreren Tagen tot, und der dahinten wird den nächsten Morgen wahrscheinlich nicht mehr erleben. Den einzigen Gefangenen, der noch einigermaßen stabil ist, werde ich jetzt mitnehmen, denn er soll nochmals verhört werden. Bring mir gefälligst eine Decke, oder soll ich mir an dem völlig verdreckten Lump etwa die Hände schmutzig machen?«, donnerte Randolf.

Der verdatterte Wärter eilte davon und kam gleich darauf mit einem fleckigen Wolltuch zurück, das er Randolf reichte. »Mir hat man nichts darüber gesagt, dass der Bauer noch mal verhört werden soll. Abgesehen von dem Gerede über sein Weib ist aus dem doch sowieso nichts herauszubekommen.«

»Du hast es soeben von mir gehört, das reicht, oder brauchst du deine Anweisung vom König direkt?«, fragte Randolf sanft, wobei er dicht vor den Wärter trat und ihn drohend musterte.

»Nein, ist schon recht so«, stotterte der Mann.

Der Ritter riss ihm die Decke aus der Hand, legte sie über den am Boden Liegenden und hob ihn vorsichtig hoch. Da Guntram immer noch nicht das Bewusstsein wiedererlangt hatte, ging Randolf dabei in die Hocke und legte ihn über die Schulter. Beim Verlassen des Kerkers fuhr er den noch immer völlig verwirrten Wärter ein letztes Mal an: »Sieh zu, dass dieser Schweinestall gesäubert wird, wenn ihr die beiden Männer rausgeschafft habt. Der Gestank ist ja unerträglich!«

»Almar, wo steckst du denn?«

Die tiefe Stimme mit dem leichten Krächzen ließ Randolf abrupt stehen bleiben, und im selben Augenblick erklang hinter ihm die Antwort.

»Brüll nicht so herum! Ich bin hier unten!«

Als Erstes sah Randolf ein Paar Stiefel, gleich darauf den ganzen Mann, und schlagartig wurde ihm klar, dass er genau den Soldaten vor sich hatte, der Guntram vor mehreren Monaten vor seinen Augen übel zugerichtet hatte. Verdutzt blieb der Soldat stehen, und an seinem Gesichtsausdruck konnte der Ritter sehen, dass der Mann ihn ebenfalls wiedererkannt hatte.

»Was macht Ihr da mit dem Gefangenen? Der Burgvogt hat strikte Anweisung gegeben, ihn in dem Loch verrotten zu lassen!« Der Soldat ging die restlichen Stufen hinunter und baute sich unterhalb der Treppe auf, wo er breitbeinig stehen blieb und die Hände in die Hüften stemmte.

»Das ist Vergangenheit. Und jetzt versperr mir nicht den Weg, denn der Herr Vogt möchte sicher nicht unnötig warten«, entgegnete Randolf im Befehlston, der allerdings nichts half, denn der Mann rührte sich nicht vom Fleck.

Unbeirrt setzte der Ritter seinen Weg fort, da verschränkte der Soldat mit betont langsamen Bewegungen die Arme vor der Brust und schüttelte den Kopf.

»Da stimmt doch was nicht«, sagte er. »Ich werde persönlich nachfragen, und Ihr wartet solange hier, schließlich werde ich sonst zur Verantwortung gezogen.«

Kaum hatte er den Satz ausgesprochen, da drehte er sich auch schon um. Randolf handelte schnell. Er ließ den Bewusstlosen vorsichtig zu Boden gleiten und zog sein Messer, als plötzlich ein dumpfer Schlag ertönte und der Ritter ungläubig zusah, wie der Soldat lautlos zusammensackte, bevor er die letzten Stufen wieder hinunterpolterte. Über der am Boden liegenden Gestalt stand eine Frau, das Gesicht mit einem Tuch verdeckt, so dass nur die Augen im Halbdunkeln zu erkennen waren. In ihren zitternden Händen hielt sie eine schwere eiserne Pfanne.

Doch zum Danken blieb Randolf keine Zeit, denn der andere Wärter hatte sich bemerkenswert schnell von seiner Überraschung erholt und zog bereits sein Schwert. Nun griff auch Randolf zu seiner Streitwaffe und wehrte den Angriff des Wärters mit einer Drehbewegung ab. Die Wucht des Aufpralls der beiden Klingen drückte den Ritter zurück gegen die Wand, und aus Versehen trat er dabei auf den Arm des Bauern, der erbärmlich stöhnte. Dadurch war Randolf für einen kurzen Augenblick abgelenkt, so dass er nicht mehr parieren, sondern nur noch zur Seite springen konnte, als der nächste Schlag auf ihn niedersauste.

Der bullige Wärter hatte einen unheimlich kraftvollen Schlag, doch Randolf verfügte über die bessere Technik und deutlich mehr Erfahrung. Noch im Ausweichen führte er den nächsten Hieb von der Seite aus und fügte seinem Gegner eine Wunde oberhalb der Hüfte zu. Mit einem lauten Brüllen taumelte der massige Mann, woraufhin Randolf seinen Vorteil nutzte und ihm einen harten Faustschlag ins Gesicht versetzte. Sein Gegner knallte mit dem Rücken gegen die Wand, und das Schwert rutschte ihm aus der Hand. Mit der Linken griff Randolf nach dem stabilen Eimer an der Wand im Gang, in dem sich ein kleiner Rest Wasser befand. Das Holz barst, als der Eimer auf den Kopf des

Wärters herabsauste und der Mann mit einem Stöhnen zusammensackte.

Keuchend drehte sich Randolf nach seiner Unterstützerin um, die zu seiner Überraschung den anderen Wärter bereits gefesselt hatte und ihm gerade einen alten Lappen in den Mund schob. Der Ritter lächelte Irmingard kurz zu, denn er war froh, die Angelegenheit ohne Blutvergießen hinter sich bringen zu können. Bevor sich die junge Frau dem am Boden liegenden Guntram zuwandte, warf sie Randolf noch schnell ein Seil zu.

Immer noch schwer atmend wischte der Ritter die Klinge an dem braunen Hemd des Wärters ab und schob die Waffe zurück in die Scheide. Nachdem er den massigen Körper gut verschnürt hatte, steckte er ihm zu guter Letzt ebenfalls einen alten Lappen in den Mund. Notdürftig verband er die Wunde, um die Blutung zu stoppen. Der Mann würde mit Sicherheit überleben. Allerdings würde sich Randolf genau deshalb eine gute Ausrede zurechtlegen müssen, denn der Vogt würde sich wegen des Übergriffs ganz sicher beim König beschweren.

Nachdem er die weinende Irmingard sanft zur Seite geschoben hatte, lud er sich den schwer verletzten Bauern wieder auf die Schulter, lauschte einen Moment und begab sich dann in Richtung Ausgang.

Kurz bevor er den Hof betrat, ließ er Guntram langsam herunterrutschen, wobei er ihn leicht gegen die Wand drückte. Er hatte noch keine Lösung für das Problem gefunden, das nun vor ihm lag. Wie in Gottes Namen sollte er den Mann aus der Burg schaffen?

Wider Erwarten lieferte Guntram selbst die Antwort dazu, denn Randolf hatte kaum die Füße des Bauern auf den Boden gestellt, da blickte dieser ihn aus einem Auge an. »Wasser«, flüsterte er kaum hörbar.

»Du bekommst so viel Wasser, wie du haben möchtest, wenn du es schaffst, mit meiner Hilfe über den Hof bis zu den Pferdeställen zu gehen«, antwortete Randolf beschwörend.

Guntram verzog gequält die aufgesprungenen Lippen. Doch als er die Stimme der jungen Frau hörte, die ihm ein paar aufmunternde Worte zuflüsterte, straffte sich der geschundene Mann.

»Du musst jetzt verschwinden!«, bedrängte Randolf seine Begleiterin. »Wenn dich jemand hier sieht, wird man dich mit dem Überfall auf die beiden Männer in Verbindung bringen.«

Er merkte Irmingard an, wie schwer es ihr fiel, sich von Guntram zu trennen. Zärtlich strich sie ihm über die Wange, dann eilte sie lautlos davon, während Randolf ihr für einen flüchtigen Moment nachblickte.

Der Ritter überlegte kurz, bevor er sich schließlich seines Umhangs entledigte und ihn dem Verletzten so um die Schultern hängte, dass ihm die Kapuze tief ins Gesicht fiel. Die fleckige Wolldecke lose über den Arm gehängt, hakte er den Bauern fest unter, und gemeinsam verließen sie das ungastliche Gebäude.

Die Sonne zeigte sich noch nicht, und ein kalter Wind fegte ein paar der Strohhalme, die zum Schutz gegen den schlammigen Boden ausgelegt waren, über die Erde. Trotzdem herrschte bereits rege Betriebsamkeit, und Randolf hoffte inständig, dass niemand Irmingard bemerkt hatte.

Eine Magd eilte mit zwei gefüllten Wassereimern über den Hof, und zwei magere Hunde stritten sich um einen großen Knochen. Mehrere Soldaten lungerten auf den Stufen zu den Eingängen und am Tor herum, von denen einige dem seltsamen Gespann neugierige Blicke zuwarfen.

»Mensch, ich hab dir doch gesagt, dass du nicht so viel von dem Zeug saufen sollst!«, rief Randolf ärgerlich. »Jetzt darf ich mich wieder mit dir Trunkenbold abmühen und dich nach Hause zu deinem Weib bringen. Ihr Gezeter kannst du dir anhören, wenn du wieder nüchtern bist, das sag ich dir!«

Die meisten der Soldaten grinsten sich vielsagend an, einer von ihnen stimmte Randolf sogar zu, indem er ihn bedauerte und seinem Freund viel Glück für zu Hause wünschte. Das allgemeine Interesse war bereits erlahmt, als die beiden Männer den Stall erreichten.

Gerade als Randolf dem Schwerverletzten unter die Arme greifen wollte, um ihn aufs Pferd zu hieven, gab Guntram ein undeutliches Murmeln von sich. Erst glaubte der Ritter, dass er wieder nach Wasser verlangte, doch dann hörte er, dass den spröden, aufgesprungenen Lippen des Mannes ein Name entfuhr.

»Imma«, murmelte Guntram und wehrte sich kaum merklich, als Randolf ihn erneut hochstemmen wollte. Doch dann forderte die Anstrengung ihren Tribut, und der schwer geschundene Mann sackte in Randolfs Armen zusammen.

Obwohl Guntrams Gegenwehr kaum nennenswert gewesen war, fiel es Randolf nun wesentlich leichter, ihn quer auf den Rücken seines Hengstes zu hieven, um sich anschließend hinter ihn zu schwingen. Dabei blitzte kurz der Gedanke an Irmingard in ihm auf, und mit einem bitteren Gefühl dachte er, dass er offenbar nicht der einzige Mensch war, der unglücklich verliebt war.

Als er langsam aus dem Stall ritt, war Guntram zum Glück von dem Umhang mit der Kapuze gut verdeckt. Nur ein Stück seiner nackten Füße lugte noch heraus.

Leider machte genau das den Mann am Tor stutzig.

»Wieso ist der da ohne Schuhe?«, brummte er und spie vor sich auf den Boden.

»Verträgt das Trinken nicht und verliert auch noch alles beim Kartenspiel«, antwortete Randolf verächtlich. »Wenn du ihn hierbehalten willst, bitte, dann lass ich ihn auf der Stelle in den Dreck fallen. Soll sein Weib ihn abholen, ich hab wahrlich Besseres zu tun.«

Der Mann überlegte kurz, wobei er die Augen zusammenkniff und Randolfs offenem Blick begegnete. Zum Glück war es niemand, der ihn bei seinen früheren Aufenthalten gesehen hatte, was bei über dreihundert Mann Besatzung nicht allzu schwierig war.

Dann winkte er ab und grunzte: »Seht zu, dass ihr wegkommt.«

Erleichtert setzte der Ritter mit seinem verletzten Begleiter seinen Weg fort. Es gab nur einen Ort, an dem er Guntram ohne große Erklärungen unterbringen konnte. Durch ihr gemeinsames Schicksal waren sie miteinander verbunden und konnten sich blind vertrauen. Das hatte ihm die Vergangenheit bereits mehrfach gezeigt, und Randolf war froh über diese Freundschaft, die er jetzt dringend brauchte.

Über eine Stunde später klopfte der Ritter an die Tür des Goslarer Münzmeisters und übergab seine menschliche Last den erfahrenen Händen Waltrauts.

Henrika brauchte nach der Abreise von Goswin und Brun ein wenig Zeit für sich. Am liebsten hätte sie vorhin ihre Leiba gesattelt und die beiden ein Stück begleitet, doch das war in der gegenwärtigen Lage undenkbar. Nachdem sie eine Weile unruhig in ihrem Zimmer auf und ab gegangen war, fiel ihr plötzlich Herwin ein. Vor lauter Grübeln über das viele Neue, das sie erfahren hatte, hatte sie den Sohn von Betlindis völlig vergessen! Sie schnappte sich ihr Tuch und überlegte, ob sie zuerst bei seiner Mutter nachsehen sollte, überlegte es sich dann aber spontan anders und lief direkt in den Stall.

Das Tor stand offen, und gerade als Henrika nach dem Jungen rufen wollte, hörte sie ein leises Flüstern von der hinteren Ecke des Stalls. Obwohl sie sich sicher war, dass die Stimme Herwin gehörte, machte sie der verschwörerische Ton stutzig, und so schlich sie leise über den festgestampften Boden. Als das leise Lachen des Jungen zu hören war, hielt Henrika inne und beschloss, nun doch zu rufen, aber just in diesem Augenblick erklang das undeutliche Gemurmel eines Mannes, und der Name erstarb auf ihren Lippen. Sie wusste genau, dass ihr die beiden Jungen und der Pferdeknecht, die sich um die Tiere kümmerten, auf dem Hof begegnet waren. Betlindis' große Sorge war immer schon gewesen, dass Herwin, dem die Furcht vor Unbekannten fremd war, dadurch eines Tages in Schwierigkeiten geriete.

Das Stroh raschelte leicht, als Henrika vorsichtig weiterging, und die leise Stimme des Jungen war jetzt deutlicher zu hören, obwohl sie nach wie vor kein Wort verstand. Endlich hatte sie die letzte Box erreicht und erstarrte. Herwin hockte mit vergnügtem Gesichtsausdruck auf einem der Strohballen, und vor ihm, mit dem Rücken zu Henrika, saß ein Mann, dessen Gestalt von einem Umhang mit Kapuze verhüllt war. Da bemerkte der Junge die junge Frau und strahlte, aber noch bevor er etwas sagen konnte, schritt sie zur Tat.

»Wer seid Ihr, und was wollt Ihr hier?«, fragte Henrika mit schneidender Stimme, der ihre Furcht nicht anzumerken war, während sie nach der Heugabel griff, die neben ihr an der Wand lehnte.

Der Mann drehte sich betont langsam um, so dass Henrika inzwischen den Stiel des Arbeitsgeräts mit beiden Händen gepackt hatte und ihn auf den Fremden gerichtet hielt. Ihre Augen wurden immer größer, als sie unter der tief ins Gesicht gezogenen Kapuze Randolf erkannte.

»Ihr, aber ich wusste nicht, verzeiht …«, stammelte Henrika, ohne den Blick von ihm zu nehmen. Er wirkte müde und ungepflegt, die Haare hingen ihm ins Gesicht, und der Bart schien schon länger nicht gestutzt worden zu sein.

Schließlich zog er sich die Kapuze vom Kopf und brachte ein schiefes Grinsen zustande. »Würde es Euch etwas ausmachen, diese langen Zacken aus meinem Gesicht zu nehmen? Ich bedarf zwar einer gründlichen Haarpflege, doch ziehe ich die kleineren Zacken eines Kammes vor.«

Flammende Röte überzog Henrikas Gesicht, und sie senkte verlegen die Heugabel.

»Warum sitzt Ihr hier im Stall herum, anstatt gleich ins Haus zu kommen?«, fragte sie vorwurfsvoll und stellte das hölzerne Arbeitsgerät wieder an seinen ursprünglichen Platz.

»Herwin hat bei meinem Eintreffen geschlafen, und ich wollte ihn nicht wecken. Es tut gut, ihn nach so langer Zeit wiederzusehen«, erwiderte er liebevoll und hielt Henrikas unsicheren Blick fest, als wollte er ihr damit sagen, dass das Gleiche auch für sie gelte.

Die junge Frau, die gerade einigermaßen zu ihrer gewohnten Ruhe zurückgefunden hatte, wich dem Blick aus und betrachtete stattdessen lächelnd Herwin, der auf dem Strohballen herumhüpfte, während er sich an der Hand seines Vaters festhielt. »Da wird sich Eure Gemahlin aber sehr freuen, Herr Randolf. Soll ich sie von Eurer Ankunft unterrichten?«

Fast unmerklich veränderte sich die Miene des Ritters,

dann griff er sich seinen Sohn und nahm ihn auf den Arm.

»Nicht nötig, wir wollten sowieso gerade hineingehen. Danke, Fräulein Henrika«, entgegnete er kühl.

Das neckische Grinsen verschwand, und gleich darauf nickte er ihr mit dem gewohnt freundlichen, wenngleich reservierten Gesichtsausdruck zu.

Der jungen Frau fröstelte, als sie hinter den beiden den Stall verließ. Erst jetzt fiel ihr der Hengst Randolfs auf, der noch immer gesattelt in der Box stand, und sie schalt sich selbst eine Närrin, dass ihr das Tier vorhin nicht aufgefallen war. Sie hörte, wie Randolf hinter ihr dem jungen Clothar, der gerade mit einem Holzkarren voller Stroh um die Ecke bog, freundlich zurief, er möge sich um sein Pferd kümmern.

Da ertönte die Stimme von Betlindis. »Herwin, wo steckst du nur wieder?«

Gleich darauf kam Randolfs Frau aus dem Haus geeilt und blieb wie vom Donner gerührt stehen, als sie ihren Mann mit dem Jungen auf den Armen sah.

»Randolf!«, rief sie schluchzend und eilte ihm entgegen.

Henrika senkte betreten den Blick, dann wandte sie sich ab, um das traute Familienglück nicht weiter zu stören.

11. KAPITEL

»Darf ich mich zu dir setzen?«, kam die zögernde Frage ihrer Freundin, und Henrika rutschte als Antwort zur Seite. Betlindis nahm auf der freien Stelle neben ihr Platz, und beide schwiegen eine Weile, während jede für sich die Aussicht betrachtete.

»Es tut mir leid, dass ich euch vorhin keine Gesellschaft geleistet habe, aber ich gehe davon aus, dass du mit deinen beiden Oheimen genug vertrauliche Dinge zu besprechen hattest.«

»Natürlich«, entgegnete Henrika.

Obwohl sie Betlindis sehr mochte, wollte sie jetzt lieber alleine sein, denn sie musste sich innerlich auf das Abendmahl vorbereiten, bei dem sie das Glück ihrer Freundin zum wiederholten Male äußerlich gelassen ertragen musste.

Betlindis schien noch nicht ganz zufrieden zu sein, denn sie druckste ein wenig herum, bis sie schließlich mit dem Rest herausrückte. »Meine Kopfschmerzen waren nur vorgeschoben, deshalb schäme ich mich auch ein wenig. Aber ohne Randolf fühle ich mich immer so hilflos! Selbst in der Gegenwart deiner Verwandten bin ich mir dumm und unsicher vorgekommen. Verzeih mir bitte. Du bist so stark und überzeugt von dem, was du tun musst! Ich wünschte, ich wäre ein bisschen wie du.« Randolfs Frau gab einen langen Seufzer von sich, dann erhob sie sich wieder. »Wir werden in einer halben Stunde essen, leistest du uns Gesellschaft?«, fragte sie leise.

»Natürlich«, antwortete Henrika erneut und wandte sich ihrer Freundin zu, auf deren Gesicht noch die Spuren der Freudentränen zu sehen waren. Der Anblick versetzte Henrika einen Stich, und sie musste sich zu einem Lächeln zwingen. Doch es verfehlte nicht seinen Zweck, denn Betlindis erwiderte es erleichtert.

Als ihre Freundin gegangen war, brannte in Henrikas Herz lichterloh das Gefühl der Scham. Sie schämte sich zutiefst, dass ihre Freundin ihr so bedingungslos vertraute, sie sogar ein wenig beneidete. Dabei hätte Betlindis allen Grund, sie vom Hof zu jagen! Zumindest, wenn sie Gedanken lesen könnte, aber zu Henrikas Glück war das eine Eigenschaft, die die gute Betlindis nicht besaß!

Das anschließende Essen verlief in ruhiger Atmosphäre, abgesehen von Herwin, der förmlich an den Lippen seines Vaters hing und ihn mit Fragen nach dem König löcherte. Randolf, der offensichtlich ein Bad genommen und den Bart frisch gestutzt hatte, beantwortete sie alle mit bewundernswerter Geduld.

Irgendwann fiel Henrika auf, dass Betlindis mit keinem Wort auf den Besuch der beiden Grafen zu sprechen kam, und sie nahm an, dass ihre Freundin den Ritter bereits unterrichtet hatte. Sie selbst war ebenfalls außergewöhnlich still, obwohl sie nicht davon ausgehen konnte, dass es dem Hausherrn auffiel, da sie sich seit ihrem letzten Treffen in Goslar nicht mehr gesehen hatten. Er konnte von der Veränderung, die in ihr durch die ganze Offenlegung ihrer Vergangenheit vorgegangen war, überhaupt nichts wissen.

Ironie des Schicksals könnte man es nennen, dachte Henrika, als ihr die Worte ihrer Freundin von vorhin einfielen. Die Wahrheit war nämlich, dass nicht Betlindis sie beneiden musste, sondern genau andersherum! Denn obwohl sie Randolf lange Zeit nicht gesehen hatte und wild entschlossen war, ihre Gefühle ihm gegenüber weiterhin zu unterdrücken, brachte seine Gegenwart sie völlig aus der Fassung. Nur mit Mühe konnte sie den Dingen folgen, von denen er berichtete. Erst als er auf die schwelende Unruhe, die in der sächsischen Bevölkerung und auch den Fürsten stetig brodelte, zu sprechen kam, siegte ihr Interesse am politischen Geschehen über ihre Verlegenheit, und als sie seine offensichtliche Freude über ihre Fragen bemerkte, konnte sie nichts gegen die verräterische Röte unternehmen, die ihre Wangen überzog.

Als das Mahl endlich beendet war, erhob sich Henrika, denn sie empfand ihre Person als störend, und wünschte eine angenehme Nachtruhe. Der Blick, den Betlindis daraufhin ihrem Mann zuwarf, verstörte sie mehr, als sie sich eingestehen wollte.

Henrika ging nicht auf ihr Zimmer, sondern in den Stall, wie sie es seit Beginn ihres Aufenthaltes schon so oft getan hatte. Der Geruch der Pferde und die Geräusche hier taten ihr gut und trösteten sie. Eine Zeitlang strich sie über Leibas Hals, lehnte den Kopf dagegen und schloss die Augen. Mit aller Macht kämpfte sie gegen das Gefühl an, sofort von Randolfs Gut verschwinden zu müssen, da der Schmerz schier übermächtig zu werden drohte.

Dann endlich quollen die Tränen zwischen ihren langen Wimpern hervor und benetzten das weiche Fell ihrer Stute, die das lautlose Schluchzen nicht zu stören schien. Mit der salzigen Flüssigkeit schien auch der Druck in ihr abzunehmen, und als die Tränen endlich versiegt waren, fühlte Henrika nur noch Leere in sich. Sie nahm eine der Decken, die auf dem Tisch gegenüber der Box lagen, und legte sich in das frische Stroh, genau an der Stelle, wo sie ein paar Stunden zuvor Randolf wiedergesehen hatte.

Nach einer Weile erwachte sie, weil sie etwas an der Nase kitzelte, und öffnete schläfrig die Augen. Es dauerte eine Weile, bis sie wusste, wo sie sich befand und dass sie die Unterbrechung ihres Schlafs der kleinen Zunge einer vorwitzigen Katze zu verdanken hatte. Henrika regte sich, und das Tier sprang mit einem Satz zur Seite. Erst jetzt bemerkte die junge Frau, dass direkt vor ihr auf dem Boden eine kleine Öllampe flackerte und ein Paar speckige hohe Stiefel beleuchtete. Ihr Blick wanderte nach oben, obwohl sie bereits wusste, wer in diesen schmutzigen Stiefeln steckte. Langsam richtete sie sich auf und stützte sich auf einen Ellbogen.

»Ist Euer Bett so unbequem, dass Ihr Zuflucht im Stall suchen müsst?«, fragte Randolf interessiert, während er sich vorbeugte und einen Strohhalm aus ihrem Haar zupfte.

Henrika fuhr zurück und lehnte sich mit dem Rücken an die Stallwand hinter ihr. Falls der Ritter ihre abwehrende Haltung bemerkt hatte, so ließ er sich nichts anmerken, denn sein Ton blieb freundlich.

»Ihr habt mich vor einiger Zeit nach Eurer Mutter gefragt, auch sie hat immer Zuflucht im Stall gesucht. Ich habe sie mehrere Male dabei beobachtet.«

Henrikas Augen füllten sich erneut mit Tränen, und sie presste die Lippen zusammen. Durch seine gute Beobachtungsgabe und liebevolle Art stand sie wieder mal kurz davor, in einen wahren Taumel der Gefühle zu geraten. Wahrscheinlich ahnte Randolf noch nicht einmal, wie gut ihr seine Bemerkung getan hatte. Schnell schluckte sie den Kloß in ihrem Hals hinunter und sagte leise: »Danke für Eure Worte. Ich habe in der letzten Zeit einiges herausgefunden und erfahren, was ich mit ihr wohl gemeinsam habe.« Dann erzählte sie ihm in knappen Sätzen von den Ereignissen aus lange zurückliegenden Tagen.

Randolf wurde sehr nachdenklich, als er von längst vergangenen Geschehnissen hörte, an denen er teilweise selbst beteiligt gewesen war. Die Tatsache, dass Esiko Henrikas leiblicher Vater war, schien ihn allerdings nicht sonderlich zu überraschen, und sie fragte ihn danach.

»Ich habe es vielleicht geahnt«, wich er leicht verlegen aus. Dann räusperte er sich umständlich und seufzte tief, als er Henrikas abwartenden Gesichtsaudruck bemerkte. »Er hat nie wirklich mit mir darüber gesprochen, auch wenn wir zeitweise die gleiche Kammer bewohnt haben. Wieso sollte er auch? Ich war ein Junge von elf Jahren und er ein Mann, der wusste, was er wollte. Ich habe ihn sehr gemocht, denn man konnte sich immer auf ihn verlassen. Außerdem hat er unheimlich viel von Pferden verstanden. Falls Euch auch interessieren sollte, was mich bei Euch an ihn erinnert, so braucht Ihr nur in den Spiegel zu blicken. So tiefgrüne Augen habe ich in meinem ganzen Leben bisher nur bei ihm gesehen.« Für einen Moment schwieg er, dann sprach er leise weiter. »Damals, als wir die beiden in ihrem Versteck beim Klusfelsen fanden, hat auch der Vogt etwas geahnt, dessen bin ich mir ziemlich sicher. Und wenn ich älter gewesen wäre, dann wäre mir gewiss auch …«

Randolf stockte und betrachtete Henrika nachdenklich, so als überlegte er, ob er ihr wirklich seine Gedanken anvertrauen sollte. Als er fortfuhr, war die junge Frau davon überzeugt, dass er sich dagegen entschieden hatte.

»Ich habe Esiko sehr gemocht und kann ihm auch nicht verdenken, dass er in Eure Mutter verliebt war, denn wenn ich es mir richtig überlege, habe ich wohl auch ein wenig für sie geschwärmt«, fügte er mit einem schelmischen Grinsen hinzu.

Henrika konnte nicht anders und fing ebenfalls zu kichern an, zumal er dabei wie ein großer Junge wirkte, der etwas ausgefressen hatte. Beide lachten schließlich laut zusammen und benötigten eine ganze Weile, bis sie sich wieder beruhigt hatten.

»Was wolltet Ihr mir vorhin eigentlich sagen? Ich meine, als Ihr über das Versteck beim Klusfelsen gesprochen habt. Was genau ist dort geschehen?«, fragte Henrika, die Randolfs gute Laune nutzen wollte.

Die Stille zwischen ihnen war mit einem Mal äußerst spannungsreich, und Henrika fühlte unter dem eindringlichen Blick Randolfs eine unbekannte Hitze in sich aufsteigen.

»Bitte, ich habe doch schon einiges erfahren! Es bedeutet mir sehr viel, wenn Ihr ebenfalls dazu beitragen könntet. Nicht nur meine Großmutter hat mir geraten, mich an Euch zu wenden, sondern auch mein Onkel Goswin«, flehte sie inständig, und als Randolf einen tiefen Seufzer ausstieß, wusste Henrika, dass sie gewonnen hatte.

»Also gut, wenn es Euch so wichtig ist, will ich Euch von Esiko erzählen. Ich habe ihn damals bewundert, weil es ihm gelungen war, Eure Mutter vor dem Schergen Burchards von Hanenstein zu retten. Azzo war ein Teufel in Menschengestalt, dem ich selbst zweimal in meinem Leben begegnet bin, und leider musste ich jedes Mal den Kürzeren ziehen. Esiko hat nach dem Vorfall auf mein Drängen hin vieles erzählt, und manches von dem, was er unerwähnt gelassen hat, hätte ich an seinem verklärten Blick erkennen müssen. Wie schon gesagt, ich war noch sehr jung.«

»*Edles Fräulein, ich darf Euch nicht alleine durchlassen. Euer Vater hat die strenge Anweisung gegeben, dass Ihr nur in Begleitung den Hof verlassen dürft.*«
Der Mann war noch sehr jung, und Hemma konnte die Unsicherheit in seiner Stimme deutlich hören.
»*Ich soll meinem Vater etwas bringen*«, *sagte sie und hielt einen Brief in die Höhe, auf dem deutlich das Siegel des Kaisers zu sehen war.* »*Aber wie du willst, dann bekommt er die Nachricht eben erst am Abend*«, *fügte sie achselzuckend hinzu und wandte sich wieder um.*
Zum Vorteil gereichte ihr, dass der wachhabende Mann erst seit wenigen Wochen im Dienste des Vogts stand, sonst hätte sich der unglückselige Manfred nicht von der Tochter seines Herrn verunsichern lassen. Das Siegel des Kaisers gab den Ausschlag.
»*Wartet bitte, edles Fräulein. Ihr wollt nur zur Pfalz reiten und kommt dann gleich wieder?*«
Hemma blieb stehen, drehte sich aber nicht um, sondern nickte nur.
»*Das wird dann wohl in Ordnung gehen*«, *sagte Manfred, wobei er nicht sehr überzeugt klang.*
Hemma saß auf und zwang sich, ihre Freude zu verbergen.
»*Mach dir keine Sorgen. Es hat seine Richtigkeit*«, *erwiderte sie eine Spur freundlicher und verließ im Schritt den Hof.*
Um die vorhandenen Zweifel bei dem jungen Mann nicht zu erhöhen, konnte sie erst eine andere Richtung einschlagen, wenn sie sich außer Sichtweite befand. Das schlechte Gewissen plagte sie mehr, als sie sich eingestehen wollte. Nicht nur wegen der Lüge an dem Wach-

habenden, sondern auch wegen des Briefs des Kaisers, den sie vom Schreibtisch ihres Vaters entwendet hatte.

Aber sie benötigte unter allen Umständen die Freiheit, die sie ausschließlich beim Reiten verspürte. Wenn alles nach Plan lief, würde ihr kleiner, verbotener Ausritt nicht einmal auffallen. Sollte ihre Mutter der Angewohnheit treu bleiben und ihre Kemenate nicht vor dem späten Vormittag verlassen, würde niemand bemerken, dass Hemma sich nicht auf ihrem Zimmer aufhielt. Und den Brief könnte sie durchaus bis zum Abend wieder auf seinen ursprünglichen Platz legen.

Kaum war sie hinter der nächsten Wegbiegung verschwunden, da drückte sie ihrem Hengst die Fersen leicht in die Seiten.

Hätte sie den Stall nur fünf Minuten später verlassen, hätte der treue Pferdeknecht Udolf sie daran gehindert. Doch er hatte das Geräusch der Hufe zu spät vernommen und brauchte wegen seines geschwächten Zustandes länger als üblich, um sich auf ein Pferd zu ziehen. Nachdem er den jungen Mann am Tor angeraunzt hatte, versuchte er den Spuren von Hemmas Hengst zu folgen, die bereits eine längere Strecke im Galopp hinter sich gebracht hatte und Berath nun traben ließ.

Sie hatte nicht vor, sich weit von zu Hause zu entfernen, obwohl sie nach der Ruhe der letzten Woche allmählich der Meinung war, dass es ihr Vater mit seiner Besorgnis übertrieb. Zwar ängstigte sie der Gedanke an den bulligen Diener von Burchard und an die Schläge, die er Esiko verpasst hatte, aber letztendlich glaubte sie nicht, dass von seiner Seite eine Gefahr in Form einer Entführung drohte. Sie genoss die Freiheit, nach einer Woche ohne Begleitung ausreiten zu können, und hielt wie schon so oft am oberen Lauf der Gose an, um ihrem Pferd die Möglichkeit zu geben, seinen Durst zu stillen.

Dabei entdeckte sie eine größere Anzahl von Büschen mit reifen Walderdbeeren und stieg ab. Es waren die ersten Früchte, die sie in diesem Jahr erspäht hatte, und auf einmal wurde ihr bewusst, dass schon Juni war. Rot und verführerisch lockten die Früchte, daher ging sie in die Hocke, schob sich zwei Beeren in den Mund und genoss deren Süße.

Als Hemma hinter sich das Geräusch eines knackenden Zweiges vernahm, war es bereits zu spät. Ein Arm umfing sie, und gleichzeitig legte sich ihr eine behandschuhte Hand auf den Mund. Jemand zog sie grob hoch, und sie wehrte sich verzweifelt gegen den eisernen Griff. Allerdings konnte sie nur mit den Füßen nach hinten treten, mehr ließ die Umklammerung nicht zu.

»Wenn Ihr nicht sofort damit aufhört, werde ich Euch sehr weh tun müssen.«

Die Stimme mit dem eigenartigen Akzent hätte sie unter hunderten wiedererkannt. Als Antwort trat sie erneut heftig nach hinten. Dieses Mal hatte sie anscheinend Erfolg, denn ein unterdrückter Aufschrei erklang. Ihre Freude darüber währte allerdings nur kurz, denn der Angreifer löste die Umklammerung und nahm ihr linkes Handgelenk in einen schraubstockartigen Griff. Die Hand glitt von ihrem Mund, und gleichzeitig stieß der Mann sie in einer halben Drehung von sich fort.

Alles geschah so schnell, dass sie vor Überraschung völlig vergaß zu schreien. Für einen Wimpernschlag sah sie sein brutales Lächeln, dann sackte sie auch schon zusammen und schnappte nach Luft. Der Schlag hatte sie völlig unvorbereitet getroffen, und Hemma hielt sich mit beiden Händen den Unterleib. Noch nie zuvor hatte jemand sie mit solcher Wucht geschlagen, und für einen kurzen Moment dachte sie daran, wie viele solcher Schläge Esiko wohl hatte aushalten müssen. Weiter kam sie nicht, denn Azzo, der Scherge Burchards von Hanenstein, griff nach ihrem Handgelenk und zog sie ruckartig zu sich hoch.

»*Reicht Euch das als Kostprobe? Es gibt viele Möglichkeiten, Euch weh zu tun, ohne dass nachher etwas davon zu sehen ist*«, *raunte er ihr zu.*

Hemma kämpfte gegen die aufsteigende Übelkeit an, obwohl der Schmerz in ihrem Bauch langsam nachließ. Schließlich nickte sie schwach und rieb sich das schmerzende Handgelenk, denn er hatte sie im gleichen Augenblick losgelassen. Ihre Freiheit dauerte aber nur einen kurzen Moment, denn ihr Angreifer zog drei Tücher aus der Tasche, die er sich umgehängt hatte, und band eines davon über Hemmas Augen. Panisch zerrte sie daran und stöhnte quälend auf, denn Azzo hatte ihr den rechten Arm auf den Rücken gedreht. Mit roher Gewalt zog er nun auch den anderen Arm nach hinten und band beide Handgelenke zusammen.

»*Bitte, nicht auch noch den Mund. Ich werde nicht schreien, das verspreche ich*«, *stammelte Hemma verzweifelt, doch schon legte sich ein Tuch über ihre Lippen.*

Sie bekam einen Stoß und fiel der Länge nach hin. Da sie sich nicht abstützen konnte, schlug sie mit dem Kinn auf etwas Hartem auf und stöhnte erneut laut vor Schmerz. Hemma hörte Berath unruhig wiehern, dann vernahm sie Schritte, die sich von ihr wegbewegten, anschließend herrschte eine Zeitlang Stille. Sie vermutete, dass ihr Peiniger sein Pferd holen wollte, denn sie hatte nirgendwo eines gesehen.

Die junge Frau nutzte ihre womöglich einzige Chance und versuchte hochzukommen, was sich allerdings als recht schwieriges Unterfangen erwies, da sie die Arme nicht zu Hilfe nehmen konnte und das lange Kleid sie zusätzlich behinderte. Hemma rollte sich auf die Seite und spürte etwas Hartes neben sich, von dem sie vermutete, dass es sich um einen Baum handelte. Sie kam zum Sitzen und lehnte sich mit dem Rücken dagegen, so dass sie nach und nach auf die Knie kam, just in dem Moment, als sich ein Pferd in schnellem Galopp näherte. Gleichzeitig hörte sie eilige Schritte, und da sie nach wie vor nichts sehen konnte, stellte sie hektisch einen Fuß vor sich auf den Boden und drückte sich mit aller Kraft hoch. Leider trat sie dabei auf ihr Kleid und fiel erneut hin. Panik stieg in ihr auf, als die Hufe des Pferdes immer lauter auf dem Boden dröhnten. Fast schien das Tier sie erreicht zu haben, nur die Schritte, die sie ebenfalls vernommen hatte, waren unter dem Donnern der Hufe nicht mehr auszumachen.

Plötzlich erklang ein lauter zorniger Schrei, und gleich darauf waren Kampfgeräusche zu hören. Ganz in ihrer Nähe fand ein Gerangel statt, und während Hemma sich bemühte, wieder auf die Füße zu kommen, fiel ihr auf, dass sich anscheinend zwei Pferde vom Schauplatz entfernten, und sie vermutete, dass es auch ihrem nervösen Hengst zu viel geworden war und er das Weite suchte. In völliger Dunkelheit und ohne die Möglichkeit, zu rufen oder ihre Angst herauszuschreien, versuchte sie vom Kampfort wegzurollen. Der Schmerz in ihren Armen war einem Gefühl der Taubheit gewichen, so dass sie kaum spürte, wenn sich ihr Körper über ihre Gliedmaßen hinweg bewegte.

Die Kampfgeräusche kamen näher, und wieder war ein Schrei zu hören, dieses Mal allerdings eindeutig aus Schmerz. Fast unmittelbar danach zuckte sie zusammen, denn jemand machte sich an ihrer Augenbinde zu schaffen, und einen Moment später wurde sie ihr heruntergerissen.

Es war Esiko, der den Knebel entfernen wollte, doch als er ihre angsterfüllten Augen sah, ließ er rasch von ihr ab und sprang gerade noch rechtzeitig zur Seite. Azzos Messer stieß ins Leere, der kräftige Mann verlor kurzfristig das Gleichgewicht und stürzte zu Boden. Wutschnaubend sprang er sofort wieder auf die Füße, um im nächsten Augenblick mit leerem Blick erneut zusammenzusacken. Esiko warf den dicken Ast achtlos zu Boden und war mit drei großen Schritten wieder bei Hemma. Er zerrte an ihrem Knebel, und gleich darauf konnte sie wieder tief durchatmen. Aus den Augenwinkeln sah sie, dass Esiko das Messer ergriffen hatte, das neben Azzo lag, und sich an ihren Händen zu schaffen machte.

Kaum waren ihre Arme wieder frei, spürte sie tausende kleiner Nadelstiche in ihrem bis dahin fast gefühllosen Fleisch. Esiko, der neben ihr kniete, nahm sie tröstend in die Arme, und Hemma ließ ihren Tränen freien Lauf. Allerdings wurde ihr nur ein kurzer Moment gewährt.

»Wir müssen hier weg! Ich weiß nicht, wie lange er bewusstlos bleibt«, drängte Esiko sanft und half Hemma hoch.

Das scheußliche Kribbeln in ihren Armen ebbte langsam ab, und Hemma ließ sich willig mitziehen. Ihr Ziel war ungefähr fünfzig Meter von der Stelle entfernt, an der Azzo noch immer in gekrümmter Haltung seitlich auf dem Waldboden lag. Esikos Stute graste friedlich am Waldrand. Er hoffte inständig, dass sie ihm den scharfen Galopp über die längere Strecke nicht übelgenommen hatte und nicht weglief, denn natürlich hatte er sie vorhin nicht anbinden können, als er aus dem Sattel auf Azzo gesprungen war. Glücklicherweise tat das Tier ihm den Gefallen und ließ die beiden dicht an sich herankommen. Esiko griff nach den Zügeln und half Hemma hinauf. Gerade als er sich hinter ihr auf den Pferderücken schwingen wollte, ertönte ein grauenhaftes Brüllen. Die junge Frau wandte sich erschreckt um und sah mit Entsetzen, dass Azzo wieder auf den Beinen war. Ein dünnes Rinnsal Blut lief ihm über eine Gesichtshälfte, und er hielt eine Waffe in der rechten Hand.

»Schnell, beeil dich, er hat noch ein Messer!«, schrie sie, riss Esiko die Zügel aus der Hand und reichte ihm den rechten Arm. Sie wagte einen letzten gehetzten Blick nach hinten, und voller Grauen sah sie, wie Azzo im Rennen mit dem Messer ausholte. Flugs stieß sie dem Pferd die Fersen in die Flanken, und sie stürmten los.

»Ducken!«, gellte ihr Schrei durch die Landschaft, dann spürte sie ein leichtes Zucken hinter sich, wagte aber nicht sich umzudrehen. Unbarmherzig trieb sie die Stute an, und sie galoppierten den Hang über eine Wiese hinab, die vor einem kleineren Waldstück endete. Hemma musste das Pferd zügeln, denn der schmale Pfad ließ keinen Galopp zu. Endlich wagte sie noch einen Blick über die Schulter und erstarrte. Selbst aus dieser Entfernung konnte sie erkennen, dass Azzo auf ihrem Hengst saß.

»Schnell, den Pfad hinunter bis zum Klusfelsen. Vielleicht können wir uns dort verstecken«, hörte sie Esikos Stimme dicht neben ihrem Ohr.

Auch ihr war unvermittelt die ungefähr zwanzig Meter hohe Felsrippe eingefallen, ein verzauberter Ort, den sie ins Herz geschlossen hatte. Doch was viel entscheidender war: Es gab dort zwei kleine Höhlen. Gleichzeitig wurde ihr klar, dass sie nur diese eine Möglichkeit hatten, denn Berath war um einiges schneller als die ältere Stute, ganz davon abgesehen, dass ihr Pferd zwei Reiter tragen musste, so dass sie es bis Goslar niemals schaffen würden. Dicht an sie geschmiegt spürte sie Esikos Körper, und seine Nähe gab ihr Zuversicht.

»*Haltet das Pferd an, los!*«

Verwirrt kam sie seiner Anweisung nach, und einen Moment später war ihr Retter vom Pferd gesprungen und hatte sie mit sich gezogen. Bevor sie überhaupt wusste, wie ihr geschah, beobachtete sie mit Bestürzung, wie er der Stute mit der flachen Hand auf die Kruppe schlug und sie davonjagte. Fast gleichzeitig zog er Hemma mit sich ins dichte Unterholz, duckte sich nach ein paar Metern und zerrte sie auf den Boden. In dieser Haltung verharrten sie, als Sekunden später Azzo an ihnen vorbeijagte.

»*Wir müssen weiter!*«

Esiko gönnte Hemma keine Atempause und zog sie mit sich. Zweige schlugen ihnen ins Gesicht, und Dornen zerrissen ihnen die Kleider. Mehrfach blieb Hemma hängen, bis Esiko fluchend einen breiten Streifen von ihrem Rock abriss.

Endlich tauchte der große Sandsteinfelsen vor ihnen auf. Die ganze Zeit hatten sie keinen Hufschlag mehr vernommen, und Hemma wagte kaum zu hoffen, dass sie ihren Verfolger abgehängt hatten. Ihr Blick, den sie bisher fast nur auf den Boden gerichtet hatte, blieb an Esiko hängen, und da erst bemerkte sie den großen, dunklen Fleck auf seinem rechten Hosenbein. Nun fiel ihr auch auf, dass er fast unmerklich hinkte. Sie wollte gerade etwas sagen, als sie sah, dass er den Weg zu der größeren Höhle im Felsen einschlug. Abrupt blieb Hemma stehen, doch da Esiko nicht darauf gefasst war und weiterlief, fiel sie gegen ihn.

»*Warum bleibt Ihr stehen? Wir haben es gleich geschafft!*«, fragte er verärgert und strich sich mit der freien Hand über die verschwitzte Stirn.

»*Nicht diese Höhle! Auf der anderen Seite gibt es eine kleinere, die man nicht so schnell findet*«, antwortete sie keuchend und übernahm wieder die Führung.

Kurze Zeit später kauerte Hemma sich auf den Boden der kleinen Höhle, in der sie beim letzten Mal mit ihrem Vater gesessen hatte. Allerdings war sie nun bis ans Ende gekrabbelt und hatte sich nicht wie damals am Eingang auf den großen Stein gesetzt. Esiko versuchte noch ihre Spuren zu verwischen, indem er mit einem belaubten Zweig über den Sandboden fegte. Anschließend zog er das dichte Gebüsch wieder zusammen, durch das sie sich ihren Weg gebahnt hatten.

Endlich war er zufrieden mit seinem Werk und ging zu Hemma hinüber. Dabei musste er sich bücken, denn die Höhle war höchstens einen Meter fünfzig hoch. Als er sich mit einem Seufzer auf den Boden fallen ließ, bemerkte Hemma, dass er dabei möglichst viel Abstand zu ihr hielt. Da es in der hintersten Ecke nun mal sehr schmal war, berührten sich ihre Körper trotzdem fast.

»Seid Ihr verletzt? Geht es Euch gut?«, fragte Esiko leise nach einem Moment der Stille und ließ den Blick prüfend über ihren Körper wandern.

Hemma nickte stumm und legte vorsichtig eine Hand auf sein rechtes Bein, oberhalb der Wunde. »Mir geht es gut, aber du bist verwundet«, antwortete sie zögernd.

Esiko versuchte sein Bein wegzuziehen, was ihm aufgrund der Enge misslang. »Das ist nichts. Das Messer hat mich nur gestreift. Zum Glück hat Azzo nicht das Pferd getroffen, denn das hätte böse enden können.«

Hemma achtete nicht auf sein offensichtliches Unbehagen. »Du hast doch bestimmt noch das Messer, mit dem du mir die Fesseln durchgeschnitten hast.« Als er bejahte, fuhr sie fort: »Gib es mir, dann kann ich dein Hosenbein aufschneiden und mir die Wunde ansehen.«

Zögernd griff er hinter sich an seinen Gürtel und zog die Waffe hervor.

Hemma riss die Augen auf und starrte auf die scharfe

Klinge. »Woher hast du das? Das gehört Udolf, ich habe es erst letztens bei ihm gesehen!« Erstaunt nahm sie es ihm aus der Hand.

Müde schloss Esiko die Augen und lehnte den Kopf an die harte Felswand. »Es lag neben ihm, als ich ihn vorhin unweit Eures Zuhauses fand. Er muss ohnmächtig vom Pferd gefallen sein, denn seine Stute stand noch neben ihm. Er war nicht ansprechbar, daher habe ich ihn mit einiger Mühe auf das Pferd geschoben, das zum Glück geduldig stehen geblieben ist. Dann habe ich es zum Hof geführt, wo mir ein verängstigter Wachposten erzählt hat, dass Udolf Euch hinterherreiten wollte. Wir haben den Knecht vom Pferd gehoben, und bevor ich los bin, um Euch zu suchen, habe ich den Mann angebrüllt, dass er Eurem Vater Bescheid geben soll.«

Hemma hatte ihm mit bangem Herzen zugehört, und alle Farbe war aus ihrem Gesicht gewichen. Wenn Udolf aufgrund der Überanstrengung nun sterben würde, trug sie wegen ihres selbstsüchtigen Verhaltens die alleinige Schuld daran.

Esiko schien ihre Pein zu spüren, denn er legte sacht eine Hand auf die ihre, in der sie noch immer das Messer hielt. »Udolf ist ein kräftiger und zäher Bursche, den so schnell nichts umwirft.«

Hemma hob den Kopf und bemerkte erstaunt, dass Esikos Augen von tiefgrüner Farbe waren. Ebenso verwundert stellte sie fest, dass sich an der Außenseite seines linken Auges eine feine Narbe befand. Jäh wurde ihr bewusst, dass sie ihn die ganze Zeit anstarrte, und sie wandte sich verlegen ab.

Behutsam hob sie sein Hosenbein an und schnitt es geschickt bis zum Knie auf.

Zu ihrer großen Erleichterung war die Wunde wirk-

lich nicht tief, und sie riss sich einen Streifen von ihrer ohnehin schon in Mitleidenschaft gezogenen Kotte ab.

»Wie hast du mich so schnell gefunden?«, fragte sie, um das unangenehme Schweigen zu unterbrechen.

Es dauerte eine Weile, bis sie eine Antwort erhielt, und da sie weiterhin mit dem Verband beschäftigt war, entging ihr Esikos Befangenheit. »Ich hatte Euch zufällig vor einiger Zeit an dieser Stelle gesehen, und da ich nicht wusste, wo ich sonst suchen sollte, habe ich einfach mein Glück versucht.«

Hemma zog den Stoffstreifen fest und wandte sich ihm zu. Falls sie über seine Antwort verwundert war, so war es ihr nicht anzumerken. »Ich habe dir noch gar nicht für deine Hilfe gedankt«, sagte sie stockend und hielt ihm das Messer hin.

Esiko erwiderte ihren Blick mit offener Bewunderung. Einzelne Strähnen hatten sich bei ihrer wilden Flucht aus dem Zopf gelöst und fielen ihr ins Gesicht.

»Ihr schuldet mir keinen Dank, edles Fräulein. Ich bin froh, dass ich rechtzeitig gekommen bin«, antwortete er schlicht.

Als er nach Udolfs Messer griff, das sie ihm hinhielt, berührten sich für einen kurzen Moment ihre Finger, und blitzartig durchfuhr es Hemma, die Esiko die ganze Zeit unverwandt angeschaut hatte. Ohne den Blick von ihr abzuwenden, legte er das Messer neben sich auf den Boden. Im selben Augenblick strich Hemma ihm sacht mit der Hand über die Wange. Um sie herum herrschte Stille, bis auf das gedämpfte Vogelgezwitscher, das leise durch den Eingang zu ihnen drang.

Als Esiko sie zu sich heranzog und mit seinem Mund ihre Lippen verschloss, hörten sie selbst den lieblichen Gesang nicht mehr. Hemma hatte das Gefühl, zerspringen zu müssen, und erwiderte seinen anfangs zärtlichen

Kuss mit großer Leidenschaft. Nach einer Weile löste er den Mund von ihren Lippen, hielt sie aber weiterhin umschlungen.

Hemma, die noch ganz von den ihr unbekannten Gefühlen überwältigt war, verstand nicht, warum er nicht mit seinen Zärtlichkeiten fortfuhr. Hätte sie geahnt, dass er seine ganze Kraft aufbringen musste, um dem großen Verlangen nicht nachzugeben, hätte sie ihre Worte vermutlich vorsichtiger gewählt. So aber hob sie den Kopf und sah ihn mit gespielter Betroffenheit an. »Ich küsse wohl nicht so gut wie diese Tänzerin?« Sie hatte ihn gesehen, er brauchte es also nicht abzustreiten.

Esiko runzelte die Stirn. »Was meinst du damit? Ich verstehe nicht ganz.«

»Du schiebst mich von dir. Was für einen Grund sollte es sonst dafür geben als die feurige Tänzerin!« Ohne den nötigen Nachdruck versuchte sie, sich aus seiner Umarmung zu lösen, was ihr daher auch nicht gelang.

»Ich habe dem Anführer der Spielleute vorhin eine Nachricht von deinem Vater überbracht, denn sie sollen im September bei den Festlichkeiten vor dem Kaiser auftreten. Dein Vater war sehr angetan von ihnen.«

So schnell ließ Hemma nicht locker, schließlich war ihre Eifersucht einer der Gründe, warum sie diesen unvernünftigen Ausritt unternommen hatte. »Und gestern? Was wolltest du der schönen Tänzerin da für eine Nachricht überbringen? Ich weiß, dass du sie getroffen hast.«

Esiko betrachtete sie einen Augenblick versonnen, dann richtete er sich unvermittelt auf und drückte Hemma mit dem Rücken auf den Boden. Über sie gebeugt sagte er spöttisch: »Wenn ich auch nur geahnt hätte, dass du mit mir in den Stall verschwindest, hätte ich natürlich keinen Moment gezögert.«

Bevor sie protestieren konnte, küsste er sie erneut

leidenschaftlich und riss ihre Eifersucht mit sich fort. Seine Hände glitten über ihren Körper und setzten ihn in Flammen. Als er völlig unvermittelt zum zweiten Mal von ihr abließ, konnte sie es kaum glauben und wollte sich gekränkt aus seiner Umarmung lösen.

»Pst, hörst du denn nicht?«, flüsterte er warnend.

Im selben Moment vernahm auch sie das Geräusch von Pferdehufen, die sich langsam näherten.

Ängstlich schmiegte sie sich in seine Arme, und sie verharrten regungslos. Gleich darauf hatte es den Anschein, als ob jemand in das Gebüsch schlagen würde, wobei sich das seltsame Geräusch unaufhaltsam näherte, ebenso wie die Schritte. Hemma hielt den Atem an und stellte sich darauf ein, im nächsten Moment in das brutale Antlitz Azzos blicken zu müssen.

Zu ihrer großen Verwunderung entfernten sich jedoch die Schritte unerwartet, und nicht viel später war zu hören, dass jemand davonritt, um gleich darauf wiederzukommen. Erneut näherten sich Schritte, und als ein Gesicht im Höhleneingang erschien, schrie Hemma auf.

»Ich habe sie gefunden, Herr Gottwald! Hierher, schnell!« Randolfs Rufe drängen in die Höhle.

Esiko nahm schnell den Arm von Hemmas Schultern und rückte von ihr ab, so weit es die Enge der Unterkunft zuließ. Dann neigte er leicht den Kopf und sagte in bedauerndem Tonfall: »Es ist vorbei, edles Fräulein.« Anschließend bewegte er sich in gebückter Haltung auf den Ausgang zu.

Hemma wurde schlagartig klar, dass er damit nicht nur die versuchte Entführung meinte. Ohne die Wärme seines Körpers fühlte sie sich verlassen und schutzlos, und sie zögerte, ihm zu folgen. Das tat sie erst, als sie das Herannahen mehrerer Reiter und gleich darauf eilige Schritte vernahm.

Von Esiko war im ersten Augenblick nichts auszumachen, daher trat Hemma um die Büsche herum, um gleich darauf ihrem Vater gegenüberzustehen. So zornig hatte sie ihn noch nie in ihrem Leben gesehen, und bevor sie es sich versah, erhielt sie von ihm die erste Ohrfeige ihres Lebens.

»*Herr, bitte, sie hat doch schon genug durchgemacht!*«, *hörte sie Esikos Stimme, ohne sich nach ihm umzudrehen. Zu sehr brannte die Scham in ihr. Ein flüchtiger Blick zur anderen Seite zeigte ihr, dass sich auch Randolf verlegen abwandte.*

»*Ich schulde dir höchstwahrscheinlich das Leben meiner Tochter, mit Sicherheit aber hast du ihre und unsere Ehre gerettet. Trotzdem gibt dir diese Tatsache nicht das Recht, dich in meine Angelegenheiten zu mischen*«, *wies Gottwald ihn nicht unfreundlich zurecht.*

Esiko presste die Lippen aufeinander und wich Hemmas Blick aus, die daraufhin den Kopf ein wenig höher hob und den brennenden Schmerz auf ihrer Wange ignorierte. Normalerweise maßregelte ihr Vater sie niemals vor anderen, schon gar nicht vor Menschen niederen Standes. Jetzt war sie sich da aber nicht mehr so sicher und wappnete sich innerlich. Zu Recht, wie sie schnell feststellte.

»*Und nun zu dir. Deine Strafe wirst du zu Hause erfahren, aber eines sollte dir klar sein: Mit deinem selbstsüchtigen Verhalten hast du nicht nur dein eigenes Leben in große Gefahr gebracht, sondern auch das von Udolf und Esiko. Ich habe dich eigentlich für klüger gehalten und bin schwer enttäuscht.*«

Die Kälte seiner Stimme ließ sie schaudern.

»*Randolf, du brauchst hier nicht auf Johann und Otto zu warten. Sollten sie den Übeltäter noch erwischen, werden sie sicher auf direktem Weg nach Goslar kom-*

men. Aber wie es aussieht, besaß er ein schnelles Pferd und wird höchstwahrscheinlich entkommen.«

Nun erst erfuhr Hemma, dass zwei Männer ihres Vaters die Verfolgung Azzos aufgenommen hatten.

»Berath«, flüsterte sie mit tonloser Stimme.

Ihr Vater blickte sie überrascht an. »Nun, wie es aussieht, hast du deine erste Strafe bereits erhalten.« Anschließend wandte er sich mit reglosem Gesicht von ihr ab. »Esiko, du kannst bei Randolf mitreiten. Hemma, du kommst mit mir.«

Esiko schüttelte den Kopf. »Verzeiht, edler Herr Vogt, aber ich würde gerne nach der Stute sehen, der wir unsere Flucht verdanken. Ich nehme an, dass sie sich hier irgendwo ein ruhiges Plätzchen gesucht hat. Von allein kommt sie bestimmt nicht nach Hause.«

»Wie du willst. Aber wenn du sie nicht findest, hast du einen langen Fußmarsch vor dir.«

Esiko zuckte mit den Schultern, verbeugte sich und wollte gerade gehen, als Gottwalds Stimme ihn zurückhielt. »Warte, Randolf kann dir beim Suchen helfen, dann hättest du für den Notfall wenigstens eine Reitgelegenheit.«

Der junge Mann dankte seinem Herrn, indem er sich nochmals verbeugte, dabei streifte sein Blick für einen kurzen Augenblick Hemma, mit deren Selbstbeherrschtheit es nun völlig vorbei war. Mit hängendem Kopf folgte sie ihrem Vater, und erst lange danach verließen Esiko und Randolf ebenfalls den Platz.

Die Stille umfing Henrika noch eine ganze Weile, nachdem Randolf seine Erzählung beendet hatte. Auch er schien noch ganz von dem Ereignis, das er damals teilweise selbst miterlebt hatte und teilweise aus Erzählungen kannte, gefangen zu sein.

Henrika brauchte jetzt erst einmal ein wenig Abstand zu dem Ganzen, deshalb dankte sie ihm leise und wechselte dann ganz bewusst das Thema. Sie berichtete ihm von den Sorgen, die sie sich um Goswin und seine Familie wegen der Warnung von Betlindis' Vater und nicht zuletzt durch seine eigenen Äußerungen beim Abendessen machte.

Er fuhr sich mit beiden Händen durch die frisch gewaschenen Haare, während sein Blick weiterhin auf ihr ruhte. »Euer Interesse am politischen Geschehen gefällt mir, und ich will nichts von dem beschönigen, was ich vorhin berichtet habe, denn ich halte die Lage für nahezu aussichtslos. Ein kleiner Funke kann genügen, und wir befinden uns mitten im schönsten Krieg mit unseren sächsischen Landsleuten.«

Henrika stutze bei seiner Äußerung und hakte nach. »Ihr sprecht von ›wir‹, wen genau meint Ihr damit? Eure Frau stammt aus einem alten sächsischen Geschlecht!«

Randolfs Miene verfinsterte sich, doch mit fester Stimme entgegnete er: »Mein Platz ist beim König, denn ihm habe ich den Treueid geschworen.«

»Auch wenn die Sache falsch ist, an die er glaubt?«, fragte Henrika zweifelnd.

»Eure Äußerung grenzt fast schon an Verrat, wertes Fräulein, und Ihr solltet vorsichtig sein, wem Ihr so etwas sagt«, warnte Randolf sie, ohne ihre Frage zu beantworten. »Was Euren Onkel betrifft, so hatte ich sowieso vor, morgen zu ihm zu reiten. Ich wollte ihm anbieten, mit seiner Familie hier bei uns zu wohnen, bis sich die Lage wieder entspannt hat«, schloss er und sah Henrika völlig unvermittelt mit einem entwaffnenden Blick an. »Ihr habt mir noch gar nicht gesagt, wie es Euch geht. Habt Ihr Euch gut eingelebt bei uns? Herwin scheint ja gänzlich von Euch eingenommen zu sein. Auch meine

Frau ist glücklich über Eure Anwesenheit«, bemerkte er mit rauer Stimme.

Henrika lief es dabei wohlig über den Rücken. Vielleicht war es die Erwähnung Betlindis', die sie veranlasste aufzustehen, möglicherweise auch nur die Angst vor dem, was sonst geschehen könnte. »Es gefällt mir sehr gut hier, danke der Nachfrage. Euer Sohn ist ein wunderbarer Junge und Betlindis der reinste Engel. Entschuldigt mich bitte, aber ich bin wirklich sehr müde. Und Ihr seht auch nicht gerade sehr ausgeruht aus, wenn ich mir die Bemerkung erlauben darf.«

Sie klopfte sich die letzten Strohhalme von ihrer dunkelblauen Kotte und hatte für einen Moment das Gefühl, als wollte Randolf die Hand nach ihr ausstrecken. Aber der Moment verging, ohne dass etwas geschah. Nachdem Henrika ihm eine gute Nacht gewünscht hatte, verließ sie den Stall.

Nachher konnte sie sich nicht mehr erinnern, wie lange sie an ihrer geschlossenen Zimmertür gelehnt hatte, aber als sie Randolfs schwere Schritte auf dem Gang hörte, hielt sie den Atem an. Kurz vor ihrer Tür verlangsamten sie sich und verstummten ein Stück weiter ganz. Einen Augenblick war es totenstill, so dass Henrika glaubte, ihr eigener Herzschlag müsste im ganzen Haus zu hören sein. Beim nächsten Geräusch wusste sie jedoch, ohne nachsehen zu müssen, dass sich die Tür zu dem Gemach von Betlindis öffnete und gleich danach wieder leise schloss.

Die Erkenntnis ließ Henrika mit einem Gefühl der Bitterkeit an ihrer eigenen Tür zurück. Sie wollte nicht selbstlos und ungerecht sein, sondern einfach nur glücklich. Aber das Glück, von dem sie träumte, würde ein Traum bleiben. Traurig legte sie sich zurück auf ihr Bett und weinte sich, wie so oft in den letzten Wochen, lautlos in den Schlaf.

12. KAPITEL

Am nächsten Tag ritten sie erst am Nachmittag los, da Randolf vorher noch auf dem Gut und bei seinen Pächtern nach dem Rechten sehen wollte. Henrika hielt sich von dem Ritter fern, da er immer noch ärgerlich war, weil sie darauf bestanden hatte, mitzukommen. Überhaupt war seine Laune seit dem Frühstück nicht besonders gut, im Gegensatz zu seiner Frau, die förmlich vor Fröhlichkeit sprühte. Und so ritt Henrika zwischen zweien der insgesamt fünf Männer, die als Begleitschutz fungierten, und freute sich darauf, ihre Verwandten so schnell wiedersehen zu können.

Als sie das letzte Waldstück durchquert hatten, hörten sie bereits den Lärm der Angreifer.

Die kleine Gruppe hielt auf Randolfs Handzeichen hin auf der Kuppe des Hügels an, und zwei der Männer erhielten den Befehl, ein Stück weiter hinten zusammen mit Henrika zu warten. Nachdem die junge Frau den ersten Schreck über das furchtbare Schauspiel, das sich ihnen bot, überwunden hatte, begehrte sie gegen diese Entscheidung vehement auf. Doch Randolf blieb unerbittlich, und als ob er ihrer nächsten Tat vorgreifen wollte, gab er einem der beiden Männer mit einem Blick zu verstehen, dass er sich der Zügel von Henrikas Pferd bemächtigen sollte.

Während Randolf seinem Hengst die Fersen in die Seiten drückte und mit den anderen drei Männern den

Hügel hinabgaloppierte, blieb Henrika nichts anderes übrig, als hilflos zuzusehen. Ungefähr fünfzehn Männer griffen den Hof Goswins aus gebührendem Abstand mit fast unerträglichem Kampfgeschrei und mit Hilfe eines Pfeilhagels an, dem die zwei Brüder kaum etwas entgegensetzen konnten. Von ihrem Platz aus konnte Henrika verfolgen, dass ihre beiden Onkel hinter der hohen Umzäunung Schutz gesucht hatten und aus den kleinen Öffnungen ebenfalls Pfeile auf die Angreifer schossen. Einer der Männer lag bereits am Boden.

Doch es kam noch schlimmer, als Henrika plötzlich Mathilda mit den Kindern aus dem Haus rennen sah und alle gleich darauf hinter der Stalltür verschwanden. Blitzartig wurde der jungen Frau bewusst, warum Mathilda diesen Weg gewählt hatte, und nach einem schnellen Seitenblick auf ihre beiden Begleiter fasste sie einen Entschluss. Beide Männer waren so von den Kämpfen gefesselt, dass sie diese Unachtsamkeit nutzen musste. Ruckartig zog Henrika an den Lederzügeln, die der überraschte Mann nur locker in den Händen gehalten hatte, und galoppierte im nächsten Moment den Hügel hinunter, ohne auf die Rufe hinter ihr zu achten.

Mittlerweile flogen Brandpfeile, und Goswin musste mit Brun zurückweichen. Fünf der Brandschatzer hatten sich von den anderen getrennt und stellten sich Randolf und seinen Männern entgegen, die anderen trieben ihre Pferde gegen das Tor, das lichterloh brannte. Beim Anblick der johlenden Männer, deren Schwerter mit einem lauten Klirren aufeinandertrafen, gefror Henrika das Blut in den Adern, doch sie verdrängte ihre Angst und trieb ihr Pferd weiter an. Da sie unbewaffnet war, musste sie unbedingt den Stall erreichen, denn das war genau die Anweisung, die sich bei ihren vielen Aufenthalten hier auf dem Hof ihres Onkels in ihrem Kopf festgesetzt hatte. Sie warf einen gehetzten Blick über die Schulter und sah, dass ihre Aufpasser ihr dicht auf den Fersen waren. Beide hatten bereits die Schwerter gezogen, um in den tobenden Kampf einzugreifen. Kurz bevor sie die kleine Gruppe um Randolf erreichte, beobachtete Henrika, wie er seinen Gegner mit einem kraftvoll ausgeführten Schlag aus dem Sattel hob.

Das brennende Holz des ehemals so sicheren Tores war zusammengefallen und hatte den Angreifern ein ungehindertes Eindringen in den Hof ermöglicht. Henrika ritt rechts an den kämpfenden Männern vorbei, wobei sie sich zwang, weiterhin geradeaus zu blicken. Für einen Moment war ihr so, als hätte sie ihren Namen gehört, doch in dem tosenden Geschrei der Männer und dem lauten Knacken des brennenden Holzes war sie sich nicht sicher. Kurz bevor sie den schutzlosen Hof erreicht hatte, zügelte sie ihr Pferd und riss es hart zur Seite herum, um einem der Männer auszuweichen, der sich aus dem Kampf mit Goswin und Brun gelöst hatte. Für den Bruchteil einer Sekunde ruhte ihr entsetzter Blick auf der Übermacht, gegen welche die beiden Brüder verbissen Rücken an Rücken kämpften, dann dirigierte sie Leiba in Richtung des Stalls.

Nach einem harten Schlag gegen ihre linke Schulter landete sie jäh auf dem Boden, und die Schreie und Rufe klangen wie durch einen dichten Nebel. Dann riss jemand sie hoch, und Randolf schrie sie mit wutverzerrtem Gesicht an: »Lauf ins Haus!«, wobei er sie unsanft schubste.

Henrika stolperte durch den beißenden Rauch und erreichte endlich unbehelligt das Tor des Stalls, den sie die ganze Zeit über unbedingt hatte erreichen wollen. Und das nicht nur, weil sie als Familienmitglied wusste, dass ihr Onkel dort vor langer Zeit ein sicheres Versteck für Mathilda und die Kinder geschaffen hatte. Schwer atmend lehnte sich die junge Frau mit dem Rücken an die derbe Tür und spähte auf das schreckliche Durcheinander. Erleichtert sah Henrika, dass vier ihrer Begleiter ebenfalls den Hof erreicht hatten und zwei davon je einen Widersacher ihrer Verwandten übernahmen. Sie verzog das Gesicht, als sie sich an die Schulter fasste, die von dem Schlag mit dem Brett schmerzte, den sie abbekommen hatte. Bevor sie durch das Tor schlüpfte, blickte sie noch mit sorgenvoller Miene zu Randolf hinüber, der mit dem Mann kämpfte, der für ihren Sturz verantwortlich war.

Kaum war das Tor hinter ihr zugefallen, empfingen die Tiere sie mit unruhigen Lauten, und Henrika betete inständig, dass das Gebäude von den Flammen verschont bleiben möge. Zielstrebig eilte sie zum Ende des Holzhauses, schob eine meckernde Ziege zur Seite und bückte sich. Hastig fegte sie mit ein paar Handbewegungen das Stroh auf dem Boden zur Seite, und eine hölzerne Falltür kam zum Vorschein. Die junge Frau klopfte zweimal kurz dagegen, bevor sie die Klappe mit energischem Griff anhob und gleich darauf in die ängstlichen Gesichter der Familie ihres Onkels blickte.

»Schnell, reich mir das Schwert«, bat Henrika in drängendem Tonfall.

Mathilda, die kleine, leise vor sich hin weinende Adelheidis auf dem Arm, wandte sich kurz zur Seite und reichte ihrer Nichte die scharfe Waffe. »Willst du nicht lieber …«, versuchte sie einzuwenden, brach aber ab, als sie Henrikas entschlossene Miene bemerkte. Einen Moment später verschloss diese das Versteck im Boden schon wieder, deckte es mit Stroh ab und eilte zum Ausgang zurück. Mit der schweren Waffe in der Hand stieß Henrika die Tür auf und wähnte sich vor dem Tor zur

Hölle. Ringsherum loderten Flammen, und zwischen dem Brüllen der Männer krachten vereinzelt die trockenen Stämme, bevor die Flammen auch den Rest des Holzes zerfraßen. Der Rauch war kaum zu ertragen, und schaudernd sah Henrika einen von Randolfs Männern bereits am Boden liegen.

Sie atmete tief durch, umfasste entschlossen mit beiden Händen den Griff ihres Schwertes und stürzte sich mit einem wütenden Schrei auf einen der beiden Männer, mit denen Randolf kämpfte. Bewusst hatte sie sich dabei denjenigen herausgesucht, der ihr an Körpergröße nicht überlegen war, und nutzte den Moment der Überraschung, indem sie ihre Klinge mit voller Wucht auf den Feind niedersausen ließ. Der Mann konnte nicht mehr ausweichen und schrie auf, als die Klinge ihn an der Hüfte streifte. Henrika konzentrierte sich ganz auf ihren Gegner, der sich schnell von seiner Verblüffung erholt hatte und zum Gegenschlag ausholte, den sie jedoch mit ganzer Kraft parierte. Randolf, der für einen kurzen Moment durch Henrikas Eingreifen abgelenkt war, hatte sich ebenfalls eine leichte Verletzung am Bein zugezogen. Da er dem Mann an Stärke und Geschicklichkeit deutlich überlegen war, fiel gleich darauf sein dritter Gegner. Randolf richtete sich gerade rechtzeitig auf, um den todbringenden Schlag Henrikas zu sehen, deren Kontrahent mit gebrochenem Blick zu Boden sank.

Keuchend wandte sie sich um und begegnete direkt Randolfs fassungslosem Blick, der sie bei anderer Gelegenheit vielleicht amüsiert hätte. Dann weiteten sich ihre Augen vor Entsetzen, denn ihrem Onkel Goswin, der erneut gegen zwei Männer kämpfte, wurde das Schwert aus der Hand geschlagen, und er stürzte durch den harten Stiefeltritt eines der Männer zu Boden. Reflexartig hielt er sich die klaffende Wunde am Arm, während er mit der linken Hand nach seinem Messer tastete und versuchte, wieder hochzukommen.

Henrika stürzte fast gleichzeitig mit Randolf los, der ihrem entsetzten Blick gefolgt war und sich mit voller Wucht gegen den Mann warf, der gerade zum letzten Schlag gegen Goswin ausholte. Beide landeten im Dreck, während Henrika sich dem zweiten Mann stellte. Er hatte zwar die vierzig deutlich überschritten, war aber von massiger, äußerst kräftiger Statur. Sollte ihr neuer Gegner durch den Anblick einer kämpfenden Frau überrascht sein, so ließ er es sich nicht anmerken. Mit einem brutalen Grinsen holte er zum Schlag aus und verfehlte Henrika nur um Haaresbreite, die sich mit einem Sprung zur Seite retten konnte.

Im nächsten Augenblick brüllte der dunkelhäutige Mann auf, denn Goswin hatte sich wieder hochgerappelt und sein Messer tief in den Oberschenkel von Henrikas Gegner gestoßen. Goswin hechtete noch nach seinem Schwert, als der Angreifer mit einem Ruck das Messer herauszog, es an der blutigen Klinge packte und zielte. Entgeistert beobachtete Henrika, wie es im Rücken ihres Onkels stecken blieb, und hörte einen gellenden Schrei, ohne zu merken, dass er ihrer eigenen Kehle entwichen war.

Gleich darauf sah sie sich erneut dem Mann gegenüber, der mit einem höhnischen Grinsen auf sie zukam. Die Kampfgeräusche um sie herum wollten nicht weniger werden, und mit einem hastigen Blick zur Seite verfolgte sie Brun, der verbissen mit seinem Gegner kämpfte. Doch dann konzentrierte sie sich auf den bevorstehenden Angriff, packte den Griff ihres Schwertes fest mit beiden Händen und hielt es in Verteidigungsstellung vor ihren Körper. Der erwartete Schlag war so hart ausgeführt, dass Henrika die Waffe aus den Händen glitt und sie zu Boden ging. Die junge Frau landete unsanft auf ihrer schmerzenden Schulter und stöhnte auf. Die Sonne schien ihr ins Gesicht, aber gleich darauf verdeckte ihr Gegner die Strahlen, und sein Schatten fiel auf sie, als er sich drohend über ihr aufrichtete.

»Leb wohl, Weibsstück!«, zischte er mit einem seltsam fremdländischen Akzent und hob langsam sein Schwert.

Henrika versuchte zur Seite zu rollen, doch der Mann stand mit seinen schweren Stiefeln auf ihrer Kotte und gab ihr keine Bewegungsmöglichkeit. Sie schloss die Augen und wartete auf den erlösenden Schlag, als plötzlich ein markerschütternder Schrei ertönte. Entsetzt riss sie die Augen auf und sah gerade noch, dass der dunkelhäutige Mann sich überrascht zur Seite drehte, ehe Randolf ihn mit voller Wucht umrannte. Mit einem dumpfen Schlag landeten beide auf dem harten Boden.

Während Henrika sich aufrappelte, behielt sie die Männer im Auge und verfolgte erleichtert, dass Randolf als Erster wieder auf den Beinen war. Allerdings wehrte der seitlich auf dem Boden liegende Mann den Schlag gekonnt ab und kam sofort danach ebenfalls wieder auf die Beine. Verwundert stellte sie fest, dass die Verletzung ihm kaum etwas auszumachen schien. Henrika hustete, denn der Rauch war noch immer dicht, und wagte einen schnellen Blick zu den anderen.

Ihr Onkel Brun hatte seinen Gegner niedergestreckt und half einem von Randolfs Männern, der augenscheinlich verletzt war. Einen weiteren ihrer Begleiter entdeckte sie in einer Blutlache liegend dicht vor dem Haus. Mehr konnte sie aufgrund der schlechten Sicht nicht erkennen. Sie hielt sich einen Zipfel ihrer Kotte vor den Mund und huschte gebückt über den Hof zu ihrem Onkel Goswin. Vorsichtig drehte sie ihn um und bettete seinen Kopf auf ihren Schoß, während die Tränen ungehindert über ihr rauchverschmiertes Gesicht liefen. Er lebte noch, obwohl sein Stöhnen durch die immer schwächer werdenden Kampfgeräusche kaum zu hören war.

Nicht weit von ihr lieferten sich Randolf und sein grausamer Gegner noch immer einen erbitterten Kampf. Sie schienen ebenbürtig, doch dann bekam der Ritter die Oberhand. Geschickt wich er einem Schlag aus und setzte von unten mit aller Kraft nach. Henrika konnte den ungläubigen Blick des Mannes sehen, als die scharfe Klinge seinen Leib durchstieß. Sein Schwert fiel ihm aus der Hand, und er sackte auf die Knie.

»Niemals mehr wirst du mir jemanden nehmen!«, stieß Randolf keuchend hervor und holte erneut aus.

Henrika wandte den Blick ab und hörte gleich darauf den dumpfen Aufprall, den sie erwartet hatte. Im nächsten Augenblick kniete Randolf neben ihr und sah sie mit einem Blick an, in dem sich seine Sorge um sie mit offener Bewunderung mischte. Dann war der magische Moment vorbei.

Als Randolf sich umdrehte und seinem schwer verletzten Freund zuwandte, erklang ein grauenhafter Schrei.

»Nein!«

Henrika hob den Kopf und sah ihren Onkel Brun auf sich zustürmen. Er warf sein blutverschmiertes Schwert zur Seite und ließ sich ebenfalls auf die Knie fallen.

»Goswin, so sag doch was!«, flehte er mit erstickter Stimme.

»Er ist schwer verletzt, aber er lebt«, versuchte Henrika ihren Onkel zu trösten und legte ihre Hand auf seinen Arm.

Hasserfüllt starrte Brun auf den Kopf des Mannes, der Goswin so schwer verletzt hatte und ungefähr einen

Meter neben dem Rumpf lag. »Ich hätte ihn gerne selbst erledigt«, sagte er verbittert.

Henrika folgte seinem Blick und erschauerte, als sie in die geöffneten Augen des Mannes sah und fast so etwas wie Erstaunen in seinem leeren Blick entdeckte. Schnell wandte sie sich ab und starrte entmutigt auf die Feuerreste des ehemals stattlichen Zaunes. Sie runzelte die Stirn, kniff die Augen zusammen und versuchte durch den nicht mehr ganz so dichten Rauch zu spähen. In dem Augenblick, als das Grauen ihr fast die Kehle zuschnürte, hörte sie bereits den Warnruf eines von Randolfs Männern, der mit großen Schritten auf sie zueilte.

»Das Feuer, Herr! Es greift auf das Haus über!«

Randolf wandte sich entsetzt von Henrika ab und sprang auf, ebenso Brun, der seinen bewusstlosen Bruder hochhob, so dass auch die junge Frau aufstehen konnte.

Das Feuer, dem die gesamte Umzäunung zum Opfer gefallen war, war zwar fast erloschen, doch einzelne Funken hatten durch den aufgekommenen Wind das Dach des Hauses erreicht und fanden in dem trockenen Stroh ein neues Opfer. Schon jetzt flackerten einzelne Flammen auf, und es würde nicht mehr lange dauern, dann wäre von dem gesamten Holzgebäude nichts mehr übrig.

»Mathilda und die Kinder!«

Henrikas Schrei gellte über den Hof, und sie rannte los. Während Randolf mit zweien seiner Männer zum nahen Bach lief, um mit Eimern, die sie an der Stallwand gefunden hatten, Wasser zu holen, eilte Brun seiner Nichte nach. Goswin hatte er seitlich auf eine Decke gebettet und auf das Fuhrwerk gelegt, das seinem Bruder als Transportmittel diente und unweit vom Haus stand.

Der Rest der Familie war schnell befreit, und Henrika brachte Mathilda mit den Kindern zu ihrem Mann. Anschließend half sie ihrem Onkel bei der Rettung der Tiere, denn das erste brennende Stroh fiel bereits in den darunter liegenden Stall. Das ängstliche Rufen der Tiere beruhigte die junge Frau seltsamerweise ein wenig. Hand in Hand mit Brun brachte sie das Pferd, die Ziegen und die Kuh mit ihrem Kälbchen nach draußen.

»Hilf den anderen beim Löschen, ich schaffe den Rest alleine!«, rief sie ihrem Onkel zu, der sich sofort den letzten Eimer griff und davoneilte.

Während Henrika ins Haus lief, um noch einige Sachen zu retten, warf sie einen hastigen Blick auf Mathilda. Schnell erkannte sie jedoch, dass von der sonst so resoluten und durch nichts aus der Fassung zu bringenden Frau keinerlei Hilfe zu erwarten war. Das Gesicht auf der Brust ihres Mannes, schluchzte sie erbarmungswürdig, umrahmt von ihren Kindern, die sich mit verschreckten Gesichtern laut weinend an sie klammerten.

Unermüdlich rannte Henrika zwischen dem großen Wohnraum und dem Wagen, auf dem ihr Onkel lag, hin und her. Sie griff nach Kleidungsstücken, Töpfen und Decken. Als sie die große Truhe öffnete, stutzte sie kurz, dann nahm sie das schwarze Priestergewand ihres Onkels vorsichtig heraus und legte es zusammen mit zwei Umhängen und einer weiteren Decke über ihren Arm. Schwer atmend lehnte sie sich gegen einen dicken Holzbalken und hustete, denn mittlerweile zog der Rauch auch durch den Wohnraum.

Als sie erneut am Fuhrwerk ankam, fand sie Randolf über Goswin gebeugt vor. Mit seinem Messer hatte der Ritter den braunen Kittel aus grober Wolle aufgeschlitzt und war gerade dabei, mit einem einigermaßen sauberen Streifen Tuch die Wunde am Rücken zu verbinden. Die

Verletzung am rechten Arm war bereits versorgt. Jetzt erst bemerkte Henrika, dass ihr Onkel die Augen geöffnet hatte und mit leerem Blick in Richtung seines Hauses starrte. Sie drehte sich um und wollte wieder zurück ins Haus.

Da kam ihr Brun mit langsamen, schweren Schritten entgegen und schüttelte den Kopf. »Es hat keinen Sinn mehr«, murmelte er niedergeschlagen.

Mutlos ließ Henrika die Schultern hängen und sank zu Boden. Sie zog die Knie an und umfasste sie mit beiden Armen, dann legte sie die Stirn darauf und verbarg den Kopf, damit niemand ihre Tränen sah.

Keine menschliche Stimme war zu hören, und während auch die letzten Balken dem erbarmungslosen Feuer zum Opfer fielen und das Zuhause Goswins verbrannte, verebbten Henrikas Tränen.

»Komm hoch, wir müssen weg hier, bevor es dunkel wird.«

Niedergeschlagen hob die junge Frau den Kopf und blickte in das Gesicht Bruns, dessen Versuch eines aufmunternden Lächelns kläglich scheiterte. Er reichte seiner Nichte die Hand und zog sie hoch, dann umarmte er sie kurz. Henrika sah in das rauchverschmierte, blutbespritzte Gesicht ihres Onkels, dessen Unbekümmertheit wie weggeblasen war, doch seine dunkelblauen Augen schimmerten wie ein Versprechen auf bessere Zeiten und gaben ihr Hoffnung.

»Seid Ihr so weit?« Randolf zurrte das Geschirr des Pferdes fest, das den Wagen ziehen sollte, und warf den beiden einen müden Blick zu.

Entsetzt machte Henrika sich von Brun los und ging zielstrebig auf den Ritter zu. »Ihr seid auch verletzt! Das muss verbunden werden, sonst verliert Ihr zu viel Blut.« Energisch riss sie einen Streifen ihres Unterkleides ab, das allerdings auch nicht viel sauberer war als ihre ehemals hellgrüne Lieblingskotte.

»Ich kümmere mich zu Hause darum, jetzt müssen wir los. Der Wagen kommt nicht so schnell voran, und die Dämmerung bricht bald herein. Es hat auch schon fast aufgehört zu bluten«, widersprach Randolf.

Henrika ließ sich von ihrem Entschluss nicht abbringen. »Die anderen können vorausreiten und den Wagen begleiten, wir holen sie gewiss schnell ein«, beharrte sie eigensinnig.

»Ich finde den Vorschlag gar nicht schlecht. Sobald sie deine Wunde versorgt hat, könnt ihr uns folgen«, mischte Brun sich ein und schwang sich nach einem merkwürdigen Blick auf seine Nichte in den Sattel. »Wir lassen dir eines der Pferde hier«, sagte er noch.

Ehe Henrika ihm antworten konnte, hatte sich die kleine Gruppe in Bewegung gesetzt. Goswin befand sich mit seiner Familie auf dem Wagen, den einer von Randolfs Männern lenkte. Zwei der Begleiter hatten den Kampf nicht überlebt und lagen, zusammen mit dem vierten der Gruppe, ebenfalls unter mehreren Decken auf dem Wagen. Sie sollten auf dem kleinen Friedhof dicht bei der Kapelle, die sich auf Randolfs Grundstück befand, ihre letzte Ruhestätte finden. Brun begleitete gemeinsam mit einem von Randolfs Männern zu Pferd das schwere Fuhrwerk. Die Reise nach Gut Liestmunde würde länger dauern als sonst, denn das Pferd hatte schwer zu ziehen. Die aus dem Stall geretteten Tiere hatten sie mit Stricken am Wagen festgebunden.

»Was hat er damit gemeint? Ich reite doch mit Leiba«, fragte Henrika verwirrt.

Randolf machte eine leichte Kopfbewegung in Richtung des abgebrannten Tores, und Henrika folgte seinem Blick mit ungutem Gefühl. Der Weg zu der Stelle, wo der tote Körper ihrer Stute lag, fiel ihr unglaublich schwer. Langsam ließ sie sich neben dem Tier nieder, an dessen Hals eine klaffende Wunde prangte, und legte die Hand auf den noch warmen Körper. Die Augen des Pferdes standen weit offen, und Henrika dachte an den Tag vor vielen Jahren, an dem sie das Fohlen von ihrem Onkel als Geschenk erhalten hatte. Sie hatte ihm fest versprochen, gut für die Stute zu sorgen. Als sie Randolfs Hand auf ihrer Schulter spürte, schrak sie zusammen.

»Beim Kampf hat sie eine Schwertklinge getroffen, der ich ausgewichen bin. Sie hat noch gelebt, als ich sie fand, und ich habe ihr das Sterben erleichtert.«

Henrika hob den Kopf, starrte das lange Messer an, das in einer schmalen Ledertasche an Randolfs Gürtel befestigt war, und schluckte. »Besser das Pferd, als wenn Ihr dort liegen würdet«, erwiderte sie leise und ließ sich von ihm aufhelfen. »Und jetzt kümmere ich mich um Eure Wunde«, fuhr sie fort und wischte sich mit dem Handrücken über die Wangen.

Mit einem Mal wurde sie sich der Stille bewusst, die sie beide umfing, denn auch das Knistern der letzten schwelenden Feuerstellen war kaum noch zu hören. Unbewusst hob sie den Kopf, und im nächsten Augenblick verfing sich ihr Blick in den Tiefen von Randolfs warmen braunen Augen. Das letzte Knacken eines sterbenden Balkens riss sie aus der Verzauberung.

Randolf räusperte sich. »Dann sollte ich wohl jetzt die Hosen runterlassen«, meinte er trocken und machte sich an seinem Gürtel zu schaffen.

Henrikas Gesicht überzog sich schlagartig mit einer flammenden Röte, und sie drehte sich schnell weg. Als sie sich auf seine Aufforderung hin wieder umwandte, lag ein Hosenbein auf der Erde, während das andere sich um seinen Stiefel wickelte. Seine Kotte endete kurz vor den Knien und gab die Verletzung am Oberschenkel frei, die zum Glück nicht besonders tief war. Während Henrika sich darauf konzentrierte, die Verletzung zu verbinden, versuchte sie ihn dabei möglichst wenig zu berühren.

»Wer war der Mann?«

Randolf schien sofort zu wissen, wen sie meinte, denn er antwortete mit rauer Stimme: »Der Mörder Eures Großvaters. Ich habe ihn so viele Jahre vergeblich gesucht, dass ich fast schon an seinen Tod geglaubt habe, den Dietbert von Hanenstein uns so vehement versichert hat. Nicht im Traum hätte ich daran gedacht, ihm hier zu begegnen. Fast wäre ich wieder zu spät gekommen, aber zum Glück konnte ich endlich meinen Schwur von damals nach dem Überfall erfüllen.«

Henrika riss das Ende des Stoffstreifens ein und knotete es vorsichtig zusammen. Randolfs Antwort überraschte sie nicht, denn sie hatte den unglaublichen Hass in seinem Blick gesehen, als er zum entscheidenden Schlag ausgeholt hatte.

»Dann werdet Ihr jetzt also Dietbert von Hanenstein jagen?«, fragte sie tonlos, nachdem sie ihre Arbeit beendet hatte.

Randolf schüttelte den Kopf. »Nein, erst will ich abwarten, was Euer Onkel sagt. Die Entscheidung obliegt ihm.«

Dann bückte er sich, um in die Hose zu schlüpfen. Sein amüsiertes Schmunzeln entging Henrika, die sich hastig wieder abgewandt hatte und zu dem Pferd schritt, das angebunden an einem Holzpflock neben Randolfs Hengst stand. Sie klopfte dem unruhigen Tier leicht auf den Hals. Den Blick in Richtung Feuer vermied sie, aus Angst, dabei einen der verkohlten Körper der Angreifer zu erkennen.

»Danke für Eure Hilfe.« Randolfs Stimme erklang dicht hinter ihr.

Henrika spürte seine Nähe mit jeder Faser ihres Körpers. Sie atmete tief ein und wagte erst nicht, sich umzudrehen. Aber ihr Körper machte sich selbständig, und langsam wandte Henrika sich um. Als sie dabei Randolf mit dem Arm berührte, zuckte sie unmerklich zusammen. Der Ritter stand so dicht vor ihr, dass kaum eine Handbreit zwischen sie passte. Durch die ungewohnte Nähe übernahmen Henrikas aufgewühlte Gefühle die Kontrolle über sie, und als sie wie von Zauberhand geführt aufsah, trafen sich ihre Blicke erneut.

»Ich habe Euch zu danken, dass Ihr erneut Euer Leben für meine Familie aufs Spiel gesetzt habt. Außerdem habt Ihr den Verlust zweier Männer zu beklagen«, brachte sie mühsam und mit zitternder Stimme hervor.

Randolf hielt ihren Blick fest. »Wenn ich gewusst hätte, dass Ihr so gut mit dem Schwert umgehen könnt, hätte ich drei von ihnen zu Hause gelassen«, antwortete er leise, ohne jede Belustigung. »Hat Euer Onkel Goswin Euch das gelehrt?«

Henrika nickte stolz und vergaß für einen Moment ihre Befangenheit. »Er war der Meinung, es könne nicht schaden, wenn eine Frau sich zu wehren weiß. Ich denke, dass es mit dem zusammenhängt, was meiner Mutter geschehen ist. Aber sagt meinem Vater bitte nichts davon, es würde ihm nicht gefallen.«

Zum Zeichen seiner Zustimmung neigte Randolf leicht den Kopf, während sich in seinem Blick offene Bewunderung widerspiegelte, die Henrika in tiefe Verwirrung stürzte.

»Ihr versetzt mich immer wieder in großes Erstaunen, Henrika«, murmelte er mit rauer Stimme, und in seinen

Augen las sie die Worte, die unausgesprochen zwischen ihnen lagen.

»Danke für Euer Kompliment«, flüsterte sie und ließ den Kopf hängen, denn in die Bewunderung hatte sich etwas anderes gemischt. Ein kurzes Aufglimmen, das dieses allzu bekannte Kribbeln in ihrem Bauch auslöste, und ihre hilflosen Qualen, die mit aller Wucht wieder an die Oberfläche drängten.

Das Kribbeln verstärkte sich, als sie spürte, wie Randolf ihr mit dem Handrücken zärtlich über den Arm strich und ihr dabei mit dem Zeigefinger der anderen Hand das Kinn anhob, womit er ihren Blick wieder nach oben zwang.

Fast automatisch fuhr sie zart über Randolfs verschmutzte Wange und strich ihm die Haare nach hinten. Im nächsten Augenblick hatte er sie umfasst und an sich gezogen. Henrika gab sich dem leidenschaftlichen Kuss völlig hin, der ein Gefühl in ihr weckte, das sie zu überwältigen drohte, während sie Randolf fest mit beiden Armen umschlang. Eine Ewigkeit schien vergangen zu sein, als der Ritter sich widerstrebend von ihr löste und den Kopf in ihrem Haar vergrub.

Trotz des Schuldgefühls, das sie stärker denn je plagte, war Henrika von tiefem Glück erfüllt, was sie so noch nie zuvor erlebt hatte. Ihr Körper geriet in eine Art Schwerelosigkeit, und sie umklammerte Randolf fester, woraufhin auch er sie stärker an sich presste.

Mit heiserer Stimme flüsterte er ihr zu: »Du hast so wunderschön ausgesehen, als wir uns bei deinem Onkel begegnet sind, dass ich mich Hals über Kopf in dich verliebt habe. Ich habe dagegen angekämpft, aber ich kann nichts an meinen Gefühlen ändern.«

Henrika war klar, dass sie diese Worte niemals vergessen würde, ebenso wenig wie die zärtliche Berührung, mit der seine Hände über ihren Körper glitten, während seine Lippen erneut ihren Mund suchten. Erst spielte er nur zärtlich mit ihren geöffneten Lippen, dann wurde sein Kuss fordernder und raubte ihr fast den Verstand.

»Vielleicht habe ich mehr von meiner Mutter als gedacht«, flüsterte sie, als Randolf ihren Mund für einen kurzen Moment freigab und ihr mit den Lippen so zärtlich über den Nacken streifte, dass es sie schier zum Zerspringen brachte. Atemlos fuhr Henrika ihm durch die rauchverschmutzten Haare, als er mit einer Hand flüchtig ihre Brust berührte. Da erst wurde ihr bewusst, was sie gerade gesagt hatte, und tiefe Traurigkeit überkam sie, als sie ihre Gedanken laut aussprach. »Aber auch wenn es mir das Herz bricht, es darf nie wieder so weit kommen. Wir würden beide nicht glücklich werden, das weißt du so gut wie ich.«

Randolf hob den Kopf, und der offensichtliche Schmerz in seinem Antlitz reichte ihr als Antwort. Vom Kampf gezeichnet, ruhte sein Blick noch eine ganze Weile auf ihrem Gesicht, das ebenfalls keinen erfreulichen Anblick bot. Dann erst ließ er sie zögernd los und trat zur Seite, damit sie aufsitzen konnte.

»Hast du einen Moment Zeit für mich, Liebes?«

Henrika nickte und bat Mathilda, neben ihr Platz zu nehmen. Die Frau ihres Onkels sah unglaublich erschöpft aus, denn sie hatte sich kaum eine Minute Schlaf gegönnt, solange ihr Gemahl noch um sein Leben gekämpft hatte. Liebevoll legte Henrika ihre Rechte auf die schwielige, raue Hand Mathildas. Just in dem Augenblick fiel ihr ein, dass zu den Sorgen um das Leben Goswins auch noch die Sorge um Gunhild kam, von der sie immer noch nichts gehört hatten.

Mit einem dankbaren Lächeln strich Mathilda ihrer

Nichte über die Wange und holte dann tief Luft. »Ich möchte dir etwas sagen, was deinem Onkel und mir sehr wichtig ist. Jetzt, da du alles über deine Mutter und Esiko herausgefunden hast, ist dir sicher auch schon aufgefallen, dass unser Sohn den gleichen Namen trägt.« Nach einem zögernden Nicken Henrikas redete sie weiter. »Ich habe Esiko, ich meine deinen Vater, vor Goswin gekannt. Ihm haben wir es zu verdanken, dass dein Onkel mich überhaupt kennengelernt und später aus einer unerträglichen Situation befreit hat. Den Namen haben wir unserem Jungen aus tiefer Dankbarkeit gegeben. Damals lebte ich in einer kleinen Siedlung unterhalb von Burg Hanenstein. Der Name sagt dir sicher etwas. Esiko kam als Bote des Vogts der Goslarer Pfalz zu dem Herrn der Burg, und ich bin ihm auf dem Hinweg begegnet. Ich habe ihn danach übrigens nicht wiedergesehen, dafür habe ich einige Wochen später deinen Onkel kennengelernt. Wenn du möchtest, erzähle ich dir, was damals geschah.«

Wieder nickte Henrika, dieses Mal in gespannter Erwartung.

Esiko öffnete widerstrebend die Augen. Es war fast dunkel um ihn herum, und er fragte sich, ob er vielleicht doch bereits gestorben war. Aber als er den heftigen Kopfschmerz verspürte, war ihm klar, dass er Azzos Schläge überlebt hatte. Stöhnend versuchte er sich aufzurichten, aber seine Glieder rebellierten gegen die Bewegung, daher ließ er sich wieder in den Dreck fallen und schloss erneut die Augen. Eine ganze Weile später merkte er, wie jemand mit einem kalten Tuch über seine rechte Gesichtshälfte fuhr, denn die andere Seite lag noch immer auf dem erdigen Boden.

»Komm, versuch dich umzudrehen, ich helfe dir dabei.«

Esiko bemühte sich, der Aufforderung nachzukommen, und nach einer Weile gelang es ihm auch. Die Frauenstimme war ihm unbekannt, und so öffnete er zum zweiten Mal die Augen. Die Dunkelheit, die ihn vorher umfangen hatte, kam wohl eher von dem matschigen Boden, auf dem er lag. Gleichwohl die Dämmerung bereits hereingebrochen war, erkannte er die schwangere, junge Frau wieder, die ihm vor mehreren Stunden schon einmal begegnet war.

»Wo bin ich?«, murmelte er und verzog schmerzhaft das Gesicht, als er versuchte auf die Beine zu kommen, wobei er sich auf dem Ellbogen abstützte. Voller Ekel spie er Blut und befühlte dann vorsichtig mit der Zunge einen wackelnden Zahn.

»Im Burggraben. Sie haben dich am frühen Abend hierher gebracht und dein Pferd an den Baum dahinten gebunden. Ich habe mich erst bei Anbruch der Dämmerung getraut, nach dir zu sehen. Komm, versuch einen Schluck zu trinken.«

Jetzt erst merkte Esiko, wie durstig er war, und trank gierig das frische Wasser aus der Holzkelle, die sie ihm reichte. Allerdings lehnte sich sein geschundener Körper sofort gegen die hastige Bewegung auf, und er sank stöhnend zurück. Dankbar fühlte er, wie die Frau fortfuhr, ihm das Gesicht zu waschen.

»Es ist bald völlig finster. Die vielen Wolken verdunkeln den Mond, und du wirst den Weg bestimmt nicht finden. Wenn du möchtest, kannst du in meiner Hütte schlafen und morgen in aller Frühe aufbrechen.«

Esiko betrachtete die Fremde aufmerksam. Sie war ungefähr in seinem Alter, hatte ein schmales Gesicht und schön geschwungene Lippen. Die Farbe ihrer Augen konnte er nicht mehr richtig sehen, aber die wundervollen rötlichen Haare waren ihm noch von der ersten

Begegnung präsent. »Was sagt denn dein Mann dazu, wenn ich die Nacht bei euch verbringe?«, fragte er. »Einmal Prügel am Tag reichen mir.«

Sie schüttelte kurz den Kopf. »Mein Mann ist tot, ich lebe allein. Mein Name ist übrigens Mathilda. Schaffst du es, aufzustehen?«

Zögernd stützte er sich auf die Hände und drückte sich hoch, wobei er unter größter Anstrengung einen Aufschrei unterdrückte. Er war sich ziemlich sicher, dass mindestens eine Rippe gebrochen war und sein Kopf kurz vor dem Zerplatzen stand. Ungeachtet der bohrenden und stechenden Schmerzen und mit Hilfe von Mathilda erreichte er tatsächlich ihre kleine Lehmhütte. Schwer schnaufend ließ er sich gleich hinter dem Eingang auf den Boden nieder und schloss erschöpft die Augen. Es herrschte völlige Dunkelheit in dem einzelnen Raum, und an den Geräuschen konnte er erkennen, dass seine Helferin sich am Feuer zu schaffen machte.

Als die Schmerzen ein wenig nachgelassen hatten, erhob er sich mit Bedacht und blickte zu ihr hinüber. Von hinten war von ihrer fortgeschrittenen Schwangerschaft nicht das Geringste zu sehen. »Ich hoffe, ich habe mich nicht zu sehr auf dich gestützt. In deinem Zustand wäre das sicherlich nicht so gut.«

Mathilda drehte sich zu ihm um. Verwirrt bemerkte er, wie hübsch sie aussah. Die langen rötlichen Haare waren zu einem Zopf gebunden, aus dem sich eine Strähne gelöst hatte, die ihr ins Gesicht fiel. Im Feuerschein stellte er fest, dass ihre Augen grün schimmerten.

»Im Gegenteil. Es wäre nicht schade drum, wenn ich das Kind durch die Anstrengung verlieren würde. Wie es aussieht, wird sich mein Wunsch aber wohl nicht erfüllen.«

Mit Bestürzung vernahm er ihre Worte, und im ersten

Moment wusste er darauf keine Antwort, doch irgendwann hielt er die beklemmende Stille nicht mehr aus. »Ich habe immer angenommen, dass ein Kind beim Erinnern hilft und nicht Bedauern oder gar Hass auslöst. Oder ist dein Mann keine Erinnerung wert?«

Sie erhob sich schwerfällig und griff nach einer Holzschale, um sie ihm zu reichen. Da es keinen Löffel gab, fing er an, den Brei mit den Fingern zu essen. Dabei ließ er seine Retterin jedoch nicht aus den Augen.

»Mein Mann ist jede gute Erinnerung wert. Was allerdings nicht auf den Vater meines Kindes zutrifft. Aber was soll's«, murmelte sie. »Auf einen Bastard mehr oder weniger kommt es auch nicht mehr an.«

Jäh wurde Esiko klar, auf wen sie mit ihrer Äußerung anspielte, und das Bild der verweinten, jungen Frau, die er für einen kurzen Moment im Zimmer Burchards gesehen hatte, stieg klar und deutlich in ihm auf. Während der Zorn ihn immer mehr erfüllte, rang er um Worte. »Vielleicht hat er ja genug von dir und lässt dich nach der Geburt in Ruhe.«

Sie lachte bitter auf. »Leider nein! Seit drei Wochen muss eine andere aus unserer Siedlung herhalten, seitdem kann unser verehrter Burgherr meinen Anblick nämlich nicht mehr ertragen. Erst gestern war sein widerlicher Wachhund bei mir und hat sich davon überzeugt, ob ich das Kind noch immer im Bauch habe. Dabei hat er mich wissen lassen, dass unser gemeinsamer Herr langsam der armen Sigrid überdrüssig ist, deshalb soll ich mich spätestens eine Woche nach der Niederkunft bei ihm einfinden.«

Esiko brachte den Inhalt der Schüssel nicht mehr herunter und wusch sich die Hände in einem kleinen Holzeimer. Eine Frage hatte er noch, obgleich er die Antwort fürchtete. »Was ist mit deinem Mann geschehen?«

Mit einem Mal wirkte Mathildas Gesicht verschlossen, und ein verräterischer Glanz trat in ihre Augen. »Azzo«, flüsterte sie kaum hörbar. »Als er mich das erste Mal aus unserer Hütte zerrte, stellte mein Mann sich ihm in den Weg. Ich sah nur ein Messer aufblitzen, dann brach er zusammen.« Sie verstummte.

Esiko legte seine Hand auf ihre. »Vielleicht ist das Kind ja doch von deinem Mann«, versuchte er sie zu trösten, obwohl er wusste, wie wenig seine Worte halfen.

Sie hob den Kopf und sah ihn aus unendlich traurigen Augen an. »Wir waren bereits seit einem Jahr verheiratet, und der Wunsch nach einem Kind erfüllte sich nicht. Burchard von Hanenstein war während dieser Zeit im Auftrag des Grafen von Northeim unterwegs. Ich komme aus einem Dorf, nicht weit von dem seines Vetters. Es gehört zu einem Kloster, und mein Mann hat mich nur zur Frau nehmen dürfen, weil der dortige Abt Mitleid mit uns hatte.« Plötzlich blitzten ihre Augen auf. »Wenigstens hat man diesen schrecklichen Azzo für seine Tat bestraft und unser Burgherr hat einen Bauern verloren, auch wenn das meinen Mann nicht zurückbringt.«

Esiko streichelte gedankenverloren ihre Hand, die ganz rau und an manchen Stellen aufgesprungen war.

»Würde es dir etwas ausmachen, wenn ich in deinen Armen einschlafe? Es ist schon so lange her, dass ich mit einem netten Mann zusammen war.«

Ihre Bitte überraschte ihn, doch er zeigte es nicht und nickte, denn auch bei ihm war es schon längere Zeit her, dass er eine nette Frau in den Armen gehalten hatte.

Mathilda holte den Strohsack aus der Ecke, und Esiko ließ sich vorsichtig darauf nieder. Sie kuschelte sich in seinen Arm, stets darauf bedacht, seine Prellungen nicht zu berühren und gleichzeitig genügend Platz für ihren Bauch zu finden. Wenige Minuten später konnte er an ihren ruhigen Atemzügen erkennen, dass sie eingeschlafen war. Er spürte ihren weichen Körper, der sich an ihn schmiegte, und konnte nichts dagegen tun, dass er sich wünschte, es wäre jemand anders. Der lange Tag und sein geschundener Leib forderten schließlich ihren Tribut, und er schlief ebenfalls ein.

13. KAPITEL

»Henrika, was ist mit dir?«, fragte Betlindis besorgt, nachdem sie eine Zeitlang ihre in Gedanken versunkene Freundin betrachtet hatte, die abwesend aus dem Fenster starrte. »Welche schlimmen Gedanken betrüben bloß dein Gemüt?«

Dieses Mal fuhr die junge Frau auf und sah ihr Gegenüber mit einem entschuldigenden Lächeln an. »Verzeih, es wird nicht wieder vorkommen«, sagte sie leise und verließ ihren Platz. »Ich musste nur gerade an etwas denken, was Mathilda mir von Eurem Gut erzählt hat.«

Eine ganze Weile saßen die beiden Frauen schweigend nebeneinander, ohne dass Betlindis ihre Freundin drängte, ihr von dem Gespräch zu erzählen.

Sie waren nun schon seit einer Woche in Goslar, und noch immer konnte Henrika Randolfs Frau nicht in die Augen blicken. Das schlechte Gewissen quälte sie nicht nur tagsüber, sondern auch in der Nacht, wenn sie aus Alpträumen erwachte, in denen sie ihre Freundin tot gesehen hatte. Henrika hasste sich für das, was geschehen war, und dennoch wusste sie, dass sie es jederzeit wieder tun würde. Deshalb war sie doppelt froh darüber, dass Randolf nicht mit ihnen wie geplant nach Goslar gereist war, sondern dem Grafen von Northeim einen Besuch abstatten wollte.

Betlindis gab einen langen Seufzer von sich und holte die junge Frau damit erneut aus ihren Gedanken.

»Ich wünschte, du würdest mir sagen, was dich plagt. Hast du von Mathilda Dinge erfahren, die dich bedrücken? Geteiltes Leid ist halbes Leid, das weißt du doch. Wenn ich es nicht besser wüsste, würde ich fast vermuten, dass ein Mann dahintersteckt.«

Mit ihrer unbedachten Äußerung verscheuchte sie auch den letzten Rest von Henrikas Gedanken.

Als Betlindis die erschrockene Miene ihrer Freundin sah, lachte sie laut auf. »Keine Angst! Ich weiß ja, dass ich damit falsch liege. Entweder war ich in den letzten Monaten bei dir oder mein Mann. Und Randolf hätte mir mit Sicherheit Bescheid gesagt, wenn euch ein schneidiger Ritter begegnet wäre, der dein Herz erobert hat.«

Wie aus heiterem Himmel wurde Henrika übel, sie taumelte leicht und hielt sich am Bettpfosten fest.

Bestürzt stützte Betlindis ihre Freundin, dann befahl sie ihr, sofort das Bett aufzusuchen und sich auszuruhen. Dankbar über die unverhoffte Möglichkeit, floh Henrika fast aus dem Raum, und kurze Zeit später saß sie an dem kleinen Tisch, der in ihrer Kammer stand, und barg den Kopf in den Armen.

Otto von Northeim nahm mit gerunzelter Stirn an der langen Tafel Platz, die in der Mitte des großen Saals seines Stammsitzes aufgebaut war. Den fränkischen Herrensitz aus früherer Zeit hatten die Northeimer Grafen nach und nach ausgebaut, bis ein fürstlicher Grafensitz entstanden war, der allerdings zum größten Teil aus Holz und Fachwerk bestand.

Das Stimmengewirr, dem Graf Otto seit einiger Zeit lauschte, schwoll weiter an, bis er mit der Faust auf den Tisch schlug und eine fast gespenstische Stille eintrat.

»So geht das nicht weiter!«, donnerte er los und erhob sich von seinem Platz am Kopfende der Tafel. Mit beiden Händen stützte er sich auf die Tischplatte und blickte in die Runde. Fast alle bedeutenden Männer des sächsischen Hochadels waren auf seinen Ruf hin vor zwei Tagen erschienen, doch noch immer waren sie einer Lösung keinen Schritt näher gekommen. Alle waren sich zwar einig, dass sie sich eine weitere Beschneidung ihrer Macht durch den König nicht bieten lassen wollten, aber jeder kochte sein eigenes Süppchen.

Das war letztendlich das Schlimme daran! Die stetige Uneinigkeit unter den Fürsten des Stammes der Sachsen. Otto nahm sich davon nicht aus, ging es ihm doch vor allem um sein verlorenes Herzogreich Baiern und den ebenso verlorenen Einfluss beim König. Dabei waren dringende Aufgaben zu lösen, denn in der Zeit seiner Gefangenschaft und der immer noch währenden Haft Magnus Billungs hatten die Übergriffe der Elbslawen rapide zugenommen. Ohne die Krieger des Billungers konnte der geschwächte Graf Otto nun mal nicht viel gegen die Angriffe ausrichten. Jeder seiner Versuche, beim König eine Freilassung des sächsischen Herzogs zu erreichen, war jedoch auf taube Ohren gestoßen.

»Wir können dem weiteren Verfall der moralischen Werte des Königs nicht tatenlos zusehen«, eiferte sich Burchard von Halberstadt. Er war ein Neffe des Kölner Erzbischofs Anno und zudem ein vehementer Parteigänger des Papstes sowie seiner Reformpolitik, und das nicht nur, was die Verteilung der Kirchenämter anging. »Heinrich hat sich bisher leider sämtlichen Versuchen unempfänglich gezeigt, die auch nur in die Richtung der Reformbestrebungen des Papstes gehen.«

Otto seufzte tief und schloss für einen Moment die Augen. Auch hierin bestand Uneinigkeit, denn manchen der Anwesenden ging es eher um die angeblich fehlenden moralischen Werte des Königs als um die schlechte Situation der Sachsen. Ihm selbst war das dagegen völlig egal, solange der König gerecht war und auf die richtigen Berater hörte.

Und natürlich, solange seine eigene Situation als wichtig und machtvoll zu bezeichnen war. Genau das war seit jenem unseligen Vorwurf der Verschwörung gegenüber dem König vor gut drei Jahren eben nicht mehr der Fall. Zwar hatte er fast seinen kompletten Besitz zurückbekommen, aber eine Bedingung für seine Haftentlassung hatte darin bestanden, dem König einen Teil seines Allods zu übertragen.

»Sollen wir zulassen, dass Heinrich weiterhin rücksichtslos unsere Burgen vereinnahmt und sie mit schwäbischen Landsmannen besetzt?«, kreischte der von den königlichen Soldaten vertriebene Statthalter der Lüneburg und erntete vereinzelt Beifall dafür.

Otto hielt sich in dieser Frage zurück, nicht nur, weil er den Mann nicht ausstehen konnte, sondern vor allem, weil er den wahren Hintergrund für die Vereinnahmung der Burg kannte, die sich vormals in dem Besitz der Billunger befunden hatte. Der König hatte wegen der verstärkten Angriffe der Elbslawen, vor allem nach der erneuten Verwüstung Hamburgs, seiner Ansicht nach gar keine andere Wahl gehabt, als die Burg als salischen Stützpunkt im Grenzgebiet zu nutzen. Außerdem gab es sehr wohl unter der Besatzung auch sächsische Adelige, aber das verschwieg er hier wohlweislich. Schließlich galt es, im Moment nicht für den König Partei zu ergreifen, sondern nach einer Möglichkeit zu suchen, um unter anderem die Freilassung des sächsischen Herzogs zu erwirken und die Politik des Königs zu verändern.

»In dem Zusammenhang darf ich an meine Burg Vockenrode erinnern, die ebenfalls in den Besitz des Königs übergegangen ist«, griff Pfalzgraf Friedrich von Sachsen in die Diskussion ein.

Otto verdrehte die Augen, denn der Bruder des verstorbenen Erzbischofs Adalbert war kein Mensch, dessen Wohlwollens er sich sicher sein konnte. Immerhin war Friedrich seinerzeit maßgeblich an Ottos Absetzung beteiligt, die mit den angeblichen Attentatsbeschuldigungen in Zusammenhang stand. Der Graf von Northeim wollte gerade ein Machtwort sprechen, als einer seiner Diener an ihn herantrat und einen Besucher meldete.

»Meine Freunde, heißt mit mir einen engen Vertrauten unseres Königs willkommen«, sagte er mit lauter Stimme, und die Gespräche verstummten abrupt.

Otto war sich sicher, dass Randolf die feindselige Stimmung und die Stille spürte, die ihm beim Eintreten entgegenschlugen, denn sie waren alles andere als angenehm. Trotzdem ließ er sich nichts anmerken und ging geradewegs auf den Grafen zu. Allerdings blieb diesem nicht verborgen, dass sein Besucher auf dem Weg zu ihm im Vorbeigehen aus den Augenwinkeln einige bekannte Gesichter bemerkte, die er jedoch nicht begrüßte. Nachdem er dem Hausherrn seine Ehrerbietung gezollt hatte, verbeugte er sich kurz vor den anderen versammelten Adeligen, von denen manche mit einem knappen Nicken antworteten.

»Ich komme anscheinend ungelegen, Euer Durchlaucht, und bitte um Verzeihung«, wandte sich Randolf an Otto von Northeim.

»Ich bitte Euch, Randolf, Ihr kommt niemals ungelegen und seid selbstverständlich mein Gast. Ihr seht hungrig aus, habt Ihr einen weiten Ritt hinter Euch?«

»Das kann man sagen, denn ich komme direkt von meinem Gut und befinde mich auf dem Weg nach Regensburg zum König«, gab Randolf müde zurück.

Er setzte sich auf den eilig herbeigebrachten Stuhl neben dem Grafen und begegnete den teilweise feindseligen Blicken offen. Langsam kamen die Gespräche wieder in Gang, die sich nun allerdings um unverfängliche Themen drehten, und der Ritter nutzte seinen Platz neben dem Grafen, um sein Anliegen vorzubringen.

»Hättet Ihr möglicherweise heute noch etwas Zeit für mich, Euer Durchlaucht?«, fragte er zwischen zwei großen Schlucken Wein, der hervorragend schmeckte und ihn belebte.

»Wenn Ihr möchtet, können wir uns, nachdem Ihr Euch gestärkt habt, in meine Räume zurückziehen. Dort sind wir ungestört«, erwiderte Otto und biss herzhaft in ein Stück Wildbret.

Den misstrauischen Ausdruck auf dem Gesicht seines Sohnes Kuno schien er nicht zu bemerken, Randolf dagegen entging er nicht.

»Oder ist es Euch lieber, wenn wir unser Gespräch auf den nächsten Morgen verschieben? Ihr könnt Euch jederzeit nach Belieben zurückziehen, wenn unsere Gespräche Euch langweilen.«

Randolf schien den Wink zu verstehen, denn er stimmte zu und zog sich gleich nach dem Essen in die ihm zugewiesene kleine Kammer zurück.

Nachdem der ungebetene Gast verschwunden war, ging die unterbrochene Diskussion sofort weiter. Graf Otto zog seinen Drittgeborenen zur Seite, denn ihm war durch Randolfs Erscheinen eine Idee gekommen. In kurzen Sätzen setzte er Kuno davon in Kenntnis, der allerdings wenig begeistert war und das auch offen kundtat.

»Wieso sollte ich das tun? Wir haben keinerlei Mitgift zu erwarten, was in unserer jetzigen Position wohl kaum erstrebenswert ist. Sie verfügt weder über einen

Namen noch über eine nennenswerte Familie und bringt uns rein gar nichts!«

Verärgert über die Reaktion seines Sohnes erwiderte der Graf in scharfem Ton: »Es steht dir nicht zu, meine Entscheidungen in Frage zu stellen!« Er atmete tief durch und fuhr dann in einem sanfteren Ton fort: »Hast du vergessen, worum es geht? Ich will meine Herzogwürde zurück, und nichts wird mich davon abhalten. Sollte es zum offenen Konflikt mit Heinrich kommen, so ist es auf jeden Fall gut, wenn wir weiterhin gute Kontakte zu den engsten Vertrauten des Königs pflegen. In den Jahren, in denen ich einer der Berater des damals noch sehr jungen Königs war, konnte ich gut mitverfolgen, wie sehr er auf die Meinung Randolfs achtet. Dem wiederum liegt das Wohlergehen dieser jungen Frau sehr am Herzen, da ihm ihre Familie viel bedeutet und er deren Reputation unbedingt erreichen will. Die kann ich ihm zwar im Augenblick nicht geben, etwas anderes dagegen schon! Bieten wir dem Fräulein einen gesellschaftlichen Aufstieg, dann können wir uns der Unterstützung des Ritters beim König sicher sein. Der Mann hat ein ausgeprägtes Ehrgefühl und würde sich uns im Gegenzug sicher verpflichtet fühlen.

Nicht zu vergessen, dass einer ihrer Onkel beim Herzog von Schwaben als Vasall dient. Ein weiterer nicht außer Acht zu lassender Punkt für diese Verbindung, denn Rudolf von Rheinfeldens Einfluss ist nicht zu unterschätzen, und wir werden ihn vielleicht schon bald brauchen. Außerdem weiß ich zufällig, dass sie sehr hübsch ist. Das würde dir sicherlich ebenfalls entgegenkommen.«

Mürrisch gab Kuno sein Einverständnis, und sein Vater klopfte ihm aufmunternd auf die Schulter.

»Wenn alles nach Plan verläuft, dann benötigen wir

keine Mitgift deiner Braut. Und sollte sie dich langweilen, hast du immer noch die Möglichkeit, deine Lust anderweitig zu stillen.«

Ein Klopfen ließ Henrika von ihrem Platz am Tisch auffahren. Sie erhob sich hastig und strich ihre rotbraune Kotte glatt, die an den weiten Ärmeln und am Halsausschnitt mit einer hellen Borte verziert war. Auf ihre Aufforderung hin trat zu ihrer Überraschung ihr Vater ein. Sie hatte ihn seit ihrer Rückkehr erst ein einziges Mal gesehen.

»Vater, was tut Ihr hier? Ist etwas geschehen?«

Clemens umarmte seine Tochter herzlich, hielt sie dann auf Armeslänge von sich und betrachtete sie prüfend. »Nein, es ist alles in Ordnung. Aber ich habe eine Nachricht von der edlen Frau Betlindis erhalten. Sie sorgt sich um dich.«

Henrika schalt sich dafür, dass sie ihre Gemütslage so offen zur Schau trug, und nahm sich vor, dringend etwas daran zu ändern. »Ihre Sorge ehrt mich, ist aber völlig unbegründet. Ich habe mich in der letzten Zeit nur ein wenig müde gefühlt, das wird schon wieder. Wie geht es Großmutter?«

Edgitha hatte bei Henrikas Besuch das Bett gehütet, da sie, von einem Boten Randolfs über den Überfall und die schwere Verletzung ihres Sohnes ins Bild gesetzt, einen Schwächeanfall erlitten hatte. Erschrocken über den Anblick ihrer blassen Großmutter, hatte Henrika den Entschluss gefasst, alles in ihrer Macht Stehende zu tun, um Edgitha ihren größten Wunsch zu erfüllen: den Namen ihres verstorbenen Mannes wiederherzustellen! Obwohl sie über nichts anderes mehr nachdachte, war ihr noch keine zündende Idee gekommen, was nicht weiter verwunderlich war, schließlich hatten Randolf und ihre beiden Onkel es in den letzten Jahren mehrfach versucht. Aber Henrika hatte sich in den letzten Wochen so verändert, dass sie es nach wie vor für möglich hielt.

Es ging Edgitha immer noch nicht wieder gut, aber nach den Worten des Münzmeisters befand sie sich auf dem Weg der Besserung.

»Deine Großmutter ist zäher, als es den Anschein hat. Sie wird mich bestimmt auch noch überleben«, sagte Clemens, ging zum Fenster und blickte hinaus auf den Pfalzplatz. »Weißt du, wann Herr Randolf zurückerwartet wird? Trifft er erst mit dem König ein oder schon früher?«

Henrika gab sich betont gleichgültig, als sie ihm mitteilte, dass sie nichts Näheres wisse, ihm aber gerne Bescheid gebe, sobald sie von seiner Frau etwas erfuhr. »Wieso fragt Ihr?«

Der Münzmeister zögerte ein wenig mit der Antwort. »Es geht um den Mann, den er vor einigen Wochen zu uns gebracht hat. Ich weiß nicht, ob du darüber Bescheid weißt, Guntram ist sein Name, und er ist ein einfacher Bauer aus der Gegend um die Hartesburg.« Als er Henrikas verständnislosen Gesichtsausdruck sah, winkte er ab. »Ist nicht so wichtig. Der Mann hilft mir in meiner Werkstatt, und ich bin außerordentlich zufrieden mit ihm, aber zu meinem Leidwesen möchte er unter allen Umständen zurück. Immerhin konnte ich ihm das Versprechen abnehmen, bis zur Rückkehr des Herrn Randolf zu warten. Schließlich ist er ein Unfreier, und wer weiß, was geschieht, wenn ihn jemand unterwegs aufgreift.«

»Ich versuche herauszubekommen, wann mit seinem Eintreffen zu rechnen ist, dann sage ich Euch Bescheid«, versprach Henrika, die neugierig geworden war.

Vater und Tochter unterhielten sich noch eine Weile,

und als die junge Frau den Münzmeister hinausbegleitete, hatte sich ihre Gemütslage deutlich gebessert.

Da sie Betlindis zugesichert hatte, Herwin vom Stift abzuholen, machte sie sich anschließend auf den Weg dorthin. Randolfs Sohn wurde dort in der Zeit ihres Aufenthalts von einem Priester unterrichtet.

»Edles Fräulein!«

Henrika, die gerade die Stufen zur Kirche hochgehen wollte, hielt inne und drehte sich um. Im nächsten Augenblick verhärtete sich ihre Miene.

»Bitte, geht nicht weg! Ich habe Euch zufällig gesehen und wollte Euch nur begrüßen, wenn Ihr es erlaubt«, sagte Dietbert von Hanenstein in flehendem Tonfall. Sein Reiseumhang war staubig, und wäre nicht das Leuchten in seinen Augen gewesen, hätte sie ihn als völlig übermüdet bezeichnet.

»Das habt Ihr ja nun getan. Entschuldigt mich bitte, aber ich muss weiter«, erwiderte Henrika kühl, wandte sich um und setzte ihren Weg fort, ohne sich nochmals umzudrehen. Sein enttäuschter Gesichtsausdruck blieb ihr dadurch verborgen.

Den restlichen Tag wollte die Stimmung, die seit dem Wiedersehen mit Dietbert Besitz von ihr ergriffen hatte, sich nicht bessern. Selbst dann nicht, als Betlindis ihr beim Abendessen eröffnete, dass sie eine Nachricht von Randolf erhalten habe, in der er ihr mitteilte, dass der König seine Pläne geändert hatte. Nachdem Heinrich das Osterfest in Regensburg gefeiert hatte, wollte er entgegen seinen bisherigen Pläne nicht nach Goslar weiterreisen, sondern das Pfingstfest in Augsburg verbringen. Randolf sollte ihm dorthin folgen, so dass in der nächsten Zeit nicht mit seinem Eintreffen in Goslar zu rechnen war.

Betlindis' gute Laune war seitdem ebenfalls getrübt,

und nun oblag es Henrika, ihre Freundin aufzumuntern. Die junge Frau war erleichtert, dass ihr nächstes Treffen mit Randolf bis auf weiteres aufgeschoben war, und machte sich wie versprochen nach dem Essen auf den Weg zu ihrem Vater. Sie hoffte, dass ihre Großmutter noch nicht schlief, denn Edgitha freute sich immer über Henrikas Besuche, und seit deren Rückkehr hatte sich ihr Gesundheitszustand deutlich gebessert. Betlindis wollte früh zu Bett, da ihr Gemahl wieder einmal auf sich warten ließ, fühlte sie sich auf einmal fremd in Goslar und litt unter plötzlich auftretenden Kopfschmerzen.

Da die ersten beiden Wochen des Aprils fast vorüber waren, setzte die Dämmerung nicht mehr ganz so früh ein. Zügig gelangte Henrika zum Haus ihres Vaters, und nachdem Albrun sie eingelassen hatte, ging sie auf direktem Weg in seine Werkstatt, wo sie ihn wie immer um diese Zeit noch vorzufinden glaubte. Statt des Münzmeisters saß lediglich ein blonder Mann von ungefähr zwanzig Jahren auf einer der langen Holzbänke und arbeitete so konzentriert, dass er noch nicht einmal ihr Eintreten bemerkte.

Henrika schloss leise die Tür und sah ihm interessiert dabei zu, wie er die scharfen Kanten eines Schrötlings mit einem hölzernen Schlegel glättete. In der linken Hand hatte er eine Fasszange, mit der er den gegossenen Metallklumpen festhielt, während er mit der rechten die Ränder bearbeitete, indem er mit Hilfe eines großen Holzhammers gleichmäßig zuschlug. Henrika, die in ihrer Kindheit viel Zeit in der Werkstatt verbracht hatte, kannte jeden Vorgang genau und sah mit einem Blick, dass der Mann sehr sorgfältig und genau arbeitete. Gleichzeitig bot sein Äußeres ein ansprechendes Bild und weckte ihre Neugier, zumal sie vermutete, dass es sich bei dem Arbeiter um den Mann handelte, von dem ihr Vater gesprochen hatte. Seine weizenblonden Haare glichen ihrer eigenen Haarfarbe und waren kurz geschnitten. Das leicht eckige Gesicht war bartfrei, und an der ihr zugewandten Wange zog sich vom Haaransatz bis kurz vor den Mundwinkel eine feine Narbe, die zwar gut verheilt war, aber nicht wirklich alt erschien. Obwohl er mit leicht vorgebeugtem Oberkörper rittlings auf der Bank saß, war seine hochgewachsene Gestalt zu erkennen. Da es in der Werkstatt meistens sehr warm war, trug der Arbeiter einen ärmellosen grauen Kittel, und bei jedem Schlag spannten sich seine Muskeln am Oberarm.

Vielleicht spürte der Mann, dass er beobachtet wurde, denn auf einmal hielt er inne und sah direkt in Henrikas Richtung, die peinlich berührt den Blick erwiderte. Ohne Hast legte er die Werkzeuge aus der Hand und erhob sich. Allerdings blieb er vor der Bank stehen und trat nicht näher, sondern verbeugte sich an Ort und Stelle.

»Sucht Ihr den Herrn Münzmeister, edles Fräulein?«, fragte er mit tiefer, angenehmer Stimme.

Henrika räusperte sich und nickte hastig, um ihre Verlegenheit zu verbergen. »Weißt du, wo er sich aufhält?«

In dem Moment öffnete sich die Werkstatttür, und der Münzmeister trat ein. Verdutzt musterte er seine Tochter, während er den Raum wieder hinter sich verschloss. »Henrika, was führt dich zu dieser späten Stunde noch hierher?«

Die junge Frau war dankbar über das Eintreffen ihres Vaters und lächelte erleichtert. »Eine Nachricht, die ich Euch zugesichert hatte, Vater. Sie betrifft Euren Arbeiter, ich nehme an, es handelt sich dabei um den Mann hier«, antwortete sie, während sie den Kopf leicht in die Richtung des Arbeiters neigte.

»Geht es um Herrn Randolfs Rückkehr? Dann komm

ein wenig näher, Guntram, und höre, was meine Tochter zu berichten hat.«

Falls der Mann überrascht war, dass es sich bei der Besucherin um die Tochter seines Arbeitgebers handelte, so ließ er es sich nicht anmerken.

Nachdem Henrika ihr Wissen kundgetan hatte, war Guntram die Enttäuschung deutlich anzusehen. Er bedankte sich höflich und ging mit hängenden Schultern zurück an seinen Arbeitsplatz.

Clemens folgte ihm nach kurzem Zögern und legte eine Hand auf die Schulter des blonden Mannes. »Da du nun noch eine Weile bleiben wirst, könnte ich dir morgen die Hammerprägung zeigen.«

Guntram presste die Lippen aufeinander und nickte stumm, dann nahm er die beiden Werkzeuge wieder zur Hand und fuhr mit seiner Arbeit fort.

Henrika umarmte ihren Vater, der ebenfalls noch zu arbeiten hatte, und versprach, am nächsten Tag bei ihrer Großmutter vorbeizuschauen, da die alte Dame sich bereits zu Bett begeben hatte. Die junge Frau hatte es eilig, denn sie wollte vor Einbruch der Dunkelheit noch etwas erledigen. Wie aus heiterem Himmel war ihr ein Gedanke gekommen, der sie seitdem nicht mehr losließ, und es drängte sie danach, den Plan, der sich nach und nach in ihrem Kopf zusammenfügte, in die Tat umzusetzen.

Der Zufall wollte es, dass Henrika zusammen mit Albrun das Haus verließ. Die junge Mutter schlief seit der Geburt ihres Kindes nur noch gelegentlich in der kleinen Kammer im Haus des Münzmeisters und war auf dem Weg nach Haus. Henrika erkundigte sich nach dem Wohlergehen ihrer kleinen Tochter, und nach einer kurzen Plauderei verabschiedete sie sich vor den Pferdeställen, in denen die Tiere von des Königs Rittern untergebracht waren.

Henrika hatte Glück, denn mindestens zwei Jungen waren emsig damit beschäftigt, frisches Stroh zu verteilen.

»Weiß einer von euch, wo ein gewisser Dietbert von Hanenstein sein Quartier hat? Er ist heute erst eingetroffen.«

Der ältere von beiden schüttelte nur mürrisch den Kopf, aber der andere, ein aufgeweckt wirkendes Bürschchen von vielleicht neun Jahren, trat einen Schritt vor. »Wo er wohnt, weiß ich nicht, aber Ihr findet ihn dort hinten, bei seinem Pferd«, antwortete er, nicht ohne gewissen Stolz in der Stimme.

Henrika blickte in die angegebene Richtung, und im selben Moment lugte hinter einer Holzwand der Kopf des Gesuchten hervor, auf dessen Antlitz sich Überraschung widerspiegelte.

Henrika straffte sich und ging mit energischen Schritten auf ihn zu. »Habt Ihr einen Augenblick Zeit? Ich würde Euch gerne etwas fragen«, sagte sie kühl und hielt dabei gebührenden Abstand.

Dietbert verbeugte sich und legte den Beutel, den er in der Hand trug, auf den strohbedeckten Boden. »Für Euch habe ich immer Zeit, edles Fräulein. Sagt, wie kann ich Euch helfen?«, fragte er und blickte sie mit offener Bewunderung an.

Henrika war das äußerst unangenehm, und mit einem Mal war sie sich nicht mehr sicher, ob ihr Plan wirklich so gut war. Doch nun war es zu spät für eine Umkehr. Um nicht länger als nötig in seiner Gegenwart zu verweilen, brachte sie ihre Frage auf direktem Weg vor. »Habt Ihr den Überfall auf den Hof meines Onkels veranlasst?«

Die Bewunderung wich schlagartig Verblüffung, die so echt wirkte, dass sie Henrikas Ansicht nach unmöglich gespielt sein konnte.

»Wie? Euer Onkel? Ich verstehe nicht ganz«, gab Dietbert schließlich von sich.

»Ja, mein Onkel Goswin! Vielleicht erinnert Ihr Euch dunkel, dass Ihr ihn damals zu Pfingsten schwer verletzt habt. Wolltet Ihr nun zu Ende bringen, was Euch damals misslungen ist? Habt Ihr deshalb Euren widerwärtigen Helfer mit seinen Männern losgeschickt?«, brach es heftig aus Henrika hervor.

»Ich habe es schon bei unserem letzten Gespräch nicht abgestritten, dass ich an der Verletzung Eures Onkels die Schuld trage. Aber ich versichere Euch, dass ich von einem Überfall auf Eure Verwandten nichts weiß! Mein Vater und ich mussten nach dem Überfall auf Eure Familie meinem Onkel schwören, dass wir sie künftig in Ruhe lassen. Glaubt mir, ich würde es nicht wagen, einen Schwur gegen den Grafen von Northeim zu brechen, seine Rache würde alles übersteigen, was in meiner Vorstellungskraft liegt. Außerdem wisst Ihr um meine Gefühle für Euch. Glaubt Ihr allen Ernstes, ich würde Euch so etwas antun?«

Die selbstbewusste Haltung fiel von Henrika ab, und sie zuckte hilflos mit den Schultern. »Ich weiß nicht, was ich glauben soll«, flüsterte sie, »aber auf jeden Fall war Azzo dabei. Immerhin hat er dafür bezahlt.«

Dietbert, der merkte, dass Henrika ein wenig durcheinander war, griff nach ihrer Hand und führte sie an seine Lippen. »Ich habe schon seit Jahren keinen Kontakt mehr zu diesem Ungeheuer, und wenn er tot ist, wie Ihr sagt, so danke ich Euch dafür«, murmelte er und hauchte ihr einen Kuss auf den Handrücken.

Die junge Frau starrte ihr Gegenüber entgeistert an und zog ruckartig die Hand weg. »Dankt nicht mir, sondern Randolf von Bardolfsburg. Ich nehme an, er ist Euch nicht unbekannt«, erwiderte sie eisig.

Dietberts Gesichtszüge verhärteten sich, als Henrika den verhassten Namen aussprach, und er griff erneut nach ihrem Handgelenk. Bevor sie protestieren konnte, zog er sie dicht an sich heran und sagte leise mit warnender Stimme: »Selbstverständlich kenne ich ihn. Ihm habe ich es zu verdanken, dass der König meinen Antrag rigoros abgelehnt hat, nachdem er einer Ehe mit Euch zunächst zugestimmt hatte.«

Henrika atmete tief durch und straffte sich wieder, um Kraft für ihre zweite Frage zu sammeln. »Es gibt noch etwas, was ich wissen möchte. Ich nehme an, Ihr wisst von den Verleumdungen, die über meinen Großvater kurz vor seinem Tod in die Welt gesetzt wurden. Es steht wohl außer Frage, dass Euer Vater daran die Schuld trägt, nur leider konnte ihm nichts nachgewiesen werden.« Henrika fühlte sich unter dem lauernden Blick Dietberts äußerst unwohl, aber sie sprach unbeirrt weiter. »Ihr habt mir einmal erzählt, dass Ihr Euren Vater gehasst habt, außerdem gebt Ihr vor, tiefere Gefühle für mich zu hegen. Könnt Ihr mir dabei helfen, diese abscheulichen Gerüchte aus der Welt zu schaffen?«, fragte sie und versuchte, ihren Worten einen möglichst beiläufigen Klang zu geben.

»Ich kann Eure Klugheit nur bewundern, mein liebes Fräulein«, sagte Dietbert in einem Ton, der Henrika nicht gefiel. »Ihr wendet Euch genau an den richtigen Mann, denn in der Angelegenheit kann Euch der ehrenwerte Randolf nicht helfen! Dazu bin höchstwahrscheinlich allein ich in der Lage, was ich selbstredend unter bestimmten Voraussetzungen gerne unter Beweis stellen werde.«

Misstrauisch erwiderte Henrika seinen verlangenden Blick, denn ein unbestimmtes Gefühl sagte ihr, dass er einen hohen Preis verlangen würde. »Was wollt Ihr?«, fragte sie tonlos und ließ zu, dass er sie erneut berührte, denn das Verlangen, den größten Wunsch ihrer Großmutter zu erfüllen, war im Augenblick stärker als ihr Widerwille.

Dietbert hielt sie weiter fest, während er ihr eine Haarsträhne aus dem Gesicht strich und mit belegter Stimme dicht an ihrem Ohr raunte: »Euch!«

»Ich soll mich Euch wie eine Hure hingeben?«, fragte sie fassungslos und wich ein Stück zurück.

Heftig schüttelte Dietbert den Kopf und erwiderte gekränkt: »Ich bin nicht mein Vater! Nein, erhört meinen Antrag und werdet meine Frau, nicht mehr und nicht weniger. Dann werde ich höchstpersönlich beim König vorsprechen und bezeugen, was ich damals von dem Auftrag meines Vaters mitbekommen habe. Der Mann, der den Brief mit den Anschuldigungen entgegengenommen hat, ist zwar nicht mehr am Leben, aber da ich ebenfalls zugegen war, wird mein Wort sicher ausreichen.«

»Während ich mit dem Sohn des Mannes verheiratet bin, der für das Unglück verantwortlich ist«, spie ihm Henrika entgegen.

»Vorsichtig!«, warnte Dietbert. »Ich habe Euch schon einmal gesagt, dass ich nichts dafür kann, und Ihr werdet bestimmt im Laufe der Zeit einige gute Eigenschaften an mir entdecken. Rettet mich, edle Henrika«, flehte er eindringlich.

»Fräulein Henrika, seid Ihr hier?«

Aufatmend drehte sie sich um und sah am Eingang des Stalles die hochgewachsene Gestalt Guntrams stehen. Dietbert hielt zwar noch immer ihre Hand fest, was sie jedoch nicht daran hinderte, laut zu rufen. Sofort sahen auch die beiden Stallburschen zu ihnen hinüber, und Guntram eilte mit großen Schritten auf sie zu. Mit einem ärgerlichen Laut ließ Dietbert ihre Hand los, und bevor der Arbeiter ihres Vaters sie erreicht hatte, zischte sie: »Ich werde es auch ohne Eure Hilfe schaffen!«

Als Henrika abends im Bett lag, war sie noch immer viel zu aufgewühlt, als dass sie hätte Ruhe finden können. Sie war ihrem Ziel, die Ehre ihres Großvaters wiederherzustellen, fast schon beängstigend nahe gerückt und ertappte sich bei dem Wunsch, sie hätte Dietbert von Hanenstein nie danach gefragt. Im Augenblick kam es ihr vor, als hätte sich vor ihr eine Mauer aus Problemen aufgebaut, die täglich höher wurde. Um sich abzulenken, wanderten ihre Gedanken zu ihrem Onkel, der sie nach Goslar begleitet hatte. Zwar befand Brun sich längst auf dem Weg zum Herzog von Rheinfelden, zu dem er vor vielen Jahren als Knappe gezogen war, doch zu Henrikas Freude war ihr Verhältnis seit dem letzten Zusammentreffen mit ihrem jüngeren Onkel enger geworden.

Das Gespräch, das sie nach ihrer Ankunft in Goslar mit Brun geführt hatte, verhalf ihr jetzt zu ein wenig mehr Ruhe, zeigte es Henrika doch die innere Verbundenheit, die zwischen ihr und den Brüdern ihrer Mutter herrschte.

»Mir scheint, nicht nur deiner Mutter ist eine tragische Liebe vorbestimmt gewesen«, hatte Brun ohne erkennbare Regung bemerkt.

Sie waren auf dem Rückweg vom Haus des Münzmeisters zu der Unterkunft, in der Randolfs Familie und Henrika untergebracht waren. Die junge Frau war damit der Bitte von Betlindis nachgekommen, die sich einsam und mit Herwin ohne Hilfe schnell überfordert fühlte.

Abrupt war Henrika stehen geblieben und hatte um Worte gerungen.

Brun schien keine Antwort zu erwarten, denn er griff nach ihrer Hand und drückte sie leicht. »Keine Sorge, dein Geheimnis ist bei mir sicher, ich habe aus den Fehlern der Vergangenheit gelernt. Aber vergiss nicht, bei deiner Mutter war die ganze Sache dem Untergang geweiht, bei dir wäre es mehr als tragisch, denn er gehört einer anderen, und du wärst nichts anderes als sein Kebsweib.«

Wütend riss Henrika die Hand weg und lief los.

Brun hatte sie gleich darauf eingeholt. »Versteh mich bitte nicht falsch!«, bat er eindringlich. »Ich finde, ihr passt hervorragend zusammen, nur leider bist du ein paar Jahre zu spät gekommen. Ich will nicht, dass auch du dich ausschließlich von deinen Gefühlen leiten lässt!«

»Keine Sorge, ich werde die Familie nicht einer solchen Schande aussetzen, wie es meine Mutter getan hat«, höhnte die junge Frau verächtlich und wollte sich erneut losreißen.

Ihr Onkel war jedoch schneller und hielt sie fest. Ruhig begegnete er ihrem aufgebrachten Blick und entgegnete achselzuckend: »Mir wäre das alles völlig egal, genau wie damals bei meiner Schwester. Aber du würdest nicht glücklich werden, allein deshalb warne ich dich. Im Übrigen brauchst du dich nicht zu sorgen, denn es war nicht offensichtlich. Ich habe in dem Moment bloß meine Schwester in deinen Augen gesehen.«

Henrika gab ihren Widerstand auf und lehnte sich an ihren Onkel, der ohne zu zögern die Arme um sie schloss.

Am nächsten Morgen reiste er ohne ein weiteres Wort ab.

14. KAPITEL

Randolf hatte trotz seiner bleiernen Müdigkeit keine gute Nacht hinter sich, schließlich gab es hier nicht wenige Menschen, die ihn aufgrund seiner Königsnähe abgrundtief hassten. Mit großer Sorge hatte er am vergangenen Abend nicht nur die engen Vertrauten Ottos wie etwa Burchard, den Bischof von Halberstadt, und Werner von Steußlingen, den Erzbischof von Magdeburg, sowie die Grafen von Stade unter den Anwesenden erkannt, sondern auch einige thüringische Adelige wie Ludwig von Schauenburg. Es brauchte nicht viel Vorstellungskraft, um zu erraten, wozu sich diese hohen Herren zusammengefunden hatten, zu denen im Übrigen auch sein eigener Schwiegervater Graf Hermann zählte, den er wie gewohnt nur knapp begrüßt hatte.

Der Ritter war froh, dass der Graf von Northeim anscheinend genau wie er zu den Frühaufstehern zählte, denn außer den beiden Männern fand sich kurz nach dem Morgengrauen niemand zum Frühstück ein. Nach dem üblichen Geplänkel kam Randolf schnell zur Sache und fragte seinen Gastgeber direkt, was er über den Überfall auf Goswins Hof wisse.

»Es tut mir sehr leid, dass die Familie nicht zur Ruhe kommt, aber zu meinem Bedauern muss ich Euch mitteilen, dass ich darüber keinerlei Kenntnis besitze. Unsere Warnung an Eure Ehefrau bezog sich auf Berichte, die ich von einem meiner Vasallen erhalten habe. Ihm war zu Ohren gekommen, dass Azzo wieder in der Gegend weilte und offenbar mehrere Gesetzlose um sich versammelt hatte. Eine reine Vorsichtsmaßnahme, wenn Ihr so wollt.«

Randolf glaubte ihm zwar kein Wort, doch er konnte auch nicht das Gegenteil beweisen, und so ließ er es dabei bewenden und wandte sich dem zweiten großen Problem zu, das ihn beschäftigte. »Gebt mir ein wenig Zeit, Euer Durchlaucht, dann kann ich möglicherweise so weit auf den König einwirken, dass er die Entlassung Magnus Billungs veranlasst. Ich bitte Euch, trefft keine voreiligen Entscheidungen, die uns aller Wahrscheinlichkeit nach in einen verheerenden Krieg führen, mit dem keinem gedient ist.«

Mit wachsamem Blick und unbewegtem Gesichtsausdruck hatte der Northeimer seinem Gast zugehört und hielt nicht lange mit seiner Meinung hinterm Berg. »Es freut mich, dass ich mich nicht in Euch getäuscht habe. In den Jahren, als mein Name noch etwas am Königshof galt, habe ich Euch als loyalen und ehrlichen Menschen schätzen gelernt. Allerdings befürchte ich, dass auch Euer Einfluss zunehmend schwindet, oder seid Ihr etwa darüber unterrichtet, dass unser König am siebten Tage nach dem Fest der Himmelfahrt der Heiligen Gottesmutter Maria einen Feldzug gegen die Polen führen will? Nun, ich sehe es Eurem überraschten Gesichtsausdruck an, dass dies auch für Euch neu ist. Heinrich will die Anordnung in Regensburg verkünden, und da wir nicht geladen sind, war er so freundlich, uns schriftlich davon in Kenntnis zu setzen. Er erwartet unabdingbar die Erfüllung unseres Eides, aber Ihr kennt unsere Situation an den Grenzen und wisst, dass wir unsere Krieger brauchen, um unsere eigenen Ländereien vor den Angriffen der Elbslawen zu schützen. Es ist daher mehr als töricht, wenn wir ausziehen, um weit entfernte Völker anzugreifen, und dafür billigend in Kauf nehmen, dass unsere nächsten Feinde in unsere Gebiete einfallen, um zu morden und zu brandschatzen.«

Randolf hatte sich wieder gefangen und überlegte, was er dieser überaus realistischen Einschätzung der Lage entgegenzusetzen hatte. Siedendheiß fiel ihm ein, dass Heinrich Dietbert von Hanenstein mit einem Auftrag zum dänischen König geschickt hatte, und er konnte sich nun lebhaft vorstellen, worum es sich dabei handelte.

»Nicht alle der gestern anwesenden Adeligen müssen die Angriffe so sehr fürchten wie Ihr, denn ihre Ländereien liegen weit ab von den betroffenen Gebieten. Wie wollt Ihr die Männer überzeugen?«

Otto winkte ab und zog eine Augenbraue in die Höhe.

»Ihr enttäuscht mich nun doch ein wenig, Randolf. Ihr wisst um den Unmut der Menschen in den Gebieten, in denen die Burgen mit den landesfremden Besatzungen stehen. Und was die anderen betrifft: Mir sind die moralischen Werte unseres Königs zwar nicht völlig egal, trotzdem missgönne ich ihm keineswegs die eine oder andere Bettgefährtin. Außerdem liegt mir ebenfalls nichts an den Reformbestrebungen des Papstes, unter denen einige Bischöfe deutlich zu leiden haben. Andere hingegen stimmen mit dem Heiligen Vater überein, was seine Ansichten in den Fragen der Simonie und Keuschheit betreffen. Der König gehört allerdings nicht dazu, was meiner Ansicht nach verständlich ist. Dennoch kann ich nicht für alle sprechen, wenn Ihr versteht, was ich meine.«

»Ihr wollt mir verständlich machen, dass es viele Gründe gibt, mit unserem König unzufrieden zu sein, und dass Ihr diese nur unter einem gemeinsamen Ziel vereint«, entgegnete Randolf verbittert. »Glaubt Ihr allen Ernstes, dass der König keine Unterstützung bei den anderen Fürsten des Reiches finden wird, wenn Ihr einen Aufstand gegen ihn führt?«

Erregt erhob sich der Northeimer und ging schweigend ein paar Schritte durch den Raum, bis er schließlich wieder vor Randolf stehen blieb. »Es ist das Letzte, was ich will, dessen könnt Ihr sicher sein. Nur was bleibt mir für eine Wahl? Unsere angestammten Rechte werden immer weiter beschnitten, Heinrich behandelt uns fast schon wie ein Volk von Sklaven! Dabei hat unser Stamm vor nicht allzu langer Zeit für über hundert Jahre sogar den König gestellt – bevor das salische Geschlecht die Königswürde erhielt!«

Randolf erhob sich ebenfalls und erwiderte gelassen den zornigen Blick des älteren Fürsten. Er hegte keinerlei Groll gegen ihn und verstand sogar zu einem großen Teil dessen Ärger. »Die Zeit der Ottonen ist lange vorbei, und die Dinge ändern sich, wie Ihr wisst. Was also soll ich dem König sagen, denn darauf läuft unser Gespräch doch hinaus?«

Die Wut des Northeimers verschwand so schnell, wie sie gekommen war. »Wirkt auf ihn ein, um des Friedens willen. Lasst ihn aber auch erfahren, dass die Situation mehr als ernst ist und wir mit unserem Anliegen in naher Zukunft an ihn herantreten werden. Wir wollen keinen Kampf, doch wir scheuen ihn auch nicht. Ach, fast hätte ich vergessen zu erwähnen, dass mein Sohn Euch wegen einer anderen Angelegenheit nach Regensburg begleiten wird. Ich denke, es wird Euch freuen, zu hören, dass mir viel daran liegt, begangenes Unrecht wiedergutzumachen. Ich trage zwar keine direkte Schuld an dem Unglück der Familie des damaligen Vogts der Goslarer Pfalz, trotzdem möchte ich meinen Teil dazutun, damit die Familie wieder den Platz erhält, der ihr zusteht.«

Der Graf hielt einen Moment inne, während er Randolf mit eindringlichem Blick musterte. Als er weitersprach, konnte dieser nur mit großer Mühe seine Fassung wahren.

»Aus diesem Grund habe ich mich dazu entschlossen, förmlich beim König im Namen meines Sohnes um die Hand von Henrika von Gosenfels anzuhalten.«

»Was meinst du, ob Randolf sich sehr freuen wird?«, fragte Betlindis ihre Freundin bereits zum dritten Mal an diesem Tag.

Henrika verdrehte entnervt die Augen. »Er wird mit Sicherheit überglücklich darüber sein und sich trotzdem um deine Gesundheit sorgen«, erwiderte sie und brachte sogar ein Lächeln zustande.

Sie hatte ziemlich schnell bemerkt, dass Randolfs Frau wieder ein Kind erwartete. Bereits Ende April hatte Betlindis über ständige Übelkeit geklagt und ihr Gemach kaum noch verlassen. Als sie eines Morgens Henrika mit einem freudigen Strahlen umarmte und von ihrer Schwangerschaft in Kenntnis setzte, kostete es diese all ihre Willenskraft, um nicht sofort in Tränen auszubrechen. Erst am Abend in ihrer Kammer konnte sie ihrer Trauer freien Lauf lassen. Zwar schämte sie sich darüber, dass sie ihrer Freundin nicht das Glück gönnte, doch sie kam einfach nicht dagegen an.

Vor allem schmerzte es sie, dass Randolf in der Zeit bei seiner Frau gelegen hatte, als sie sich über ihre Gefühle bereits im Klaren waren. Obwohl sie sich durchaus darüber im Klaren war, dass sie selbst ihm gesagt hatte, es sei hoffnungslos. Henrika dachte mit Verbitterung an den Abend zurück, als sie aus dem Stall vor ihm davongelaufen war und er anschließend Betlindis in ihrer Kemenate aufgesucht hatte. Es dauerte mehrere

Wochen, bis die verletzte Henrika die Situation endlich einigermaßen akzeptieren konnte.

Zumindest redete sie sich das ein.

Heute nun erwarteten sie den Einzug des königlichen Trosses. Henrika hatte den Tag einerseits herbeigesehnt, andererseits gefürchtet. Sie wusste nicht, wie sie beim Anblick Randolfs reagieren würde, und hoffte inständig, weiterhin ihre Gefühle vor Betlindis verbergen zu können. Da allein der Gedanke an den Ritter eine verräterische Röte auf ihre Wangen malte, war sie sich absolut nicht sicher, ob ihr das gelingen würde.

Das laute Signal eines Hornes ließ sie aus ihren Gedanken auffahren, während Randolfs Frau ans Fenster ihrer Gastunterkunft stürzte, gefolgt von dem mittlerweile fünfjährigen Herwin, der seinen Vater sehr vermisst hatte.

»Sie sind es!«, rief Betlindis aufgeregt und winkte Henrika zu sich heran. »Komm schnell und sieh dir den mächtigen Zug an, er scheint gar kein Ende zu nehmen.«

Zögernd ging Henrika die paar Schritte und warf einen flüchtigen Blick hinaus. Die Rufe der herbeiströmenden Zuschauer, die sich das Ereignis nicht entgehen lassen wollten, wurden immer lauter, und wider Erwarten ließ Henrika sich von der Aufregung ihrer Freundin anstecken. Die beiden Frauen hatten einen guten Platz, denn das Ritterhaus, in dem sie die letzten Monate verbracht hatten, stand direkt am Rand des Pfalzplatzes.

»Da ist Vater«, schrie plötzlich Herwin und winkte heftig, während er mit dem Zeigefinger der anderen Hand auf einen der Reiter zeigte, die dicht hinter dem König ritten.

Henrika folgte dem Fingerzeig, und augenblicklich begann sich das altbekannte Gefühl in ihrem Unterleib auszubreiten, als würden unzählige kleine Käfer sie mit ihren Füßen kitzeln. Sie wusste nicht, ob Randolf die Rufe seines Sohnes gehört hatte, jedenfalls sah er direkt zu ihnen hinauf und neigte leicht den Kopf. Dabei umspielte ein Lächeln seine Lippen.

»Wir müssen hinunter!«

Hastig griff Betlindis nach der Hand ihres Sohnes und strebte mit ihm dem Ausgang entgegen. Kurz bevor die beiden den Raum verlassen wollten, drehte sie sich nochmals fragend zu Henrika um.

»Was ist mit dir? Willst du nicht mitkommen?«

»Nein, geht nur alleine, ich schaue von hier oben noch ein bisschen zu.«

Einen Moment zögerte Betlindis, doch dann zuckte sie die Schultern, und gleich darauf war Henrika alleine. Für einen kurzen Augenblick flackerte der Gedanke auf, sie könnte jetzt ihren Vater besuchen, doch sie verwarf ihn schnell wieder, denn dann hätte sie sich mitten durch die vielen Neuankömmlinge einen Weg bahnen müssen.

Der Zug Heinrichs schien tatsächlich kein Ende zu nehmen, was nicht verwunderlich war, denn in der Stadt sollte ein Hoftag abgehalten werden. Neben den Rittern, die zum Teil von ihren Familien begleitet waren, erkannte Henrika viele Geistliche und Handwerker, ganz zu schweigen von den unzähligen Unfreien, die die Tiere zusammenhielten oder Lasten schleppten. Schließlich waren auch die Letzten eingetroffen, und die herbeigeeilten Goslarer verließen nach und nach die Stätte, um sich wieder an die Arbeit zu begeben.

Henrika beugte sich weit aus dem Fenster und erstarrte, als sie in der Nähe des Königs Dietbert von Hanenstein erkannte, der sich suchend umsah. Schnell wich sie zurück und lehnte sich mit dem Rücken an die Wand. Ihr Atem ging flach, und es dauerte eine Weile, bis sie sich wieder beruhigt hatte. Seit dem Vorfall im Stall hatte Dietbert sie mehrfach in ihren Träumen aufgesucht. Jedes Mal mit dem Angebot, die Ehre ihres Großvaters wieder herzustellen. Ihre Antwort kannte sie nicht, denn sie war jedes Mal genau dann schweißgebadet erwacht.

Bald wurde es ruhiger auf dem Platz, und Henrika wusste, dass die meisten Ankömmlinge sich in ihre Quartiere zurückgezogen hatten, um sich von der Reise auszuruhen. Voller Panik hörte sie plötzlich das Lachen von Betlindis und die helle Stimme Herwins, und erst jetzt wurde ihr klar, dass sie sich noch immer im Gemach ihrer Freundin befand. Leise schlüpfte sie hinaus und huschte über den kleinen Gang. Gerade als sie ihre eigene Tür schließen wollte, vernahm sie die tiefe, wohlklingende Stimme Randolfs, und ihr Herz drohte zu zerspringen.

»Wo ist denn Fräulein Henrika? Ich hatte eigentlich erwartet, dass sie dich begleitet.«

»Sie wollte wohl nicht stören, aus Rücksicht auf unser Wiedersehen. Ich werde sie rufen, du möchtest sie sicherlich ebenfalls begrüßen.«

Bevor Henrika Randolfs Antwort hören konnte, rief Betlindis nach ihr. Für einen Moment schloss sie die Augen und überlegte, ob sie Kopfschmerzen vorschützen sollte, verwarf den Gedanken dann aber als kindisch. Je eher sie die Begegnung mit dem Ritter hinter sich brachte, desto besser. Sie holte tief Luft, öffnete mit einem Ruck die Tür und trat lächelnd auf den Gang.

»Herr Randolf, wie schön, Euch gesund und wohlbehalten begrüßen zu dürfen«, sagte sie eine Spur zu fröhlich.

Es schien Betlindis nicht aufzufallen, denn die hing mit strahlender Miene an dem Arm ihres Mannes, der mit der anderen Hand seinen Sohn umarmte.

Randolf neigte den Kopf und hielt Henrikas Blick fest, die nervös hinter ihrem Rücken mit den Fingern spielte. »Die Freude ist ganz auf meiner Seite, edles Fräulein. Seid so gut und trinkt mit uns einen Becher auf unser aller Wiedersehen.«

Allein der Klang seiner Stimme ließ die Hitze in Henrikas Körper ansteigen. Sie gab ein leises »Danke« von sich und suchte verzweifelt nach einer Möglichkeit, um sich zu sammeln. »Ich kümmere mich gleich darum«, murmelte sie entschuldigend und wollte nach unten verschwinden, als Betlindis ihr mitteilte, dass es bereits erledigt sei.

Zögernd folgte die junge Frau der kleinen Familie in den Raum, der ihnen bisher zum Essen und Plaudern gedient hatte. Henrika fühlte sich wie ein Störenfried und benötigte all ihre Kraft, um nicht schreiend hinauszulaufen. Sie konnte die Freude des Paares gut nachempfinden, denn die Aussicht auf ein weiteres Kind war ein großes Glück. Wenigstens habe ich es nicht miterleben müssen, als Betlindis ihrem Mann die Botschaft verkündet hat, dachte Henrika bitter.

Da klopfte es, und eine junge Dienstbotin brachte die Getränke herein. Nachdem sie gegangen war, hob Randolf den Becher und wollte zum Sprechen ansetzen, doch Betlindis kam ihm zuvor.

»Mein Willkommensgeschenk für dich, Liebster«, sagte sie strahlend und strich mit der freien Hand den weich fallenden Stoff ihrer blauen Kotte über ihrem Bauch glatt, wobei die kleine Rundung deutlich zu sehen war.

Erleichtert atmete Brun auf, als unter ihm im Tal die romanische Blasiuskirche auftauchte. Das Schwarzwaldkloster, das vor fast acht Jahren dank König Heinrich ein

Immunitätsprivileg erhalten hatte, war der Familie seines Herzogs Rudolf von Rheinfelden, den er gleich treffen würde, eng verbunden. Aus einer plötzlichen Eingebung heraus stieg er von seiner Stute ab und gönnte ihr so kurz vor dem Ziel eine kleine, unverhoffte Pause. An diesem Fleck am Waldrand mit dem herrlichen Ausblick auf die klösterliche Zelle wuchsen zahlreiche Wildkräuter, an denen sich das erschöpfte Tier nun gütlich tat.

Brun griff nach seinem Wasserschlauch und trank den letzten Rest leer. Während der Reise von Goslar hierher waren seine Gedanken unentwegt um das gekreist, was sich in der Zeit davor ereignet hatte. Auch die Frage, ob sein Bruder Goswin je wieder ganz gesund werden würde, ließ ihn nicht los. Gedankenverloren wischte er sich die Spuren des Wassers mit dem Handrücken vom Mund und kehrte nochmals zu dem Tag zurück, an dem er Henrika von seiner unrühmlichen Rolle erzählt hatte, die er für Hemma und Esiko gespielt hatte. Und das nur, weil er als Achtjähriger nicht nur äußerst ungeduldig und vorwitzig gewesen war, sondern vor allem sehr neugierig. Deshalb hatte er vor über sechzehn Jahren den folgenschweren Entschluss gefasst, seiner Schwester abends zu folgen, ohne zu ahnen, dass Hemma nicht zum ersten Mal heimlich das Haus verließ.

Nach Einbruch der Dunkelheit schlüpfte Hemma aus ihrem Zimmer und huschte über den Hof. Kaum hatte sie die Stalltür hinter sich zugezogen, als Esiko sie auch schon in die Arme nahm.

»Du sollst doch nicht herkommen«, flüsterte er nach einem langen Kuss.

Alle weiteren Einwände erstickte Hemma auf ihre Art, und es dauerte nicht lange, bis er ihren fordernden Kuss heftig erwiderte und die Schnüre ihrer Kotte mit routinierten Handgriffen löste. Gleich darauf fiel das Kleidungsstück zu Boden, und Hemma schlang ihm die Arme um den Nacken, während er ihren Körper mit leidenschaftlichen Küssen bedeckte. Ohne Erfolg versuchte sie, ihm den verschlissenen Kittel auszuziehen, bis er sie ungeduldig von sich schob und ihn selbst abstreifte. Ebenso schnell schlüpfte er aus seiner groben Hose und zog Hemma sogleich wieder zu sich heran. Dabei wischte er mit der freien Hand ein paar alte Lappen von dem kleinen, wackligen Tisch, der in der Ecke gleich neben dem Eingang stand, und hob Hemma darauf. Instinktiv schlang sie die Beine um seine Hüften, und als er in sie eindrang, stöhnte sie leise auf.

Einige Zeit später lagen die beiden an ihrem gewohnten Platz auf dem Stroh vor Esikos Kammer. Allerdings hatte er dieses Mal eine dicke Wolldecke auf dem Boden ausgebreitet. Zu Hemmas Verdruss wollte er nicht mit ihr in seine Kammer gehen, da vor der kleinen Fensteröffnung keine Decke hing und so die Gefahr bestand, dass jemand sie entdeckte.

Hemma hatte sich auf einen Ellbogen gestützt und betrachtete im Lichtschimmer der kleinen Öllampe Esikos Körper. Er gefiel ihr ausnehmend gut, denn durch die schwere körperliche Arbeit, die er seit vielen Jahren leistete, war er sehr muskulös. Als Esiko ihr den Ellbogen wegzog, unterdrückte sie einen Schrei und landete auf dem Rücken. Nun betrachtete er seinerseits genüsslich ihren schlanken Körper, wobei seine Hand seinem Blick folgte. Er streichelte Hemma mit sanften Bewegungen, so dass sie erschauerte und die Augen schloss.

»Morgen wirst du nicht mehr herkommen. Wir haben bisher Glück gehabt und dürfen es nicht weiter herausfordern«, hörte sie ihn mit leiser, aber eindringlicher Stimme sagen und schlug die Augen auf.

»Ich kann nicht mehr ohne dich leben!«, widersprach sie heftig und setzte sich auf. »Deshalb werde ich auch mit dir fortgehen«, fügte sie entschlossen hinzu.

Bestürzt setzte Esiko sich ebenfalls auf und starrte sie ohne ein Wort zu sagen an. Hemma blickte fasziniert in seine tiefgrünen Augen und wusste, dass sie niemals mehr ohne ihn glücklich sein würde.

»Was redest du nur für einen Unsinn!«, fuhr er sie mit einer Heftigkeit an, dass sie erschrocken zurückwich. »Wie stellst du dir das vor? Du weißt doch gar nicht, was es heißt, arm zu sein. Nicht zu wissen, woher man das nächste Essen bekommt, geschweige denn, wann man es bekommt.«

Hemma presste die Lippen aufeinander. So leicht ließ sie sich nicht von ihrer Meinung abbringen, das sollte auch Esiko noch erfahren. »Natürlich weiß ich das nicht! Es ist mir aber egal, wenn du nur bei mir bist. Alles andere wird sich finden. Ich werde arbeiten, wie andere auch, denn ich bin nicht das zarte Fräulein, für das du mich anscheinend hältst«, zischte sie.

Esiko hob abwehrend die Hände. »Wir sollten leise sein, wenn Christian oder einer der anderen Wachtposten uns hört, wird weder das eine noch das andere geschehen.« Dann seufzte er tief und strich Hemma zärtlich eine Strähne aus dem Gesicht. »Du musst nicht auf dein gewohntes Leben verzichten. Auch wenn du zäher bist, als es den Anschein haben mag, möchte ich nicht daran schuld sein, wenn du Hunger leiden musst oder nicht weißt, wo wir die nächste Nacht verbringen werden. Ich habe mich entschlossen, mir in der Nähe deines neuen Zuhauses eine Arbeit zu suchen. So werden wir bestimmt öfter eine Gelegenheit finden, uns heimlich zu treffen.«

Jetzt war es an Hemma, ihn fassungslos anzustarren. Wie konnte er nur annehmen, dass sie es auch nur einen

Moment ertragen könnte, von jemand anderem berührt zu werden?

»Schlag dir das aus dem Kopf! Ich werde auf gar keinen Fall die Frau des Pfalzgrafen. Entweder nimmst du mich mit, oder ich bringe mich um!«, stieß sie heftig und lauter als beabsichtigt hervor.

»Psssst!« Statt einer Antwort zog Esiko sie an sich und küsste sie sanft und zärtlich. Als er sich zögernd von ihr löste, sagte er leise: »Wir werden einen Ausweg finden. Lass uns jetzt nicht mehr darüber sprechen.«

Hemma wollte protestieren, doch er legte seinen Zeigefinger auf ihre Lippen, und sie schluckte ihre Antwort hinunter. Trotzdem stand ihr Entschluss fest: Nichts auf der Welt konnte sie davon abbringen, Esiko am nächsten Abend erneut aufzusuchen. Für den Moment gab sie nach, allerdings nur, um das nächste heikle Thema anzuschneiden.

»Du warst damals mit dieser Tänzerin in der Hütte neben der Kirche, habe ich recht? Und wer weiß, welche Frauen sich dir dort noch hingegeben haben. Oh, du Schuft!«, rief sie, ohne auf die Lautstärke ihrer Worte zu achten.

Esiko drückte ihr eine Hand auf den Mund, so dass nur noch undeutliches Gemurmel zu vernehmen war. Im nächsten Augenblick erstarrten sie beide, denn draußen waren Schritte zu hören. Der Eingang des Stalls öffnete sich langsam knarrend, und jemand leuchtete mit einer Öllampe hinein. Zum Glück hatte Esiko geistesgegenwärtig ihre eigene Lichtquelle ausgeblasen. Hemma kam es wie eine halbe Ewigkeit vor, bis die Tür endlich wieder zufiel und der Stall erneut im Dunkeln lag. Gottlob hatte Christian es nicht für nötig erachtet, genauer nachzusehen, und so blieben sie unentdeckt.

Esiko atmete hörbar aus. »Was habe ich dir gesagt?

Wir sollten das Glück nicht weiter herausfordern. Nur eines will ich noch klarstellen, bevor du gehst. Ich war tatsächlich mit der Tänzerin in der Hütte, aber von ein paar Küssen abgesehen, ist nichts geschehen. Andere Frauen gab es in den letzten Monaten keine für mich, und das ist die Wahrheit!«

Hemma wusste nicht, warum, aber sie glaubte ihm jedes Wort. »Wieso ist es beim Küssen geblieben? Bitte, ich muss es wissen. Die Tänzerin war ganz vernarrt in dich, das war deutlich zu sehen. Also sag mir jetzt nicht, dass sie nicht wollte«, gab sie ebenso leise zurück.

Esiko antwortete nicht sofort, und da sie nicht gewagt hatten, die Öllampe wieder anzuzünden, konnte Hemma auch nicht sehen, wie er entnervt die Augen verdrehte.

»Weil es nicht leicht ist, eine Frau zu küssen, geschweige denn, sie zu lieben, wenn einem ständig das Bild einer anderen vor Augen steht.«

Hemma lächelte glücklich, erhob sich und zog ihre Kotte über den Kopf. Nachlässig band sie die Schnüre und bückte sich dann, um dem verdutzten Esiko einen zärtlichen Abschiedskuss zu geben. »Bis morgen Abend«, flüsterte sie und war im nächsten Augenblick verschwunden.

Ungesehen gelangte sie über den Hof ins Haus und leise in ihr Zimmer. Wenn sie sich nicht in einem so berauschten Zustand befunden hätte, wäre ihr vielleicht aufgefallen, dass kurze Zeit später jemand die Haustür leise zuzog.

Henrikas faszinierter Gesichtsausdruck schob sich mit einem Mal vor Bruns inneres Auge und verdrängte alles andere. Der Achtjährige hatte am nächsten Tag alles, was er gesehen und gehört hatte, seinem großen Bruder offenbart, denn der Gedanke, dass Hemma und Esiko den

Hof verlassen könnten, war ihm unerträglich. Ohne eine Regung zu zeigen, hatte Henrika von Goswin erfahren, dass er das heimliche Liebespaar am nächsten Abend gestellt und Esiko mit wutverzerrtem Gesicht in den Keller gesperrt hatte, während Hemma auf ihrem Zimmer die Rückkehr des Vaters abwarten musste. Die Narben auf seinem Rücken, die von den unzähligen Selbstkasteiungen herrührten, hatte Goswin seiner Nichte allerdings verschwiegen.

Resigniert wischte Brun sich mit beiden Händen über das müde Gesicht. Seine Nichte trug es weder ihm noch seinem Bruder nach, denn nachdem beide Männer ihre Seele entlastet hatten, war Henrika auf sie zugegangen und hatte sie liebevoll umarmt. Seufzend schwang sich Brun wieder in den Sattel, um die letzte Etappe des Weges hinter sich zu bringen.

»Jetzt beruhige dich doch endlich und hör auf zu weinen«, bat Henrika ihre völlig aufgelöste Freundin, die seit zehn Minuten in ihr Kissen schluchzte.

»Er liebt mich nicht mehr, sonst hätte er sich doch sofort gefreut«, jammerte Betlindis und verbarg weiterhin ihr Gesicht, während sie am ganzen Körper bebte.

Nie im Leben würde Henrika die versteinerte Miene Randolfs vergessen, nachdem seine Gemahlin ihm das freudige Ereignis angezeigt hatte. Es war zwar nur ein kurzer Moment, aber der reichte, um Betlindis weinend aus dem Zimmer stürzen zu lassen. Henrika war ihr mit einem wütenden Blick auf Randolf gefolgt und versuchte seitdem, sie zu beruhigen. Seit sie von der Schwangerschaft erfahren hatte, hielt sie ihre eigenen Gefühle und Sehnsüchte fest verschlossen, und das Mitgefühl für die enttäuschte Betlindis übernahm die Oberhand.

»Natürlich liebt er dich, deshalb war er ja so erschrocken. Sein erster Gedanke galt deiner Gesundheit, das darf dich doch nicht wundern, so schlecht, wie es dir nach den letzten beiden Fehlgeburten ging«, tröstete Henrika ihre aufgelöste Freundin.

Ein letzter Schluchzer erklang, dann hob Betlindis den Kopf. »Meinst du wirklich, dass er nur deshalb so seltsam war?«, fragte sie stockend und brachte ein zaghaftes Lächeln zustande.

Henrika nickte ihr aufmunternd zu. »Soll ich ihn jetzt hereinholen, dann kann ich mich um Herwin kümmern.«

Gleich darauf betrat die junge Frau den Raum, aus dem Betlindis kurz zuvor herausgestürmt war, und fand Randolf alleine am Tisch sitzend vor. Er hatte die Ellbogen aufgestützt und den Kopf in den Händen vergraben. Als sie eintrat, sah er auf, und die junge Frau schluckte, als sie sein verzweifeltes Gesicht sah. Wieder fühlte sie sich zwischen ihrer Loyalität gegenüber Betlindis und ihrer Liebe zu ihm hin- und hergerissen.

»Ihr könnt jetzt zu ihr gehen. Ich habe ihr nur die Wahrheit gesagt, nämlich dass Eure Sorge um ihre Gesundheit vor der Freude auf die Geburt eines weiteren Kindes kommt«, sagte Henrika, um Gelassenheit bemüht, und trat einen Schritt zur Seite, um den Ausgang freizugeben.

Randolf erhob sich und ging langsam auf sie zu, wobei es ihr schien, als würde ihn jeder einzelne Schritt unendlich viel Kraft kosten. Dicht vor ihr blieb er stehen und streckte die Hand aus. »Henrika, bitte«, flehte er mit eindringlicher Stimme.

Sie schüttelte nur heftig den Kopf und verbarg die Hände hinter dem Rücken. Wahrscheinlich würde sie ihn bis an das Ende ihrer Tage lieben, doch jetzt galt es, ihrer Freundin den Schmerz zu nehmen.

Als er ihren flehenden Blick bemerkte, ließ er kraftlos die Hand sinken und ging hinaus.

»Wo ist Herwin?«, rief sie ihm hinterher, denn ihr fiel auf, dass der Junge fehlte.

Der Ritter hatte bereits den Türgriff in der Hand, als er, ohne sich zu ihr umzudrehen, mit tonloser Stimme sagte: »Im Stall, bei den Pferden.«

Nachdem Henrika ihre schlechte Gemütslage einigermaßen in den Griff bekommen hatte, war sie kurze Zeit später damit beschäftigt, den verwirrten Herwin zu trösten, der überhaupt nicht verstanden hatte, warum seine Mutter laut weinend aus dem Raum gelaufen war. Nach Henrikas Erklärung war er besänftigt und saß gemeinsam mit ihr auf der langen Bank in dem kleinen Garten hinter dem Haus des Münzmeisters. Unter Henrikas wachsamen Blicken schnitzte er nun schon sein drittes Werk. Allerdings hatte er sich dieses Mal ein Pferd ausgesucht, da er der Meinung war, dass zwei Schwerter genügten, schließlich besaß sein Vater auch nur eines, und der war ein Lehnsmann des Königs.

»Dein Vater hat mir erlaubt, dass ich ihm bei der Arbeit zusehen darf«, sagte der Junge und hielt kurz mit dem Schnitzen inne.

Henrika strich ihm gedankenverloren über den Kopf und stellte fest, dass seine hellbraunen Haare denen seines Vaters glichen. »Das ist sehr schön, es wird dir bestimmt genauso gut gefallen wie mir als Kind«, antwortete sie lächelnd.

»Du warst ein Mädchen, für die ist so etwas nichts«, entgegnete Herwin kritisch und sah sie stirnrunzelnd an.

Henrika gab ihm einen leichten Klaps auf den Hinterkopf und fragte herausfordernd: »Ach ja, und wer hat dir das Schnitzen beigebracht?«

Der Junge überlegte kurz, wobei er die Nase krauszog und die Lippen spitzte – ein Anblick, der jedes Mal aufs Neue bei Henrika Entzücken hervorrief. Plötzlich veränderte sich seine nachdenkliche Miene und ein Strahlen breitete sich auf seinem Gesicht aus. »Vater, seht nur, was ich gerade schnitze! Mein neues Schwert muss ich Euch auch noch zeigen«, rief er begeistert und reckte das halb fertige Holzpferd in die Höhe.

Randolf hockte sich vor seinen Sohn, nahm die Holzarbeit in die Hände und begutachtete sie ausgiebig. Dabei strich er sich die mittlerweile fast schulterlangen Haare aus dem Gesicht. Henrika, die die unerwartete Möglichkeit nutzte und ihn beobachtete, gefielen die längeren Haare, die seine schmalen Züge noch stärker hervorhoben. Sein Bart war dagegen noch immer sauber gestutzt, und auf einmal war es ihr, als spürte sie wieder das leichte Kitzeln seiner Haare bei ihrem letzten und einzigen Kuss.

»Das hast du sehr gut gemacht, mein Sohn. Ich muss schon sagen, deine Lehrmeisterin überrascht mich immer wieder mit ihren vielen verborgenen Talenten«, gestand Randolf bewundernd und gab Herwin die Arbeit zurück.

Der Junge glühte vor Stolz und schnitzte sofort weiter. Daher fiel ihm auch nicht auf, dass sein Vater unentwegt Henrika ansah, deren weizenblonde Haare im Licht der warmen Junisonne schimmerten. Schließlich blickte sie verlegen zur Seite, und Randolf räusperte sich. Der kurze, fast magische Moment war vorbei.

»Leider muss ich dir Fräulein Henrika kurz entführen, denn wir müssen zum König, und den dürfen wir nicht warten lassen, wie du sicher weißt«, sagte der Ritter mit belegter Stimme. »Du kannst solange in der Werkstatt des Münzmeisters warten, oder möchtest du zu deiner Mutter? Es geht ihr wieder besser.«

Der Junge überlegte einen Augenblick, dann teilte er den beiden selbstbewusst mit, dass er sowieso Herrn Clemens versprochen habe, ihm bei der Arbeit zu helfen, und lief vor ihnen ins Haus.

Den Weg zum Palas des Königs legten sie schweigend zurück, doch irgendwann konnte Henrika ihre Neugier nicht länger zügeln. »Warum will der König mich sehen?«, fragte sie.

Randolf schüttelte nur den Kopf und blieb ihr die Antwort schuldig.

Verwirrt bemerkte die junge Frau, dass sich seine Miene verdüsterte, und sie verkniff sich eine erneute Frage. Stattdessen nahm ein ungutes Gefühl von ihr Besitz, das sich bis zu ihrer Ankunft im großen Empfangsraum des Palas von König Heinrich weiter verstärkte.

Der Monarch war nicht alleine, sondern unterhielt sich gerade mit einem jungen Mann von höchstens zwanzig Jahren. Beide verstummten, als Henrika in Randolfs Begleitung eintrat, und wandten ihnen ihre Aufmerksamkeit zu. Die junge Frau versank in einem tiefen Knicks, während Randolf sich knapp vor dem König verbeugte und mit grimmigem Blick zusah, wie Heinrich seiner Besucherin die Hand reichte und sie sich erhob.

»Ihr seid in den vergangenen Monaten wahrlich noch schöner geworden, edles Fräulein«, sagte der König.

Henrika senkte verlegen das Haupt unter dem durchdringenden Blick seiner dunklen Augen. »Vielen Dank, Euer Majestät«, flüsterte sie, sah dabei aber weiter zu Boden.

»Es wäre in der Tat ungeheuer schade, wenn wir diesen Anblick der restlichen Gesellschaft vorenthalten würden«, fuhr der Monarch fort und schlug dem jungen Mann an seiner Seite auf die Schulter.

Verdutzt hob Henrika den Kopf. Sie spürte, wie das

unangenehme Gefühl sich stärker in ihr ausbreitete, und wappnete sich gegen das, was noch kommen würde. Der andere Mann war genau das Gegenteil des Königs, mit seinen kurzen, hellen Haaren und der ebenfalls sehr hellen Haut. In seinen fast wasserblauen Augen konnte Henrika die gleiche Bewunderung lesen, die ihr bereits bei Dietbert aufgefallen war, wenngleich sie bei dem ihr unbekannten Mann nicht unangenehm wirkte. Heinrich wirkte dagegen eher düster und von sich eingenommen, wobei Henrika nicht umhinkonnte, ihm eine gewisse charismatische Ausstrahlung zuzusprechen.

»Daher habe ich entschieden, dass Ihr Euch in diesem Jahr noch vermählen sollt, Euren Vater ließ ich bereits unterrichten«, teilte der König ihr leichthin mit. »Darf ich vorstellen: Kuno von Beichlingen, der Sohn des Grafen von Northeim und Euer zukünftiger Ehemann«, fuhr er fort, und seine Augen blitzten förmlich auf, als er sah, wie Randolf die leicht schwankende junge Frau sofort stützte. »Selbstverständlich werdet Ihr noch heute in das Haus Eures Vaters umziehen, wo Ihr dann die Zeit bis zu Eurer Vermählung verbringen könnt.«

Spät in der Nacht lag die unglückliche Henrika auf ihrem Bett und starrte in die Dunkelheit des Raumes. Zum ersten Mal hatte sie Anlass dazu, dem König dankbar zu sein, denn nun brauchte sie sich wenigstens nicht auch noch den Qualen aussetzen, jeden Abend miterleben zu müssen, wie Randolf mit seiner Frau dasselbe Gemach aufsuchte.

Sie hatte zusammen mit dem ihr vom König präsentierten Ehemann an dem Abendessen teilnehmen müssen. Zu ihrer großen Erleichterung waren noch viele andere Personen anwesend, von denen sie, außer Randolf und seiner Frau, jedoch niemanden kannte. Nicht zuletzt trug die Tatsache, dass Dietbert von Hanenstein sich nicht unter den Gästen befand, zu einer gelösteren Haltung bei.

Kuno erwies sich als äußerst galant und schien mit der Entscheidung des Königs mehr als zufrieden zu sein. Henrika hatte ein Kleid ihrer Mutter an, das Waltraut ihr in aller Eile umgeändert hatte. Um den Größenunterschied auszugleichen, trug die junge Frau ein langes perlmuttfarbenes Unterkleid unter der zartblauen Kotte, die zwar nicht mehr ganz der gängigen Mode entsprach, aber für den Anlass genügte. Henrika fiel zwar im Laufe des Abends das Atmen immer schwerer, da ihre Mutter insgesamt schmaler gebaut gewesen war als sie, doch sie schaffte es, sich nichts anmerken zu lassen.

Ein paar Mal wagte sie einen verstohlenen Blick zu Randolf, der die meiste Zeit düster vor sich hin brütete, während Betlindis allem Anschein nach nichts von seiner schlechten Stimmung bemerkte. Sie amüsierte sich offensichtlich prächtig und plauderte angeregt mit einer älteren Gräfin, die ihr gegenübersaß.

Unendlich erleichtert stand Henrika auf, nachdem sie das festliche Mahl hinter sich gebracht hatte, und war über alle Maßen froh, als sie endlich ihre Zimmertür hinter sich schließen konnte.

Erst jetzt fiel ihr ein, dass sie die Königin gar nicht gesehen hatte, und sie nahm sich vor, Betlindis bei Gelegenheit danach zu fragen. Andererseits war es ihr auch völlig gleichgültig, denn am liebsten hätte sie sich einfach in Luft aufgelöst, obwohl ihr durchaus klar war, dass sie es viel schlimmer hätte treffen können. Kuno sah nicht schlecht aus und verfügte über einigen Charme und gute Manieren, allerdings überzeugte sie mit diesen Argumenten nicht ihr Herz. Hätte Henrika zu dem Zeitpunkt bereits gewusst, dass sich ihre Mutter siebzehn

Jahre zuvor in einer ähnlichen Situation befunden hatte, wäre es für sie sicherlich sehr tröstlich gewesen. Wenn auch die Rahmenbedingungen damals bei der prachtvoll ausgerichteten Curie, die kurz vor dem Tod des Kaisers in Goslar stattgefunden hatte, ungleich festlicher gewesen waren, so litt ihre Mutter zu diesem Zeitpunkt ebenfalls unsäglich unter Liebeskummer.

Niedergeschlagen darüber, dass Esiko den Hof und damit auch sie verlassen wollte, hakte Hemma sich bei ihrem Vater ein und ging langsam mit ihm zum Hof hinaus, wo Esiko bereits im Wagen wartete. Sie warf ihm einen scheuen Blick zu, und die offensichtliche Bewunderung in seinen Augen machte ihr zusätzlich zu schaffen. Vor allem, weil sein linkes Auge durch den Faustschlag des Pfalzgrafen Friedrich fast völlig zugeschwollen war.

Die kurze Fahrt verlief schweigend, doch Hemmas Stimmung hob sich ein wenig, als sie in den Pfalzbezirk einfuhren und das festlich beleuchtete Gebäude vor ihnen auftauchte. Nicht nur an den Fensterarkaden im Obergeschoss brannten zwischen den einzelnen Öffnungen Fackeln, sondern der gesamte Weg und auch die Ritterhäuser links und rechts davon leuchteten im Licht der flackernden Feuer auf, und die kaiserliche Pfalz bot mit ihrer Umgebung in der abendlichen Dämmerung ein atemberaubendes Lichterschauspiel.

Langsam fuhren sie den Hügel hinauf, wo sie sich in die lange Kolonne einreihten. Die Musik, die sie aus der Ferne bereits leise gehört hatten, erklang nun immer lauter, und während Hemma einige Musiker auf dem Platz vor der Pfalz erkannte, versuchte sie ihre Aufmerksamkeit ganz auf die vor ihr liegenden Stunden zu lenken. Esiko hielt direkt vor dem Gebäude, und Gottwald half seiner Tochter beim Aussteigen. Hemma freute sich, als sie den Stolz in den Augen ihres Vaters aufglimmen sah, während er ihr aufmunternd zulächelte. Eine Geste, die ihr dabei half, das Privileg, am Arm ihres stattlichen Vaters gehen zu dürfen, zu genießen. Gottwalds seidene Kotte schimmerte nachtblau und war am Kragen, auf den Ärmeln sowie am Saum mit einer schwarzen, mit Silberfäden durchwirkten Borte verziert. Sein Bart war frisch gestutzt, und das Schwert lag ausnahmsweise zu Hause. Damit passte er gut zu seiner ebenfalls in Blau gekleideten Tochter, bei der die Farbe ihres Gewands mit dem Blau ihrer Augen wetteiferte.

Während Esiko den Wagen wegbrachte, um mit den anderen Bediensteten auf das Ende der festlichen Veranstaltung zu warten, betrat Hemma mit ihrem Vater die Pfalz. Begleitet von der Musik, gingen sie durch den halbrunden Eingang und gelangten in den Saal, der sich im Erdgeschoss befand. Er war ein Spiegelbild des oberen Saals, der in den kalten Monaten nicht benutzt werden konnte. Selbst die dicken Decken, die vor den großen Fensteröffnungen hingen, vermochten die Kälte, die der eisige Ostwind hereintrug, nicht aufzuhalten. Daher hielt der Kaiser, wenn er in den Wintermonaten in Goslar weilte, seine Versammlungen und Festlichkeiten immer in dem unteren Saal ab, der sogar über eine Warmluftheizung verfügte und zudem kleinere Fensteröffnungen hatte. Zahlreiche Diener waren seit dem Ende der Beratungen damit beschäftigt, den oberen Saal für das festliche Essen herzurichten.

Hemma, die noch nie zuvor einem solch imposanten Essen beigewohnt hatte, kam aus dem Staunen nicht mehr heraus. Um sie herum war ein Meer von Farben, denn die meisten der Männer bevorzugten nicht wie ihr Vater die schlichten, eher dunklen Töne, und so waren die edlen Frauen und Männer gleichermaßen in die gesamte

Farbpalette der Natur gekleidet. Neben burgunderroten und senffarbenen Gewändern blitzten überall auch grüne und blaue auf. Die verheirateten Frauen trugen wunderschöne, meist durchsichtige, farbige Schleier, unter denen das Haar oft noch zu erkennen war. Ganz selten entdeckte Hemma auch Frauen mit Hauben, die mit Perlen oder schönen Stickereien verziert waren. Ebenso waren nicht wenige Gewänder mit edlen Steinen oder Perlen geschmückt. Bei den Frauen waren die Ärmel fast durchweg weit geschnitten, und an den Handgelenken funkelten des Öfteren schöne Armreifen in Gold oder Silber und gelegentlich sogar welche mit Edelsteinen in den prächtigsten Farben und Größen. Genauso verhielt es sich mit den Geschmeiden um manch einen schlanken oder auch kräftigeren Hals.

Als sie den großen Saal im Obergeschoss erreicht hatten, staunte Hemma mit weit aufgerissenen Augen. Wie im Saal darunter hingen große, farbenprächtige Teppiche an den sonst kahlen Wänden, und mit den flackernden Lichtern sowie den schön gedeckten, langen Tafeln wirkte der große Festsaal unglaublich beeindruckend. Zu ihrer Erleichterung stand Erzbischof Adalbert mit seinem Bruder, dem Pfalzgrafen Friedrich, am anderen Ende des Saals, wo sie sich mit Papst Viktor unterhielten. Der Heilige Vater gab mit seiner weißen Soutane, um die in Höhe der Taille das ebenfalls weiße Zingulum gebunden war, ein erhabenes Bild ab. Der einzige Farbtupfer an ihm war die scharlachrote Mozetta, unter der das weiße Rochett hervorlugte. Auch der Erzbischof bot einen beeindruckenden Anblick, denn bei ihm stach das violette Zingulum besonders von der schwarzen Soutane ab. In dem gleichen kräftigen Ton war die Mozetta gehalten, die ihm über die Schultern auf das schneeweiße Rochett fiel.

»*Komm, Hemma, unsere Plätze sind in der Mitte, an der Fensterseite*«, unterbrach ihr Vater ihre Gedanken, und sie folgte ihm zu den Plätzen.

Mittlerweile hatten sich auch die Musiker nach oben begeben. Allerdings blieben ihre Instrumente vorerst stumm, denn das Kaiserpaar fehlte noch. Hemmas Neugierde auf Kaiserin Agnes und ihren Mann stieg von Minute zu Minute. Auf einmal wurde es abrupt still, und alle wandten ihre Aufmerksamkeit dem großen Eingang zu. Hemma hielt den Atem an, als die kaiserliche Familie erschien. Kaiser Heinrich trug ein schwarzes, knielanges Gewand aus edler Seide und darunter bis zu den Knöcheln ein purpurfarbenes Untergewand. In der gleichen Farbe waren seine schwarze Kotte und der Umhang verziert, den eine goldene Fibel über der rechten Schulter zusammenhielt. Eine wuchtige goldene Kette aus kreisrunden Platten blitzte zur Hälfte unter dem Umhang hervor. Die überwiegend dunkle Kleidung hob seine schwarzen Haare und den gleichfalls dunklen, geschorenen Bart noch hervor und verlieh ihm ein unnahbares, respekteinflößendes Aussehen, das der ernste Gesichtsausdruck noch verstärkte. Von seinem Gichtleiden war ihm an diesem Abend nichts anzusehen.

Die Kaiserin erschien dagegen in dunklem Violett. Obwohl Hemma die Farbe nicht besonders mochte, musste sie zugeben, dass sie der Monarchin gut stand. Auf den weiten Hängeärmeln, die am Ende fast bis zu den Knien reichten, waren mit silbernen Fäden Blüten gestickt. Das gleiche Muster fand sich am Saum des knielangen Gewands, und das Unterkleid, das bis auf den Boden reichte, war in denselben Farben gehalten, allerdings spiegelverkehrt. Eine Kette mit wunderschönen Perlen und silbernen Blüten schmückte den schmalen Hals der Monarchin.

Agnes war ungefähr im selben Alter wie Hemmas Mutter und von derselben Ernsthaftigkeit umgeben, so als ob kein Ereignis der Welt sie ins Schwanken bringen könnte. Die Kaiserin galt wie ihr Gemahl als besonders pflichtbewusst und sehr fromm. Ihr Vater, Wilhelm V., zählte zum Zeitpunkt ihrer Geburt zu den mächtigsten Herzögen im Königreich Frankreich. Sie wuchs im Herzogtum Aquitanien auf und erhielt nicht nur eine gute und umfassende Bildung, sondern auch eine Erziehung, die sich auf ausgeprägte Frömmigkeit stützte. Während Hemma, wie alle anderen Frauen im Saal, in einen tiefen Knicks versunken war, flüsterte sie ihrem Vater zu: »Die beiden sehen sehr beeindruckend aus!«

Gottwald erhob sich aus seiner Verbeugung und stimmte ihr mit einem angedeuteten Nicken zu.

In der Tat war das Kaiserpaar ein erhebender Anblick. Agnes war, trotz ihrer sechs Kinder, von schmaler Gestalt, und beide schienen durch ein unsichtbares Band miteinander verbunden zu sein, denn ihre Innigkeit war offensichtlich. Während die kleine Familie langsam zu ihrem Platz am Kopf der Tafel ging, warf Hemma einen Blick auf Heinrich, den Sohn der beiden. Er war der ersehnte Thronerbe nach drei Mädchen und war bereits vor zwei Jahren in Köln zum König gekrönt worden. Auf den ersten Blick wirkte er ein wenig schüchtern, doch als Hemma ihn genauer betrachtete, stellte sie die gleiche trotzige Haltung fest, die sie selbst nur zu gut von sich kannte. Ansonsten war er durchaus als hübsch zu bezeichnen. Er war von normaler Größe und Statur, und das Gesicht des Sechsjährigen umrahmten braune Locken. Allerdings war bereits jetzt zu erkennen, dass auch er einmal den leicht düsteren Ausdruck seines Vaters bekommen würde. Die etwas tief liegenden, eng zusammenstehenden, dunklen Augen und die kräftige

Nase deuteten jedenfalls darauf hin. Der trotzige Ausdruck entstand sicherlich auch durch den Mund, da die schmalen Lippen an den Seiten nach unten zeigten.

»Nachher ergibt sich bestimmt eine Gelegenheit, dass sie dich begrüßen werden«, raunte Gottwald seiner Tochter ins Ohr.

Nachdem die kaiserliche Familie ihre Plätze eingenommen hatte, erklang das Rascheln der seidenen Gewänder, als sich die Gäste ebenfalls setzten. Gleich darauf wurde es wieder still, denn Papst Viktor sprach mit wohlklingender Stimme ein Tischgebet, in dem er für die Speisen dankte und um Schutz für das Kaiserpaar bat. Schließlich erschienen fast zwei Dutzend Bedienstete, die Unmengen von Platten mit den verschiedensten Gerichten hereintrugen.

Hemma, die sich auch sonst nicht über mangelnde Vielfalt beim Essen beklagen konnte, kam aus dem Staunen nicht mehr heraus. Während einige Diener die großen Scheiben Brot vor den Gästen auf den Tisch legten, um darauf dann das Fleisch zu geben, stellten andere Schüsseln auf die langen Tischreihen, in denen das dampfende Essen wartete. Das gegrillte Fleisch war so schwer, dass jeweils zwei Männer die großen Holzbretter tragen mussten. Hemma entdeckte darauf Ferkel und Hammelkeulen, mehrere Sorten Geflügel, darunter Hühner, Tauben und Fasane. Sogar einen Pfau trugen sie herbei, dessen bunte, wunderschöne Federn in dem gegrillten Körper steckten und so ein letztes Rad schlugen. Eine Platte mit Forellen und einem Fisch, den Hemma nicht kannte, stand ganz in ihrer Nähe auf dem Tisch. Natürlich fehlten auch die verschiedenen Wildsorten aus den heimischen Wäldern des Harzes nicht. Von Hasen bis hin zu Rehen und Hirschen war fast alles vertreten.

Hemma wusste von ihrem Vater, dass der Kaiser mit großer Gesellschaft nach seinem Aufenthalt hier weiter nach Bodfeld zog, wo sich sein Jagdhof befand. Mit großer Wahrscheinlichkeit stand dort dann weiteren Tieren die letzte Stunde bevor.

Da fingen im Hintergrund die Musiker wieder leise an zu spielen.

»Ich hatte noch gar keine Gelegenheit, Euch meine Bewunderung kundzutun. Ihr stellt alles andere hier in den Schatten, mit Ausnahme unserer verehrten Kaiserin«, versuchte sich Pfalzgraf Friedrich bei Hemma einzuschmeicheln.

Zu ihrem Leidwesen saß er ihr direkt gegenüber, während sein Bruder ein paar Plätze weiter ganz in der Nähe des Kaisers saß. Sie dankte ihm kühl. Auch der leicht vorwurfsvolle Blick ihres Vaters konnte nichts an ihrem Verhalten ändern. Wenn sie auch zu machtlos war, um die Hochzeit zu verhindern, so konnte sie doch niemand dazu zwingen, Friedrich falsche Freundlichkeit vorzutäuschen.

Ihr zukünftiger Gemahl war niemand, der so leicht aufgab. »Ich hoffe doch sehr, dass Ihr nicht mehr ungehalten seid wegen des leidlichen Zwischenfalls heute, edles Fräulein. Ich könnte es nicht ertragen, wenn ich noch immer Euren Zorn auf mich zöge.«

Durch seine Frage war sie gezwungen, auf ihn einzugehen und gleichzeitig ihre Verärgerung darüber zu überspielen. »Ich bin gewiss kein nachtragender Mensch, Graf Friedrich. Aber ich bitte um Nachsicht, wenn ich nicht so gesprächig bin, denn bisher habe ich noch keinem Festessen beigewohnt, das so prächtig war wie dieses.«

Ihr Vater schien sich genötigt zu sehen, unterstützend einzugreifen. »Meine Tochter ist noch jung, werter Graf, und es fehlt ihr an Erfahrung«, wandte er sich entschuldigend an seinen künftigen Schwiegersohn.

Der wehrte ab, während er einem der vielen Mundschenke seinen Becher hinhielt. Nachdem der Becher bis zum Rand mit Weißwein gefüllt war, stellte Friedrich ihn wieder vor sich hin. »Wenn Eure Tochter erst meine Frau ist, wird sie bestimmt noch viele Gelegenheiten bekommen, an ähnlichen Festlichkeiten teilzuhaben.« Damit nahm er einen großen Schluck und tupfte sich anschließend mit einem Zipfel seines Umhangs den Mund ab. »Ohne Zweifel wird sie dabei jedes Mal der glänzende Mittelpunkt sein«, fügte er noch hinzu, während er seinen Blick bewundernd über Hemma gleiten ließ.

Die so Umschmeichelte konnte nicht umhin, ihm mit einem Lächeln zu danken, dann legte sie sich ein Stück Lammbraten auf ihr Brot und konzentrierte sich auf ihr Essen. Insgeheim musste sie sich eingestehen, dass der Pfalzgraf immerhin eine recht ansehnliche Erscheinung war. Er trug einen Bart, der ebenso gepflegt wirkte wie die schulterlangen Haare. Sein Gesicht konnte man als gutaussehend bezeichnen, wenn da nicht dieser stechende, oft fast lauernde Blick gewesen wäre.

Neben ihr saß ein überraschend junger Bischof, und sie bezog ihn geschickt in das Gespräch ein, das der Pfalzgraf gerade wieder aufgenommen hatte.

Das Essen schien nicht enden zu wollen, doch dann räumten die Bediensteten endlich ab. So aufgekratzt, wie sie zu Anfang des Abends noch war, so müde war sie angesichts der fortgeschrittenen Stunde. Allerdings musste Hemma noch den Nachtisch in Form von Äpfeln und Gebäck, das den süßen Geschmack des Honigs der umliegenden Wälder in sich trug, hinter sich bringen, bis auch der letzte Gang abgetragen war und sie die Pfalz endlich zusammen mit ihrem Vater verlassen konnte.

15. KAPITEL

Randolf hatte nur mit großer Anstrengung das Essen hinter sich gebracht und wartete nun auf eine Gelegenheit, unter vier Augen mit Heinrich zu sprechen. Es sollte der letzte Versuch werden, den König von seiner harten und unversöhnlichen Linie abzubringen, obwohl der Ritter ahnte, dass er genauso gut darauf verzichten konnte. Denn im Grunde wusste Randolf, dass es zwecklos war, dafür kannte er den starrköpfigen Herrscher zu gut. Wenn Heinrich von etwas überzeugt war, dann konnte ihn niemand davon abbringen. Leider war er am meisten von seiner eigenen Person überzeugt und davon, dass er ein König von Gottes Gnaden war, was für ihn nicht bedeutete, auf den Rat der anderen Großen im Reich zu hören. Randolf wusste genau, an wen ihn dieses Verhalten immer deutlicher erinnerte. Der verstorbene Erzbischof von Hamburg und Bremen hatte dieselben Charakterzüge gezeigt, und er war dem jungen König seinerzeit ein gerissener Ratgeber gewesen.

»Nun, Randolf, was liegt Euch so schwer auf dem Herzen? Beim Essen hatte man den Eindruck, als müsstet Ihr den letzten Fraß herunterwürgen und keinesfalls das zarte Fleisch des Rotwildes, das ich vor zwei Tagen persönlich erlegt habe.«

Der König war gut gelaunt, denn er goss nicht nur sich selbst, sondern auch dem Ritter einen Becher mit dem köstlichen Wein ein, den er normalerweise nicht teilte. Er reichte seinem missgelaunten Vertrauten das Getränk und prostete ihm zu. Der weiße Saft der Reben war überraschend kühl und schmeckte hervorragend.

»Ihr wollt doch nicht im Ernst die Delegation der sächsischen Fürsten vor den Toren der Pfalz warten lassen?«

Augenblicklich verschlechterte sich die Laune Heinrichs. Er bedachte Randolf mit einem ärgerlichen Blick und ging mit dem silbernen Becher in der rechten Hand zu den Arkaden. Dort stützte er sich mit der freien Hand an einem der steinernen Fensterbögen ab. und stierte hinaus in die nächtliche Dunkelheit. Gelegentlich nahm er einen Schluck, hüllte sich aber sonst in beharrliches Schweigen.

Randolf kannte die starken Stimmungsschwankungen seines Herrn und hatte sich inzwischen daran gewöhnt. Gelassen wartete er ab, bis Heinrich das Wort an ihn richtete, doch anstatt auf die Frage des Ritters zu antworten, stellte der Monarch ihm eine Gegenfrage.

»Habe ich Euch eigentlich schon einmal erzählt, dass Euer damaliger Lehrmeister auch mir gut in Erinnerung geblieben ist?«

Mit Randolfs Gelassenheit war es schlagartig vorbei, und überrascht verneinte er.

»Ich muss Euch nicht erzählen, wie schwierig schon damals die politische Situation meines Vaters war, und ohne falsche Bewunderung gebe ich offen zu, dass meine Mutter nach seinem Tod Großes geleistet hat und es zu verhindern verstand, dass unser Reich völlig auseinanderbrach. Ich weiß das deshalb so genau, weil ich ab meinem dritten Lebensjahr bei vielen wichtigen Gesprächen meines Vaters dabei sein musste. Er war ein ernster Mensch und handelte aus der Überzeugung heraus, dass es für meine spätere Aufgabe als König wichtig sei, so früh wie möglich Anteil am politischen Geschehen zu nehmen.«

»Ich kann mich leider an Euren Vater kaum erinnern, Euer Majestät«, erwiderte Randolf ein wenig unsicher, da er nicht erkannte, welche Richtung das Gespräch nehmen würde.

»Nun, dann werde ich Euch jetzt etwas erzählen, was Euch sicher gefallen wird, denn Ihr werdet ein paar Neuigkeiten über Gottwald von Gosenfels erfahren. Der hat meinen Vater nämlich abends nach unserer Ankunft in Goslar noch auf dessen Wunsch hin aufgesucht, und ich musste dem Gespräch ebenfalls beiwohnen. Der Vogt war einer der wenigen Menschen, dem mein Vater voll und ganz vertraute, so wie ich es heute bei Euch tue«, erklärte der König in einem munteren Tonfall.

Als er dann mit seiner Geschichte begann, lehnte er sich an einen der Steinbögen.

»Es ist schön, wieder einmal mit Euch zusammenzusitzen, mein lieber Freund.«

Gottwald verbeugte sich vor Vater und Sohn und nahm auf dem schweren Eichenstuhl gegenüber dem Kaiser Platz, der vor einigen Stunden mit großem Hofstaat von fast fünfzehnhundert Personen in Goslar eingetroffen war. Der Anblick Heinrichs III. erschreckte Gottwald, auch wenn er es nicht zeigte. Der Monarch war bloß noch ein Abbild des Mannes, dem Gottwald vor vielen Jahren in der Schlacht gegen die Ungarn zur Seite gestanden hatte, und daran war nicht nur sein Gichtleiden schuld. Damals noch ohne Kaiserwürde, hatte König Heinrich mit seinen siebenundzwanzig Jahren vor Energie nur so gestrotzt. Sein bloßes Auftreten spiegelte die Autorität wider, die er aufgrund seines Amtes für sich in Anspruch nehmen konnte.

Vom ersten Tag an war Gottwald von der Ernsthaftigkeit und tiefen Frömmigkeit des jungen Königs angetan. Die Erziehung, die Heinrich in seiner Kindheit genossen hatte, war von fähigen Beratern wie dem Hofpoeten Wipo, einem Bewunderer der Königsmutter, und Almerich, einem Mönch, nachhaltig geprägt. Wipo, damals bereits Kaplan am Hof Kaiser Konrads, dem Vater Heinrichs, vertrat die ungewöhnliche Ansicht, dass alle Söhne höheren Standes wissenschaftlichen Unterricht erhalten müssten, damit sie in der Lage seien, später den Inhalt der Rechtsbücher richtig zu verstehen. Heinrich verdankte sein Gerechtigkeitsempfinden zum Teil jenem Erzieher, der ihm seit vielen Jahren treu ergeben war.

Vermutlich war gerade diese Erziehung, der er seinen Sinn für geistliche Gelehrsamkeit und literarische Erzeugnisse zu verdanken hatte, ausschlaggebend dafür, dass er niemals die erforderliche Zugänglichkeit für das Volk gezeigt hatte, wie es seinem Vater zu eigen gewesen war. Zudem trug sein äußeres Erscheinungsbild eher dazu bei, dass die Menschen respektvoll Abstand hielten.

Ohne Frage war das auch in seinen jungen Jahren so, dennoch schätzte und achtete ihn am Anfang seiner Regierungszeit ein jeder. Für ihn waren Leitsätze wie »Herrschen heißt, das Gesetz achten« genauso wie »Wer sich erbarmt, wird Erbarmen ernten« keine leeren Worte. Doch in den letzten Jahren warf man ihm neben Prunksucht auch immer öfter Habgier und Eitelkeit vor. Zusätzlich zu den vielen Schwierigkeiten im gesamten Reich und den Spannungen mit einigen der höchsten Fürsten sowie dem König von Frankreich war diese Entwicklung äußerst besorgniserregend.

Heinrich, der von hochgewachsener Statur und damit auf Augenhöhe mit Gottwald war, trug die dunklen

Haare kinnlang. Sein ebenfalls dunkler Vollbart war nach der neuesten Mode kurz geschoren und seine Kleidung von erlesener Schlichtheit.

»Auch ich freue mich sehr darüber, Euer Majestät. Aber Ihr seht sehr müde aus, daher können wir unser Gespräch gerne auf morgen früh verschieben«, erwiderte Gottwald.

Heinrich strich die dunkelgrüne, knielange Kotte glatt, die am Saum mit einer schönen golddurchwirkten Borte verziert war. Anstelle des gewohnten Ledergürtels hatte er sich um die Taille einen Gürtel aus dem gleichen Tuch gebunden. »Nein, nein, morgen trifft der Hauptteil der Gesellschaft ein. Wenn der Heilige Vater erst einmal hier ist, werde ich kaum noch Zeit für ein Gespräch mit Euch finden. Allerdings habe ich vor, unmittelbar nach dem Hoftag weiter nach Bodfeld zu reisen, und es wäre schön, wenn Ihr mich begleiten könntet.«

»Das ist zu gütig von Euch«, dankte der Vogt ihm schlicht.

Der Kaiser winkte müde ab. »Lasst es gut sein, Gottwald. Erzählt mir lieber von der Entwicklung der Silbergruben. Sind die Erträge weiterhin gut?«

»Besser als erhofft, Euer Majestät. Die genaue Aufstellung habe ich für Euch notiert. Wenn Ihr möchtet, kann ich die Aufzeichnungen schnell holen lassen.«

»Später, Gottwald, das hat Zeit. Außerdem vertraue ich Euch blind, und das will etwas heißen in diesen Zeiten«, erwiderte Heinrich, wobei die Verbitterung kaum zu überhören war.

»Gibt es wieder Schwierigkeiten mit Gottfried dem Bärtigen?«, erkundigte sich der Vogt vorsichtig.

Den Namen dieses Mannes zu erwähnen, war in den letzten Jahren oft Anlass genug, um den Ärger des Kaisers auf sich zu ziehen. Bereits während seiner Zeit als

Herzog von Oberlothringen hatte Gottfried offen gegen Heinrich rebelliert, da er sich bei der Gebietsverteilung nach dem Tod seines Vaters ungerecht behandelt gefühlt hatte. Des Öfteren stand dem Herzog dabei auch der französische König Heinrich I. unterstützend zur Seite. Doch dem Kaiser gelang es, den Aufstand der beiden Aufwiegler niederzuschlagen, und sie mussten sich vor ihm demütigen, um seine Vergebung und Gnade zu erbitten.

»Das würde mir zu meinem Glück noch fehlen! Nein, seit meinem letzten Feldzug gegen ihn ist sein Kampfeswille gegen mich hoffentlich endgültig gebrochen. Zumal ich seine Ehe mit Beatrix nachträglich gebilligt habe. Allerdings gebe ich zu, dass die Lage damals sehr prekär war. Wer weiß, was Gottfried sich zusammen mit seiner Gemahlin als Herr und Herrin von Canossa noch an Machtzuwächsen erhofft hat.«

Heinrich schwieg einen Moment, und Gottwald dachte an das letzte schwierige Jahr, in dem der Kaiser fast die ganze Zeit in Italien weilen musste, um das Problem, das aufgrund der Eheschließung zwischen Gottfried dem Bärtigen und Beatrix, der Witwe des Markgrafen von Tuszien, entstanden war, rechtzeitig in den Griff zu bekommen. Was ihm letztendlich auch gelungen war, denn nachdem er Beatrix gefangen gesetzt hatte, war Gottfried geflohen, und alles endete schließlich damit, dass der widerspenstige Herzog dem Kaiser den Treueid leisten musste und dieser ihm großmütig wieder einmal vergab.

Dabei gereichte es dem rebellischen Herzog zum Vorteil, dass sowohl er als auch seine Gemahlin bei der Eheschließung das Gelübde abgelegt hatten, eine Josephsehe zu führen. Damit gaben sie dem Kaiser gleichzeitig zu erkennen, dass ihnen durchaus bewusst war, dass die

Eheschließung nicht im Interesse des Monarchen lag, da ihm aus dem immensen Machtzuwachs des frisch vermählten Paares ein starker Gegner erwachsen konnte. Zugegebenermaßen stellte Gottwald es sich als große Last vor, ein solches Keuschheitsgelübde zu erfüllen.

»*Gottfried hält sich bis jetzt an seinen Eid. Die beiden werden übrigens zusammen mit dem Heiligen Vater anreisen. Ich weiß nicht, ob ich Euch das geschrieben habe.*«

Das war zwar eine neue Mitteilung für den Vogt, doch er nahm es gelassen hin. Sie hatten in den letzten Wochen eine große Kraftanstrengung vollbracht, indem sie viele neue Gästehäuser erbaut hatten. Eine noch größere Anzahl Zelte wartete auf ihre Benutzer.

»*Es gibt leider zu viel Unruhe im Reich. Die sächsischen Fürsten äußern ihren Unmut über meine Politik immer offener. Zu allem Unglück ist es nun auch noch zu Scharmützeln an der Grenze zu den Liutizen gekommen. Diese verdammten Heiden machen mir das Leben zusätzlich schwer!*«

Überrascht über den ungewöhnlichen Gefühlsausbruch starrte Gottwald seinen Herrn an. Der Fluch passte ganz und gar nicht zu dem frommen Kaiser.

Heinrich atmete tief durch. »*Als würde das alles nicht reichen, fällt König Heinrich von Frankreich im Frühjahr auch noch von dem heiligen Eid ab, den er mir geschworen hat.*«

»*Aber er musste sich vor Eurer Übermacht am Chiers zurückziehen. Der Triumph galt wieder einmal Euch, Majestät.*«

Der Kaiser winkte müde ab. »*Natürlich, aber es wird auch dieses Mal nicht von Dauer sein. Vor allem, weil sein Vasall, der Graf von Flandern, seine Kämpfe gegen mich fortsetzt.*« *Er brach ab und stierte einen Augen-*

blick vor sich hin, dann schüttelte er energisch den Kopf. »Doch jetzt möchte ich gerne mit Euch über die Verstärkung der Befestigung sprechen, denn ich war einigermaßen erstaunt, dass Ihr den Palisadenzaun verdoppelt habt. Bestand Anlass dazu?«

Gottwald hatte mit dieser Frage gerechnet und war gewappnet. »Anlass direkt nicht, Euer Majestät. Aber Goslar ist in den letzten Monaten gewaltig gewachsen. Der zunehmende Reichtum spricht sich herum und zieht nicht nur freundliche Zeitgenossen an. Außerdem habt Ihr selbst gerade eben gesagt, dass es zu viel Unsicherheiten im Reich gibt. Deshalb erbitte ich Eure Erlaubnis, nach den Festlichkeiten mit dem Bau einer Mauer, zumindest um den Pfalzbezirk, beginnen zu dürfen.«

Heinrich wirkte noch immer nicht überzeugt. »Ich will gar nicht bestreiten, dass es an vielen Stellen mehrfach zu offenen Konflikten kommt, und natürlich wäre mir ein stabiles Reich auch lieber, mit dem Rückhalt aller Fürsten. Aber das ist ein Traumgebilde, und ich werde mir gewiss nicht die Blöße geben und mich in meiner Lieblingspfalz hinter einer Mauer verstecken. Die Verstärkung der Palisade ist in Ordnung, und von mir aus könnt Ihr, nachdem alle Gäste abgereist sind, auch einen doppelten Zaun um die Siedlung ziehen. Aber keine Mauer, Gottwald! Zumal allgemein bekannt ist und mir auch des Öfteren vorgeworfen wird, dass ich die Pfalz hier in Goslar bevorzuge. Ich muss hoffentlich nicht erst mein Zerwürfnis mit dem Bischof von Speyer erwähnen.«

Gottwald presste die Lippen aufeinander. Natürlich waren ihm die Vorwürfe des Bischofs noch gut in Erinnerung. Der Kirchenmann behauptete, der Kaiser schätze die Grabstätte seiner Eltern in Speyer nicht genug wert und richte sein ganzes Augenmerk und Wohlwollen auf

Goslar.« *Verzeiht, Majestät, Ihr habt selbstverständlich recht.«*

Heinrich erhob sich, ging um den Tisch herum und legte eine Hand schwer auf Gottwalds Schulter. »*Es gibt nichts zu verzeihen, mein lieber Freund. Immerhin gehört es zu Euren Aufgaben, Euch um das Wohlergehen und die Sicherheit des Ortes zu kümmern. Wenn nur alle meine Gefolgsleute so treu ergeben zu mir stehen würden, dann wäre ich frei von Sorgen. Aber jetzt wollen wir unser Gespräch beenden. Es war ein langer Tag, und die kommenden Tage werden kaum weniger anstrengend und lang werden. Ich erwarte Euch morgen nach Sonnenaufgang und wünsche Euch eine gute Nacht.«*

»Wahrscheinlich habe ich schon damals verstanden, dass der Begriff des Herrschens nicht nur Vorzüge mit sich bringt, sondern auch eine große Bürde sein kann. Später hat mich nicht nur Kaiserswerth in dieser Annahme bestätigt, mein Freund«, beendete Heinrich seine Erzählung.

Langsam begann Randolf zu begreifen, worauf der König eigentlich hinauswollte.

»Genau deshalb lautet meine Antwort auf Eure vorhin gestellte Frage: Ja, ich werde sie vor den Toren der Pfalz warten lassen, denn ich bin der König und kann es mir nicht erlauben, dass sich irgendwelche Fürsten in meine Angelegenheiten mischen!« Mit jedem Wort wurde die Stimme Heinrichs lauter.

Randolf ließ sich davon allerdings nicht beunruhigen, denn er erlebte es nicht zum ersten Mal.

»Ich werde Euch noch einen Grund nennen, warum ich die Fürsten nicht empfangen werde. Der von Euch so verachtete Dietbert von Hanenstein hat mich nämlich wissen lassen, dass dieser Besuch nur ein Vorwand ist, um ihre unverschämten Forderungen an mich heranzutragen, die ich selbstredend ablehnen muss. Dann können sie mir später die Treue aufkündigen und ein Heer aufstellen, mit dem sie gegen mich ziehen wollen. Im Hintergrund sind sie nämlich seit längerem schon eifrig damit beschäftigt, wie mir der Neffe des Northeimers glaubhaft versichert hat. Ich werde ihnen einen triftigen Grund geben, indem ich sie einfach wie Bittsteller vor meiner Pfalz stehen lasse, denn *ich* bin der König!«

Ungläubig schüttelte Randolf den Kopf. »Das könnt Ihr doch nicht im Ernst glauben! Mir persönlich hat der Graf versichert, dass kriegerische Handlungen das letzte Mittel seien, dessen er sich bedienen werde. Er will allein mit Worten seinen Forderungen Nachdruck verleihen und Euch nur darum bitten, die Soldaten der Fürsten nicht zum Feldzug abzukommandieren, da sie genug damit zu tun haben, ihre eigenen Grenzen zu schützen.«

Heinrich knallte den wunderschön verzierten silbernen Becher hart auf den Tisch und brüllte: »Ach ja? Es ist also allein der Feldzug? Meint Ihr wirklich?« Er schenkte sich nach und nahm einen großen Schluck. »Ich sage Euch, es ist mehr als das! Ich kenne den Northeimer und weiß, dass es ihm letztendlich vor allem um die Wiedererlangung seiner Herzogswürde geht und um die Erneuerung seines Einflusses auf mich.«

»Könnt Ihr es ihm denn verübeln? Sollten die damals erhobenen Vorwürfe tatsächlich jeglicher Grundlage entbehren, so steht ihm ohne Frage die volle Reputation zu! Und was ist mit den anderen? Geht es ihnen etwa auch nur um einen Herzogtitel?«, gab Randolf ruhig zurück.

Heinrich winkte ab und ging zu seinem Platz am Fenster zurück. Die Luft des zu Ende gehenden, warmen Junitages strömte noch immer durch die großen Öffnungen und erwärmte seit mehreren Tagen das dicke Gemäuer.

»Die anderen? Graf Otto ist ihr Anführer, gegen ihn gilt es zu gewinnen. Die Stader hören auf ihn, schließlich kommt seine Gemahlin aus ihrer Familie, ebenso Euer werter Schwiegervater, der nur zu gerne seinen Neffen Magnus Billung aus der Hartesburg befreien würde. Und sonst? Dem Bischof von Halberstadt geht es allein um meine moralischen Verfehlungen. Er will ebenfalls Zugang zu meinem engsten Beraterkreis erlangen, damit er die Reformbestrebungen des Papstes durchsetzen kann. Und dann sind da noch all die vielen unzufriedenen Sachsen, die sich ständig über die schlechte Behandlung durch die Burgbesatzungen aufregen.«

Wieder setzte er den Becher an und trank ihn in einem Zug aus.

»Glaubt Ihr etwa, ich weiß nicht, was sie alle gegen mich haben? Die zahllosen Anklagen, die sie gegen mich offen vortragen? Ich bin durch harte Jahre gegangen, das wisst Ihr am besten, denn Ihr wart immer an meiner Seite. All die Intrigen und das Ränkeschmieden der hohen Fürsten, die sich angeblich nur zum Wohle des Reiches meine Erziehung angeeignet und meine Mutter von mir ferngehalten haben, haben mich vor allem eines gelehrt: immer wachsam und gegen jedermann misstrauisch zu sein! Ausgenommen vielleicht der verstorbene Erzbischof und bislang auch Ihr. Adalbert war gewiss kein tugendhafter Mensch, aber seine Schlauheit und Gerissenheit haben mich immer wieder in höchstes Erstaunen versetzt. Bei Euch sind es Eure Grundsätze und der Eid, der Euch an mich bindet, dessen bin ich mir durchaus bewusst. Seid versichert, auch Dietbert von Hanenstein traue ich nicht weiter als von hier bis zum Tisch.« Dabei zeigte Heinrich auf den knappen Meter zwischen ihm und dem schweren Möbelstück.

»Ich weiß, dass das Leben es nicht unbedingt nur

gut mit Euch gemeint hat, Euer Majestät, aber wie Ihr schon sagtet, Ihr seid der König und solltet vor allem ein gerechter Herrscher sein. Die sächsischen Fürsten tun sich verständlicherweise schwer damit, dass Ihr an ihren Rechten zerrt, die sie seit vielen Jahren innehaben. Wenn Ihr behutsam vorgeht, werden sie Euch treu ergeben sein. Davon abgesehen weiß ich, dass viele der vorgebrachten Vorwürfe gegen Euch erlogen sind«, versuchte Randolf einzulenken, erntete damit jedoch nur ein müdes Lächeln.

»Meint Ihr damit vielleicht die Anklage, dass ich maßgeblich an der Vergewaltigung meiner Schwester beteiligt sein soll? Haltet Ihr mich für dazu fähig?«

Randolf zögerte, denn es gab Momente, in denen er sich durchaus nicht ganz sicher war, was die Gerüchte über die Äbtissin von Quedlinburg betraf. »Es steht mir nicht an, Euch zu verurteilen. Davon abgesehen bin ich sicher, dass Ihr Eurer verehrten Schwester niemals eine solch abscheuliche Schandtat antun könntet«, entgegnete er stattdessen schlicht.

»Andere Dinge dagegen traut Ihr mir durchaus zu und verabscheut sie mindestens genauso sehr. Lasst es gut sein!«, stellte der König resigniert fest, als Randolf widersprechen wollte. »Ich nehme es Euch nicht übel. Was dagegen die sogenannten Gewohnheitsrechte der Adeligen dieser Gegend betrifft, so kann ich auf meine angestammten Königsrechte hinweisen, die durch den frühen Tod meines Vaters in Vergessenheit geraten sind. Ich werde sie weiterhin mit aller Härte einfordern, und damit soll es jetzt genug sein. Ich bin müde und es leid, mit Euch ständig über die gleichen Dinge zu streiten. Ach, bevor ich es vergesse, muss ich Euch noch sagen, dass ich mich in meiner Meinung über Euch getäuscht habe.«

»Wie meint Ihr das, Euer Majestät?«, fragte Randolf verwirrt.

»Nun, auch wenn Ihr glaubt, dass Ihr Eure Gefühle jederzeit beherrscht, so kann ich Euch versichern, dass mir Euer Interesse für Fräulein Henrika sehr wohl aufgefallen ist.« Randolf wollte etwas erwidern, aber der König hob eine Hand. »Wartet mit Euren fadenscheinigen Ausreden, ich bin noch nicht fertig. Ich war mir eigentlich sicher, dass Ihr versuchen würdet, mir die erneute Vermählung des Fräuleins auszureden. Ich muss schon sagen, ich bin ein bisschen enttäuscht, denn es hätte mir gut gefallen, wenn Ihr Euer ehrenhaftes Verhalten einmal vergessen hättet!«

»Erstens irrt Ihr Euch in Euren Vermutungen, und zweitens bin ich verheiratet«, brachte Randolf mühsam hervor.

»Ihr täuscht mich nicht, mein guter Freund! Spätestens, als ich euch beide vorhin nebeneinander gesehen habe, war ich restlos davon überzeugt. Eure zur Schau gestellte übertriebene Gleichgültigkeit und Eure Sorge, als Ihr das Fräulein stützen musstet! Wie lange kennen wir uns nun schon? Über sechzehn Jahre? Ihr seid vielleicht für andere schlecht einzuschätzen, mich aber führt Ihr nicht hinters Licht! Und was Euren anderen Einwand angeht – verheiratet bin ich auch, und das hat mich bisher von nichts abgehalten, obwohl ich zugeben muss, dass nicht alle Gerüchte wahr sind, die über mich im Umlauf sind.«

Das Gesicht des Königs wurde vom Licht der beiden Fackeln erhellt, die an den Fensterbögen angebracht waren. Sein lauernder Ausdruck blieb Randolf trotzdem nicht verborgen.

»Ich sehe das Ehegelübde immer noch anders, trotz unseres gemeinsamen Lehrmeisters«, erwiderte der Ritter trocken.

Heinrich erheiterte die Bemerkung sehr. »Ich gebe zu, unser von mir verehrter Erzbischof hat bei Euch nicht die gewünschte Zustimmung gefunden. Er hat bis zu seinem Tode darunter gelitten, glaubt mir.«

»Adalbert hat nie im Leben unter irgendetwas gelitten, außer vielleicht dem Verlust der Macht, als er damals auf den Druck der anderen Fürsten hin von seinem Beraterposten bei Euch zurücktreten musste«, gab Randolf gleichmütig zurück.

Er hatte mit dem Verhalten seines früheren Förderers abgeschlossen – aus Gründen, von denen der König nichts wusste, denn der Monarch hätte mit Sicherheit nicht die gleiche Abscheu empfunden wie Randolf, sondern an der Stelle des Erzbischofs wohl genauso gehandelt. Auch Heinrich würde für den Erhalt seiner Macht alle Opfer bringen, die nötig wären. Trotzdem verspürte er einen leichten Stich, als er die unerwartete Antwort des Königs hörte.

»Nein, da irrt Ihr Euch. Ich gebe zu, es war nicht nur für ihn ein herber Schlag, denn auch ich kann mich noch gut an meine Wut erinnern, die ich bei der anmaßenden Forderung der anderen empfunden habe. Vor allem, weil ich mich ihnen beugen musste, wie schon so oft davor. *Ich*, der König! Doch sie werden noch alle merken, was ich durch Kaiserswerth und die Zeit danach gelernt habe, genauso wie es unser lieber Erzbischof Anno von Köln bereits zu spüren bekommen hat.«

Seit der König mündig war, hatte er die Macht Annos immer weiter demontiert, denn Heinrich hatte ihm die Entführung und die damit verbundene Übernahme der Vormundschaft niemals vergeben.

»Nein, Ihr irrt Euch«, wiederholte er nochmals. »Als Ihr Euch damals von ihm losgesagt habt, hat es ihm schier das Herz gebrochen.«

»Wenn er denn je eines besessen hat«, entgegnete Randolf unversöhnlich, und zu seiner Erleichterung wechselte der König endlich das Thema, indem er ein allgemeines Geplänkel anschlug und ihn kurz darauf entließ.

»Wie verhält es sich mit Eurer Treue mir gegenüber, wenn *ich* mein Glück bei dem Fräulein versuche?«, fragte der König völlig unerwartet, als Randolf bereits im Begriff war zu gehen.

Mit kalter Stimme und ohne sich umzudrehen erwiderte er: »Ihr solltet es lieber nicht herausfordern, Euer Majestät.«

Das glucksende Lachen Heinrichs begleitete ihn noch, als er die Pfalz schon lange verlassen hatte.

Doch ohne eine Möglichkeit, es steuern zu können, schweiften Randolfs Gedanken auf dem Nachhauseweg in eine Richtung ab, mit der er eigentlich abgeschlossen hatte, denn die Zeit, in der Adalbert ihn eingeschüchtert hatte, lag lange hinter ihm. Seltsamerweise tauchte nun wieder eine fast vergessene Begebenheit auf, die der Auslöser für den Beginn einer wunderschönen, wenn auch leider nur sehr kurzen Zeit war.

Ohne anzuklopfen betrat der Erzbischof den kleinen Empfangsraum im Palas neben dem Pfalzgebäude, in dem Gottwald gerade dabei war, seinem neuen Knappen einiges über die Aufgaben eines Ritters zu erzählen. Sein ärgerlicher Gesichtsausdruck über die ungefragte Störung verschwand augenblicklich, als er erkannte, um wen es sich bei dem Besucher handelte. So blieb ihm auch der Schrecken verborgen, der sich augenblicklich auf Randolfs Gesicht abzeichnete.

»Eminenz, welch eine Ehre. Warum habt Ihr Euren Besuch nicht angekündigt, dann hätte ich Vorkehrungen treffen können?«

Der Vogt trat um den schweren Eichentisch herum und ging mit großen Schritten auf den Erzbischof zu, der wartend an der Tür stand.

»Mein lieber Gottwald, tragische Ereignisse erfordern manchmal schnelles Handeln. Als ich die Nachricht von der Ermordung meines Bruders erhalten habe, gab es nur diesen einen Weg für mich: nämlich seinen Leichnam persönlich nach Hause zu begleiten. Auch wenn Burg Goseck nicht mehr sein wahres Zuhause ist, schließlich dient sie nach seinem Umbau den Benediktinermönchen als Heimstatt, so hing sein Herz doch immer ganz besonders an diesem alten Gemäuer. Ich habe mit Abt Thiemo gesprochen, dem Leiter des Stifts, und er war freundlicherweise sofort bereit, meinem Bruder seine letzte Ruhestätte in geweihter Erde nahe der Stiftskirche zu gewähren.«

Während er sprach, hielt er Gottwald die Hand hin, der sich verbeugte und den goldenen Ring des Bischofs küsste.

»Das verstehe ich sehr gut. Auch ich hatte nach Erhalt der traurigen Botschaft sofort das Bedürfnis, Euren Bruder noch einmal zu sehen. Ich kann mir kaum einen schöneren Ort als letzte Ruhestätte für ihn vorstellen.«

Adalbert ließ sich schwer in den großen Holzstuhl fallen und legte die Arme auf die mit Leder bespannten Lehnen. Dabei zog er seinen knielangen und ärmellosen Mantel, den er auf all seinen Reisen trug, ein Stück höher, so dass deutlich seine violette Soutane zu sehen war, die er darunter anhatte. Die Mitra, den hohen, dreieckigen Hut, ließ er achtlos zu Boden fallen. Mit seinen sechsundfünfzig Jahren war er beileibe kein junger Mann mehr, und seinem oft maßlosen Lebensstil musste er immer öfter Tribut zollen. Langsam ließ er den Blick durch den Raum schweifen, und als er Randolf entdeck-

te, der sich in eine der Ecken zurückgezogen hatte, betrachtete er das Gesicht des Jungen.

Gottwald folgte dem Blick des Bischofs, und erst jetzt fiel ihm der ängstliche Gesichtsausdruck seines Knappen auf.

»Randolf, mein Sohn, komm her zu mir und begrüße mich, wie du es gelernt hast.« Die Stimme Adalberts hatte leicht an Schärfe gewonnen, trotz des Lächelns, das unentwegt auf seinen Lippen lag.

Der Junge zögerte kurz, straffte sich dann und ging langsam auf den Erzbischof zu. Einen Schritt vor ihm kniete er nieder und küsste ebenfalls den Ring, der mit einem großen blauen Edelstein besetzt war.

»Ich habe mich schon gefragt, wohin du verschwunden bist, denn mein Lehnsmann konnte mir nur von deiner Flucht berichten. Aber ich habe meinen Bruder ja davor gewarnt, dich aus dem Klosterleben herauszureißen. Du bist nicht geschaffen für ein Leben mit der Waffe. Ich werde dich mitnehmen, damit du deine Ausbildung in unserem Kloster wieder aufnehmen kannst.«

Randolf riss die Augen auf und sah mit einem flehenden Blick hinüber zu Gottwald.

Der kam nach kurzem Zögern der stummen Bitte nach. »Verzeiht mir meine Einmischung, Euer Eminenz. Als Ausdruck meiner Dankbarkeit Eurem Bruder gegenüber habe ich mich dazu entschlossen, den Jungen als Knappen in meine Dienste zu nehmen. Ich bin sicher, damit im Sinne des Grafen, Eures von mir verehrten Bruders, zu handeln. Sollte ich allerdings Euren Plänen mit meiner Entscheidung zuwiderhandeln, so lasse ich Euch natürlich gerne den Vortritt.«

Adalberts Lächeln verschwand. Wieder einmal bereute er es, Gottwald nicht schon viel früher in seine Schran-

ken gewiesen zu haben. Bereits als sein Bruder, Gott hab ihn selig, sich vor vielen Jahren des Halbwüchsigen angenommen hatte, beschlich ihn das ungute Gefühl, dass Gottwald viel gerissener war, als er den Anschein erweckte. All die Jahre hatte es ihn nicht losgelassen, und nun stand er hier und musste seine schönen Pläne, die er durch die Einmischung seines Bruders vor ein paar Monaten schon einmal aufgegeben hatte, erneut begraben. Das Schlimmste daran war für ihn jedoch, dass Gottwald wusste, dass er nicht anders handeln konnte. Es gab keine plausible Erklärung dafür, warum der mittellose Junge ohne Familie nicht als Knappe bei dem Vogt bleiben sollte.

So schnell, wie sein Lächeln verschwunden war, kam der freundliche Gesichtsausdruck zurück, auch wenn der Bischof nicht gleich aufgab. »Aber natürlich, mein lieber Freund, da habt Ihr sicher recht. Ich wollte Euch nur die mühevolle Aufgabe ersparen, den Jungen als Knappen auszubilden. Er ist der geborene Gelehrte, denn er lernt deutlich schneller als die meisten Jungen in seinem Alter und saugt jede Form von Wissen förmlich in sich auf. Wollt Ihr Euch diese Last wirklich zusätzlich zu Euren vielen anderen Sorgen aufbürden?«

Gottwald machte eine wegwerfende Handbewegung. »Ich danke Euch sehr für Euren Großmut, doch diese Aufgabe kostet mich nicht viel Mühe. Damit wäre es also abgemacht, Randolf bleibt bis auf weiteres bei mir. Ich denke, er kann uns jetzt verlassen und seine Pflichten bei den Pferden wahrnehmen.«

Adalbert wusste, wann er verloren hatte. »Natürlich kann er gehen. Ich wollte mit Euch sowieso unter vier Augen sprechen.«

Ein kurzer Blick Gottwalds, verbunden mit einem knappen Nicken in Richtung Tür, genügte, und der Jun-

ge stürzte hastig und mit einer angedeuteten Verbeugung aus dem Raum.

Ohne einen Laut öffnete Randolf die Tür zu seinem Gemach und schlüpfte hinein. Da er mit seinen Gedanken in der Vergangenheit verhaftet gewesen war, hatte er gar nicht gemerkt, wie spät es war. Resigniert warf er seiner fest schlafenden Gemahlin einen müden Blick zu, und durch den hellen Mondschein, der ins Zimmer fiel, stellte er mit schlechtem Gewissen fest, wie erschöpft Betlindis aussah. Das Essen beim König war anscheinend anstrengender für sie gewesen, als er angenommen hatte. Hinzu kam, dass Betlindis die Zärtlichkeiten ihres Gatten fehlten, mit jedem ihrer sehnsüchtigen Blicke machte sie ihm das klar. Doch mehr als einen flüchtigen Kuss auf die Wange oder eine kurze Umarmung konnte Randolf ihr einfach nicht geben, da jedes Mal Henrika vor seinem inneren Auge auftauchte.

Abgespannt rieb er sich die Nasenwurzel und dachte an das zurückliegende Gespräch mit dem König. Nachdem er die Erinnerungen an den Erzbischof seit langer Zeit zum ersten Mal wieder zugelassen hatte, wurde ihm plötzlich bewusst, wie ähnlich Heinrich dem Kirchenmann manchmal in seinem Verhalten war. Eine Tatsache, die alles nicht unbedingt einfacher macht, dachte er, während er sich vorsichtig neben Betlindis legte. Die Mühe, sich auszukleiden, hatte er sich nicht mehr gemacht.

Ein anderer konnte an diesem Abend ebenfalls keine Ruhe finden. Dietbert von Hanenstein hatte die niederschmetternde Botschaft höchstpersönlich durch seinen schlimmsten Gegner vernommen. Randolf war vor dem festlichen Mahl, zu dem auch Burchards Sohn geladen war, bei ihm erschienen und hatte mit einem Satz seine letzte Hoffnung zunichtegemacht.

»Euer Vetter zweiten Grades hat soeben vom König die Zustimmung erhalten, Henrika von Gosenfels zu ehelichen.«

Mit wutverzerrtem Gesicht hatte Dietbert die Faust geballt, und es hätte nicht viel gefehlt, dann hätte er auf den höhnisch grinsenden Ritter eingeschlagen, der sich noch nicht einmal die Mühe gemacht hatte, seine Genugtuung über diese Entwicklung zu verbergen. Einzig die Tatsache, dass Randolf augenscheinlich nur auf eine solche Gelegenheit zu warten schien, hielt ihn zurück, denn der langjährige Vertraute des Königs überragte ihn nicht nur an Größe, sondern besaß auch ein großes Talent im Umgang mit dem Schwert. Dietbert hatte durch Zufall mal einen Übungskampf verfolgt und legte seitdem keinen großen Wert mehr auf einen direkten Kampf mit Randolf. Doch die offensichtliche Freude des verhassten Ritters stellte seine Geduld auf eine harte Probe.

Als Dietbert sich nicht rührte, zuckte Randolf nur mit den Schultern, wandte sich um und ging mit langen Schritten in Richtung der Treppe, die zum oberen Stockwerk führte, wo das Festmahl stattfinden sollte.

Dietbert sah dem hochgewachsenen Mann nach, der ihm immer wieder in die Quere kam. Schließlich hatte der Ritter Kuno mitgebracht, womöglich hatte er sogar den verfluchten Grafen von Northeim dazu überredet. Obwohl Dietbert eigentlich nicht daran glaubte, denn Randolf wirkte eher verbittert über diese Wendung als erfreut.

Was natürlich nichts im Vergleich zu seiner eigenen Verbitterung war! Dabei hatte er sich noch beim Einzug des königliches Trosses, dem er selbst angehört hatte, in Hochstimmung befunden!

Nachdem er den vom König erhaltenen Auftrag zu dessen vollständiger Zufriedenheit ausgeführt hatte, schien sein Wunsch, Henrika möglicherweise doch noch ehelichen zu können, wieder in greifbarer Nähe. Dass der König mit seiner Äußerung, es wäre vielleicht doch nicht völlig undenkbar, wenn Henrika eine Verbindung mit Dietberts Familie eingänge, seinen Vetter Kuno gemeint hatte, wäre ihm niemals in den Sinn gekommen. Dabei tröstete es den verbitterten jungen Mann auch nicht, dass er dem König falsche Informationen hatte zukommen lassen.

Das Vorgehen seines Onkels, der von dem Auftrag des Königs wusste, Details über die sächsischen Pläne zu sammeln, und nicht wenig davon profitiert hatte, machte die Sache auch nicht besser. Vor allem, weil Dietbert erst am vorigen Abend eine Botschaft an den Northeimer geschickt hatte, um ihn über die neuesten Ereignisse auf dem Laufenden zu halten. Schließlich waren die Sachsenfürsten nicht zu dem Hoftag geladen, doch Dietbert wusste, dass sie den König um ein Treffen gebeten hatten, das in zwei Tagen stattfinden sollte. Dort wollten sie ihn nicht nur dazu bewegen, ihnen die Teilnahme am bevorstehenden Polenfeldzug zu erlassen, sondern ihm außerdem all ihre Forderungen überreichen. Sie hatten sich zu dieser Entscheidung durchgerungen, nachdem Dietbert sie darüber unterrichtet hatte, dass König Heinrich die Hilfe des Dänenkönigs angefordert hatte, um die unzufriedenen Sachsen in ihre Schranken zu verweisen. Als Zeichen des Danks sollte ihm ein Teil des Landes übertragen werden. Der Lohn für das gefährliche Unterfangen war nun die Vermählung Henrikas mit dem ihm schon immer verhassten Kuno. Seine Henrika, nach der er sich so sehr verzehrte! Dafür hasste er seinen Onkel, der von den Hoffnungen seines Neffen wusste, und er schwor sich, den Grafen dafür büßen zu lassen.

Dietberts Wut verwandelte sich in Niedergeschlagenheit, als er mit ausdruckslosem Blick Randolf hinterhersah, der bereits die ersten Stufen der Treppe erklommen hatte. Den dunkelblauen Umhang aus matter Seide hatte er lässig über eine Schulter geschlagen, und bei jedem seiner Schritte bewegte sich das schlichte, elegante Kleidungsstück wie von einer unsichtbaren Hand angehoben.

Nach dem Gespräch hatte Dietbert einem der Dienstboten aufgetragen, den König davon zu unterrichten, dass er sich nicht wohl fühle und dem Essen deshalb fernbleiben werde. Er brauchte Ruhe, um nachzudenken, denn nun galt es, nicht nur seinen Onkel büßen zu lassen, sondern auch den König. Heinrich würde zu spüren bekommen, was es bedeutete, ihn so vor den Kopf zu schlagen. Dietbert hatte gerade erst die Pfalz verlassen und befand sich auf dem Weg zu seiner Unterkunft, als es ihn wie aus heiterem Himmel durchfuhr und er abrupt stehen blieb.

Plötzlich schien alles unglaublich einfach! Mit dieser genialen Idee konnte er gezielt zum Gegenschlag ausholen, und niemand würde auch nur im Entferntesten darauf kommen, dass er etwas damit zu tun hatte. Erregt änderte er die Richtung und verließ den Pfalzbezirk. Um den Plan zu verwirklichen, brauchte er Hilfe, alleine würde er es nicht schaffen. Er wusste auch schon, an wen er sich wenden musste. Um einiges besser gelaunt setzte er seinen Weg fort, und als er den gesuchten Mann in dem Wirtshaus wie erhofft gefunden hatte, war er zwar kurze Zeit später um einige Münzen leichter, dafür aber äußerst guter Dinge.

16. KAPITEL

Zwei Tage nach dem Essen beim König begleitete Henrika ihre Großmutter, die zur Erleichterung aller wieder vollständig genesen und guter Dinge war, auf den Markt. Ein Stück unterhalb des Pfalzbezirks hatten sich im Laufe der letzten Jahre immer mehr Kaufleute niedergelassen, und vor vielen Jahren hatte Gottwald bereits dafür Sorge getragen, dass zumindest ein kleiner Schutz mit Hilfe eines Palisadenzauns bestand. Je weiter der Ort wuchs und je größer der Reichtum wurde, desto mehr verlangte es den Vogt seinerzeit nach einer umfassenden Schutzanlage für den Pfalzbezirk ebenso wie für die dazugehörige Kaufmannssiedlung.

In deren Mitte befand sich ein freier Platz, auf dem Händler fast täglich allerlei Waren feilboten. Die Männer und Frauen standen teilweise vor den Wagen, auf denen die Waren lagerten. Bei anderen, die ihre Häuser rund um den Markt gebaut hatten, befanden sich die Verkaufsstände jeweils im Erdgeschoss. Durch den zunehmenden Wohlstand dank der Silbererzvorkommen zog Goslar immer häufiger Händler aller Art an, und auch Spielleute verkehrten gelegentlich in der Stadt. Wenn sie einen guten Zeitpunkt erwischten und der König zufällig in seiner Pfalz weilte, wurde ihnen sogar manchmal die Ehre zuteil, vor ihm und der Hofgesellschaft aufzutreten.

Edgitha und ihre Enkeltochter schlenderten gemütlich durch das bunte Treiben und überquerten auf einer schmalen Holzbrücke die Gose. Auf dem Marktplatz lag Schotter, und die Wege im Pfalzbezirk bestanden sogar aus Pflastersteinen.

Der Tuchhändler, den Edgitha aufsuchen wollte, befand sich auf dem hinteren Teil des Platzes. Sie kannte ihn seit vielen Jahren und hatte seine Hilfe auch damals schon bei der Auswahl an edlen Stoffen für die Hochzeit ihrer Tochter Hemma, in Anspruch genommen. Jetzt ging es wieder um eine Hochzeit, und die zukünftige Braut trottete mit gesenktem Kopf wie damals ihre Mutter hinter Edgitha her.

»Henrika, Liebes, mach nicht so ein Gesicht! Du hast selbst gesagt, dass dein zukünftiger Ehemann recht ansehnlich ist. Bei dem Händler dort hinten findest du bestimmt schöne Stoffe, die dir gefallen.« Sie riss Henrika aus ihren Gedanken, und die junge Frau folgte ihr schweigend.

Eigentlich liebte Henrika die lebhafte Atmosphäre an diesem Ort, doch der Anlass ihres heutigen Besuches stimmte sie nicht sonderlich glücklich. Zumal die beiden Frauen bei ihrem Aufbruch Randolf getroffen hatten, dem ihre Großmutter zu allem Übel von ihrem Vorhaben erzählt hatte. Sollte Henrika sich einen netten Kommentar erhofft haben, so wurde sie enttäuscht, denn Randolf hatte sie nur mit eisigem Blick angesehen.

»Edle Frau, edles Fräulein! Seht nur, welch kostbares Tuch ich hier für Euch habe! Nirgendwo sonst findet Ihr feinere Seide oder sattere Farben. Nehmt es ruhig in die Hand und seht selbst, dass ich die Wahrheit spreche.«

Edgitha ließ die Finger über ein dunkelrot schimmerndes Seidentuch gleiten. »Ich nehme davon und natürlich noch von dem hellbraunen Leinentuch, das dahinten ausliegt.«

Nach langen Jahren der Abgeschiedenheit hatte Edgitha zur Verwunderung aller beschlossen, ebenfalls an der Hochzeit teilzunehmen, und dazu benötigte sie nun ein neues Gewand.

Eilfertig begann der Tuchhändler, ein dicker Mann mit spärlichem Haarkranz und verschwitztem Gesicht, die Wünsche seiner hochgestellten Kundin zu erfüllen.

»Henrika, was meinst du, würde dir eine Kotte aus diesem sattgrünen Tuch gefallen? Nach der gelben wäre das sicher eine wünschenswerte Ergänzung. Findest du nicht auch, dass das Grün wundervoll zu deinen Augen passt?«

Henrika warf einen kurzen Blick auf die Ware und nickte gleichgültig. »Wie Ihr meint, Großmutter.«

Edgitha sah ihre Enkelin besorgt an, wie schon so oft in den letzten Tagen, sagte aber nichts. »Gib uns davon auch noch etwas und von dem rotbraunen Tuch aus Leinen ebenfalls«, sagte sie zu dem Händler.

Nachdem sie dem äußerst erfreuten Mann ein paar Münzen in die Hand gedrückt hatte, gingen sie weiter. Geduldig wartete Henrika ab, bis Edgitha die Aufträge für ihren Schwiegersohn beim Kesselschmied erledigt hatte, die dort gleichermaßen für Entzücken sorgten. Beide Händler hatten zugesagt, die Waren zum Haus des Münzmeisters zu bringen, wo sie das restliche Geld erhalten sollten.

Henrika verfolgte mit einiger Überraschung das für sie ungewohnte Verhalten ihrer Großmutter, und plötzlich kam ihr der Gedanke, dass sie es womöglich aus purer Absicht tat. Sozusagen in dem Versuch, die trübsinnige Stimmung ihrer Enkeltochter aufzuheitern.

Sie wollten gerade den Rückweg antreten, als die junge Frau überrascht ausrief: »Seht nur, Großmutter! Dort hinten kommen zwei Wagen mit Spielleuten!«

Neugierig gesellten sie sich zu den anderen Menschen, die die kleine Gruppe bestaunten. Ein höchstens zehnjähriger Junge mit rotbraunen Haaren schlug unter dem Beifall der begeisterten Menge ein Rad nach dem anderen. Dahinter folgten ein älterer Mann, der auf einer Schalmei spielte, und eine hübsche junge Frau mit langen schwarzen Haaren, die leichtfüßig dazu tanzte. Henrika starrte fasziniert auf die Darbietungen, während sich der Gesichtsausdruck Edgithas schlagartig verfinsterte. Als der Enkelin der plötzliche Stimmungswandel auffiel, hakte sie ihre Großmutter ein, und sie verließen die fröhliche Atmosphäre.

Mittlerweile hatten sich viele Menschen zusammengefunden, die dem Treiben mit vergnügten Gesichtern zusahen, und fast hätte Henrika die beiden Männer übersehen, die ein wenig abseits und halb versteckt von einem der Wagen in eine Unterhaltung vertieft zusammensaßen. Sie kannte nur einen davon, und auf dessen Bekanntschaft hätte sie gerne verzichtet. Der andere machte keinen besonders angenehmen Eindruck. Obwohl nicht unbedingt von abstoßendem Äußeren, besaß sein Gesichtsausdruck etwas Verschlagenes, das nicht dazu einlud, seine Bekanntschaft zu machen. Während sein Gegenüber eindringlich auf ihn einredete, strich er sich mit einer Hand die fettigen Haare aus dem Gesicht, und Henrika wandte ihren Blick erschrocken ab. Dort, wo sich eigentlich das Ohr befinden sollte, stach ihr eine hässliche, schlecht verheilte Narbe ins Auge.

Hastig drängte die junge Frau ihre Großmutter weiter, und als sie endlich die Menschenmenge hinter sich gelassen hatten, fiel ihr mit einem Mal wieder die jähe Veränderung Edgithas ein.

»Was ist mit Euch? Fühlt Ihr Euch nicht wohl?«, fragte sie vorsichtig.

Ihre Großmutter blieb stehen, und der verschlossene Ausdruck verwandelte sich in Wehmut. »Es ist alles gut, mein Kind. Als die Spielleute plötzlich aufgetaucht sind, ist mir bloß wieder etwas in den Sinn gekommen, was ich eigentlich schon lange vergessen hatte.«

»Wenn Euch die Erinnerung zu sehr schmerzt, dann müsst Ihr nichts darüber erzählen«, meinte Henrika leise.

Edgitha schüttelte den Kopf. »Nein, nein, es war nichts Besonderes. Aber seltsam ist die Ähnlichkeit schon, denn vor vielen Jahren, als ich mit deiner Mutter hier war, um für ihre Hochzeit einzukaufen, kamen ebenfalls Spielleute vorbei. Ich hatte damals den glorreichen Einfall, ein Fest auf unserem Hof zu veranstalten, und habe die Musikantengruppe vom Fleck weg dafür engagiert. Deinem Großvater tat die Abwechslung gut, hatte er doch zu der Zeit furchtbar viel mit den Vorbereitungen für den großen Hoftag zu tun. Und deine Mutter hat es ebenfalls von ihren trüben Gedanken abgelenkt. Allerdings mussten wir damals nicht zu Fuß gehen, sondern konnten mit dem Wagen deines Großvaters fahren«, beendete sie schmunzelnd ihre Ausführungen.

Henrika lächelte ein wenig zerstreut, denn nach allem, was sie über ihre Mutter erfahren hatte, war sie sicher, dass nichts auf der Welt sie von ihrer Traurigkeit abgelenkt hätte.

Der Vorfall auf dem Markt lag schon einige Tage zurück, als Henrika mit bangem Gefühl aus dem Fenster blickte und noch immer das gleiche Bild vor Augen hatte wie nun schon seit zwei Stunden. So lange warteten die Männer inzwischen vor der würdigen Pfalz auf Einlass, ohne dass er ihnen gewährt wurde.

Ein energisches Klopfen an der Verbindungstür zum

Zimmer ihres Vaters ließ sie zusammenfahren. Überrascht sah sie ihren zukünftigen Gemahl an, der nach ihrer Aufforderung den kleinen Raum in Begleitung ihres Vaters betrat.

»Henrika, Liebes, Graf Kuno hätte gerne ein paar Sätze mit dir gesprochen.« Damit wandte der Münzmeister sich dem Besucher zu und mahnte: »Ich lasse die Tür einen Spaltbreit offen.«

Kaum war er verschwunden, näherte sich der junge Mann langsam und blieb kurz vor seiner zukünftigen Braut stehen. »Verzeiht, dass ich einfach so unangemeldet hier auftauche, aber die momentane Situation macht ein dringendes Handeln meinerseits erforderlich. Ich werde heute noch Goslar verlassen, und wie ich sehe, muss ich meine Gründe nicht näher ausführen.« Dabei wies er mit einer Hand in Richtung der wartenden sächsischen Adeligen, unter denen sich auch Graf Otto als ihr Wortführer befand. »Mein Vater wartet nun schon eine ganze Weile darauf, beim König vorgelassen zu werden. Die Lage ist mehr als demütigend und nicht hinnehmbar!«, fuhr er aufgebracht fort. »Ich habe meinem Vater bereits klarzumachen versucht, dass des Königs Verhalten einer Abfuhr sondergleichen nahekommt, doch er wollte noch eine Weile ausharren. Sobald er sich endlich dazu entschließt, nicht mehr auf die Gnade des Königs zu warten, werde ich ihn nach Hause begleiten.« Kuno atmete schwer, und es war offensichtlich, dass er Mühe hatte, nicht völlig aus der Haut zu fahren.

Henrika wusste nicht genau, ob er eine Antwort von ihr erwartete, folgte dann aber ihrem Gefühl. »Es tut mir aufrichtig leid, Euer Durchlaucht, und ich verstehe Eure Verbitterung. Selbstverständlich ist Euer Platz nun an der Seite Eures Vaters.«

Henrika wusste nicht, ob ihre mitfühlenden und aufrichtig gemeinten Worte dazu führten, dass der junge Mann plötzlich auf die Knie fiel und zu ihrem Leidwesen ihre Hand ergriff, um sie an seine Lippen zu führen. Der gehauchte Kuss war nicht unangenehm, doch die ganze Situation erinnerte sie zu sehr an ihr Zusammentreffen mit Dietbert von Hanenstein.

»Bitte lasst das und erhebt Euch! Vor mir müsst Ihr bestimmt nicht knien, Ihr bringt mich nur in Verlegenheit.«

»Wenn ich dafür die Antwort höre, die ich mir zu hoffen erwage, dann rutsche ich gerne vor Euch in dem tiefsten Schlamm, den Ihr Euch denken könnt. Bitte, gebt mir Euer Wort, dass Ihr mich ehelichen werdet, egal was kommen mag!«, bat er mit flehender Stimme.

Unangenehm berührt, versuchte Henrika die Hand wegzuziehen, doch der Griff des jungen Grafen war zu fest. »Ihr wisst genau, dass es nicht in meiner Macht liegt, über mein Leben zu bestimmen. Was nützt Euch also mein Wort?«, entgegnete sie als deutlichen Hinweis auf das Zustandekommen ihrer Verbindung.

Ihr zukünftiger Ehemann ließ sich nicht beirren und verharrte in der Stellung. »Mir wäre es trotzdem sehr wichtig, wenn Ihr es mir geben würdet. Ich war anfangs zwar nicht angetan von dem Vorschlag meines Vaters, das gebe ich offen zu, aber jetzt, da ich Euch kenne, bin ich mehr als hingerissen und ihm äußerst dankbar dafür. Ihr könnt versichert sein, dass ich dem Tag unserer endgültigen Verbindung entgegenfiebere«, erklärte Kuno nachdrücklich. »Unser erster gemeinsamer Abend beim König wird mir für immer unvergesslich bleiben!«, murmelte er, wobei seine Stimme einen schmeichelnden Ton angenommen hatte, und er zog Henrikas Hand wieder an seine Lippen.

Laute Schritte, die die Treppe hinaufeilten, befreiten

die junge Frau von der Notwendigkeit einer Antwort, als Randolf, begleitet von einem heftig gestikulierenden Clemens, ins Zimmer stürmte.

Überrascht blieb der Ritter wie angewurzelt stehen, und seine Gesichtszüge verhärteten sich. »Ich muss Euch dringend sprechen, Graf Kuno! Bitte folgt mir nach hinten in den Garten, dort sind wir ungestört«, forderte er den jungen Mann auf, der sich zwischenzeitlich erhoben und in aller Ruhe die Hand seiner Braut freigegeben hatte. Die peinlich berührte Henrika würdigte er dabei keines Blickes.

Es widerstrebte Kuno ganz offensichtlich, der Bitte, die mehr wie ein Befehl klang, zu folgen, und fragend richtete er seinen Blick auf Henrika, die ihm jedoch auswich. Randolf, der mit finsterer Miene an der geöffneten Tür auf ihn wartete, war die Ungeduld deutlich anzumerken.

»Ich sehe keine Veranlassung, Eurer Bitte nachzukommen. Außerdem habe ich gerade etwas Wichtiges mit meiner Braut zu besprechen. Wenn Ihr so lange draußen warten wollt?«, sagte Kuno.

Ein schneller Seitenblick auf Randolf zeigte Henrika, dass er kurz vorm Platzen stand. Ihr war klar, dass Graf Kuno sich im Rang über Randolf befand, und da sie eine unbedachte Äußerung befürchtete, griff sie seufzend ein. »Geht ruhig mit hinaus, werter Graf, denn ich brauche ein wenig Zeit, um über Eure Bitte nachzudenken.«

Der Sohn des Northeimers hatte vor allem auch die konsequente Verfolgung seiner Ziele von seinem Vater geerbt, denn er blieb mit stoischer Miene stehen. Erst als Henrika mit einem weiteren Seufzer hinzufügte, dass sie in Kürze ebenfalls folgen werde, wandte er sich mit einem zufriedenen Gesichtsausdruck zur Tür und ließ den verwirrten Münzmeister mit seiner unglücklichen Tochter zurück.

Randolf verlor keine Zeit und kam sofort auf sein Anliegen zu sprechen, kaum dass die Männer die Werkstatt durchschritten und den kleinen Garten erreicht hatten.

»Ihr müsst Euren Vater unbedingt dazu bewegen, diesen Ort sofort zu verlassen. Er hat jetzt schon allen Grund dazu, und ein weiteres Warten wird nicht von Erfolg gekrönt sein, das kann ich Euch sagen«, teilte er Kuno zwar leise, aber drängend mit.

Wäre die Sache mit Henrika nicht gewesen, hätte er den jungen Mann, der ihm mit herausfordernder Miene zuhörte, wohl sogar sympathisch gefunden. Aber so hegte er eine kaum zu zügelnde Wut auf ihn und hätte ihm am liebsten die Faust in das immer noch zufriedene Gesicht geschlagen. Leider durfte er aufgrund der problematischen Lage seinen Gefühlen nicht freien Lauf lassen, sondern musste den Grafen von seinem Vorschlag überzeugen.

»Mein Vater wird selbst darüber entscheiden, wie lange er noch warten möchte, und benötigt dafür kaum Euren Rat«, wies Kuno bewusst hochmütig das Anliegen zurück.

Randolf hatte damit gerechnet, denn ihm war schon lange klar, dass sein Gegenüber die von ihm empfundene Abneigung instinktiv erwiderte.

»Gut, aber vielleicht entscheidet sich Euer Vater zu einer schnelleren Abreise, wenn er erfährt, dass ich Egeno von Konradsburg vorhin durch Zufall begegnet bin.«

Mit Genugtuung sah Randolf, wie der junge Graf schlagartig blass wurde, was ihn allerdings nicht verwunderte. Egeno war nicht nur ein äußerst übler Zeitgenosse, sondern vor allem seinerzeit für die erhobenen

Anschuldigungen gegen Graf Otto verantwortlich. Nach seiner Behauptung, der Northeimer habe ihn mit der Ermordung des Königs beauftragt, hatte Heinrich ein Gottesurteil gefordert, was der im Rang deutlich über Egeno stehende Graf Otto beleidigt abgelehnt hatte. Daraufhin hatte der König ihn mit dem Bann belegt, und sein Abstieg war eingeläutet.

»Er ist hier? Verdammt, die letzten drei Jahre haben wir ihn gesucht, und jetzt taucht er einfach hier auf? Wo habt Ihr ihn gesehen?«

»Das ist im Moment unwichtig, denn ich hege den begründeten Verdacht, dass gegen Euren Vater üble Intrigen im Gange sind, denen er sich nur entziehen kann, wenn er diesen Ort verlässt«, erwiderte Randolf ausweichend. Ohne Beweise konnte und wollte er den Namen Dietberts nicht ins Spiel bringen. Als enger Vertrauter des Königs sah er es als seine Pflicht an, alle Personen in dessen Umfeld genauestens zu beobachten. Dietbert von Hanenstein musste seiner Meinung nach einer besonderen Beobachtung unterzogen werden, und er hatte recht behalten, als seine Quellen ihm von dessen geheimen Treffen mit Egeno berichtet hatten, die Randolf seitdem keine Ruhe ließen.

»Wieso sollte ich Euren Worten Glauben schenken?«, wollte Kuno wissen, um dessen Zufriedenheit es nun vollends geschehen war. »Ihr seid einer der engsten Vertrauten des Königs! Was könnte Euch daran liegen, meinen Vater zu warnen oder ihm eine weitere Demütigung zu ersparen? Woher wisst Ihr überhaupt, ob es tatsächlich Egeno war? Habt Ihr ihn mit eigenen Augen gesehen?«

»Ich bin Egeno das letzte Mal begegnet, als er beim König seine Anschuldigungen gegenüber Eurem Vater aussprach. Doch mein Bote hat ihn mir zuverlässig beschrieben, und ich glaube nicht, dass es so viele Männer gibt, die anstelle eines linken Ohres eine wulstige Narbe haben«, entgegnete Randolf nun ebenfalls aufgebracht.

»Ich glaube Euch erst, wenn Ihr ihn mir herbringt, und bis dahin …«

»Glaubt Ihr denn meinem Wort, wenn ich Euch sage, dass ich den Mann ebenfalls gesehen habe?«, unterbrach Henrika ihn zögernd. Sie hatte bereits seit ein paar Minuten an der Tür zum Garten gewartet und der erregten Unterhaltung gelauscht. Nun machte sie einen Schritt auf die beiden Männer zu, von denen jeder sie auf seine Weise ungläubig betrachtete.

»Ihr habt den Mann gesehen? Wie könnt Ihr Euch da sicher sein? Kennt Ihr ihn etwa?«, brachte Kuno mühsam hervor, während Randolf Henrika abwartend beobachtete.

»Nein, natürlich kenne ich ihn nicht. Aber als ich neulich mit meiner Großmutter beim Tuchhändler auf dem Markt war, da habe ich diesen Mann zusammen mit …«, Henrika stockte, als sie Randolfs warnenden Blick auffing. »Ich wollte sagen, er hat sich mit jemandem unterhalten, und da habe ich die Narbe bemerkt, die Herr Randolf gerade beschrieben hat.«

»Kanntet Ihr den anderen Mann?«, fragte der junge Graf gespannt und verzog enttäuscht das Gesicht, als Henrika verneinte.

»Ich bin mir nicht ganz sicher, aber ich meine, mich zu erinnern, dass der Mann einmal dem Gefolge Eures Vaters angehört hat.«

Kuno wurde noch eine Spur blasser.

Randolf ergriff erneut die Gelegenheit, um ihn doch noch zu überzeugen. »Ich gebe Euch mein Wort, dass ich Egeno von Konradsburg festsetzen werde, sobald es mir möglich ist«, drängte er und atmete erleichtert auf, als Graf Kuno zögernd seine Zustimmung gab.

Nachdem der Sohn des Northeimers sich mit einem sehnsüchtigen Blick von Henrika verabschiedet hatte, nickte er Randolf kurz zu und verließ das Haus. Die junge Frau war unglaublich froh darüber, dass er seine Bitte von vorhin darüber offenbar völlig vergessen hatte.

Allein mit Randolf fühlte sie sich auf einmal unwohl. Sie murmelte eine fadenscheinige Entschuldigung und wollte zurück ins Haus huschen, doch der Ritter hielt sie zurück.

»Danke«, sagte er schlicht, ohne sie loszulassen.

Beklommen nickte Henrika und hob einen Arm. »Ich habe nur die Wahrheit gesagt. Würdet Ihr mich jetzt freundlicherweise loslassen?«

Als er ihrer Bitte prompt nachkam, empfand sie fast so etwas wie Enttäuschung, und die Stelle, an der seine Hand ihre Haut bedeckt hatte, fühlte sich unangenehm kühl an.

»Wieso sollte ich Dietbert von Hanenstein nicht erwähnen?«

»Solange ich keine stichhaltigen Beweise gegen ihn habe, will ich ihn nicht anklagen. Eine Unterhaltung mit einem erwiesenen Lügner, dessen Charakter durchaus als sehr unmoralisch bezeichnet werden kann, reicht hier leider nicht aus.«

Henrika nickte nachdenklich. Es hatte ihr schon immer gut gefallen, wenn Randolf sie wie eine ebenbürtige Gesprächspartnerin in solch wichtigen Dingen behandelte. »Was glaubt Ihr? Wie lange lässt der König die Fürsten wohl noch warten?«

Randolf ließ sich mit einem tiefen Seufzer auf die Bank fallen und wies mit der Hand auf den Platz neben ihm. Zögernd kam sie seiner Aufforderung nach, wobei sie auf einen ausreichend großen Abstand zu ihm achtete, und lauschte mit großem Interesse dem kurzen Abriss seiner Unterhaltung, die er mit dem König zuvor geführt hatte.

Als Henrika hörte, dass Heinrich unnachgiebig bleiben wollte, griff sie ohne Hintergedanken nach dem Arm des Ritters. »Sie werden sich das nicht gefallen lassen, oder?«, fragte sie mit Furcht in der Stimme und vergaß, dass sie eigentlich jede Berührung mit ihm vermeiden wollte.

»So eine Demütigung?«, stieß Randolf bitter hervor und legte seine Hand wie beiläufig auf die ihre. »Ganz sicher nicht! Allerdings gibt es vielleicht noch jemanden, der den König vom Gegenteil überzeugen könnte und den ich hiernach noch aufsuchen will«, fügte er mit leiser Stimme hinzu und suchte ihren Blick.

Obwohl sie wusste, dass sie sich selbst damit quälte, zog sie die Hand nicht zurück, und mit einem Mal erzählte sie ihm von dem Vorschlag, den Dietbert von Hanenstein ihr gemacht hatte.

»Seid Ihr von Sinnen? Wie könnt Ihr auch nur für einen Moment erwägen, diesen Mann zu ehelichen?«, warf Randolf ihr erregt vor, während er aufsprang und sich mit wütender Miene vor ihr aufbaute.

»Es würde meiner Großmutter so viel bedeuten! Was wisst Ihr denn schon von ihren Leiden?«, verteidigte die junge Frau sich erregt, freute sich insgeheim aber über seine Reaktion, obwohl sie es bedauerte, dass er nun nicht mehr ihre Hand hielt.

Immer noch aufgebracht ging Randolf ein paar Schritte im Garten umher, dann setzte er sich wieder und atmete tief durch. »Ihr könnt sicher sein, dass ich es weiß, denn auch mir bedeutet die Sache unglaublich viel«, gab er Henrika zu verstehen und ergriff erneut ihre Hand.

»Aber es gibt bestimmt noch einen anderen Weg, um Eure Großmutter glücklich zu machen! Versprecht mir, dass Ihr nie wieder so etwas in Erwägung ziehen werdet.«

Henrika hatte seinen eindringlichen Worten nichts entgegenzusetzen und nickte nur stumm. Unter seiner Berührung und dem flehenden Blick geriet selbst ihr geliebter Garten, in dem sie saßen, ins Vergessen, und auch den schönen Gesang der Vögel nahm Henrika kaum wahr.

»Empfindet Ihr etwas für ihn?«

Schlagartig war die Harmonie zwischen ihnen zerstört, und mit weit aufgerissenen Augen starrte Henrika den Ritter an. »Für Dietbert?«, fragte sie fassungslos.

»Nein«, entgegnete Randolf mit leichtem Ärger, »ich meine natürlich den jungen Grafen. Vorhin hat er Eure Hand gehalten und vor Euch auf dem Boden gekniet! Was sollte ich sonst denken?«, stieß er hervor, als er ihre Empörung bemerkte.

Mühsam beherrscht zog Henrika ihre Hand ruckartig zurück, während sie über die Abwegigkeit dieser Frage den Kopf schüttelte. »Ihr wart doch dabei, als der König ihn mir als meinen zukünftigen Gemahl präsentiert hat! Es ist wohl sein gutes Recht, meine Hand zu halten, denke ich.« Als sie sich von ihrem Platz erhob und zurück ins Haus ging, musste sie sich zwingen, nicht zu rennen.

Randolf saß noch einen Augenblick da und sah auf die leere Türöffnung, durch die Henrika gerade verschwunden war, als ihm einfiel, dass er sie eigentlich um etwas hatte bitten wollen. Obwohl er ihr nach seiner törichten Frage am liebsten aus dem Weg gegangen wäre, lief er

Henrika nach, während er ihren Namen rief und dabei beinahe in der Werkstatt den Münzmeister umgelaufen hätte.

»Herr Randolf, was kann meine Tochter noch für Euch tun?«, fragte Clemens zurückhaltend, da ihm das ungestüme Verhalten des sonst so besonnenen Ritters nicht sonderlich gut gefiel.

»Ich bitte mein ungebührliches Eindringen vorhin zu entschuldigen, aber ich hatte keine andere Wahl«, gab Randolf leicht zerknirscht zurück. Die Haltung des Münzmeisters änderte sich augenblicklich. »Außerdem wollte ich Fräulein Henrika darum bitten, sich freundlicherweise um meinen Sohn zu kümmern, da es meiner Frau seit gestern Abend leider nicht gutgeht und ich aus verständlichen Gründen beim König unabkömmlich bin.«

Henrika, die nach Randolfs Rufen zurückgekehrt war, vergaß ihren Ärger über seine ungebührliche Frage und erkundigte sich besorgt nach dem Befinden von Betlindis. Als sie die Auskunft erhielt, dass es sich nur um eine leichte Schwäche handelte, war sie um einiges zufriedener und sagte sofort zu.

Randolf dankte ihr und verabschiedete sich, ohne darauf zu warten, ob sie gleich mit ihm kommen wollte. Sein Ziel war die Pfalz, aber er wählte nicht den direkten Weg, sondern nahm bewusst einen Umweg in Kauf. In gebührendem Abstand ging er rechter Hand an den seit über drei Stunden wartenden sächsischen Adeligen vorbei, ohne dass er deren Aufmerksamkeit auf sich zog, obwohl er im selben Augenblick erkannte, dass seine Sorge unbegründet war, denn Kuno hatte sich auf direktem Weg zu seinem Vater begeben, und die beiden waren mit einigen anderen in eine Unterhaltung vertieft.

Es war wie in den letzten Tagen sehr warm gewesen, und die Begleiter der Fürsten hatten überall Decken ausgebreitet, auf denen Proviant und Wasser verteilt waren.

Schließlich umrundete Randolf das herrschaftliche Gebäude und betrat es durch den hinteren Eingang. Seine Suche galt dem Bischof von Osnabrück, der sich ebenfalls während der Hoftage in der Stadt aufhielt und als einer der Letzten noch über gewissen Einfluss beim König verfügte. Allerdings machte er sich keine großen Hoffnungen, denn die bisherigen Bemühungen des Bischofs waren nicht von Erfolg gekrönt. Randolf hoffte auf zwei Lösungen: Entweder würden die sächsischen Fürsten in Kürze den Vorplatz der Pfalz verlassen, oder Bischof Benno vermochte Heinrich doch noch zu überzeugen, und der König würde die sächsische Delegation empfangen.

Beides würde leider mit dem gleichen Ergebnis enden, denn eine Abreise hätte sicher ebenso wie eine Anhörung der Adeligen eine kriegerische Auseinandersetzung zur Folge. Heinrich würde den Forderungen der Fürsten niemals nachkommen, so viel stand fest. Der einzige Vorteil bei einer Anhörung war für ihn die gewonnene Position, denn wenn er die Großen des Landes gebührend empfangen hätte, könnten sie in dieser Angelegenheit keinerlei Vorwürfe aus unangemessenem Stolz erheben. Es kursierten schließlich schon genug Anklagen gegen den König.

Nachdem einer der Wachen Randolf mitgeteilt hatte, dass Bischof Benno in der Stiftskirche zu finden sei, begab er sich erneut auf den Weg über den Pfalzplatz. Die sächsischen Fürsten beratschlagten noch immer und gestikulierten dabei heftig. Die anschließende Ruhe des Gotteshauses umfing den Ritter wie eine Wohltat.

Er fand den Bischof ins Gebet vertieft und wartete ungeduldig ab. Nach kurzer Zeit drehte sich Benno von Osnabrück mit einem tiefen Seufzer zu ihm um.

»Obwohl Ihr still wie ein Baumstamm steht, strahlt Ihr eine Unruhe aus, die fast greifbar ist, mein lieber Randolf von Bardolfsburg. Was führt Euch zu mir?« Der fünfzigjährige Bischof schien eins mit dem Bauwerk zu sein, an dessen Fertigstellung er großen Anteil gehabt hatte.

»Eure Exzellenz, ich bitte Euch inständig darum, den König zum Einlenken zu bewegen.«

Wieder gab der Gottesdiener einen langen Seufzer von sich und wandte den Blick zu der hohen Decke des Mittelschiffs. »Wisst Ihr, dass es mein erster Besuch dieser Kirche ist seit diesem unglückseligen blutigen Vorfall zu Pfingsten vor zehn Jahren? Ich hätte bei der Erbauung dieses Gebäudes nicht im Traum daran gedacht, dass es eines Tages von diesem elenden Menschengewürm entehrt werden würde«, bekannte Benno betrübt. »Doch um auf Eure Bitte zurückzukommen, ich habe es bereits versucht, werter Herr Randolf. Deshalb bin ich hier, um für unseren König um göttlichen Beistand zu bitten, denn er wird seiner bedürfen. Aber ist es ein Wunder, dass er auf niemanden mehr hört? Bei dem, was er in seiner Kindheit alles mitgemacht hat? Herumgeschubst als Knabe, der Mutternähe beraubt und immer wieder wechselnden Beratern ausgesetzt, die fast alle nur ihren eigenen Vorteil im Sinn hatten.« Er zuckte mit den Schultern und fuhr mit einem gezwungenen Lächeln fort: »Wir werden sehen, was die nächsten Tage bringen, ich kann es nicht mehr beeinflussen.«

Damit wandte er sich wieder dem Altar zu und versank erneut im Gebet.

Henrika hatte als Erstes Betlindis aufgesucht und erleichtert festgestellt, dass ihre Freundin zwar blass, aber ansonsten wohlauf war.

»Ich hoffe so sehr, dass dieses Mal alles gutgeht. Randolf ist so fürsorglich, dass er sich kaum traut, mich anzufassen. Seitdem er zurück ist, teilt er leider nicht mehr mein Lager«, erzählte Betlindis ein wenig niedergeschlagen.

Henrika schämte sich insgeheim, dass das traurige Eingeständnis ihr Herz schneller schlagen ließ, und versuchte Betlindis aufzumuntern. »Er sorgt sich eben um dich! Freu dich darüber, andere Männer wären bestimmt nicht so rücksichtsvoll, wenn es um die Durchsetzung ihrer ehelichen Rechte geht.«

»Du weißt ja nicht, wie sehr es mir fehlt, in seinen Armen zu liegen. Woher auch, du musst erst noch erfahren, was es heißt, sich völlig in einem Menschen zu verlieren«, entgegnete Betlindis heftig. Im nächsten Augenblick schien ihr jedoch aufzugehen, dass Henrika es nur gut gemeint hatte, und sie errötete leicht. »Aber es ist lieb von dir, dass du dich um Herwin kümmern willst. Er wollte zu den Pferden, dort treibt er sich ja am liebsten herum, wie du weißt«, versuchte sie die Vorwürfe abzumildern.

Henrika war froh, dem Raum entfliehen zu können, denn einerseits hatten die Worte ihrer Freundin sie schwer getroffen, andererseits fühlte sie sich seit dem Vorfall auf Goswins zerstörtem Hof in Betlindis' Gegenwart noch schlechter als vorher.

Der Platz vor der Pfalz war fast menschenleer, denn durch das ergebnislose Warten der sächsischen Fürsten war die Spannung in den letzten Stunden für alle fast greifbar geworden, und so eilte die junge Frau hastig zum Stall. Hier waren nicht nur die Pferde des Königs untergebracht, sondern auch die seiner hohen Gäste und engsten Vertrauten. Sofort entdeckte sie Randolfs edlen Hengst, der ungeduldig wieherte, da er wahrscheinlich auf seinen Reiter wartete. Armes Tier, dachte sie mitfühlend, du bist nicht das einzige Wesen hier, das ihn vermisst. Am Ende des Stalles fand sie Herwin auf einem Strohballen, wie so oft in eine Schnitzarbeit vertieft.

»Na, du Schlingel, ich fürchte, so langsam bist du besser als ich, was die Feinheiten betrifft«, bemerkte sie anerkennend und wurde dafür mit einem glücklichen Strahlen belohnt. Sie setzte sich zu dem Jungen und sah ihm eine Weile zu. Gerade als sie ihn zum Gehen auffordern wollte, hörte sie vom Eingang her eine bekannte Stimme, und schlagartig hatte sie wieder die Szene am Marktplatz vor Augen.

»Ich will in zwei Stunden ausreiten. Sieh zu, dass mein Pferd dann gesattelt ist. Und jetzt bringst du das hier schnell zu dem Mann mit dem braunen Umhang, der sich dort oben mit dem anderen unterhält, aber zackig!«, herrschte Dietbert von Hanenstein einen der Pferdepfleger an, wie Henrika nach einem schnellen Blick erkennen konnte.

Beunruhigt wich sie zurück, denn Dietbert blieb am Eingang stehen, nachdem der Junge verschwunden war, und schien auf jemanden zu warten. Die Holzwand bot ihr und Herwin eine gute Deckung, andererseits konnte sie nur hoffen, dass der ungebetene Besucher sich weiterhin im Bereich des Eingangs aufhielt.

»Na endlich, wo warst du denn die ganze Zeit?«

Henrika lugte nach dieser groben Zurechtweisung vorsichtig um die Wand herum und entdeckte einen weiteren Mann, den sie allerdings noch nie zuvor gesehen hatte.

»Schau mal«, sagte Herwin in dem Moment und hielt ihr seine fast fertige Kuh vors Gesicht.

Schnell presste Henrika den Zeigefinger an die Lippen und zog den beleidigten Jungen zu sich heran. Ihr schneller Atem ging flach, als sie lauschte, ob sich Schritte näherten. Doch alles blieb still, und auch die beiden Männer sprachen kein Wort miteinander.

»War da eben was?«, fragte die unbekannte Stimme misstrauisch.

»Ach was, du hörst schon Gespenster! Hast du jemanden gefunden, dem du vertrauen kannst?«, erklang Dietberts Stimme ungeduldig.

Das darauffolgende Gemurmel konnte Henrika nur bruchstückhaft verstehen, daher drückte sie sich dichter an die dünne Holzwand heran. Zum Glück verhielt sich Herwin in ihrem Arm weiterhin ruhig.

»Es muss schnell geschehen, wer weiß, wie lange die hohen Herren dort oben noch warten. In spätestens einer Stunde musst du am vereinbarten Treffpunkt sein, damit du im richtigen Augenblick zuschlagen kannst«, mahnte Dietbert.

»Zuschlagen! Was für ein treffender Ausdruck!«, kam die spöttische Antwort.

Da fiel dem Jungen die unfertige Holzkuh aus den Händen und landete mit einem dumpfen Ton auf dem strohbedeckten Boden. Henrika hielt unwillkürlich die Luft an und lauschte mit klopfendem Herzen. Als sich langsam schwere Schritte näherten, hielt sie verzweifelt nach einem Versteck Ausschau.

17. KAPITEL

Misstrauisch behielt Randolf den verhassten Dietbert im Auge, der direkt vor dem König stand und auf eine Antwort wartete. Sie befanden sich in dem Stockwerk unterhalb des ersten großen Saales, in dem sich unter anderem auch die Wachen aufhielten. Heinrich saß zusammen mit drei seiner Ministerialen an einem groben Holztisch und würfelte, während er in regelmäßigen Abständen seinen mit Wein gefüllten Becher an den Mund führte.

Seit über einer Stunde nun frönte der König seiner Leidenschaft, dem Würfelspiel, und gedachte erst damit aufzuhören, wenn die sächsischen Adeligen das Warten aufgaben. So jedenfalls hatte er es mit einem Augenzwinkern Randolf mitgeteilt, der nun nichts weiter tun konnte, als ihm dabei zuzusehen.

»So, und Ihr seid sicher, dass Euer Onkel wirklich alleine kommen will? Soll ich deshalb ohne Begleitung mit ihm sprechen?«, fragte Heinrich endlich beiläufig, während er den ledernen Becher mit den Würfeln zum wiederholten Mal auf den Tisch knallte.

»Er hat ausdrücklich zu mir gesagt, dass es um vertrauliche Dinge geht, die nur Euch und ihn betreffen. Deshalb bittet er Euch aufs Untertänigste darum, allein zu erscheinen«, bat Dietbert schmeichelnd.

Das gefiel dem König offensichtlich, denn er erhob sich mit einem Ruck und gab bekannt, dass er sich gnädig zeigen und dem Wunsch des Grafen von Northeim nachkommen wolle.

»Euer Majestät, ich bitte darum, Euch begleiten zu dürfen. Es könnte sich um eine Falle handeln«, warnte Randolf ihn mit leisen, aber eindringlichen Worten, damit Dietbert ihn nicht hören konnte, und trat einen Schritt auf ihn zu.

Heinrich lehnte mit einer Handbewegung ab. »Dietbert, begebt Euch hinaus zu Eurem Onkel und führt ihn zu mir. Allerdings nicht an den Ort, den Ihr vorgeschlagen habt, sondern einen Raum weiter. Wenn er unterhalb der Arkaden zur rechten Seite hin das Gebäude betritt, wird ihm trotzdem nicht die Gnade gewährt, offiziell zu einer Audienz vorgelassen zu werden. Andererseits zeige ich mich großmütig und gewähre ihm eine persönliche Unterredung.«

Randolf sah dem davoneilenden Dietbert nach und wollte erneut sein Glück versuchen, aber der König kam ihm zuvor.

»Ihr haltet Euch mit ein paar Männern bereit und wartet auf ein Zeichen von mir. Ich denke, der vorgeschlagene Vorratsraum eignet sich hervorragend dafür, denn er ist nah genug, um notfalls rechtzeitig eingreifen zu können.«

Randolf nickte, gab drei Männern der Wache den Befehl, ihm zu folgen, und verließ sofort mit ihnen die Wachstube. Auf dem Weg zu dem Ort, wo sie warten sollten, grübelte er darüber, was es wohl mit dem angeblichen Wunsch des Northeimers auf sich haben könnte.

Dietbert hatte die Vorratskammer schnell erreicht, denn dort sollte sich wie abgesprochen sein Komplize Egeno befinden. Durch die unerwartete Entscheidung des Königs, einen anderen Raum für das Treffen zu wählen, war sein schöner Plan ins Wanken geraten, und er verfluchte Heinrich innerlich. Noch ärgerlicher wurde er, als er niemanden in dem Lagerraum entdecken konnte. Ratlos blieb er für einen Moment am Eingang stehen, dann beschloss er, nebenan nachzusehen, falls der Mann ihn falsch verstanden haben sollte. Zu Dietberts großer Erleichterung zeigte er sich, kaum dass er eingetreten war.

»Mann, abgesprochen war der Raum nebenan! Aber deine Blödheit hat sogar etwas Gutes, denn das Treffen findet nun hier statt. Ich gehe jetzt und hole meinen Onkel, der König wird gleich eintreffen.«

Egeno zeigte sich von den ungnädigen Worten nur wenig beeindruckt und sah seinem Komplizen mit gleichmütiger Miene nach, als er nach draußen verschwand. Dietbert musste nun nur noch seinen Onkel davon überzeugen, dass der König ihn unbedingt unter vier Augen sprechen wollte. Der Mann mit dem fehlenden Ohr stellte sich die Aufgabe nicht sonderlich schwierig vor, denn er hatte seine eigenen Erfahrungen mit dem Northeimer gemacht. Wenngleich ihm die Beschuldigung Graf Ottos als angeblichem Verräter des Königs nicht viel eingebracht hatte, so hatte dennoch für den damaligen Herzog von Baiern eine schlimme Leidenszeit begonnen. Egeno hatte nichts gegen den Mann, es war nur ein gutbezahlter Auftrag gewesen, weiter nichts.

Ein Auftrag wie dieser, allerdings musste er auch diesmal die Gefahr für sein eigenes Leib und Leben so gering wie möglich halten. Deshalb hatte er sich auch nicht an dem abgesprochenen Ort versteckt, sondern in dem kleinen Raum nebenan. Es geschah nicht aus Versehen, wie Dietbert angenommen hatte, sondern aus purem Selbsterhaltungstrieb. Sollte etwas an dem Plan schiefgehen, würde er mit Sicherheit nicht als Königsmörder hingerichtet werden. Dafür hatte er einen anderen angeheuert. Schnell und ohne von jemandem gesehen zu werden, hatte sich Egeno nach nebenan begeben und beugte sich nun hinter eines der großen Holzfässer.

»Los, schnell raus mit dir und nach nebenan!«

Ein Mann mit kurzen aschblonden Haaren und zerlumpter Kleidung kroch aus seinem Versteck und bedachte ihn mit einem verständnislosen Blick. Egeno hatte ihn in der Schenke kennengelernt, wo der Fremde erfreut die vielen Becher Bier getrunken hatte, die der Edelmann ihm spendiert hatte, denn es war offensichtlich schon lange her, dass ihm so etwas passiert war. Seit der Mann vor zwei Jahren den Sohn seines Lehnsherrn erschlagen hatte, befand er sich auf der Flucht. Er hatte nichts mehr zu verlieren und deshalb bei dem Angebot Egenos auch nicht gezögert. Dass es sich bei dem Opfer um den König handelte, hatte dieser ihm aber sicherheitshalber verschwiegen.

»Der Ort hat sich geändert, der Plan bleibt der gleiche!«, erklärte Egeno ungeduldig und schob den Mann nach draußen. Er selbst nahm nun den Platz in dem Versteck hinter den Fässern ein, für alle Fälle.

Herwin war zutiefst verunsichert und unglücklich, seit diese widerlichen Kerle seine geliebte Henrika einfach mitgenommen hatten. Kurz bevor die beiden Männer am Ende des Stalls aufgetaucht waren, hatte ihn die junge Frau rasch hinter dem Strohballen versteckt und so verhindert, dass ihn das gleiche Schicksal ereilte. Eigentlich hatte sich der Junge auf die Suche nach seinem Vater machen wollen, aber dann hatte er seinen ganzen

Mut zusammengenommen und war dem zweiten Mann in Richtung der Pfalz gefolgt. Herwin war davon überzeugt, dass seinem Vater die Rettung Henrikas auch mit einiger Verspätung gelingen würde, und hoffte auf Anerkennung, wenn er berichten konnte, was dieser Mann für grässliche Pläne verfolgte. Denn so viel hatte Henrika ihm noch zuflüstern können, bevor sie das viele Stroh auf ihn getürmt hatte.

Leider gestaltete sich die Verfolgung schwieriger als gedacht, denn der Mann nahm den direkten Weg ins Herrschergebäude, und Herwin hatte von seinem Vater die strikte Anweisung erhalten, heute dort nicht aufzutauchen. Also versteckte sich der schmale Junge hinter ein paar Sträuchern, von denen aus er einen guten Blick auf den Haupteingang hatte. Niemand nahm Notiz von dem Kind, das scheinbar Verstecken spielte, und gerade als Herwin schon aufgeben wollte, trat der adelige Mann, den er verfolgt hatte, wieder heraus und ging eilig nach rechts. Mit großen Augen beobachtete Herwin, dass der Mann eine Tür öffnete, hineinsah und sie wieder schloss. Genau das Gleiche machte er bei der nächsten Tür und ging anschließend den Hügel hinab. Da trat ein abstoßend wirkender Mann aus der ersten Tür und ging zur Verwunderung des kleinen Jungen nun in den Nachbarraum.

Herwin starrte mit offenem Mund zu der Gruppe der sächsischen Adeligen hinüber, wo sich der von ihm Verfolgte mittlerweile mit einem anderen Mann unterhielt. Da der Junge dadurch kurz abgelenkt war, hatte er nicht mitbekommen, dass ein weiterer Mann in dem Raum verschwunden war, den der Hässliche zuvor verlassen hatte. Seine Verwirrtheit steigerte sich ins Unermessliche, als auf einmal der König höchstpersönlich auftauchte und in dem zweiten Raum verschwand.

Gerade als der Junge sich vorgenommen hatte, endlich seinen Vater zu suchen, damit der sich um diese komplizierte Angelegenheit kümmern konnte, erschien Randolf in Begleitung von drei Wachen. Sie hatten kaum die Tür des ersten Raumes erreicht, als Herwin sein Versteck aufgab und loslief. Just in dem Augenblick schritt auch der Adelige aus der Gruppe der sächsischen Fürsten, mit dem sich der von Herwin verfolgte Mann unterhalten hatte, langsam den Hügel zur Pfalz hinauf.

»Randolf!«

Der markerschütternde Schrei des Königs drang von nebenan zu ihnen, kaum dass sie den Vorratsraum betreten hatten, fast gleichzeitig hörten sie das Aufeinanderprallen von Schwertern. Einen Atemzug später stürmte der Ritter mit gezogener Klinge durch die Tür des Nachbarraumes und stürzte sich mit voller Wucht auf den Angreifer, der den König in eine Ecke gedrängt hatte und mit seinem Schwert zum entscheidenden Schlag ausholen wollte. Die beiden Männer krachten gegen die Holzwand, doch Randolf war schneller und ließ seine tödliche Waffe niedersausen. Mit einem hässlichen Laut sackte der Mann zusammen, und gleich darauf sickerte Blut aus der klaffenden Wunde zwischen Hals und Schulter in die trockene Erde.

Schwer atmend wandte sich der Ritter um und stellte mit Schrecken fest, dass der König verletzt war.

»Lasst mich los! Es ist nichts«, befahl Heinrich den drei Soldaten unwirsch, als sie ihn stützen wollten. »Holt mir lieber diesen Verräter Graf von Northeim her! Sofort!«

Dann ging er auf Randolf zu, der seine Klinge an der Kotte des Toten abgewischt hatte, und legte ihm eine

Hand auf die Schulter. »Danke, mein Freund«, sagte er schlicht.

»Was in Gottes Namen ist hier geschehen?« Wie vom Donner gerührt stand Graf Otto vor dem geöffneten Eingang und starrte auf den verletzten König. Als dessen Soldaten ihre gezogenen Schwerter gegen ihn richteten, schlug seine Überraschung in Zorn um. »Was soll das? Was werft Ihr mir vor?«

Heinrich wollte gerade zu einer Antwort ansetzen, als Randolf ihm leise zuflüsterte: »Ich bin sicher, dass nicht er hinter dem Anschlag steckt, sondern sein Neffe! Lasst mich ihn suchen und die Antwort aus ihm herausholen, mein König.«

Überrascht klappte der Monarch den Mund wieder zu und zögerte einen kurzen Augenblick, in dem Randolf inständig darum betete, dass Heinrich endlich wieder seinen Ratschlägen zugänglich sein würde. Seine Gebete wurden gleich darauf erhört, denn der König sagte zu dem noch immer wütenden Grafen Otto: »Wieso wolltet Ihr mich sprechen?«

In die verständnislose Miene des Northeimers mischte sich offensichtliches Misstrauen. »*Ich* wollte *Euch* sprechen? Was ist das denn schon wieder für eine schäbige Falle, die Ihr mir stellen wollt?«

Nachdenklich betrachtete Heinrich den erregten Grafen, dann handelte er und wies seine Soldaten an, auf der Stelle die Schwerter zu senken. Stattdessen erteilte er ihnen den Befehl, ihm Dietbert von Hanenstein zu bringen. Anschließend setzte er den Northeimer mit knappen Sätzen von dem Vorgefallenen in Kenntnis.

Randolf fühlte mit dem Grafen, der die Enttäuschung über seinen Neffen kaum verbergen konnte. Empörte Rufe ließen die drei Männer herumfahren, und sie sahen den vier Soldaten Heinrichs entgegen, die den Hügel heraufkamen. In der Mitte der kleinen Gruppe befand sich Dietbert, dem einer der Wachleute die Arme auf dem Rücken zusammenhielt. Als er seinen Onkel neben dem König und Randolf erblickte, erstarb sein Protestgeschrei, und er wurde leichenblass.

»Euer Majestät, mein Onkel hat mich dazu gezwungen, egal was er jetzt behauptet«, jammerte Dietbert. Dann fiel er auf die Knie und flehte mit erstickter Stimme: »Bitte habt Erbarmen mit mir, edler König.«

Angewidert sah Heinrich zur Seite, während der Northeimer mit versteinerter Miene seinem Neffen zuhörte.

»Du bist genauso ein elender Wurm wie dein Vater«, sagte Otto verächtlich und spie vor Dietbert auf den Boden.

»Schafft ihn weg, ich werde morgen über ihn richten«, befahl Heinrich kalt und hielt sich den verletzten linken Arm, wo ihn die Klinge des Angreifers zum Glück nur leicht gestreift hatte. Die Menschen, die nach und nach herbeigeströmt waren, verbeugten sich vor ihrem König, als er sich zu gehen anschickte. Als der Monarch Randolfs kreidebleiche Miene bemerkte, hielt er inne und folgte dessen starrem Blick.

»Ich würde Euch raten, den Mann sofort freizulassen.«

Dietberts Komplize hielt in aller Seelenruhe die Spitze seines Dolches an den schmalen Hals Herwins. »Ach ja, und die Schwerter fallen lassen, wenn ich bitten dürfte.«

»Egeno von Konradsburg«, stieß der Northeimer ungläubig hervor. »Wer sonst könnte sich an solch einer ruchlosen Tat beteiligen.«

Dann zogen er und sein Sohn, der sich mittlerweile dazugesellt hatte, die Schwerter.

»Nein!«, schrie Randolf, warf seine Waffe von sich

und fiel vor dem König auf die Knie. »Bitte, Euer Majestät, ich flehe Euch an, rettet das Leben meines Sohnes!«

Heinrich zögerte nur den Bruchteil eines Augenblicks, dann reichte er seinem langjährigen Freund die Hand. »Erhebt Euch sofort!«, wies er ihn ärgerlich zurecht. Dann hob der junge Herrscher den unverletzten Arm und sagte laut: »Die Waffen auf den Boden! Gebt Dietbert von Hanenstein frei und besorgt zwei Pferde.«

Graf Otto und sein Sohn standen unschlüssig mit ihren Schwertern in der Hand da, bis sie nach einer Weile ebenfalls dem Befehl nachkamen.

Mit einem listigen Grinsen sah Egeno seinem Komplizen dabei zu, wie er die Schwerter einsammelte. Als er die Waffe des Königs an sich nahm, verschwand für kurze Zeit der überhebliche Ausdruck aus seinem Gesicht. Anschließend drohte er mit einem herausfordernden Blick auf Randolf damit, den Jungen sofort zu töten, falls jemand auf die Idee kommen sollte, ihnen zu folgen.

»Ihm wird nichts geschehen, wenn sich alle an die Anweisungen halten. Sobald wir in Sicherheit sind, werden wir Euch eine Nachricht zukommen lassen, wo Ihr ihn finden werdet. Mir liegt nichts am Tod dieses Jungen.«

Randolf zerbrach es schier das Herz, als er das lautlose Schluchzen seines geknebelten Sohnes mit ansehen musste, doch seltsamerweise glaubte er Dietbert. Trotzdem kostete es ihn eine ungeheure Kraft, sich nicht auf den Mann zu stürzen, vor allem, als an dem kleinen Hals eine schmale Blutspur sichtbar wurde, die durch den Druck der Dolchspitze entstanden war.

Mittlerweile waren die beiden Pferde herbeigeschafft worden, und Egeno schwang sich zuerst in den Sattel. Dann griff er nach dem Jungen, setzte ihn vor sich auf den Rücken des Tieres und umklammerte ihn mit einem

Arm. Nachdem auch Dietbert aufgesessen war, entfernten sie sich langsam, bis sie außer Sichtweite waren.

Zwei Stunden später kniete Randolf erneut auf dem Boden, diesmal vor dem großen Holzkreuz mit der prächtig geschnitzten, leidenden Jesusfigur. Zum zweiten Mal in seinem Leben tat er einen Schwur und schloss, während er leise die Worte sprach, die Augen.

»Herr im Himmel, beschütze meinen Sohn, ich bitte dich! Ich weiß, dass ich mich in Gedanken oft versündigt habe, aber lass ihn nicht dafür büßen! Wenn ich Herwin gesund wiederbekomme, schwöre ich bei seinem Leben, dass ich mein Ehegelübde niemals brechen werde«, murmelte er und verspürte im gleichen Augenblick einen schmerzhaften Stich im Herzen. Für den Bruchteil eines Augenblicks erschien Henrikas Gesicht vor seinem inneren Auge, dann verscheuchte er es schweren Herzens, was ihm fast nicht gelang, so sehr sehnte er sich nach ihr.

Nachdem er eine Weile in seiner unbequemen Stellung verharrt hatte, fiel ihm eine Begebenheit ein, die viele Jahre zurücklag. Damals hatte er an einem Frühlingsabend an die Tore des Hauses seines späteren Ausbilders geklopft und den Vogt um Hilfe gebeten. Ein paar Stunden zuvor war Graf Dedo, bei dem er in jenen Tagen als Knappe lebte, von einem Kleriker erschlagen worden. Randolf hatte durch seine Flucht nur knapp dem gleichen Schicksal entgehen können.

Am nächsten Morgen war Gottwald früh aufgebrochen, um den Mörder Graf Dedos zu stellen. Er hatte dafür einen besonderen Grund, denn der Ermordete war viele Jahre zuvor sein Ausbilder gewesen und später ein guter Freund geworden.

Randolf war damals ein schüchterner, knapp elfjähriger Junge von schmächtiger Statur gewesen, und seine Ehrerbietung für den Vogt nahm in diesem Moment ihren Anfang. Damals hatte nicht nur er für die glückliche Rückkehr des später so bewunderten Mannes gebetet. Doch das, was ihn hier auf dem Boden der Liebfrauenkirche beschäftigte, fand damals in einem anderen Gotteshaus nicht weit von hier statt.

Gottwald band seine ruhige Stute an einem der Bäume fest, die in der Nähe der großen Stiftskirche standen. Das Gotteshaus befand sich zusammen mit der Liebfrauenkirche, die dicht bei der Pfalz ihren Platz hatte, auf dem Pfalzgelände, das Wall und Graben schützten. Flankiert von mehreren Kapellen und Kurien bot es einen imposanten Anblick. Es war erst fünf Jahre her, dass das beeindruckende Kirchenhaus in einer feierlichen Zeremonie geweiht worden war. Zehn Jahre hatten die Bauarbeiten bis zur Fertigstellung angedauert, mit dem Ergebnis, dass die Stiftskirche zu einem der mächtigsten Gotteshäuser im ganzen Reich geworden war.

Gottwald betrat die dreischiffige, flache Basilika durch den Eingang an der nördlichen Langhausseite, die zu den Goslarer Bewohnern hinzeigte. An der östlichen Seite befand sich der Eingang für die kaiserliche Familie. Der Vogt betrat die Stiftskirche auf den ausdrücklichen Wunsch des Kaisers bei dessen Anwesenheit von dieser Seite her. In der Nähe des Herrschers konnte er ihm am besten als Schutz dienen.

Kaum war er in dem Gebäude, umfing ihn eine wohltuende Stille. Der Vogt verspürte keinerlei Furcht vor Gott, vielmehr vertrat er die Ansicht, dass Gott die Menschen unterstützte, die versuchten, ihr Leben nach seinen Richtlinien und Geboten zu gestalten. Übermäßige Frömmigkeit, wie sein Sohn und auch teilweise seine

Gemahlin sie praktizierten, war Gottwald schon immer fremd. Würde Gott diesen Weg von allen seinen Schäflein erwarten, dann hätte er seine schützende Hand nach Gottwalds Flucht aus der Klosterschule nicht so lange über ihn gehalten.

Schnell entdeckte er seine Gemahlin und seinen Sohn kniend vor dem Altar, der zwischen zwei bronzenen Säulen unter der Bogenöffnung der Chorvorlage seinen Platz gefunden hatte. Der eiserne Kasten, in dessen Seiten Bronzeplatten mit verschieden großen Öffnungen eingesetzt waren, stand auf vier knienden Figuren. Obenauf prangte eine schöne weiße Marmorplatte, die mit einem Kreuz gezeichnet war. An den beiden gegenüberliegenden Seiten des Altars befanden sich jeweils zwei Sitzreihen, die der Kaiserfamilie vorbehalten waren. Alle anderen Gottesdienstbesucher mussten stehen oder knien.

Die beiden waren so sehr in ihr Gebet versunken, dass sie die sich nähernden Schritte zunächst nicht bemerkten. Gottwald war aber noch etliche Meter entfernt, als Goswin einen Blick über die Schulter warf. Für den Vater war das ein Zeichen, dass sein Sohn nach wie vor die Wachsamkeit eines Kämpfers in sich trug.

Goswin hatte seine Gefühle noch nie verbergen können, und so spiegelte sich nun eine große Erleichterung in seiner Miene wider, die Gottwald für einen kurzen Moment tief bewegte. Der junge Mann war das Ebenbild seines Vaters, wobei sein muskulöser Körper unter dem weiten schwarzen Gewand verborgen blieb. Der Gottesdiener erhob sich und zog seine Mutter am Arm vorsichtig mit in die Höhe. Beide standen abwartend da, und nur weil Gottwald seine Gemahlin besser kannte als irgendjemand anders, blieb ihm ihre Freude ebenfalls nicht verborgen. Ein Außenstehender hätte kaum erkennen können, wie glücklich Edgitha über die

Rückkehr ihres Mannes war. Doch anders als bei Hemma waren Mutter und Sohn Gefühlsausbrüche fremd. Die kühle Beherrschtheit seiner Mutter hatte Goswin in gleichbleibende Freundlichkeit zu jedermann umgewandelt.

Jetzt breitete sich ein Lächeln im Gesicht des jungen Novizen aus. »Gott hat unsere Gebete erhört und Euch wieder wohlbehalten zu uns zurückgebracht. Willkommen, Vater.«

Gottwald legte eine Hand auf die Schulter seines Sohnes und sah ihm direkt in die Augen, da Goswin inzwischen seine Größe erreicht hatte. Für einen Moment herrschte tiefe Verbundenheit zwischen Vater und Sohn, doch gleich darauf ließ der Vogt die Hand wieder fallen und wandte sich seiner Frau zu. Er führte ihre Finger an die Lippen und hauchte einen Kuss darauf. Für sie war es undenkbar, dass ihr Gemahl sie an diesem heiligen Ort in die Arme nahm. Und das wusste er.

»Es ist wundervoll, dass du wieder bei uns bist. Goswin hat mich in meinen Gebeten unterstützt. Hemma hat es leider vorgezogen, bei den Pferden zu verweilen und dort auf deine Rückkehr zu warten.«

Gottwald hob missbilligend eine Augenbraue. Er mochte es nicht, wenn seine Gemahlin in einem Atemzug Goswin lobte und Hemmas Verhalten kritisierte. »Ich bin sicher, Gott wird Verständnis für unsere Tochter haben, zumal ihr beide für mich gebetet habt.«

Er bot seiner Frau den Arm, und sie ließen den Chor hinter sich. Ihr gemeinsamer Weg führte sie durch das große Mittelschiff und zwischen den Säulen hindurch, welche die beiden Seitenschiffe vom Mittelteil trennten.

Nachdem sie das Stiftsgebäude verlassen hatten, bat Gottwald seinen Sohn: »Begleite deine Mutter bitte nach Hause. Wie ich sehe, seid ihr zu Fuß gekommen.

Ich muss noch hoch zur Pfalz und einige wichtige Aufgaben erledigen, schließlich fehlt mir ein ganzer Arbeitstag. Ich werde euch nachher alles berichten, wenn ihr noch so lange aufbleiben wollt.«

Er küsste seine Gemahlin leicht auf die Wange, nickte Goswin zu und stieg in den Sattel. Die Entfernung zum Pfalzgebäude war nicht groß, doch Gottwald hatte nach diesem langen Tag nicht schon wieder das Bedürfnis, neben seinem Pferd herzugehen. Zu beiden Seiten standen ein- bis zweigeschossige Ritterhäuser, nur der Platz vor der Pfalz war frei, damit die Bewohner Goslars ihrem Kaiser huldigen konnten, wenn er sich in den großzügig gestalteten Fensterarkaden im Obergeschoss zeigte. Als sich Gottwald ein kirchlicher Würdenträger näherte, grüßte er ihn ehrerbietig, denn es handelte sich um den Vicedominus des Stifts. Beide kannten und schätzten sich schon seit längerer Zeit, und der kirchliche Verwalter war nicht unerheblich an der baulichen Fertigstellung des Stifts und des Pfalzgebäudes beteiligt.

»Gott zum Gruß, mein lieber Gottwald«, sagte Benno erfreut. »Ich habe Euch heute in der Pfalz vermisst. Eigentlich wollte ich mit Euch den Ablauf der Feierlichkeiten für den Besuch unseres Heiligen Vaters im September besprechen. Aber jetzt führen mich dringende Aufgaben zurück ins Stift. Was habt Ihr morgen früh für Pläne?«

»Es tut mir leid, dass Ihr auf mich warten musstet, Hochehrwürden, aber der Todesfall eines guten Freundes hat meine Anwesenheit in Palitha erforderlich gemacht. Morgen stehe ich Euch selbstverständlich den ganzen Tag zur Verfügung. Ich hatte ebenfalls vor, mit Euch über die Curie zu sprechen.«

Benno neigte den Kopf und sah Gottwald mitfühlend an. »Möchtet Ihr, dass ich mit Euch zusammen bete, lieber Freund? Es erleichtert die Seele und hilft zu vergeben.«

Gottwald sah sein Gegenüber erstaunt an. Mit keinem Wort hatte er erwähnt, dass es sich nicht um einen natürlichen Tod gehandelt hatte. Der Kirchenmann schien es zu bemerken.

»Heute Mittag habe ich Besuch von einem Boten des Abtes aus Palitha bekommen, der mir mitteilte, dass in der Nähe ein mir unbekannter Graf ermordet wurde. Aus Euren Worten habe ich gefolgert, dass es sich bei Eurem Freund eben um diesen Grafen handeln muss.«

Der Vogt war zwischenzeitlich von seiner Stute abgestiegen. »Eure Schlussfolgerung ist richtig, hochehrwürdiger Vater. Aber ich habe bereits in der Kapelle gebetet, in der sein Leichnam aufgebahrt ist. Außerdem habe ich dafür Sorge getragen, den flüchtigen Kleriker wieder einzufangen, um ihn seiner gerechten Strafe zuzuführen, und ist mein Herz auch traurig, so ist es doch frei von Hass. Trotzdem danke ich Euch für Euer Angebot.«

Benno nickte kurz, als Zeichen seiner Bereitschaft, nicht weiter auf ein gemeinsames Gebet zu drängen. »Dann sehen wir uns morgen. Ich wünsche Euch eine geruhsame Nacht. Eurer Frau und Eurem Sohn bin ich vorhin übrigens in unserer Stiftskirche begegnet. Soll ich sie nach Hause schicken?«

Gottwald schüttelte den Kopf. »Danke, aber ich war bereits bei ihnen. Meine Tochter hat mir erzählt, wo sie sich aufhalten. Einen schönen Abend noch, Vater.«

Hier endete Randolfs Erinnerung abrupt, denn während der Vogt weiter zum Palas direkt neben der Pfalz hochgegangen war, war der schmächtige Junge ungesehen zurück zum befestigten Wohnsitz seines zukünftigen Lehrmeisters geeilt.

Mühsam erhob der Ritter sich und verließ die Liebfrauenkirche. Er mochte das kleinere Gotteshaus lieber als die wuchtige Stiftskirche, was womöglich an dem schrecklichen Ereignis lag, das dort stattgefunden hatte.

Kaum fiel das schwere Kirchenportal hinter ihm zu, blieb er stehen und leistete einen weiteren Schwur, der seiner Meinung nach nicht unbedingt Gott gefallen würde. Denn sollte man seinen Feinden nicht vergeben können? Kein Laut drang diesmal über seine Lippen, und hätte ihn jemand gesehen, so bliebe wohl nur der eine Gedanke, dass der müde aussehende Ritter einen Moment der Stille genoss. Oder dass er sich für eine äußerst schwierige Aufgabe wappnete.

Betlindis blieb die Luft weg. Sie presste die zu Fäusten geballten Hände vor den weit geöffneten Mund, aus dem aber kein Laut kam. Ihre Augen waren weit aufgerissen, und aus ihrem ohnehin schon blassen Gesicht war sämtliche Farbe gewichen.

»Hol ihn mir zurück!«, kreischte sie und krallte sich an Randolfs Ärmel fest. »Ich will ihn wiederhaben«, schrie sie völlig aufgelöst und schüttelte ihren Mann, der hilflos dastand.

Nach einer Weile löste er vorsichtig ihren Griff, nahm sie in die Arme und hielt sie so lange, bis ihr lautes Schreien in ein qualvolles Schluchzen überging und allmählich verebbte. »Es wird ihm nichts geschehen, dessen bin ich sicher. Dietbert von Hanenstein ist nicht bis ins Mark verdorben wie sein Vater, er wird Wort halten«, versuchte Randolf seine Gemahlin zu beruhigen. »Wieso war eigentlich Henrika nicht bei ihm? Sie wollte doch gleich nach Herwin sehen, als ich am späten Vormittag bei ihr war. Wo steckt sie überhaupt?«

Betlindis hing kraftlos in seinen Armen, und sie flüsterte leise: »Ich weiß es nicht. Ich bin auch davon ausgegangen, dass sie bei unserem Jungen ist.«

Ein ungutes Gefühl bemächtigte sich Randolfs, und er musste sich dazu zwingen, nicht plötzlich aufzuspringen und nach der jungen Frau zu suchen. Erst als Betlindis sich wieder beruhigt und er ihr versprochen hatte, nicht lange fortzubleiben, konnte er sich auf den Weg zum Haus des Münzmeisters begeben.

Auch hier wusste niemand über Henrikas Verbleib Bescheid, und von den Vorkommnissen vor der königlichen Pfalz hatte ebenfalls keiner etwas mitbekommen. Allgemeine Sorge erfasste die Bewohner des Hauses, und Waltraut folgte beunruhigt der Bitte Randolfs, sich bis zu seiner Rückkehr um seine Gemahlin zu kümmern.

Edgitha, die beim Eintreffen des Ritters mit ihrem Schwiegersohn beim Abendmahl saß, bat Randolf inständig, sofort nach ihrer Enkelin zu suchen.

»Herr Randolf hat schon genug Sorge um seinen Sohn, Frau Edgitha, da kann er sich nicht noch mit unserer Henrika belasten. Aber vielleicht könnt Ihr uns jemanden nennen, den wir mit der Aufgabe betrauen können«, bat der gefasste Clemens.

Randolf wies den Vorschlag entrüstet von sich. »Selbstverständlich werde ich Goslar nicht verlassen, bis mein Sohn wieder wohlbehalten bei mir ist, aber ich kann auch hier einiges tun, um das Verschwinden von Fräulein Henrika aufzuklären. Von meiner Frau weiß ich, dass sie zum Stall wollte, um Herwin zu suchen, dort werde ich beginnen.« Er sah die beiden mit festem Blick an und fügte hinzu: »Ich gab Euch einst mein Wort, auf sie zu achten, und gedenke es auch zu halten.«

Auf seinem Weg zum Stall wurde Randolf fast von der Verzweiflung überwältigt, und bevor er sich einen der Pferdeknechte zur Brust nahm, barg er den Kopf am Hals seines Hengstes, um Trost zu finden.

Entgegen seiner Pläne hatte Guntram sich erst am frühen Nachmittag auf den Weg nach Hause gemacht, denn er wollte nicht einfach aufbrechen, ohne die letzte Arbeit beendet zu haben. Doch es fiel ihm schwer, sich zu konzentrieren, denn seit seiner Genesung war der Wunsch, zurückzukehren und endlich die Sache zu Ende zu bringen, was er sich geschworen hatte, immer stärker geworden. Er war es seiner verstorbenen Imma einfach schuldig.

Als der Münzmeister seine Zufriedenheit über die letzten beiden Münzen zum Ausdruck brachte, freute sich der junge Mann mehr, als er es zeigte.

»Falls du es dir noch anders überlegen solltest, so steht dir meine Tür jederzeit offen. Ich muss gestehen, dass ich nur ungern einen so guten Arbeiter verliere. Aber ich kann deinen Wunsch gut verstehen, wer würde nicht gerne zu seiner Familie zurückkehren? Obwohl ich es sicherer finden würde, wenn du Herrn Randolfs Rat gefolgt wärst«, sagte Clemens nachdenklich, während er dem hünenhaften blonden Mann dabei zusah, wie er seine Decke zusammenrollte.

»Ich danke Euch, werter Herr Münzmeister, für alles, was Ihr für mich getan habt. Nicht nur dafür, dass Ihr mich gesund gepflegt und aufgenommen habt, sondern auch für das Wissen und die Freude an der Arbeit, die ich durch Euch erhalten habe«, bekannte Guntram.

Mit keiner Silbe erwähnte er, dass es niemanden mehr gab, der auf ihn wartete. Nicht, weil es den Münzmeister nichts anging, der junge Mann wollte kein Mitleid.

Dann schnürte er die Rolle mit einem Hanfseil fest zusammen und warf sie sich über die Schulter. Er brauchte sich nicht weiter umzusehen, denn ihm gehörte hier nichts. Selbst die Decke besaß er erst seit kurzem, sie war ein Geschenk des Ritters, der ihn aus dem Verlies der Hartesburg befreit hatte, ansonsten beschränkten sich seine armseligen Habseligkeiten auf das, was er am Leibe trug, obwohl auch der Kittel ursprünglich zum Eigentum des Münzmeisters gezählt hatte. Sein eigener brauner Kittel hing bei seiner Ankunft in Goslar nur noch in Fetzen von seinem Oberkörper, dank der Peitschenhiebe seiner Folterer. Zwar war ihm das neue Kleidungsstück zu kurz, vor allem an den Ärmeln, aber das störte ihn nicht besonders.

Kurz darauf verließ er das Haus, das ihm für mehrere Wochen ein Zuhause gewesen war, und machte sich auf den Weg. Die Entfernung war nicht sehr groß, Herr Randolf hatte ihm gesagt, dass er bei zügigem Schritt sicher kaum länger als zwei Stunden benötigte. Verbittert warf er einen kurzen Blick auf die Pfalz, vor der noch immer die sächsischen Adeligen auf Einlass warteten. Obwohl er auch von ihnen kein besseres Leben erwarten durfte, versetzte es ihm doch einen Stich, die Fürsten seines Volkes so gedemütigt zu sehen. Um den kleinen, tumultartigen Menschenauflauf direkt vor dem herrschaftlichen Sitz kümmerte er sich nicht weiter, letztlich ging es ihn nichts an.

Das Wetter war gut, und er kam zügig voran. Trotz der Wärme hatte er die Kapuze tief ins Gesicht gezogen, denn er schwitzte fast nie und fühlte sich seltsamerweise dadurch geschützter. Seine Verletzungen waren dank der guten Versorgung durch die Magd der edlen Frau Edgitha gut verheilt, auch wenn ihm die tiefen Narben auf dem Rücken sicher ein Leben lang erhalten blieben. Eine gute Erinnerung, dachte er zynisch, die er mit Sicherheit nicht brauchte, denn alles war in seinem Kopf festgebrannt.

Alles, vor allem der Tod seiner Frau.

Ärgerlich schüttelte er die bitteren Gedanken ab und marschierte mit großen Schritten weiter. Nach den vielen schlimmen Ereignissen der vergangenen Monate hatte er schon fast den Glauben an das Gute im Menschen verloren. Hier hatte er ihn wiedergefunden, denn der Vater des Fräuleins, das gelegentlich ein paar freundliche Worte an ihn gerichtet hatte, war der Inbegriff von Güte und Anstand. Ganz so unvoreingenommen stand er seinem eigentlichen Retter Randolf von Bardolfsburg nicht gegenüber, schließlich war der Mann ein enger Vertrauter des Königs, und der war verantwortlich für den Bau dieser verfluchten Hartesburg!

Schon damals hatten die Bauern der Umgebung Frondienste bei der Errichtung leisten müssen, und zwar mehr, als es ihnen eigentlich möglich gewesen war. Unter kaum vorstellbaren Leiden, zu denen nicht nur der Hunger zählte, bauten sie mit ihrer Hände Arbeit in der unvorstellbaren Zeit von kaum mehr als drei Jahren das mächtige Bollwerk. Guntram war zu Beginn des Baus ein bereits großer, wenngleich sehr schlaksiger Junge von fünfzehn Jahren. Das änderte sich schnell im Laufe der harten Arbeiten, zu denen man ihn heranzog, weshalb er zudem als Hilfe für seinen Vater auf dem Feld wegfiel. Zumindest zogen sie den Bauern dadurch nicht ganz so oft zu den Bauarbeiten ab, und er konnte weiterhin für den Lebenserhalt der Familie sorgen.

An die Zahl der gefällten Bäume für die errichteten Gebäude konnte sich Guntram kaum noch erinnern. Trotz allem war er wie die meisten anderen in seinem Alter mit Feuereifer dabei, schließlich erhofften sie sich nach der Fertigstellung Arbeit bei der Burgbesatzung. Die Demütigung, nicht nur bei der einfachen Landbevölkerung, sondern auch bei den Adeligen aller

Stände war groß, als der König die komplette Besatzung mit schwäbischen Landsleuten bestückte. Doch es sollte noch schlimmer kommen! Die Soldaten mussten nicht nur verpflegt werden, sondern stellten zudem den Frauen nach, und es passierte nicht selten, dass ein Mädchen aus der Siedlung als Küchenhilfe oder Magd auf die Burg musste, um den Männern nebenbei zur Befriedigung ihrer Lust zu dienen. Bälger mit dunkleren Haaren als gewohnt waren das Ergebnis dieser Übergriffe, und viele Dorfbewohnerinnen lebten seither in ständiger Furcht.

Ein dumpfer Aufschrei ließ Guntram aus seinen düsteren Gedanken auffahren. Schnell versteckte er sich im dicht belaubten Unterholz und lauschte angestrengt. Er hatte absichtlich den direkten Weg zur Hartesburg vermieden, um schwierigen Begegnungen aus dem Weg zu gehen. Auf den schmalen Trampelpfaden kam er zwar langsamer voran, doch das störte ihn nicht, schließlich hatte er Zeit.

»Nimm deine dreckigen Hände von mir!«

Während der erste Schrei ohne Zweifel männlichen Ursprungs war, so entsprang der Satz, aus dem die Furcht deutlich herauszuhören war, eindeutig einem weiblichen Körper. Zudem glaubte Guntram, die Trägerin der Stimme erkannt zu haben. Auch konnte er die Richtung bestimmen und schlich vorsichtig in geduckter Haltung weiter. Der nächste männliche Ton war schon ganz nah und glich mehr einem lauten Stöhnen. Behutsam zog Guntram die Zweige eines etwa zwei Meter großen Schwarzdorns auseinander, hinter dem er Deckung gesucht hatte, wobei ihm ein kleines, verlassenes Vogelnest entgegenfiel.

Ein Mann stand leicht gebückt und mit dem Rücken zu ihm da. Der Bauer konnte zwar sein Gesicht nicht sehen, doch der schäbigen Kleidung nach zu urteilen, handelte es sich um keine Person höheren Standes. Trotz der angespannten Situation konnte sich Guntram ein Grinsen nicht verkneifen, denn an der Haltung des Mannes war eindeutig zu erkennen, dass er die Hände schützend vor sein Gemächt hielt.

»Na warte, das wirst du mir büßen, du elendes Weibsstück!«, ächzte er wütend und richtete sich langsam auf.

Guntram handelte schnell. Er drückte die Zweige des Strauches zur Seite, erhob sich, sprang aus seinem Versteck hervor und packte den Mann von hinten mit beiden Armen. Mit dem linken Arm umschloss er dessen Brustkorb, den anderen legte er oberhalb der Schultern, so dass er die eine Gesichtshälfte des Mannes packen und mit einem Ruck den Kopf nach links ziehen konnte.

Henrika schrie entsetzt auf, als ein grässliches Knacken zu hören war. Guntram ließ den erschlafften Körper los, der wie ein leerer Sack zur Seite kippte. Erst als der ehemalige Arbeiter ihres Vaters die Kapuze nach hinten zog, verschwand das Grauen auf ihrem Antlitz ein wenig.

»Guntram, was hast du getan?«, flüsterte sie und versuchte, ihr Zittern unter Kontrolle zu bringen.

»Er hat Euch gedroht, und Ihr habt geschrien, edles Fräulein. Ich dachte, Ihr bräuchtet Hilfe«, erwiderte Guntram verschnupft, verbeugte sich leicht und wandte sich um.

»Warte, entschuldige bitte! Natürlich bin ich dir äußerst dankbar für deine Hilfe, aber hätte es nicht auch gereicht, wenn du ihn einfach außer Gefecht gesetzt hättest?«, fragte sie vorsichtig, um ihn nicht erneut zu verstimmen und voller Angst, dass er sie einfach stehen lassen würde.

Guntram drehte sich wieder zu ihr um und zuckte mit den Schultern. »Vielleicht – vielleicht auch nicht. Ich wollte einfach sichergehen und hatte auch nicht übermäßig Zeit, um darüber nachzudenken«, erklärte er gelassen. »Doch wir sollten hier nicht verweilen, sondern weitergehen. Wer weiß, vielleicht treiben sich noch andere finstere Gesellen hier herum.«

Nachdenklich betrachtete er die halb verfallene Hütte, die ein paar Meter entfernt stand.

Henrika wunderte sich zwar darüber, wieso der Hüne keinerlei Fragen stellte, hegte allerdings auch kein Verlangen, ihm zu erklären, wieso sie hier alleine unterwegs war. Sie dagegen interessierte es schon, was Guntram hier so weit weg vom Haus ihres Vaters tat, und sie fragte ihn ohne Umschweife danach.

»Ich muss zurück zur Hartesburg«, antwortete er ohne weitere Erklärungen.

»Aber das darfst du nicht!«, brauste Henrika auf »Herr Randolf hat dich nicht aus dem Kerker befreit, damit du schnurstracks wieder hineinwanderst! Du hast uns doch gesagt, dass von deiner Familie keiner mehr lebt, was zieht dich dann dorthin?«

»Es sind nicht die Lebenden, sondern die Toten«, kam die ausweichende Antwort, nach der er beharrlich schwieg.

Henrika seufzte ergeben, denn sie fühlte instinktiv, dass sie ihn nicht von seinem Entschluss abbringen konnte. Außerdem wollte sie so schnell wie möglich nach Hause. »Gut«, lenkte sie deshalb ein und versuchte, nicht auf den Toten zu achten. »Was glaubst du, wie lange benötigen wir bis Goslar?«

»Ich gehe nicht dorthin, sondern zur Hartesburg«, wiederholte Guntram eigensinnig

Die junge Frau starrte ihn ungläubig an. »Du willst

mich nicht begleiten? Ohne dich finde ich den Weg nicht so gut, und ich muss schnell zurück, denn alle werden sich um mich sorgen. Außerdem muss ich zu Herrn Randolf und ihn warnen, denn die Komplizen dieses Kerls haben irgendetwas Furchtbares vor, was es zu verhindern gilt«, versuchte sie den Bauern zu überreden.

Guntram zögerte einen Augenblick, schüttelte dann jedoch bedauernd den Kopf. »Tut mir leid, ich kann nicht. Von Eurem Vater habe ich mich bereits verabschiedet, und ich werde gewiss nicht wieder zurückgehen. Aber die Richtung kann ich Euch zeigen, dann findet Ihr den Weg bestimmt schnell. So weit ist es gar nicht mehr.«

Doch so leicht wollte Henrika sich nicht geschlagen geben, außerdem tat ihr Knöchel weh, daher versuchte sie es auf anderem Weg, ihn umzustimmen. Sie zuckte kurz zusammen und umfasste stöhnend ihr Fußgelenk.

»Was ist mit Euch? Seid Ihr verletzt?«, fragte Guntram sofort besorgt.

»Es ist nichts, ich werde es schon schaffen. Auf dem Weg hierher bin ich dummerweise über eine Wurzel gestolpert und umgeknickt.«

Der Arbeiter ihres Vaters kniete sich sofort hin und bat um Erlaubnis, einen Blick auf den Fuß werfen zu dürfen, was sie verwirrt bejahte. Als er den Knöchel vorsichtig berührte, zuckte sie erneut zusammen, dieses Mal allerdings aufgrund des realen Schmerzes, der ihr ins Bein gefahren war.

»Er ist stark angeschwollen«, murmelte er bedrückt, dann erhob er sich und bot Henrika seinen Arm. »Wir werden nun doch zurückgehen, alleine schafft Ihr es womöglich nicht. Ich werde die Nacht abwarten und morgen früh aufbrechen.«

Dankbar lächelte die junge Frau ihn an und hakte sich bei ihm ein. Auf dem Rückweg nahmen die Schmerzen, die sie anfangs kaum gespürt hatte, immer weiter zu, so dass Guntram sie teilweise sogar tragen musste.

Als sie nach einer knappen Stunde an einer verlassenen Hütte ein Wimmern vernahmen, war Henrika doppelt froh darüber, nicht alleine zu sein. Während sie sich an einen Baum gelehnt ausruhte, näherte sich Guntram vorsichtig dem halb verfallenen Eingang. Mit weit aufgerissenen Augen sah sie ihn gleich darauf mit dem gefesselten Herwin auf den Armen herauskommen. Nachdem sie ihm den Knebel aus dem Mund herausgenommen und Guntram die Stricke an seinen Hand- und Fußgelenken aufgeschnitten hatte, musste Henrika den weinenden Jungen erst einmal beruhigen. Danach vernahmen die beiden staunend, was sich alles in so kurzer Zeit ereignet hatte. Als sie fast zwei Stunden später endlich in Goslar ankamen, war es schon früher Abend, und der Platz vor der Pfalz war verwaist.

Nachdem der über alles erleichterte Randolf seinen todmüden Sohn in die Arme der überglücklichen Betlindis gelegt hatte, konnten sie mit Hilfe von Henrikas Aussage die einzelnen Teile zusammenfügen und kamen zu dem Schluss, dass Dietbert aus unerfindlichen Gründen nicht nur den König, sondern auch seinen Onkel ermorden lassen wollte. Schließlich hatten genügend Menschen mitbekommen, dass der Northeimer Heinrich um ein vertrauliches Gespräch unter vier Augen gebeten hatte. Graf Otto wäre in dem guten Glauben, dass der König mit ihm sprechen wollte, zu dem vereinbarten Ort gegangen und dort auf den toten Herrscher gestoßen. Sicher hätte Dietbert dafür gesorgt, dass just in dem Augenblick Zeugen aufgetaucht wären. Damit wäre die Verurteilung seines Onkels eine Sache von wenigen Stunden gewesen.

So aber hatte sich Burchards Sohn selbst sein Urteil gefällt.

Heinrich hatte mit der Verfolgung der Flüchtenden gewartet, da er auf keinen seiner Männer verzichten wollte. Außerdem ging er davon aus, dass der Northeimer ebenfalls auf der Suche nach seinem Neffen war. Früher oder später würde Dietbert von Hanenstein gefunden werden.

18. KAPITEL

Besorgt blickte Randolf von einem der beiden hohen Steintürme der Hartesburg auf das Umland hinunter. Das starke Gewitter, bei dem sich eine wahre Sturmflut auf die Landschaft ergossen hatte, war zwar endlich weitergezogen, hatte jedoch eine derart schwüle Luft zurückgelassen, dass selbst die dünnen Kleidungsstücke an seiner Haut klebten und er das Gefühl hatte, nicht genügend frische Luft zu bekommen. Sie befanden sich nun schon seit drei Wochen auf der wehrhaften Burg Heinrichs, und die Nachrichten, die zu ihnen drangen, waren von Tag zu Tag schlimmer. Mal davon abgesehen, dass die Lage bereits bei ihrer Ankunft als äußerst prekär zu bezeichnen war.

Zudem lastete die Sorge über die Gesundheit seiner Frau auf ihm, denn Betlindis befand sich noch immer in der Obhut von Waltraut und der edlen Frau Edgitha im Haus des Münzmeisters. Selbst ein Transport auf einem Fuhrwerk war der Goslarer Hebamme zu gefährlich erschienen, derart bedenklich erachtete die erfahrene Frau den Gesundheitszustand der Schwangeren.

»Verzeiht, Herr Randolf, aber habt Ihr etwas über den Verbleib Guntrams erfahren?«

Der Ritter fuhr herum und nickte zögernd.

Henrikas Gesicht war aufgrund der fast unerträglichen Hitze leicht gerötet und ihre Stirn von feinen Schweißperlen überzogen. Der König hatte gemeint, dass es vielleicht aus taktischen Gründen klug wäre, wenn Henrika sie begleitete, da sich der Vater ihres zukünftigen Ehemannes unter den gedemütigten sächsischen Fürsten befunden hatte, die inzwischen abgezogen waren. Falls dieser Eklat Folgen haben würde, wovon auszugehen war, könnte Henrika vielleicht von Nutzen sein.

Auf Randolfs verständnislose Nachfrage hin hatte der König ohne eine weitere Erklärung auf die Mitreise der jungen Frau bestanden und die Bitte seines Gefolgsmannes abgelehnt, sie doch ebenfalls in Goslar zurückzulassen. Erst später hatte Randolf durch Henrika erfahren, dass sie den König darum gebeten hatte, da sie sich um das Leben Guntrams sorgte und sich bei der Hartesburg nach seinem Verbleib erkundigen wollte. Nachdem der blonde Hüne Henrika und Herwin wohlbehalten abgeliefert hatte, war er am folgenden Morgen ohne ein weiteres Wort verschwunden. Selbst Randolfs Bitten hatten ihn nicht davon abhalten können.

Ob Henrika diesen Grund auch beim König angegeben hatte, wagte Randolf zu bezweifeln, doch er fragte sie nicht weiter danach. Vielleicht auch aus Angst vor der Antwort, schließlich kannte er die heimliche Schwäche des Königs für das schöne Geschlecht, und er war sich nicht sicher, wie weit Henrika in ihrer Zielstrebigkeit gehen würde. Jedes Mal, wenn er an diesem Punkt seiner Gedanken angelangt war, versetzte es ihm einen Stich, und automatisch schob er sie zur Seite.

Wenigstens war Herwin nicht länger in Gefahr, da er bei seiner Mutter war und Randolf nicht davon ausging, dass Goslar angegriffen wurde. Immerhin war allgemein bekannt, dass sich der König auf die als uneinnehmbar geltende Hartesburg geflüchtet hatte. Außer Randolf und Henrika begleiteten ihn gerade mal zwanzig seiner

Ritter und Bischof Benno von Osnabrück, der auch schon unter dem verstorbenen Kaiser gedient hatte. Wahrscheinlich hätte Heinrich auch auf einen Teil seiner Vasallen verzichtet, aber ihnen oblag die Überwachung der Reichsinsignien und einiger königlicher Schätze, die dem König in Goslar nicht mehr sicher erschienen.

»Eine der Mägde hat mir mitgeteilt, dass sich Guntram hier in den Wäldern versteckt hält, um nicht Gefahr zu laufen, irgendwelchen Soldaten der Burg zu begegnen. Angeblich wartet er die Ankunft des sächsischen Heeres unter der Führung des Northeimers ab, um sich ihnen anzuschließen«, berichtete er ihr leise. »Wir können im Moment nicht viel tun, denn auch für uns wäre es mittlerweile zu gefährlich, ohne bewaffnete Begleitung hinunter in den Ort zu reiten. Zumindest wissen wir, dass es ihm gutgeht.«

»Wann rechnet Ihr mit dem Eintreffen des Heeres?«

»Heute, spätestens morgen«, entgegnete Randolf resigniert.

Er hatte sein Möglichstes getan, um den König zum Aufbruch zu bewegen – ohne Erfolg. Heinrich verließ sich ganz auf die Uneinnehmbarkeit seiner Burg und ging davon aus, dass die Angreifer irgendwann aufgaben. Diese Meinung teilte der Ritter allerdings nicht. Es gab nur einen Grund, der nach seinem Dafürhalten gegen ein Verlassen der Hartesburg sprach, nämlich dass ihm kein anderer Ort einfiel. Zumindest bis sich das Heer der Fürsten aus dem südlichen Teil des Reiches in Bewegung gesetzt hatte und seinem fliehenden König Schutz vor den aufständischen Sachsen bieten konnte. Randolf wusste, dass der Schwabenherzog Rudolf von Rheinfelden zusammen mit dem Herzog von Baiern in Kürze aufbrechen würde, denn der eigentliche Zweck war ursprünglich der vom König anberaumte Polenfeldzug. Nun würde es sich entscheiden, gegen wen sie letztendlich kämpften.

Unklar war auch, wie sie es schaffen sollten, die Hartesburg zu verlassen, ohne dass ihre zukünftigen Belagerer sie daran hinderten.

»Ist alles in Ordnung mit Euch?«, fragte Henrika besorgt, nachdem Randolf mit abwesendem Blick ins Leere gestarrt und nicht auf ihre Frage reagiert hatte.

Der Ritter zwang sich, ihr seine volle Aufmerksamkeit zuzuwenden, obwohl er sich nach dem Wiederauftauchen Herwins genau um das Gegenteil bemüht hatte.

»Verzeiht mir bitte, was habt Ihr gerade gesagt?«, entschuldigte er sich mit einem missglückten Lächeln.

»Ich habe gefragt, was Ihr davon haltet, wenn ich mir von einer der Mägde ein Kleid borge und hinunter in den Ort gehe. Niemand wird Verdacht schöpfen, und ich könnte möglicherweise nach Guntram sehen.«

»Davon halte ich ganz und gar nichts!«, fuhr Randolf sie schärfer als beabsichtigt an. »Niemand kennt Euch dort, und es ist nicht auszuschließen, dass Euch jemand bei unserer Ankunft gesehen hat.«

Außerdem, dachte er, ohne es auszusprechen, gefällt mir Euer Interesse an Guntram nicht, obwohl ihm selbst daran lag, mehr über dessen Verbleib herauszufinden. Deshalb hatte sich Randolf am Tag seiner Ankunft auf der Hartesburg auch sofort die Gefangenen zeigen lassen, unten denen sich der blonde Hüne zu seiner Erleichterung nicht befunden hatte.

»Sucht einen schattigen Platz auf, Fräulein Henrika, und ruht Euch aus. Etwas anderes könnt Ihr im Moment sowieso nicht tun, und es werden noch genug schlimme Tage auf uns zukommen. Nach allem, was wir von unseren Spähern erfahren haben, sind die aufständischen Sachsen zum Äußersten entschlossen. Bei ihrer

Versammlung in der Abtei Hoetensleben, die nach dem schicksalhaften Tag in Goslar stattgefunden hat, haben sie genau das zum Ausdruck gebracht«, sagte er verbittert.

»Wieso weicht Ihr mir aus, seit wir Goslar verlassen haben?«, fragte Henrika plötzlich. »Was ärgert Euch daran, dass ich mich um das Leben Guntrams sorge? Er liegt Euch doch auch am Herzen.«

Ihre Frage traf Randolf derart unvermittelt, dass ihm keine gute Ausrede einfallen wollte, und bevor er es sich versah, hatte er ihr seinen Ärger über die beim König vorgetragene Bitte vorgeworfen.

Henrikas Verblüffung war echt und ihre Wut ebenfalls, als sie ihn anblaffte, was er ihr damit zu unterstellen versuche.

»Sagt Ihr es mir!«, forderte er sie auf, wobei er sich gleichzeitig fragte, warum er sie unbedingt weiter reizen musste. Vielleicht war auch die Hitze daran schuld.

»Ich habe lediglich meinen Wunsch geäußert, Euch begleiten zu dürfen«, gab sie auf einmal verlegen zu.

»Mich?«

Unter anderen Umständen hätte Henrika seine offensichtliche Fassungslosigkeit erheiternd gefunden, doch so seufzte sie nur und erklärte, sie habe dem König gesagt, dass Randolf ihrem Retter gerne persönlich danken wollte. Deshalb hatte sie vorgeschlagen, mit zur Hartesburg zu kommen, um ihn zu dem Mann zu führen. Dass Guntram den überschwänglichen Dank des Ritters bereits im Hause des Münzmeisters verlegen entgegengenommen hatte, hatte Henrika dem König wohlweislich verschwiegen. Genauso, wie sie das süffisante Schmunzeln Heinrichs auf ihre Bitte hin jetzt Randolf verschwieg.

»Zu dem Zeitpunkt konnte ja keiner ahnen, dass die

Hartesburg bald von den Aufständischen belagert werden würde«, stieß Henrika hitzig hervor, die das Gefühl hatte, sich verteidigen zu müssen. »Sonst wäre ich niemals auf den Gedanken gekommen!«

Randolf bedachte sie mit einem zweifelnden Blick und verkniff sich eine Erwiderung. Der König hatte ihm in der letzten Zeit viel zu oft mit seinen versteckten Andeutungen zugesetzt, so dass er sich lebhaft vorstellen konnte, wie Heinrich sich geradezu prächtig über die Bitte Henrikas amüsiert hatte.

Als die junge Frau sich von ihm verabschiedete, um sich einen Platz im Schatten zu suchen, verbeugte er sich wortlos.

Eigentlich hatte Henrika vorgehabt, Randolf von dem Ort zu erzählen, den sie aufsuchen wollte, doch nach seinem abweisenden Verhalten nahm sie davon Abstand, denn sie hatte keine Lust auf weitere Erklärungen. Ohne auf das mulmige Gefühl zu achten, das sie beim Öffnen der Tür zu den Verliesen befiel, trat sie ein und hielt einem der beiden verdutzten Wärter die Erlaubnis des Königs unter die Augen. Da sie Betlindis bei ihrer Abreise etwas versprochen hatte, war sie ein paar Tage nach ihrer Ankunft auf der Hartesburg mit ihrem Anliegen vor den König getreten. Nachdem sie ihm den Grund für ihre Bitte erläutert hatte, war Heinrich ohne einen weiteren Kommentar auf ihren Wunsch eingegangen.

Henrikas mulmiges Gefühl verstärkte sich, als der Wärter vor der ersten Tür im Gang stehen blieb und aufschloss. Ein Stück weiter hinten konnte sie eine Treppe erkennen, die nach unten führte. Die junge Frau schluckte den bitteren Geschmack hinunter, der beim Gedanken an das, was sich vermutlich dort verbarg, in ihr aufgestiegen war, und trat entschlossen in den geöffneten Raum.

»Ich warte hier«, brummte der Wärter, während er die Tür hinter Henrika anlehnte.

»Euer Hoheit, ich freue mich sehr, Euch kennenzulernen«, begrüßte Henrika den eingesperrten Herzog von Sachsen, der sie mit offenem Mund anstarrte.

Nachdem die junge Frau ihm erklärt hatte, mit wem sie zur Burg gekommen war und warum sie ihn aufgesucht hatte, hellte sich seine Miene auf. Geduldig versuchte sie daraufhin seine ganzen Fragen über Betlindis so gut wie möglich zu beantworten. Als Henrika erzählte, dass Randolfs Frau ein Kind erwartete, verfinsterte sich das hagere Gesicht des Billungers.

»Sie ist viel zu zart, um mehrere Kinder zu bekommen. Ihr Gemahl sollte sich dessen bewusst sein, wenn ihm ihre Gesundheit am Herzen liegt«, stieß Magnus wütend hervor.

Verblüfft über den unerwarteten Ausbruch erwiderte Henrika: »Eure Base hat mir erzählt, dass sie selbst nach einem weiteren Kind gedrängt hat, und sie ist sehr glücklich darüber.«

Magnus Billung lächelte leicht gequält und meinte dann entschuldigend: »Es ist nur die Sorge um ihr Wohlergehen. Ich danke Euch für Euren Mut, mich an diesem Ort aufzusuchen, um mir von Betlindis zu erzählen. Sie hat in Euch eine wahre Freundin gefunden, und das freut mich sehr.«

Kurze Zeit später stand Henrika wieder im Freien und atmete erleichtert die frische Luft auf dem Innenhof der Burg ein.

Um sich abzulenken, suchte Randolfs scharfer Blick wieder die Umgebung ab, und die Unruhe, die ihn seit dem

Bericht aus Hoetensleben erfasst hatte, wuchs weiter an. Der Gewährsmann Heinrichs, der bei dem Treffen dabei gewesen war, hatte von einer mitreißenden Rede des Northeimers berichtet. Darin hatte der Graf dazu aufgerufen, gegen den Burgenbau des Königs und die Unterdrückung der landesfremden Besatzungen vorzugehen, durch die eine Gefahr für Hab und Gut ausgehe. Er wandte sich damit direkt an die große nichtfürstliche Schicht der Sachsen, welche die Bedrückungen der königlichen Burgmannen zu ertragen hatte. Zudem beklagte sich Otto bitter darüber, dass diese Burgen mitten im Reich standen anstatt an den gefährdeten nordöstlichen Reichsgrenzen, wo die Menschen unter den ständigen Angriffen der elbslawischen Stämme zu leiden hatten.

Zu guter Letzt hatte er dem König noch vorgeworfen, dass er weiterhin an der Teilnahme am Polenfeldzug festhielt, trotz der bekannten Bedrohungen an den Grenzen.

Heinrich hatte getobt, als er von der Rede erfahren hatte. Kurz danach ging die Botschaft ein, dass sich ein sächsisches Heer von ungefähr sechstausend Mann auf die Hartesburg zubewegte. Der Northeimer hatte es geschafft, nicht nur die anderen Fürsten auf seine Seite zu ziehen, sondern er hatte vor allem die Bauern dazu bewegt, die Waffen für die angeblich gemeinsame Sache zu ergreifen. Doch Randolf wusste, dass sich für die Bauern auch im Falle eines Sieges nichts verändern würde, denn die Adeligen ihres eigenen Stammes verhielten sich ebenso großspurig und überheblich wie fast alle.

Sechstausend gegen knapp dreihundertfünfzig Mann Besatzung auf der Hartesburg!

Davon abgesehen stand Randolf sowieso zwischen beiden Fronten: Als Lehnsmann hatte er auf den salischen König einen Treueid geschworen, doch seine

Wurzeln waren sächsisch, und sein Gut lag auf sächsischem Boden. Die Familie Henrikas würde sich im Falle einer kriegerischen Auseinandersetzung höchstwahrscheinlich ebenfalls auf die Seite der sächsischen Fürsten stellen. Im schlimmsten Fall bedeutete das, dass sie sich auf verschiedenen Seiten gegenüberstünden.

Hinzu kam, dass sein eigener Schwiegervater mit einem kleineren Heer durch die ehemaligen Besitztümer des verstorbenen Erzbischofs Adalbert von Bremen zog. Immer neue und schlimmere Berichte von Plünderungen und Brandschatzungen erreichten sie fast täglich. Randolf nahm an, dass das eigentliche Ziel von Betlindis' Vater die Lüneburg war. Sie gehörte bis vor einiger Zeit zu den Besitztümern der Billunger und zählte zu den Eroberungen des Königs, der die grenznahe Position als äußerst wichtig erachtete.

Randolf war davon überzeugt, dass Graf Hermann den ehemaligen Besitz seines Bruders für seinen gefangen gehaltenen Neffen zurückerobern wollte. Und so brütete er weiter in der drückenden Hitze, während ihm der Schweiß über Gesicht und Körper rann.

Henrika drückte den leeren Weidenkorb dicht an sich und hielt sich eng an die junge Frau an ihrer Seite. Irmingard, die ungefähr in ihrem Alter war, stand ihr seit ihrer Ankunft auf der Burg helfend zur Seite. Die flachsblonde Dienstmagd war fast einen Kopf kleiner als Henrika und mit üppigen Formen gesegnet, die sie aber gekonnt unter ihrem sackartigen Kittel aus graubraunem Leinen verbarg.

Anfangs hatte Henrika sich noch über das ständig verschmutzte Gesicht und die strähnigen Haare gewundert, die Irmingard zu zwei Zöpfen gebunden trug, bis sie ihr zugeflüstert hatte, dass dieses bewusst hässliche Äußere allein für die Männer der Burg bestimmt war. Nur so hatte sie die Hoffnung, nicht zur Befriedigung von deren Lust herhalten zu müssen.

»Bleibt dicht bei mir, edles Fräulein«, wisperte die Magd ängstlich, während sie mit gesenktem Blick an den letzten Torwachen vorbeigingen.

»He, ihr da! Bleibt stehen!«

Henrika stockte fast das Herz, als sie den Befehl vernahm.

Der Torwächter umrundete die beiden jungen Frauen langsam, baute sich in voller Größe vor ihnen auf und streckte dabei seinen ansehnlichen Bauch heraus. »Ansehen«, blaffte er, und verängstigt folgten sie ohne zu zögern.

Henrika hoffte, dass ihre Verkleidung glaubwürdig war. Sie stank wie eine Horde Ziegen, und der Dreck in ihrem Gesicht und auf ihrem Kittel schien ebenfalls von den Tieren zu stammen. Irmingard hatte darauf bestanden, da sie der Meinung war, ihre Begleiterin wäre mit normalem Schmutz noch eine zu große Augenweide.

Der dickliche Mann rümpfte die Nase und machte einen angewiderten Eindruck. Dann trat er zur Seite und winkte sie vorbei. »Sieh zu, dass du dich wäschst, wenn du wieder hochkommst, du stinkst ekelhafter als ein Haufen Mist!«

Henrika nickte heftig und folgte schnell ihrer neuen Freundin. Irmingard war hoffnungslos in den hünenhaften Guntram verliebt, das hatte Henrika gleich zu Anfang zufällig bei ihren vorsichtigen Erkundigungen nach Guntrams Verbleib herausgefunden. Da die junge Magd von dem Vorhaben des Bauern wusste, hoffte sie auf den Einfluss Henrikas, nachdem ihre eigenen Überredungskünste bisher nicht auf fruchtbaren Boden gefallen waren. Henrikas ehrliches Entsetzen über den irrsinnigen

Plan gab bei Irmingard den Ausschlag, die junge Frau zu Guntrams Versteck zu führen.

Der weitere Abstieg hinunter zur Siedlung am Fuße des Burgberges verlief ohne Probleme, und Irmingard führte ihre Begleiterin schnurstracks zu einem größeren Hof, der in etwa dem ihres Onkels glich. Vor dem Brand, dachte Henrika bitter und hielt sich hinter der jungen Magd, die mit der Bäuerin leise ein paar Worte wechselte.

Die große, hagere Frau warf Henrika misstrauische Blicke zu und schüttelte mehrmals den Kopf, während Irmingard ununterbrochen auf sie einredete. Schließlich seufzte sie ergeben und sagte ohne Umschweife: »Woher wollt Ihr Guntram kennen?«

Als Henrika ihr freundlich erklärte, dass er bei ihrem Vater, dem Münzmeister von Goslar, gearbeitet hatte, hellte sich die Miene der Frau auf, und sie entschuldigte sich verlegen für ihren anfänglichen Argwohn. Dann rief sie mit einer Stimme, die keine Widerrede duldete, einen Jungen von ungefähr zehn Jahren heran und flüsterte ihm etwas ins Ohr.

So ganz traut sie mir wohl doch noch nicht, dachte Henrika schmunzelnd und nahm dankbar den Becher mit frischem Wasser entgegen, den die Frau ihr überreichte. Anschließend ging sie mit der Entschuldigung nach draußen, dass sie sich um die Tiere kümmern müsse. Irmingard folgte ihr, denn für den Rückweg benötigten sie Eier und Bohnen, zudem musste sie dafür sorgen, dass am nächsten Tag eine Lieferung mit mehreren Getreidesäcken zur Burg gebracht wurde.

Henrika wartete eine Zeitlang alleine in dem schmutzigen Raum, welcher der gesamten Familie als Unterkunft diente, und ließ vor Schreck fast den Becher mit Wasser fallen, als jemand sie am Ärmel zupfte.

»Du sollst mitkommen, hat der große blonde Mann gesagt«, flüsterte der Junge von vorhin ihr leise ins Ohr, und ohne zu zögern folgte sie ihm.

Nach einem kurzen Fußmarsch, der sie am Burgberg vorbei in den schattigen Wald führte, erreichte sie schließlich Guntrams Versteck. Mit Hilfe von mehreren dicht belaubten Zweigen hatte er sich eine kleine Hütte errichtet, an der Henrika mit Sicherheit vorbeigelaufen wäre. Zu ihrer großen Erleichterung ging es dem ehemaligen Arbeiter ihres Vaters gesundheitlich gut, denn zu dieser Jahreszeit musste niemand großen Hunger leiden. Sie hockte sich zu ihm auf eine Decke, die er ausgebreitet hatte, doch ihre Unterhaltung kam nach ein paar Minuten ins Stocken. Daher nutzte sie die Gelegenheit, griff in den kleinen Stoffbeutel, den sie sich umgehängt hatte, und reichte ihm zwei Münzen.

»Wofür? Ich brauche kein Geld von Euch, die Bewohner der Siedlung helfen mir, und bald kommt das Heer, dann ist die Zeit des Versteckens sowieso vorbei«, wies Guntram entrüstet die Gabe von sich.

Bevor Henrika überlegte, wie sie ihn doch zur Annahme überreden und nach einer Möglichkeit suchen konnte, ihn auf seinen törichten Plan anzusprechen, ertönten aus der Ferne Jubelrufe und das Tuten von Hörnern, gemischt mit einem anfänglich leisen Donnern, das sich bald steigerte. Es klang wie unzählige Füße und Hufe.

Guntram sprang auf und rief begeistert: »Sie kommen! Endlich!«

Henrika vergaß darüber ihr eigentliches Anliegen und dachte angstvoll daran, wie sie nun wieder in die Burg gelangen sollte, jetzt, da die Belagerung an ihrem Anfang stand.

Der gleiche Gedanke schien dem Bauern gekommen zu sein, denn sein freudiger Gesichtsausdruck schwand, und er sah nachdenklich auf sie hinunter. »Der Weg zur Burg ist Euch jetzt versperrt, und wir müssen uns etwas anderes überlegen. Bis dahin werde ich Euch bei den Eltern von Irmingard verstecken«, entschied er nach kurzem Zögern und forderte sie auf, sich zu erheben.

Dann griff er nach der Decke, faltete sie zusammen und machte sich auf den Weg zurück zur Siedlung, gefolgt von der bangen Henrika.

Das imposante Schauspiel, das sich ihnen darbot, nachdem sie den Wald verlassen hatten und das Tal vor ihnen lag, verschlug beiden die Sprache. Völlig überwältigt von der Größe des kriegerischen Heeres näherten sie sich langsam den Behausungen und Ställen und gelangten unbehelligt in das Haus der Frau, in dem Henrika anfangs gewartet hatte. Der Raum war menschenleer, genau wie die gesamte Siedlung, denn die meisten Bewohner waren dem Heer der Sachsen entgegengelaufen.

»Ihr wartet hier, ich werde alles Weitere veranlassen. Wir finden schon eine Lösung, das verspreche ich Euch. Aber verlasst bloß nicht das Haus«, beschwor Guntram sie und schickte sich an, es den anderen Bewohnern gleichzutun. Am Eingang blieb er nochmals stehen und blickte über die Schulter. »Wenn möglich, solltet Ihr Euch den Gestank der Ziegen abwaschen. Ihr riecht einfach fürchterlich!«, bemerkte er grinsend und war gleich darauf verschwunden.

Mit ruhiger, aber entschlossener Miene ließ Randolf den Wutausbruch des Königs über sich ergehen. An seiner Meinung änderte sich dadurch ohnehin nichts.

»Verdammt, ich habe immer an Euch geschätzt, dass Ihr grundsätzlich mit dem Kopf denkt und Euch nicht wie andere von Gefühlen leiten lasst, die ihren Ursprung unterhalb der Gürtellinie haben! Der Kleinen wird schon nichts geschehen, meine Güte, vielleicht hat sie sogar ihren zukünftigen Gatten aufgesucht, weil sie nicht länger darauf warten wollte, bis Ihr Euch zu ihr legt!«

Der Ritter biss die Zähne zusammen, um sich nicht zu einer Antwort hinreißen zu lassen, die er möglicherweise später bereute. Gerade der König hatte sich nicht nur einmal wegen einer Frau in Situationen begeben, die nicht ungefährlich für ihn waren.

Heinrich fasste das beharrliche Schweigen seines langjährigen Vertrauten falsch auf und verlegte sich nun aufs Befehlen. »Als Euer König verweigere ich Euch die Erlaubnis, nach Fräulein Henrika zu suchen. Zu Eurer Beruhigung kann ich Euch mitteilen, dass ich den Vogt gebeten habe, Erkundigungen nach ihrem Verbleib einzuholen. Er soll alles Wichtige bis zu unserem Aufbruch an Euch weiterleiten. Wir werden also wie geplant morgen in aller Frühe die Burg verlassen und, so Gott will, in der nächsten Woche auf das Heer des Herzogs von Schwaben stoßen«, gebot er in einem Ton, der keinen Widerspruch duldete. »Ich kann schlecht weiterhin hier oben abwarten, nachdem sie meinen Gesandten und meine Forderung nach Frieden und dem Abstellen ihrer Beschwerden gestern abgewiesen haben. Sie können uns zwar nicht erobern, doch irgendwann werden uns die Vorräte ausgehen, ganz abgesehen vom Frischwasser.«

»Selbstverständlich gibt es keinen anderen Weg, Euer Majestät«, antworte Randolf schlicht. »Aber ich werde zu meinem Wort stehen, das ich Henrikas Vater und ihrem Onkel gegeben habe. Sie ist nun schon seit vier Tagen unauffindbar, und das Risiko für mich ist durchaus kalkulierbar, wenn ich mich als Bauer verkleidet dort in die Siedlung schleiche und mich unter die Belagerer mische«, erklärte Randolf nachdrücklich und hielt damit unabänderlich an seinem gefassten Entschluss fest, ohne zu wissen, dass Henrika ebenfalls auf diese Art die Burg verlassen hatte.

»Nein, selbstverständlich erkennt Euch keiner! Euer Gesicht und Eure Gestalt sind zum Glück niemandem bekannt, was sollte mir da auch Sorgen bereiten?«, höhnte der König lautstark. Dann atmete er tief durch und fuhr leise und eindringlich fort: »Ich könnte Euch in Ketten legen lassen, bis die Gefahr gebannt ist, aber ich schulde Euch nicht nur einmal mein Leben und werde aus diesem Grund nachgeben. Allerdings lasse ich Euch nur bis morgen früh Zeit, um rechtzeitig an unserem vereinbarten Treffpunkt zu erscheinen.«

Die Spannung fiel von Randolf ab, nun, da die Gefahr einer harten Konfrontation mit seinem Herrn abgewendet war. Er verbeugte sich und wollte das Gemach des Königs verlassen, als dieser erneut das Wort an ihn richtete.

»Außerdem ist es an der Zeit, dass ich mein Herz von etwas entlaste, das mich schon seit geraumer Zeit beschäftigt«, brachte Heinrich zögernd hervor und ging zu einer großen Truhe, deren großer, gewölbter Deckel mit Silberbeschlägen verziert war und das Zeichen der Salier trug.

Randolf wusste von Heinrich, dass sich darin einige Hinterlassenschaften seines Vaters befanden. Da der König seinem Gefolgsmann die Sicht versperrte, konnte er allein dem knarrenden Geräusch entnehmen, dass dieser die Truhe öffnete. Ohne die geringste Ahnung zu haben, was dem König wohl auf dem Herzen liegen mochte, wartete der Ritter gespannt ab.

»Das hier habe ich bei den Dingen gefunden, die man mir nach dem Tod des Erzbischofs Adalbert überbracht hat«, erklärte Heinrich und zeigte Randolf einen Brief, dessen Siegel gebrochen war. Überrascht erkannte der

Ritter, dass es sich hierbei um das Siegel des verstorbenen Kaisers Heinrich handelte.

Während der König das Pergament entfaltete, redete er mit fester Stimme weiter. »Anfangs konnte ich mir keinen Reim auf die Zeilen machen, bis mir schließlich ein Zufall zu Hilfe kam. Ein Zufall in der Person Dietberts von Hanenstein.«

Randolf sog bei der Erwähnung des verhassten Namens scharf die Luft ein, enthielt sich aber einer Erwiderung, da er noch immer keinen blassen Schimmer davon hatte, was Heinrich meinte.

»Als er mich förmlich um Unterstützung wegen seines Antrags bei Fräulein Henrika anflehte und nebenbei die unschönen Verwicklungen beider Familien erwähnte, war mir mit einem Schlag klar, was mein Vater da in den letzten Stunden seines Lebens in fast unleserlichen Worten niedergeschrieben hat.«

»Ich verstehe nicht ganz, Euer Majestät ...«, erwiderte Randolf völlig durcheinander, verschluckte aber die letzten Worte, da Heinrich die Hand hob.

»Lest die Zeilen, dann werdet Ihr schon sehen.«

Zögernd nahm der Ritter den Brief entgegen. Nur mit Mühe konnte er die leicht verblassten Wörter entziffern, die augenscheinlich eine zitternde Hand vor vielen Jahren verfasst hatte.

»Ich verstehe das immer noch nicht! Wieso lag diese wichtige Anweisung bei den Hinterlassenschaften des Erzbischofs? Ich war damals selbst dort, als Euer Vater starb, und weiß deshalb auch ganz genau, dass mein damaliger Lehnsherr kurz vor dem Tod des Kaisers bei ihm war! Es wäre also naheliegend gewesen, ihm das Schreiben selbst zu überreichen! Wozu der Umweg über Adalbert?«, fragte Randolf ungläubig und mit leichenblasser Miene.

Der König blickte seinen treuen Gefolgsmann lange an, ohne ein Wort über dessen offensichtliche Bestürzung zu verlieren. »Wie gesagt, ich kann auch nur spekulieren. Diesen Zeilen ist zu entnehmen, dass die Aussage des Zeugen noch nicht vorlag, sondern dass der Gewährsmann meines Vaters, wer auch immer es gewesen sein mag, den Namen herausgefunden hat. Ich weiß aus meinen spärlichen Erinnerungen, dass es sich bei Gottwald von Gosenfels um einen engen Vertrauten des Kaisers gehandelt hat. Möglicherweise wollte mein Vater ihn nicht irgendwelchen Hoffnungen aussetzen, die sich später als falsch herausgestellt hätten. Mir erscheint nur dieser eine Grund plausibel. Schließlich hat mein Vater dem Erzbischof vertraut! Er wäre nie auf den Gedanken gekommen, dass unser werter Adalbert den Brief einfach in der Versenkung verschwinden lassen würde, anstatt alles in seiner Macht Stehende zu tun, um die Reputation Gottwalds zu erwirken. Dass meine Mutter nach dem Tod meines Vaters außerdem den Brief gefunden hat, in dem der Goslarer Vogt der Unterschlagung von Silbererz aus den kaiserlichen Gruben bezichtigt wurde, war ein zusätzliches Unglück.«

»Auch wenn meine Meinung über den Erzbischof nicht besonders hoch ist, kann ich mir beim besten Willen keinen Grund vorstellen, warum er dem Unglück der Familie des Vogts all die Jahre tatenlos zugesehen hat«, erwiderte Randolf. »Er wusste, dass die Unschuld Gottwalds höchstwahrscheinlich bewiesen werden konnte, und hat nichts unternommen? Im Gegenteil, er hat sogar schnellstmöglich das Eheversprechen seines Bruders mit der Tochter Gottwalds zurückgenommen!« Immer noch ungläubig starrte Randolf auf den Brief, den ihm der König just in dem Moment aus den Händen nahm.

»Habe ich schon erwähnt, dass das Siegel ungebrochen war, als ich den Brief erhalten habe? Vielleicht hat der Erzbischof ihn schlicht vergessen, bei all den Aufregungen, die der Tod meines Vaters mit sich gebracht hat. Ihr wisst bestimmt noch, dass wir mit dem gesamten Tross zusammen nach Speyer gezogen sind, wo die Beerdigung stattfand«, erinnerte ihn Heinrich mit hochgezogenen Augenbrauen.

Randolf sagte nichts, denn er fühlte sich noch immer wie betäubt.

»Andererseits bin ich sicher, dass mein Vater Adalbert den Brief nicht überreicht hat, ohne ihm zu sagen, worum es geht. Ebenso bin ich davon überzeugt, dass die Nachricht dem Erzbischof später sehr wohl wieder in die Hände gefallen ist. Wir werden vermutlich nie erfahren, warum sie ungeöffnet blieb.«

Die Benommenheit, die Randolf umfangen hatte, fiel mit einem Mal von ihm ab, und erzürnt entgegnete er: »Es würde zu Adalbert passen, dass er sich eingeredet hat, ohne schriftliche Aufforderung des verstorbenen Kaisers nichts unternehmen zu müssen! Deshalb hat er den Brief wahrscheinlich irgendwo tief unter irgendwelchen anderen Sachen vergraben und sein schlechtes Gewissen damit beruhigt, den beiden Söhnen des Vogts jährlich eine gewisse Summe zukommen zu lassen.«

Heinrich zuckte mit den Schultern und faltete das Schreiben unter Randolfs argwöhnischem Blick wieder zusammen. »Alles reine Spekulationen! Ich habe Euch den Brief nur gezeigt, weil ich Euch sehr schätze und merke, wie sehr Euch das Wohl dieser Familie und vor allem von Fräulein Henrika am Herzen liegt. Am Tag nach ihrer Vermählung werde ich ihn Euch aushändigen. Der Zeuge, der hier genannt wird, weilt noch unter den Lebenden, und es wird ein Leichtes für Euch sein, ihn zu befragen. Ich bin dann selbstverständlich gerne bereit, die Reputation Gottwalds allgemein bekanntzugeben. Die Rechte an der Silbermine bleiben allerdings in meinem Besitz und gehen nicht auf seine Nachkommen über, denn mein Vater hat sie dem Vogt seinerzeit als Dank für die geleisteten treuen Dienste überschrieben.«

Nur mühsam konnte Randolf seine Wut angesichts dieses Angebots verbergen. »Wieso erst danach, Eure Majestät? Warum nicht schon jetzt?«

»Das liegt doch auf der Hand, mein Freund. Ich brauche in dieser angespannten Lage unbedingt jemanden, der mir ständig Bericht erstattet über alles, was im sächsischen Lager vor sich geht. Euer Fräulein Henrika sitzt nach ihrer Vermählung direkt an der Quelle, denn der Northeimer ist der unangefochtene Anführer des sächsischen Widerstandes und Henrikas zukünftiger Ehemann nun mal sein Sohn! Ihr wiederum seid das Bindeglied zwischen der Tochter des Münzmeisters und mir, um alle wichtigen Details an mich weiterzuleiten. Wenn ich Euch dieses Dokument sofort aushändige, könntet Ihr dann ausschließen, dass Ihr Henrika im letzten Moment von der Ehe abratet? Ich weiß, dass sie die Dame Eures Herzens ist, auch wenn Ihr Euch als Mann der Ehre dagegen wehrt. Aber Eure Frau ist seit Jahren kränklich, und wer weiß? Sie wäre bei der letzten Fehlgeburt fast schon gestorben ...«

»Wenn Ihr nicht mein König wärt, würde ich Euch für diese Äußerung zum Kampf herausfordern«, presste Randolf zwischen den Lippen hervor.

Gleichmütig ruhte Heinrichs Blick auf seinem Gefolgsmann, dann zeigte sich sogar die Spur eines Lächelns. »Aber, aber, mein Freund! Wir müssen alle Opfer bringen, wer wüsste das besser als ich! Bedankt Euch bei dem Neffen des Northeimers, diesem Dietbert, denn eigentlich hatte ich ihn für die Aufgabe der Nachrichtenbeschaffung vorgesehen. Leider hat er sich anders entschieden, als er mir eine tödliche Falle stellen wollte, denn dafür sollte ja sein Onkel büßen. Bei allem Zorn über meine Ehrlichkeit dürfte es Euch trotzdem freuen, dass Ihr mit dazu beitragen könnt, die Ehre der Familie Eures verehrten Lehrmeisters wiederherzustellen.«

Aus Angst, doch noch eine unbedachte Äußerung von sich zu geben, verkniff sich Randolf eine weitere Bemerkung zu dem Thema. »Wenn Ihr mich nicht mehr braucht, würde ich jetzt gerne gehen.«

Gedankenverloren nickte der König und sah ihm nach. »Geht mit Gott und kommt gesund mit Henrika wieder«, murmelte er leise, ohne dass Randolf die Worte hören konnte.

Hastig griff Mathilda nach dem gesunden Arm ihres Mannes, der sich mit schmerzverzerrtem Gesicht von der Bank erhob.

»Es geht schon!«, fuhr Goswin seine Gemahlin an. Im selben Augenblick bereute er bereits die Heftigkeit seiner Worte und strich ihr in einer hilflos wirkenden Geste mit der rechten Hand über die Wange. »Verzeih mir, ich weiß gar nicht, wie du es mit meiner Unzufriedenheit überhaupt aushältst.«

»Weil ich dich liebe«, entgegnete Mathilda schlicht, ergriff seine Hand und führte ihre Lippen zart über seinen Handrücken. »Außerdem vergisst du, dass ich schon einmal eine unerträgliche Zeit mit dir verbracht habe.«

Goswin nickte gedankenverloren, während er die Hand behutsam zurückzog und den Arm um seine Gemahlin legte. Eine Weile blieben die beiden eng umschlungen stehen und genossen die Nähe und die Harmonie, die seit Jahren zwischen ihnen herrschte. Auch damals, als Dietbert den Sohn Gottwalds bei den Kampfhandlungen zu Pfingsten in der Stiftskirche verletzt hatte, war Mathilda ihm nicht von der Seite gewichen. Obwohl sie seinerzeit noch nicht vermählt gewesen waren.

»Damals konnte ich alle meine Gliedmaßen aber noch bewegen«, bemerkte er leise, ohne die Bitterkeit zu verbergen, die ihn dabei überkam.

»Goswin von Gosenfels, jetzt reicht es mir langsam! Du solltest froh sein, dass du noch unter uns weilst! Und überhaupt, hast du mir nicht immer voller Stolz erzählt, dass dein Vater es mit jedem aufgenommen hat, obwohl er nur noch einen Arm besaß?«, empörte sich Mathilda und befreite sich aus der Umarmung.

Die plötzliche Erinnerung an seinen Vater versetzte Goswin einen Stich, und mit einem Mal hatte er das Bild Gottwalds klar vor Augen. Ein hochgewachsener, stattlicher Mann Anfang vierzig, dessen fehlender Arm ihn im Umgang mit dem Schwert kaum behindert hatte, und auch seine charismatische Ausstrahlung hatte unter dem körperlichen Mangel keineswegs gelitten. Dass Gottwald nach der schweren Verletzung aus einer der Schlachten, die er an der Seite des Kaisers bestritten hatte, eine Zeit der Selbstzweifel durchgemacht hatte, konnte Goswin nicht ahnen, denn sie hatten nie darüber gesprochen.

Nachdenklich folgte Goswin seiner Frau, die mit versteinerter Miene das große Steinhaus mit den zwei Ecktürmen betrachtete, in dem sie nach der Zerstörung ihres eigenen Hofes Zuflucht gefunden hatten. Großzügig und ohne zu zögern hatten Randolf und Betlindis ihnen angeboten, die Gastfreundschaft des Gutes Liestmunde so lange in Anspruch zu nehmen, wie sie wollten. Da alle anderen vor Wochen abgereist waren, hatte Goswin mit seiner Familie das Haus nun praktisch für sich allein.

»Vor vielen Jahren hat meine Schwester mir einmal vorgeworfen, dass ich nicht wisse, was es bedeutet, jemanden so sehr zu lieben, dass es einen verrückt macht, wenn man nicht bei ihm sein kann. Meinen Einwand, dass ich Gott liebe, hat sie mit der Bemerkung abgetan, das sei nicht dasselbe. Ich könne Gott nicht anfassen, hat sie mir erklärt, er halte mich nicht, wenn ich traurig sei, und lache auch nicht mit mir.«

In Mathildas Augen standen Tränen, als sie sich zu ihm umwandte.

»Damals habe ich Hemma nicht verstanden, doch seit ich dich kennengelernt habe, weiß ich genau, wovon sie gesprochen hat«, flüsterte Goswin dicht an ihrem Ohr, bevor seine Lippen die ihren fanden.

»Ich glaube, ich habe vieles nicht begriffen, was sie mir sagen wollte«, murmelte Goswin nach einer Weile und strich Mathilda zärtlich über den Rücken. »Damals bei dem Fest, das meine Mutter aus einer spontanen Laune heraus veranstaltet hat, war auch so ein Moment, in dem sie versucht hat, sich mir zu öffnen. Doch ich war viel zu ignorant, um es zu bemerken.«

»Erzähl mir davon«, forderte Mathilda ihn leise auf, schließlich hatte sie ihren Schwiegervater nie kennengelernt, und das Verhalten Edgithas war ihr gegenüber zwar nicht unfreundlich, aber stets distanziert. Deshalb mochte sie es sehr, wenn Goswin aus der Vergangenheit erzählte und ihr damit nicht nur seinen verstorbenen Vater näherbrachte, sondern ihr auch Seiten an seiner Mutter zeigte, die Mathilda bisher nicht bemerkt hatte.

An dem Abend, nachdem Hemma mit ihrer Mutter auf dem Markt gewesen war, folgte die große Überraschung, denn Edgitha stellte wieder einmal ihr Talent unter Beweis, kurzfristig ein kleines Fest auf die Beine stellen zu können. Auf ihre Einladung hin war der Vicedominus Benno in Begleitung ihres Sohnes Goswin erschienen.

Der weltoffene Kirchenmann war solchen Genüssen durchaus nicht abgeneigt. Viele andere Priester oder Angehörige der Kirchenobrigkeit lehnten solche Vergnügungen als gefährlich und lasterhaft ab. Gottwald hingegen freute sich über die unerwartete Abwechslung vom täglichen Einerlei, und sogar das Wetter zeigte sich gnädig, denn die Wärme des Tages hielt sich bis in den Abend hinein.

Die Familie saß mit ihren Gästen im Hof auf hergebrachten Bänken und genoss das Schauspiel, das sich ihnen bot. Auch der Münzmeister Friedebrecht war mit seinem Sohn geladen, und nun hockten sie beide freudig erregt nebeneinander, obwohl Clemens den Blick öfter verstohlen zu Hemma wandern ließ, als dass er bei dem jeweiligen Künstler verweilte. Das Dienstpersonal durfte, bis auf einige wenige bewaffnete Wachen, ebenfalls dem Spektakel beiwohnen. Rufe des Erstaunens und Entzückens, unterbrochen von dem Gekicher einiger Mägde, drangen bis zum Pfalzbezirk.

Hemma saß zwischen ihrer Mutter und Goswin. Es freute sie ungemein, ihren Bruder endlich wiederzusehen, denn obwohl er fast in direkter Nachbarschaft im Stift lebte, trafen sie sich äußerst selten.

Während alle einem Riesen von einem Mann sprachlos zusahen, wie er Feuer spie, flüsterte sie ihrem Bruder zu: »Kannst du nicht morgen zu uns kommen? Ich muss dich unbedingt sprechen!«

Goswin nickte unmerklich, aber seine Antwort ging in den Jubelrufen der anderen unter.

Plötzlich spürte Hemma, dass jemand sie beobachtete, und sah schnell zu dem Sohn des Münzmeisters hinüber, der jedoch völlig gebannt auf den Feuerspucker starrte. Wie magisch angezogen wanderte ihr Blick weiter zu den Bediensteten, was sie bisher tunlichst vermieden hatte, *und direkt in die Augen von Esiko. Schnell senkte sie den Kopf und fächelte sich Luft zu, um die aufsteigende Hitze in ihrem Körper zu mildern.*

Den Abschluss der Vorführung bildete ein älterer Mann mit einer Schalmei, zu dessen Musik eine schwarzhaarige Frau einen verführerischen Tanz darbot. Hemma beobachtete Goswin, da sie neugierig war, ob diese Darbietung irgendeine Wirkung auf ihn zeigte. Sie konnte keinerlei Regung in seinem gut geschnittenen Gesicht entdecken. Bevor sie ihre Aufmerksamkeit wieder der Darbietung zuwandte, wagte sie noch einen schnellen Blick auf Esiko. Leicht verärgert musste sie feststellen, dass die Bewegungen der Frau ihre Wirkung auf ihn anscheinend nicht verfehlten, denn der ehemalige Bergmann starrte wie hypnotisiert zur Mitte des Hofes. Neben ihm saß Randolf, der ebenfalls sehr von dem Tanz angetan zu sein schien. Allerdings wirkte er ein wenig verlegen, wenn auch nicht ganz in dem Maße wie Clemens. Hemma stellte amüsiert fest, dass der Sohn des Münzmeisters nicht zu wissen schien, wohin er denn nun schauen sollte.

Zu ihrer großen Verwunderung genoss auch ihr Vater ganz offensichtlich den Tanz, denn als die Frau endete, spendete er begeistert Beifall und warf ein paar Münzen. Ihrer Mutter war keinerlei Verärgerung darüber anzumerken, was Hemma ganz und gar nicht verstand. Missmutig sah sie zu, wie die Tänzerin lachend die Münzen einsammelte und sich mehrmals verbeugte, um leichtfüßig zu den anderen Spielleuten zurückzulaufen.

Die Anwesenden wirkten sehr zufrieden mit dem gelungenen Abend, denn sie lachten und scherzten miteinander. Gleich darauf gesellten sich die Dienstboten zu dem kleinen Grüppchen, und Hemmas Fingernägel bohrten sich in ihre Handflächen, denn die Tänzerin un-

terhielt sich angeregt mit Esiko. Die junge Frau musste sich eingestehen, dass er mit Abstand der bestaussehende Mann auf dem Hof war. Vielleicht abgesehen von Goswin und natürlich ihrem Vater. Randolf zählte in ihren Augen nicht dazu, schließlich war er jünger als sie.

Die Prellung an Esikos Kinn war in den letzten Tagen abgeschwollen und nur noch leicht blauviolett verfärbt. Er hatte sich mit einer Hand lässig an der Stallwand abgestützt und widmete seine volle Aufmerksamkeit der hübschen jungen Frau. Der gesamte Hof wurde von Fackeln, die überall in Halterungen an den Wänden steckten, in ein schönes Licht getaucht, was Hemmas schlechtem Gemütszustand nicht gerade förderlich war.

»Wollen wir uns nicht jetzt ein wenig unterhalten?«

Sie erschrak, als Goswins Stimme dicht an ihrem Ohr erklang, und nickte zustimmend.

Alles war besser, als weiterhin hier zu sitzen und den anderen zuzusehen. Denn natürlich war es undenkbar, dass sie sich unter die Spielleute mischte.

»Wo sind Vater und Mutter?«, fragte sie verwundert, als sie ihre Eltern nirgendwo entdecken konnte.

Goswin zeigte aufs Haus. »Sie sind mit dem Anführer der Gruppe und dem Vicedominus ins Haus gegangen.« Hemma sah an der Miene ihres Bruders, dass er sich keinen Reim darauf machen konnte. »Sollen wir zu den Pferden gehen, so wie früher?«, fragte er, und für einen Moment entdeckte Hemma in dem Gesicht des jungen Mannes ihren Bruder aus Kindertagen.

Als Antwort bot sie ihm den Arm, und sie schlenderten gemeinsam zum Stall, wobei sie fast über Brun gestolpert wären, der mit einem Jungen in seinem Alter über den Hof rannte. Hemma erkannte in ihm den Knaben vom Markt, der dort bereits seine akrobatischen Kunststücke gezeigt hatte. Als sie dicht an der gutgelaunten Gruppe der Gaukler und Dienstboten vorbeikamen, hörte Hemma das aufreizende Lachen der jungen Tänzerin. Trotzig hob sie den Kopf ein wenig höher, und gleich darauf schloss Goswin die Stalltür hinter ihr. Der vertraute Geruch der Pferde umhüllte sie, und die Geschwister ließen sich auf einem der Strohballen nieder.

»Nun, was gibt es denn so Dringendes, liebste Schwester?«

Hemma knuffte ihn in die Seite. »Muss ich denn einen dringenden Grund haben, um mal wieder einen Plausch mit meinem Bruder zu halten?«

»Natürlich nicht, sei nachsichtig mit mir!« Dabei hielt er lachend die Hände vor seinen Körper. Dann wurde er wieder ernst. »Auch mir haben die vielen vertrauten Stunden mit dir gefehlt, doch ich habe Trost in meinen Gebeten gefunden. Es gibt nicht so viel zu scherzen bei uns im Stift.«

Hemma betrachtete ihn nachdenklich. »Für Vater wäre es die größte Freude, wenn du dein Priestergelübde nicht ablegen würdest. Der Kaiser hätte mit Sicherheit Verwendung für einen fähigen Kämpfer.«

»Wie kommst du nur darauf, dass ich meine Entscheidung in Frage stelle?«, entgegnete ihr Bruder entrüstet. »Nein, ich bereue nichts, und kämpfen werde ich auch in Zukunft nur noch mit Worten.« Ein wenig sanfter fuhr er fort: »Doch jetzt sag endlich, was belastet dich? Ich merke schon den ganzen Abend, dass dir etwas aufs Gemüt schlägt.«

Da sprudelte es aus Hemma heraus. Sie erzählte von Burchards Antrag und der Ablehnung ihres Vaters, verbunden mit der Vereinbarung einer Ehe mit dem Bruder Adalberts. Goswin wusste von alldem nichts, aber seine Antwort fiel anders aus, als sie es erhofft hatte.

»Ich verstehe nicht ganz, Hemma. Du solltest froh

sein, dass unser Vater nicht leichtfertig über deine Zukunft entscheidet. Friedrich von Goseck ist dem Hören nach ein wahrer Edelmann. Er wird dich auf Händen tragen und Gott dafür danken, dass er dich zur Frau bekommt.«

Hemma sah ihn entgeistert an. »Goswin, er ist fast so alt wie Vater! Ich kenne ihn überhaupt nicht, wer weiß, vielleicht ist er ganz furchtbar dick oder hat überhaupt keine Haare mehr auf dem Haupt. Möglicherweise hinkt er, oder, noch schlimmer, vielleicht fehlt ihm gar ein Bein!«

»Auch unserem Vater fehlt ein Arm, und er ist mit Sicherheit mehr Mann als manch anderer mit allen Gliedmaßen!«, wies Goswin sie streng zurecht. »Deine Furcht ist verständlich, wenngleich ein wenig übertrieben. Es dürfte auch dir nicht entgangen sein, dass die meisten Ehemänner älter sind als ihre Frauen. Bestimmt wird er ganz ansehnlich sein, du wirst sehen.« Er legte einen Arm um seine Schwester und zog sie zu sich heran.

Hemma seufzte leise und verkniff sich eine Antwort. Es hätte sowieso nichts genützt. Entgegen aller Vernunft stellte sie nach kurzer Zeit aber eine weitere Frage: »Was würdest du einer Frau raten, die in einen Mann verliebt ist, der vom Stand her höher steht als sie?«

Goswin schwieg eine Weile, dann antwortete er bestimmt: »Eine solche Liebe bringt für beide auf Dauer nur Unglück. Selbst wenn er sie ebenfalls liebt und sie sogar heiraten würde, hätten beide nur Verdruss an dieser Verbindung, denn niemand würde sie anerkennen.«

Hemma war froh, dass der Stall nicht von Licht erhellt war, denn sonst wäre ihm mit Sicherheit ihr trauriger Gesichtsausdruck aufgefallen.

In dem Augenblick hörten sie ein langes Stöhnen aus der hinteren Ecke des Stalles. Die beiden Geschwister sprangen gleichzeitig auf und stürzten in die Richtung, in der sich Udolfs Kammer befand. Hemma bemerkte seltsamerweise erst jetzt, dass sie ihn bei der Vorführung nicht gesehen hatte, und öffnete hastig die Tür.

Dank der kleinen Fensteröffnung konnten sie den Pferdeknecht sehen. Er lag auf seinem Strohlager und wälzte sich unruhig hin und her, wobei sich seiner Kehle erneut ein langgezogenes Stöhnen entrang.

»Schnell, hol Waltraut! Sie wird wissen, was zu tun ist.«

Goswin kniete nieder, und Hemma lief los. Als sie die kleine Kammer verließ, mussten sich ihre Augen erst wieder an das dunklere Licht im Stall gewöhnen, deshalb sah sie auch die beiden Gestalten nahe beim Eingang nicht und prallte mit jemandem zusammen. Bevor sie losschreien konnte, hatte sich eine Hand auf ihren Mund gelegt.

»Nicht schreien, Fräulein Hemma, ich bin es, Esiko.« Gleich darauf war ihr Mund wieder frei, und auch der Arm, der sie umfasst hatte, glitt von ihr ab.

»Wir brauchen Waltraut! Udolf geht es nicht gut, schnell!«

Sie erhielt keine Antwort, aber gleich darauf öffnete sich die Tür, und in dem Lichtschein, der vom Hof hineinfiel, konnte sie erkennen, wie Esiko eilig den Stall verließ. Sie atmete tief durch und fühlte eine unglaubliche Erleichterung in sich aufsteigen. Erst in dem Moment bemerkte sie, dass sie nicht alleine war, und sog scharf die Luft ein.

Neben ihr stand ein wenig verloren die dunkelhaarige Tänzerin. Für einen kurzen Zeitpunkt starrten die beiden Frauen sich an, dann lächelte die fremde Frau verlegen, knickste und verließ ebenfalls hastig den Stall.

19. KAPITEL

Schlecht gelaunt und mal wieder über den berechnenden Charakter des Königs enttäuscht, begab sich Randolf auf direktem Weg zu seiner Unterkunft. Bezeichnend für die Person Heinrichs war auch die Tatsache, dass er nach dem Erhalt der Nachricht so lange gezögert hatte, um ihm den Inhalt mitzuteilen.

Der Weg des Ritters führte ihn zu dem zweiflügeligen Bau, der sich direkt gegenüber des herrschaftlichen Palas befand und in dem neben dem Vogt auch Bischof Benno untergebracht war. Es war noch früh am Morgen, und Randolf genoss die ungewohnte Ruhe zu dieser Stunde. Das war eine der wenigen Eigenschaften, die der König mit ihm teilte, an den er im Augenblick aber nicht denken wollte. Mit Bitterkeit überlegte Randolf, wie er sich immer den Moment ausgemalt hatte, in dem es ihm endlich gelänge, das Andenken an Gottwald wieder ins rechte Licht zu rücken.

Mit dem gleichen Ärger wanderten seine Gedanken zu Erchanger von Hadersgraben, der gerne lange schlief, wofür ihm der Ritter in diesem Augenblick allerdings dankbar war. Schließlich bestand so nicht die Gefahr, ihm über den Weg zu laufen. Seit seiner Rückkehr zur Hartesburg hatte es immer wieder Situationen gegeben, in denen der Vogt seinen Weg gekreuzt hatte, doch mit keiner Silbe hatte er bisher die beiden toten Wachen und die Befreiung des eingekerkerten Bauern erwähnt.

Kurz vor dem Gebäude überlegte Randolf es sich kurzfristig anders und stieg auf den runden Turm, der ihm einen guten Ausblick auf das Zeltlager des sächsischen Heeres bot. Die Größe war immens, und hätte der König ihm gestern nicht mitgeteilt, dass es einen geheimen Ausgang aus der Hartesburg gab, würde er wahrscheinlich immer noch verzweifelt darüber nachgrübeln, wie er Henrika suchen sollte. Unten im Lager, das endlich fertiggestellt schien, regte sich erst langsam das Leben.

Gleich nach dem Eintreffen des Grafen von Northeim, der an der Spitze des Heeres stand, hatten sie einen Boten hinauf zur Burg geschickt, der dem König die Forderungen der sächsischen Fürsten überbrachte. Diese entsprachen im Großen und Ganzen genau dem, was Heinrich bereits bekannt war, und entlockten ihm nur ein müdes Lächeln. Dunst lag im Tal, und am Horizont zeigte sich die erste Hälfte der Sonne, die mit rötlichem Licht, das sich wie ein Schleier um die halbe Scheibe legte, ihr Kommen ankündigte.

»Herr Randolf, kann ich Euch kurz sprechen?«

Der Ritter fuhr herum und sah sich einem der königlichen Burgmannen gegenüber, dessen Gesicht ihm unbekannt war. Fragend runzelte er die Stirn und wartete ungeduldig darauf, dass der Mann weitersprach.

»Der Vogt hat uns die Anweisung gegeben, dass wir Euch sofort Meldung machen sollen, wenn wir etwas über den Verbleib des edlen Fräuleins erfahren. Ich habe nun jemanden gefunden, der Näheres über ihr Ziel unten im Ort weiß.«

Erwartungsvoll sah Randolf ihn an, doch der Mann schüttelte den Kopf und erklärte ihm, der Zeuge wolle es dem Ritter persönlich sagen.

»Wahrscheinlich hofft er auf eine Belohnung«, empörte sich der junge Mann in verächtlichem Tonfall.

Randolf, der von Natur aus misstrauisch war, folgte dem Mann nach kurzem Zögern zu den unteren Toren. Jede Nachricht vom Verbleib Henrikas war ihm wichtig genug, um ein Risiko einzugehen. Es handelte sich dem Soldaten zufolge um einen der Wachtposten, der ein Techtelmechtel mit einer Magd hatte, die angeblich zusammen mit Henrika verschwunden war. Da der Mann zu dieser Stunde zur Wache eingeteilt war, konnte er den Ritter nicht aufsuchen.

Bis aufs Äußerste gespannt, die Hand am Griff seines Schwertes, betrat Randolf kurz darauf die Wachstube rechts des geschlossenen Tores. Nach dem hellen und klaren Morgenlicht mussten sich seine Augen erst an den dämmrigen Raum gewöhnen, den nur eine einzige Fackel erhellte. Die Fensteröffnung war geschlossen, und in dem kleinen Raum roch es muffig und abgestanden. Der junge Mann, der ihn geführt hatte, blieb neben ihm stehen. An einem kleinen Tisch saß einer der beiden Wachen und erhob sich bei ihrem Eintreten. Randolf wollte gerade eine Frage an ihn richten, als ihn etwas Hartes am Hinterkopf traf und tiefe Dunkelheit ihn umfing.

»Es ist doch völlig albern, dass ich das Haus weiterhin nicht verlassen soll!«, stieß Henrika verärgert hervor und setzte ihren ruhelosen Gang durch den Raum fort.

»Bitte, edles Fräulein! Guntram weiß, was richtig ist. Er findet bestimmt bald eine Möglichkeit, wenigstens eine Nachricht in die Burg zu schmuggeln«, flehte Irmingard und rang die Hände.

»Selbstverständlich! Dein edler Held fliegt womöglich nachts über die Mauern und nimmt mich auf seinem starken Rücken mit«, spottete Henrika, der die barschen Worte im gleichen Moment leidtaten. »Bitte verzeih, Irmingard, ich war eben ausgesprochen ungerecht«, bat sie deshalb die junge Magd, die ihr in den letzten Tagen eine enge Freundin geworden war.

Seit Irmingard nicht mehr zur Burg musste, hatte sich ihr Äußeres komplett verändert. Die schönen, langen Haare fielen ihr locker über den Rücken und waren nur durch ein Band lose zusammengehalten. Sämtlicher Schmutz war aus ihrem Gesicht und von ihrer Kleidung verschwunden, und statt des weiten grauen Kittels trug sie eine einfache, naturfarbene Kotte, die sie mit einem dünnen Strick in der Taille umknotet hatte, wodurch ihre ansehnliche Figur gut zur Geltung kam.

Henrika wusste genau, was oder vielmehr wer der Grund für diese Verwandlung war, und wünschte ihrer Freundin, dass Guntram die tiefen Gefühle irgendwann erwiderte, obwohl sie sich momentan geringe Hoffnungen machte. Irmingard hatte ihr am gestrigen Abend anvertraut, dass die Frau des Bauern sich von der hohen Mauer der Burg in den Tod gestürzt hatte. Der verzweifelte junge Mann hatte es ihr an dem Abend anvertraut, als er seine Gemahlin gefunden hatte, ohne ihr allerdings den Grund zu nennen.

»Ist schon gut«, meinte die Magd gutmütig und erwiderte die Umarmung herzlich. »Ich verstehe Euch ja! Trotzdem bin ich mir sicher, dass Guntram einen Weg finden wird. Auch wenn ihm ganz bestimmt keine Flügel wachsen«, schloss sie augenzwinkernd.

Henrika verdrehte resigniert die Augen.

»Vor allem müsst Ihr mir versprechen, dass Ihr das Haus nicht mehr verlasst!«, bat Irmingard eindringlich. »Wenn Euch heute früh jemand gesehen hätte.«

Die junge Frau winkte ab, denn sie hielt das Risiko für nicht sonderlich groß. Immerhin trug sie noch ihre graue Verkleidung, auch wenn der Dreck zwischenzeitlich herausgewaschen und der unerträgliche Gestank verschwunden war.

Nachdem Irmingard gegangen war, um Guntram zu suchen, war Henrika wie gewohnt alleine, und sofort erfasste sie die Unruhe, die seit ihrem ungewollt langen Aufenthalt immer mal wieder von ihr Besitz ergriff. Als sie hörte, wie sich leichtfüßige Schritte dem Eingang näherten, ging sie davon aus, dass ihre Freundin etwas vergessen hatte. Umso verblüffter war sie, als sie die Besucherin erkannte.

»Gunhild!«

Mathildas Tochter trat mit grazilen Bewegungen und einem strahlenden Lächeln auf Henrika zu und umarmte sie. »Ich wollte meinen Augen kaum trauen, als ich dich heute früh draußen zufällig gesehen habe. Was machst du hier, und vor allem, warum siehst du so seltsam aus?«

Der perfekte Anblick, den die dunkelhaarige Gunhild bot, rief Henrika ihr eigenes, reichlich ungepflegtes Äußeres deutlich in Erinnerung, und sie fühlte sich noch schäbiger, als es ohnehin schon der Fall war. Sie hatte ihre Halbbase seit deren Flucht mit Folkmar nicht mehr zu Gesicht bekommen und auch keinerlei Nachrichten über ihren Verbleib erhalten. Dem Aussehen nach schien es Gunhild bestens zu gehen.

Sie trug eine schöne blaue Kotte, deren weit auseinanderfallende Ärmel und der breite Halsausschnitt mit einer schwarzen Borte besetzt waren, die wunderbar zu ihrem dunklen Teint passte. Das enggeschnittene Kleidungsstück umschmeichelte ihre gute Figur, die schon immer schmaler gewesen war als Henrikas. Das Blitzen von Gunhilds fast schwarzen Augen gefiel der jungen Frau allerdings überhaupt nicht und bereitete ihr ein seltsames Unbehagen. Trotzdem ließ sie es sich nicht anmerken und erwiderte die freudige Begrüßung.

»Das ist eine lange Geschichte, aber zuerst musst du mir erzählen, wie es dir und Folkmar geht. Hat er sich den sächsischen Fürsten angeschlossen?«

Mit einem angewiderten Blick auf die schmutzige Holzbank setzte Gunhild sich vorsichtig auf die Kante und zog Henrika mit herunter. »Meinem Mann«, sie sprach die beiden Wörter so abfällig und mit einem spöttischen Lächeln auf den Lippen aus, dass Henrika aufhorchte, »ist nichts anderes übriggeblieben, nachdem sein Herr Vater ihn praktisch hinausgeworfen hat. Zum Glück hat er auf meinen Rat gehört und ist mit mir nach einer grässlichen Zeit des Umherziehens nach Hoetensleben gereist, wo er dem Northeimer seine Dienste angeboten hat. Ich kann dir sagen, wie froh ich bin, nicht mehr ständig diesen Gefahren ausgesetzt zu sein, die das Reisen zu zweit mit sich bringt. Wenn Folkmar bei seinem Vater nicht so klein beigegeben hätte, wäre alles anders gekommen. Tja, hier sind wir jetzt, und ich muss sagen, dass das Schicksal es endlich gut mit mir meint, sonst hätte ich sicher nicht die Bekanntschaft eines Menschen gemacht, der außerordentlich wichtig für mich geworden ist.«

Gunhild stockte einen Moment, wobei sie aussah, als bereute sie ihre gerade gemachte Äußerung, doch mit ihrer gewohnt spielerischen Art lenkte sie davon ab.

»Aber jetzt erzähl! Warum steckst du in diesem grässlichen Sack? Und wieso bist du nicht in Goslar?«

Henrika, die von der begeistert klingenden Erklärung ihrer Base ein wenig durcheinander war, gab eine ausweichende Antwort, in der sie nur kurz erwähnte, dass sie im Gefolge des Königs hergekommen war und einer Magd bei einem kleineren Problem helfen wollte.

Durch das Eintreffen des Heeres sei ihr nun jedoch der Rückweg zur Burg abgeschlossen.

»Du Arme! Hättest du nicht diesen Adeligen heiraten sollen? Ich habe seinen Namen vergessen, wie hieß er noch gleich? Dietwald oder so ähnlich?«

Henrika zuckte zusammen, als Gunhild sie mit argloser Miene an Dietbert von Hanenstein erinnerte, und murmelte etwas in der Art von »hat sich zum Glück erledigt«. Dadurch vergaß sie völlig, ihre Base nach der wichtigen Bekanntschaft zu fragen, von der sie so begeistert gesprochen hatte.

»Na, da hattest du ja noch mal Glück, was? Vielleicht kann Folkmar dir bei deinem Problem helfen! Er steht in ständigem Kontakt mit dem Grafen von Northeim und kann dort bestimmt ein gutes Wort für dich einlegen!«, rief sie erregt, sprang auf und verschwand mit den Worten, sie sei gleich wieder da.

Wie gelähmt sah Henrika ihrer Base nach, während sich ihre Gedanken überschlugen. Was wäre, wenn der Graf sie sehen wollte und sich sein Sohn bei ihm befände? Würde er sie festhalten und auf die Vermählung bestehen oder sie womöglich gar als Druckmittel benutzen? Den letzten Gedanken verwarf sie gleich wieder, da sie sich nicht im Traum vorstellen konnte, dass der König sich mit ihr erpressen lassen würde.

Es gab nur eine Lösung: Sie musste von hier verschwinden, und spontan fiel ihr Guntrams letzter Unterschlupf ein. Gerade als sie nach dem breiten Tuch greifen wollte, um es sich umzuhängen, näherten sich erneut Schritte. Dieses Mal waren Gunhilds leichte Schritte von schweren begleitet, und die junge Frau verharrte angstvoll mit dem Tuch in der Hand.

»Fräulein Henrika, was für eine freudige Überraschung!«

Die Angesprochene unterdrückte einen Aufschrei und presste das Tuch vor ihren geöffneten Mund, als Dietbert sich mit einem spöttischen Lächeln vor ihr verbeugte.

»Ich konnte es kaum glauben, als meine Schwester mir von Euch erzählt hat.«

Das Tuch glitt Henrika aus den Händen, und sie starrte die beiden fassungslos an.

»Schwester?«, brachte sie leicht krächzend hervor, und mit einem Mal wurde ihr so manches klar. Etwa die ablehnende Haltung ihres Onkels und sogar Mathildas Gunhild gegenüber, die sie nie richtig verstanden hatte.

»Halbschwester, um bei der Wahrheit zu bleiben. Aber was starrt Ihr mich so entsetzt an? Wusstet Ihr womöglich nichts davon? Das Leben geht manchmal seltsame Wege, nicht wahr? Wir haben denselben Vater, übrigens eine Ehre, die Euch ebenfalls fast zuteilgeworden wäre. Die liebe Mathilda, Eures Onkels Eheweib, hat früher auf dem Land meines Vaters gelebt und ihm die meiste Zeit das Bett gewärmt. Ich erinnere mich daran, als wäre es gestern gewesen, wie wütend er war, als Azzo ihm von Mathildas Flucht erzählt hat. Leider wusste er nicht, wem er all das zu verdanken hatte«, teilte ihr Dietbert gelangweilt mit. »Ihr könnt Euch meine Freude vorstellen, als ich völlig unerwartet die gute Gunhild kennengelernt habe und wir ziemlich schnell einige Gemeinsamkeiten herausgefunden haben. Es gibt hier nicht so viele Frauen, müsst Ihr wissen, und Gunhild zählt nicht zu denjenigen, die friedlich in ihrem Zelt auf die Rückkehr ihres geliebten Gemahls warten. Als wir alle bei einem Becher Bier zusammensaßen, spazierte sie einfach in unser Zelt. Der gute Bischof hat ihr natürlich geglaubt, als sie die Schüchterne gespielt hat, die nur nach ihrem Gemahl sucht.«

Henrikas Bestürzung verging allmählich, und in ihrem

Gehirn fing es fieberhaft an zu arbeiten. Sie musste Dietbert unbedingt weiter hinhalten, bis sie sich eine Möglichkeit überlegt hatte, wie sie ihm entkommen konnte. Also heuchelte sie Interesse, obwohl es ihr bei diesem Thema nicht schwerfiel, da sie wirklich neugierig war.

»Wie seid Ihr nur darauf gekommen, dass es sich um Eure Halbschwester handelt?«

In den Augen des jungen Mannes blitzte etwas auf, das Henrika Angst machte, doch sie ließ es sich nicht anmerken. »Das Mal! Sie hat den gleichen schmetterlingsförmigen Fleck, wie mein Vater ihn hatte. Nur dass er sich bei ihm an einer anderen Körperstelle befunden hat.«

Dietbert näherte sich Henrika, die sofort einen Schritt zurückwich, und blieb dicht vor ihr stehen.

»Zudem hat sie die gleichen Augen wie mein Vater, wisst Ihr? Diese schwarze Kälte hat mich sofort an ihn erinnert«, sagte er leise. »Und die gleiche berechnende Art, wie sie meinem Vater zu eigen war. Ihr Trottel von Gemahl hat es erst viel zu spät begriffen!« Als er Henrikas verständnislosen Blick bemerkte, trat er dicht an sie heran und erklärte spöttisch: »Dass sie ihn nur benutzt hat, um ihrem Elternhaus zu entfliehen. Gunhild konnte den Hass in den Augen ihrer Mutter nicht mehr ertragen. Ach, wie gut ich sie verstehe!«

Als Henrika unwillkürlich zurückwich, verharrte er kurz und sprach dann mit normaler Lautstärke weiter.

»Wer ist Euch eigentlich vor ein paar Wochen im Wald zu Hilfe gekommen und hat diesem Versager das dreckige Genick gebrochen?«

»Das werde ich Euch mit Sicherheit nicht verraten«, stieß Henrika verächtlich hervor, als sie endlich ihre Sprache wiedergefunden hatte.

Ihre Reaktion schien Dietbert zu erheitern, denn er

lachte laut auf. »Es spielt ohnehin keine Rolle mehr«, erwiderte er und drehte sich kurz zu Gunhild um. »Sieh zu, dass du Wigbald auftreibst«, befahl er barsch, woraufhin seine Begleiterin schmollend das Gesicht verzog.

Mit Bestürzung beobachtete Henrika, wie Dietbert das Handgelenk ihrer Base ergriff, sie mit einem Ruck zu sich heranzog und hart küsste.

»Was glotzt Ihr so entsetzt?«, fuhr er Henrika an.

Er wischte sich mit dem Handrücken über den Mund und sah Gunhild nach, die mit einem glücklichen Lächeln verschwunden war.

»Ich habe meinen Vater abgrundtief gehasst, ebenso meine Mutter, die mich verflucht hat. Glaubt Ihr wirklich, ich könnte für jemanden auch nur ein Fünkchen Liebe empfinden, bei dem ich das Gefühl habe, in *seine* Augen zu blicken? Davon abgesehen mache ich mir nichts vor, bei meiner lieben Schwester wird es sich genauso verhalten. Aber das ist mir gleich, denn ich kenne es nicht anders. Im Gegensatz zu dem armen Folkmar, den Gunhild nach allen Regeln der Kunst an der Nase herumführt und der immer noch nicht begriffen hat, dass sie ihn nicht liebt. Im Moment braucht sie mich, weil ich über einen gewissen Einfluss verfüge. Ohne mich würde sich ihr Gemahl wahrscheinlich irgendwo bei den Fußtruppen befinden, doch so genießt Gunhild einige Annehmlichkeiten. Die Ironie bei der Sache ist die, dass der liebe Folkmar mir auch noch dankbar ist!«, stieß er ohne jede Heiterkeit hervor.

»Wieso seid Ihr wieder im Gefolge Eures Onkels, obwohl Ihr ihn so schändlich verraten habt? Über was für einen Einfluss verfügt Ihr schon?«, fragte Henrika mit zitternder Stimme, denn die Härte in seinem Blick versetzte sie in Angst. Ein Gefühl, das sie bisher bei ihren Treffen nicht beschlichen hatte.

»Mein Onkel weiß überhaupt nicht, wo ich stecke. Die wenigsten kennen mich, da ich mich bei den Leuten des Bischofs von Halberstadt aufhalte, der mich sehr schätzt. Allerdings weiß er nichts von meinem kleinen Streit mit meinem geschätzten Onkel, der mich hier sicher nicht vermutet, zumal seine erste Wut mittlerweile verraucht ist, nachdem er den armen Egeno von Konradsburg erwischt hat.«

Henrika erinnerte sich an den Komplizen Dietberts, den sie bei dem Mordversuch auf den König selbst im Stall kurz zu Gesicht bekommen hatte. »Was ist mit ihm geschehen?«, fragte sie, unsicher darüber, ob sie es wirklich wissen wollte.

»Mein Onkel vertritt gelegentlich eine seltsame Ansicht von Strafe. Er hat ihn blenden lassen, und nun irrt der Arme durch die Lande, unfähig zu sehen, wo er sich befindet«, erläuterte Dietbert ohne erkennbare Regung.

Henrika erschauerte angesichts des fehlenden Mitleids und wich erneut einen Schritt zurück, als Dietbert sich ihr näherte. Bevor sie reagieren konnte, hatte er sie mit beiden Armen umschlungen und presste seine Lippen fordernd auf ihren Mund. Mit eisernem Griff unterband er jeden ihrer verzweifelten Versuche, sich zu wehren, und eine tiefe Abscheu erfüllte sie, als er seine Zunge zwischen ihre zusammengepressten Lippen schob.

»Dietbert!«

Im nächsten Moment war Henrika frei. Sie stieß ihren Peiniger mit aller Kraft von sich, dem es nach kurzem Taumeln gelang, sich an der Tischkante festzuhalten, und blickte verwirrt auf Folkmar, dessen Schwertspitze auf Dietbert zielte. Mit Genugtuung erkannte die junge Frau die Verwirrung und Angst, die sich auf dem Gesicht ihrer Base zeigten. Gunhild stand noch immer in dem offenen Eingang. Ihr leicht gebräuntes Gesicht war blass, als sie sah, dass ihr Gemahl ihren Halbbruder bedrohte.

»Miststück«, zischte Dietbert ihr entgegen, und Gunhilds jammervolle Erscheinung erweckte fast Henrikas Mitleid.

»Es ist nicht so, wie du denkst, Dietbert! Er hat uns vorhin belauscht, als ich dir von Henrika erzählt habe, und mich gezwungen, ihn hierher zu führen«, flehte Gunhild mit erstickter Stimme und machte einen Schritt in Richtung der beiden Männer.

»Bleib, wo du bist, Ehebrecherin, oder ich durchbohr diesen Mistkerl mit meiner Klinge«, warnte Folkmar seine Gemahlin mit eisiger Stimme. »Geht es Euch gut, edles Fräulein?«, fragte er dann, ohne den Blick von seinem Gefangenen zu nehmen.

Hastig beeilte sich Henrika, ihm zu versichern, dass ihr kein Leid geschehen war. Sie empfand unendliches Mitgefühl mit dem jungen Mann, der alles für Gunhild geopfert hatte.

»Was gedenkt Ihr jetzt zu tun? Sollen wir etwa so lange warten, bis die Bewohner dieser gastlichen Hütte zurückkehren?«, fragte Dietbert höhnisch.

»Nein«, entgegnete Folkmar ruhig, »ich werde Euch jetzt zu Eurem Onkel bringen, der sich bestimmt freuen wird, Euch zu sehen.«

Sämtliche Farbe wich aus Dietberts Gesicht, und Henrika konnte förmlich sehen, wie es hinter seiner Stirn arbeitete. In dem Augenblick, da sie das Aufblitzen in seinen Augen bemerkte, war es auch schon zu spät.

»Runter mit dem Schwert, oder Ihr seid demnächst Witwer«, knurrte ein fremder Mann, der Gunhild die Spitze seines Dolches an den schlanken Hals drückte.

Henrika schwirrte der Kopf, und noch bevor Folkmar

der Aufforderung Folge leistete, wusste sie, dass er seine Gemahlin trotz allem noch immer über alles liebte und niemals wollte, dass ihr Leid zustieß.

Kaum hatte der junge Mann das Schwert zu Boden sinken lassen, da traf ihn auch schon ein heftiger Faustschlag Dietberts mitten ins Gesicht. Dessen Komplize, der Gunhild nun nicht mehr bedrohte, betrachtete das blutende Kinn mit einem boshaften Grinsen, während Folkmars Gemahlin betreten den Blick senkte. Erneut schlug Dietbert zu, und dieses Mal nutzte Henrika den Augenblick, der sich ihr bot, denn die Aufmerksamkeit des Mannes an der Tür, vermutlich Wigbald, war komplett auf das makabere Schauspiel gerichtet.

Sie griff nach einem schweren Wasserkrug, der in ihrer Nähe stand, und schleuderte ihn in Richtung Tür. Mit einem lauten Krachen traf er Wigbald an der linken Schläfe, zerbrach bei dem Aufprall in mehrere Teile, und der Inhalt des Kruges verteilte sich auf seinem zerschlissenen Hemd. Der Mann heulte auf, taumelte und hielt sich am Türrahmen fest, dann stürzte er sich mit wutverzerrter Miene auf Henrika. Diese duckte sich jedoch geistesgegenwärtig an ihm vorbei und glaubte schon, es geschafft zu haben, als er sie schmerzhaft von hinten an den Haaren packte und zurückriss.

»Lass sie los«, befahl Dietbert.

Doch Wigbald war rasend vor Wut und ignorierte die Aufforderung. Henrika traten die Tränen in die Augen, als er sie herumdrehte und sie seinem hasserfüllten Blick begegnete. In kleinen Rinnsalen lief ihm das Blut über die linke Gesichtshälfte und verlieh ihm ein grauenhaftes Aussehen. Mit einem bösen Lächeln ließ er ihre Haare los, packte sie am Handgelenk und holte mit der rechten Hand aus. Aus den Augenwinkeln sah Henrika, wie der verletzte Folkmar versuchte sich aufzurappeln und Dietbert seinen Blick unschlüssig zwischen ihr und ihm hin- und herwandern ließ.

Sie schloss die Augen und wartete auf den Schmerz, stattdessen erklang ein dumpfer Schlag, gefolgt von einem Stöhnen, und sie riss panisch die Augen auf. Wigbald rangelte mit Guntram, der wie aus dem Nichts aufgetaucht war, auf dem Boden, während Folkmar sein Schwert ergriffen und den ersten Schlag Dietberts abgewehrt hatte. Gunhild hatte sich in eine Ecke verzogen und verfolgte die Kämpfe mit einem erregten Ausdruck in den schwarzen Augen.

Henrika blickte auf das entsetzliche Durcheinander, das sich ihr darbot, und entdeckte Irmingard, die mit einem Wellholz in der Hand leise ins Haus schlich, ausholte und zuschlug. Sofort sackte Gunhild zusammen, ohne einen Laut von sich zu geben. Der ungleiche Kampf zwischen Dietbert und dem geschwächten Folkmar tobte noch immer, und zwischen dem Klirren der Klingen waren die harten Schläge der auf dem Boden rollenden Männer zu hören.

Guntram war zwar riesig und auch sehr stark, doch sein muskulöser Gegner war ihm fast ebenbürtig. Entsetzt beobachteten die beiden Frauen, wie Wigbald, der über Guntram lag, nach seinem Dolch tastete. Bevor Irmingard zu einer Reaktion fähig war, hatte sich Henrika den einzigen Stuhl des Hauses geschnappt und ihn auf den Kopf des Mannes niedersausen lassen. Während Guntram sich unter dem Bewusstlosen hervorrollte, hörten sie ein grässliches Geräusch, und voller Grauen sah Henrika, wie Folkmar getroffen zusammenbrach und Dietbert seine blutverschmierte Waffe gegen den Bauern richtete. Ohne zu zögern zog Guntram dem noch immer ohnmächtigen Wigbald den Dolch aus dem Gürtel, zielte kurz und warf. Mit einem ungläubigen Schrei auf den

Lippen starrte der am Oberschenkel getroffene Dietbert ihn an, dann kippte er zur Seite weg.

Im nächsten Moment griff Guntram nach Henrikas Handgelenk und wollte sie nach draußen zerren, doch sie sträubte sich.

»Wir müssen uns um ihn kümmern«, schrie sie und zeigte auf Folkmar, aber Guntram schüttelte bedauernd den Kopf.

Erst jetzt bemerkte sie den leeren Blick von Randolfs ehemaligem Knappen und folgte dem blonden Hünen niedergeschlagen nach draußen, nachdem dieser Irmingard noch ein paar Anweisungen zugeflüstert hatte.

»Streng dich an, öffne die Augen«, flüsterte eine innere Stimme dem Mann zu, der bäuchlings auf dem dreckigen Stroh in dem dunklen Raum lag, doch seine Lider wollten ihm den Gefallen nicht tun. Ohne sonderlich traurig darüber zu sein, gab Randolf seine Anstrengungen auf und überließ sich erneut seinen süßen Träumen, in denen eine junge, hübsche Frau ihm mit ihrer kühlen, zarten Hand über die Wange strich.

»Du darfst nicht aufgeben!«

Wieder flatterten seine Lider, denn dieses Mal hatte er klar Henrikas Stimme gehört, und er musste sie wenigstens noch einmal sehen! Sein rechtes Auge versagte ihm den Dienst, da es stark zugeschwollen war, doch als sich das linke endlich einen Spaltbreit öffnete, wurde ihm jäh klar, dass er sich ihre Worte nur eingebildet hatte. Um ihn herum herrschte trostlose Dunkelheit, und der faulige Gestank nahm ihm für einen kurzen Moment den Atem. Wenn seine untere Gesichtshälfte von den Schlägen nicht so verquollen gewesen wäre, hätte er fast gelacht, als ihm bewusst wurde, dass dieser übelkeiterregende Geruch teilweise von ihm stammte. Ein langgezogenes Stöhnen erinnerte ihn daran, dass er an diesem grauenhaften Ort nicht alleine war, aber der Versuch, den Kopf zu heben und nach der anderen Person zu sehen, scheiterte kläglich. Ihm fehlte augenblicklich die Kraft für jegliche Bewegungen.

»Nur ein kleines bisschen ausruhen, meine Liebste«, murmelte er zu dem imaginären strengen Blick, den ihm Henrika aus ihren grünen Augen zuwarf, und wurde erneut von seinen fiebrigen Träumen umfangen.

Am nächsten Morgen war die Mutlosigkeit Henrikas zwar ein wenig verflogen, doch die Trauer über Folkmars unnützen Tod lag noch immer wie ein nebliger Schleier über ihr. Die Nacht hatte sie zusammen mit Guntram in seinem dichtbelaubten Versteck im Wald verbracht. Sie hatten viel miteinander geredet, und als Henrika endlich weit nach Mitternacht eingeschlafen war, hatte sie mehr als einen Freund gewonnen. Von seinem gefährlichen Plan würde jedoch auch sie ihn nicht abbringen können.

»Alles noch so, wie ich es gestern verlassen habe«, sagte Guntram zufrieden, als sie vor einer dichten Eibenhecke stehen blieben und Henrika ihm stirnrunzelnd dabei zusah, wie er vorsichtig die Zweige auseinanderzog, bis ein kleiner Durchgang zum Vorschein kam.

»Einer der Männer aus der Siedlung hat mir davon erzählt. Er war damals dabei, als sie den Stollen gegraben haben, und konnte sich zum Glück noch gut an das Versteck erinnern.«

Aufgeregt packte Henrika ihn an der Schulter und fragte: »Du willst mir doch nicht etwa erzählen, dass er zur Burg führt?«

Dabei richtete sie ihren Blick zur Spitze des Berges und konnte durch die letzten Baumreihen die mächtige Burganlage durchschimmern sehen. Ihre einzige Chance, um wieder in die besetzte Burg zu gelangen und Randolf von Dietbert und dem Tod Folkmars zu berichten, lag vor ihr. Sie war Guntram unendlich dankbar, dass er sich bereit erklärt hatte, sie zu begleiten. Obwohl sie sich des Eindrucks nicht erwehren konnte, dass er noch einen anderen Plan verfolgte, von dem sie nichts wusste.

»Der Stollen endet im Burgbrunnen«, bestätigte Guntram gelassen, »es gibt da nur noch ein Problem, und zwar, wie wir aus dem Brunnenschacht herauskommen. Ich bin mir nämlich nicht sicher, ob es dort eine Leiter oder Ähnliches gibt.«

Henrika atmete tief durch und folgte ihm entschlossen durch den kleinen Zwischenraum der Hecke, hinter der sich eine hölzerne Klappe befand, die Guntram zur Seite aufschwingen ließ. Ein Zurück gab es für Henrika nicht, denn am Ende des Ganges befand sich die Burg und damit der Mann, dem sie in hoffnungsloser Liebe verfallen war.

Hinter der Klappe kam ein ausreichend hoher Gang zum Vorschein, dessen Öffnung mit dicken Rundhölzern gestützt wurde. Hoch genug jedenfalls, was Henrika betraf, Guntram dagegen musste den Stollen in gebückter Haltung betreten. Während er die Zweige wieder zusammendrückte, hielt sie die Fackel, über die sie kurz darauf mehr als froh war, denn das spärliche Licht verschwand, je weiter sie den Windungen des Ganges folgten. Teilweise war es sehr eng, und die Decke wurde gleich zu Beginn so niedrig, dass sie nur auf allen vieren vorwärts kamen. Guntram hatte dadurch Schwierigkeiten, die Fackel zu halten, aber Henrika war froh über das flackernde Licht, das eine tröstende Wirkung in dieser muffigen und feuchten Umgebung hatte.

Teilweise huschten ihr kleine Käfer und Spinnen über

die Hände, und die junge Frau musste so manchen Schrei unterdrücken. Ihre Hände und den Rock hatte sie sich bereits nach kurzer Zeit an herumliegenden Steinen und Wurzeln aufgerissen. Als sie endlich das Ende des Stollens erreicht hatten, war nicht nur Henrika erleichtert darüber. Guntram rammte die Fackel in den Boden, da er die Lichtquelle für den Rückweg noch benötigte, und lugte vorsichtig aus der Öffnung nach oben. Henrika erschrak, als er hastig zurückfuhr und ihr leise zuflüsterte, dass draußen Stimmen zu hören waren. Henrika drängte sich an ihm vorbei und lauschte angestrengt. Zu ihrer Überraschung erkannte sie die Stimme des Königs, wagte einen kurzen Blick nach oben und hielt den Atem an, als sie die Entfernung von mehr als dreißig Fuß über sich erkannte.

»Direkt über der Öffnung ist eine Leiter angebracht. Ich werde als Erstes hochklettern, denn mir werden sie nichts tun. Wenn du von mir keine Aufforderung hörst, dann verschwinde schnellstmöglich und verstecke dich.«

Guntram hielt sie mit festem Griff zurück. »Wir könnten abwarten und es später noch einmal versuchen«, wandte er ein.

Henrika lehnte rigoros ab. »Nein, ich will nicht länger warten, es wird schon gutgehen. Vertraue mir, so wie ich dir vertraut habe«, bat sie, und er ließ sie nach kurzem Zögern gehen.

Mit Bangen blickte die junge Frau über sich und kämpfte gegen die Furcht an, die sie angesichts der Höhe befiel. Die Stimmen vom Rand des Brunnens hatten sich entfernt, daher griff Henrika entschlossen nach dem linken Holm und setzte einen Fuß auf die erste Sprosse. Vorsichtig kletterte sie weiter und erklomm so langsam eine Sprosse nach der nächsten, immer mit dem Gedanken an das Wasser, das sich nicht weit von der Öffnung des Stollens entfernt unter ihr befand.

Ohne Probleme erreichte sie das Ende der Leiter und lugte vorsichtig über den gemauerten Brunnenrand. Ein Stück entfernt von ihr standen mehrere Männer in ein Gespräch vertieft beisammen, darunter auch König Heinrich. Von Randolf dagegen keine Spur. Mit großer Kraftanstrengung zog Henrika sich über den Rand, schwang erst das linke, dann das rechte Bein darüber, wobei sie ihre lange Kotte verfluchte. Ein erstaunter Ruf kündigte ihr an, dass die Männer sie bemerkt hatten.

»Fräulein Henrika!«

Die Miene des Königs zeugte von Überraschung, doch er fing sich zu ihrem Erstaunen ziemlich schnell. Henrika knickste tief und errötete voller Scham über ihr schäbiges und schmutziges Äußeres. Dann berichtete sie ihm in kurzen Sätzen von ihrem Ausflug zur Siedlung und ihrem Weg durch den Stollen, wobei sie bewusst den Kampf im Bauernhaus vom vergangenen Nachmittag wegließ. Während sie sprach, wurde Heinrichs Miene immer rätselhafter, und als sie den wartenden Guntram erwähnte, unterbrach er sie unwirsch.

»Wieso der Bauer? Hat Randolf Euch denn nicht gefunden?«, fragte er mit einem Mal äußerst gereizt.

»Herr Randolf?«, fragte sie verwirrt. »Wieso er?«

Das Gesicht des Herrschers verdüsterte sich, als er ihr erklärte, dass er seinen Gefolgsmann nicht davon hatte abbringen können, in der Siedlung nach ihr zu suchen. Obwohl der Ritter den strikten Befehl erhalten hatte, rechtzeitig zurückzukehren, schien er sich nicht daran halten zu wollen. Ein wenig milder versprach der König Henrika, dass der Bauer heraufklettern könne, da er ihr geholfen hatte und schlecht unten im Schacht bleiben konnte.

Ungewohnt schüchtern verbeugte Guntram sich aus einiger Entfernung vor dem König, der daraufhin sofort zwei seiner Männer anwies, für die Sicherheit von Henrika und Guntram zu sorgen. Den übrigen gab er ein Zeichen, ihm zur Brunnenöffnung zu folgen. Währenddessen erzählte Henrika ihrem Begleiter in aller Kürze, was sie über Randolf erfahren hatte.

»Womöglich sucht er mich noch immer dort unten und gerät stündlich in größere Gefahr, entdeckt zu werden«, flüsterte sie besorgt.

»Ich kann mir kaum vorstellen, dass er den Weg durch den Stollen genommen hat, da ich mir zwei kleine Hölzer als Markierung hingelegt hatte. Sie lagen noch genauso da wie vor zwei Tagen, als ich zum ersten Mal davon erfahren hatte«, antwortete Guntram zweifelnd. »Wenn da mal bloß nicht das widerliche Schwein von Burgvogt die Finger im Spiel hat«, stieß er wütend hervor.

Henrika zuckte zusammen. Seit sie die traurige Geschichte von Guntrams Frau erfahren hatte, konnte sie den abscheulichen Erchanger von Hadersgraben noch weniger leiden als zuvor. Seine schmierige Art bei den gemeinsamen Essen seit ihrer Ankunft war nur schwer zu ertragen gewesen.

Henrika überlegte fieberhaft, dann lief sie spontan die paar Schritte zum König, der bereits auf dem Brunnenrand saß, und bat ihn leise darum, ihr drei Männer zu ihrem Schutz an die Seite zu stellen, da sie sich um Randolf sorgte und einen Verdacht hegte. Der Ritter hatte ihr gegenüber einmal erwähnt, dass der Vogt der Hartesburg ihn über alle Maßen hasste.

Als Henrika den misstrauischen Blick des Königs bemerkte, drängte sie ihre Ehrfurcht beiseite und flüsterte ihm etwas ins Ohr. Sein Misstrauen wandelte sich in

Zorn, und er befahl einem der beiden Männer, sofort zehn weitere Königsmannen herzuschaffen.

Während sie warteten, kehrte Henrika zu Guntram zurück. »Kannst du mir helfen, Herrn Randolf zu suchen? Ich schaffe es nicht ohne dich!«, bat sie leise.

Für einen Moment schloss sie erleichtert die Augen, als der junge Mann nach kurzem Zögern nickte. Die Zerrissenheit, die für den Bruchteil einer Sekunde in seinen Augen aufgeflackert war, war Henrika völlig entgangen.

»Ich erwarte von dir, dass du Fräulein Henrika bei ihrer Suche nach meinem Gefolgsmann nach Kräften beistehst!«, wies Heinrich den jungen Mann an und wandte sich anschließend wieder an Henrika. »Ich würde mich gerne persönlich von Euren Vorwürfen vergewissern, aber ich kann mir nicht vorstellen, dass der Vogt gegen einen meiner Gefolgsleute vorgehen würde. Außerdem muss ich nach einer Möglichkeit suchen, die mehr als prekäre Lage zu entschärfen. Zu Eurer Unterstützung stelle ich Euch einige meiner Männer zur Verfügung.«

Nachdem die angeforderten Mannen auf einen Wink des Königs herbeigeeilt waren, erteilte Heinrich seine Anweisungen.

»Ihr steht mit eurem Leben für die Sicherheit dieser beiden Menschen gerade und seid ihnen zu Diensten! Sollte einem von ihnen auch nur ein Haar gekrümmt werden, mache ich euch alle dafür verantwortlich!« An Henrika gewandt, versprach er leise: »Findet Randolf und bringt ihn zu mir. Er weiß, wo er nach mir suchen muss. Sollten Eure Vermutungen tatsächlich der Wahrheit entsprechen, werde ich mich nach Wiederherstellung der Ordnung persönlich darum kümmern.«

Dann schwang er die Beine über den Rand und war gleich darauf verschwunden, während einige seiner

Getreuen ihm folgten. Unterdessen verlor Henrika keine Zeit und gab zwei der Männer den Befehl, mit ihr zu kommen. Es war den Soldaten anzusehen, dass sie von einer Frau, die noch dazu die Kleidung einer einfachen Magd trug, nur ungern Befehle entgegennahmen, doch die Anweisung des Königs ließ ihnen keine andere Wahl.

Henrika hetzte über den Hof, auf dem langsam das alltägliche Leben begann. Es war noch immer sehr früh am Morgen, und sie war froh, dass Guntram bei ihr war, denn die Aufgabe, die vor ihr lag, bereitete ihr nicht gerade Wohlbehagen. Aber Randolfs Verschwinden und die Vorwürfe Guntrams gegen den Vogt ließen nur diesen einen Ausweg zu. Wenn der Ritter nicht durch den Stollen gegangen war, blieb nur noch ein Ort in der ganzen Burg übrig, an dem ihn der König mit Sicherheit nicht hatte suchen lassen.

Sie hatten etwa die Hälfte des Weges hinter sich, als Henrika unvermittelt stehen blieb. Obwohl der König ihre Begleiter angewiesen hatte, ihr zu Diensten zu sein, war sie sich auf einmal nicht mehr sicher, wie die Männer auf das reagieren würden, was sie nun vorhatte. Kurzerhand befahl sie den beiden Soldaten, zum Brunnen zurückzukehren und dort auf sie zu warten. Mit mürrischer Miene verschwanden die Männer, und Henrika eilte mit Guntram alleine weiter. Als sie das Gebäude erreicht hatten, in dem sich die Gefangenen befanden, hielt der Bauer sie fest.

»Was habt Ihr dem König vorhin noch gesagt?«, fragte er.

Ein wenig außer Atem schmunzelte die junge Frau verlegen. »Nichts weiter, nur dass der Burgvogt mir ständig nachstellt und ich dabei war, als er Herrn Randolf bedroht hat.«

Verblüfft starrte Guntram sie an, dann grinste er breit, wurde allerdings gleich darauf wieder ernst. »Dieser schreckliche Ort ist nichts für Euch! Lasst mich alleine nachsehen und wartet ebenfalls am Brunnen. Dort seid Ihr sicher. Wenn Herr Randolf da drinnen ist, werde ich ihn finden!«

Henrika schüttelte entschieden den Kopf. »Nein, ich kenne mich da unten aus, denn ich war ebenfalls schon einmal dort.« Henrika dachte an ihr kurzes Gespräch mit Magnus Billung zurück. »Wir gehen zusammen.«

»Und wie wollt Ihr das Eindringen eines Bauern und einer Magd den Wärtern erklären?«, fragte Guntram, noch immer nicht überzeugt, und erkannte sofort, dass auch Henrika diese Kleinigkeit vergessen hatte.

Suchend sah sie sich um, dann hellte sich ihre Miene auf, und sie griff nach einem halbvollen Wassereimer, der neben dem Eingang stand. Nachdem sie die beiden Männer der Burgbesatzung angewiesen hatte zu warten, entschied sie: »Du hast recht, ich gehe deshalb zuerst alleine rein.«

Ohne zu zögern drückte sie die schwere Eichentür entschlossen auf, so dass ihr der entnervte Blick des Hünen entging.

Kaum hatte sie den Wachraum betreten, schlug ihr auch schon der abgestandene Mief entgegen, der von schlecht durchlüfteten Räumen zeugte. Da es keine Fensteröffnung gab, war der kleine Vorraum nur von einer Fackel erleuchtet, die in einer eisernen Halterung an der Wand steckte. Mit einem koketten Lächeln begegnete sie dem überraschten Blick des Wärters, der gelangweilt auf einem Schemel am Tisch saß.

»Was willst du hier?«, fragte er misstrauisch.

Mit einem verführerischen Blick stieß Henrika die Tür

hinter sich zu, so dass der Raum in ein flackerndes Licht gehüllt wurde. Sie überwand ihren Ekel, den sie beim Anblick des Mannes empfand, und näherte sich ihm langsam, während sie versuchte, nicht auf sein schmutziges und ungepflegtes Äußeres zu achten.

»Ich habe mir gedacht, dass du sicher Durst hast, hier in diesem stickigen, kleinen Raum. Erst gestern habe ich dich beobachtet, wie du nach draußen gegangen bist und gierig getrunken hast«, sagte sie schmeichelnd und reichte ihm die gefüllte Holzkelle, während sie im Stillen betete, dass gestern nicht jemand anders hier Dienst gehabt hatte.

Das Misstrauen des Mannes schwand, als er einen Blick auf ihr Bein warf, das unverhüllt bis zum Knie aus dem Schlitz des Kleides hervorlugte.

»Hab dich dabei gar nicht in der Nähe gesehen«, brummte er, griff nach der Kelle, umfasste gleichzeitig blitzschnell mit der anderen Hand ihr Handgelenk und zog sie zu sich heran. »Bist mir überhaupt noch nicht aufgefallen, dabei sehe ich die hübschen Mädchen immer sofort.«

Henrika hielt angesichts seines schlechten Atems unbewusst die Luft an, und ihre Finger umschlossen den Griff des Eimers fest. »Siehst du, ich habe dich dagegen sofort bemerkt, mein Süßer«, flüsterte sie aufreizend und sah zu, wie er die Kelle an die Lippen führte, die in dem struppigen Bart kaum zu erkennen waren.

Im nächsten Augenblick holte sie aus, und mit einem dumpfen Krachen zerbarst der Eimer auf seinem Kopf. Die Kelle fiel ihm aus der Hand und knallte auf den Boden, gefolgt vom lauten Aufprall des Mannes, der wie ein gefällter Baum nach hinten kippte.

Hinter Henrika wurde die Tür aufgerissen, und Guntram stürzte herein. Als er den Wärter bewusstlos am

Boden liegen sah, nickte er ihr zufrieden zu. »Langsam bekommt Ihr richtig Übung darin!«

Mit zitternden Fingern griff Henrika nach den Schlüsseln und eilte dicht hinter dem Bauern die Treppe hinunter, die zu den Verliesen führte. Für einen kurzen Moment kam ihr der Gedanke, Magnus Billung ebenfalls zu befreien, aber sie verwarf ihn wieder, da sie kaum mit zwei Gefangenen ohne Probleme bis zum Brunnen gelangen würden.

Zielstrebig marschierte Guntram zu der letzten der drei Türen und trat zur Seite, damit Henrika aufschließen konnte. Doch die Tür klemmte, so dass sie es Guntram überlassen musste, der mit einem kräftigen Ruck den knarrenden Eingang aufzog. Der Schwall fauliger Luft, der ihnen entgegenschlug, war so übelkeiterregend, dass Henrika unbewusst die Hand vor Mund und Nase hielt. Doch als sich ihre Augen an die Dunkelheit des Kellerlochs gewöhnt hatten und sie am Boden eine menschliche Gestalt liegen sah, vergaß sie ihren Ekel und stürzte hinein.

Sie hatten Randolf schrecklich zugerichtet, was selbst in dem Dämmerlicht ohne Mühe zu erkennen war. Er lag auf dem Bauch, das Gesicht auf der Seite, das seine wirren Haare halb verdeckten. Sein Oberteil hing nur noch in Fetzen am Oberkörper, und der Rücken war über und über mit blutigen Striemen bedeckt. Henrika unterdrückte einen entsetzten Aufschrei, bückte sich und strich dem Schwerverletzten die mit Blut verklebten Haare aus dem Gesicht, während Guntram für einen flüchtigen Augenblick sich selbst dort liegen sah. Ein leichtes Stöhnen entfuhr Randolfs Lippen, und sie schloss dankbar für einen flüchtigen Moment die Augen. Dann flüsterte sie ihm ein paar Worte ins Ohr, ohne zu wissen, ob er sie überhaupt hören konnte, erhob sich und trat zur Seite, um Guntram das Feld zu überlassen.

Als würde seine Last nicht mehr wiegen als ein Kind, ging der Bauer den feuchten Gang zurück und die Treppe hinauf, wo er darauf wartete, dass Henrika ihm die Tür öffnete. Der bewusstlos geschlagene Wärter lag zu ihrer Erleichterung noch immer reglos am Boden. Erneut betete sie im Stillen darum, dass niemand sie aufhalten möge, obwohl sie für alle erkennbar einen Gefangenen befreit hatten. Ein undefinierbares Murmeln Randolfs forderte ihre Aufmerksamkeit, und schnell gab sie ihrem Begleiter ein Zeichen, den Verletzten herunterzulassen. Da der Ritter sich noch nicht auf den Füßen halten konnte, drückte Guntram ihn vorsichtig mit dem Rücken gegen die Wand. Wieder gab der halb Bewusstlose ein undeutliches Murmeln von sich.

Henrika trat dichter an ihn heran. »Was sagt Ihr? Ich verstehe Euch nicht.«

Beim nächsten Mal konnte sie sein Murmeln verstehen, allerdings wusste sie nichts damit anzufangen. »Brief? Was meint Ihr damit?«

Randolfs Lider begannen zu flattern, bis er sie schließlich aus halbgeöffneten Augen ansah. Die Schmerzen, unter denen er litt, waren ihm deutlich anzumerken. »Brief ... beim König ... Truhe«, murmelte er erneut, dann fielen ihm die Lider zu.

Bevor er wieder das Bewusstsein verlor, konnte Henrika noch ein Wort verstehen, das ihr das Blut in den Adern gefrieren ließ.

»Ehre.«

Fieberhaft überlegte sie, was sie nun tun sollte. Eigentlich hatte sie vorgehabt, Randolf mit Hilfe von Guntram sofort von hier fortzuschaffen, doch jetzt gab es noch etwas anderes für sie zu tun.

Henrika atmete tief durch, zog die Tür mit einem Ruck auf und trat hinaus ins helle Morgenlicht. Zu ihrer Erleichterung war immer noch kaum jemand zu sehen, und langsam ging sie los, während Guntram ihr folgte, Randolf wie einen nassen Sack über der Schulter. Die Unruhe der jungen Frau wuchs mit jedem Schritt, den sie sich ihrem Ziel näherten. Sie hatte zwar nicht die geringste Ahnung, wie sie den noch immer ohnmächtigen Randolf in den Brunnenschacht befördern sollten, doch im Augenblick war ihre größte Sorge, überhaupt erst mal unbehelligt bis dorthin zu gelangen. Da sich der Brunnen am nordwestlichen Ende der Burganlage befand, war der Weg ohnehin schon lang genug, aber Henrika kam es so vor, als würde er kein Ende nehmen.

Seltsamerweise rief niemand »Haltet sie auf« oder Ähnliches, und schließlich erreichten sie unbehelligt ihr Ziel.

»Was soll das?«, fragte einer der am Brunnen wartenden Königsmannen und zeigte auf Randolf, der noch immer schlaff über Guntrams Schulter hing.

Der blutverkrustete Rücken des Ritters bot im hellen Licht der Morgensonne einen noch furchtbareren Anblick, als Henrika es schon im Verlies empfunden hatte, und sie zwang sich, nicht weiter darauf zu achten.

»Das da«, entgegnete sie hochmütig, »war bis vor kurzem ein gesunder Ritter und ist immer noch einer der engsten Vertrauten unseres Königs. Randolf von Bardolfsburg wurde schwer gefoltert, und wir werden den Verletzten jetzt, wie von König Heinrich gewünscht, zu ihm bringen. Sicher wird er entsetzt sein, wenn er seinen misshandelten Ritter zu Gesicht bekommt, und Ihr könnt Euch glücklich schätzen, dass der König Euch den Auftrag gegeben hat, mir zu helfen. Ich werde ihm mit Sicherheit davon erzählen.«

Als der Soldat, der vom König die Befehlsgewalt über die zehn Männer erhalten hatte, mit misstrauischem Blick näher trat, stockte ihr der Atem.

»Ihr tätet gut daran, wenn Ihr uns beim Abstieg helfen würdet, damit wir dem König schnellstmöglich folgen können, schließlich hat er klare Anweisungen gegeben«, bekräftigte Henrika erneut ihre Forderung.

Dass sich eine Spur Verzweiflung in ihre Stimme mischte, konnte sie nicht verhindern, so groß war ihre Angst, kurz vor dem Ziel womöglich zu scheitern. Was sollten sie nur tun, wenn der Soldat ihren Worten keinen Glauben schenkte?

»Das soll Ritter Randolf sein? Dieses zerlumpte und blutige Etwas?«, sagte der Mann mehr zu sich selbst, trat dicht an Guntram heran und beugte den Oberkörper leicht nach vorn, um das Gesicht des Mannes zu betrachten. Da es aber von den verklebten, langen Haaren verdeckt war, schob er sie mit angewidertem Blick zur Seite, um gleich darauf die Hand zurückzuziehen. »Herr im Himmel«, murmelte er verstört. Dann wandte er sich mit einem entschuldigenden Blick an Henrika. »Meint Ihr nicht, es wäre besser, wenn er hier auf der Burg gesund gepflegt würde?«

Mit ernster Miene schüttelte Henrika den Kopf und erklärte ihm, dass der König ausdrücklich den Befehl gegeben habe, seinen Gefolgsmann sofort zu ihm zu bringen.

Obwohl der Soldat noch immer nicht völlig überzeugt schien, den schwerverletzten Mann auf diesem Weg aus der Burg zu schaffen, wies er seine Leute an: »Die Leiter runter und unten vorsichtig den Verletzten abnehmen. Ihr beiden helft mit, Herrn Randolf möglichst behutsam hinunterzubringen.«

Innerlich jubelnd wandte Henrika sich an den verdutzten Guntram und erklärte ihm mit knappen Worten, dass er schon mal vorgehen und draußen auf sie warten sollte. »Ich muss noch etwas Dringendes erledigen. Wenn ich in der nächsten Stunde nicht auftauche, musst du zusehen, dass du Herrn Randolf zu Irmingard in die Siedlung bringst. Aber es darf ihn niemand sehen, hörst du!«

»Was habt Ihr vor? Es ist viel zu gefährlich, noch mal umzukehren!«, versuchte Guntram sie umzustimmen, doch Henrika blieb bei ihrem Entschluss.

Mit einem angstvollen Blick auf Randolfs zerschundenes Gesicht wandte sie sich an den Soldaten, der die Befehlsgewalt innehatte. »Ihr müsst nicht auf mich warten«, erklärte sie ihm und zeigte auf ihr verschmutztes Gewand. »Ich werde Euch später folgen, denn so kann ich dem König unmöglich erneut unter die Augen treten.«

20. KAPITEL

Kurze Zeit später hatte Henrika ihr Ziel erreicht. Mit einem Eimer Wasser in der einen und einem Tuch in der anderen Hand spazierte sie in den Wohntrakt des Königs. Die Utensilien hatte sie an der Wand des Wirtschaftsgebäudes gefunden, an dem sie vorbeigehastet war. Mit ihrer einfachen Kleidung war es die beste Tarnung, die sie sich kurzfristig geben konnte.

»He, du da, wohin willst du?«

Kaum hatte sie den Eingangsbereich betreten, ließ eine barsche Stimme sie herumfahren. Ein Soldat lehnte an der Wand links vom Eingang und beäugte sie misstrauisch.

»Man hat mir gesagt, dass ich im Gemach des Königs saubermachen soll«, wisperte sie mit gesenktem Blick, ohne dem Mann ihre Angst vorspielen zu müssen.

Mit schweren Schritten kam der Soldat näher, und während Henrika schon darüber nachdachte, sich wieder einmal einen Eimer zunutze zu machen, rümpfte der Mann die Nase. »Du stinkst ja grauenhaft, Mädchen. Ich bin mir nicht sicher, ob das Gemach nach deinem Einsatz wirklich sauberer ist. Denk daran, es sind des Königs Räume!«, warnte er und winkte sie mit einer ungeduldigen Handbewegung durch.

Henrika knickste erleichtert und huschte davon. Von ihrem Besuch beim König vor einiger Zeit wusste sie genau, wohin sie gehen musste. Randolf hatte von einer

Truhe gesprochen, und Henrika glaubte sich zu erinnern, so ein Stück in dem Gemach gesehen zu haben, in dem Heinrich sie empfangen hatte. Niemand begegnete ihr auf dem weiteren Weg, daher stand sie kurz darauf mit klopfendem Herzen in dem großen Raum und schloss die Tür hinter sich.

Für die prachtvolle Einrichtung hatte sie dieses Mal allerdings keinen Blick. Zielstrebig eilte sie zu der Wand, an der sich die Truhe befand, wobei sie fast über einen kleinen Schemel gestolpert wäre, der achtlos mitten im Weg stand. Henrika wusste nicht, dass Heinrich die Truhe bereits aus Goslar mitgebracht hatte. Den größten Teil des Inhalts hatte er nun ebenfalls auf seiner Flucht aus der Hartesburg dabei, deshalb musste sie auch nicht lange nach einem Brief suchen. Neben mehreren Schriftrollen lag ein gefalteter Bogen Pergament in der fast leeren Truhe, und ohne zu zögern, aber mit zitternden Händen griff Henrika danach. Sollte sie in diesem Augenblick jemand erwischen, stünde es mit Sicherheit schlecht um sie.

Doch niemand kam, und schnell wagte sie einen kurzen Blick auf die Nachricht. Sie überflog die wenigen Zeilen, und für einen Moment glaubte sie, keine Luft mehr zu bekommen, so erregend war das, was da in krakeliger Schrift zu lesen war. Henrika faltete den Brief zusammen und steckte die Zeilen zusammengerollt in den Ausschnitt ihres Kleides zwischen ihre Brüste. Einen Anflug von schlechtem Gewissen schob sie kurzerhand zur Seite und eilte zum Ausgang. Just in dem Moment, als sie den Riegel zurückschieben wollte, wurde die Tür von der anderen Seite aufgestoßen. Henrika konnte gerade noch zum Schutz die Hände heben, stolperte allerdings durch den Stoß und fiel hin.

»Was hast du hier zu suchen?«

Als sie die Stimme des Vogts erkannte, setzte ihr Herzschlag für einen Moment aus. Hastig schob sie den Rock ihres Kleides herunter, der nach oben gerutscht war, und erhob sich. Ihre Schulter schmerzte ein wenig, sonst hatte sie sich nichts getan. Ihre Hoffnung, dass der Vogt sie vielleicht nicht erkannte, zerschlug sich im selben Moment.

»Ihr, Fräulein Henrika?«

Fassungslos starrte Erchanger von Hadersgraben sie an, dann schloss er die Tür und kam mit einem nicht zu deutenden Blick auf sie zu. »Was tut Ihr hier? Und wie seht Ihr bloß aus? Alle suchen seit Tagen nach Euch, und dann taucht Ihr einfach so im Gemach des Königs auf und seht noch dazu aus wie eine dreckige Magd!«

Verzweifelt überlegte Henrika, wie sie aus diesem Schlamassel wieder herauskommen sollte, denn der drohende Unterton war ihr keineswegs entgangen. Als der Vogt sie schon fast erreicht hatte, fiel ihr plötzlich etwas ein, und sie wich in Richtung der Wand zurück, an der die wuchtige Truhe stand. Nach einem hastigen Blick über die Schulter wusste sie, worauf sie achten musste, ließ jedoch nicht die ausgestreckte Hand des Vogts aus den Augen.

»Ihr würdet mir bestimmt kein Wort von dem glauben, was ich Euch erzählen könnte, mein lieber Vogt«, säuselte sie und lächelte ihn verführerisch an, während sie vorsichtig einen weiteren Schritt nach hinten machte.

»Wenn Ihr endlich einmal stehen bleiben würdet, könnte ich Euch überraschen, meine Hübsche«, antwortete Erchanger mit belegter Stimme.

Fast zeitgleich stieß Henrika mit der rechten Ferse gegen etwas Hartes und dachte voller Panik, dass ihr Plan nicht aufgegangen war, als die Augen des Vogts sich mit einem Mal weiteten und er mit den Armen ruderte. Um

Haaresbreite verfehlte er Henrika, die gerade noch rechtzeitig zur Seite springen konnte, und schlug mit einem dumpfen Knall auf den silberbeschlagenen Deckel der Truhe. Wie erstarrt blieb Henrika daneben stehen, ohne einen Blick auf den kleinen Schemel zu werfen, der nicht weit von ihr seitlich auf dem Boden lag. Zum Glück eilte niemand herbei und erkundigte sich nach dem Lärm. Mit einem schnellen Seitenblick auf den leblosen Körper des Vogts fragte sie sich verwundert, wieso er den Sturz nicht abgefangen hatte, denn sein Schädel war mit voller Wucht auf das Holz geschlagen. Blut konnte sie keines erkennen, und als sie ein leises Stöhnen hörte, ergriff sie panisch die Flucht.

Der Soldat, der sie beim Eintreten angesprochen hatte, war verschwunden, und auch sonst begegnete ihr niemand auf ihrer überhasteten Flucht. Als Henrika keuchend den Hof betrat, musste sie gegen den innerlichen Drang ankämpfen, einfach loszurennen, denn mittlerweile gingen schon etliche Bedienstete und auch die Männer der Burgbesatzung ihren Pflichten nach. Sie hätte nur unnötig Aufmerksamkeit auf sich gezogen, wenn sie gelaufen wäre, als wäre der Teufel höchstpersönlich hinter ihr her. Allerdings fiel es ihr bei dem Gedanken an den Vogt nicht gerade leicht, nach außen hin Ruhe zu bewahren. Nach einer halben Ewigkeit, so schien es ihr jedenfalls, erreichte sie endlich den Brunnen.

Der Soldat, der über Randolfs Anblick so entsetzt gewesen war, wartete noch immer mit stoischer Miene auf Henrika. Leicht verwundert glitt sein Blick über ihr unverändert schmutziges Äußeres, doch er sagte nichts dazu. Bevor er ihr über den Brunnenrand half, bedankte sie sich mit einem freundlichen Lächeln bei ihm.

»Nennt Ihr mir Euren Namen, damit ich dem König von Eurer Hilfe berichten kann«, forderte sie ihn auf.

Henrika konnte sich später nicht mehr erinnern, wie sie es geschafft hatte, das Ende des Ganges zu erreichen, aber das unendlich schöne Gefühl der Freiheit und die frische Luft des Waldes würden ihr wohl für immer unvergessen bleiben.

Völlig unmöglich erschien es ihr, während sie vorwärtskrabbelte, dass Guntram den schwer verletzten Randolf durch den fast sechzig Fuß langen Stollen gebracht hatte, ohne ihm weitere Schmerzen zuzufügen. Erst später erfuhr sie von dem Bauern, dass sie den Verletzten auf eine Decke gelegt und ihn so teils ziehend, teils schiebend bis ans Ende des langen Ganges bugsiert hatten. Die beiden Soldaten, die ihm dabei geholfen hatten, waren anschließend wieder zurückgekrochen.

»Ich gehe hinunter und besorge etwas für seinen Rücken«, teilte Guntram ihr mit, nachdem er sich von ihrem Wohlergehen überzeugt hatte, und verschwand, ohne eine Antwort abzuwarten. Henrika blieb nicht viel anderes übrig, als sich abwartend auf den Boden zu setzen und Randolfs Kopf vorsichtig in ihren Schoß zu betten. Dabei spukte in ihrem Kopf die Angst herum, dass sie möglicherweise für den Tod des Vogts verantwortlich war.

Immer wieder tunkte sie ein Stück einigermaßen sauberes Leinen, das sie von ihrem Unterkleid abgerissen hatte, in eine Schale mit sauberem Wasser und führte das zusammengerollte nasse Tuch an Randolfs aufgesprungene Lippen. Sie hätte vor Freude fast geweint, als er nach vielen ergebnislosen Versuchen endlich instinktiv daran zu saugen begann. Dass ihr dabei fast fortwährend die Tränen übers Gesicht liefen, merkte sie lange Zeit nicht.

Am frühen Abend hatte sie es dank Guntrams Hilfe letztendlich geschafft, den Verletzten so gut es ging zu versorgen. Zusammen hatten sie die Stofffetzen aus den teilweise verkrusteten und entzündeten langen Striemen entfernt, die von zahllosen Peitschenhieben stammten, Nachdem sie die Wunden vorsichtig mit einem Aufguss aus Wundkraut gewaschen hatten, legten sie auf die nun teilweise wieder blutenden Verletzungen die vorher zerkauten Blätter des Rippenkrauts und bedeckten anschließend alles damit, so dass der gesamte Rücken unter einer grünen Schicht verschwand. Die vielen Prellungen und Quetschungen mussten ebenso mit der Zeit heilen wie der Rippenbruch. An Randolfs linker Hand war der kleine Finger stark angeschwollen, und Henrika schaffte es, das gebrochene Fingerglied mit Hilfe eines stabilen Zweiges zu fixieren. Zur Fiebersenkung hatte Guntram nichts aus dem Ort herbeischaffen können, und so blieb ihnen nichts weiter übrig, als zu hoffen und zu beten.

Die Zeit würde zeigen, ob der Finger je wieder richtig zusammenheilte – falls Randolf am nächsten Morgen überhaupt noch am Leben war.

»Wie konnten Irmingard und ihre Familie das Problem mit dem Toten und den beiden Verletzten lösen, ohne dass man sie dafür zur Rechenschaft gezogen hat?«, fragte die erschöpfte junge Frau Guntram, während sie hungrig kalten, klumpigen Haferbrei in sich hineinlöffelten.

»Als ich Euch in das Versteck hier gebracht hatte, bin ich zum Lager des Grafen von Northeim gelaufen. Nachdem dieser von seinem Neffen erfahren hatte, eilte er schnurstracks zum Elternhaus Irmingards. Leider waren zwischenzeitlich sowohl Dietbert und die dunkelhaarige Frau als auch der Mann, dem Ihr den Stuhl über den Schädel gezogen hattet, auf Nimmerwiedersehen verschwunden. Ich Trottel habe Irmingard alleine bei ihnen zurückgelassen, weil ich keine Zeit verlieren wollte.«

»Geht es ihr gut?«, fragte Henrika stockend.

»Zum Glück ja«, erwiderte Guntram niedergeschlagen. »Die drei haben sie überwältigt und anschließend gefesselt und geknebelt. Außer einem geschwollenen Kinn ist ihr jedoch nichts geschehen.«

Henrika stellte die halbvolle Schale weg und legte ihre Hand auf die Guntrams, deren Schwielen von der harten Arbeit seines bisherigen Lebens zeugten. »Irmingard mag dich sehr«, sagte sie leise.

»Ich weiß, ich mag sie auch, aber bevor ich den Tod Immas nicht gerächt habe, kann ich neben keiner anderen Frau liegen«, erwiderte er schlicht. Dann machte er eine Kopfbewegung in Richtung der Burg und fügte tonlos hinzu: »Ihr wisst ja durch Irmingard, was geschehen ist, aber hat sie Euch auch erzählt, warum meine Frau sich in den Tod gestürzt hat? Sie konnte die unerträgliche Gewissheit nicht länger ertragen, ein Kind in ihrem Leib heranwachsen zu sehen, dessen Vater sie mit Gewalt genommen hatte. Das alles hielt sie einfach nicht aus. Ich habe ihren zerschmetterten Körper ein Stück entfernt von der Stelle begraben, an der sie aufgeschlagen ist. Sie sollte nicht unten in ungeweihter Erde nahe beim Friedhof der Siedlung liegen.«

Der Druck von Henrikas Hand verstärkte sich.

»Erst wenn der elende Vogt durch mich seinen letzten Atemzug getan hat, werde ich wieder ruhen können.«

Unwohl dachte die junge Frau daran, dass sie ihm diese Arbeit vielleicht sogar schon abgenommen hatte. Plötzlich kam noch ein anderer Gedanke in ihr auf, und ihr wurde etwas klar, was sie vorher beim Brunnenschacht nur als undeutliche Ahnung gespürt hatte.

»Du hast mich gar nicht zur Burg begleitet, damit ich nicht alleine bin, sondern um den Tod deiner Frau zu rächen! Der Vogt war dein Ziel, und dann ist auf einmal

Herr Randolf dazwischengekommen«, konfrontierte sie den verblüfften Guntram ohne Vorwarnung.

Der Bauer machte noch nicht einmal den Versuch zu leugnen, sondern bestätigte ihre Vermutung knapp mit einem Nicken. »Allerdings stand für mich außer Frage, dass meine persönliche Angelegenheit warten muss.«

Eine Weile herrschte Schweigen zwischen ihnen, dann erhob sich Guntram und legte sich nach draußen. Sein Hinweis, dass Henrika jetzt bestimmt lieber alleine mit dem verletzten Randolf wäre, brachte sie nicht in Verlegenheit, sondern ließ sie unendliche Dankbarkeit für ihren Helfer empfinden. Überhaupt hatte das selbstlose Verhalten Guntrams in den letzten Stunden, in denen er ihr und später auch Randolf beigestanden hatte, deutlich gezeigt, wie wichtig es war, nicht nur an sein eigenes Glück zu denken. Der Bauer hatte sein eigenes persönliches Ziel hinter das Erreichen ihres Zieles gestellt. Allerdings bezweifelte sie keinen Augenblick lang, dass Guntram bei der erstbesten Gelegenheit wieder den geheimen Weg in die Hartesburg nehmen würde, um endlich Rache zu üben. Falls es überhaupt noch nötig war.

Während der langen Nachtstunden träufelte Henrika mit Hilfe des Tuches immer wieder Wassertropfen in Randolfs Mund, dazwischen nickte sie für kurze Augenblicke ein.

Als sich am nächsten Morgen das Dunkel der nicht enden wollenden Nacht endlich verzog, war Randolfs Stirn nicht mehr heiß. Henrika hatte sich mit dem Rücken an einen Baumstamm gelehnt, den die Zweige der Hütte umschlossen. Sämtliche Gliedmaßen taten ihr weh, so dass sie sich kaum bewegen konnte, einige spürte sie sogar überhaupt nicht mehr. Ihre Hand ruhte auf Randolfs Stirn, weshalb sie auch sofort die angenehme Kühle fühlte. Dennoch fuhr ihr der Schreck in die Glieder, denn ihr erster Gedanke war, dass der Ritter es nicht geschafft hatte. Ruckartig hob sie den Kopf und blickte direkt in seine halb geöffneten Augen.

»Ich war mir erst nicht sicher, ob es ein Traum war«, gab er kaum hörbar von sich, und Henrika begann haltlos zu weinen.

Erst als Randolf unter großen Mühen versuchte, sich hochzustemmen, erlangte sie ihre Fassung zurück. »Untersteh dich!«, fuhr sie ihn an und drückte ihn mit sanftem Druck nieder. Ihre tauben Gliedmaßen protestierten bei der Bewegung, und tausend Nadeln stachen in ihren Beinen. Nachdem sie Randolfs Kopf sachte mit beiden Händen gehalten und sich unter ihm seitlich hervorgeschoben hatte, trat Guntram in das flache Versteck. Mit einem erleichterten Lächeln nickte er dem Verletzten zu und verschwand mit dem Hinweis, ein anständiges Frühstück zu besorgen.

»Hilf mir bitte ein wenig hoch«, flüsterte Randolf heiser, und nach einigen vergeblichen Versuchen schaffte Henrika es, ihn mit Hilfe einer Decke in eine einigermaßen bequeme seitliche Position zu bringen. »Wo sind wir? Wie habt ihr es bloß geschafft, mich zu befreien? Hast du den Brief?«

»Du darfst dich nicht überanstrengen«, mahnte Henrika streng, die ganz selbstverständlich bei der vertraulichen Anrede blieb. »Ich kann dir das alles später noch genauer erzählen. Jetzt musst du erst einmal gesund werden.«

»Komm zu mir«, bat Randolf leise und streckte eine Hand aus, deren kleiner Finger mit langen Gräsern an dem kleinen Stock befestigt war.

Ohne zu zögern rutschte sie zu ihm und legte ihre Hand vorsichtig in seine, ständig darauf bedacht, ihm nicht zusätzliche Schmerzen zu bereiten. Mit der anderen Hand strich Henrika ihm behutsam die Haare aus dem Gesicht und meinte zaghaft: »Ich könnte den Dreck wegwischen.«

Sie stockte, als sie seinem unendlich zärtlichen Blick begegnete, und hauchte ihm einen sanften Kuss auf die aufgesprungenen Lippen, ohne auf den verfilzten Bart zu achten. All ihre unterdrückten Gefühle, die Erleichterung und die ausgestandene Angst um sein Leben, lagen in dieser Berührung. Obwohl sie so oft dagegen angekämpft hatte und um die Ausweglosigkeit ihrer Liebe wusste, offenbarte sie ihm ihre Gefühle.

Zwei Tage später befanden sie sich auf dem Weg nach Eschwege, wo Randolf auf das Heer der Fürsten zu treffen hoffte, die sich zum Polenfeldzug gerüstet hatten. Auch der König wollte sich dorthin durchschlagen. An dem Tag hatte es für einen kurzen Augenblick des Schreckens ganz danach ausgesehen, als wären ihre Anstrengungen umsonst gewesen, denn ihr Versteck wurde entdeckt.

Mehrere Männer des Northeimers zerrten Henrika und den immer noch geschwächten Randolf hervor, während Guntram bereits gefesselt an einem Baum stand. Kein anderer als Graf Otto persönlich wartete auf dem Rücken seines Pferdes ein kleines Stück entfernt bei dem geknebelten Guntram. Verblüfft starrte er die beiden an, fing sich dann aber unerwartet schnell. Nach einem knappen Befehl ließen seine Männer die verängstigte Henrika und Randolf los, und im Anschluss an eine längere Unterredung mit dem verletzten Ritter gab der Northeimer die Anweisung, drei Pferde dazulassen, allerdings unter der Auflage, dass Henrika und die beiden Männer sofort von hier verschwanden.

Am ersten Tag kamen sie nicht weit, da Randolfs

Wunden zum Teil erneut aufbrachen, und er schlief sofort ein, kaum dass er auf seiner Decke lag. Auf ihre Nachfragen, warum Graf Otto sie einfach hatte ziehen lassen, schwieg er beharrlich. Überhaupt war die Vertrautheit vom ersten Tag verschwunden, so dass Henrika sich immer öfter fragte, ob sie sich den zwar nur sehr zarten, aber doch über alle Maßen innigen Kuss nur eingebildet hatte. Randolf ließ sie ausschließlich zum Versorgen seiner Wunden an sich heran, ansonsten war er auf Abstand bedacht. Stets höflich, wie es seine Art war, blieb er deutlich zurückhaltend, so als bereue er die kurze intime Situation. Der Brief, den Henrika aus der königlichen Truhe entwendet hatte, steckte in der Tasche seiner Kotte. Ihre Erklärung, dass sie das Schriftstück ohne Schwierigkeiten an sich gebracht hatte, akzeptierte er erleichtert, aber ohne Gegenfragen.

Am dritten Morgen nach ihrem erzwungenen frühen Aufbruch unterhalb der Hartesburg verabschiedete sich Guntram. Der blonde Hüne war so lange bei den beiden geblieben, bis Randolf sicher war, spätestens am nächsten Tag auf die Truppen des Schwabenherzogs zu stoßen. Jetzt hielt den Bauern allerdings nichts mehr davon ab, zurück zur Hartesburg zu reiten. Sein trauerndes Herz verlangte endlich Frieden, und weder die fortwährenden Bitten Henrikas noch Randolfs Bedenken änderten etwas an seiner Entscheidung.

Schweren Herzens sah Henrika dem Mann nach, der ihr in den letzten Wochen ans Herz gewachsen war, und hoffte inständig, dass ihn nicht das gleiche Schicksal ereilte wie seine geliebte Gemahlin. In dem Moment wünschte sie sich fast, Guntram möge zu spät kommen.

»Nehmt bitte noch ein Stück«, bat Henrika und reichte Randolf einen Kanten des letzten harten Brotes, das ihnen als Proviant gedient hatte.

Seitdem sich sein Verhalten ihr gegenüber abgekühlt hatte, war sie zu der förmlichen Anrede zurückgekehrt, was in dem Verschlag, in dem sie nächtigen durften, ein wenig seltsam anmutete. Entgegen Randolfs Vermutung waren sie bis zum Abend nicht auf das Heer gestoßen, doch der Bauer, dessen Gastfreundschaft sie in Anspruch nahmen, hatte ihnen berichtet, dass die Mannen bloß einen halben Tagesritt entfernt lagerten. Randolf hatte Henrika als sein Eheweib vorgestellt, was den anfangs misstrauischen Bauern beruhigte und in Henrika einen Wirbel an Gefühlen verursachte, worüber sie sich aufgrund der sonst so distanzierten Haltung des Ritters mehr als ärgerte. Ihre Wut sollte sich jedoch noch steigern.

»Ich habe keinen Hunger, esst ruhig«, erwiderte Randolf und verzog schmerzhaft das Gesicht, als er sich nach dem Beutel mit Wasser streckte. Seit Guntram sie verlassen hatte, weigerte er sich beharrlich, seine Wunden von Henrika begutachten zu lassen.

»Dann geben wir es eben dem Tier, ich bin nämlich auch nicht mehr hungrig«, erwiderte Henrika trotzig und wollte den Kanten der trächtigen Sau zuwerfen, mit der sie den Verschlag teilten. Ein ergebenes Seufzen Randolfs hielt sie zurück, und während er gemächlich kaute, unternahm Henrika einen neuen Versuch.

»Wenn Ihr mich nicht auf Eure Wunden sehen lasst, dann entzünden sie sich neu! Ich bin sicher, dass ich manche Stellen mit der restlichen Tinktur abtupfen sollte«, mahnte sie und hielt seinem zweifelnden Blick ruhig stand.

»Ich denke nicht, dass dies ein guter Vorschlag ist. Morgen werden wir das Lager erreichen, dann lasse ich danach sehen«, lehnte Randolf nach kurzer Überlegung ab.

»Ich verstehe Euch nicht! Wovor habt Ihr Angst? Glaubt Ihr etwa, ich dränge drauf, die Wunden an Eurem Oberkörper zu verarzten, weil ich Euch anschließend verführen möchte?«, fauchte Henrika, erhob sich wütend und ging zu der Ecke, in der das Stroh nicht ganz so verdreckt war. Sie war von seinem abweisenden Verhalten unendlich verletzt und konnte es nicht verstehen.

»Wartet!«

Mit angehaltenem Atem lauschte Henrika Randolfs Schritten, bis er schließlich dicht hinter ihr stehen blieb. »Ich zweifle mehr an der mangelnden Standhaftigkeit meines Willens, als befürchten zu müssen, von Euch verführt zu werden.«

Empört fuhr Henrika herum und funkelte ihn wütend an. »Sollte dem wirklich so sein, so gelingt es Euch bemerkenswert gut, Eure Gefühle zu verbergen!«, fauchte sie, während sie die Hände in die Taille stemmte, die in den letzten zwei Wochen merklich dünner geworden war. »Ich würde vielmehr an Eurem festen Willen als Letztes zweifeln, denn niemand ist so unglaublich konsequent wie Ihr!«

»Das ist ja nicht zu fassen!«, schnaubte Randolf, nun ebenfalls nur noch mühsam beherrscht. »Ihr bezeichnet mich als unbeirrbar, obwohl ich seit unserem Wiedersehen auf dem Hof Eures Onkels ständig mit meinen Gefühlen ringe? Wo war meine Beharrlichkeit, als wir uns geküsst haben?«

Henrika hatte das Gefühl, platzen zu müssen. Sie hatten so viel zusammen durchgemacht! Und obwohl das schlechte Gewissen Betlindis gegenüber sie stärker plagte denn je, hatte sie Randolf in den Stunden nach seiner Rettung aus dem Kerker ihre Gefühle deutlich offenbart. Sie konnte sich zwar gut vorstellen, dass auch er unter seiner ehelichen Untreue litt, selbst wenn es sich nur um zwei Küsse gehandelt hatte, doch den Gedanken schob sie gleich wieder zur Seite. Immerhin ging es nicht darum, nebeneinanderzuliegen, sondern einzig und allein die kostbaren Stunden der Vertrautheit zu bewahren, die sie aller Wahrscheinlichkeit nie wieder bekommen würden.

Wutschnaubend drehte sie sich um und bückte sich, um das Stroh für ihr Nachtlager auseinanderzurupfen, als er sie plötzlich am Handgelenk packte, herumriss und küsste.

Die Berührung war keineswegs zärtlich, sondern hart und fordernd, und als Henrika versuchte, sich aus der Umarmung zu befreien, drückte Randolf sie mit dem Rücken kurzerhand gegen die dünne Außenwand des Verschlags, die bedenklich knarrte. Schließlich gab sie ihren Widerstand auf – nicht weil sie keine Kraft mehr hatte, sondern weil sie einfach nicht mehr gegen ihre lodernden Gefühle ankam und es wohl auch nicht länger wollte.

Randolf hatte ihren Körper so eng an seinen gepresst, dass sie sich kaum rühren konnte, und vermittelte ihr das Gefühl, als wollte er sie nie wieder loslassen. Als Henrika den Kuss genauso leidenschaftlich erwiderte, lockerte er seinen Griff und zog sie noch enger an sich. Mit einer Hand strich er ihr sanft über den Rücken, während er ihr mit der anderen in die offenen Haare griff. Als er ihren Mund freigab und mit den Lippen über ihren nach hinten gebogenen Hals fuhr, stöhnte Henrika unwillkürlich auf. Alles um sie herum verschwand in einem Strudel völlig überwältigender Gefühle, die sie in ihrem Sog mitrissen.

Völlig unerwartet brachen die Zärtlichkeiten ab. Randolf löste sich einen Schritt von ihr und ließ die Stirn schwer gegen ihre Schulter fallen. Das wunderbare Gefühl, immer von ihm gehalten zu werden, egal was kommen mochte, war verschwunden, und Henrika stöhnte erneut. Mit zärtlichem Druck versuchte sie ihn wieder zu sich heranzuziehen, aber Randolf wich nicht von der Stelle und hob den Kopf.

»Es hat keinen Sinn!«, stieß er verzweifelt hervor.

Mit enttäuschter Miene wich Henrika ein Stück zurück und schüttelte nur stumm den Kopf. Allerdings vergaß sie ihr eigenes Leid fast augenblicklich, als sie die jämmerliche Gestalt des Mannes vor ihr sah, dem ihr Herz für immer gehören würde. Mit hängenden Schultern stand er da und hob zaghaft die Hand. Obwohl Henrika wusste, dass der Schmerz noch größer sein würde, wenn sie der Versuchung erneut nachgaben, vibrierte ihr Körper innerlich, während sie auf seine Berührung wartete. Als Randolf die Hand wieder sinken ließ und aus dem Verschlag stürmte, wusste sie, dass es vorbei war, und wie eine Gewitterwand drohte die Verzweiflung über ihr zusammenzubrechen.

Eine Weile stand sie wie betäubt da, dann schüttelte sie sich. In ihre grenzenlose Enttäuschung mischte sich trotz allem auch ein klein wenig Erleichterung, denn wie hätten sie Betlindis je wieder unter die Augen treten sollen? Der Kuss hatte Randolfs noch immer vorhandene Gefühle für sie offenbart und auch bestätigt – mehr konnte und durfte sie nicht verlangen! Auch wenn die Ausweglosigkeit sie fast um den Verstand brachte. Für einen Augenblick schloss sie die Augen und durchlebte noch einmal die Leidenschaft, welche die Berührung seiner fordernden Lippen entfacht hatte. Sie löste sich widerstrebend davon und ging nach draußen.

Henrika fand den Ritter dank des klaren Nachthimmels, der das Licht des Mondes ungehindert zur Erde durchließ, ohne Probleme. Randolf hatte sich an eine Ecke des Hauses gelehnt. Als sie dicht hinter ihn trat, merkte sie traurig, dass seine Haltung sich sofort versteifte.

»Es tut mir leid, dass ich Euch herausgefordert habe. Es wird nicht wieder vorkommen. Und ich bin froh, dass Ihr so stark seid und Euren Gefühle nicht ungehindert nachgebt, denn ich hätte es nicht gekonnt.«

Eine Weile blieb es still, so dass sie schon glaubte, sein bedrückendes Schweigen sei die einzige Antwort, die sie erhielt.

»Ich habe es beim Leben Herwins geschworen«, erwiderte er mit einem Mal völlig tonlos. »Damals, als ihn die beiden Übeltäter vor meinen Augen einfach entführt haben. Ich konnte nichts weiter tun, als hilflos zuzusehen, wie mein Sohn vor lauter Angst völlig panisch war.« Langsam drehte Randolf sich zu Henrika um und erwiderte ihren mitfühlenden Blick. »Wahrscheinlich habe ich diesen Schwur geleistet, weil ich wusste, dass ich sonst früher oder später mein Ehegelübde brechen würde.«

Henrika hob die Hand und legte ihre Finger auf seinen Mund. »Es ist gut, Ihr müsst nicht weitersprechen. Ich bin sicher, dass Ihr Betlindis auch ohne Schwur nicht betrogen hättet, schließlich liebt Ihr sie. Wie solltet Ihr auch nicht? Sie ist ein wahrer Engel und mir eine wundervolle Freundin, die ich mit Sicherheit nicht verdiene.«

Randolf atmete tief durch und fuhr sich durch die Haare. Dann sagte er ruhig und entschieden: »Es ist an der Zeit, Euch über mein vermeintlich hehres Ehrgefühl aufzuklären. Kommt mit hinein, denn ich möchte Euch einiges erzählen.«

Erst weit nach Mitternacht hatte Randolf seinen Bericht beendet, und als Henrika aus der anderen Ecke des

Verschlags zwischen dem gelegentlichen Grunzen des Tieres seine Atemzüge hörte, wusste sie, dass auch er keine Ruhe fand. Sie war sich trotz des Abstandes seiner körperlichen Nähe ständig bewusst, während sie über seine Worte nachdachte.

Randolfs Geständnis, Betlindis nur aus Berechnung geheiratet zu haben, hatte sie mehr als aufgewühlt, und da sie sowieso nicht schlafen konnte, überdachte Henrika noch einmal alles.

Vor Jahren hatte Randolf zu seinem großen Entsetzen herausbekommen, dass der Tod seines Vaters das Ergebnis einer Intrige des Erzbischofs Adalbert von Bremen war. Er schwankte einige Zeit zwischen der Dankbarkeit für die Großzügigkeit Adalberts, der sich seit Randolfs viertem Lebensjahr um seine Erziehung und sein Fortkommen gekümmert hatte, und dem Hass, den er seit dieser Entdeckung empfand.

Bis zu dem Tag, an dem er die Lügen und Intrigen seines Förderers herausbekommen hatte, war er immer davon ausgegangen, dass der Erzbischof ein Mann Gottes war, dem er Dank schuldete. Auch wenn der Junge damals froh war, dass er sich nicht in der Nähe des ehrgeizigen Mannes aufhalten musste und später als Knappe zu dessen Bruder Graf Dedo gehen konnte. All die Jahre hatte Randolf angenommen, dass sein Vater, ein Vasall des Grafen Thietmar, bei dem es sich wiederum um einen Onkel von Betlindis' Vater handelte, dem Kaiser durch seinen Verrat an seinem Lehnsherrn das Leben gerettet hatte. Selbstverständlich musste der Kaiser auf die Anschuldigungen von Randolfs Vater reagieren, weshalb es zu dem Kampf an der Gerichtslinde in Palitha gekommen war.

Randolf selbst war zu dem Zeitpunkt erst knapp vier Jahre alt und konnte über die ganze Geschichte gar nicht

Bescheid wissen, denn Adalbert hatte ihm nie genau gesagt, was mit seinem Vater geschehen war, und Randolfs Mutter war früh gestorben. Er hatte es einem Zufall zu verdanken, dass er Jahre später als Knappe bei Henrikas Großvater ein Gespräch zwischen dem Erzbischof und dem Vogt mit angehört hatte, wodurch ihm einiges klar wurde. Äußerst anschaulich hatte er Henrika vorhin davon erzählt, und beim Gedanken daran lief es ihr nach wie vor eiskalt den Rücken herunter, so deutlich klangen seine Worte noch in ihren Ohren.

Adalbert nickte zufrieden und erhob sich, ließ sich aber nach kurzem Zögern wieder zurückfallen. »Eine Sache wäre da noch. Es geht um den Jungen, Randolf. Ich weiß, dass er sich bei Euch in guten Händen befindet, und es wäre sicherlich auch im Sinne meines Bruders.« Er hob abwehrend die Hände, als er Gottwalds Miene bemerkte. »Keine Sorge, ich stehe zu meinem Wort. Aber es ist mir wichtig, dass Euch die Familiengeschichte des Jungen bekannt ist. Obschon Euch eigentlich die Ähnlichkeit zu seinem Vater auffallen müsste. Ihr wart damals bei dem Zweikampf dabei, wenn ich mich richtig erinnere, aber es ist natürlich auch schon ein Weilchen her. Acht Jahre müssten es inzwischen sein.«

Mit einem Mal wusste Gottwald, wen Adalbert meinte. Als er vor mehreren Tagen an der Linde in Palitha gestanden hatte, war ihm bereits so gewesen, als ob er etwas Wichtiges übersehen hätte. Jetzt lag es klar vor ihm. Den Zweikampf, den Kaiser Heinrich damals als Gottesurteil angeordnet hatte, hatte der Vasall des Grafen Thietmar gewonnen. Jetzt wusste Gottwald auch wieder den Namen des Mannes, der ihm vor ein paar Tagen nicht in den Sinn kommen wollte.

»Arnold war der Name des Siegers. Ein Mann mit gu-

ter Schwertführung. Ich weiß noch, dass er nicht wie ein Sieger wirkte, sondern einen ziemlich geknickten Eindruck auf mich machte.«

Es war der Tag nach dem Fest des Heiligen Michaels, das sie in der Pfalz gefeiert hatten. Gottwald gehörte seinerzeit noch nicht zum engsten Kreis des Kaisers, weilte aber gemeinsam mit vielen anderen Rittern in dessen Gefolge. Für jenen Tag hatte der Kaiser ein Gottesurteil angekündigt. Ein gewisser Graf Thietmar war dazu verurteilt worden, einen Zweikampf mit einem seiner Vasallen auszuführen, der seinen Herrn beschuldigt hatte, einen Anschlag auf den Kaiser geplant zu haben. Dank der Hilfe des Erzbischofs Adalbert und des Vasallen konnte dieser zum Glück vereitelt werden.

Gottwald konnte sich zwar nicht mehr an den Namen des Mannes erinnern, doch er hatte noch gut die hochgewachsene Gestalt und das ernste, ebenmäßige Gesicht vor Augen, als der Mann des Grafen auf dem Platz vor der Linde zum angeordneten Zweikampf gegen seinen Lehnsherrn erschien. Das Gottesurteil sollte die Wahrheit ans Licht bringen, denn der Graf hatte nichts zu seiner Verteidigung hervorgebracht und sich dem Urteil des Kaisers gefügt. Die Sonne tauchte die Blätter der Linde in ein goldenes Licht, als das Blut des Grafen die Erde davor tränkte. Der Tag war viel zu schön, um zu sterben. Auch den Aufschrei von Thiemo, dem Sohn des Grafen, hatte Gottwald noch in den Ohren, als wäre es gerade eben geschehen. Den Sieger des Kampfes bedachte der Kaiser großzügig, indem er ihm die Freiheit schenkte, als Dank für den begangenen Verrat an seinem Herrn.

Randolf sah seinem Vater unglaublich ähnlich. Der ernste, wachsame Blick war beiden zu eigen, genauso wie die hellbraunen Haare. Um zu beurteilen, ob der

Junge auch die hochgewachsene Statur seines Vaters geerbt hatte, war es noch zu früh.

Mit ernster Miene stimmte der Erzbischof Gottwald zu. »Vielleicht hat er damals schon geahnt, dass es ein schlimmes Ende mit ihm nehmen würde. Oder wisst Ihr gar nichts davon?«

Gottwald schüttelte nachdenklich den Kopf. »Nein, ich bin gleich am nächsten Tag mit einer Botschaft des Kaisers aufgebrochen. Erzählt, was ist mit dem Vasallen geschehen?«

»Der Sohn des Grafen hatte grausame Rache an Arnold geschworen. Als Thiemo seiner habhaft wurde, ließ er ihn an den Füßen zwischen zwei Hunden aufhängen. Ein schmachvoller, schrecklicher Tod, den er gewiss nicht verdient hatte. Doch der Kaiser ließ wieder einmal Gerechtigkeit walten und verbannte Thiemo auf Lebenszeit. Natürlich erst, nachdem er dessen gesamte Besitztümer konfisziert hatte.«

Gottwald schauderte unwillkürlich. Einmal hatte er miterlebt, was es bedeutete, auf diese furchtbare Art zu sterben. Die beiden Hunde wurden rechts und links von dem Verurteilten an den Hinterläufen aufgehängt. In ihrer Todesangst zerfleischen sie das Opfer in ihrer Mitte nahezu, bis zu dessen qualvollem Tod. »Randolf ist jetzt elf Jahre alt. Weiß er, was damals geschehen ist?«

Adalbert zögerte kurz. »Ich habe ihn nach dem Unglück in einer Klosterschule untergebracht, denn auch sein Leben war nach dem Schwur Thiemos in Gefahr. Leider bekam einer seiner Mitschüler von der tragischen Geschichte Wind und beschimpfte ihn als ›Sohn eines Verräters‹. Ich kam nicht umhin, ihm ein paar Dinge zu erklären und ihm die Notwendigkeit des Handels seines Vaters vor Augen zu führen. Doch ich habe die ganze Geschichte nur angerissen, obwohl er *damals mit seinen sieben Jahren schon sehr vernünftig war.«*

Gottwald starrte eine Weile auf seinen Becher, der schon seit längerem leer war. Jetzt verstand er die Verschlossenheit und das Misstrauen Randolfs viel besser. »Es ist gut, dass Ihr mich eingeweiht habt. Ich werde bestimmt gut auf den Jungen achten. Hat er seinen neuen Namen von Euch erhalten?«

Adalberts Augen leuchteten auf. »Ein schöner Name, nicht wahr? Randolf von Bardolfsburg klingt ausnehmend gut. Das Geschlecht ist seit Jahrzehnten ausgestorben, und die Ländereien sind an mein Bistum gefallen. Randolf allerdings ist echt, der Junge ließ sich nicht davon abbringen. Na ja, Thiemo ist seit drei Jahren tot, von dem hat er sowieso nichts mehr zu befürchten. Aber leider ist Thiemos Onkel, Herzog Bernhard, noch im Spiel. Er ist mir seit dem Tod seines Bruders nicht gerade wohlgesonnen, obwohl er geschickt agiert. Sein Sohn Ordulf zieht in regelmäßigen Abständen plündernd über meine bischöflichen Ländereien. Nur leider kann ich ihm nichts nachweisen.« Adalbert zuckte mit den Schultern, es schien ihm nicht allzu viel auszumachen. »Ich bin mir sicher, dass weder Herzog Bernhard noch sein Sohn wissen, wo sich der Sohn des Vasallen Arnold aufhält. So soll es auch bleiben.«

Adalbert erhob sich und stellte seinen Becher ab. »Das Bier hat mir die richtige Bettschwere verliehen, und der werde ich nun nachgeben. Bis morgen früh, mein lieber Gottwald.«

Der Vogt wünschte ihm eine gute Nacht und blieb noch eine Weile sitzen.

Schaudernd dachte Henrika darüber nach, wohin Randolfs spätere Entdeckung über den Verrat Adalberts an seinem Vater ihn gebracht hatte. Denn nun kam Betlindis ins Spiel.

Erzbischof Adalbert hatte, seit er die Fäden in diesem Komplott gegen die Billunger gezogen hatte, einen erbitterten Gegner in Betlindis' Familie, von denen auch er einige männliche Mitglieder abgrundtief hasste. Dass die Billunger ihn verabscheuten, war durchaus verständlich, immerhin hatte er einen der ihren auf dem Gewissen. Beide Tatsachen waren der ausschlaggebende Grund für Randolf gewesen, die Bekanntschaft von Betlindis zu suchen, um sie für sich zu gewinnen. Obwohl sie eher zu den Frauen gehörte, die sich nicht gegen die Wünsche ihres Vaters auflehnten, ließ sie sich in dem Fall nicht beirren und heiratete Randolf eines Abends heimlich.

Nicht nur für ihren Vater war es ein herber Schlag, zu wissen, dass seine Tochter den Sohn des Mörders seines Onkels geheiratet hatte, und er bereute es zutiefst, Betlindis niemals davon erzählt zu haben.

Henrika zweifelte allerdings nicht einen Moment daran, dass Betlindis Randolf trotzdem geheiratet hätte.

Erzbischof Adalbert verkraftete die Enttäuschung über die unglückselige Verbindung ebenfalls nicht besonders gut, doch da er aus unerfindlichen Gründen, vielleicht sogar weil sein Gewissen ihn plagte, Randolfs Hass mildern wollte, versuchte er seinen ehemaligen Schützling mit einem großzügigen Geschenk um Verzeihung zu bitten – Gut Liestmunde.

Die Vorwürfe, mit denen Randolf den Erzbischof konfrontierte, setzten diesem zur großen Verblüffung des Ritters sehr zu. Aus diesem Grund hörte er sich auch die Erklärungsversuche Adalberts widerwillig an. Zwar glaubte er dem Erzbischof nicht, dass er die Intrige bereute, für die Randolfs Vater sterben musste, doch seine Versicherungen, für den Jungen stets das Beste zu wollen, klangen ehrlich. Allein weil der Erzbischof zähneknirschend zugegeben hatte, dass ihm auch der Tod Gottwalds nicht ungelegen gekommen war. So hatte er endlich sein vorrangiges Ziel erreichen und seinen Zögling Randolf beim jungen König Heinrich unterbringen können, der zu dem Zeitpunkt ebenfalls den Verlust seines Vaters zu beklagen hatte. Dadurch hatte Adalbert es geschafft, einen weiteren Fuß in die Tür zur Macht zu stellen. Eine Macht, die er in den kommenden Jahren, vor allem in der Zeit, in die die Mündigkeit des Königs fiel, weiter ausbauen konnte.

Einige Monate nach der Heirat war Randolf aufgegangen, dass er in seiner grenzenlosen Wut einen unschuldigen Menschen benutzt hatte, und er bereute es zutiefst. Allerdings machte es ihm die Liebenswürdigkeit von Betlindis nicht allzu schwer, nach und nach so etwas wie Liebe für sie zu empfinden. Wie unglaublich tief, jedoch auch ungeheuer schmerzhaft dieses Gefühl sein konnte, hatte er erst mit Henrika erfahren.

Jetzt verstand die verstörte junge Frau auf ihrem nächtlichen Strohlager endlich auch die ablehnende Haltung von Betlindis' Vater bei seinem Besuch auf dem Gut, immer wenn die Sprache auf Randolf kam. Der letzte Gedanke Henrikas, bevor sie endlich in einen unruhigen, kurzen Schlaf fiel, war der, dass sie nicht den gleichen Fehler mit ihrer eigenen Heirat begehen durfte. Zum ersten Mal wurde ihr bewusst, wie dankbar sie ihrem Vater sein musste, der sie niemals zu einer Pflichtheirat gedrängt hatte. Spontan tauchte Guntrams Bild vor ihren Augen auf. Wie wundervoll musste es für seine Frau gewesen sein, dass er sie so bedingungslos geliebt hatte. Und wie furchtbar, miterleben zu müssen, wie diese Liebe durch einen anderen Menschen beschmutzt und entehrt wurde. Nicht zum ersten Mal hoffte Henrika inständig, dass der blonde Mann seinen Rachefeldzug überleben möge.

21. KAPITEL

Eine gute Woche, nachdem sie den König beim großen Heerlager des Schwabenherzogs Rudolf, unter dessen Männern sich auch Brun befunden hatte, verlassen hatten, trafen sie in Goslar ein. Da Henrika den Brief nicht mehr bei sich trug, hatte sie ihrem Onkel nur davon berichten können. Doch sein freudiger Gesichtsausdruck reichte bereits aus, um sie glücklich zu machen. Für den Weg nach Hause hatten der Ritter und Henrika sich den Unterhändlern des Königs angeschlossen, die in ihrem Geburtsort mit den sächsischen Fürsten über eine friedliche Lösung verhandeln sollten. Randolf brachte sie zu ihrem Vaterhaus, wo die nächste schreckliche Nachricht auf sie wartete, denn nicht nur Waltraut, die treue Seele des Hauses, war von ihnen gegangen.

Gefasst stand der Münzmeister Randolf gegenüber, während er einen Arm um seine Tochter gelegt hatte. Niemals würde Henrika das kreidebleiche Gesicht und den starren Blick des Ritters vergessen, als ihr Vater ihm mitteilte, dass Betlindis kurz nach seinem Aufbruch zur Hartesburg plötzlich starke Blutungen bekommen hatte.

»Die Hebamme hat alles Menschenmögliche getan und die Blutungen sogar stoppen können, aber Eure Gemahlin hatte bereits zu viel Blut verloren. Sie lag noch ein paar Tage ohne Bewusstsein in ihrem Bett, aber es hatte sie zu viel Kraft gekostet. Es tut mir unsäglich leid, aber wir konnten Eure arme Gemahlin nicht retten.«

Die darauf eingetretene Stille war fast unerträglich, bis Randolf ohne ein Wort zu sagen das Haus verlassen hatte. Als Henrika ihm hinterhereilen wollte, hielt ihr Vater sie fest.

»Lass ihn jetzt allein. Er wird sich von ihr verabschieden wollen«, teilte er ihr bestimmt mit. »Deine Großmutter würde sich allerdings sehr über deinen Besuch freuen. Außerdem gibt es da noch jemanden, der sich über euer Wiedersehen sehr freuen wird, und zu guter Letzt findest du vielleicht auch Herwin bei ihr. Der kleine Kerl war kaum zu trösten.«

Henrika schluckte schwer und nickte stumm. Allerdings hatten die Worte ihres Vaters einen unbestimmten Verdacht in ihr aufkommen lassen, und mit eiligen Schritten hastete sie zum Zimmer ihrer Großmutter. Doch Herwin war nicht bei Edgitha, sondern hielt sich im Stall auf, wie ihre Großmutter ihr mitteilte, und auch sonst war niemand bei ihr. Ohne irgendeine Frage zu stellen, breitete die kleine, schmale Frau die Arme aus und hielt ihre weinende Enkelin fest, bis Henrika sich wieder einigermaßen gefasst hatte.

»Es ist schlimm, dass Betlindis tot ist – zusammen mit ihrem ungeborenen Kind. Noch viel schlimmer ist es aber, dass sie nun schon die zweite Frau ist, die aufgrund einer Schwangerschaft in diesem Haus gestorben ist. Versprich mir, niemals hier ein Kind zu gebären! Ich bin unendlich froh, dich gesund wiederzusehen, mein Kind! Die ganze Zeit über wussten wir nicht, wie es dir geht, nachdem uns die Nachrichten über die Belagerung der Hartesburg erreicht hatten.«

Henrika schnäuzte sich die Nase in einem Tuch, das

Edgitha ihr reichte, und sah dabei aus dem Fenster. Als sie Randolf erblickte, der aus Richtung des Friedhofes kam und zum Stall ging, verdüsterte sich ihr ohnehin schon verheultes Gesicht noch mehr.

Edgitha folgte ihrem Blick und strich ihrer Enkelin eine Strähne hinters Ohr. »Lass ihm Zeit. Wenn die Trauer vorüber ist, wird er kommen.«

Verblüfft starrte Henrika in das schmale Gesicht ihrer Großmutter, ohne jedoch eine Antwort zu finden.

Edgitha lachte leise auf. »Glaubst du denn, ich hätte die Blicke zwischen euch nicht bemerkt? Allein die Erwähnung seines Namens reichte aus, um ein Leuchten in deinen Augen aufglimmen zu lassen. Betlindis war eine gute Frau, und er wird die Trauerzeit respektieren. Doch eines Tages wird er kommen, seit auch du wieder frei bist. Da dein zukünftiger Gemahl sich gegen den König gestellt hat, wird der nun kaum an der Verbindung festhalten wollen.«

Die Überraschung Henrikas verschwand, und sie entgegnete emotionslos: »Vielleicht wäre es so gekommen, doch es ist zu viel geschehen, und noch mehr ist zerstört.«

Verbittert dachte sie an die Nacht, die sie mit Randolf in dem Verschlag verbracht hatte. Während sie beide dort gegen ihre Gefühle angekämpft hatten, lag Betlindis bereits in kalter Erde begraben, und Henrika fühlte sich ungeheuer schuldig.

»Die Frauen unserer Familie scheinen sich in den Kopf gesetzt zu haben, sich immer möglichst unglücklich zu verlieben«, erwiderte Edgitha resigniert und strich ihrer Enkelin zart über den Arm. Als die junge Frau plötzlich einen freudigen Schrei von sich gab, blickte sie auf und folgte ihrem Blick. Aus dem Stall kam ein Mann, der mit humpelnden Schritten direkt auf Randolf zuging. Im nächsten Moment lagen sich die beiden Männer in den Armen.

»Seit wann ist Goswin hier?«, rief Henrika, die sich in einem Wechselbad der Gefühle befand.

Die Erklärung ihrer Großmutter, dass die gesamte Familie kurz nach Henrikas Aufbruch eingetroffen war, hörte sie nur noch halb. Sie stürmte mit großen Schritten die Treppe hinunter, aus dem Haus heraus und rief laut nach ihrem Onkel. Im nächsten Moment lag sie in seinen Armen, während ihr die Freudentränen über die Wangen liefen.

»Vorsicht, nicht so heftig! Du wirfst mich ja um, liebe Henrika!«, flehte Goswin scherzhaft.

Randolf betrachtete das Schauspiel mit erstarrtem Blick und entschuldigte sich anschließend bei den beiden. »Ich möchte nach Herwin sehen«, murmelte er und ging mit großen Schritten davon.

Henrikas Freude trübte sich augenblicklich, als ihr klar wurde, dass ihr Gefühlsausbruch völlig unangemessen war, und sie senkte verschämt den Blick.

»Freud und Leid liegen leider sehr oft dicht beieinander«, tröstete sie Goswin und hob mit einem leichten Druck seines Zeigefingers ihr Kinn an. Mehr als ein klägliches Lächeln brachte Henrika allerdings nicht zustande, als er ihr zart über die Wange strich. »Komm«, sagte er und reichte ihr seinen Arm, »ich will dir etwas zeigen.«

Sie verließen den Pfalzbezirk und schlugen zu Henrikas Überraschung die Richtung zu den Resten von Goswins Elternhaus ein. Durch die Verletzung, die ihr Oheim von dem Kampf mit Azzo davongetragen hatte, kamen sie nur langsam voran. Sein linker Arm hing schlaff am Körper herunter, denn seitdem das Messer oberhalb des Schulterblattes in seinem Fleisch gesteckt hatte, konnte Goswin ihn nicht mehr bewegen.

»Das hier ist ein treffendes Beispiel dafür«, bemerkte er mit belegter Stimme, als sie vor der traurigen Ruine stehen blieben. »Hier haben wir viele glückliche Stunden erlebt, aber auch den größten Schmerz und das schlimmste Leid, das man sich denken kann.« Plötzlich lachte er laut auf und bekannte dann seiner Nichte, dass ihm gerade wieder einfiel, wie seine Mutter vor Jahren spontan ein Fest veranstaltet hatte. Mit seiner tiefen, wohlklingenden Stimme begann er Henrika davon zu erzählen.

An diesem Abend lag Henrika noch lange wach. Nachdem ihr Onkel seine Erzählung beendet hatte, waren sie in einvernehmlichem Schweigen zum Haus ihres Vaters gegangen, wo sie auf Mathilda und die Kinder trafen, die auf dem Markt verschiedene Einkäufe erledigt hatten.

Das gemeinsame Abendessen verlief in einer angenehmen Atmosphäre, wenngleich Randolf fehlte. Er hatte sich entschuldigen lassen, da man seine Anwesenheit bei den Verhandlungen benötigte, denn der König erwartete ständig neue Berichte. Einen Tag später brach Randolf auf, ohne dass Henrika ihn noch einmal zu Gesicht bekommen hatte.

Aufgrund der vielen Ereignisse hatte die junge Frau völlig vergessen, Goswin und ihrer Großmutter von dem Brief zu erzählen und den Aussichten, die er mit sich brachte. Das holte sie nun nach, und zum ersten Mal, seit Henrika denken konnte, sah sie ihre Großmutter vor lauter Glück weinen.

Im fahlen Licht der zunehmenden Sichel am sternenklaren nächtlichen Himmel des langsam zu Ende gehenden Sommers schlich eine Gestalt durch das Unterholz. Bisher war der unbemerkte Aufstieg zur Burg hoch oben auf der Kuppe des Berges kein Problem gewesen, und dank des kleinen baulichen Geheimnisses des Königs würde auch der restliche Weg keine Schwierigkeiten bereiten. Sonst wäre nicht einmal eine Maus unbemerkt in die gut gesicherte Hartesburg gelangt, denn der Augapfel des Königs wurde nun schon seit über zwei Wochen von den Truppen der sächsischen Fürsten belagert. Die viel gepriesene Uneinnehmbarkeit stellte sich zwar als wahr heraus, doch half das dem König und seinen Mannen leider nicht weiter, denn sie schmorten in ihrer Festung und waren zur Untätigkeit verdammt. Es kam zwar niemand zu ihnen herein, doch heraus kamen sie ebenfalls nicht – bis vor einigen Tagen.

Seitdem wurde der Brunnenschacht nämlich ungewöhnlich häufig benutzt.

Nachdem Guntram sich davon überzeugt hatte, dass dem verletzten Randolf und Henrika nichts geschehen konnte, hatte er sich auf den Rückweg begeben. Mehr denn je war es sein Ziel, sich dem Heer des Grafen Otto von Northeim anzuschließen. Doch vorher musste er seinen Plan noch in die Tat umsetzen.

Plötzlich verdunkelte sich das ohnehin schon schwache Licht, und verwundert blickte Guntram zum Himmel hinauf. Wolken waren aufgezogen, und jetzt spürte er auch den leichten Wind, der ihm vorher im Schutz der Bäume und Sträucher nicht aufgefallen war. Dankbar für den unverhofft kühlen Windhauch, wandte der junge Mann den Blick wieder auf den verborgenen Eingang zum Stollen, an dessen Ende der Brunnenschacht der Burg lag. Es konnte nicht schaden, wenn ein kleines Unwetter aufzog, denn Guntram brauchte jede Hilfe, und ein Gewitter würde die Aufmerksamkeit der Wachen gewiss auf sich ziehen. Nebenbei wäre ein kräftiger Regenguss eine willkommene Abkühlung. Trotz der nächtlichen Stunde war sein dünner Kittel komplett durchgeschwitzt, und das graue, fadenscheinige Kleidungsstück klebte wie eine zweite Haut unangenehm an seinem Körper.

Als das Licht einer Fackel ein gutes Stück oberhalb von ihm auftauchte, duckte er sich instinktiv, obwohl er im Schutz der hohen Sträucher kaum auszumachen war. Der Wind wurde stärker, und als der flackernde Lichtpunkt wieder verschwand, lief Guntram in geduckter Haltung bis zum Stolleneingang, wo er vorsichtig die dünnen Zweige der Hecke auseinanderbog. Fast automatisch öffnete er die hölzerne Klappe und trat in den Gang, dessen Ende er bald darauf erreicht hatte.

»He, warte mal!«

Guntram, der gerade ein paar Krabbeltiere von seinem Kittel gestrichen hatte, blieb wie erstarrt stehen, als er die raue Stimme über sich vernahm. Gleich darauf entspannte er sich jedoch wieder. Wie konnte er nur so dumm sein? Natürlich war nicht er gemeint, denn niemand konnte ihn im Augenblick entdecken.

»Mein Hals ist schon ganz ausgetrocknet. Verfluchte Hitze! Hoffentlich halten die Wolken das, wonach sie aussehen.«

Im selben Augenblick klatschte ein Stück unterhalb von Guntram etwas ins Brunnenwasser, und er zuckte zusammen. Dann hörte er das leise Geräusch der Kurbel, als der volle Eimer wieder hochgezogen wurde.

»Der Eimer reicht sicher für uns beide. Mann, der Wind tut vielleicht gut! Geschieht den Mistkerlen unten im Tal ganz recht, wenn die in den letzten Tagen noch mehr geschwitzt haben als wir hier oben«, antwortete ein zweiter mit einer relativ jungen Stimme.

Dann war hastiges Schlucken zu hören, und eine Weile blieb es still. Guntram spürte, wie die Ungeduld langsam in ihm hochstieg. Konnten die beiden ihren Durst nicht schneller löschen? Er musste sich zwingen, Ruhe zu bewahren, denn am liebsten wäre er sofort leise die Sprossen der Leiter hochgeklettert und hätte den beiden mit Vergnügen die befeuchteten Kehlen durchgeschnitten. Es genügte ihm schon, die in seinen Ohren fremdländisch klingende Sprache der schwäbischen Burgmannen zu hören, um seine Wut zu entfachen.

»Auf geht's, wir müssen wieder zurück auf unseren Posten.«

Ein Murren war zu hören, dann schwere Schritte, die sich langsam entfernten, und gleich darauf ergriff Guntram die erste Sprosse der in den Brunnenschacht fest verankerten Leiter und kletterte leise hinauf. Oben angekommen, harrte er eine Weile auf der obersten Sprosse aus und lauschte angestrengt in die nächtliche Stille. Aber der leichte Wind war in der Zwischenzeit zu einem mächtigen Sturm herangereift und verschluckte alle anderen Geräusche.

Vorsichtig lugte der Bauer über den steinernen Brunnenrand und atmete erleichtert auf, als niemand zu sehen war. Eilig nahm er die letzten Sprossen, schwang sich über den Rand und kam ohne das geringste Geräusch auf dem Boden auf. Die Wachen aus dem stark befestigten Halbturm, der zum Schutz des lebensnotwendigen Brunnens in der Nordwestecke des Burggeländes stand, hatten den Hof gerade nicht im Blick. Höchstwahrscheinlich rechnete keiner von ihnen mit einer Gefahr, die von innen kam. Einzig in den Wachtürmen flackerten Lichter, die Fackeln im Hof hatte der Wind anscheinend ausgeblasen.

Guntram kannte sich gut genug auf dem Gelände aus, so dass er auch im Finstern den Weg fand. Geduckt und im Schutz der Ringmauer schlich er an den Wirtschaftsgebäuden und der kleinen Kirche vorbei, bis er das zweiflügelige Wohngebäude erreichte, in dem Erchanger von Hadersgraben seine vornehme Unterkunft hatte. Jetzt kam der schwierige Teil seines Vorhabens, denn er wusste, dass der misstrauische Vogt immer mindestens eine Wache vor seinem Schlafgemach postiert hatte. Hinzu kamen die bewaffneten Männer im Eingangsbereich des großen Wohntraktes, dessen Flügel über Eck gebaut waren. Außerdem kontrollierten in regelmäßigen Abständen Zweiergruppen den gesamten Hof. All das war dem hünenhaften jungen Mann bestens bekannt, und er war auf der Hut. Während er im Schutz der Mauer saß, kamen prompt zwei Burgmannen in einiger Entfernung an ihm vorbei und gingen, ohne ihn zu bemerken, weiter in Richtung Brunnen. Die Eingangstür zum Wohngebäude stand bereits sperrangelweit offen, vermutlich um die abgestandene warme Luft des Tages entweichen zu lassen.

Lautlos schlich Guntram Schritt für Schritt weiter, doch außer den normalen Schlafgeräuschen war nichts zu hören. Der Mief, der ihm sofort nach Betreten des Hauses entgegenschlug, nahm ihm fast den Atem. Der ungebetene Gast tastete sich weiter und erreichte, ohne aufgehalten zu werden, die Treppe. Guntram wusste noch aus der Erinnerung, dass einige der Stufen beängstigend knarrten, doch da er nur einmal hier gewesen war, konnte er sich nicht mehr daran erinnern, welche es waren. Ohne einen einzigen verräterischen Laut stieg er langsam höher, bis eine der Stufen plötzlich erbärmlich knarrte. Regungslos verharrte der junge Mann und lauschte in die Stille, aber außer dem Schnarchen der Männer war nichts zu vernehmen.

Endlich erreichte Guntram das Obergeschoss und wagte einen schnellen Blick in den Flur. Zu seiner Überraschung lag der Gang in völliger Dunkelheit, denn es war allgemein bekannt, dass für den Vogt stets eine kleine Öllampe brannte.

Als der Bauer mit einem unguten Gefühl im Bauch langsam weiterschlich, blitzte es. Gleich darauf krachte es gewaltig, und Guntram zuckte zusammen, wenngleich er froh war, im Schein des Blitzes niemanden in seiner Nähe gesehen zu haben. Andererseits machte es ihn unsicher, denn die Situation war anders, als er erwartet hatte.

Was war nur los? Sollte es eine Falle sein, weil sie ihn entdeckt hatten? Nein, unwillkürlich schüttelte er den Kopf und schritt weiter bis zur Tür der Unterkunft, wo der Verwalter der Burg schlief. Das ungute Gefühl, das ihn beim Anblick des dunklen Ganges befallen hatte, verstärkte sich beim Eintreten, und als ein erneuter Blitz den stockfinsteren Raum erhellte, verlor Guntram mit einem Schlag all seine Zuversicht.

Das breite Bett war leer!

Das darauffolgende Krachen des Donners bemerkte er kaum, so sehr hatte ihn das unerwartete Scheitern seines Plans getroffen. Mutlos ging er zur Fensteröffnung und blickte hinaus in die Nacht. Am schwarzen Himmel tobte das Unwetter.

Plötzlich stutzte Guntram. Sein Blick blieb an dem Gebäude hängen, das sich linker Hand von ihm befand und aus drei großen Räumen bestand. Er selbst war noch nie dort gewesen, schließlich handelte es sich um den Palas des Königs. Wieso dort allerdings ein schwacher Lichtschein aus einem der Fenster nach draußen drang, konnte er sich auf Anhieb denken, und seine Mutlosigkeit machte einer Energie Platz, die mit Sicherheit für drei Männer gereicht hätte.

In dem zuckenden Licht der Blitze maß er die Entfernung zum Boden, schwang seine langen Beine über den Fenstersims und sprang. Geschmeidig wie eine Katze kam er auf und verharrte einen Augenblick regungslos. Als es still blieb, eilte er weiter und drängte sich mit dem Rücken an die Ringmauer, wo er abwartete und erneut lauschte. Aus dem zweiflügeligen Bau waren Stimmen zu hören, und Guntram vermutete, dass das Gewitter einige der Schlafenden geweckt hatte. Aus dem Palas drangen keine Geräusche nach draußen, daher sprang der ungebetene Gast kurz entschlossen an der Hausmauer hoch, erwischte knapp den Fenstersims und zog sich hoch. Nach einem vorsichtigen Blick ins Innere des Zimmers hüpfte sein Herz vor Freude.

Im Schein einer kleinen Öllampe konnte er in einem wahrhaft königlichen Bett die massige Gestalt des Vogts erkennen. Mühelos kletterte Guntram durch die Fensteröffnung in den Raum und starrte auf den Mann, der die Schuld an seinem Unglück trug.

Erchanger von Hadersgraben schien mit einem tiefen Schlaf gesegnet zu sein, wenn das starke Gewitter es nicht schaffte, ihn zu wecken. Sein massiger Körper ruhte auf dem Rücken, und er bot ein groteskes Bild mit dem weit offenstehenden Mund und dem schwabbeligen weißen Bauch, den die heruntergerutschte Decke freigab. Es passte zu dem Widerling, dass er sich nun, da mit der Rückkehr des Königs vorerst nicht zu rechnen war, in Heinrichs Palas breitmachte.

Der Verwalter ahnte nichts von dem Schicksal, das ihn bald ereilen würde. In aller Seelenruhe griff Guntram in die einzige Tasche seines durchgeschwitzten Kittels, zog ein zusammengeknülltes, schmutziges Tuch heraus und steckte es dem Schlafenden in den geöffneten Mund. Fast gleichzeitig riss Erchanger seine Augen auf, gab undefinierbare Laute von sich und versuchte, sich den Knebel aus dem Mund zu reißen.

»Hände weg!«, zischte Guntram und hielt die Spitze seines Messers an die Kehle des verhassten Mannes, der augenblicklich der Aufforderung nachkam. »So ist's brav, und jetzt schön die Hände nach oben strecken.«

Die Panik in den Augen seines Opfers war trotz des schwachen Lichtscheins gut zu erkennen, als Guntram den Strick um seine Taille löste und mit gekonnten Griffen die Handgelenke des Vogts fesselte, um ihn anschließend daran hochzuziehen.

»Wie viele Männer befinden sich im Haus?«, fragte Guntram leise, als sein Gefangener zitternd neben ihm stand. »Und vorsichtig! Ich will keine Lügen hören«, fügte er warnend hinzu und hielt dem Vogt das Messer dicht vor die immer noch weit aufgerissenen Augen.

Von Hadersgraben nickte hastig und gab ein dumpfes Gemurmel von sich, woraufhin Guntram die gefesselten Hände des Vogts hochriss und der Mann neun Finger abspreizte.

»Alle hier oben?«

Dieses Mal hielt er zwei Finger hoch, und der junge Mann atmete erleichtert auf. Als er ein leises Plätschern hörte, starrte er ungläubig nach unten und trat dann hastig einen Schritt zurück. In den Ausdruck von Panik, der in die Augen des Vogts trat, mischte sich eine Spur Verlegenheit.

»Eine neue Erfahrung für dich, was? Aber keine Angst, es ist gleich vorbei. Du erinnerst dich doch an mich?«

Der Vogt nickte hastig.

»Das ist gut, denn ich habe dich auch nicht vergessen, ebenso wenig, wie ich meine Frau vergessen habe«, zischte Guntram ihm leise zu. »Welches ist das Zimmer mit dem Fenster, das in die Mauer eingelassen ist?«

Der Vogt wies mit dem Kopf nach rechts, und Guntram nickte grimmig, denn genau das hatte er erwartet. Jetzt gab es nur noch das Problem mit den Wachen. Wenn ihn das Glück nicht verließ, würden die beiden selig vor der Tür schlummern. Die Burg wurde belagert und war mit dreihundert Mann Besatzung gut bestückt, so dass die Wache vor dem Gemach des Vogts mit Sicherheit leicht nachlässig war.

Doch erst kümmerte er sich um seinen Gefangenen, der nackt und zitternd, mit einer nassen Spur an den Innenseiten seiner Beine und hängendem Kopf vor ihm stand. Nachdem er den Burgverwalter mit einem Streifen seines Lakens an einen der Stühle gefesselt hatte, schlich Guntram zur Tür und atmete tief durch, bevor er sie vorsichtig öffnete. Das leise Knarren ließ ihn zusammenfahren, denn es klang in der nächtlichen Stille unangenehm laut – doch nichts regte sich.

Er inspizierte die ins Mauerwerk eingelassene schmale Nische unterhalb der Fensteröffnung, in der eine kleine Öllampe stand. Das runde, flache Gefäß war nur von einem zaghaften Licht umgeben, in dessen fahlem Schein direkt neben der Zimmertür einer der beiden Wachleute tief und fest schlummerte. Der junge Soldat saß zusammengesunken auf dem Boden, den Kopf auf der Brust, die Beine lang in den Flur ausgestreckt. Von dem zweiten Mann war leider keine Spur zu sehen.

Guntram spürte, wie eine leichte Unruhe in ihm aufkeimte. Die Zeit lief ihm davon, und er musste schnell handeln, wenn er sein Vorhaben in die Tat umsetzen wollte. Mitten in seine Überlegungen hinein erklang wie aus heiterem Himmel ein Röcheln, verbunden mit einem tiefen Luftschnappen aus der hinteren Ecke des Ganges, und Guntram schloss für einen Moment erleichtert die Augen. Der schlafende Mann sollte offensichtlich unerwünschte Besucher direkt an der Treppe abfangen. Pech für ihn, dachte der blonde Hüne und grinste in sich hinein.

Mit einem raschen Blick über die Schulter stellte er sicher, dass der Verwalter weiterhin schicksalsergeben auf seinem Stuhl saß. Nackte Angst war in seinen tränennassen Augen zu sehen, und Guntram wendete sich angewidert ab. Dieser Mann verdiente sein Mitleid ganz bestimmt nicht, im Gegensatz zu den beiden im Flur, doch etwaige Schuldgefühle konnte sich der nächtliche Eindringling nicht erlauben.

Einen kurzen Augenblick blitzte eine Klinge in Guntrams Hand auf, mit der er gleich darauf mit einem sauberen Schnitt die Kehle des dicht neben der Tür an der Wand lehnenden Mannes durchtrennte. Sicherheitshalber drückte der Eindringling ihm mit der freien Hand den Mund zu, da riss der Soldat die Augen auf, und fast zeitgleich ertönte ein Donnerschlag, als wollte der Himmel seinen Unmut über die Tat zum Ausdruck bringen. Dann brach der Blick des jungen Mannes. Guntram fing den seitlich kippenden Körper auf und legte ihn sachte auf den Boden, auf den bereits das Blut in einem dünnen Rinnsal tropfte.

Lautlos huschte der Mörder über den Gang, dankbar, dass der andere Wachposten immer noch schnarchte. Die Männer im unteren Stockwerk schienen ihre Wache deutlich ernster zu nehmen, denn leises Stimmengemurmel war zu hören. Wie erstarrt blieb Guntram in dem schummrigen Flur stehen und wartete reglos. Trotz des undeutlichen Geflüsters drang kein Licht von unten herauf, und schließlich erstarben auch die Geräusche. Dennoch verharrte der Eindringling noch ein paar Minuten, bis er sich weiterwagte.

Guntram befand sich noch ungefähr zwei Meter von

dem schlafenden Posten entfernt, als der Mann sich plötzlich regte. Im selben Moment erhellte ein besonders kräftiger Blitz den Gang und gab den Blick auf die halb geöffneten Augen des Soldaten frei. Einen Wimpernschlag später war es mit dessen Schlaftrunkenheit vorbei. Während der Wachposten versuchte, sich vom Boden aufzurappeln, griff er nach seinem Messer und öffnete den Mund zu einem Schrei. Doch seiner Kehle entrang sich nur noch ein undefinierbares Gurgeln, als Guntram ihm die spitze Klinge mit einem kräftigen Stoß schräg von oben in den aufgerissenen Rachen stieß.

Der Bauer versuchte, den Schwung seines eigenen Sprungs abzufangen und gleichzeitig den schweren Körper des Mannes lautlos zu Boden gleiten zu lassen. Es gelang ihm nicht ganz, und wieder wartete er mit klopfendem Herzen darauf, dass sieben schwer bewaffnete Männer die Treppe hochstürmten.

Aber nichts geschah.

Das Gewitter schien sich zu entfernen, und der nächtliche Besucher eilte geräuschlos zum königlichen Gemach zurück, um die Sache endlich zu Ende zu bringen.

Nachdem er den Vogt von dem Stuhl losgebunden hatte, setzte er ihm erneut die Spitze seines Messers an die Kehle. »Du gehst jetzt schön brav vor mir her. Solltest du mit den Füßen auf den Boden stampfen oder andere unschöne Dinge tun, steche ich dich ab wie ein Schwein«, zischte Guntram.

Schweiß rann von der Stirn über die runden Wangen des Verwalters, als er eilig nickte.

Ohne Schwierigkeiten gelangten sie in den Raum nebenan, und der blonde Hüne schob seinen Gefangenen bis zur Fensteröffnung vor sich her. Die Sichel des Mondes war von schnell vorbeiziehenden Wolkenfetzen immer wieder verdeckt und spendete dadurch nur unzureichend Licht. Vereinzelt leuchteten in einiger Entfernung Blitze am schwarzen Himmel auf, sonst blieb es finster. Guntram spürte, wie der sorgsam gehegte Hass der letzten Monate sich Bahn zu brechen versuchte und die Hoffnungslosigkeit, die seit dem Tod seiner Frau von ihm Besitz ergriffen hatte, in ihm explodierte.

»Für Imma, du Mistkerl! Fahr zur Hölle!«, spie er dem Verwalter in mühsam unterdrückter Wut entgegen und genoss für den Bruchteil einer Sekunde die bodenlose Angst, die sich auf dem feisten Gesicht des Mannes spiegelte, als er merkte, welches Schicksal ihm bevorstand.

Mit einem Mal breitete sich eine vollkommene Ruhe in Guntram aus, als er den zappelnden Körper des Verwalters gegen den kalten Stein der Mauer drückte. Gelassen steckte er das Messer weg und schritt zur Tat. Erchanger von Hadersgraben war zwar nicht gerade klein und schmächtig, konnte jedoch gegen den in jahrelanger harter Arbeit gestählten Körper des Bauern nichts ausrichten. In aller Seelenruhe bückte Guntram sich und packte den Vogt mit beiden Händen an den Fußknöcheln, stemmte den schweren Körper mit einiger Kraftanstrengung hoch und warf ihn durch die dicke Maueröffnung. Die Schwärze der Nacht verschluckte den massigen Körper sofort. Trotz des immer noch starken Windes war gleich darauf ein dumpfer Aufprall zu hören, und endlich empfand Guntram die tiefe Genugtuung, auf die er so lange hatte warten müssen. Die Anspannung fiel von ihm ab wie ein locker über den Schultern liegendes Tuch, und er lehnte sich erschöpft gegen die kühle Wand.

Er wusste nicht, wie lange er dort gestanden hatte, den Kopf angenehm leer, endlich ohne diese unbändige Wut. Schließlich riss er sich zusammen und verließ den Raum in Richtung Tür. Die Leichtigkeit der letzten Stunden war wie weggeblasen, und jeder Schritt fiel ihm schwer. Der Gang lag noch immer völlig ruhig im schummrigen Licht der kleinen Lampe da, und hätten nicht die beiden Leichen am Boden gelegen, wäre die Stimmung fast friedlich zu nennen gewesen.

Erst viel später, als Guntram ohne weitere Zwischenfälle die Burg verlassen hatte und durch den lang ersehnten Regen zur Siedlung hinablief, wurde ihm mit einem Mal bewusst, dass er endlich an sein weiteres Leben denken konnte.

Mit einem nachdenklichen Blick in Richtung des Hauses, in dem Irmingard und ihre Eltern schliefen, zog er die schiefe Tür zum Schuppen hinter sich zu und fiel gleich darauf in einen traumlosen Schlaf.

22. KAPITEL

Zwei Monate, nachdem Henrika und Randolf bei ihrem Eintreffen in Goslar von Betlindis' Tod erfahren hatten, setzte sich Clemens zu seiner Tochter, die im Garten hinter dem Haus auf der Bank saß und die warmen Strahlen der Oktobersonne genoss. Mit besorgter Miene betrachtete er ihre tiefliegenden Augen, die von vielen durchwachten Nächten herrührten, und strich ihr sanft über die Wange. Seit wenigen Augenblicken wusste er, dass nicht nur seine Tochter unter der ganzen Situation litt.

»Herr Randolf hat mich aufgesucht«, teilte er Henrika mit wachsamem Blick mit und zuckte unmerklich zusammen, als sie unerwartet aufsprang.

»Ist er schon wieder fort? Hat er etwa nicht nach mir gefragt?«

»Ja, er ist bereits gegangen, und nein, er hat nicht nach dir gefragt.«

Henrika versuchte erst gar nicht, ihre Enttäuschung zu verbergen, denn es war ihr gleichgültig, was ihr Vater darüber dachte. Willenlos ließ sie sich zurück auf die Bank ziehen und verfiel wieder in brütendes Schweigen.

Schließlich unternahm ihr Vater einen neuen Versuch.

»Es wundert mich sowieso, wie er bei all den Verhandlungen überhaupt Zeit gefunden hat, hierher zu kommen. Es interessiert dich sicher, dass sich die Gespräche nach anfänglichen Schwierigkeiten gut entwickeln. Obwohl

Herr Randolf noch nicht von einer friedlichen Lösung überzeugt scheint, jedenfalls kommt es mir so vor.«

Gleichgültig zuckte Henrika mit den Schultern. Natürlich freute es sie, wenn es nicht zu weiteren kriegerischen Auseinandersetzungen kam und beide Parteien sich friedlich einigten, doch im Moment wollte sie sich einfach nur selbst bedauern.

»Vielleicht liegt es auch daran, dass Randolfs Schwiegervater die Lüneburg erobert und auf dem Weg dorthin gebrandschatzt und geplündert hat.«

»Nun, zumindest hat der Graf damit die Freilassung von Magnus Billung erreicht«, versetzte Henrika in ungewohnter Schärfe. »Hätte der König den jungen Herzog nicht so unglaublich lange in Haft gehalten, wäre vielleicht auch alles anders gekommen.«

Überrascht sah ihr Vater sie an, dann überzog ein Schmunzeln sein Gesicht. »Ich hatte schon befürchtet, du würdest gar nicht mehr mit mir sprechen«, entgegnete er listig. »Das wird sicher nicht der alleinige Grund für diese schwierige Situation sein, denke ich mir. Doch ich bin von meinem eigentlichen Anliegen abgekommen. Eigentlich hatte ich dir sagen wollen, dass wir heute Abend zum Essen Besuch erwarten.«

Als Henrika den Mund verzog und entnervt mit den Augen rollte, hob er abwehrend die Hand.

»Bevor du deine ablehnende Haltung kundtust, solltest du vielleicht erst mal wissen, um wen es sich handelt.«

Als seine Tochter ihn anschließend jubelnd umarmte, war dem Münzmeister die Sorge anzusehen, denn er wusste, worauf sie insgeheim hoffte. Allerdings brachte er es nicht übers Herz, seiner Tochter alles zu sagen, und verbarg seine Gefühle, als sie ihn gleich danach anstrahlte. Sie würde es noch früh genug erfahren.

Das Abendessen im Hause des Münzmeisters verlief sehr harmonisch, was zum größten Teil Clemens und seiner Schwiegermutter zu verdanken war, denn Randolf und Henrika wirkten vom ersten Moment ihres Wiedersehens an ungemein verlegen. Sie hatten sich acht Wochen nicht gesehen, und während Henrikas übernächtigtes Aussehen wie durch Zauberhand verschwunden war und rosigen Wangen Platz gemacht hatte, wirkte das hohlwangige Gesicht des Ritters fast ausgezehrt.

Als Albrun die Schüsseln und das übriggebliebene Brot abräumte, erkundigte sich Randolf nach Goswin und seiner Familie.

»Sie sind vor einer Woche abgereist. Mein Schwager hat sich nach langem Überlegen dazu entschieden, Euer Angebot anzunehmen und die nächste Zeit auf Eurem Gut abzuwarten. Hier ist ihm die Decke auf den Kopf gefallen, er braucht einfach die tägliche Arbeit auf dem Feld. Ich soll Euch außerdem daran erinnern, dass Ihr unbedingt einen Vertrag aufsetzten sollt, was die Pachtbedingungen angeht«, berichtete der Münzmeister.

Randolf nickte erfreut über die Nachricht, denn er hatte nicht vor, auf sein Gut zurückzukehren, nun, da Betlindis tot war. Zu vieles erinnerte ihn dort an sie – und an den Erzbischof.

Leicht zerstreut hörte er die Frage seines Gastgebers, der sich nach dem Fortschritt der Friedensverhandlungen erkundigte.

»Nun ja, es läuft nicht gerade nach des Königs Wunsch. Schließlich hat Heinrich gehofft, dass die Reichsfürsten ihre Truppen nun gegen die aufständischen Sachsen ins Feld schicken, anstatt den geplanten Polenfeldzug durchzuführen.«

»Ich hatte angenommen, dass es sich nur noch um

eine reine Formalität handelt«, mischte Henrika sich zum ersten Mal in das Gespräch ein.

Überrascht heftete Randolf seinen Blick auf die junge Frau, und sein verhärmter Ausdruck verschwand für einen Moment.

Henrikas Herz zog sich zusammen, und in dem Augenblick wusste sie, dass er keineswegs gekommen war, um ihr sein Herz zu Füßen zu legen. Obwohl sie durchaus spürte, dass er genauso empfand wie sie, hinderte sein Ehrempfinden ihn daran, sich so schnell nach Betlindis' Tod wieder zu binden. Kurioserweise handelte es sich dabei genau um einen der Charakterzüge, die ich immer so an ihm bewundert habe, dachte sie zynisch. Doch dann riss sie sich zusammen und schluckte tapfer die bitteren Gefühle hinunter.

»Eigentlich schon«, erwiderte Randolf ernst, und das liebevolle Aufflackern in seinen Augen verschwand wieder, als hätte sie es sich nur eingebildet. »Aber einige der Fürsten waren wie Heinrich der Meinung, dass die Sachsen für die Majestätsbeleidigung, wie sich der König selbst ausgedrückt hat, bluten sollten. Zum Glück konnten sich die mächtigen Fürsten unter der Führung Rudolfs von Schwaben durchsetzen und einen Verhandlungstermin festlegen. Am zwanzigsten Oktober ist es endlich so weit – in Gerstungen treffen die beiden gegnerischen Parteien aufeinander, um über die Bedingungen zu verhandeln«, fuhr der Ritter fort, nun wieder an alle gewandt.

»Das hört sich doch gut an, Herr Randolf. Wieso klingt Ihr trotzdem so wenig überzeugt, oder bilde ich mir das nur ein?«, fragte Edgitha, deren edles Gewand aus mattgrauer Seide ihre immer noch schönen Gesichtszüge hervorragend zur Geltung brachte.

»Nein, Ihr irrt Euch nicht, werte Frau Edgitha. Aber

bevor ich weiter darauf eingehen werde, möchte ich Euch zuerst sagen, dass der vom Kaiser genannte Zeuge die Unschuld Eures verstorbenen Mannes nicht mehr persönlich bezeugen kann, da er kürzlich verstorben ist.« Als Randolf das enttäuschte Gesicht Edgithas bemerkte, hob er kurz die Hand. »Allerdings hat sich sein Sohn Adalbert von Schauenburg bereit erklärt, alles schriftlich niederzulegen, was er von seinem Vater weiß, und nach der Aussage König Heinrichs reicht ihm das Wort des Mannes vollkommen aus. Die Reputation des verstorbenen Vogts wäre damit wiederhergestellt, denn ich erwarte die Niederschrift in den nächsten Tagen.« Leicht verlegen nickte Randolf Edgitha zu.

Über den Tisch hinweg griff sie nach seiner Hand und kämpfte mit den Tränen. »Danke«, murmelte sie und zog langsam die Hand zurück.

Henrika sprang auf und umarmte sie. Auch Clemens war sein stilles Glück anzusehen. Nachdem sich die Freude gelegt hatte, räusperte sich Randolf und knüpfte wieder an das allgegenwärtige Thema an.

»Was meine Zweifel betrifft, so beruhen sie allein auf meiner Kenntnis der Person Heinrichs, und ich kann nicht leugnen, dass ich noch nicht gänzlich von der endgültigen Beilegung der sächsischen Unruhen überzeugt bin. Zudem macht es mir schwer zu schaffen, dass Dietbert und Gunhild nicht gefunden werden konnten. Die Männer des Northeimers haben ihre Spur bis in die Nähe des Gutes Bodenrode verfolgt. Angeblich führte die Schuntra, bedingt durch mehrere starke Unwetter, extremes Hochwasser, und sie haben eines der Pferde am Flussufer ertrunken vorgefunden. Von dem anderen Tier wissen wir nichts, allerdings sind Ottos Männer dem Flusslauf nicht weiter gefolgt, nachdem sie ein paar andere Dinge gefunden hatten, die offensichtlich in den Sträuchern hängen geblieben waren. Darunter ein Schuh aus feinem Leder und ein Wasserschlauch, wie Dietbert ihn getragen hat. Sein Onkel hat ihn jedenfalls wiedererkannt. Es ist wohl anzunehmen, dass Dietbert und Gunhild bei dem Versuch, den Fluss zu überqueren, ertrunken sind, ebenso wie ihr Helfer Wigbald. Obwohl mir selbstverständlich wohler gewesen wäre, wenn ich mich mit meinen eigenen Augen davon überzeugt hätte.«

Alle schwiegen, und Henrika, die seinen Worten stehend und wie gebannt gelauscht hatte, setzte sich wieder hin.

»Aber nun genug von meiner Schwarzseherei, mit der ich uns sonst noch den ganzen Abend verderbe. Ich habe mich noch gar nicht dafür bedankt, wie gut Ihr Euch um Herwin gekümmert habt. Er hat den Tod seiner Mutter augenscheinlich gut verkraftet, und ich werde Euch das niemals vergelten können«, sagte Randolf an Edgitha gewandt, wobei der Schatten, der sich bei dem letzten Satz über sein Gesicht legte, niemandem verborgen blieb.

»Dankt nicht mir, mein lieber Herr Randolf, sondern Henrika. Sie hat sich jeden Tag so viel Zeit für den kleinen Kerl genommen, wie er es verlangte«, antwortete Edgitha.

Zum zweiten Mal an diesem Abend ruhte Randolfs Blick auf der jungen Frau. Bevor er jedoch seinen Dank an sie wiederholen konnte, ergriff Henrika das Wort.

»Ich benötige keineswegs Dankesworte von Euch, denn es bereitet mir große Freude, meine Zeit mit Eurem liebenswerten Sohn zu verbringen. Da ich annehme, dass der König Euch bald zurückerwartet, würden wir uns alle sehr freuen, wenn Herwin weiterhin bei uns bleiben kann, oder, Vater?«, wandte sie sich an den Münzmeister.

Der nickte lächelnd. »Selbstverständlich. Wenn er so weitermacht, kann er demnächst mein Geschäft übernehmen. Er ist ein pfiffiger Junge und ein wahrer Segen für unser leider sehr stilles Haus.«

Die Erleichterung stand Randolf ins Gesicht geschrieben, und gleich darauf bestätigte sich Henrikas Vermutung, denn der Ritter bedankte sich für das großzügige Angebot, seinen Sohn weiterhin in ihrer Obhut lassen zu dürfen, weil er am nächsten Morgen bereits aufbrechen musste.

Henrika hatte ihre Gefühle wieder unter Kontrolle gebracht. Seltsamerweise hatte das Wiedersehen mit Randolf sie aus ihrer selbstgewählten Trauer herausgerissen, auch wenn sich ihr Leben nicht in die gewünschte Richtung veränderte. Doch einfach so gehen lassen wollte sie ihn auch nicht. »Wenn Ihr mir danken wollt, dann gewährt mir bitte ein paar Minuten, Herr Randolf.«

Als sie ihren Wunsch an ihn gerichtet hatte, glomm wieder das Leuchten in Randolfs Augen auf, und er neigte leicht den Kopf. »Sollte Euer Vater nichts dagegen haben, würde ich Euch gerne zu einem kleinen Spaziergang entführen.«

Beide sahen den Münzmeister fragend an, der sich augenscheinlich äußerst unwohl fühlte und zu bedenken gab, dass Henrika offiziell jemand anderem versprochen war.

»In dieser Angelegenheit kann ich Euch beruhigen«, entgegnete Randolf. »Ich wollte Euch ohnehin noch die Entscheidung des Königs mitteilen, dass das Eheversprechen mit Graf Kuno hinfällig ist. Angesichts der Rolle, die der Vater Eures zukünftigen Gemahls bei dem Aufstand eingenommen hat, war Heinrich wohl nicht mehr von seiner Entscheidung überzeugt.« Randolf hatte nicht vor, Henrika irgendetwas von dem unschönen Gespräch zu erzählen, das er mit dem König geführt hatte. Heinrich war über die Entwendung des kaiserlichen Briefes äußerst empört gewesen und hatte den Ritter mit den schlimmsten Vorwürfen überschüttet. Da er sich aber zu dem Zeitpunkt nicht in der Lage befand, auch noch seinen besten Freund für etwas zu verurteilen, was er selbst durchaus verstehen konnte, sah er von einer Bestrafung ab. Wobei es wohl auch eine Rolle spielte, dass Heinrich befürchtete, Randolfs Loyalität zu verlieren.

Zum großen Erstaunen des Ritters teilte der Monarch ihm nämlich am selben Abend mit, dass er dem Northeimer eine Botschaft hatte zukommen lassen, in der er das Eheversprechen Henrikas mit dessen Sohn Kuno zurückzog. Außerdem stellte der König seinem Getreuen frei, sich um die Zeugenaussage des Mannes zu kümmern, der die Unschuld Gottwalds mit größter Wahrscheinlichkeit bestätigen konnte. Der lauernde Ausdruck auf Heinrichs Gesicht täuschte nicht über dessen eigentliche Absichten hinweg.

Denn nun war Randolf klar, dass damit die Würfel für ihn gefallen waren. Hatte er bisher gezögert, ob er sich letztendlich nicht doch zu seinen sächsischen Wurzeln bekennen sollte, so hatte ihm der König mit seinem Entgegenkommen die Entscheidung abgenommen.

Der Münzmeister räusperte sich und holte Randolf damit aus seinen Gedanken zurück.

»Unter den Umständen habe ich gegen einen kleinen Spaziergang auf dem Pfalzgelände nichts einzuwenden. Ich werde ebenfalls den ungewohnt lauen herbstlichen Abend nutzen und die Zeit auf der Bank vor unserem Haus genießen«, erwiderte Clemens, ohne seine Überraschung über die Annullierung des Eheversprechens zu zeigen.

Mit gebührendem Abstand schlenderten Randolf und Henrika kurz darauf über das abendliche Pfalzgelände, das von den Fackeln, die vor der königlichen Pfalz brannten, in ein flackerndes Licht getaucht wurde. Schmunzelnd dachte die junge Frau an ihren Vater, der sie mit wachsamen Augen von seiner Bank aus beobachtete.

Randolf brach als Erster das Schweigen, das Henrika keineswegs als unangenehm empfunden hatte.

»Und wieder kann ich Euch eine Eigenschaft nennen, die mir bereits an Eurer Mutter sehr gefallen hat. Auch sie hat gerne die Initiative übernommen, was man durchaus als ungewöhnlich betrachten kann.«

Henrikas Schmunzeln veränderte sich zu einem glücklichen Lächeln, und sie dankte ihm erfreut.

»Allerdings seid Ihr mir nur zuvorgekommen, denn auch ich wollte unbedingt mit Euch alleine sprechen. Aber bevor ich dazu komme, wollte ich Euch noch fragen, ob der Tod des Vogts bereits bis zu Euch nach Goslar durchgedrungen ist?«

Henrikas Herz krampfte sich zusammen, als sie so völlig unvorbereitet wieder an den unangenehmen Gesellen erinnert wurde. Würde Randolf ihr jetzt erzählen, dass man den Mann im Gemach des Königs über einer Truhe liegend tot aufgefunden hatte?

Randolf schien ihre Ängste zu bemerken, daher erzählte er ihr in dem gleichen arglosen Ton, dass man den leblosen Körper Erchangers von Hadersgraben zerschmettert am Fuße der Hartesburg entdeckt hatte.

Ein großer Stein fiel Henrika vom Herzen, denn nun konnte sie endlich davon ausgehen, dass sie an seinem Tod keine Schuld trug. Doch dann schoss ihr unvermittelt ein Gedanke durch den Kopf. Womöglich hatte der Vogt nach Randolfs Befreiung aus lauter Angst vor der Strafe des Königs seinem unglückseligen Leben selbst ein Ende gesetzt, und Guntram war gar nicht mehr dazu gekommen, seine Rache auszuführen.

Randolf zerstörte diesen schönen Gedanken jäh, als er weiterredete. »Selbstmord ist auszuschließen, der Bote sprach von zwei ermordeten Wachen, die man auf dem Gang vor dem Gemach des Königs gefunden hat.«

»Wieso vor dem Gemach des Königs?«, fragte Henrika nervös. Trug sie womöglich doch eine Mitschuld? War der Vogt durch den Aufprall auf das massige Möbelstück so schwer verletzt gewesen, dass er nicht mehr zurück in seine Räume gebracht werden konnte?

»Nach allem, was der Bote uns zögernd erzählt hat, beliebte der Vogt in den Gemächern des Königs zu nächtigen«, erklärte Randolf leicht belustigt. »Ihr könnt Euch denken, dass Heinrich nicht gerade begeistert darauf reagiert hat. Zu meiner großen Freude fehlt von dem Mörder des Vogts allerdings jede Spur«, fügte er mit einem wissenden Lächeln hinzu, das Henrika befreit erwiderte.

Dicht vor dem Treppenaufgang zur Pfalz blieben die beiden stehen, nah bei zwei Wachen, deren Gesichter wegen des schwachen Lichts nur undeutlich auszumachen waren.

»Aber jetzt möchte ich endlich zu dem eigentlichen Grund kommen, warum ich mit Euch sprechen wollte. Betlindis' Tod ist noch nicht so lange her und ... Henrika, ich ...«, Randolf stockte.

Die junge Frau legte ihm sachte eine Hand auf den Arm. »Ihr müsst Euch nicht rechtfertigen, schließlich handelt Ihr nach Eurem Gewissen. Es wäre nicht recht, wenn Ihr es verdrängen würdet, nur um Euren Gefühlen nachzugeben«, sagte sie leise, damit die beiden Soldaten nichts verstehen konnten.

»Wenn Ihr wüsstet, liebste Henrika, wie oft ich in den

letzten Wochen kurz davor war, mich auf mein Pferd zu schwingen und Euch aufzusuchen!«, erwiderte Randolf, ohne seine Verzweiflung zu verbergen. »Aber jedes Mal hatte ich plötzlich Betlindis vor Augen. Ihre unverbrüchliche Liebe und Ergebenheit mir gegenüber, ebenso die Zuneigung und Freundschaft, die sie Euch gegenüber vom ersten Moment an empfunden hat. Dann fühlte ich mich immer so unglaublich schwach und schlecht, weil ich in den letzten Monaten unserer Ehe mit meinen Gedanken immer nur bei Euch war.«

Henrika fasste nach Randolfs Hand, ohne sich Gedanken um ihren Vater zu machen. Wahrscheinlich war er sowieso zu weit weg, um die Berührung in dem spärlichen Licht überhaupt zu erkennen. »Quäl dich nicht! Es wird sich alles finden, da bin ich sicher!«

Randolf drückte ihre Hand fest, als hätte er Angst, dass sie sonst davonlaufen würde. Doch statt einer Antwort stieß er einen tiefen Seufzer aus und griff mit der freien Hand in die Tasche seines hirschledernen Wamses. Trotz des dürftigen Lichtscheins konnte Henrika auf seiner flachen Hand eine Münze erkennen, die silbern glänzte.

»Die habe ich von deinem Großvater erhalten. Ich habe sie all die Jahre in Ehren gehalten, doch jetzt sollst du sie bekommen. Sie wurde, zusammen mit einem kleinen Spiegel, den er deiner Großmutter geschenkt hat, von den ersten Erträgen seiner Mine hergestellt. Der Spiegel wurde bei dem Brand leider zerstört.« Indes nahm Randolf die Münze und legte sie in Henrikas Hand, die er anschließend wieder mit der seinen umschloss.

»Leider verweigert der König die Rückgabe der Mine, obwohl er die damals vorgebrachten Vorwürfe gegen deinen Großvater wegen der Unterschlagung bereits schriftlich widerlegt und damit ausgeräumt hat. Die

Überschreibung der Silbermine war damals ein Zeichen der Wertschätzung des Kaisers an den Vogt der Pfalz, dem er über viele Jahre sehr verbunden war. Heinrich ist nicht verpflichtet, die Mine erneut an Eure Familie zu überschreiben, und er braucht sämtliche Einnahmen, die der Bergbau ihm bringt. Wie schon gesagt, ich bin mir nicht sicher, ob der Frieden wirklich hält, was er verspricht.«

Mit tränenverschleiertem Blick dankte Henrika dem Ritter für das Geschenk, das ihr unglaublich viel bedeutete. »Die Mine ist mir nicht wichtig, sondern nur der reingewaschene Name meines Großvaters. Du kannst dir nicht vorstellen, wie glücklich meine Großmutter ausgesehen hat, als ich ihr nach meiner Rückkehr davon erzählt habe. Brun und Goswin legen sicher genauso wenig Wert auf das Silber.«

Schweigend traten sie den Rückweg an. Auch ihr Abschied war stumm, denn sie benötigten keine Worte, um einander ihre Gefühle mitzuteilen. Wehmütig und dennoch zufrieden stand Henrika ein paar Meter vor ihrem Vaterhaus, vor dem der Münzmeister noch immer im Dunkeln auf der Bank saß und geduldig auf sie wartete.

Während Randolf langsam auf das Haus zuging, in dem er bei seinen Aufenthalten sein Quartier bezog, verschluckte ihn die Dunkelheit schließlich gänzlich. Doch auch als nichts mehr von ihm zu sehen war, stand Henrika noch eine ganze Weile da und blickte zu der Stelle, an der er eben noch gegangen war. In ihrer Hand fühlte sie die Wärme der Münze, und tief in ihrem Herzen die Gewissheit, dass Randolf eines Tages zu ihr zurückkommen würde.

DANKSAGUNG

Auch wenn mir beim Arbeiten in der Regel nur mein PC und diverse Sachbücher Gesellschaft leisten, gab es selbstverständlich bei der Entstehung dieses Romans wieder viele Menschen, die mir hilfreich zur Seite standen.

Bei meinen Recherchearbeiten konnte ich mich mit allen Fragen über das mittelalterliche Goslar, den Bergbau zu dieser Zeit sowie das Bergedorf und die Hartesburg zu meiner großen Freude an die nachfolgend aufgeführten Personen wenden:

Dipl.-Archivar Ulrich Albers, Leiter des Goslarer Stadtarchivs, und seine beiden Mitarbeiter, Jens Nicolai und Ralph Schrader, Univ.-Prof. Dr.-Ing. Oliver Langefeld von der Technischen Universität in Clausthal, Horst Woick, Vorsitzender des Fördervereins Historischer Burgberg.

Ich fand stets für meine Fragen ein offenes Ohr und viel Geduld bei gleichbleibender Freundlichkeit und Interesse. Sie waren für mich eine unerschöpfliche Quelle an Informationen und lebhaften Schilderungen. Für alle im Buch beschriebenen körperlichen Verletzungen und ihre möglichen Folgen hatte ich erfreulicherweise weiterhin Frau Dr. Andrea Roderfeld aus Marbach an meiner Seite.

Natürlich darf an dieser Stelle wegen ihrer Unterstützung wie immer meine gesamte Familie nicht fehlen, vor allem meine beiden kritischen Erstleserinnen Verena und meine Mutter, ebenso wie mein Mann sowie meine beiden Kinder für ihr »zeitliches Verständnis«. Zudem sind das ehrliche Interesse und die nicht unbedingt selbstverständliche Freude all meiner engen Freunde ohne Frage erwähnenswert, denn sie tun sehr gut.

»Last but not least« gilt mein großes Dankeschön meiner Lektorin Angela Troni, die mich, wie schon bei meinem ersten Buch, an ihrem großen fachlichen Wissen teilhaben ließ und mit der die Zusammenarbeit immer wieder unglaublichen Spaß macht, sowie Frau Julia Wagner, meiner zuständigen Lektorin beim Ullstein Taschenbuch Verlag, bei der ich mich gut aufgehoben fühle.

In der Hoffnung, niemanden übersehen oder womöglich nicht genug gewürdigt zu haben, ende ich nun an dieser Stelle.

CHRONOLOGISCHE AUFLISTUNG DER HISTORISCHEN EREIGNISSE:

1043
- Vermählung von Heinrich III. (1017–1056) und Agnes von Poitou (1025–1077)
- Krönung Agnes' in Mainz

1046
- Krönung von Heinrich und Agnes zu Kaiser und Kaiserin in Rom

um 1045
- Abriss der alten Versammlungsstätte und Neubau der Pfalz in Goslar

1048
- Graf Thietmar wird der Planung eines Mordanschlags auf den Kaiser von seinem Vasallen Arnold beschuldigt und stirbt an den Folgen des geforderten Zweikampfes (Gottesurteil) an der Gerichtslinde in Pöhlde (Palitha).
- Arnold wird später vom Sohn des getöteten Grafen gefangen gesetzt und ermordet.

1040–1050
- Bau der Stiftskirche St. Simon und Judas in Goslar – Einweihung 1051

11/1050
- Geburt Heinrichs IV.

Ab 1053
- Heinrich IV. wird unter Vorbehalt zum Mitkönig gewählt

1055
- Verlobung von Heinrich IV. und Bertha von Turin am Weihnachtsfest
- Einigung Heinrichs III. mit Gottfried dem Bärtigen und Bruch der Schwurfreundschaft mit Heinrich I. von Frankreich
- Ermordung des Pfalzgrafen Dedi (Bruder des Erzbischofs Adalbert von Bremen und Hamburg) in Pöhlde durch einen Bremer Kleriker.
- 8. September: großer Hoftag (Geburtsfest der Heiligen Maria) in Goslar, an dem auch Papst Viktor II. teilnimmt. Es wird von einem Wolkenbruch berichtet, weshalb die Teilnehmer in den Dom flüchteten.
- Heinrich III. stirbt (5. Oktober) nach kurzer Krankheit in Bodfeld/Harz. Der Leichnam wird nach Speyer überführt, sein Herz kommt nach Goslar.
- Krönung Heinrichs IV. durch Papst Viktor II., der 1057 stirbt.

1061
- Erhebung Ottos von Northeim zum Herzog von Baiern durch die Kaiserin.

11/1061
- Schleiernahme von Kaiserin Agnes

04/1062
- Entführung Heinrichs IV. bei Kaiserswerth (Staatsstreich) – u. a. durch den Erzbischof Anno von Köln. Rettung des Königs nach einem Sprung in den Rhein durch Graf Ekbert.

1063
- Rangstreitigkeiten in der Stiftskirche zu Goslar (Blutbad zu Pfingsten)

1065
- Mündigkeit Heinrichs IV. und Schwertleite

1066
* Sturz des Erzbischofs Adalbert beim Hoftag in Tribur
* Hochzeit Heinrichs IV. mit Bertha

1065–1070
* Bau der Harzburg – Initiator: Erzbischof Adalbert, Bauherr: der spätere Bischof Benno II. von Osnabrück (ehemaliger Vicedominus von Goslar)

1070
* Verurteilung Ottos von Northeim aufgrund von Anschuldigungen Eginos und Entzug der Herzogwürde und seiner Ländereien (Hochverratsprozess).

1071
* Unterwerfung Ottos und seiner Anhänger (u. a. Magnus Billung) in Halberstadt

1072
* Begnadigung des Grafen Otto von Northeim, Tod des Erzbischofs Adalbert

06/1073
* Hoftag in Goslar – Heinrich IV. lässt die sächsischen Fürsten vor der Pfalz warten, ohne sie zu empfangen.

07/1073
* Versammlung von Hoetensleben – Zusammenstellung der sächsischen Forderungen

07–08/1073
* Beginn des Sachsenaufstands mit der Belagerung der Harzburg durch das sächsische Heer.
* In der Nacht vom 9. auf den 10. August flieht Heinrich IV. durch den Brunnenschacht mit den Reichsinsignien.
* Am 15. August wird Magnus Billung nach zweijähriger Haft entlassen – gegen einen freien Abzug der eingeschlossenen königlichen Burgmannen auf der Lüneburg.

20.10.1073
* Erste Friedensverhandlungen in Gerstungen.

JETZT NEU

 Aktuelle Titel | **Login/** Registrieren | **Über Bücher** diskutieren

Jede Woche vorab in einen brandaktuellen Top-Titel reinlesen, ...

... Leseeindruck verfassen, Kritiker werden und eins von 100 Vorab-Exemplaren gratis erhalten.

 vorablesen.de